O Redemunho do Horror

COLEÇÃO PERSPECTIVAS
dirigida por J. Guinsburg

Supervisão editorial: J. Guinsburg
Preparação de texto: Marcio Honorio de Godoy
Revisão: Iracema A. Oliveira
Capa: Sergio Kon
Produção: Ricardo W. Neves, Luiz Henrique Soares, Sergio Kon
        e Raquel Fernandes Abranches

Luiz Costa Lima

O Redemunho do Horror

NAS MARGENS DO OCIDENTE

2ª edição revista e modificada

 PERSPECTIVA

CIP-Brasil. Catalogação-na-Fonte
Sindicato Nacional dos Editores de Livros, RJ

L696r
2.ed.

Lima, Luiz Costa, 1937-
   O redemunho do horror: nas margens do Ocidente / Luiz Costa
Lima. – 2. ed., rev. e mod. – São Paulo: Perspectiva, 2011.
   (Perspectivas)

   Inclui bibliografia e índice
   ISBN 978-85-273-0919-6

   1. Terror na literatura. I. Título. II. Série.

11-2015.   CDD: 809.9164
           CDU: 82.2

12.04.11 14.04.11   025725

Direitos reservados à

EDITORA PERSPECTIVA S.A.

Av. Brigadeiro Luís Antônio, 3025
01401-000 São Paulo SP Brasil
Telefax: (11) 3885-8388
www.editoraperspectiva.com.br
2011

Sumário

Agradecimentos, 15

Uma Nota Pessoal: Prefácio à Primeira Edição, 17

Esta Segunda Edição, 27

As Letras de Redemunho: Uma Introdução [*João Adolfo Hansen*], 29

Parte 1:
OS NOVOS ARGONAUTAS

1. A Expansão Ultramarina Portuguesa Rumo ao Oriente, 55

   Uma Breve Trajetória, 55
   A Dupla Verdade da Expansão, 72
   O Testemunho das *Décadas* de João de Barros (1496-1570), 78
   Couto e Barros: A Construção da Escrita da História, 97
   Síntese das Etapas de Ascenso e Descenso,
   Conforme os Cronistas, 106
   Diogo do Couto: *O Soldado Prático*, 114

2. Mendes Pinto: Um Extraviado da Órbita do Estado, 123

   O Oriente e o Desencantamento do Mundo, 123
   A Transformação Operada na *Peregrinação* e a Partir Dela, 142

3. História e Viagem em *Os Lusíadas*, 169

Parte II:
A CONSOLIDÃO DO REDEMUNHO
(Joseph Conrad)

1. Conrad em Seu Princípio, 187

    Do Oceano ao Mar de Tinta, 187

    O Extravio de Almayer, 205

    O Recuo no Tempo: Almayer em Contexto
    mais Amplo, 218

2. Brancos e Negros na África de Conrad, 229

    As Alternativas em Jogo, 229

    "An Outpost of Progress", 244

    Heart of Darkness: O Horror e o "Homem Oco", 253

3. O Desvio e o Horror (*Lord Jim, Victory, Chance*), 269

    Lord Jim: O Autor e a Primeira Recepção da Obra, 269

    Lord Jim: Um de Nós, 275

    Jim, o Condenado, 283

    Victory: Ironia e Paradoxo, 291

    Chance: O Retorno à Ambiência Inglesa, 306

4. A Mudança de Continente, 317

    Nostromo: Romance Político, 317

    Os Embaraços da Criação, 320

    Enfim, *Nostromo*, 330

    Os Gould e a Questão do Desvio, 348

Parte III:
A EXPANSÃO DO REDEMUNHO
(W. H. Hudson, Alejo Carpentier, García Márquez)

1. O Redemunho Latino-Americano, 361

    Esclarecimento de Uma Dúvida Possível, 361
    O Romance de um Naturalista, 361
    A Viagem Científica como Lastro para a Literatura
    Ibero-Americana, 368
    Da Impossibilidade de Escolha do Tempo, 380

2. A Maravilha e o Horror, 391

    García Márquez: Antes do Fantástico, 391
    Os Meandros da Solidão, 400
    O Outono do Patriarca: O Morto Redivivo, 425
    Os Últimos Dias do Libertador, 437

Bibliografia Geral, 447

Índice Onomástico, 457

A Rebeca, minha companheira

A Haroldo de Campos, poeta e amigo

Aos que diminuem o deserto

La vida le había dado ya motivos bastantes para saber
que ninguna derrota era la última

G. GARCÍA MÁRQUEZ, *El General en su Labirinto*

Agradecimentos

Ainda que não o saibam, este livro não seria possível sem a ajuda de Carlos Torres; Ettore Finazzi-Agrò e Georgette Cador, bibliotecária da Universidad Ibero-Americana da Cidade do México; de Hans Ulrich Gumbrecht e Margaret Tompson, secretária do departamento de Literatura Comparada da Stanford University; de Maria Alzira Seixas; Pablo Rocca; Ricardo Sternberg; Sérgio Alcides; Wander Melo Miranda, pela indicação de obras e o envio de fotocópias de ensaios, capítulos e livros que me eram inacessíveis e pelas observações feitas a propósito das versões preliminares.

Agradeço muito particularmente a João Adolfo Hansen, pela leitura e comentários de extrema minúcia e competência. Como nossos pontos de vista nem sempre concordaram integralmente, pareceu-me que a forma honesta de preservar nossas eventuais divergências haveria de se consistir em transcrever alguns de seus comentários pessoais. Não pretendo, assim, apenas assinalar meu agradecimento, mas também apontar, para o leitor, a possibilidade de outro entendimento em pontos capitais. Agradeço também a ajuda constante de minha companheira, Rebeca Schwartz, cujo apoio não me tem faltado nos momentos de desânimo maior.

Quero, por fim, agradecer aos leitores fiéis que têm possibilitado a circulação de meus livros, pouco simpáticos a tantos outros.

Uma Nota Pessoal:
Prefácio à Primeira Edição

Este livro começou a ser escrito no primeiro trimestre de 2000, quando fui professor visitante, no departamento de Literatura Comparada da Johns Hopkins University. Ali compus o esboço da primeira versão do capítulo sobre a *Peregrinação* (1614), de Fernão Mendes Pinto. Contei, então, com o estímulo da magnífica tradução da obra de Mendes Pinto para o inglês, por Rebecca Catz, e com a gentileza da professora Maria Alzira Seixas, na época também professora visitante da Johns Hopkins, que me ofereceu ou indicou ensaios recentes sobre o autor português. Mas a direção assumida pela abordagem a Mendes Pinto e, em consequência, o livro em que se incluiria, nasceram de motivo mais imprevisto. Como morava perto do *campus*, minha visão de Baltimore não só era restrita como terminaria artificial sem os préstimos de um amigo que ali fiz, o professor e ensaísta Neil Hertz. Por sua amabilidade, conheci as partes nova e velha da cidade, os problemas de desemprego, agravados pela relativa desativação do porto e pela instalação de firmas de alta tecnologia, que afetam sobretudo os negros e os operários não qualificados. Aos poucos, percebi que, girando em torno da área universitária, confundia, como já fizera outras vezes, a universidade americana com uma ilha da fantasia, cujas instalações nos fazem esquecer que não somos agentes do curso do capital. Bastava, contudo, sair por um de seus portões e me deparava com a disparidade entre riqueza e violência, entre as condições desproporcionais de trabalho e insegurança do país real. Nada disso seria novidade para quem vinha do Rio de Janeiro. Mas, de fato, era, pois não se espera tal desacerto na atual capital do Ocidente. Por uma trilha, que seria ilusório aqui tentar reconstituir, procurei ligar os dilemas que, em sua releitura, o velho texto de Mendes Pinto tornava mais nítidos, com as contradições que, muito superficialmente, passava a vislumbrar. Sem que interviesse um cálculo bem cuidado, foi-se constituindo em minha cabeça uma longa estrada. Estava certo tão só de seu ponto de partida: como o texto que me fascinava dizia respeito à experiência portuguesa no Oriente, teria de começar com a experiência do horror provocado pela presença sistemática do branco em terras distantes.

Ao voltar para o Rio, o projeto continuava sem rumo. Durante o resto do primeiro semestre de 2000, as obrigações acadêmicas pouco me deixaram fazer. Só comedidamente, de forma descontínua, o projeto começava a se configurar. O ponto de partida, que já se condensava, era a expansão portuguesa continuada ao longo do século XVI, pela qual acidentalmente Pedro Álvares Cabral, segundo João de Barros[1], chegaria à Terra de Santa Cruz. Já então tinha realizado um passo importante: cogitar a comparação entre a obra de Mendes Pinto – anômala para os critérios discursivos da época –, e outra, de cunho bem diverso – a sóbria, equânime, embora por vezes mais amarga, de João de Barros no *Ásia* (1552, 1553, 1563, 1615), cujo quarto tomo fora deixado incompleto. Depois, quando todo o manuscrito já estava digitado, graças à sugestão do amigo Ettore Finazzi-Agrò, pude complexificá-lo, pela consideração da *Década IV* (1602), de Diogo do Couto.

Embora eu já, então, soubesse porque o fazia, o leitor desta nota ainda não o sabe. Não é um espúrio exercício de lógica, *a posteriori*, lembrar o curto "Epílogo" com que encerrara o *Mímesis: Desafio ao Pensamento*. Chamava aí a atenção para a divergência que criara raízes em mim, ante os resultados da chamada crítica desconstrucionista. Sem que houvesse sido seu adepto, nela tinha reconhecido uma "companheira de viagem", no duro combate contra o sociologismo, as explicações afinal deterministas da literatura, contra a fórmula de que o romance é "um espelho que passeia por um longo caminho"; em suma, contra a abordagem da literatura como documentalismo. Com a passagem dos anos, porém, compreendi que a aliança em certo ponto se rompera: a tradicional dependência da literatura à realidade se convertia em algo fechado em si, máquina cujas peças válidas eram apenas as figuras da linguagem, que deveriam ser examinadas umas em relação às outras, com exclusão da amaldiçoada referência externa. Mas como poderia

---

1 *Ásia: Dos Feitos que os Portugueses Fizeram no Descobrimento e Conquista dos Mares e Terras do Oriente*, Livro V, II, p. 172-177.

uma nota pessoal: prefácio à primeira edição

eu assumir a discordância sem recair no complexo de espelho contra o qual sempre lutara? No *Mímesis: Desafio ao Pensamento*, o tentara dando o passo mais ousado na reinterpretação que há anos vinha intentando da *mímesis* como produção de diferenças. No entanto o trajeto, por ser teórico, deverá ter parecido ao leitor algo abstrato e especializado, briga de cachorros de canil, não própria para trazer-se às ruas. A experiência inusitada que tivera em Baltimore – a sincronia da releitura de um texto antigo com a vivência de um lugar em que aprendia a distinguir entre um território de fantasia e uma realidade bastante áspera – me levava a pensar que a própria reflexão teórica poderia ganhar se conseguisse infleti-la em uma direção predominantemente histórica. Obviamente, uma não é oposta à outra, mas as variáveis a destacar na abordagem histórica são mais terra a terra. Retornava, contudo, à mesma pergunta: como fazê-lo, sem renunciar, ou mesmo abrandar, a luta contra o documentalismo positivista? Em termos concretos, se o elemento que privilegiamos – a experiência do horror – é tratado de modo *temático*, portanto de cunho conteudístico, como conciliar seu destaque com a permanência da afirmação de ser o texto um produto de configuração da linguagem? Tratava-se, em suma, de ressaltar que não só a escrita da história depende e se diferencia pela maneira como se configura – ou seja, pela maneira como dispõe os dados factuais que seleciona[2] –, como, e sobretudo, que o texto ficcional, em vez de dar as costas à realidade, *a dramatiza e metamorfoseia*; a ficção converte em volume e descontinuidade o linear com que, na vida cotidiana, dispomos o mundo; o mundo se torna igual a isso que está aí; a ficção transtorna as dimensões do mundo, em vez de pôr o mundo entre parênteses.

Mal concluído o esboço do encaminhamento e de sua articulação com o *Mímesis: Desafio ao Pensamento*, uma outra dificuldade apareceria. Antes que se formulasse concretamente, já havia planejado como iria levar adiante o projeto. Se na Parte I pretendia mostrar que a expansão do Ocidente, movida a todo pano, durante os séculos XV a XVII, pelos portugueses, significara o desdobramento de uma forma de horror que agora assumia potencialmente uma dimensão mundial, e, com isso, não cogitava escrever uma história do horror a partir dos tempos modernos, teria de me concentrar em momentos e em escritores que concretizassem a hipótese. Daí a eleição das duas partes seguintes: a

---

2   L. Costa Lima, *Mímesis*, p. 246.

segunda se concentraria em Joseph Conrad (1857-1924), no momento da expansão imperial britânica, e a terceira em alguns escritores do continente sul-americano, após sua independência. (Supunha então que pudesse contar também com o exemplo de escritores brasileiros, o que depois constatei ser inviável.) Em poucas palavras, o projeto geral trataria do horror conhecido nos continentes marginalizados, e não de seu correspondente na Europa e nos Estados Unidos. Justificava a exclusão dizendo-me que o horror nas terras marginais não era idêntico ao gerado na Europa desenvolvida e nos Estados Unidos. Ao passo que o primeiro é basicamente o horror provocado por condições sociais que favorecem a violência física e se relaciona com a dependência, o atraso e a instabilidade político-econômica, o segundo, como já se mostra no *Madame Bovary*, de 1857, é motivado pelo tédio, pela angústia, pela falta de sentido de uma ambiência, no entanto, tranquila; o horror basicamente do mal-estar psíquico, de que Samuel Beckett (1906-1989) seria o outro pólo. Embora me dissesse que a experiência do Holocausto e a obra sobretudo de Paul Celan (1920-1970) mostravam que a estabilidade das instituições metropolitanas é relativamente frágil – e a análise da Alemanha que levaria à eleição de Hitler o demonstraria com facilidade –, a resposta não retirava o espinho que acompanhava a distinção entre os dois mundos, constituídos dentro da modernidade. A dificuldade era: ao separar, do ponto de vista de uma experiência precisa, o mundo em dois blocos, não estava sub-repticiamente mantendo uma explicação causalista? Em antítese a um Walter Mignolo, que afirma que "a expansão ocidental iniciada no século XVI trouxe ao primeiro plano a necessidade de *negociar* diferenças entre as culturas e de *repensar* os laços entre diferenças e valores"[3], não estaria eu sendo guiado por um causalismo determinista, que "explicava" por que tal horror se localizava em tal lugar e tal outro, naquele outro?

O grande teste para afastar o embaraço era a Rússia do século XIX, mais precisamente a Rússia de Dostoiévski. Não se duvida que as estruturas sócio-político-econômicas da Rússia czarista a tornavam marginal quanto à expansão do capitalismo ocidental, assim como a pressão contra seu atraso já fosse bastante manifesta. De todo modo, ao derrotar Napoleão, a Rússia se mantivera em uma posição singular: não era colônia de uma potência estrangeira, mas se mantinha a tal

---

3 *Darker Side of the Renaissance*, p. 317. Grifos meus.

ponto marginalizada que uma parcela de sua *intelligentsia* favorecia sua ocidentalização, i.e., o modo ocidental de gerir negócios e sociedade. Ponto de vista não compartilhado pelo Dostoiévski maduro, para quem a modernidade implicava a adoção de uma verdadeira peste, que, em vez de abolir o horror tradicional – próximo do que era o dominante nos continentes marginalizados –, apenas o agravaria. Ora, apesar de sua posição politicamente contrária aos ocidentalistas, em suas obras, ainda quando o horror assumisse um aspecto de violência física, nelas dominava o horror próprio ao Ocidente modernizado. É assim que as depois chamadas "doenças da alma" o tornam, do ponto de vista de agora, um precursor de Freud, assim como sua crítica da modernidade, o anunciador de um Nietzsche. Dostoiévski pertence a uma situação de enunciação própria a uma área de fronteira, de uma fronteira, contudo, mais próxima das metrópoles que das margens. O crime de Raskolnikov seria gratuito e antes próximo dos praticados nas áreas marginais, pois nem tem algo de pessoal contra a anciã que trucida, nem sequer tem o propósito de apoderar-se de suas economias. É sim provocado por uma ideia, que irá torturá-lo e fragilizá-lo ante os interrogatórios inteligentes do astuto Porfiri Petróvitch. Do mesmo modo, nas *Memórias do Subsolo*, de 1864, a personagem principal sabe que, no homem moderno, "os seus gemidos tornam-se maus, perversos, vis, e continuam, dias e noites seguidos. E ele próprio percebe que não trará nenhum proveito a si mesmo com os seus gemidos"[4]. O gemido, em vez de ser provocado por uma dor física, é a adoção de um papel, a demonstração de que a dor se deslocou ou pretende dar a entender que deslocou sua esfera de ação para a psique. Mas a multiplicação dos exemplos passíveis apenas mostraria que, embora não se confundisse com nenhum dos dois blocos considerados, a Rússia se inclinava pela manifestação do horror, própria aos países em que dominava a moderna racionalidade capitalista. Em que isso negaria a presença sub-reptícia de uma causalidade determinista? Poder-se-ia até mesmo alegar que a "explicação" oferecida para a conduta das personagens do romancista tornava a causalidade mais manifesta. Era preciso recorrer a outro argumento.

O fato de se relacionarem os blocos metropolitano e marginalizado com diferentes formas de horror não significa que um bloco não possa conter manifestação do horror propiciado pelo outro. Assim,

---

4   F. Dostoiévski, *Memórias do Subsolo*, p. 27.

no bloco marginalizado, se *El Otoño del Patriarca* é seu paradigma, com a dominância do horror provocado pelas violências que visam ao corpo da vítima, ao mesmo bloco pertence um Jorge Luis Borges, este Kafka que alquimiza a angústia em um jogo de xadrez. E, no lado metropolitano, se Flaubert ou Henry James são seus pontos de partida – caso não se queira ampliá-los com a paralisia de *Bartleby, the Scrivener* (Bartleby, o Escrivão, 1856), de Melville e de *Oblómov*, 1859, de Gontchárov – a situação se complica com um *Seize the Day* (Aproveite o Dia, 1956), de Saul Bellow. Se aí são capitais o tédio, os tiques, a dependência e a raiva do pai, já a trapaça que dissipa suas últimas reservas financeiras o deixa à beira da bancarrota. Sua reação, ainda no início da novela – "Covardes! Sujos, Congestão! exclamava para si. Dedos-duros! Falsos! Assassinos! Certinhos! Veados!"[5] –, enquanto manifestação de impotência e extrema angústia, prepara algo mais próximo do castigo físico reservado a um derrotado: a prisão por dívidas. Seu desespero, portanto, já não era apenas psíquico.

Se o horror em *Seize the Day* pode ser considerado a um passo do horror conhecido pelos marginalizados, sequer o tom dubitativo cabe quanto a *The Human Stain* (A Marca Humana, 2000), de Philip Roth. Não é ocasional que o agente principal da maior violência seja um descendente do Kurtz, de *Heart of Darkness* (O Coração das Trevas): Lester Farley, o desajustado que enlouquece por conta de suas experiências no Vietnã.

O exemplo da personagem de Roth vai além da razão por que o invocamos. A questão da causalidade agora não só se torna secundária, como se verifica a abertura de outro ciclo. Apenas assinalemos seus traços: **a.** a barreira que separa as formas de horror é ultrapassada e o horror, dominantemente físico, é agora transplantado para o coração do império; **b.** aquele do qual o enlouquecido no Vietnã se vinga, por manter relações com sua ex-mulher, preferira, durante toda a vida, forjar sua identidade como judeu para livrar-se da pecha de negro: "Por conta da grande mentira que era a vida dele" – *All the lying that was necessitated by the big lie*[6]. Farley não apenas renova a loucura de Kurtz como também revela, com uma nitidez que não havia em Conrad, que o *ethos* branco era o portador de uma grande mentira: a

5   S. Bellow, *Seize the Day*, p. 17.
6   P. Roth, *The Human Stain*, p. 325;. trad. Paulo Henriques Britto, *A Marca Humana*, p. 410.

razão, impulsionada contra a paralisia do *statu quo* do *ancien régime*, que se mostrou o instrumento frio da espoliação.

Sendo disfuncional aqui desenvolver o que exprime o grande romance de Roth, assinalemos apenas: a diferença entre as modalidades de horror não está presa a alguma causalidade mecânica e rasteira. Mas isso não impede que essas modalidades se distingam, mesmo que seja apenas pela dominância do grau de violência, física, em um caso, psíquica, no outro.

Assim entendida, a distinção – por mais evidente que, depois de verificada, pareça – permite que se avance no repensar as relações entre ficção e realidade. A ficção é uma formação discursiva, por certo com regras próprias. É assim que Roth deixa claro por que seu romance, conquanto se refira a personagens e fatos reais (o desajuste dos ex-combatentes do Vietnã, o tragicômico boquete presidencial), não poderia ser considerado um documentário. O fato, contudo, de que as regras que presidem o discurso ficcional suponham o exercício da imaginação criadora do autor não impede que a obra ficcional aponte para o *lugar diferencial* de que parte; que o absorva, dramatize e metamorfoseie, sem que por isso tal lugar deixe de ter sua identidade reconhecida.

Mas em que a contribuição às relações entre ficção e mundo teria acrescentado, como atrás se disse ter sido nosso propósito, algo às conclusões a que antes chegáramos sobre o fenômeno da *mímesis*? Para esclarecê-lo, lembremo-nos do debate travado, no fim dos anos de 1980, por Fredric Jameson e o paquistanês Aijaz Ahmad. Exceto que, em ambos os casos, se analisam os efeitos da expansão capitalista, aparentemente, a discussão não teria nada a ver com o que aqui fizemos.

Jameson procurava esboçar uma teoria da literatura produzida no que então se costumava chamar o "terceiro mundo". "Todos os textos terceiro-mundistas são necessariamente [...] alegóricos, e de um modo bem *específico*: hão de ser lidos como o que chamarei *alegorias nacionais*, mesmo quando, ou talvez devesse dizer particularmente quando, suas formas se desenvolvem a partir das maquinarias de representação sobretudo ocidentais, a exemplo do romance"[7]. A que Ahmad contestava "que essa coisa chamada 'literatura do terceiro mundo' não existe", sua ilusão sendo alimentada pelo fato de que nenhum "grande

---

7 F. Jameson, Third-World Literature in the Era of Multinational Capitalism, *Social Text*, n. 15, p. 69.

teórico da literatura, europeu ou americano, jamais se preocupou com uma língua asiática ou africana", dependendo, pois, da eventual qualidade das traduções[8]. A discussão levava, com efeito, a um beco sem saída: se a iniciativa de Jameson era, para dizê-lo de modo polido, precipitada, as objeções de Ahmad apenas serviam para denunciar o marxismo rasteiro e a imperial ingenuidade de seu interlocutor. Por que então aludir à discussão? Porque a divergência de propósitos e trajetos explica melhor o que dizíamos atrás, sobre a passagem, aqui efetuada, de uma abordagem teórica para uma de dominância histórica. A *mímesis* que se procurava revitalizar se baseia na afirmação de que o fenômeno sob análise tem entre suas pilastras *a predominância do vetor da diferença sobre o horizonte da semelhança*, gerado pelos valores difundidos e legitimados, em certo tempo e lugar. A passagem para um nível de análise dominantemente histórico permite mostrar que a *diferença* alcançada por obras que tematizam a experiência vivida em continentes marginalizados e metropolitanos, internaliza *lugares* distintos, tendencialmente provocadores de configurações diferenciadas. Já não se trata de supor que o "romance do terceiro mundo não oferecerá as satisfações de Proust ou Joyce; ou, o que é talvez pior, sua tendência em nos lembrar de estágios ultrapassados do desenvolvimento cultural de nosso primeiro mundo"[9] – o que o autor não desmente mas procura "explicar"[10]. Razões socioeconômicas sem dúvida interferem nas configurações diferenciais que a diferença assume, mas seus resultados não são nem alcançados causalmente, nem estabelecem a escala de valor suposta por Jameson.

Há, portanto, uma *teoria* por detrás da distinção de tratamento que recebe o tema do horror. Ela, entretanto, já não é a mera "aplicação" de uma *ratio* socioeconômica. *Os condicionamentos socioeconômicos não são determinantes: servem de subsídio a uma teoria que, fundamentalmente, visa a especificar o texto ficcional*. Nisso, desde logo, a maneira como trabalhamos não guarda nenhum parentesco com os chamados "estudos culturais", em que o debate de Jameson e Ahmad se integra.

---

8   A. Ahmad, Jameson's Rhetoric of Otherness and the "National Allegory", *Social Text*, n. 17, p. 4-5.

9   F. Jameson, op. cit., p. 65.

10 Assim como antes procurava "explicar"(!) por sua vinculação com a "chanson de geste" e por sua afinidade com a derivação popular americana "aquela curiosa variante brasileira de 'alta literatura' do gênero 'western' que é o *Grande Sertão: Veredas*, de Guimarães Rosa". Cf. F. Jameson, *The Political Unconscious*, p. 118.

Nesse sentido, a utilização de um elemento temático impunha limites – por mais que nos estendêssemos sobre o horror metropolitano, não teríamos oportunidade para falar de Musil ou de Joyce, assim como, abordando o horror nas margens, não o teríamos a propósito de Borges, Cabrera Infante ou José Lezama Lima – porém, sobretudo, tinha uma função de repto: mostrar, aos praticantes dos *cultural studies*, que, antes de se pretender dar conta do tratamento ficcional de um tema qualquer, há de se investir em uma teoria do discurso ficcional.

Isso ainda não é tudo. A escolha de um elemento temático não se resumia a ser um repto a uma prática antagônica. Sem o realce de um elemento temático não conseguiríamos distinguir, em obras da *mímesis*, "configurações diferenciais da diferença" – as diferenças do horror produzido nas margens e no centro, a insistência com que a recente ficção norte-americana complementa ou até sobrepõe o horror físico ao psíquico. (O fato de que assim já se desse em Faulkner e em romances contemporâneos não pode ser aqui detalhado; e o mesmo se dá, no caso europeu, com o *Voyage au bout de la nuit* [Viagem ao Fim da Noite, 1932], sobre o qual cogitara dedicar um capítulo.) Por conseguinte, enfrentar o desafio de trabalhar o temático junto com a configuração das obras nos permitia dar dois pequenos passos: avançar na *mímesis* revisitada – já não basta falar a seu respeito na produção da diferença, pois se há de conjugá-la com o lugar em que a diferença se processa ou é recebida – e explicitar que o exame da dimensão política do discurso ficcional, para que não seja apenas subjetiva e, portanto, arbitrária, depende de uma prévia indagação cognitiva. (Entenda-se que "lugar" deixa de ser apenas um índice geográfico para se tornar um condensador temporal de expectativas, possibilidades e vivências.) Preferimos, em troca, não tocar na concretização, que aqui também se materializa, da ideia do sujeito fraturado – o outro filão projetado pelo *Mímesis: Desafio ao Pensamento* – porque teríamos de desenvolver uma parte teórica bastante delicada.

Esta Segunda Edição

Ninguém será tão ingênuo que pense ter a vocação globalizante do capitalismo começado há pouco tempo. Ela é contemporânea a seus primórdios, quando a própria configuração apenas se esboçava. Então se restringia ao lucro advindo da troca de quinquilharias por escravos, ouro em pó e especiarias. Já aí, contudo, se manifestava seu caráter de impregnar o sistema mercantil de uma estrita racionalidade pragmática.

Procura-se aqui acentuar a formação desta *ratio*, a partir da expansão portuguesa pela África e pela Ásia, desde os finais do século XV. Logo os portugueses cederão à concorrência holandesa e inglesa, a última se impondo de maneira absoluta após a queda de Napoleão I. Ao contrário do que faremos na 1ª Parte, onde procuramos traçar um panorama histórico-social da expansão portuguesa, secundada pela abordagem de *Peregrinação* e, a seguir, de *Os Lusíadas*; na 2ª, dedicada à dominação inglesa, nos limitaremos a vê-la através de um único autor, Joseph Conrad. O mesmo Conrad, por meio de um de seus maiores romances, *Nostromo*, abrirá o terceiro cenário: o da América Hispânica – acentue-se que se procurará explicar a curiosa exceção do Brasil, cujo imaginário pouco parece haver-se dado conta de seu caráter de colônia, de um império que não se tornava visível pela presença de soldados. Também no caso da América Hispânica nos limitaremos a tratar quase de um só autor, Gabriel García Márquez.

Dois esclarecimentos se impõem a propósito desta 2. edição: a. ela se diferencia radicalmente da 1. pela redação bastante diversa da 1ª parte. Quando antes a escrevíamos, já era a contragosto que excluíamos Camões. Graças ao interesse previamente manifestado por Jacó Guinsburg, abandonamos o cuidado extremo com a extensão do texto, que, afinal, terminou com um número de páginas aproximado ao que imaginávamos, pela mudança de configuração que lhe demos; **b.** o segundo esclarecimento concerne à relação do *Redemunho* com o que venho publicando desde *Mímesis e Modernidade* (1960). Alguns leitores viram na ênfase aqui concedida ao histórico-social uma mudança teórica. Não há qualquer mudança. Essa dimensão já se manifestava nos livros anteriores ao *Redemunho* e nos escritos posteriores. Apenas aqui a ênfase recai na inserção das obras ficcionais no parâmetro sociopolítico, e não estritamente no desdobramento teórico da abordagem daquelas e/ou em sua análise formal. Aquele que tenha conhecimento do que tenho escrito, recordará que o que chamo de controle do imaginário é definido como um fenômeno ancorado em duas dimensões: uma é sociopolítica, a outra é estética; essa não esteve menos presente antes do século XVIII porque a disciplina "estética" ainda não tivesse sido formulada. Onde a análise ressalta a segunda dimensão, automaticamente a reflexão teórico--filosófica ganha destaque. Aqui, ao contrário, a primeira dimensão é sublinhada. O propósito, contudo, permanece o mesmo: mostrar que aquilo que, a partir de finais do século XVIII, se chama literatura não permite ser reduzido nem a uma dimensão imanente, condutora do reducionismo esteticista, nem à dimensão socioeconômica, condutora do reducionismo determinista, própria de um generalizado marxismo parnasiano.

As Letras de Redemunho: Uma Introdução

> A Razão e sua irracionalidade, esse era o tema de Marx, é o nosso... Quer ser uma ciência crítica da passividade efetiva, inata da humanidade. O homem não morre porque é mortal (nem mente porque é "mentiroso", tampouco ama porque é "amor"): morre porque não come suficientemente, porque o reduzem ao estado de animal, porque o matam.
>
> François Châtelet[1]

Neste livro, a vontade afirmativa de Luiz Costa Lima se associa à sua inteligência cética para particularizar as determinações históricas do lugar e dos objetos do seu pensamento e avançar hipóteses não dogmáticas da teoria da ficção. Como nos outros, sua enunciação é complexa e densa, constituindo as posições do destinatário e do leitor na tensão com que inventa e dispõe os argumentos em redes de discursos cruzados, que dramatizam referências polêmicas dos possíveis teóricos e críticos dos muitos campos simbólicos convocados à cena do seu discurso. Não é para quem lê rápido demais. Exige leitura meticulosa, feita de perto. Muitas vezes, condensa de modo inesperado a significação do que expõe e salta, súbito, para outra hipótese, deixando o vazio do argumento para a decisão do leitor. Mas sua pressa tem método e, logo adiante, retoma o que elidiu, atando-o a novos argumentos em outros níveis de significação e sentido que obrigam a voltar e reler e pensar. Algo distingue este livro dos anteriores e dos posteriores à sua primeira edição: a referência explícita à história. Nos outros, ela sempre esteve

---

1   *Questions, objections*, Paris: Denoêl-Gonthier, 1979, p.115.

posta no horizonte, é claro; neste, aparece explicitada como a latência da realidade morta e intangível de muitos momentos descontínuos da exploração capitalista da África, da Ásia e da América Latina nos séculos XVI, XIX e XX, efetuados como pressupostos nos textos que estuda. Não usa a literatura como documento ilustrativo de uma tese historiográfica, sociológica ou filosófica, mas faz dela um lugar simbólico em que os lugares sociais centrais e periféricos da produção das letras antigas e da literatura moderna aparecem encenados como singularidades ou diferenças ficcionais. Digamos que as singularidades ficcionais não são coisas individuais, mas potenciais, constituindo articulações possíveis que reescrevem, transformadas, as referências empíricas da história bruta da prática dos autores. O livro propõe que constituem a realidade do possível, que é a realidade da arte, intervindo criticamente na realidade brutíssima da história contemporânea do leitor. É notável a honestidade da nenhuma facilitação com que respeita sua inteligência, exigindo que contribua para os argumentos com seu discernimento e cultura – mais notável ainda num lugar em que o ensaio feito no alpendre como papo sobre o canavial pretende substituir com vantagem a teoria, a crítica e a contradição.

Discutimos animadamente os capítulos deste livro quando o Luiz preparava sua primeira edição. Tive dúvidas e objeções. Generosamente, mostrando saber que pensar é passar prezando o choque das ideias sem a pretensão de ter razão, ele as incluiu na invenção dos argumentos. E agora me pede para escrever a introdução desta reedição. Introduções fingem abrir caminho para o que já está aberto e talvez não devesse escrever esta, pois é desnecessária. Qualquer livro que o Luiz publique é, por si só, um acontecimento decisivo na cultura do país. Este é um deles. Sei que vai escolher seus leitores e ler suas legibilidades, fazendo-os louvar-se na sua inteligência. Evidenciando-lhes o que provavelmente conhecem mal ou ainda não sabem, vai deixá-los mais desamparados de certezas definitivas e, como desejo e sei que ele também deseja, mais lúcidos e livres.

Aqui, ressalto algumas linhas de força dele. Primeiramente, sua definição da ficção literária como produto de práticas simbólicas que não imitam – nem copiam, retratam, refletem, reproduzem – a realidade social como documento ilustrativo de seu vir a ser nacional, pois transformam ativamente referências históricas do lugar social do autor em formas irredutíveis a ele. Complementarmente, a afirmação de que a ficção literária também é irredutível aos etapismos de leis históricas deterministas postuladas por ideologias críticas que doutrinam, quando se ocupam da literatura de países periféricos, que ela está condenada a repetir a ficção já produzida em países centrais. Fomos informados por Fredric Jameson que o *Grande Sertão: Veredas* é um faroeste de John Ford ambientado no Brasil. O tipo Riobaldo ainda não realiza o protótipo Jesus Cristo, infelizmente, mas é prefigurado pelo antítipo John Wayne. A teologia dessa teleologia é explícita, merecendo o respeito devido à crença religiosa. Além dessas, sua recusa das teses desconstrucionistas ou textualistas, como as de Derrida e Paul de Man, que fazem da ficção um campo de imanência onde jogos de linguagem remetem indefinidamente a si mesmos, abolindo a referência histórica. Ainda, o seu nominalismo, crítico do entendimento que platoniza os signos como representação de uma ordem pré-inscrita nas coisas. E seu conceito heurístico de "inconsciente textual". E alguns modos como constitui e especifica o tema do "horror" nos textos portugueses dos séculos XVI e XVII e no grande livro que escreve, neste livro, sobre a literatura de Conrad, propondo nexos descontínuos entre um dos principais romances do escritor, *Nostromo*, e a literatura latino-americana, particularmente a de Gabriel Garcia Márquez. Aqui também vou referir ainda uma ou duas discordâncias. Nada, nelas, poderá ser lido *contra* o livro. Seria equivocado e estúpido entendê-las assim. Luiz e eu somos amigos de longos anos e o que marca a nossa amizade é o reconhecimento irônico dos limites das nossas parcialidades. Sabemos que a discordância instaura relações humanas onde o deserto cresce.

Marx diz, com sua ironia soberana, que a anatomia do homem burguês é a chave da anatomia do macaco. O que nas espécies animais parece indicar o futuro advento de uma forma supostamente superior não pode ser compreendido senão quando se conhece a forma supostamente superior. Se há algum sentido na investigação do macaco, não é um sentido dado *a priori* como necessidade ideal formadora da civilização que fez o burguês, supostamente pré-formado nele antes, se pôr em pé sobre as patas, depois trepar na árvore mitológica, depois pendurar-se nos paradigmas de um céu metafísico, para enfim descer, homem histórico, na selva do conhecimento desencantado das felizes melancolias da livre-concorrência prenunciadas nas micagens do mono original. Ao contrário, é o presente da construção *a posteriori* do macaco que demonstra a inexistência de necessidade lógica pré-formando a *Bildung* burguesa do burguês que, desde o século XVIII, vem pondo em cena na ficção as referências de um mundo cada vez mais improvável. Deve-se pensar que o burguês é o pai do macaco, não o contrário.

Ora, como se sabe, pais costumam crer que os filhos são feitos à sua imagem e semelhança. No dito de Marx, se o macaco é o filho do pai burguês, só pode ser definido como macaco se também for definido como não burguês. A semelhança entre eles é apenas contingente e nada revela de substancial. Como Marx e Engels lembram, o que costuma ocorrer é que, sendo o presente do pai a única forma de tempo real, o assim chamado desenvolvimento histórico se fundamenta no fato de ele considerar as formas passadas como etapas para si mesmo. E como raramente e apenas em condições determinadas é capaz de criticar-se a si mesmo, sempre concebe as formas passadas de maneira unilateral, supondo que as semelhanças que estabelece entre si e elas são identidade. Outro nome para essa unilateralidade que não leva em conta as singularidades da diferença, que é o mais fundamental a ser reconhecido na semelhança, é anacronismo, ou seja, a universalização da particularidade do presente do intérprete que concebe as abstrações que inventam o macaco como a medida única e necessária do que ele foi. Politicamente, o anacronismo é um conformismo. Crê e faz crer que os valores do presente são universais, ou seja, naturais e imutáveis.

Pressupondo as determinações históricas que constituem o intervalo temporal entre sua escrita e os textos estudados, o livro evidencia a particularidade do lugar e do tempo onde acontece, o presente brasileiro deste século XXI que começou já tão promissor de felicidade. Admite de saída a não identidade do tempo da escrita com os vários tempos dos textos estudados, não universalizando a particularidade dela; simultaneamente, escolhe outra via, que passa ao largo, como disse, do documentalismo positivista; da teleologia nacionalista das leis históricas; da ideia platônica de literatura como espelho refletor da realidade; da definição da ficção como jogo de linguagem autorreferencial; da redução da crítica às operações da metalinguagem.

Seu tema central é o do horror produzido pela ação de homens brancos ocidentais em terras distantes da Europa, nos séculos XV,

as letras de redemunho: uma introdução

XVI e XIX, e dos Estados Unidos, no século XX. Em nota, encontra-se formulada a sua tese: a expansão do horror não se dá por motivos ocasionais, mas deriva de um sistema cujo centro precisa gerar uma periferia[2]. O livro trata, assim, da materialidade objetiva de processos históricos da razão prática capitalista aplicada à exploração de populações não ocidentais periféricas. Ora, a razão prática tem razões que a própria razão desconhece e esses processos são, como toda a história obviamente sempre é, destruição, que dissolve homens e sociedades por todos os lados, atingindo tanto as vítimas, muita vez pressurosas em sofrer para poder responder com golpes equivalentes. O livro evidencia que as multiplicidades e intensidades das desumanidades amontoadas nos rastros dos processos colonialistas e imperialistas ocidentais mimetizados nos textos que analisa quase nunca podem ser entendidas humanamente, se a medida do humano for a humanidade que humanistas e iluministas supõem existir na razão. Deleuze dizia com agudeza: se admitimos que a Imaculada Conceição é verdade, admitimos a racionalidade de tudo o que se segue. Como no dogma religioso, o capitalismo também é totalmente racional, menos o capital, que é demente. À medida que, a partir do século XV, a chamada civilização ocidental se expandiu mundialmente e a razão prática de homens brancos que o moldaram sendo moldados por ele passou a transformar corpos de homens não brancos em corpos subordinados, corpos escravizados, corpos torturados e cadáveres classificados de selvagens, bárbaros, gentios, infiéis, raças inferiores etc., sua prática sempre foram racionalizações, que produziram e afirmaram os universais que, como unidades pressupostas nos discursos de verdade de suas sociedades, fundamentaram as necessidades visadas pelos interesses práticos dos processos postos em movimento como o redemunho do título deste livro, principalmente o Deus cristão, no caso dos portugueses nos séculos XV e XVI, e a Raça, no caso de ingleses, belgas, holandeses e outros arianos de nazista memória, nos séculos XIX e XX. Formas inauditas de horror fizeram entrada triunfal na realidade justificadas pelo triunfo dessas verdades amparadas em Aristóteles e Santo Tomás de Aquino, inicialmente, depois em Locke, Hobbes, Hegel, Comte, Spencer e Darwin. Se, como já foi dito, a audição se torna ouvido humano quando o

2 Infra, p. 201, n 44.

objeto sonoro passa a ser percebido como musical, o que terá sido o corpo dos brancos nas práticas que subordinaram, escravizaram, torturaram e assassinaram outros homens? As desumanidades que praticaram nas regiões periféricas demonstraram o que se passava nos centros. Se neles a dissolução do horror efetuado pela forma globalizada de tempo que produzia o tempo particular da exploração nas periferias não produzia eventos imediatamente destrutivos, como os experimentados pelas populações não brancas, a mesma unidade de violência maniacamente racionalizadora modelava sua "civilização" em outras formas de horror, como as guerras nacionalistas, a repressão de operários, o mal-estar crescente, a falta de sentido, o tédio que manchava as paredes e o desespero e a vontade de morrer proclamados por tantos já no início do século XIX. Baudelaire disse tudo: *tout pour moi devient allégorie*. E Flaubert fez o processo da estupidez da vida mercadoria. A expansão colonialista, que começou por dominar espaços periféricos com as racionalizações das guerras de cruzada e da honra fidalgas, não se dava só como intervenção em espaços distantes, que reproduziriam os valores do centro como se eles estivessem, como se costuma dizer, fora do lugar, pois antes de tudo ocorria como produção da simultaneidade de um tempo universal em que as adaptações das dissimetrias espaciais se integravam num suposto equilíbrio geral do todo. Desde o início, o sistema da exploração era, em suas periferias e nos seus centros, mundialmente o mesmo. Adorno lembrou que as atrocidades dele, de Londres a Cingapura e Luanda e Para Lá do Mapa, eram evidências suficientes para sustentar o pensamento de que um dia as artes representativas teriam mesmo que desaparecer, pois não seriam mais capazes de dar conta da experiência da desumanidade global.

Pressupondo o inominável da pluralidade das formas desse horror, o livro não trata de um suposto "indizível", "irrepresentável" ou "sublime" da brutalidade das suas ocorrências históricas. Seu pensamento é material, ocupa-se de condicionamentos e de práticas de transformação ficcional da materialidade objetiva de processos históricos de racionalização que produzem o horror. Aqui, pressupõe a questão político-teórica, que artisticamente é técnica, que é a da perspectiva pela qual a ficção confere forma narrativa ou poética, racionalmente construída, à figuração que transforma imaginariamente as referências de horrores históricos. As ocorrências não são meros acidentes de percurso, mas eventos regrados por normas universalizadas como legais e legítimas em sistemas filosóficos, éticos e jurídicos mundialmente difundidos e aplicados pelos agentes brancos do horror fidalgo e burguês. Desenvolvendo a questão minuciosamente nas análises, o livro evidencia que, à medida que o capitalismo aperfeiçoou os processos de extração de mais-valia, a oposição *racional/ irracional* tornou-se incapaz de dar conta da inumanidade da razão prática de homens individuais e das práticas coletivas de Estados e Impérios metodicamente aplicadas à produção do horror. Como se sabe, a ficção costuma transformar referências do horror quando o seu acontecimento bruto já é um passado irremediável e todos estão mortos. Se, por acaso, for pensado, o horror é memória, ou seja, resíduos esmaecidos de uma imaginação moldada pelos modos históricos de praticar e conceber o racional, o habitual, o normal, o natural e seus supostos contrários, o irracional, o inabitual, o anormal, o não natural. No acontecimento bruto do horror, tais categorias não são mais oposições, pois o estado de coisas que o produz é o da exceção tornada a regra da racionalidade irracional da demência lúcida da demanda do lucro. Quando a ficção transforma as referências horrorosas do evento, ela é corroída por dentro por um horror que é, por assim dizer, prévio às figurações que efetua: o horror que é a própria *mímesis,* que as reefetua como forma aceitável pelo reconhecimento do leitor. Ora, o horror é o absolutamente inaceitável. Filmes sobre campos de concentração costumam ser ruins porque sua boa intenção, denuncista e ao mesmo tempo redentora do humano no homem, mente quando afirma haver esperança onde ela foi a primeira coisa eliminada. A questão política, pressuposta no caso da imaginação que transforma ficcionalmente referências do horror, não é propriamente a da irrepresentabilidade do seu evento. A ficção não reproduz a realidade. A questão posta quando se pensa a relação de história e horror ou de ficção e horror é justamente a de que, quase sempre, ele é representado em formas que parecem não pressupor que põem em cena algo que, sendo humano, como produto humano da transformação de seres humanos, não tem medida humana reconhecível como tal. Qualquer forma historiográfica ou literária é determinação, negação e limite. Ora, como diz o filósofo citado na epígrafe deste texto, o homem não morre porque é mortal; morre porque não come suficientemente, porque o reduzem à condição de animal, porque o matam. Figurar a racionalização que é calcular matematicamente a eficácia de processos técnicos que preveem a quantidade de cadáveres a serem queimados a cada dez minutos; dar conta da inumanidade do homem e do regime político que fazem o cálculo e dos abismos da sua razão demencialmente aplicada ou, dá no mesmo, dos abismos da sua demência racionalmente aplicada: como? Quando se fala da questão, não se trata do sublime de uma referência impossível de forma, mas da inadequação da própria forma, que sempre vai conformá-la como semelhança de algo conhecido. A quase totalidade dos filmes sobre campos de concentração são ruins porque reduzem a uma forma realista o que não admite nenhuma conformidade com o "já sei" de um "reconheço". Recusando essa conformidade, Celan escolheu inventar formas poéticas paralíticas e estropiadas, que produzem no corpo do leitor a mudez e o *rigor mortis* do cadáver. Luiz lembra que provavelmente é Kafka quem fez ver o mais perto possível a atrocidade desse redemoinho com suas imagens autônomas que, como dizia um de seus primeiros críticos, Kurt Tucholsky, não aludem a nada. A extrema aproximação que seus narradores estabelecem com o leitor, achatando-o na superfície do papel com o olho literalmente enterrado nas imagens dos mundos atrozes nela figurados, obriga-o a pôr de lado o distanciamento da interpretação, que, afinal, sempre é mediação fornecedora de sentidos reprodutores do conhecido, apaziguando a experiência. Kafka diz: "É assim, isso é isso". E Beckett, dissolvendo a linguagem para evidenciar como ela sempre mente, porque sempre interpreta o que o corpo não pode dizer.

As três partes que compõem o livro ocupam-se fundamentalmente do colonialismo e imperialismo ocidentais, como disse, relacionando-se por meio das diferenças históricas de uma oposição, *normal/ desvio*, lida nas letras e belas letras portuguesas dos séculos XVI e XVII e na literatura de Conrad, Carpentier e Garcia Márquez, nos séculos XIX e XX. Essas letras e essa literatura põem em cena normas de regulação de práticas e instituições ditas "normais", que constituem o *ethos* de homens brancos capitalistas – antes monarquistas, fidalgos e católicos, depois liberais, burgueses e ateus – e os produtos do seu contato destrutivo e autodestrutivo com populações da África, da Ásia e da América Latina desses séculos. A primeira parte se ocupa de textos portugueses de história, que narram os contatos de agentes do capitalismo monárquico da dinastia de Avis com populações da

África e da Ásia classificadas como "gentias", "infiéis", "selvagens" e "bárbaras", e textos de ficção, como o romance satírico *Peregrinação*, de Fernão Mendes Pinto, e de poesia, como a epopeia *Os Lusíadas*, que os estilizam. Os textos normalizam e naturalizam a difusão portuguesa da Fé e do Império, recorrendo a preceitos retóricos que dão forma verossímil e decorosa ao verossímil histórico e ao possível ficcional que figuram, adequando mimeticamente o referencial de eventos históricos a lugares-comuns teológico-políticos escolásticos tidos como verdadeiros. Os lugares-comuns constituem os argumentos que afirmam a universalidade do Deus de Roma. Posto neles como Identidade indeterminada de Causa Primeira, Deus define o sentido da experiência histórica do tempo e orienta as faculdades da alma dos agentes com a luz natural da Graça inata. Conselheira da reta razão do agível e da reta razão do factível, a Graça ilumina a moralidade das ações que conquistam o lucro para o Rei, produzindo almas para Cristo. Aqui, a fórmula de Dostoiévski se inverte: é porque Deus existe que tudo é permitido.

Questão nuclear tratada nesta primeira parte é a do modo como os textos figuram os processos colonialistas fundindo a teologia-política escolástica, que hierarquiza as ordens sociais do corpo místico do Império português subordinando-as ao Rei, e a experiência do conhecimento empírico, aplicado e obtido nas grandes navegações e nos contatos, no comércio e na guerra com o gentio e o infiel. A determinação teológico-política das figurações historiográficas e ficcionais as faz reproduzir as normas consuetudinárias de ordenação corporativa da experiência. Fundamentadas no realismo escolástico, incluem-se num costume de longa duração que constitui a honra fidalga dos tratantes portugueses no trato mercantil e militar. Homero e Virgílio, Platão e Aristóteles, Demóstenes e Cícero, Políbio e Tito Lívio, Calímaco e Horácio, Santo Agostinho e Santo Tomás de Aquino etc. são emulados como *auctoritates* que fazem críveis o estilo epidítico do gênero histórico e os estilos dos gêneros ficcionais que figuram ações e eventos da expansão. Neles, o *ethos* da honra fidalga, só aparentemente refratária à demanda capitalista do lucro, mata, tortura, escraviza e manipula mouros, berbere, mamelucos, árabes, judeus, negros, mulatos, indianos, chineses, malaios, vietnamitas etc. com as letras e as armas, como nos versos de Camões: "Para servir-vos, braço às armas feito; / Para cantar-vos, mente às Musas dada" (*Os*

Lusíadas x, 155, 1-2). E é, tantas vezes, vencido, morto, torturado, escravizado e manipulado por eles. A conquista dos mercados africanos e orientais também aparece, muitas vezes, figurada em tópicas de emulação. Nelas, faz-se o elogio da empresa lusa porque supera os feitos dos antigos. Pedro Nunes escreve, em seu *Tratado da Esfera*, de 1537, que o contato dos portugueses com as novas realidades físicas e humanas dissipou muitas ignorâncias da cosmografia ptolomaica e escolástica. No *Tratado em Defensam da Carta de Marear*, afirma que "os descobrimentos de costas, ilhas e terras firmes não se fizeram indo a acertar, mas partiam os nossos mareantes mui ensinados e providos de instrumentos e regras de astrologia e geometria; que são as cousas de que os Cosmógrafos hão de andar apercebidos"[3]. As referências novas, decorrentes da experiência vivida e incluídas nos antigos lugares-comuns latinos e escolásticos os amplificam e, ao mesmo tempo, relativizam. No *Esmeraldo de Situ Orbis*, de 1502, Duarte Pacheco Pereira diz, citando Cícero, que a experiência vivida é a "madre das cousas" e, simultaneamente, que ensinou "radicalmente a verdade" e "o contrário do que a maior parte dos antigos escritores disseram". Garcia da Orta, no *Colóquio do Benjuy*, pede que não lhe ponham medo com Dioscórides nem Galeno, porque não vai dizer senão a verdade do que aprendeu pela observação direta das coisas. João de Barros, cuja história Camões põe em verso ao narrar a ação dos reis portugueses, escreve em seu *Ropica Pnefma* ou *Mercadoria Espiritual*, de 1532: "se agora cá viesse Ptolomeu, Estrabão, Pompônio, Plínio ou Solino com suas três folhas, a todos meteria em confusão e vergonha, mostrando-lhe que as partes do mundo, que não alcançaram, são maiores que as três em que eles o dividiram". Camões o emula: "Se os antigos filósofos que andaram / tantas terras por saber segredos delas / as maravilhas que eu passei passaram / a tão diversos ventos dando as velas, / que grandes escrituras que deixaram!" (*Os Lusíadas*, v, 23, 1-5).

Analisando minuciosamente textos históricos de João de Barros, Diogo do Couto e Castanheda, é na *Peregrinação*, de Fernão Mendes Pinto, texto de gênero misto que hoje aparece como difícil de ser classificado, pois a antiga preceptiva retórica que o regulou está destruída

---

3   Apud Joaquim de Carvalho, Influência dos Descobrimentos e da Colonização na Morfologia da Ciência Portuguesa do Século XVI, *Estudos Sobre a Cultura Portuguesa: Século XVI*, Coimbra, Acta Universitatis Conimbrigensis, 1947, v. 1, p. 37.

as letras de redemunho: uma introdução

e recalcada pelo idealismo romântico e positivista, Luiz observa a contínua não coincidência dos costumeiros lugares-comuns aplicados pelo autor para narrar e das matérias sociais que seleciona dos mundos então exóticos da Ásia, como as referências estilizadas com que preenche os lugares nos enunciados. Observando a não coincidência ou o atrito das significações de matérias derivadas da experiência vivida com as antigas "opiniões verdadeiras" aristotélico-escolásticas prescritas na instituição retórica, propõe que *Peregrinação* evidencia que formas novas de subjetividade já surgiram ou começam a surgir, sem que o próprio texto que as põe em cena o saiba. Nele, elas constituem pontos de indecisão do sentido formulados como metáforas obtusas de algo que o autor teria dito sem saber, e que poderia ser lido como evidência de um "inconsciente textual" de que falarei depois. Adiante, sua análise de *Os Lusíadas* opõe duas formulações feitas por críticos portugueses que se ocuparam do poema no século xx: sua "semântica de fundação", que glorifica a dilatação da Fé & do Império, celebrando o poder dos grandes e a empresa de ultramar; e sua "semântica da viagem", que tenderia a distanciar-se criticamente da "semântica de fundação". Como é sabido, o poema foi apropriado pela ditadura salazarista como ideologia da fundação da pátria fascista e do colonialismo português na África. Críticas dessa ideologia, como a de António José Saraiva, foram magnificamente corajosas e justas. Fernando Gil, referendado no livro, entende o poema como ideologia também em seu tempo, o século xvi, considerando-o um fracasso artístico.

Na segunda parte, Luiz estuda as narrativas de Conrad, recompondo o *ethos* branco do colonizador inglês na África e na Ásia no século xix, quando o Deus cristão, fundamento da teologia-política dos textos portugueses da primeira, já morreu, sem nada perder, como dizia Châtelet, de sua força e de sua unidade formal profunda: agora seus avatares são a Ciência, a Razão, o Progresso, a Nação, a Biologia, a Raça Branca e suas verdades de olhos azuis exercendo com exatidão a ferocidade de organização e o extermínio. Luiz estuda Conrad cruzando vários gêneros de discursos – autobiografia, cartas de editores, crítica literária, história, romances, textos de Virginia Woolf, Henry James, Kafka etc. – com os quais constitui um "sistema Conrad" que lhe permite caracterizar a literatura do autor como figuração do horror praticado e sofrido por tipos que, ou de modo excepcional ou de modo ordinário, desviam-se da suposta vida normal da sociedade inglesa ordenada por instituições burguesas estáveis ou assim consideradas, a religião anglicana, o Parlamento, a monarquia, o liberalismo, a moral vitoriana e a bolsa de valores.

Estudando a gênese da opção de Conrad pela carreira de escritor, evidencia que ela não resultou de um projeto deliberadamente trabalhado. Citando *A Personal Record*, do autor, lembra, com o crítico Zdzisław Najder, que ele costumava transmitir uma lógica mítica às suas decisões, como a da drástica mudança de vida em que o marinheiro virou autor: "em vez de um barco, uma pena; em vez do tempestuoso oceânico, o mar escuro de um tinteiro", sintetiza[4]. Navegando pelo mar obscuro do estilo do escritor, Luiz lembra que, fazendo quatro viagens entre Cingapura e outros lugares da Ásia no navio costeiro Vidor, Conrad obteve um saber prático dos efeitos da colonização ocidental também dos homens brancos. Nas colônias, como diz Najder, eles se tornavam bêbados enlouquecidos ou excêntricos irremediáveis. Lembrando com o crítico que Conrad nunca tentou reproduzir ou retratar situações vividas, propõe que as estruturas do colonialismo inglês repetiam, nas novas formas de exploração colonial, o que havia ocorrido trezentos anos antes com os portugueses na Índia. As novas formas constituíam uma matéria contraditória, pontuada de motivos baixos, sórdidos, porcos e tristes, simultaneamente violentos, destrutivos e autodestrutivos, que seriam estilizados por Conrad: os lucros não eram astronômicos como antes; os entrepostos comerciais eram lugares precários onde desajustados procuravam compensar a mediocridade do seu talento com amores nativos, álcool, crueldades, mesquinharias e alguns pequenos negócios; a honra cavaleiresca era, evidentemente, uma velharia de ingênuos idealistas, substituída pela falência moral e psíquica de "destroços humanos", como Conrad chama o branco e o malaio de seu segundo livro, *An Outcast of the Island*.

Evidenciando novamente seu pressuposto antidocumentalista, Luiz antecipa o exame da postura política de Conrad porque sua obra não é mera expressão dela. Muitas vezes, diz ele, a obra tem um grau de complexidade que seu conservadorismo não explicaria. O escritor acreditava ser muito mais fundamental a manutenção da

---

4   Infra, p. 190.

estabilidade do Império inglês que a da fama da Inglaterra como país liberal. Prosseguindo a exposição sobre o conservadorismo da adesão de Conrad ao colonialismo inglês, relaciona sua posição política de emigrante polonês na Inglaterra com sua prática de romancista competindo com escritores claramente imperialistas, como Kipling, e outros, que ignoravam a matéria política e escreviam romances de divertimento. Propõe que, nos primeiros romances de Conrad, um índice do modo estratégico como dá conta dessa relação se evidencia na representação de uma periferia que é colonizada não por ingleses, mas por holandeses muito temidos pelas populações locais. A escolha de uma matéria exótica dominada por não ingleses era uma solução a ser aperfeiçoada pela figuração do "trajeto do homem branco nos trópicos". Analisando por meio dos conceitos de *norma* e *desvio* os móveis da ação de personagens brancas paradigmáticas, como Kurtz, de *O Coração das Trevas;* Jim, de *Lord Jim;* Gould e Nostromo, de *Nostromo,* Luiz faz excelentes interpretações de Conrad. Elas são pioneiras no Brasil e também inovadoras no mundo de língua inglesa, onde Conrad tem sido objeto de estudos culturais politicamente corretos que não consideram o ficcional da sua ficção, quando defendem os direitos humanos de suas personagens femininas e masculinas não brancas. Sua excelente análise de *Nostromo* e seu lugar, Sulaco, que condensa referências históricas latino-americanas reconhecíveis do México à Patagônia, abre o livro para a terceira parte.

Essa análise ocupa-se de textos que transformam referências históricas dos (neo)colonialismos, caudilhismos, golpismos, ditaduras, corporativismos, clientelismos, gangsterismos e anomias constitutivos da normalidade da América Latina nos séculos XIX, XX e XXI: o livro pouco conhecido de Hudson, que relata sua viagem etnográfica pelo interior do Uruguai; *Los Pasos Perdidos,* de Alejo Carpentier; e, principalmente, *Cem Anos de Solidão, Ninguém Escreve ao Coronel, O Outono do Patriarca* e mais textos de Garcia Márquez.

Discutindo a gênese do romance moderno com o *Dom Quixote* e as distinções que os primeiros autores ingleses de romances fizeram entre *romance,* gênero fantástico, e *novel,* narrativa mimética da história, constitui os momentos em que a história passou a controlar a imaginação dos romancistas. O realismo avança nas *novels* inglesas, eliminando os últimos lances da matriz cavaleiresca que Cervantes começara a expurgar emulando a paródia dela feita por Ariosto no *Orlando Furioso*. Depois, apesar de Sterne e suas retomadas de Cervantes e de Luciano de Samósata, a obra realista de constituir o fantástico como pura diversão inconsequente seria arrematada por Balzac, Stendhal e Flaubert. Gabriel Garcia Márquez propõe e escreve *Cem Anos de Solidão* rompendo com o realismo dessa tradição romanesca não para recuperar o fantástico expurgado por Cervantes, mas para combiná-lo com uma perspectiva histórica e romper com a verossimilhança realista. Aqui, Luiz nos lembra que a fantasia também é obviamente histórica, quando rompe com o modo habitual de entender a ficção como a representação que torna reconhecíveis para o leitor os *percepta* da realidade figurada. Garcia Márquez tinha precursores óbvios: Borges, Carpentier, Virginia Woolf, Kafka e Machado de Assis. A ruptura com a temporalidade mecânica e linear dos realismos revive, em seus textos, o tempo da fábula, Luiz lembra com Emir Rodríguez Monegal – e também Rabelais, *As Mil e Uma Noites*, o fabulário popular colombiano etc. Assim, *Cem Anos de Solidão* dissolve o tempo linear, reduzindo a prosa do mundo à pura ficcionalidade. A recusa de Márquez do *historisch*, a história dos historiadores, não seria, contudo, apenas uma alegorização fantástica de princípios dualistas, como propõe a *overinterpretation* de um crítico, Merrell, nem a magia proposta por Monegal, Dorfman, Echevarría, mas a inclusão, propõe Luiz, "do que antes era o documentável"[5]. Assim, ele retoma o que é central na tese que seu livro desenvolve desde o "Prefácio à Primeira Edição: Uma Nota Pessoal": a recusa do paralelismo alegórico, que faz a ficção ser documento da realidade, e do ficcionalismo fechado em si mesmo, que a faz ser um jogo de linguagem imanente que nada pode dizer sobre a realidade, deve ser realizada por outra via crítica. Propondo que "o fantástico é o descomunal da realidade prosaica" e lembrando o enunciado de Garcia Márquez, "desafio maior para nós tem sido a insuficiência dos recursos convencionais para tornar crível nossa vida", estuda *O Outono do Patriarca* demonstrando como o "delírio perpétuo" da mente da personagem, construído pela montagem de planos heterogêneos que rompem o tempo linear nas frases gigantescas, funde o poder com que domina a tudo e a todos com a puerilidade de uma alma dependente, torturada pela dor da hérnia e do amor inatingido. O caudilho

5   Infra, p. 418.

as letras de redemunho: uma introdução

monstruoso não é buscado numa figura empírica, indica, mas sua composição como *Urführer* decorre da abstração das particularidades de uma prática secular de dominação colonial ou neocolonial ou moderna e pós-moderna dos países latino-americanos. Como o estudo propõe, há um nexo profundo ligando os principais textos de Garcia Márquez que não se reduz à simples oposição *realismo/fantástico*. A figura histórica de Bolívar é central, no caso, evidenciando que, unindo-se à imaginação, a realidade gera a ficção do autor. Como diz ao propor que Bolívar é o pai originário das caóticas descendências figuradas nas obras de Márquez: "A ficção não é o termo oposto à cena do real, senão o que a explora além do plano dos *percepta*"[6].

O livro não trata de nenhum autor brasileiro. Por quê? Nada de horroroso na formação histórica do país? A colonização lusa do trópico produziu o jeitinho freyriano que também no Império e na República congraçou cordialmente as raças tristes na unidade feliz de uma federação de diferenças? Luiz lembra que, no país, desde os primeiros autores românticos, foi e continua arraigada a crença de que a literatura é documento da realidade natural e social. A crença naturaliza "o veto ao ficcional" que, desde os primeiros românticos brasileiros, como Flora Süssekind propôs, implicou a constituição da literatura como instrumento etnográfico que, suplementando a ausência de ciência com o privilégio conferido ao descritivismo realista, elimina a autorreflexão e mediocriza a imaginação. Ou vice-versa. Propondo que a presença da casa grande é perene, naturalizando as formas coloniais e neocoloniais da senzala na vida cotidiana do país, lembra o horror surdo das relações familiares figuradas no grande romance sobre a escravidão brasileira, hoje relegado ao esquecimento, *A Menina Morta*. Acredito que um estudo que comparasse o *Grande Sertão: Veredas* com textos de Carpentier e, principalmente, com *Cem Anos de Solidão* e *O Outono do Patriarca*, na linha interpretativa proposta por este livro, poderia evidenciar uma matriz comum. Por exemplo, poderia demonstrar que, também recusando o realismo, Guimarães Rosa faz falar o horror das velhíssimas estruturas de poder do Brasil dissolvendo, simultaneamente, as interpretações delas feitas desde o século XIX por ideólogos de esquerda e de direita. A dupla composição de Riobaldo como um Sancho-Quixote; a

6 Infra, p. 444.

correlação e a anulação recíprocas da cultura popular e da cultura ilustrada (que, em Cervantes, são figuradas em cada uma das personagens) na cena da fala de Riobaldo, efetuando o "nonada" da ficção; o silêncio obsequioso que Riobaldo impõe ao doutor, não naturalizando a fala do sertão nem a fala da cidade; as fórmulas "Nonada" e "O diabo na rua, no meio do redemoinho", que citam a passagem do capítulo XXV do segundo livro do *Dom Quixote* em que Sancho e Dom Quixote conversam sobre o diabo e Sancho diz que ele passa: *levantando caramillos en el viento y grandes quimeras de nonada*, sugerem a viabilidade da hipótese de que, opondo-se à velha tradição documentalista da literatura brasileira já criticada no século XIX por Machado de La Mancha, Rosa, como um Ariosto do mato fazendo a paródia do pedregal positivista do que já se chamou "o barroco científico" do estilo de Euclides da Cunha, também buscou em Cervantes o fantástico que o espanhol recalcou.

A necessidade de discutir *mímesis* sempre afirmada não é, portanto, um desvio teoricista, gratuidade pedantesca de uma mania filosofante e seu blá-blá-blá. O livro dá a entender que uma das questões principais que enfrenta é a de determinar se o conceito que se faz de ficção continua pressupondo as Ideias essenciais da mimontologia platônica e as unidades formais de seus avatares, Motor Imóvel aristotélico, Deus cristão, Razão hegeliana, Nacional romântico, Ciência positivista etc., além dos universais pré-constituídos por analogia com eles, o Homem, o Sujeito, a Razão, a Consciência, o Real, a Linguagem etc., que engessam a ficção como repeteco de semelhanças modelares e controladas, reconhecíveis pelo leitor e pelo crítico como maior ou menor adequação ao Real empírico que expressam e documentam. Ou se a *mímesis* da ficção significa a produtividade sem Primeiro, sempre contingente, arbitrária e imotivada, em que as remissões de signo a signo também estabelecem semelhanças, mas não semelhanças subordinadas a um universal qualquer como revelação e reconhecimento, mas como efeitos deslizantes do diferencial do significante que faz o significado ser outro significante e outro e mais outro, sem substancializar nenhuma das significações como o Primeiro de um Sentido transcendente ou transcendental, mas também sem dar conta da sua própria historicidade. Ou, ainda, se *mímesis* orienta a terceira via que pratica no livro.

Pressupondo as posições quase sempre ferozmente inimigas de autores que constituem o campo móvel da discussão contemporânea

as letras de redemunho: uma introdução

da ficção, o livro passa, como disse, ao largo dos modelos historiográficos documentalistas e desconstrucionistas, pois examina justamente os domínios contingentes da produção e da recepção. Para afirmar que o vetor da diferença constitui os textos ficcionais como figurações da realidade do possível, demonstra que a sua mesma diferença os faz irredutíveis ao lugar social do autor. A relação do texto de ficção com sua realidade empírica, pressuposta em suas significações, não é apenas de re-apresentação dela, como se um suposto "exterior" real passasse para o seu "interior" imaginário. A linguagem não é o espaço. A relação do texto com a sua realidade é antes a da reordenação imaginária dos campos simbólicos dela, que ele desnaturaliza ou irrealiza na sua cena, produzindo novas configurações singulares que têm a potência prática de intervir no presente da sua história.

As repetições positivas do idealismo platônico, genericamente caracterizadas como "platonismo" desde a crítica de Nietzsche, acham-se nas definições latinas de *mímesis* como *imitatio* e *aemulatio*; na *figura* patrística e escolástica, que pressupõe a identidade indeterminada de Deus como causa do tempo; na *similitude* platônico-hermética dos séculos XV e XVI, que afirma essências místico-astrológicas como fundamento das imagens; na *representação*, produzida como a forma interposta que regula e expõe as adequações de unidades universais pré-inscritas na subjetividade, na linguagem e na realidade empírica; na *Bildung* romântica e seu instinto de nacionalidade, que reprime a ficção sob o recalque do documento; no *reflexo*, que faz da ficção um espelho da infraestrutura etc.

O que faz o platonismo ainda tão forte hoje, por exemplo, nas interpretações documentalistas da ficção? Diria que sua potência de racionalização produtora de universais. Aqui, tomo um atalho para falar do platonismo dos discursos de verdade pressupostos no documentalismo e depois voltar ao livro. Heidegger propôs que Platão concebe a idéia que se faz do ser dos entes como produto de *das dichtende Wesen der Vernunft*, "a essência poietizante da razão". Com as muitas significações gregas do verbo *poiein, gerar, produzir, fazer, construir, inventar, lembrar* etc., tal essência determina a *Retórica* e a *Poética* aristotélicas como normatividade dos preceitos técnicos com que o juízo silogístico gera os discursos trágicos, épicos e oratórios por meio das dez categorias expostas pelo filósofo no *Organon*. O juízo repete *topoi*, lugares-comuns, que constituem *endoxa*, os opináveis verdadeiros, dos *mythoi* correntes na *polis*, adequando-os com a proporção, a verossimilhança e o decoro que visam a eficácia do reconhecimento público dos gêneros da fala. Latinamente, a essência poietizante da razão determina a prosa e a poesia como *imitatio* e *aemulatio* de *auctoritates*, as autoridades, que efetuam a *fides* dos gêneros ou a credibilidade verossímil do que é dito neles. Cristãmente, determina, como em Dante, a ficção como figuração alegórica do projeto providencial revelado factualmente por Deus em coisas, homens e eventos dos dois Testamentos. No mundo desencantado a partir do século XVIII, outras unidades formais continuam platonizando, como a Razão, o Progresso, o Nacional. Heidegger afirma que tal essência poietizante da razão relaciona todo conhecimento humano, isto é, o conhecimento racional, a uma origem superior. No caso, "superior" significa a Origem posta essencialmente além da quotidianidade habitual. Assim, o que é percebido pela razão e na razão, o ente enquanto ente, não se deixa apreender pelo simples fato de estar aí. No *Fedro*, por exemplo, quando Platão conta o mito da descida da ideia a partir de um lugar supraceleste, *hyperouránios tópos*, na alma humana encarnada neste mundo mutável, o mito não passa, pensado metafisicamente, da interpretação grega da essência poietizante da razão, isto é, da sua origem superior. Platão determina o ser como *eidos/Idea —Anwesen im Aussehen,* presença no aspecto, na fórmula de Heidegger — pressupondo que a verdade é *alétheia* (não esquecimento ou, mimetizando os cacoetes etimológicos do filósofo, des-velamento, re-velação: *Unverstelltheit*).

Desde Platão, a ideia de que a verdade é re-velação prescreve que há um discurso feito como discurso reto, seguro das leis de combinação ontológica, que o fazem *apophantikós,* no sentido dado ao termo por Aristóteles, quando diz que todo *lógos* é *semantikós,* mas que nem todo *lógos* é *apophantikós* e que só o é o *lógos* ao qual cabe dizer o verdadeiro ou o falso e, ainda, que isso não é próprio de todos os *lógoi,* fazendo os discursos ficcionais só verossímeis, semelhantes ao discurso verdadeiro.

Os textos portugueses estudados neste livro pressupõem a identidade absolutamente indeterminada do Deus cristão como Fonte, Causa, Origem e Fim do discurso verdadeiro, que corresponde, neles, à razão do discurso teológico "apofântico", no sentido dado ao termo por Aristóteles. Naquele mundo ibérico escolástico dos séculos xv e xvi, a ficção não enuncia a verdade, pois só tem "aspecto de verdade", como discurso verossímil cujos lugares-comuns dialéticos e retóricos emulam argumentos teológicos verdadeiros. A retórica que compõe a ficção é normativa e ordena sua invenção, disposição e elocução com técnicas que constituem a recepção prescritivamente, fazendo o destinatário sinônimo da enunciação, numa típica circularidade de código. Os textos de Conrad, Hudson, Carpentier e Garcia Márquez também têm ordenação retórica, obviamente, mas sua retórica não é mais normativa. A antiga ordem do cosmos pressuposta na Escolástica está dissolvida e os textos constituem o destinatário em posições de indeterminabilidade do sentido que, no entanto, costumam ser normalizados pelos universais afirmados nas ciências biológicas e sociológicas contemporâneas deles.

Platão afirma que *alétheia* sofre um deslocamento quando é visada pelo discurso. O discurso a lembra ou re-vela em formas sensíveis. Nelas, a mesma verdade, que é não velamento e exatidão situados sob a *Idea*, é re-velação ou presença que se vela como lembrança que se esquece. Logo, se o discurso considerado reto- platonicamente, o do filósofo-dialeta – modernamente, o da ciência – é exatidão da enunciação referida à *idea*, e se *ousía*, a essência, se entende como *idea*, a *mímesis* – ou entendida como produção ou definida como imitação –, afeta a participação da coisa na sua ideia. Platonicamente, a *mímesis* processa uma desinstalação e um descentramento da ideia, ao mesmo tempo em que a instala e centra. A retidão da enunciação seria absolutamente rigorosa apenas se estivesse totalmente fundada em *alétheia*; mas, com o descentramento mimético, o que se produz na enunciação dos discursos só tem "aspecto de". Ou seja, é "apenas semelhante a". Na *República*, Platão chama os produtos de *mímesis* de *phainómena*, aparências. Platonicamente, falar é repetir, mas a repetição não instala a fala na presença plena: a produção mimética não instala o *eidos* ou a presença plenamente, como *idea*, mas apenas como *eidolon*, *phainomenon*, aparência, ídolo, análogo; *eikos*, ícone, imagem, simulacro etc. Platão usa o termo *eídolon* pejorativamente; além de significar um *eidos* diminuído, o termo significa algo que é supérfluo no seu modo de aparecer como uma espécie de "presençazinha" degradada da presença plena. No entanto, quando escreve *eidos e eidolon*, Platão indica que a diferença está alojada no seu próprio discurso

de *alétheia*, o que o faz separar uma "boa" *mímesis*, a do filósofo-
-dialeta, de outra "má", produtora de *eidola*, a do sofista e a do
poeta. Com essa determinação política de *mímesis*, Platão inaugura
o controle da imaginação pelos universais que sua *mímesis* teatraliza,
caracterizando o sofista como politécnico que fala embaralhando
os aspectos ou misturando as presenças como indeterminação de
simulacros, *phantásmata*. O sofista é *deinos*, perturbador da oposição
ontológica fundamental de presente/não presente. Definindo-o como
ser mimético, Platão afirma que ele finge ignorar a *mímesis* e que sua
prática faz emergir um fundo informe que ameaça a presença plena.
Logo, deve-se expulsá-lo da Cidade; e, com ele, também o poeta, cuja
phantasia produz *phainomena* ou *phantásmata*.

A continuidade dessas determinações platônicas do conceito
antigo de *mímesis* hoje é evidente. Mas para que repor sua concei-
tuação grega? Para dar conta da *poiesis* moderna e contemporânea?
Obviamente, não; depois de Kant, Hegel, Marx e Husserl, a história
é muito outra. Mas para movimentar o pensamento. Luiz escreve no
Brasil, onde as instituições que ainda se ocupam do campo literário
continuam propondo a linguagem da ficção como superestrutura
espelho da realidade natural e social a ser interpretada como alegoria
documental das verdades de discursos não literários que efetivamente
desdenham a ficção quando se ocupam dela. A naturalização do
platonismo é *doxa*, opinião dogmática dada por verdade, que determina o que em vários lugares o livro chama de "veto ao ficcional".
Mas sua operação crítica não para aí, é mais complexa. Recusando
o desinteresse pela história demonstrado pelo textualismo desconstrucionista, que desloca a *doxa* platônica como mais um jogo
de linguagem universalista, entre outros, ele propõe a história e, ao
fazê-lo, é nominalista como um desconstrucionista.

Não supõe que a palavra recebe seu ser da referência, genericamente "a realidade", que já evidenciaria a estrutura pré-inscrita de
um universal qualquer como ordem reproduzida pelas adequações
expressivas ou representativas da palavra. Afirma ele que a palavra
não recebe nenhuma estrutura pré-constituída da sua referência e
que, ao contrário, é ela que dá ou produz a "coisa" com uma configuração particular que é diferença. Na ficção, a diferença é efetuada pela
intencionalidade de enunciados retóricos que, sendo formalizados
como a expressão, a designação e a significação da frase gramatical,

transformam-nas em figuração imaginária singular. A proposta de que a *mímesis* nomeia atos de invenção produtores de textos irredutíveis às coisas figuradas neles, e também às estruturas gramaticais da língua, permite-lhe não identificar a diferença do texto particular à má generalidade da semelhança modelar, caso em que é capturada como repetição vicária de universais que a controlam, elidindo sua ficcionalidade. Ao mesmo tempo, permite também evidenciar que o texto literário é produto da transformação objetiva de matérias sociais como irrealização da realidade. A via proposta pressupõe os atos da recepção. Nela, a semelhança é, como diz, "redundância mínima indispensável" que constitui o horizonte de expectativa dos atos do leitor. A paciente observação dos sistemas de representação que constituem tal horizonte nos vários tempos históricos dos textos estudados especifica o que cada um deles entende por verdade, verossimilhança, forma, boa forma, valor artístico etc., na diferença que efetuam. Também permite avançar critérios para lhes avaliar o valor por meio do exame dos modos como cada um deles efetua tais categorias e conceitos, ou como semelhança subordinada ou como diferencial crítico. No caso, evidencia a opção estética de valorizar textos em que o vetor da diferença é afirmado contra a ideologia, "ostra que se agarra no casco navegante da linguagem", como afirma, aplicando a noção a *Os Lusíadas*.

Pensei em discutir a relatividade desse juízo e desisto. Mais pertinente, numa introdução, pode ser falar da afirmação de que o lugar histórico que motiva, consciente e inconscientemente, a invenção do autor torna-se uma marca temporal do presente em que o texto é inventado, evidenciando, muitas vezes, que o autor formulou coisas que não estavam no seu horizonte de expectativa. Considerando que o texto de ficção é o produto datado da invenção situada de um homem particular, obviamente sempre incapaz de totalizar a experiência histórica de seu tempo, o livro propõe a noção de "inconsciente textual". Com ela, afirma kantianamente que é possível, no século XXI, compreender um autor melhor do que ele se compreenderia a si mesmo no século XVI ou no XIX. O tempo que extinguiu sua formação histórica também teria produzido instrumentos aptos para compreender determinações históricas que ele próprio, autor, não compreendia quando as reelaborou como metáforas obtusas, que mais tarde seriam evidenciadoras de seu desconhecimento na cena do texto. Obviamente, qualquer texto é efetuado duplamente pela semelhança, que traduz o que é dito motivando sua verossimilhança com os saberes do seu tempo, e pela sua própria diferença de evento singular, que tendencialmente o afasta desses saberes como figuração do possível que os irrealiza. O jogo da semelhança e da diferença condicionaria, segundo o livro, o não saber autoral do "inconsciente textual": algo que se diz no que é dito como uma "síntese passiva", sem ser objeto conscientemente construído pelo ato de fingir do autor.

A noção de "inconsciente textual" é heurística e abre-se como hipótese de leitura que, antes mesmo de explicar qualquer coisa supostamente latente no texto e ignorada por ele, explicita a posição teórica que o intérprete assume em sistemas de interpretação como a historiografia e a psicanálise. Acho que é improvável e, para discuti-la, lembro o que Michel de Certeau diz sobre o historiador: quando escreve, o historiador efetua o passado como uma verossimilhança controlada pelos dados da sua teoria historiográfica e da sua erudição dos arquivos. A correlação de estrutura discursiva e ausência do passado constitui sua escrita como ordenação sintática cuja ordenação semântica deve dizer o outro, o morto, produzindo a presença metafórica da sua ausência. No caso, a relação do texto com o real é, necessariamente, relação com a morte, elemento que evidencia o arbitrário da particularidade simbólica da escrita e da particularidade histórica do passado que é objeto dela. A morte está lá, no passado, como causa da dispersão dele em fragmentos no presente; mas também aqui, no presente, como fundação da diferença que é o estilo particular do historiador. Nesse caso, como acontece com o discurso de um paciente psicanalisado, é o efeito da escrita que transforma resíduos do arquivo – o estilo do historiador – que produz a pressuposição de sua causa – o passado –, remetendo o leitor à enunciação, que constitui o sujeito da escrita como vivo, por oposição ao objeto morto, como é o caso dos sujeitos da enunciação dos textos de Fernão Mendes Pinto, João de Barros, Diogo do Couto, Castanheda, Camões e o do sujeito de enunciação deste livro. No presente, a escrita define uma nova presença do morto como um novo passado que critica as versões existentes sobre ele, estranhando a naturalidade da organização intelectual em que circulam como evidências.

De modo semelhante, com a noção de "inconsciente textual", o livro propõe que é possível definir uma nova presença do morto, a autoria Fernão Mendes Pinto, no presente do leitor, hoje. E também que essa nova presença do morto incide no próprio presente do passado de Fernão Mendes Pinto, o final do século XVI, demonstrando que então ele dizia algo não dito, algo que ele mesmo, como autor, não sabia que dizia no dito.

A noção de "inconsciente textual" lembra imediatamente a prática psicanalítica. Nela, quando fala, o paciente é, por assim dizer, o seu próprio arquivo. Pontuada pela escuta do analista, sua fala deve reconhecer a continuidade do seu presente nas imagens que produz do seu passado, reconhecendo também as substituições metafóricas de um pelo outro, os equívocos, os lapsos, as formulações obscuras, os buracos do enunciado etc., até um dia finalmente também reconhecer sua arbitrariedade simbólica e, ao fazê-lo, dar-se conta da sua própria finitude, sabendo que está aí e que é tempo, linguagem e morte. O historiador ordena resíduos do arquivo em seu presente de maneira sucessiva, por meio de disjunções, objetivando-os como termos de uma sintaxe narrativa – "um depois do outro" – e não "os dois simultaneamente", diferentemente do que ocorre na fala do paciente, como De Certeau lembrou em seu ensaio *Histoire et psychanalyse entre science et fiction*. Diferentemente, também, do modo ficcional do fantástico de Garcia Márquez e do gênero misto de Fernão Mendes Pinto e do épico de Camões. A operação do historiador e a do escritor de ficção e poesia não conhecem a alienação do paciente, digamos assim, pois a ação que as constitui é um *artifício* intencionalmente calculado. No caso do historiador, não pretende recompor a verdade irrevelada da realidade passada, pois sabe que ela permanece latente em sua operação como realidade extinta. A proposta da noção de "inconsciente textual" pressupõe que o crítico possa ler o texto do passado como um analista ouve o discurso de um paciente, desatando e explicitando os nós metafóricos que ele mesmo, texto, ignora, quando os põe numa ordem analítica disjuntiva e sucessiva que os interpreta. Mas há uma diferença radical nessa comparação: enquanto o paciente é paciente justamente porque ignora a ordem simbólica, deixando-se falar por uma significação qualquer dela, o texto de ficção sempre é produto de um ato intencional de fingimento que pressupõe, como o texto do historiador pressupõe com outros critérios, a plena consciência da regra simbólica que o constrói tecnicamente como artefato ficcional. O que pode aparecer nele como não dito, obtuso, confuso ou irresolvido poderia muito bem resultar de uma técnica intencionalmente aplicada para produzir o não dito e a indeterminação decorrente. Pode-se fingir muito coerentemente a incoerência e a "síntese passiva" que o autor teria efetuado como não dito inconsciente me parece indecidível, improvável de determinar[7].

João Adolfo Hansen
Professor Titular de Literatura Brasileira
na FFLCH-USP

---

7   PS: Escrevi este texto em Santiago, onde me encontro, convidado para dar um curso de pós-graduação sobre as letras coloniais luso-brasileiras na Universidad de Chile. Minha primeira aula, do dia 4 de agosto, não houve, pois a Faculdade foi fechada devido à manifestação dos estudantes universitários e secundários que lutam pela reestatização do ensino público. No dia 11, quando comecei o curso, minha aula foi literalmente um estouro, interrompida pelo gás das bombas de gás lacrimogêneo que *los pacos*, a polícia a mando da direita no poder, lançou contra os estudantes que se manifestavam. Não pude ter acesso a textos de Heidegger, Platão, Aristóteles e Michel de Certeau; tive que citá-los de memória. Estou achando ótimo estar no redemunho daqui. Gostei de escrever esta introdução confirmando o que o Luiz e eu sabemos faz tempo, acho que desde sempre, pois o Brasil e os países da América Latina nos fazem quase ficar platônicos, tão essenciais eles são: o redemunho do horror não é só um tema. Santiago, 23 de agosto de 2011.

Parte 1

Os Novos Argonautas

1:
A Expansão Ultramarina Portuguesa Rumo ao Oriente

Uma Breve Trajetória

Tradicionalmente, a expansão ultramarina portuguesa foi considerada o feito de um certo príncipe, o infante dom Henrique (1394–1460), que, anos depois da conquista de Ceuta (1415) aos mouros, começou a explorar, com naus por ele próprio fretadas, a costa norte-atlântica da África. De início, seu interesse pelo mar não lhe trazia maiores vantagens que a do corso, frequente, na época, também entre nobres. O primeiro efeito de seu empenho dar-se-ia em 1434, com a penetração do Atlântico Sul por um dos capitães contratado por ele, Gil Eanes, que atravessara o cabo Bojador. Mas cometeríamos um erro já ultrapassado pela historiografia lusa se, neste começo, insinuássemos que dom Henrique teria sido a ponta de lança de uma história *teleológica* movida pelo empenho português de chegar à Índia e, infletindo para o Ocidente, causadora da descoberta do que se chamou Terra de Santa Cruz. Embora essa ingênua teleologia esteja há décadas desmanchada, importa mostrar em prol do que ela se desfez. Para isso, devemos de início nos concentrar na conquista de Ceuta. Cito, pois, um historiador a quem muito devemos:

> Ceuta ofereceria uma série de vantagens: podendo vir a tornar-se depois uma testa de ponta para a conquista de Marrocos, podia sê-lo igualmente para a de Granada, que se isolava das suas retaguardas muçulmanas; e a sua posição estratégica de primeira ordem, dominando o estreito de Gibraltar, fazia dela a chave do Mediterrâneo. O seu aniquilamento como base do corso muçulmano [...] agradaria, sem dúvida, quer à burguesia marítima portuguesa, quer à inglesa, sua

parceira, interessadas no desenvolvimento das relações comerciais com os portos do mar interior[1].

Continuemos a seguir sua argumentação. As vantagens apresentadas pela tomada da praça africana eram contrabalançadas pela constante falta de trigo, que comprometerá os capitais da coroa. As desvantagens aumentarão ao associarmos a proximidade de Ceuta quanto ao Marrocos à persistência do sonho, de origem medieval, de estabelecer contato com um suposto rei cristão, Preste João, que, residente nas proximidades da África com a Ásia, favoreceria quer a cruzada contra os mouros quer o comércio de Portugal com o Oriente. Corporificando o duplo sonho de cruzado e mercador, o infante vem a liderar empreendimento militar que, a partir de Ceuta, procura conquistar o Marrocos. Mas não irá longe. Em 1437, é ferido e suas tropas são destroçadas em Tânger. As consequências serão graves: seu irmão, dom Fernando, é deixado como refém, para que fosse trocado pela restituição de Ceuta. Aquele que reina, dom Duarte (1433-1438), no entanto morre sem conseguir cumprir o trato. Sem nos determos na questão, bastará dizer que o príncipe dom Fernando morrerá em uma masmorra, em 1443, sem que tenham tido êxito as tentativas de libertá-lo. E aqui, mesmo com o abandono da linearidade narrativa, somos obrigados a uma solução expositiva mais complicada: a de olhar em duas direções.

A primeira visualiza a frente africana, com dom Henrique disposto a vingar a derrota e a morte do irmão com o avanço sobre o Marrocos, simultânea a que se jogava nos campos de Castela. As duas frentes, a africana e a castelhana, faziam parte do mesmo projeto da alta nobreza lusa, disposta, por um lado, a levar a cabo o espírito de cruzada, e, de outro, avançando sobre os mouros que ainda ocupavam Granada, em assegurar o aumento da base fundiária conquistada a partir da vitória de Afonso Henriques, 1º rei de Portugal, sobre a nobreza da Galícia. Como o segundo alvo supunha a permanência de um estado beligerante com a nação vizinha, aventa Luís Filipe Thomaz que a realeza lusa, com o propósito de dissuadir o infante dom Henrique, oferece a ele vantagens materiais, entre elas a concessão das ilhas dos Açores. Então, ao ocupar-se o infante de seu povoamento, sua

1   L. F. F. R. Thomaz, *De Ceuta a Timor*, p. 61.

a expansão ultramarina portuguesa rumo ao oriente

postura de combate aos espanhóis empenhados na Reconquista, e de penetração pelo interior africano, perde a primazia frente à estratégia contraposta, que é a de explorar a costa atlântico-africana. Concentrando seu esforço no arquipélago açoriano, dom Henrique tinha de dedicar maior atenção à navegação. Se, durante décadas, o fretamento das naus lhe trouxera pequenos lucros, o ultrapassamento do cabo Bojador aumenta enormemente o litoral africano que se abre para o comércio e pirataria. As vantagens provocadas pela aquisição de escravos negros e de ouro em pó são suficientes para que a "consciência cristã" do príncipe proíba, em 1448, a continuação da prática do corso. "Esta medida marca o triunfo do comércio sobre a pilhagem e uma mutação importante na mentalidade de D. Henrique"[2]. Desse modo, o príncipe chamado "o navegador" afastava-se do partido da alta nobreza, que via sua função militar assegurada pela manutenção do conflito com Castela, e passava a conjugar seus esforços ao da realeza, para a qual a opção atlântica significava romper o clima constante de beligerância com os vizinhos e dedicar-se a uma opção muito menos arriscada, pois, na costa africana, suas naus ainda não tinham rivais e, potencialmente, eram mais exitosas. Por conseguinte, mesmo que o incremento do comércio com o litoral africano não tenha resultado de um plano traçado e cumprido à risca pelo príncipe-navegador, o fato é de ter sido ele aquele que abre o processo da expansão ultramarina portuguesa. Ela terá o seu auge sob o reinado de dom João II (1481-1495) e de dom Manuel I (1495-1521). Antes porém de passarmos em revista um breve sumário dos feitos cumpridos durante seus reinados, importa considerar, de passagem, uma tese levantada nas últimas décadas a propósito da estrutura do poder português durante o período da expansão. Tradicionalmente, essa estrutura de poder tem sido interpretada como um feito dirigido por figuras que orientariam a política monárquica (dom Henrique) ou pelos próprios monarcas (dom João II e dom Manuel). Em data recente, António Manuel Hespanha a tem severamente questionado. Como primeiríssima aproximação do sistema político que lhe parece o efetivamente vigente, recorde-se uma das características centrais que o autor aponta em artigo em defesa de sua tese: aquele sistema se caracterizaria pela "redução das funções da coroa a uma administração passiva, "'O melhor, Senhora,

2   Idem, p. 124.

é não obrar', recomendavam, receosos, os Conselheiros de Estado à novel regente D. Luísa Gusmão"[3]. Tal passividade resultava, continuava o autor, do enraizamento no pensamento medieval, para o qual "a unidade da criação era uma 'unidade de ordenação'". Em consequência, contrapondo-se à linha interpretativa dominante, em sua obra fundamental, declara qual o modo de funcionamento próprio do Estado anterior ao absolutismo:

> O governo deveria, portanto, ser mediato; deveria repousar na autonomia político-jurídica (*iurisdictio*) dos corpos sociais e respeitar a sua articulação natural (*cohaerentia, ordo, dispositio naturae*). [...] A função da cabeça (*caput*) não é, pois, a de destruir a autonomia de cada corpo social (*partium corporis operatio propria*), mas a de, por um lado, representar externamente a unidade do corpo, e, por outro, manter a harmonia entre todos os seus membros, atribuindo a cada um aquilo que lhe é próprio, garantindo a cada qual o seu estatuto ('foro', 'direito', 'privilégio'); numa palavra, realizando a justiça (*comutativa*)[4].

A tese da cissiparidade da estrutura do poder colonial luso é desenvolvida pelo autor em vários ensaios de livros diversos. Basta-nos concretizá-la com excertos de pequeno artigo de que é coautor, na *História de Portugal*, dirigida por José Mattoso: "A administração ultramarina asiática (e africana) assentava num modelo que não favorecia a formalização ou institucionalização das soluções político-administrativas"[5]. E assim tinha de suceder porque "o império português [...] estende-se por um vasto mundo, que não podia dominar nem controlar se empregasse os expedientes tradicionais da administração. – Antes de mais, trata-se, não de um império terrestre, mas de um império oceânico"[6]. Sua extrema extensão e descontinuidade provocava ora a integração da "rede de feitorias orientais", assimiladas em uma rede mais ampla, que terminava gerida em Lisboa pela casa da Mina e Índia, "sob orientação direta da coroa"[7], ora direção bem

3   A. M. Hespanha, Depois do Leviathan, *Almanack Brasiliense*, n. 5, p. 56.
4   Idem, *As Vésperas do Leviathan: Instituições e Poder Político – Portugal: Século XVI*, p. 300.
5   A. M. Hespanha; M. C. Santos, Os Poderes num Império Oceânico, em J. Mattoso (org.), *História de Portugal*: v. 4, *O Antigo Regime* (1620-1807), p. 408.
6   Idem, p. 395.
7   Idem, p. 402.

a expansão ultramarina portuguesa rumo ao oriente

diversa, quando a feitoria se consolidava ou em "domínio territorial" (caso de Goa) ou no "comércio da zona" (caso de Macau)[8].

Não precisamos nos deter noutras situações de estruturação também diversa, nem nos reparos que fará Laura de Mello e Souza, em *O Sol e a Sombra*, a propósito de uma colonização como a brasileira, em que a escravidão determinará o caráter econômico da empresa. O detalhamento seria ocioso porque, sem que se negue a importância da contribuição de Hespanha, estou de acordo com a observação de Sérgio Alcides feita a mim: "A obra revisionista de Hespanha serve para descrever a normalidade – mas ela ignora completamente o próprio fundamento dessa norma, a soberania centralizadora do rei que a Hespanha só aparece em sua passividade habitual".

Ao leitor de Carl Schmitt será evidente em que se apoiam a objeção de Sérgio Alcides e o nosso endosso. Nossas observações derivam da frase de abertura da *Politische Theologie* (Teologia Política): "Souverän ist, wer über den Ausnahmezustand entscheidet" (Soberano é aquele que decide sobre o estado de exceção)[9]. Embora articulada à sua crítica a concepção liberal de Estado, sua definição de soberania independe de a sua crítica ser ou não aceitável. Onde o poder soberano seja manietado ou neutralizado, a consequência será sua incapacidade de enfrentar seus adversários.

Ora, ainda que aqui não interesse desenvolver a querela em torno da tese de Hespanha, a discussão pode ser infletida em proveito de nosso tema. Essa inflexão é assim formulada: o rápido ocaso que sofrerá o império português esteve diretamente relacionado ao fato de, podendo dar ensejo a uma *estruturação de classe*, i.e., a se constituir conforme uma *ratio* capitalista, não se mostrou capaz de ultrapassar sua estruturação estamental. A hipótese está longe de ser inédita. Por isso o primeiro cuidado será não esquecer ao menos as atestações mais importantes que me conduziram a ela. E para não dar a entender que a hipótese – obviamente não coincidente com o que Hespanha propõe – não encontre respaldo no próprio material por ele levantado, comecemos por remeter à sua outra colaboração no volume *O Antigo Regime*, da *História de Portugal*, dirigida por José Mattoso. Fazendo que, com o "Essai sur le don" (Ensaio sobre o

8   Idem, p. 403.
9   Cf. p. 13.

Dom, 1923-1924), Mauss fecundasse o campo da historiografia, no artigo escrito em colaboração com Ângela Barreto Xavier, Hespanha assinala com agudeza que os favores e as cadeias de apaniguados, por eles mesmos engendrados, constituíam uma forma da economia do dom. Ao ser indicado capitão de uma fortaleza, de uma feitoria, para dirigir uma instituição ou cumprir uma tarefa que implicasse uma conjugação de esforços, o favorecido, normalmente um nobre, trazia consigo a coorte de seus dependentes, que só assim se consideravam remunerados. Ser amigo de alguém de prestígio significava partilhar desse circuito de favores:

> Relações que obedeciam a uma lógica clientelar, como a obrigatoriedade de conceder mercês aos "mais amigos", eram situações sociais quotidianas e corporizavam a natureza mesma das estruturas sociais, sendo, portanto, vistas como a "norma". [...] Era frequente que o prestígio político de uma pessoa estivesse estreitamente ligado à sua capacidade de dispensar benefícios, bem como à sua fiabilidade no modo de retribuição dos benefícios recebidos[10].

Tal prática, nada anômala nas sociedades "frias", desconhecedoras do aparato estatal, provocava, no caso português e, em geral, no ibérico, uma intermitente sangria nos cofres públicos, que contribuía para o endividamento das casas reais face às casas bancárias. Além disso, como a prática do dom não se restringe a obrigações de caráter econômico, estabelece um estado de equilíbrio, "que, para o polo dominante (credor), se traduz na disponibilidade de quem dá um benefício e não exige uma contrapartida expressa e/ou imediata, e, do lado do polo do dominado (do devedor), está associada às ideias de 'respeito', 'serviço', 'atenção', significando a disponibilidade para prestar serviços futuros e incertos"[11].

Todas estas situações são bem atestadas e não seria difícil reiterá-las com o respaldo de Castanheda ou de Diogo do Couto. Mas o cuidado seria ocioso. Antes importa acentuar o quanto a transação desigual entre o que favorecia e o que era favorecido era frequente entre os círculos da nobreza, que, em consequência, apresentavam um

10 A. B. Xavier; A. M. Hespanha, As Redes Clientelares, em J. Mattoso (org.), *História de Portugal*: v. 4, *O Antigo Regime*, (1620-1807), p. 381-382.
11 Idem, p. 382.

aspecto econômico peculiar: "No Antigo Regime era vulgar o endividamento das casas nobres e o seu estado de 'semifalência' econômica (o qual, no entanto, não tinha relação direta ou imediata com o poder e o prestígio da mesma)"[12]. Ora, se isso é verdade sabida, passível de afetar mesmo a Espanha no auge do poder de Carlos V, como aí não ver um privilégio do estamento nobre e, por conseguinte, um obstáculo para a transformação dos segmentos constitutivos da estrutura da sociedade? Dessa maneira, a ausência de poder absoluto ou, para falar nos termos preferidos pelo próprio Hespanha, a polissinodia, que preside o Portugal da expansão ultramarina, assume uma dinamicidade um tanto caótica e contraria à *ratio* do cálculo econômico, que melhor explica a fragilidade do império colonial português ante a concorrência holandesa e inglesa.

Não se há de supor que tenha sido Hespanha quem ressaltou os privilégios corporativos que vicejavam nas feitorias portuguesas na Índia, mas tampouco se há de entender que sua verificação seja ociosa. Apenas não teria sentido aqui detalhá-los, pois as crônicas de João de Barros, de Diogo do Couto, de Fernão Lopes de Castanheda fazem-no com extrema minúcia. Basta-nos, por conseguinte, nelas acentuar os fatos recorrentes e chegar à sua compreensão na historiografia contemporânea.

Os cronistas, mesmo João de Barros, o mais propenso a suavizar as críticas ao processo colonizador exercido pelos seus, sempre referem a considerável dispersão de poder, as intrigas entre as redes de apaniguados e a resistência das próprias autoridades ao cumprimento das ordens emanadas de Lisboa. Eram por certo estimulados pelas distâncias e pela iminência de desastres que cercava as viagens marítimas. Tudo isso está tão detalhado em seus livros que nos bastará o exame de um caso: a disputa pela governança da Índia travada por Pero Mascarenhas e Lopo Vaz de Sampaio, tal como relatada por João de Barros e Diogo do Couto – ainda assim, a desavença será tratada sob o ângulo específico da divergência interpretativa no relato historiográfico[13]. Basta-nos chamar a atenção para o fato de que a frequência de prisões de autoridades, no momento em que eram substituídas e deviam embarcar de volta a Lisboa indica

12   Idem, p. 386-387.
13   Cf., infra, p. 97-106.

que, malgrado toda a cissiparidade que prejudicava a circulação do poder, era a vontade real, a decisão de sua majestade que, em última instância, se impunha.

Escolho a expressão "última instância" com alguma ironia. O leitor, não necessariamente idoso, há de se lembrar que ainda há poucas décadas costumou-se justificar com aquela expressão o que, grosseiramente, se costumava entender como determinismo econômico. A ironia está em que ela é aqui empregada com uma função diversa. Com ela, dizemos que a interpretação de Hespanha é insuficiente porque autonomiza a ordenação política, sem levar em conta seu fato decisivo: a regulamentação da ordem. Formulando-o de modo concreto: a dispersão do poder, que postergava a pirâmide hobbesiana, resultava da manutenção, por parte da fidalguia portuguesa (e ibérica), de um estado de ânimo, i.e., da preservação de uma gama de valores, favorável à estamentalidade, em uma conjuntura como a da expansão colonial, em que tanto se impunha e era tanto mais difícil materializar-se a articulação centralizadora. A manutenção de um estado de ânimo, de uma *Stimmung* que girava em torno do apreço da honra e da glória, em vez de um prosaico cálculo a ser estabelecido entre investimento, risco e lucro. É nesse sentido que vemos a expansão até Ormuz, por um lado, e até Timor, por outro, como uma verdadeira ponta de lança da expansão capitalista, que, pela magnitude de poder, de cálculo dos riscos implicados e de capitais envolvidos, ultrapassava o que uma axiologia estamental podia tomar como assente. (Advirta-se que não se trata de reintroduzir por debaixo do pano uma visada teleológica, como se se estivesse dizendo que a estruturação por classes é mais avançada [!] que a estamental. Afirmamos apenas que, ao contrário dessa, aquela é ajustada à *ratio* dessacralizada.)

Como não tenho o propósito de investir teoricamente na questão proposta a partir da divergência com a polissinodia de Hespanha, procuro confirmar em que minha hipótese ainda se apoia recorrendo a interpretações já estabelecidas. Dispondo-as cronologicamente, a primeira a destacar encontra-se na tão sumária como excelente história de Portugal de António Sérgio. Embora seja longa a passagem, a questão que enfrenta – o fundamento territorial do estamento, que impedia a instalação de indústrias de transformação em toda a península ibérica – é de tal maneira básica que temos de transcrevê-la:

Todos, em Portugal, procuravam viver do comércio da Índia, direta ou reflexamente, por intermédio do monarca. O dinheiro era dado à aristocracia, e passava desta aos estrangeiros, a quem se compravam todas as coisas. O Transporte, pois, destruía a indústria do País, em vez de ser, como conviria, o servidor e fomentador da sua indústria, pela fixação da riqueza no trabalho nacional. Os Portugueses traziam à Casa da Índia os produtos orientais, e os navios estrangeiros vinham buscá-los a Lisboa. Mais tarde, os Holandeses não procederam da mesma forma, ao despojá-los do monopólio: distribuíam eles mesmos aos mercados consumidores, fomentando assim a sua própria marinha, e não a alheia. Os Portugueses, pelo contrário, tomavam para si a parte mais difícil, arriscada e dispendiosíssima, do trabalho do Transporte, deixando aos outros o melhor proveito. Além disso, levavam à Índia, para os venderem, os produtos fabris do estrangeiro. [...] Desta maneira, todo o lucro do seu trabalho ia para a finança, o comércio, a agricultura, as indústrias dos demais povos europeus. Na Índia acumulava-se incessantemente o metal amoedado, que os Ingleses mais tarde conquistariam[14].

Em troca, é bem curta a atestação retirada de António José Saraiva. Tratando do diálogo apologal de Diogo do Couto, o hoje injustamente pouco citado historiador da cultura escrevia: "Esta decadência do espírito guerreiro apresenta-se no *Soldado Prático* especialmente sob a forma de venalidade de governadores e capitães. Mas tal corrupção é em parte o resultado da pressão do mundo mercantil que cercava os Portugueses no Oriente"[15].

Por último, a passagem de Charles Boxer não é nova em si mesma, porém importante pelos dados factuais que contém:

As mercadorias com as quais os portugueses adquiriam os escravos e o ouro africanos eram em grande parte de origem estrangeira. O trigo em geral vinha do Marrocos, das ilhas atlânticas e do Norte da Europa. Tecidos e fibras têxteis eram importados da Inglaterra, da Irlanda, da França e de Flandres, embora também se utlizassem alguns tecidos manufaturados em Portugal. Utensílios de latão e contas de

14 *Breve Interpretação da História de Portugal,* p. 72.
15 *História da Cultura em Portugal,* p. 46.

vidro eram importados da Alemanha, de Flandres e da Itália, e conchas de ostras, das Canárias. Muito do que era importado da África Ocidental era reexportado por Portugal. [...] Grande quantidade do ouro trazido da Guiné para Lisboa [era reexportado] para pagar os cereais e os produtos manufaturados de que Portugal precisava. Assim o ouro português vindo da África ocidental ajudou, por assim dizer, a colocar Portugal no mapa da circulação monetária europeia[16].

Parecerá paradoxal que, com o afluxo de ouro, a que logo se acrescentarão as especiarias do Oriente, Portugal não investisse em indústrias de transformação, mas usasse essa riqueza para adquirir produtos de fabricação estrangeira. Se, entretanto, conhecemos as condições locais, quer do ponto de vista da alta nobreza e das autoridades eclesiásticas, quer do ponto de vista do fidalgo pobre, do camponês desenraizado ou do aventureiro que tentará a sorte na Índia, nada há de estranho. Quanto aos primeiros, os têxteis, os armamentos, os produtos metálicos e toda sorte de quinquilharia supunham a adesão a uma ética do trabalho, a que se antepunha a prática da ostentação, do ócio com dignidade ou o uso da força em tarefas guerreiras, em um tempo em que o combate individual ainda mantinha seu antigo prestígio. Acrescente-se a esses elementos do *ethos* cavaleiresco, o espírito religioso de cruzada, que não arrefece com a descoberta do caminho para a Índia, só se extinguindo, e de maneira dramática, com a morte do jovem e fanático rei dom Sebastião, em 4 de agosto de 1578, em Alcácer-Quibir.

Se a argumentação acima não tem novidade, por que então os situados na escala debaixo, os nobres empobrecidos e sem vínculos com a corte e demais marginalizados não adotariam, no Oriente, a postura oposta? São eles, por certo, excitados pela "febre do negócio" e tinham muito pouca ostentação a exibir. Mas não é preciso ser muito arguto para compreender-se que para uma conduta pró-capitalista não basta o afã de ganhar. Ela antes se definiria pela veemente oposição às implicações do dom, como Mauss o entendera. Expliquemo-nos.

Ao contrário da troca desigual entre dois – condição para a mais-valia da *ratio* capitalista – o dom supunha três partes, "a obrigação de dar, a obrigação de receber e a obrigação de devolver" (*donner, recevoir,*

16 *The Portuguese Seaborne Empire 1415-1825*, p. 46.

rendre)[17]. A distinção se impõe para se perceber que, na passagem da sociedade estamentalmente orientada para uma sociedade de classes, algo haveria de ser perdido para que a lógica ternária se convertesse em uma lógica binária. O que então desaparece senão o caráter de obrigação coletiva contraída na operação do dom? Nesse, "não são indivíduos, não são coletividades que se obrigam mutuamente, trocam e contratam; as pessoas presentes no contrato são pessoas morais: clãs, tribos, famílias, que se confrontam e se opõem seja em grupos que se põem face a face, diretamente; seja por intermédio de seus chefes, seja dos dois modos, ao mesmo tempo"[18].

O que se conserva no que chamaremos *relação de dom em estado de passagem* senão "um sistema de direito e de economia em que se consomem e se transferem constantemente riquezas consideráveis"?[19]. Ora, o aspecto destacado aparecia em Mauss como próprio à economia do dom. Sua continuação imediata, contudo, nos mostra em que esse consumo e transferência constantes se diferenciam nos dois regimes: "Pode-se, se se quiser, chamar essas transferências com o nome de troca ou mesmo de comércio, de venda; mas *este comércio é nobre, cheio de etiqueta e de generosidade; e, em todo caso, quando é feito com outro espírito, em vista do ganho imediato, é objeto de um desprezo bem acentuado*"[20].

Tal como será atestado vezes sem conta na troca de presentes entre os capitães portugueses e os chefes orientais, ainda que haja etiqueta, não há desprezo algum nas trocas de presentes que efetuam; no estado de passagem, a generosidade se converte em mútua hipocrisia. Assim, durante a expansão ultramarina, embora a passagem da estamentalidade para a lógica da sociedade de classes não se tenha cumprido, os resquícios da estrutura do dom deixam frestas bastantes para que se veja a presença do que não fecunda. O resquício está na permanência das três obrigações – dar, receber, devolver –, no entanto, subordinado à lógica binária da troca comercial, ante a qual não há nenhum desprezo, assim como não são comunidades que se obrigam senão que tão somente parceiros individuais, ambos conscientes de se acharem em uma situação assimétrica, da qual cada um procura tirar vantagem. (Voltaremos ao tema em "A Dupla Verdade da Expansão".)

---

17   M. Mauss, Essai sur le don, *Sociologie et anthropologie*, p. 205.
18   Idem, p. 150-151.
19   Idem, p. 202.
20   Idem, ibidem. Grifo meu.

A especulação teórica sobre a presença distorcida da estrutura do dom não deve, no entanto, nos fazer esquecer que a comprovação mais rigorosa da hipótese que temos exposto – o império português no Oriente dura pouco porque não conseguiu se desvencilhar das travas da estamentalidade – ainda não foi apresentada. Ela se encontra em um autor extremamente cioso da relevância de detalhes e circunstâncias: Vitorino Magalhães Godinho. As comprovações caem tanto melhor dada a amplidão das fontes do autor e/ou a pertinência de seus comentários. Assim, a propósito do testemunho do mercador italiano Giovanni da Empoli, contemporâneo da expansão, escreve:

> Quer-se o modo de vida da mercancia e é-se norteado por ela, sem se enjeitarem os benefícios jurídicos ou outros que a cavalaria dá. Se o comércio não desdenha as honras e privilégios da cavalaria, e se esta com aquele busca confundir-se, a mentalidade cavaleiresca não desapareceu, mas enreda-se numa motivação e deixa-se permear por ideais que lhe são contraditórios[21].

Talvez a atestação de Empoli (sua própria passagem é transcrita um pouco antes) seja tão aguda porque, na condição de estrangeiro, não está enleado no que anota. Mas um nobre bastante agraciado pelos favores do rei, Afonso de Albuquerque (1453-1515), figura decisiva de Portugal no Oriente, militar responsável pela conquista de Malaca e de Goa e diplomata responsável por contatos com a China, nem por isso deixava de escrever, em 1514, a seu senhor: "Vejo vossos tratos e feitorias andar em poder de homens cortesãos. Apegai-vos, Senhor, com os mercadores que tiverem inteligência e saber, e tereis maior tesouro na Índia do que tendes em Portugal"[22].

Para o estado de calamidade que Albuquerque denuncia, ademais, concorria a contraditória motivação, religiosa e comercial, que trataremos sob a designação de dupla verdade (cf. "A Dupla Verdade da Expansão"). E, embora a passagem seguinte não se restrinja a atestá-la, não é menos certo que ela aí já se faz presente:

---

21 V. M. Godinho, *Os Descobrimentos e a Economia Mundial*, v. I, p. 52.
22 Idem, p. 53.

a expansão ultramarina portuguesa rumo ao oriente

Ao desfiar dos anos, o antagonismo não esmorece, entre a atitude e o sistema ideológico anticomercial, por um lado, a demanda do ganho e o esforço para criar bens materiais, por outro. Maneira de sentir e de ver as coisas tradicionalistas que ora reveste a forma do proselitismo religioso, ora se manifesta como cavalaria, para a qual é a apropriação pelas armas que conta, ora arrasta à "cruzada", aliando aquelas duas formas[23].

O constante privilégio da função bélica pelo nobre, assim como pelo mísero soldado, que encontrava no saque das populações vencidas um alívio para sua desgraça, o permanente espírito de cruzada, que, como já se disse, ressoará nas iniciativas portuguesas, ao menos até a derrota de Alcácer-Quibir, aliado à sede de lucro imediato e abundante, serão decisivos para o rápido ocaso do império luso no Oriente. A formulação de Magalhães Godinho é insuperável:

O Estado mercantilizou-se, mas não se organizou como empresa comercial. O cavaleiro deixou-se arrastar pela cobiça, mas não soube tornar-se mercador e arruinou-se nos gastos demasiados. O mercador quis ser, ou viu-se forçado a pretender ser cavaleiro, e a hipertrofia do Estado-negociante obstou ao desenvolvimento de forte burguesia mercantil e industrial. [...] O investimento, quando se deu, inscreveu-se nos quadros senhoriais – cavaleiro-mercador, senhorio capitalista, estado mercantilista-senhorial definem talvez a fugidia, cambiante, tão emaranhada realidade desses dois séculos[24].

A figura do "cavaleiro-mercador" concretiza a condição de passagem que não se completa entre a estamentalidade, que privilegiava a aristocracia, e a *ratio* capitalista que apenas ameaça. Nessa, por certo, é a ambição individual que comanda a ação, sem que se cogite "coletividades que se obrigam mutuamente". Ainda que essa seja a conduta de toda uma coletividade, conforme a tese de Weber sobre as relações do calvinismo com o surgimento do capitalismo, ela age não como um todo mas sim em termos privados, cada um procurando "provar", por seu êxito financeiro, ter sido agraciado pela misteriosa *graça* divina. Em contraste com o tipo "ideal" do empreendedor capitalista,

---

23 Idem, p. 54.
24 Idem, p. 62.

o "cavaleiro-mercador" combina a hipocrisia com o fervor cristão, podendo tanto ser um fidalgo na governança de uma feitoria, como um pirata, a exemplo do ficcionalizado António de Faria.

Para não insistirmos em demasia no que já parece claro apenas se acrescente que a figuração desta nau à deriva – que assim permanece mesmo quando, vencidos baixios, calmarias e tempestades, retorna ao Tejo – já se evidencia nos que possuem as cargas dos barcos que partem da Índia. O privilégio no seu carregamento, assinala Magalhães Godinho, cabia aos particulares – entenda-se: às autoridades nobres com prestígio na corte, que, com suas "quintaladas, câmaras e liberdades" se sobrepunham não só aos mercadores como à própria casa real[25]. "Tal atravancamento a abarrotar ameaçava renovar-se todos os três anos, visto este ser o período normal de exercício fixado desde a fundação do estado da Índia em 1505"[26].

Não parece redundante ainda acrescentar ser também efeito da fusão esdrúxula do "cavaleiro-mercador" os portugueses se mostrarem incapazes de competir com seus concorrentes no Oriente, desde seu aparecimento. Ela se verifica até mesmo diante de um competidor de pequena monta como os espanhóis. A explicação de Magalhães Godinho é certeira:

> É de espantar que os Portugueses se tenham encontrado quase sempre em inferioridade de meios militares. Na realidade, é a implantação do Estado que desde o princípio fracassa nestas longínquas paragens. Goa está demasiado distante: dois ou três anos para a ida e volta; com a distância e o intervalo de tempo conspira a relativa indiferença por essas regiões nos confins do desconhecido. Malaca, mais próxima, depende de Goa, e mesmo que quisesse tomar iniciativas, não dispõe dos meios para isso. [...] E, não obstante, tudo isto não passou muito provavelmente de secundário. As razões profundas do relativo fracasso português são outras. – Escapando, pela distância, a toda a vigilância, seguros, portanto, da impunidade, os agentes do estado comportam-se quase sempre como particulares que só tratam dos seus próprios negócios[27].

25 Idem, v. II, p. 90.
26 Idem, ibidem.
27 Idem, v. II, p. 181-182.

Assim, conquanto a chegada de Vasco da Gama a Calicute houvesse se dado em julho de 1499, apenas trinta anos depois – este entretempo sendo preenchido por uma expansão espantosa, que vinha de Áden, na boca do golfo Pérsico, passando pela fixação em Goa, tomada em 1510, e a conquista de Malaca (1511) – os portugueses se encontram diante do paradoxo de dominarem um vastíssimo território banhado pelo oceano Índico, sem, contudo, conseguirem expulsar um inimigo que ali é quase apenas nominal: o espanhol. Que então dizer de sua resistência aos holandeses, que encontram na união das coroas portuguesa e espanhola, em 1580, junto com os esforços de Felipe II em sufocar a revolta dos Países Baixos, motivos suficientes para hostilizar as colônias portuguesas e espanholas, e, logo depois, aos ingleses? Ainda quando tenha êxito, como no caso da retomada de Pernambuco aos holandeses, em princípio, o cavaleiro-mercador não está à altura de seus adversários.

Sem nos alongarmos em uma frente desnecessária neste sumário, voltemos à estrita exposição historiográfica, vindo ao auge da expansão pelo Oriente sucedida durante os quarenta anos dos reinados de dom João II (1481-1495) e de dom Manuel I (1495-1521).

A discussão a que fomos levados pela tese de Hespanha chegou ao ponto decisivo quando procuramos mostrar que o problema capital não estava tanto em determinar se o antigo regime em Portugal cumpria com a centralização teorizada no *Leviathan* (1651), de Hobbes ou, ao contrário, como já antecipara Luís Filipe Thomaz: "Mais que a sua descontinuidade especial é a heterogeneidade das suas instituições e a imprecisão dos seus limites, tanto geográficos como jurídicos, que o tornam insólito"[28]. Ambas as direções nos pareceram, ainda, incapazes de responder a razão da rápida dissolução do amplo império oriental. Ela era sim encontrada na conjugação de fatores que impossibilitaram o surgimento de uma estrutura de poder, capaz de suportar a pressão de uma realidade ainda inédita naquele começo dos tempos modernos – a de um império que, desde uma longínqua Europa, conseguisse comandar tamanha extensão territorial. Agora, ao retomarmos a descrição estritamente historiográfica, nos autoprovocamos ao falar em início dos tempos modernos. Autoprovocação porque, ressaltando a figura do príncipe dom Henrique, mostramos,

---

28 L. F. F. R. Thomaz, op. cit., p. 208.

com Luís Filipe Thomaz, que ele era, ao contrário da mitificação a que veio a ser submetido, um homem de mentalidade medieval, preocupado em levar a cabo a cruzada contra os infiéis, ao mesmo tempo que, financiando as naus que corriam a costa atlântico-africana, terminaria por favorecer a orientação mercantil-expansionista, aberta desde quando Bartolomeu Dias contornou o cabo da Boa Esperança (1487-1488). A autoprovocação, portanto, se consistiu em ressaltar que, na própria abertura dos tempos modernos, o alargamento do mundo conhecido se dera de modo contrário a um propósito teleológico.

Retornar agora ao andamento mais tranquilo não significa encerrar a discussão dos obstáculos que impediram a passagem de uma sociedade estamental para uma sociedade de classes. Estamos cientes que aquela reflexão é pouco formulada e, por isso, não deve deixar de contaminar o pouco que ainda diremos sobre os dois mais venturosos reinados portugueses. Por essa razão não poderíamos deixar de citar aquele que, factualmente, mais estimula nossa hipótese:

> Os descobrimentos parecem assim ter começado por uma manobra estratégica acessória, subsidiária de uma política que tinha por objetivos principais as costas mediterrânicas da África e do Extremo Oriente islamitas, último avatar do plano medieval de Cruzada. Ora neste mesclam-se, como é sabido, [...] os projetos da conquista fundiária, cara sobretudo à nobreza deserdada dos segundos filhos, e os de intervenção comercial, acalentados em especial pelas burguesias das repúblicas italianas[29].

A supremacia da via marítimo-comercial sobre a continental-religiosa, contudo, não se deu de maneira definitiva: "Com D. João II o plano das Índias aparece claramente desdobrado: se por um lado manda Afonso de Paiva ao Preste [João], por outro manda Pero de Covilhã a Ormuz, a Goa, a Calicute e a Sofala, escápulas do comércio das especiarias e dos produtos que por ela se trocavam[30]". Isso importa ser considerado porque, sob a figura de um pretenso rei cristão, que reinaria em um local incerto do Oriente, mantinha-se viva a esperança de existir um potentado que ajudaria os portugueses, tanto em seu

29 Idem, p. 156-157.
30 Idem, p. 159.

a expansão ultramarina portuguesa rumo ao oriente

aspecto religioso, como em seu empreendimento comercial. O mito de Preste João, que se propagara na Europa, começa a ser forjado no século XII, pela circulação de uma carta que se tomava como advinda do fabuloso monarca[31]. Como seria ocioso recordar suas várias referências pelos cronistas, apresento tão só o sumário da exposição por lusitanista norte-americano: em 1520, uma embaixada dirigida por dom Rodrigo de Lima chegou à Etiópia – levando em sua comitiva um certo Mateus, emissário dos supostos cristãos etíopes, que viera a ser recebido em 1514 por dom Manuel, com a proposta de uma combinação de tropas para enfrentar os turcos no Mar Vermelho – em culminância da série de informações e desinformações a que os portugueses haviam estado tão atentos. "Foi [Afonso de] Albuquerque quem plantou na mente do rei a ideia de uma força conjunta portuguesa-etíope para aniquilar o domínio muçulmano do Mar Vermelho, chegando a saquear Meca". Porém Mateus morre na viagem e a crônica escrita pelo padre Francisco Álvares, curiosa pelas experiências que narra, testemunha da existência de um ramo do cristianismo, com monastérios, frades, padres e freiras, não valida a esperança lusa[32].

Ainda que abreviada, a informação continuaria ociosa se por ela não soubéssemos haver sido Afonso de Albuquerque, a melhor autoridade que Portugal teve na Índia, e no momento áurea de sua expansão, o responsável pela chegada do suposto embaixador Mateus – segundo Russell-Wood, ele seria armênio e não etíope – a dom Manuel, que será agraciado pelo próprio papa pelo feito de seus súditos[33]. Todo esse

---

31 Porque a suposição de que há um Preste João a ser encontrado atravessa todo o período de que tratamos, vale transcrever o início da elucidação da coordenadora da edição crítica da *Década IV*, de Diogo do Couto: "Algumas das vitórias dos nómadas da Eurásia Interior sobre os soberanos muçulmanos, nomeadamente as do Khitan (ou Khitai) no primeiro quartel do século XII, foram conhecidas na Europa e alimentaram a crença de que algures, nas profundezas da Ásia, existiria um poderoso reino cristão (ou, pelo menos, não muçulmano) potencialmente capaz de apoiar a Cristandade europeia na cruzada pela libertação da Terra Santa. Foi essa expectativa que levou a confundir os estandartes de Guerra mongóis com a cruz de Cristo". Cf. M. A. L. Cruz, Notas Históricas e Filológicas à ed. crítica de Diogo do Couto, v. II, p. 118. Sendo o nome Preste João atestado desde 1145 (idem, p. 124), referia-se a cristãos do ramo nestoriano, expulsos da Igreja pelo concílio de Éfeso (431 d.C.), erroneamente identificado com o imperador da Abássia (Etiópia). É assim que, em Diogo do Couto, encontra-se a informação de que, durante o governo de Lopo Vaz de Sampaio (1526-1529), embarcara, em Cochim, um embaixador da Abássia que, de Lisboa, deveria ser encaminhado para o Vaticano. Cf. Diogo de Couto, *Década Quarta da Ásia*, v. I, Livro I, cap. X, p. 71-73.

32 A. J. R. Russell-Wood, *The Portuguese Empire, 1415 – 1808*, p. 77.

33 Idem, p. 13.

esforço tinha um evidente sentido comercial. Acredito, porém, que anacronizaremos a mentalidade dos colonizadores portugueses, desde seus mais altos capitães até o soldado mais miserável, se mantivermos, com parte considerável dos historiadores, que o ingrediente religioso fosse uma mera máscara encobridora dos interesses materiais. Embora o advento da Contrarreforma e, em breve, a instalação do tribunal inquisitorial em Lisboa (1535) tenham tornado impossível determinar a massa efetiva dos católicos, é um erro supor-se que a fé religiosa não passasse de uma reles justificativa para o que Boxer chamará de "ambição de lucro". É pelo menos mais sensato admitir a coexistência de duas verdades, o espírito religioso e a ambição comercial, que se reforçavam mutuamente, sendo as cruzadas a iniciativa pela qual as duas verdades se entrelaçavam. Isso, contudo, não nega que o espírito religioso fosse sendo progressivamente debilitado.

É mesmo porque *espírito* religioso e *ambição* comercial são entre si desproporcionais, e cobriam a comunidade colonizadora, que se tornava mais difícil ultrapassar os valores assentes da estamentalidade. Assim, os valores de heroísmo e honra, ao conviverem com a sede de lucro e o emprego dos recursos mais infames para assegurá-lo, constituíam como que uma crosta que impedia quer que o religioso questionasse as práticas mercantis, quer o contrário. A crosta, como bem vemos na *Peregrinação*, de Fernão Mendes, era a automatizadora da conduta. (Não se diz, contudo, que a combinação de valores desconformes fosse exclusividade deste tempo ou dos colonizadores portugueses.) Esse é um motivo a mais para não passarmos por cima dos cronistas, sobretudo de João de Barros. Nosso próximo passo, portanto, será explicar como se mostrava a dupla verdade para virmos, a seguir, à apreciação sintética dos cronistas.

A Dupla Verdade da Expansão

Encontramos a primeira afirmação da presença da prática da dupla verdade no Livro 1 da *História do Descobrimento e Conquista da Índia pelos Portugueses* (1551), de Fernão Lopes de Castanheda. O capítulo xv trata da chegada das três naus com que Vasco da Gama aporta em Calicute. Mantendo-as a certa distância da

a expansão ultramarina portuguesa rumo ao oriente

terra, o capitão manda um degredado à praia, para estabelecer contato com os nativos, crente de "que havia cristãos em Calicute"[34]. Em troca, os nativos que recebem o embaixador *ad hoc* acreditam que se trata de um dos tantos mouros que costumavam vir comerciar com eles. Estranham, contudo, seus trajos, que não entenda árabe, e o mandam à pousada onde já se encontram dois mouros de Túnis. Por sorte dos novos argonautas, um dos mouros sabe castelhano, sendo pois capaz de dialogar com o degredado. Sua exclamação, reproduzida pelo cronista, é mais certeira do que seria capaz de pensar: "Al Diablo que te doy quien te trajo acá"[35]. Bontaibo, como o mouro se chamava, estava diante de um concorrente nos negócios e um ardente inimigo pela fé. Espantado de o degredado lhe dizer que tinham vindo por mar, Bontaibo lhe pergunta a propósito de quê assim o tinham feito. A resposta que recebe é simples e direta: "Ele lhe disse que iam buscar *cristãos e especiaria*"[36]. É bem verdade que, abandonando os primeiros contatos (e malentendidos) de Vasco da Gama com o samorim da importante Calicute, a referência ao lado religioso do empreendimento desaparece. Com efeito, relatando o que dizem as cartas enviadas por dom Manuel, escritas em português e em árabe, escreve Castanheda:

> que, sabendo el-rei de Portugal como ele um dos mais poderosos reis da Índia e Cristão desejara de ter com ele amizade e trato, pera haver de sua terra especiaria que sabia que havia nela muita, e que de muitas partes do mundo a iam ali comprar. E que se ele lhe quisesse dar licença pera mandar por ela que lhe mandaria de seus reinos muitas cousas que no seu não haveria[37].

Mas, ainda que a cláusula "e cristão quisera" tenha alguma ambiguidade (tanto pode-se entender que dom Manuel supunha que o samorim fizesse parte dos míticos cristãos orientais ou, o que é muito mais provável, ser como ele, o rei português, cristão), é fácil de se entender a concentração no propósito mercantil: esse seria do interesse de qualquer

---

34 F. L. de Castanheda, *História do Descobrimento e Conquista da Índia pelos Portugueses*, livro I, v. I, p. 41. A *História* compreende oito livros completos e o nosso incompleto, publicados na seguinte ordem: Livros I: 1551; II e III: 1552; IV e V: 1553; VI e VII: 1554; VIII: 1561. O Livro IX foi, em parte, perdido e apenas 39 capítulos foram publicados, em 1929.

35 Idem, ibidem.

36 Idem, p. 42. Grifo meu.

37 Idem, p. 54-55.

74 parte I: os novos argonautas

autoridade. Mas a facilidade suposta logo desaparece. O contato do degredado pusera os mercadores mouros em alerta, que, de imediato, se dispõem a impedir que o samorim mantivesse a boa vontade que de início manifestara ao Gama. Como sabem que a armada lusa tivera um confronto no primeiro porto mouro pelo qual passaram, em Moçambique, e reconhecendo, pois, nos recém-chegados a dupla condição de competidores e inimigos da fé, procuraram e, em parte, tiveram êxito, criar suspeita e má vontade na autoridade indiana. Se o samorim ainda releva a falta do almirante em não lhe trazer um presente à altura de seu poder é por estar seduzido pela possibilidade de aumento de suas rendas. Como da carta do rei português só conhecemos a glosa que dela faz Castanheda, ficamos sem saber se a astúcia de dom Manuel era anterior ao enfrentamento efetivo com os mouros ou se o cronista não toca no aspecto de cruzada da viagem. De qualquer modo, precisamos nos aprofundar no relato do cronista, quase contemporâneo ao que narrava, para compreendermos melhor o caráter que tem a religiosidade dos viajantes.

Desde logo, ela é uma religião que acredita na iminência dos milagres favorecedores de seus crentes. Assim, no Livro II, ao contar as agruras do capitão de uma nau que se dirigia a Melinde, na África. Eram passadas quatrocentas léguas do cabo da Boa Esperança quando o mestre da caravela e seu despenseiro, aos prantos, lhe declaram não mais haver do que meia pipa de água. O capitão lhes retruca com a aspereza de um apóstolo: "Vilãos, por que tendes tão pouca fé naquela senhora que ali está? (E isto dizia olhando pera uma imagem de nossa senhora do rosário de que era muito devoto.) Por que não credes que vos dará água, pão, ouro e prata? Ora, calai-vos que ela nos dará mantimento"[38].

Do mesmo modo como terá parecido necessário ao rei ou ao cronista não revelar a meta também religiosa do empreendimento, assim é decisivo também que, em um instante de transe, o capitão enfatizasse que, entre suas armas, estava o advento de um milagre. Parece, pois, necessário acentuar que o lastro religioso não era mera parolagem destinada a disfarçar propósitos bem materiais, senão supunha que pertencer ao catolicismo assegurava prerrogativas especiais. Naquela abertura dos tempos modernos, ser católico, para os portugueses, não

38 Idem, livro II, p. 229.

a expansão ultramarina portuguesa rumo ao oriente

significava apenas crer em um Deus mas contar com seu particular desvelo. A pergunta então a fazer é que espécie de crença seria essa que supunha a iminência, sempre presente, de milagres favoráveis a seus fiéis? Uma resposta verossímil será fornecida pelo capítulo LIII, do Livro II. Reconstituamos seu contexto. Uma das vantagens com que contarão os portugueses – e os colonizadores que os sucederão – consistia em tirarem proveito das brigas entre os chefes locais e, em consequência, da necessidade em que se viam de auxiliar militarmente seus aliados contra adversários mais fortes. Se, no entanto, uma povoação menos potente resiste aos portugueses, pagará por sua ousadia sofrendo com a superioridade de fogo dos brancos invasores. É o que sucede em Cananor. Sendo morto o rei amigo dos portugueses, seu sucessor ascendera ao trono com a ajuda do samorim de Calicute. Sentindo-se bem protegido, o novo governante de Cananor intenta desalojar os portugueses da fortaleza que ali haviam construído. O capitão da fortaleza assediada pede ajuda a Tristão da Cunha, comandante da frota que, no momento, ali se encontrava. Importa-nos menos que o fervor mouro arrefeça, ante a superioridade de armas dos atacados, que o rei insurreto peça uma trégua e termine por concertar a paz do que o comentário que correria entre os naires – membros da casta superior entre os hindus – sobre o que teria sucedido durante o combate. Castanheda dá a devida importância à lenda que devemos transcrever:

> E os Naires perguntavam com grande eficácia por um Português que durando o cerco quando os nossos saíam a pelejar, andava antreles. E este era muito mor de corpo que todos, e mais apessoado. E que não havia dia que os nossos saíssem fora a tomar água que ele não fosse diante de todos, e não matasse bem vinte dos imigos. E diziam que o traziam os frecheiros tanto em olho que per vezes se ajuntaram quinhentos, e lhe tiravam todos juntos como a alvo por lhe já terem tirados outros cada um por si sem o poderem acertar: e que os quinhentos sempre o erravam e ele se recolhia sem ser ferido. E que este só em toda as pelejas que os nossos tiveram com eles no cerco, lhe fizera muito mor espanto que todos os outros juntos, especialmente em um dia que fora o de Santiago pelos sinais que eles davam, no que os nossos conheceram que aquilo era milagre[39].

39   Idem, p. 324.

Vindo a um tempo anterior à chegada à Índia, note-se ainda que as solicitações feitas pelo infante dom Henrique ao papa, para que fossem concedidos privilégios materiais aos seus, se fundava na mesma transitividade entre ser cristão e ter direito a certas regalias:

> Pedindo-lhe que por quanto havia tantos anos que ele continuava este descobrimento em que tinha feito grandes despesas de sua fazenda, e assim os naturais deste reino que nele andavam: lhe aprouvesse conceder, perpétua doação à coroa destes reinos de toda a terra que se descobrisse per este nosso mar oceano do cabo Bojador té as Índias inclusive. E pera aqueles que na tal conquista perecessem indulgência plenária pera suas almas: pois Deus o pusera na cadeira de São Pedro, pera assim dos bens temporais que estavam em poder de injustos possuidores como dos espirituais do tesouro da Igreja, pudesse repartir per seus fiéis[40].

É evidente que semelhante alegação explicitava que, para o solicitador e o solicitado, o infante e o papa, respectivamente, havia a prévia concordância de que ser cristão implicava o usufruto de privilégios terrenos; que o infiel estava longe de ser apenas o adepto de outra crença senão era alguém que traíra o pacto feito entre os homens e o próprio Deus. Também parece evidente que, para o historiador vindo após o Iluminismo, todo esse arranjo não poderia passar de uma grande mistificação. Mas não aceitar o poder do papa em dispor dos bens materiais e espirituais, como candidamente registrava o cronista, não implica que a alegação fosse parte de um cálculo mistificador. (Toda vez que os hábitos e valores se alteram a tendência é entender que os anteriores não eram levados a sério. A suposição é uma decorrência de que toda comunidade humana tende a automatizar seus modos de conduta. Quando a automatização se rompe, a tendência é crer que ela fosse um embuste, sem que então se perceba que os novos modos de conduta terminarão também por se automatizar.) É por isso mais viável admitir-se, como já o fez Magalhães Godinho, que o proselitismo religioso e a demanda de ganho se combinavam na mente daqueles ousados exploradores[41]. Por conseguinte, a concepção

---

40 J. de Barros, *Ásia: Primeira Década*, livro I, cap. VII, p. 29.
41 V. M. Godinho, op. cit., v. I, p. 54.

de uma religião que combinava uma disposição guerreira e uma voracidade puramente mercantil precisa ser admitida e caracterizada, pois do contrário, salvo para o adepto de um fundamentalismo de mesmo perfil, repetiremos a recusa pós-iluminista de compreendê-la.

A admissão já está feita pelo que se disse acima. A caracterização se basta em chamá-la de concepção particularista da fé. Fora da justificação racional oferecida pelos teólogos, essa era a visão concreta professada pelos sujeitos em questão, fossem membros da alta nobreza, fossem homens de letras como os cronistas, fosse pelo homem comum, que antes encontraremos nas situações ficcionais de Fernão Mendes Pinto.

Sem que saiba responder a mim mesmo, me indago se a concepção particularista de religião que vemos presente naqueles portugueses não se relacionava com sua pouca estima pelo texto escrito, portanto pela reflexão que ele impõe; menosprezo reconhecido por João de Barros, nos prólogo de suas duas primeiras *Décadas* – "E vendo eu que nesta diligência de encomendar as cousas a custódia das letras [...] a nação Portuguesa é tão descuidada de si quão pronta e diligente em os feitos que lhe competem por milícia, e mais se preza de fazer que dizer"[42] e "Antes de tirarmos este nosso trabalho à luz, já nos dávamos por condenado no juízo de muitos"[43] – e muito mais amargamente por Camões, no final de *Os Lusíadas*:

> No'mais, Musa, no'mais, que a lira tenho
> Destemperada e a voz enrouquecida,
> E não do canto, mas de ver que venho
> Cantar a gente surda e endurecida
> (X, CXLV, vv. 1-4)

Tenha-se pois como pressuposto que a religiosidade particularista – ser cristão é ser eleito por Deus a ter mais direitos que os outros homens na posse dos bens da terra – servia de justificativa para toda empresa que se contrapusesse a gentios e infiéis. Dessa maneira, ao mesmo tempo que a expansão trazia tantas vantagens aos povoadores das terras adquiridas que o próprio rei se via na obrigação de limitar

---

42 J. de Barros, op. cit., livro I, p. 2.
43 Idem, livro II, p. 2.

suas liberdades[44] e que os primeiros escravos negros chegavam a Lisboa, o historiador se congratula com a disposição do rei do Congo, logo após a descoberta de seu domínio por Diogo Cão, em 1484, em se converter. Contentamento que aumenta porque, quando do primeiro retorno à terra que descobrira, Diogo Cão, em 1486, é informado que o rei de Benin seguira o exemplo de seu vizinho e solicitara ao rei português "que lhe mandasse lá sacerdotes pera o doutrinarem em fé"[45]. É sintomático que, ao regressar a Lisboa, o navegante trouxesse consigo o embaixador do rei de Benin e junto com ele "a primeira pimenta que veio daquelas partes de Guiné a este reino"[46].

Em suma, nestas primeiras conquistas, a justificação religiosa e o lucro com bens materiais e escravos caminham lado a lado. Já sabemos que a combinação não costuma ser admitida pela historiografia usual. É frequente a afirmação de que a ambição do lucro substituiu o propósito inicial, de cunho religioso, de reconquista das terras ocupadas pelos "infiéis"[47]. É preferível pensar-se no entrelaçamento das duas metas, com o progressivo enfraquecimento da segunda. Em vez de negá-lo, procurou-se mostrar que o "espírito de conquista" e a "ambição de lucro" entrelaçavam duas verdades, de que a primeira, a religiosa, irá se enfraquecendo. Em vez de separar um ânimo positivo, "o espírito de conquista", do negativo, procurou-se verificar como se conjugavam.

O Testemunho das *Décadas* de João de Barros (1496-1570)

Por mais sumária que pretenda ser esta apresentação, seria injusto que não guardasse um espaço específico para as quatro *Décadas*, de João de Barros (as três primeiras, publicadas em 1552, 1553, 1563, são integralmente escritas pelo autor, ao passo que a quarta, editada apenas em 1615, teve suas páginas reunidas e emendadas por João Baptista Lavanha).

44 Idem, livro II, cap. I, p. 65.
45 Idem, livro III, cap. III, p. 82.
46 Idem, ibidem.
47 C. R. Boxer, op. cit., p. 31-53.

a expansão ultramarina portuguesa rumo ao oriente   79

Como a África apresenta poucos riscos militares, embora suas vantagens materiais sejam relativamente pequenas, o lucro ainda podia parecer parte de uma única verdade, a religiosa. Sua exploração, contudo, visava ao alvo maior: a descoberta do caminho para as Índias. É em sua busca e do encontro do lendário Preste João, cuja cristandade favoreceria a empresa de seus irmãos europeus, que as frotas continuam a partir de Lisboa. Antes porém de acompanharmos a travessia para o outro continente, prestemos maior atenção à questão religiosa.

O que justificaria a docilidade dos régulos africanos em se converter ao cristianismo? É possível entendê-la como resultante da combinação de dois fatores: **a.** apesar de os portugueses conhecerem algumas derrotas com a morte de homens e de o historiador dizer "que [depois de Moçambique] poucas cidades há no reino que de cinquenta anos a esta parte enterrasse em si tanto defunto como ela tem dos nossos"[48], o rápido avanço pela África não parece explicável senão pela superioridade da tecnologia militar dos conquistadores, a que se aliaria a fragmentação política africana; **b.** ao primeiro elemento acrescenta-se o relativo às crenças. Já nos referimos à manifestação da vontade do rei do Congo, quase coincidente a seu encontro pelos portugueses, em se converter. Não satisfeito com esse gesto, o rei africano se presta a mandar um embaixador a Lisboa. E, como tanto ele quanto seus acompanhantes também se convertem, dom João II acha por bem enviar, em 1490, uma frota de três navios, em que seguiriam os sacerdotes que consolidariam e ampliariam a conversão das autoridades locais[49]. Os que sobreviveram à viagem – pois muitos embarcam já contagiados pelo mal da peste que dizimava Lisboa – vêm a dar em uma terra que pertence ao tio do rei do Congo. Esse outro rei, alegando sua idade avançada e o risco de morrer pagão, logo pede para ser batizado. Barros tanto se regozija que registra a data completa do feito: 3 de abril de 1491. A frota então prossegue e vem a ser recebida festivamente pelo rei congolês, que se mostra tão cioso "na veneração das cousas de Deus", que "acertando uns seus criados fazer à porta da igreja um arroído os mandava matar"; o que teria sucedido "se os religiosos o não impediram por não dar

48   J. de Barros, op. cit., livro III, cap. IV, p. 133.
49   Idem, cap. IX, p. 102 e s.

causa a que a gente se escandalizasse, por estes culpados serem dos principais da terra"[50]. Contornado o acidente, logo depois, entretanto, declara-se a guerra contra uns vizinhos. O batismo do rei não pode então seguir a pompa programada. Mal se efetua o ato, que ainda alcança seis dos fidalgos que deveriam acompanhá-lo ao campo de batalha, o rei segue para a guerra, levando "uma bandeira com uma cruz que lhe Rui de Sousa entregou, em virtude do qual sinal lhe prometeu [Rui de Sousa] que havia de vencer seus inimigos". O historiador reforça o poder do símbolo concedido, acrescentando que a "bandeira lhe mandava el-rei que era da santa cruzada, que lhe concedera o papa Inocêncio oitavo para a guerra dos infiéis"[51]. Contudo, "como [o] demônio com estas obras de se batizar cada dia muita gente, ele perdia grande jurisdição", a dissensão se estabelece na família real e um dos filhos do rei recusa a conversão. Para aumento da confusão, os sacerdotes portugueses insistem em que o rei tenha uma só mulher. Resultado: "El-rei como era homem velho entregue a conselho dos seus, e muito mais inclinado à vida passada: começou de se esfriar daquele primeiro fervor que mostrou tornando a seus ritos e costumes"[52].

O historiador então introduz um elemento que nos será decisivo: para explicar a divergência entre o rei e um outro filho, que não recusara fazer-se cristão, acrescenta: "E como toda a gente desta Etiópia é muita dada a feitiços, e neles está toda a sua crença e fé: disseram a el-rei […] que soubesse certo que seu filho dom Afonso do cabo do reino onde estava, […] todas as noites per artes que lhe os cristãos ensinaram vinha avoando e entrava com suas mulheres, aquelas que a ele tolhiam, com as quais tinha ajuntamento e logo à mesma noite se tornava"[53]. O detalhe merece atenção. O rei é convencido de que seu filho convertido é dotado do feitiço cristão, de cuja posse se aproveita em detrimento de seu poder e da carne de sua preferência. Para sorte dos portugueses, o velho rei inconfiável logo morre. "A qual morte também descansou os nossos, muitos dos quais pola vida que el-rei tinha e pouco fruto que com ele faziam, andavam lançados com o príncipe"[54].

50   Idem, p. 104.
51   Idem, p. 106.
52   Idem, p. 107.
53   Idem, cap. x, p. 108.
54   Idem, p. 109.

É quase óbvia a interpretação: a facilidade das conversões decorre de que os nativos viam o cristianismo como depositório de mais forte e ainda ignorada feitiçaria a que os "convertidos" teriam acesso, mediante a prática de ato na aparência tão pueril. Embora, diante do caso referido, o historiador não explicite a conclusão, a ela já chegara ao tratar da conversão do rei de Benin: "Mas como el-rei de Benin era mui sujeito a suas idolatrias, e mais pedia os sacerdotes por se fazer poderoso contra seus vizinhos com favor nosso que com desejo de batismo: aproveitaram mui pouco os ministros dele que lhe el-rei mandou"[55]. Por que então não prolongaria ao novo caso o que já havia compreendido? Provavelmente, porque a solução é agora positiva. O sucessor do velho rei do Congo a tal ponto se manteve fiel ao cristianismo que chegou a mandar "a este reino de Portugal, filhos, netos, sobrinhos, e alguns moços nobres aprender letras. Não somente as nossas, mas as latinas e sagradas: de maneira que de sua linhagem houve já naquele seu reino dois bispos"[56]. Mas, se o êxito desarma a atenção crítica de Barros, torna-o também desatento para outro aspecto: a de que os próprios portugueses se inclinam a conceber sua religião como apta a engendrar feitiços. Seus feitiços não seriam absolutamente idênticos àqueles que os africanos praticam: ao passo que os destes se realizam por meio do poder dos magos, o feitiço branco teria por agente o próprio Deus. Tal crença não podia ser declarada explicitamente, mas está presente no modo de agir dos portugueses. É assim que, referindo-se ao exitoso príncipe convertido, dirá Barros que a ele: "Nosso Senhor deu tanta vida naquele estado real, que reinou cinquenta e tantos anos", regalia justificada tanto pelo que fizera antes quanto por sua constância de "cristianíssimo príncipe", que exercita inclusive "ofício de apóstolo"[57].

Limitemo-nos a observar: a religião particularista dos conquistadores tanto estimula seu ódio contra os praticantes de outras religiões, sobretudo os mouros, como mostra que seu universo mental tem um ponto de contato sensível com os negros que exploram e escravizam. Ainda que sob formas diversas – para os africanos, a magia é exercida por um mediador de forças super-humanas, o feiticeiro; para os portugueses, é resultante da direta intervenção divina, que favorece

55 Idem, cap. III, p. 82.
56 Idem, cap. X, p. 110-111.
57 Idem, p. 110.

os praticantes da religião "verdadeira" –, ambos partilham de uma concepção de universo em que o humano e o sagrado estão próximos e se tocam. Os dois fatores examinados, portanto, se conjugam: os portugueses são identificados como portadores de uma potência de fogo superior e de mais potente feitiçaria. Ao lado, porém, dessa conjunção, progressivamente a seu avanço, um outro traço os identificará. Se ele ainda concorrerá para que os brancos sejam temíveis, a razão para tanto é agora de outra ordem: pois não é só outro traço que os distingue, senão que os caracteriza negativamente. Na ordem do relato, sua referência é posterior aos que até agora destacamos. Quando Vasco da Gama já se encontra em Moçambique e procura um piloto que conduza sua frota à Índia, é informado, por emissário do xeque local, que os homens que comanda já tinham fama de "vadios que andavam roubando os portos"[58].

Em suma, antes de descobrirem o caminho para as Índias, que os habilitaria tanto a competir com os mouros como a romper com o monopólio veneziano das especiarias, no fim do século xv, os portugueses são, na África, temidos por seu poder material (de tecnologia militar) e espiritual (possuidores de uma feitiçaria mais potente) e por sua inconfiabilidade. A dupla qualificação é correlata à dupla verdade que os acompanha. É até possível uma melhor especificação: a inconfiabilidade se torna mais patente à medida que os negócios melhor explicitam a função da conquista.

Voltemos ao âmbito da condensação e, com ela, à viagem decisiva de Vasco da Gama. Mas, antes de termos condições de refletir sobre seu significado, é importante considerarem-se as discussões que a antecedem.

Em 1496, para decidir se a expansão deveria prosseguir, dom Manuel i convoca os conselhos do reino. Duas posições se enfrentam. Há os que são contrários, "porque além de trazer consigo muitas obrigações por ser [a Índia] estado mui remoto pera poder conquistar

---

58 Idem, cap. iv, p. 136. Diga-se de passagem, mesmo porque nossa condensação não chegará ao contato com a China, que a desgraça de Tomé Pires, o embaixador que os portugueses enviam, em 1518, para se entrevistar com o imperador chinês, é em grande parte dependente das cartas que o imperador recebe sobre os viajantes: "As quais cartas eram de males de nós outros dizendo que todo nosso ofício era ir espiar as terras com título de mercadores: e que depois vínhamos às armas, e tomávamos qualquer terra onde metíamos um pé: e que este modo tivéramos na India e assim em Malaca, portanto que não convinha darem-nos entrada em parte alguma daquele reino". Idem, livro v, cap. i, p. 156 v.

a expansão ultramarina portuguesa rumo ao oriente   83

e conservar: debilitaria tanto as forças do reino que ficaria ele sem as necessárias para sua conservação"[59]. O argumento que, no entanto, prevalece, até porque coincide com a vontade do rei, favorece a viagem. Entre suas razões, está a de que o "senhorio da Guiné" era "propriedade mui proveitosa sem custo de armas e outras despesas que têm muito menos estados"[60].

Aparentemente, os motivos, embora contrários, eram de ordem basicamente econômica. Mas isso não significa que a razão religiosa houvesse se dissipado. Apenas então velada, ela se explicitará quando dos novos conselhos convocados para decidir da segunda expedição à Índia – aquela que, por um desvio de rota, antes trará Cabral à Terra de Santa Cruz. No novo conselho, retorna a posição contrária. Sua justificação é claramente econômica, pois alegam:

> Uma coisa era tratar se seria bem descobrir terra não sabida, parecendo-lhe ser habitada de gentio tão pacífico e obediente como era o de Guiné e de toda Etiópia com quem tínhamos comunicação, que sem armas ou outro algum apercebimento de guerra per comutação de cousas de pouco valor havíamos muito ouro, especiaria e outras de tanto preço: e outra cousa era, consultar se seria conveniente e proveitoso a este reino por razão do comércio das cousas da India, empreender querelas a haver por força de armas[61].

Os do lado contrário principiavam por argumento econômico – os prejuízos que teriam os mouros em ver perdido seu monopólio das especiarias. Este, contudo, lhes servia de plataforma para a justificação religiosa: "a denunciação do evangelho"[62].

Ainda que a vitória seja do segundo partido, parece sintomático que o historiador não justifique a alegação vitoriosa como simples endosso de uma opção não estritamente material. Ao contrário, estende-se por considerações sobre a ambição por dinheiro e a postura adotada na hora da morte. Enquanto a vida não lhes parece ameaçada, os homens atuam de acordo com a máxima: "Não há monte por alto que seja, a que um asno carregado de ouro não suba". Como, no entanto, sabem

59   Idem, livro IV, cap. I, p. 121
60   Idem, p. 122.
61   Idem, livro VI, cap. I, p. 213-214.
62   Idem, p. 215.

que, ao serem sepultados, "este dinheiro já não serve", ao decidirem sobre sua campa antes querem que "se ponha e se escreva algum nome de honra se o tiveram na vida"[63]. E continua o sentencioso Barros: como, entretanto, os reis não têm algum "superior de quem possam receber algum novo e ilustre nome [...] lançam mão não de obras comuns e possíveis a todo homem poderoso em dinheiro, mas de feitos excelentes que lhe podem dar títulos, não em nome, mas em acrescentamento de algum justo e novo estado que per si ganharão"[64]. Essa teria sido a razão que respaldara a decisão real. Em suma, porque os reis não podem se acrescentar em nome, acrescentam-se em terras. Curiosamente, a religião particularista explicitava um círculo vicioso: representante do Deus na terra, o rei está justificado a cobiçar mais posses terrenas.

Diante de tal arrazoado, poder-se-ia pensar que as verdades econômica e religiosa são igualmente reconhecidas e, ambas, sujeitas à motivação exclusiva do monarca: a acrescentamento de sua fama. Esta, embora claramente tenha um olho voltado para o estado do tesouro, não se confunde com o aumento de seu patrimônio. A conclusão seria a trivial a uma sociedade fundada no estamento, se não pudesse ser encarada por outro ângulo: o ganho de fama do monarca com a expansão de seus domínios até o Oriente ao mesmo tempo implicava *a solução da dupla verdade*: a fama deriva do dinheiro e vai além dele. É certo. Mas a quem a solução beneficiava senão apenas a ele, rei que se tornava, além de "senhor de Guiné", "senhor da navegação, conquista e comércio da Etiópia, Arábia, Pérsia e Índia"[65]?

Literalmente, beneficiar a solução apenas ao rei significava a exclusão de todos os demais. Para os capitães e os que porventura enriquecessem, o privilégio de haver promovido a disseminação da fé não serviria na ornamentação de suas campas. O que vale dizer, durante suas vidas e na espera da morte, continuariam submetidos, como o mais modesto membro das frotas, à incômoda dupla verdade. De acordo com a argumentação de Barros, poderiam por certo esperar que Sua Majestade se condoesse da estreiteza honorífica que os diminuía e, de algum modo, ilustrasse os seus túmulos. Fazê-lo, contudo, apenas reforçaria a permanência da dupla verdade. Ela é

63 Idem, p. 216-217.
64 Idem, p. 217.
65 Idem, ibidem.

a expansão ultramarina portuguesa rumo ao oriente

possuidora de uma sagacidade e de uma força de engano tão notáveis que nenhuma teoria foi capaz de compreendê-la. Ao mesmo tempo, a sua falha é palmar: entre o rei e o mais ilustre de seus capitães há um fosso insuperável. Em troca, entre o mais famoso dos Gama e o mais modesto soldado há uma incômoda proximidade: que podem fazer senão acumular riquezas, que, depois da morte, não lhes servirá? Por que, portanto, hão de se contentar com seus ordenados e saques senão por força do pacto de Deus com o rei? A solução não seria romper com a sinuosa dupla verdade? Mas contra essa possibilidade não esqueçamos ser ela respaldada pela crença de que o pacto do divino com o soberano formava uma potente feitiçaria. Portanto, para que a falha na articulação da dupla verdade permanecesse despercebida era preciso que a permanência da fé continuasse a subjugar a capacidade de acatar uma lógica dessacralizada. Entre uma e outra há um abismo. É o abismo entre os mundos não moderno e moderno. Não estranha que, como notara Barros, desde o começo do XVI, os governantes da Índia costumassem voltar presos: desviar para si o que cabia à Coroa era apenas um pecado, i.e., uma maneira de ainda se manter encadeado à armadilha da dupla verdade. É essa, pois, a questão a que nos encaminha a condensação do relato do *Ásia*.

Em palavras diretas: no Oriente, aqueles que se destacassem e fizessem fortuna continuariam sujeitos à hierarquia da sociedade estamental e essa, mantendo o dinheiro em posição secundária, lhes impunha a verdade religiosa: fulano, conquistador desta ou daquela praça, é aquele mesmo que resgatara tantas almas das garras do demônio.

* * *

Chegado a Calicute em 1498, o capitão da armada entrega ao senhor local, o samorim, uma carta de dom Manuel, na qual explicava que sua empresa visava tirar dos mouros o comércio das especiarias; para tanto, oferecia-lhe, em troca, o acesso ao "muito ouro, prata, sedas e outra muita sorte de preciosas mercadorias de que o seu reino de Portugal era tão abastado quanto o de Calicute de pimenta"[66]. Confirmando, porém, os temores dos que se haviam oposto à expansão desde a primeira viagem de Vasco da Gama, os portugueses se enfrentam com inimigos mais bem motivados,

66 Idem, livro III, cap. VIII, p. 151.

os mouros, que percebiam o risco de perderem seu monopólio. Para isso subornam funcionários com acesso ao samorim e maldizem os navegantes, deles afirmando serem homens perseguidos em sua terra, que "se desterravam pera parte onde não fossem conhecidos"[67]. Por um e outro modo, conseguem impedir a aproximação com o samorim. O capitão português, reconhecendo os estorvos à comunicação desejada, o faz saber que "ainda que ele, Vasco da Gama, per qualquer desastre não tornasse a Portugal; soubesse certo que el-rei havia de continuar tanto este descobrimento, até lhe levarem recado dele, samorim"[68].

Velada, a ameaça é quase transparente; duplicidade que se reitera quando o chefe português decide levar alguns nativos consigo, ao mesmo tempo que mandava informar ao potentado oriental, que não o fazia por represália por alguma fazenda que os mouros lhe haviam confiscado, mas, simplesmente, como informantes das coisas da Índia. Afinal, não já lhe "avisara" que outra expedição o seguiria?

Depois de dois anos de navegação, Vasco da Gama, em 1499, está de volta a Lisboa. Comercialmente, sua viagem não fora um êxito. Mas isso não diminuía a significação da abertura, afinal alcançada, do caminho para o Oriente. Prova-o a segunda frota que logo parte no ano seguinte. (A convocação do novo conselho, já referida, comprova, ademais, a permanência das dúvidas sobre a sua validade.)

Depois que os ventos, enfrentados entre as ilhas de Cabo Verde, fazem com que seu capitão descubra a terra de Santa Cruz – Barros reclama que depois receba o nome de Brasil, com que se dessacralizava a descoberta[69] –, Cabral manda uma nau para que comunicasse a descoberta a dom Manuel, retoma o roteiro de Gama e chega ao mesmo porto de Calicute.

Muito embora tenha sido bastante considerável o êxito comercial da segunda armada – "foi tamanho o ganho das mercadorias que foram naquela armada de Pedro Álvares que em muitas cousas, com um se fez de proveito no retorno, cinco, dez, vinte, e trinta até cinquenta"[70] –, o que mais importa é perceber a nova cena que a entrada na Índia provoca, continuando, com mais intensidade, o que já se

---

67   Idem, p. 153.
68   Idem, p. 155.
69   Idem, livro v, cap. ii, p. 175.
70   Idem, livro vi, cap. i, p. 215.

dera com Gama: o jogo de intrigas entre mouros e portugueses, cada um procurando ganhar os favores dos chefes locais, o que provoca entreveros mais frequentes e o aumento da desconfiança das autoridades nativas, bem como ora o uso da força, ora a tentativa de reconciliação pelos portugueses. De tudo resulta que, fosse por estarem habituados ao trato com mouros e árabes, fosse porque os novos interlocutores confiavam na força de suas armas, temor e ódio se ajustam na recepção dos portugueses. Estes, de seu lado, ante ataques que muitas vezes terminam em mortes de membros da tripulação, concluem que não devem deixar de retaliar porque, do contrário, seriam tidos por "homens que por injúrias faziam pouco, e por cobiça muito"[71]. (Preocupação que, indiretamente, diz como já se sabem vistos.) Daí, em suma, Cabral zarpa de Calicute sob clima de manifesta hostilidade. Mas logo descobre que o estado político do Oriente, embora muito menos anárquico que o africano, continua a favorecer os portugueses. São as desavenças e ódios a grassar entre os reinos vizinhos que agora os beneficiam. Por isso as desavenças que se mantinham em Calicute são compensadas pela boa acolhida que encontram em Cochim, cujo governante alcançava assim duas consideráveis vantagens: "Ganhar nossa amizade pera nos ter contra o samorim quando lhe cumprisse, e a segunda que haveria das nossas mãos muitas e boas mercadorias e dinheiro em ouro"[72]. Desse modo os portugueses não só hão de manter o empenho, que já haviam manifestado na África, de construir fortes, como, de maneira muito mais enfática do que no outro continente, de tê-los preparados, pela presença constante de homens e de mais abundantes armamentos, para intervir nas guerras locais. Ao mesmo tempo que o comércio se ampliava, com uma pimenta melhor sazonada, com o gengibre e a noz moscada e produtos de luxo, aumentava a responsabilidade dos conquistadores. Os portugueses passam a ser, mais explicitamente, homens de guerra. Em formulação mais exata: hão de sê-lo para que continuem negociantes, ao passo que a função com que a princípio justificavam a expansão, a conversão dos infiéis, se torna assunto mais distante.

A conjuntura então criada se declara de modo cabal quando Vasco da Gama, em sua segunda expedição (1502), ao retornar a Calicute,

---

71 Idem, livro V, cap. VII, p. 195.
72 Idem, cap. VIII, p. 197.

ordena ao samorim "que lançasse de seu reino todos os mouros do Cairo e de Meca"; exigência a que a autoridade indiana contesta, com sensatez, não lhe ser possível cumprir porque os mouros tinham mais de quatro mil casas e viviam na cidade "não como estrangeiros mas naturais"[73]. Demonstrando uma arrogância que se tornará sinônimo da atitude dos brancos no contato com os povos orientais, Gama não se contenta com a resposta e mantém o tom de beligerância; o que obriga o samorim a apressar a defesa da cidade. Segue-se o canhoneio da cidade pelas naus portuguesas e a morte dos mouros. Ela visava, como relata Barros, atemorizar a autoridade indiana e, desse modo, a facilitar os negócios – atitude que não se contaria entre as mais felizes. Além do mais, ao passo que Cabral conseguira ainda dobrar o rei de Cananor, cidade bem próxima a Calicute, Gama também com ele se indispõe. Alastra-se, pois, o clima de enfrentamento e a revolta contra tão belicosos comerciantes, que chega ao ponto de, por pouco, não ser queimada, no porto de Calicute, a nau de Gama.

Será dentro desse ambiente de combate, de negociações, de suborno, de traições e de necessidade de defesa dos aliados locais que terão de se haver as armadas portuguesas enviadas a cada ano. Sempre mais a questão comercial se convertia em uma questão de milícia. A manutenção das linhas de tráfego conquistadas então impunha o envio regular de uma nova frota, a expectativa de novos confrontos, o desfalque das naus, a maior dificuldade de seu carregamento, o aumento do número dos defensores das fortalezas, quer para sua própria manutenção, quer para a defesa dos interesses de seus aliados. Daí o pedido de socorro do rei de Cochim, que, ameaçado por favorecer os portugueses, solicita a ajuda de Afonso e Francisco de Albuquerque:

> Sobre o qual negócio depois que os capitães consultaram, se assentou com ele que em sua ajuda ficaria o capitão Duarte Pacheco com a sua nau e Pero Rafael e Diogo Pires das duas caravelas debaixo de sua bandeira com cem homens: e além dos ordenados ficariam na fortaleza outros cinquenta tudo tão artilhado e provido que poderiam resistir ao poder do samorim[74].

73 Idem, livro vi, cap. v, p. 233.
74 Idem, livro vii, cap. iii, p. 256.

a expansão ultramarina portuguesa rumo ao oriente

Além desses encargos, a fazenda real ainda havia de levar em conta os desastres no mar, em que, muitas vezes, as perdas de bens e tripulação eram absolutas. Mesmo sem considerar tais perdas, é preciosa a síntese que Barros oferece dos resultados das quatro armadas, enviadas até 1504:

> Não convinha irem e virem sem lá ficar quem assistisse a duas cousas que o descobrimento tinha dado: a uma era guerra com os mouros, e a outra o comércio com os gentios. E porque as naus que iam e tornavam com carga, não podiam juntamente fazer estas duas cousas por o tempo ser mui breve, e sobre isso ficava com a vinda delas a costa de Malabar desamparada com que os mouros tornavam a ser senhores dela, e favorecidos das armadas do Samorim fariam dano aos reis de Cochim, Cananor e a todos os outros nossos amigos e aliados, pera resistir a este tão certo perigo [...] ordenou el-rei de mandar naus que fossem pera tornarem com a carga da especiaria no ano seguinte, e outros velas de menos toneladas, com alguns navios pequenos pera lá ficarem de armada[75].

Apesar das dificuldades e aumento das despesas, o poder português parecia tanto crescer e estabelecer-se que os próprios mouros chegam a recorrer ao vice-rei português, na Índia, para a escolha do governante local mais adequado[76]. E a tal ponto as cartas se embaralham, nelas tendo o português o papel principal, que, em 1505, um mouro, chamado Bogima, só não é morto por seus companheiros de etnia e religião porque os portugueses o socorrem[77]. A guerra religiosa e o propósito de conversão dos infiéis tornam-se um pano de fundo a que só se recorre quando há espaço no cenário. O próprio Barros, sem em nenhum momento duvidar ou abdicar de suas fidelidades, mostra-se tão ligado à verdade dos fatos que não se nega, ao historiar a presença dos árabes na Índia, o que lhes deve a terra em que assentavam:

> Onde a terra lhe[s] deu disposição em todo o marítimo daquelas partes, se alguma cidade ou povoação há que tenha alguma polícia é obra das sua[s] mãos, quanto ao moderno: porque o muito antigo

75   Idem, livro VIII, cap. III, p. 294-295.
76   Idem, livro X, cap. VI, p. 403.
77   Idem, *Ásia: Segunda Década*, livro I, cap. I, p. 6-7.

quaisquer povos que eles foram, são os seus edifícios tão grandes e maravilhosos que alguns precedem as obras da arquitetura dos gregos e romanos. E ainda ousaríamos dizer que se eles algum princípio tiveram na grandeza e modo de edificar que destas partes orientais o houveram[78].

O tratamento isento e mesmo elogioso mostra que, para o historiador, as diferenças religiosas não justificam uma exposição parcial. Com mais precisão: são uma verdade paralela à ambição comercial.

Essa brecha de racionalidade que testemunha o cronista, não se estenderia a um típico homem de armas como Afonso de Albuquerque. A ele interessa o que bem manifesta: a manutenção do avanço português. É nessa disposição que chega ao estreito de Ormuz e acata a vassalagem que seu rei oferece à coroa portuguesa. Ela se lhe mostra mais considerável por vir não de algum chefete cafre, mas de uma autoridade persa, cuja dignidade se revela por seus ricos paramentos[79]. Com sua submissão, o rei português passava a contar com o pagamento de certa importância anual e a dispor do direito de construir outra fortaleza. O domínio português estendia-se, portanto, para o norte da Índia e o comércio mouro se defrontava com mais duro obstáculo. Mas a vitória de Albuquerque não era suficiente para impedir que o rei persa recorresse a subornos e estratagemas que o livrassem da sujeição a que se obrigara[80]. Tampouco podia Albuquerque escapar de seu papel de representante da primeira nação europeia que procura dominar o Oriente. A consequência é mais uma guerra. Ela não chega a ser inesperada: desde que os portugueses chegam a Calicute, cada novo passo seu é acompanhado de maior resistência. As mercadorias que trazem da Índia são mais prezadas no mercado europeu e mais variadas. Por isso mesmo os gastos e sacrifícios hão também de ser maiores.

Se o combate contra os persas não é excepcional, algo novo, em troca, surge no registro do historiador: os capitães de Albuquerque se rebelam, acusando-o de, ao se empenhar na construção da fortaleza,

---

78 Idem, livro I, cap. III, p. 11. A mesma isenção de ânimo se repetirá bem mais adiante ao tratar dos chineses, de cujos costumes, organização político-social e capacidade técnico-militar oferecerão um tratamento detalhado. Cf. idem, livro II, cap. VII, p. 44-48 v.

79 Idem, livro II, cap. IV, p. 62-63.

80 Idem, p. 66-67.

extravasar a ordem recebida de el-rei. Em suma, embora sua atenção seja aqui dispensável, o capítulo v, do livro II, da *Segunda Década* (p. 67 e s.) tem a singularidade de apontar para a primeira desavença grave entre o capitão-mor da armada e os comandantes das diversas naus. Segue-se-lhe a primeira grande derrota naval sofrida contra os mouros[81]. Por coincidência ou não, ela abre ao historiador um novo ângulo: a crítica eventual à solução de continuidade na administração da Índia: "Cada um dos que a governam quer acabar o que começa, e poucos dão fim obra começada por outrem: causa de serem perdidos negócios de muita importância, e em seu lugar sucederam grandes inconvenientes, e que quando alguns se soldaram foi à custa de vidas de homens e da fazenda del-rei"[82]. Além dela afetar o lado comercial da questão, mostra a secundariedade em que entra a função religiosa. Não é, entretanto, que ela já houvesse se apagado da mente dos conquistadores, senão que sua possibilidade de exercício se torna mais remota. É o que mostra a continuação das referências ao modo como se exerce a administração da conquista.

Ainda que moderadas, as críticas crescem na mesma medida que a resistência militar. E, com elas, enfatiza-se a afirmação da religião particularista dos portugueses. Indigna-se assim o historiador que os tripulantes da armada enviada pelo sultão do Cairo ousem "despregar e estender suas luas e nome escrito do seu anticristo Maomé em suas bandeiras: em desprezo da nossa religião cristã, e do nome português sobre todas as outras nações, defensores da fé e leais ao serviço de seu rei"[83]. Apesar das aparências em contrário, a dupla verdade continua presente na empresa.

Em suma, embora não tenhamos coberto sequer toda a *Segunda Década*, a situação dos conquistadores começa a mudar com certa gravidade: a superioridade de seus barcos e de sua tecnologia militar continua evidente. Já não trazem, contudo, a alta probabilidade de vitória a que tinham se acostumado. À menor assimetria entre os litigantes correspondem as dissensões internas, assim como os reparos, sempre discretos, do cronista. Eles assumem um tom acalorado ao tratar da viagem de retorno do ex-vice-rei Francisco de Almeida e da surpreendente derrota que encontra na África – no "mais desastrado

81 Idem, cap. II, p. 82-89.
82 Idem, livro III, cap. I, p. 96.
83 Idem, cap. III, p. 113.

caso que neste reino aconteceu: porque os negros seriam até cento e setenta e os nossos cento e cinquenta, da mais limpa gente que vinha em as naus"[84]. O elogio fúnebre que então lhe dirige ultrapassa os limites que Barros se impusera:

> E porque nas [partes] que tratavam do galardão das partes, enquanto andou na Índia assim como acrescentamento de ordenados, dada de ofícios e mercês que deu em nome de el-rei, dispendeu e administrou estas cousas segundo a confiança de sua pessoa, e nisto se mostrou mais magnífico capitão que limitado dispenseiro: teve el-rei alguns descontentamentos deste seu modo, e muitos que andavam debaixo da sua bandeira muito maior porque aos portugueses mais lhe[s] dói e se indignam polo que dão a seu vizinho que polo que eles não recebem. E sabendo ele na Índia que cá no reino se não cumpriram alguns ordenados e acrescentamentos que deu aos que militavam naquelas partes, dizia publicamente: eu irei ao reino e apresentarei a el-rei meu senhor o regimento que me deu e se traspassei seus mandados dando sua fazenda aí está [a] minha[85].

As recriminações de Barros já não se dirigem apenas aos que se entredevoram na Índia por postos, honras e vantagens, senão que, sob a forma de reverência ao que teria sido pronunciado pelo capitão morto, à própria mesquinharia do rei e sua burocracia, contra a qual Almeida não hesitaria em empenhar sua fazenda particular. Mas, como a Fortuna não lhe permitiu chegar a Lisboa, as injustiças não foram desfeitas.

* * *

Mesmo a contragosto, aqui encerramos a apresentação condensada do *Ásia*. Ainda que nos faltem as referências à expansão para o sul da Índia, que levará os conquistadores ao Ceilão, Sumatra, Java e à China, já temos os elementos bastantes sobre os quais nos propusemos refletir. Simplesmente, os reiteremos.

84 Idem, cap. ix, p. 147-148.
85 Idem, p. 149-150.

a expansão ultramarina portuguesa rumo ao oriente   93

Desde seu início, quando apenas se baseia em crônica já conhecida, Barros insiste, sem que nisso tivesse ou pretendesse qualquer originalidade, que a expansão – iniciada por dom Henrique e continuada por Afonso v, que chegara ao auge com dom João ii e dom Manuel – se justificava pela conversão dos infiéis. Ao lado desta, reconhecia outra motivação: a da vontade de lucro. Progressivamente, à medida que a conquista de terras na África traz proveitos, sob a forma de escravos e bens imóveis e, sobretudo, depois da chegada à Índia, cada vez menos se fala da verdade religiosa. Para isso contribui tanto a complexidade dos negócios da Índia, como não haver se concretizado o esperado encontro de um reino cristão – ao se historizar, o lendário reino de Preste João extingue a promessa que criava. Poder-se-ia então entender que a razão econômica houvesse sufocado a motivação religiosa. Mas, sem que seja admissível negar a preponderância dos negócios, observa-se que os conquistadores se mantêm religiosamente fiéis. Daí a questão que nos move: como a diluição do motivo religioso não teria se tornado uma letra morta, algo afirmado tão só por hábito, estratégia política e retórica? Como o inconciliável – a maneira como o cristianismo era entendido e o puro interesse comercial – se conciliava?

Atente-se primeiro para a argumentação dos que favoreciam a segunda expedição à Índia. Sem a desligar das vantagens que traria o rompimento do privilégio que até então tinham os mouros no transporte e venda das especiarias, eles se prendem à divulgação do evangelho, "ainda que não fosse por boca dos apóstolos, nem per o modo com que eles o denunciavam"[86]. Depois de cuja formulação retornavam a uma razão econômica: a expedição se justificava pelos enormes ganhos esperáveis, pois "este bem de proveito [...] sempre prevalesceu em todo conselho"[87].

Em vez de repetirmos que as duas verdades aí se apresentam lado a lado, devemos sim dizer que, crua e globalmente, elas se fundem. *A verdade religiosa funcionava como o lastro-ouro que justificava a circulação da moeda*, i.e., o envio das frotas e a expectativa de seu retorno com escravos da África, especiaria e produtos de luxo do Oriente. O lastro-ouro se insinuava sob a *recta ratio* dos teólogos; aparentemente,

86   Idem, *Ásia: Primeira Década*, livro vi, cap. i, p. 215.
87   Idem, ibidem.

era por ela justificada, quando, de fato, tendia a convertê-la em letra morta. Como é bem sabido, a função original do lastro-ouro era constituir a base material do papel-moeda que circulava. O valor da moeda era garantido pelas barras de ouro depositadas pela nação emissora. Reduzida à sua expressão básica, uma moeda não podia então entrar em crise porque o valor impresso se sustentava em sua conversibilidade em ouro. (Não saberia explicar em que passa a se sustentar o valor efetivo da moeda desde que, em 1973, o governo norte-americano aboliu a conversibilidade do dólar.) Interessa-me assinalar que algo semelhante ao lastro-ouro funcionava em um tempo bastante anterior ao de sua adoção pelo circuito econômico. No quinhentismo português, *a religião era o lastro-ouro das trocas*. Com o respaldo da história minuciosa de João de Barros, podemos acrescentar que, nessa condição, a religião foi se deteriorando à medida que se aprofundava o contato com o Oriente. E isso a tal ponto que, quando no século XIX, o rei Leopoldo, da Bélgica, justificou a colonização do Congo, já não recorreu, como tampouco antes os ingleses, ao pretexto da expansão religiosa. Naquela altura, falar em expansão do cristianismo já soaria ridículo. Por que, entretanto, o mesmo já não sucederia com os conquistadores portugueses do quinhentos? Como não aprendiam com suas próprias motivações, cada vez mais evidentemente materiais? Suponho que eram ajudados por sua concepção particularista da religião. Ela se traduzia em frases simples do tipo: Deus nos olha e protege; somos os descendentes do povo eleito. E, como já acentuamos, a religião particularista os torna próximos, ainda que os mantenha separados e vendo-se como superiores, dos que creem no feitiço; a ideia de um Deus mais poderoso que lhes permitia "entender" os negros que escravizavam.

Pode-se replicar que as conversões são caladas quando Barros trata propriamente da Ásia. Agora, os reis que se tornam seus amigos e buscam sua aliança são movidos pelo temor de seu puro poder de fogo. Mas o historiador ainda refere um episódio que parece mostrar que, sem a aparente ingenuidade dos povos africanos, também os mouros criam no contato imediato do humano com o divino.

Molique Az é um capitão mouro, responsável por uma das primeiras derrotas dos portugueses, na Índia. Os relatos que tenha lido ou ouvido de sua figura tanto impressionam o historiador, bem como a afabilidade que Molique Az dispensa a seus adversários, que narra

a expansão ultramarina portuguesa rumo ao oriente

sua história. Era ele, originariamente, um cristão herético da Rússia, trazido como cativo a Constantinopla. Sua sagacidade o aproxima do rei turco, do qual consegue a liberdade, por conta de episódio que Barros detalha:

> Estando el-rei em um campo onde tinha assentado seu arraial de um exército de gente por causa de uma guerra que fazia a el-rei do Mando, passando por cima um milhano deu uma talhadura que veio cair sobre a cabeça de el-rei que acertou de estar no campo fora de sua tenda: e como os mouros são mui agoureiros acerca destas cousas que os suja, principalmente em auto de guerra, e mais vindo do ar, houve el-rei tanta paixão, que convertendo-se para os que estavam derredor dele disse, não sei cousa que agora não desse por matar aquela ave. Yaz que estava presente ouvindo as palavras de el-rei, embebeu uma flecha no arco e assim o favoreceu a fortuna pera vir a estado que veio, que veio o milhano abaixo atravessado na flecha. E apresentado ante el-rei aquele seu desejo posto em efeito, ficou tão contente da destreza de Yaz que logo ali o fez livre e mandou dar soldo de homem livre[88].

Qualquer que fosse a diferença que Barros fazia entre feitiço e agouro, como se recusaria que os dois fenômenos supõem um mundo sacralizado, onde os deuses ou as forças do além têm os homens à vista? Se é assim admitido, pode-se entender por que o particularismo da religião dos portugueses ainda os mantinha em condição de diálogo com os povos com que passavam a conviver. Se o lastro-ouro em que haviam submergido sua religiosidade tendia a se deteriorar ante a riqueza e o desafio material do Oriente, ao mesmo tempo, ao longo do próprio processo de deterioração, permitia que não fossem de todo estranhos aos que os temiam e odiavam. A deterioração do lastro-ouro da dupla verdade é contemporânea do desencantamento (*Entzauberung*) do mundo.

* * *

Até agora, neste subtítulo nos mantivemos atentos à disposição descritiva de Barros. Não devemos, contudo, perder a oportunidade

---

88   Idem, *Ásia: Segunda Década*, livro II, cap. IX, p. 91.

de uma intervenção antes sociológica que estritamente de acordo com os cânones historiográficos. Refiro-me à possibilidade de compararmos dois relatos, igualmente não fantasiosos, de um mesmo acontecimento. Para entender-se melhor o que pretendemos, acentue-se a diferença da posição estamental do primeiro autor, João de Barros, com o segundo, Diogo do Couto (1542-1616). À diferença de João de Barros, Diogo do Couto não pertence à nobreza, embora também tenha sido criado nas proximidades da corte. Por conta de sua posição economicamente mais precária, Couto teve a experiência direta do Oriente, embora dela não se aproveite na obra que será considerada. Passa nada menos que quarenta anos na Índia, "salvo um salto em Lisboa, e do seu tempo em Goa"[89]. Esteve de volta a Lisboa entre abril de 1570 e março de 1571. A vida dura que continuará a sua de algum modo se prolonga no destino que tem sido reservado à sua obra. Como escreve a prefaciadora de sua *Década Quarta da Ásia*, Maria Augusta Lima Cruz, não há até o momento uma edição completa das *Décadas*, que começara a escrever pela quarta; nem melhor sorte tivera em vida, quando saíram apenas a quarta (1602), a quinta e a sexta (1612) e a sétima (1616), no ano de sua morte[90]. A proposta de escrevê-las fora sugerida pelo próprio Couto a Felipe II, no momento soberano dos reinos espanhol e português, em fins de 1589. Nessa oportunidade, Couto também requeria que fosse criado um arquivo em Goa, para o qual se candidatava, sob a condição de ser seu guarda-mor. Ambas as pretensões foram aceitas apenas em 1595. Por elas, Couto recebe uma certa soma de dinheiro (a respeito e das vicissitudes enfrentadas então e depois da morte de Felipe II[91]).

Essas informações são suficientes para que então acrescentemos: pretende-se que a diferença entre as *Décadas* que escrevem concernente ao mesmo período (a quarta Década) é motivada pela *diferença de lugar* que ocupam na hierarquia social

---

89 M. A. L. Cruz, op. cit., p. XIV.
90 Idem, p. VIII-IX.
91 Idem, p. XVIII e s.

a expansão ultramarina portuguesa rumo ao oriente

Couto e Barros:
A Construção da Escrita da História

Fiel ao propósito pelo qual fora contratado, Couto inicia a *Década IV* em exata sucessão cronológica ao fim da Terceira de João de Barros. Sua abertura pois coincide com a da Quarta de Barros: pela morte do governador dom Enrique de Menezes, em fevereiro de 1526, cabe ao vedor da Fazenda real na Índia, na condição de mais alto funcionário da Fazenda no Oriente, abrir o alvará de sucessão. Como Barros esclarecia, o alvará fora ainda trazido por Vasco da Gama, quando viera como vice-rei e continha três sucessões: a primeira indicara o governador agora falecido; a segunda, então aberta, indicava Pero Mascarenhas[92]. O problema se mostra de imediato: o escolhido era o capitão de Malaca e só poderia ser avisado em maio, quando ocorriam as monções "da Índia para aquelas partes" e teria de esperar pela monção do ano seguinte[93]. O inconveniente era grave por ser longo o tempo que os portugueses ficariam sem governo, estando em guerra com os reis de Calicute e Cambaia e sob a ameaça da vinda de uma armada do Grão Turco Solimão[94]. Eis porque o vedor, já contrariando os que preferiam a indicação de um regente, decide abrir a terceira sucessão. Entre os que se opunham, os dois cronistas – não há nenhuma divergência no capítulo primeiro de cada um – se referem a um certo Vasco de Eça que argumenta que aquele que ocupasse o lugar de Pero Mascarenhas, "o não quereria largar [...], de que resultariam grandes diferenças e inquietações"[95]. Barros, mais atento aos detalhes do que Couto, chama a opinião do fidalgo de "acertado parecer" e registra que Enrique de Menezes, reconhecendo seu estado de saúde, pouco antes de falecer, dissera àqueles com quem privava que, "em um papel cerrado", deixava o nome de seu sucessor. Contudo, sem que Barros explique além, "esta provisão, por respeitos particulares não apareceu"[96]. O nome então apontado pela terceira sucessão, Lopo Vaz de Sampaio, capitão de Cochim, deveria entregar a governança tão logo chegasse, no mínimo

92   J. de Barros, *Ásia: Quarta Década*, livro 1, cap. 1, p. 1.
93   Idem, p. 2.
94   Idem, ibidem.
95   Idem, ibidem.
96   Idem, p. 3.

dentro de um ano e quatro meses, seu efetivo ocupante. Partem pois o vedor, Afonso Mexia e seus oficiais, para Cochim e lhe investem de "o governo da Índia condicionalmente, para ele a entregar a Pero Mascarenhas, quando viesse, e assim o jurou Lopo Vaz nos Evangelhos com toda a solenidade"[97].

Sem que se possa manter o mesmo grau de minúcia, acompanhemos os relatos dos dois cronistas. Na verdade, de tal modo eles coincidem que suas palavras podem ser substituídas por uma anotação geral: embora Barros seja mais circunstanciado e possa referir os episódios em sequências diferentes, os dois seguem o andamento dos fatos com uma fidelidade exemplar. Ambos referem a pressa do interino Lopo Vaz em partir para combater o samorim, assim como a desfeita que recebe em Goa, ao retornar vitorioso, dos partidários de Mascarenhas. Barros e Couto coincidem no fato da resistência: nos termos de Barros, o capitão da cidade, "per conselho dos Oficiais da Câmara, lhe mandou requerer, que não passasse dali [da entrada do rio Pangin]: porque o não havia de receber como Governador da Índia, pois o não era"[98]. Nos termos de Couto: (o capitão de Goa, os vereadores e os principais da cidade) "assentaram de o não recolherem, e de lhe fazerem seus protestos, porque o não conheciam por governador"[99]. Factualmente, a descrição da revolta não se modificaria mesmo que transcrevêssemos as duas longas passagens. Mas não é o registro dos fatos que os diferencia. Veja-se pois a continuação imediata em cada um:

> Deste requerimento fez Lopo Vaz pouca conta, e foi-se pelo rio acima, até chegar às portas da cidade, sem lhas quererem abrir. E despois de muitas altercações, consentiu Francisco de Sá no que a Câmara quis, que já estava de outro parecer, intervindo nisso Cristóvão de Souza: e assi foi Lopo Vaz de Sampaio recebido naquela cidade como Governador[100].

> Os fidalgos e capitães da companhia de Lopo Vaz vendo a cousa daquela feição, receando um desastre, cometeram aquele negócio a Cristóvão de Sousa, por ser um fidalgo muito respeitado de todos:

97 Idem, ibidem.
98 Idem, p. 8v.
99 D. do Couto, op. cit., livro I, cap. III, p. 37.
100 J. de Barros, *Ásia: Quarta Década*, livro I, cap. I, p. 8v.

a expansão ultramarina portuguesa rumo ao oriente

99

e desembarcando em terra foi-se ver com a cidade, e com o capitão, que estavam postos em armas, e de tal maneira os persuadiu, que os abrandou, e consentiram na entrada de Lopo Vaz, que logo desembarcou, e se aposentou em terra, e começou a correr com as cousas do governo. E porque se receou que vindo Pero Mascarenhas fosse Francisco de Sá da sua parcialidade determinou de o afastar de si, e tratou logo com ele de o mandar a Sunda, a fazer a fortaleza que el-rei mandava[101].

Ao passo que Barros se contenta na apreciação discretamente abstrata da desavença, Couto opta por avivar a dramaticidade, ainda muito em começo, da situação. Com isso, capta melhor o ânimo dinâmico que parece haver caracterizado Lopo Vaz de Sampaio e a resistência dos principais da cidade, que, como velhos fidalgos, pareciam contrariados com a quebra da hierarquia costumeira[102].

Começamos então a descobrir o ritmo que tornará possível o cotejo dos dois cronistas. Ele implicará deixar de lado o que não se relacione com o conflito entre Pero e Lopo. Por isso o próximo passo a ser destacado consiste em assinalar que Afonso Mexia manda avisar Mascarenhas que se lhe espera na Índia como o governador efetivo[103] e da reviravolta que causará a armada que parte de Lisboa, em março de 1526, trazendo uma nova ordem de sucessão[104]. O que vale dizer, a fonte definitiva da imensa discórdia está na carta que o rei endereça ao vedor da Fazenda e que ambos os cronistas transcrevem[105]. (Em Barros ainda se acrescenta a "provisão de el-rei da sucessão de D. Enrique de Menezes", que explicita a inversão da ordem de sucessão até agora seguida.) O trecho polêmico é este (seu conteúdo não varia nos cronistas): "As provisões que aqui vão das sucessões da governança da Índia, tende naquela boa guarda, e segredo, que cumpre a meu serviço, como de vos confio […]. E das

101   D. do Couto, op. cit., livro I, cap. III, p. 37.
102   Prova indireta de que Barros não se interessa em explorar o fio dramático: só ele apontara que o capitão de Goa, Francisco de Sá, fora o nome que o governador indicara para substituí-lo. Portanto ser este o que iniciara a reação em Goa contra a recepção de Lopo como governador, então interino, podia decorrer de seu ressentimento pessoal. Mas Barros evita fazê-lo e Couto provavelmente o desconhecera ou não o considerara.
103   Idem, cap. VI.
104   Cf. J. de Barros, *Ásia: Quarta Década*, livro I, cap. VI; e D. do Couto, op. cit., livro I, cap. IX.
105   Em J. de Barros, idem, cap. VI, p. 17; em D. do Couto, op. cit., cap. IX, p. 65.

outras provisões que já lá tendes, não se há de usar, e as tereis em boa guarda, e mas trareis quando embora vierdes"[106]. O efeito explosivo da passagem é imediato. Embora igualmente registrada pelos dois cronistas, seu tratamento não é menos diferente. Em Barros, que teria a vantagem de transcrever a carta a Mexia e a "provisão" específica para o caso, enquanto Couto, mais ligeiro, apenas refere que o vedor recebe "duas cartas"[107], o registro do efeito antes se parece a um ato de rotina:

> Lida esta carta, foi feito um auto per Fernão Nunez que a leu, o qual foi assinado pelos nomeados, e pelas principais pessoas que eram presentes, que Afonso Mexia recolheu para dar razão a el-rei com que solenidade abrira aquela via. Feito isto, despachou logo a dom Enrique Deça com a sucessão que a levasse a Goa, cuidando ser Lopo Vaz já vindo, e assim escreveu uma carta à Câmara de Goa, perque lhe notificava ser Lopo Vaz de Sampaio Governador per aquela nova provisão de S. A.[108]

Em Couto, à iniciativa do vedor acrescentam-se o clamor e os protestos dos que lhe dizem "que ele roubava a Pero Mascarenhas, que era um fidalgo muito honrado, e de grandes merecimentos, e que já não se escusavam divisões e bandos, de que ele havia de dar conta a el-rei"[109].

Mais uma vez, o detalhe factual é praticamente idêntico mas distinta sua configuração. Na procura de entender a divergência do materialmente semelhante, indaguemos a própria razão da contenda. Será correto, perguntemo-nos, afirmar, como o fizemos atrás, que a disputa se encrespa pelos escrúpulos da velha fidalguia? Antes disso, se há de dizer que seus primeiros causadores são o texto do rei e a interpretação que lhe dá Mexia. Ora, ainda que ambos os cronistas tomem o partido de Mascarenhas, nenhum deles discute a ambiguidade do texto real e o entendimento do vedor. Como esse não sofrerá consequências de seu ato, há de se presumir que não se desconfiava da lisura de sua compreensão. Mas, por que a ausência de comentários

---

106 D. do Couto, op. cit., livro I, cap. IX, p. 65.
107 Idem, p. 64.
108 J. de Barros, *Ásia: Quarta Década*, livro I, cap. VI, p. 19.
109 D. do Couto, op. cit., livro I, cap. IX, p. 67.

a expansão ultramarina portuguesa rumo ao oriente

sobre a ambiguidade da passagem transcrita? Talvez ela resultasse de que, na época em que escrevem, para Barros e Couto estava claro que a disposição real, dando primazia a Lopo Vaz de Sampaio na lista das sucessões, fora redigida antes que se soubesse, em Lisboa, da morte de dom Enrique de Menezes. No entanto, se estava claro para eles, por que não o seria mais claro ainda para o vedor da Fazenda real? Simplesmente porque ao vedor não cabia interpretar o que o rei assinava. Como me esclarece João Adolfo Hansen: "Em Portugal, só o rei fazia o ditado do Direito; todos os outros, a começar dos juízes, recitavam o ditado". Assim como aos cronistas não cabia discutir seu teor, a Mexia tampouco caberia perguntar-se em que circunstância teria el-rei dito que "das outras provisões que já lá tendes, não se há de usar". Ou seja, o vedor estava obrigado à sua leitura literal. A inatacabilidade da palavra do soberano tornava inevitável o imbróglio. Em consequência, nos encontramos com dois fidalgos que se julgam com iguais direitos à governança e contam com o apoio, cada um, de parte dos homens principais nas colônias do Oriente.

Pelo que se infere das duas crônicas, Lopo convence por sua força de persuasão e, sobretudo, por ser o poder *in praesentia*, enquanto os aliados de Mascarenhas o apoiam pela obediência aos velhos preceitos – ainda que estes já tenham sido mudados por disposição do próprio rei. Os argumentos têm a seu favor a maneira como Lopo – apenas é divulgado que o novo alvará de sucessão o favorece – reúne aliados, ao menos nominais. Alcança-os, convocando os capitães recém-vindos de Lisboa, que haviam trazido as cartas do rei, que se encontram em Cochim, e, indagando-os, junto a um frade letrado, sobre o seu direito:

> E como Lopo Vaz de Sampaio lhes preguntou simplesmente o que lhes parecia, assi simplesmente responderam, que não tinham dúvida ser ele o legítimo Governador, e legítima, e justa à sua sucessão, e assim o juraram, de que se fez auto pelo Secretário que aqueles Capitães assinaram. A mesma pregunta fez Lopo Vaz de Sampaio a Frei João de Hayo da Ordem de S. Domingos, homem letrado, que per mandado de el-Rei de Portugal fora pregar à India, e tornava aquele ano para o Reino: o qual afirmou ser ele verdadeiro Governador[110].

---

110 J. de Barros, *Ásia: Quarta Década*, livro I, cap. VII, p. 21.

A mesma informação reaparece em Couto:

> E porque as uniões cresciam cada vez mais, quis o Governador jus-
> tificar-se com os homens, principalmente com os capitães das naus,
> porque em Portugal lhe não estranhassem o que fizera. E [...] lhes
> disse, que da união que em Cochim havia sobre sua sucessão, não
> queria tomar o castigo que o caso merecia nos perturbadores do povo,
> porque desejava de os moderar, e quietar por bem, que lhes pedia
> muito, como fidalgos, honrados, e capitães de el-Rei, e que o não
> haviam mister pois se iam pera o Reino, que lhe dissessem livremente
> o que lhes parecia daquele negócio, e se entendiam que por virtude da
> sucessão que se abriu podia ele ser governador da India [...]. E como
> ele lhes perguntou isto simplesmente, com a mesma simplicidade lhe
> responderam que não tinham dúvida a ele ser governador, porque da
> sucessão se entendia claramente ser essa a tenção de el-Rei: senão
> quanto Tristão Vaz passou adiante, e disse, que por se evitarem cousas
> em desserviço de Deus, e de el-Rei, ele devia de ser governador da
> India, pois já estava de posse [...]. A mesma pergunta fez a um frei
> João de Haio, da Ordem dos Pregadores, homem bom letrado, que
> lhe afirmou que era verdadeiro governador[111].

A disputa repercute bastante até chegar a Lisboa, de onde o rei
despacha a carta que seria a decisória. Mas o barco que a trazia naufraga[112]. Por isso as murmurações não diminuem. E Lopo, cogitando
de juntar as naus para enfrentar os mouros,

> a gente [...] não deixava de murmurar dizendo, que sua ida ao estreito
> era fingida, e no mais que para mostrar à gente que tinha desejo
> daquele caminho [...] [enquanto] outros eram de outra opinião. E
> diziam, que verdadeiramente sua tenção era ir ao estreito, e fugir de
> Pero Mascarenhas, e levar a flor da gente consigo, e os navios, e que
> quando não pelejasse com os rumes, faria tanta presa, que viesse a
> gente contente dele[113].

O que quer que fizesse, sempre haveria quem o torcesse.

---

111 D. do Couto, op. cit., livro I, cap. x, p. 70.
112 J. de Barros, *Ásia: Quarta Década*, livro I, cap. VII, p. 22 v.
113 Idem, p. 23.

a expansão ultramarina portuguesa rumo ao oriente   103

O andamento das crônicas ainda permanece quase idêntico quando seus autores lançam agora a vista ao contendor distante. Pero Mascarenhas não se mostra menos valoroso que Pero Vaz. Tampouco há diferença na descrição de ações paralelas de outros capitães. Outra vez, contudo, Couto mostra em que se distingue: ao passo que Barros encerra o Livro I com esses feitos paralelos, Couto maximiza a tensão entre os partidos, reativando a lembrança dos feitos guerreiros de Mascarenhas: depois de destruir a cidade que havia na ilha de Bintão, de matar muitos malaios e escravizar "duas mil almas", recebe o rei derrotado, "que lhe pediu o restituísse nela, que ele queria ser vassalo de Portugal"[114].

Como a descrição já efetuada mostra o paralelismo dos relatos e o toque diferencial da crônica de Couto, podemos ir mais depressa. Em Barros[115] e Couto[116], trata-se da eficácia das medidas tomadas por Lopo Vaz, com a ajuda decisiva de Mexia, para evitar o desembarque de Mascarenhas em Cochim. Mascarenhas não só será impedido de fazê-lo, como será surrado e, por fim, levado preso à fortaleza de Cananor[117]. Manifestando claramente seu partido, comenta Diogo do Couto: "E se Lopo Vaz de Sampaio logo se pusera a direito com ele, como depois fez, não chegaram as cousas a tantas afrontas, nem a tantos riscos"[118].

Em suma, o conflito assume tais proporções que os cronistas registram que era de temer que os portugueses se destruíssem a si mesmos. Embora fosse interessante acompanhar os movimentos dos partidários dos contendores, limitemo-nos a anotar que os mais sensatos conseguem que Lopo concedesse o que parecia ser o propósito de Mascarenhas: que sua disputa fosse julgada por um grupo de pessoas distintas. Ainda aqui ressalta a habilidade de Couto em penetrar nas razões internas dos agentes: como Mascarenhas é solto dos ferros infamantes e Lopo concorda em que se nomeassem os jurados que examinariam o caso, António de Miranda, capitão-mor das naus, é pressionado por Mascarenhas a reconhecê-lo como o legítimo governador. Miranda termina por aceder e lhe passar o respectivo

114 D. do Couto, op. cit., livro II, cap. III, p. 89.
115 J. de Barros, *Ásia: Quarta Década*, livro II, cap. I.
116 D. do Couto, op. cit., 1602, livro II, cap. V.
117 J. de Barros, *Ásia: Quarta Década*, livro II, cap. II; D. do Couto, op. cit., livro II, cap. VI.
118 D. do Couto, op. cit., livro II, cap. VI, p. 103.

documento[119]. Logo depois, encontrando-se com Lopo – de quem era genro[120] – o capitão-mor declara "que não dera aquele assinado com tenção de o cumprir, senão por se livrar de Pero Mascarenhas, pelo ver tão danado, que receou algum desmancho"[121]. Pormenores dessa ordem interessam menos a Barros. Por fim, manifestando-se sempre a suspeita da interferência de Lopo Vaz, senão mesmo a peita dos juízes, a sentença favorece Lopo Vaz e Mascarenhas embarca para Lisboa: "Bem entendeu Pero Mascarenhas que tudo ficava subornado por parte de Lopo Vaz, mas como não queria mais que paz, e quietação, deixou julgar o negócio como quisessem, porque bem sabia que el-rei lhe faria justiça"[122]. A terrível confusão parecia então encerrada. Mas não é assim. Em Barros (IV, livro III, cap. I) e Couto (IV, livro V, cap. I) conta-se da partida de Lisboa da armada de carreira de 1528, que traz Nuno da Cunha como novo governador da Índia. Outra vez, nossos cronistas, embora respeitem a factualidade, integram-na em configurações bem diversas. Dito de maneira sumária: ao passo que Barros acompanha as terríveis dificuldades que a armada enfrenta, chegando a parecer extraordinário que Nuno da Cunha consiga aportar na Índia, de sua parte, Diogo do Couto ressalta os atos guerreiros de Lopo, que ainda desconhece a desgraça que o aguarda. Como à frota que Lopo comanda já haviam se incorporado duas naus que haviam partido com Nuno da Cunha, seus capitães se acham no direito de desobedecer às ordens do governador presente. Assim, ao ser informado da aproximação de uma armada de Cambaia, Lopo convoca os capitães para que o sigam. Eles, contudo, se opõem, alegando que o governador não deveria deixar Diu desamparada. Acrescenta então Couto: "O que visto pelo Governador, deu-lhe a desconfiança de cuidar, que cada um pretendia aquela honra pera si, e tomar-lha a ele"[123]. Lopo não acolhe o conselho contrário e desbarata os mouros, sem que, por isso, aumente a consideração de "alguns capitães [que,] como esperavam por outro novo, já lhe não tinham muito respeito"[124]. Na verdade, escondiam

---

119 Cf. D. do Couto, op, cit., livro III, cap. VII, p. 164.
120 Cf. J. de Barros, *Ásia: Quarta Década*, livro I, cap. III, p. 9; e D. do Couto, op. cit., livro I, cap. III, p. 38.
121 D. do Couto, op. cit., livro III, cap. VII, p. 165.
122 Idem, livro IV, cap. I, p. 181.
123 Idem, livro V, cap. V, p. 251.
124 Idem, p. 253.

do ousado governador que seu substituto estava a caminho e o mais de que porventura soubessem ou desconfiassem.

Tais sutilezas do trato entre os homens não interessavam à opção de Barros pelo ordenamento estritamente aristocrático. Ao contrário, no acompanhamento dos naufrágios, extravios e reencontros que marcam seu relato da viagem da armada que trazia o novo governador, ressalta um episódio que pareceria insignificante. Referindo-se às naus que se perderam, Barros relata que alguns de seus sobreviventes foram tempos depois encontrados por holandeses, que, de retorno a Bantam, comunicaram a um religioso português que mantinham prisioneiro, como "notaram naquela gente erros intoleráveis na fé por falta de doutrina, nos quais se pareciam mais àqueles bárbaros com que se criaram, que aos portugueses de que procediam"[125]. Aparentemente desprezível, o episódio explicita o *lugar* de onde Barros configura sua narrativa: a estrita obediência à ordem majestática implicava o esmero com que cuidava da manutenção da ortodoxia religiosa. Por isso, ainda, seu relato não enfatiza a configuração dramática que antes distingue a *Década IV*, de Diogo do Couto. É justo então reiterar que "Barros [é] o mais imperial, Couto, o mais moralista"[126].

Ser um imperial e outro moralista não afeta a comum vassalagem, assim como a dupla verdade, que pormenorizamos em Barros, também se mostre presente em Diogo do Couto. E, no entanto, com base na mesma factualidade, cada um configura sua escrita da história de um modo específico. Tenha-se ainda, por exemplo, o desfecho do conflito que haviam destacado.

Barros dá pouco realce à prisão de Lopo Vaz por Nuno da Cunha. Interessa-lhe sim, acentuar que as providências tomadas por Lopo, ao já saber que seu sucessor está a caminho, para lhe entregar a Índia bem apetrechada, não convenciam a Nuno, "depois que se viu o pouco que estava feito, e o muito que se havia mister"[127]. Quanto à prisão mesma do ex-governador, limita-se a anotar: "E no meio do fervor destas cousas teve Nuno da Cunha outra que o mais atormentou, que foi prender a Lopo Vaz de Sampaio"[128]. Com a mesma rapidez, o embarca e declara que Lopo, junto com outro capitão

---

125 J. de Barros, *Ásia: Quarta Década*, livro III, cap. II, p. 137.
126 M. A. L. Cruz, op. cit., p. LXXIV.
127 J. de Barros, *Ásia: Quarta Década*, livro IV, cap. II, p. 196v.
128 Idem, ibidem.

preso, é trazido "a Portugal a salvamento, onde depois foram livres das culpas, com seus encargos de justiça"[129] É evidente que à opção imperial de Barros não importavam os detalhes. O lugar, portanto, a partir de que escreve não o leva a falsear o que houve, apenas seleciona sua matéria de maneira ajustada àquele.

Todo o contrário se passa com Couto. Nele se registra que Lopo "se embarcou muito infamemente e com poucos gasalhados"; que, durante a viagem, lhe lançaram "bem grandes grilhões nos pés" e, ao desembarcar, é exposto à vista pública "em cima de uma azêmola", até ser recolhido, durante dois anos, na prisão do Castelo, onde esteve "muito avexado e maltratado"[130]. Tampouco interessa a Barros, normalmente muito mais minucioso que Diogo do Couto, transcrever sua longa peça de defesa, o interrogatório a que el-rei o submete e a condenação a pagar os "ordenados de dois anos de governança para Pero Mascarenhas"[131].

Diogo do Couto voltará a ser objeto de nossa atenção por seu *O Soldado Prático*. Mas antes de virmos a ele ainda temos contas a prestar com a estrita cobertura dos portugueses na Índia.

Síntese das Etapas de Ascenso e Descenso, Conforme os Cronistas

Russell-Wood tem razão em escrever "que há um desequilíbrio entre a riqueza de relatos de viagem para a Índia portuguesa nos séculos XVI e XVII e a pobreza comparativa para a América portugesa de qualquer período"[132]. Nem poderia ser de outro modo: como a *selva selvaggia* do Brasil, sobretudo antes da descoberta do ouro, poderia competir com a pluralidade de motivos, desde os estritamente materiais até aos de ordem linguística, religiosa e cultural do Oriente? Podemos mesmo lamentar que a curiosidade portuguesa pouco fosse além dos aspectos político-administrativo e econômico. Ainda assim, não poderemos aproveitar as centenas de páginas que

129 Idem, p. 196v-197.
130 D. do Couto, op. cit., livro VI, cap. VI, p. 301.
131 Idem, cap. VIII, p. 328.
132 A. J. R. Russell-Wood, op. cit., p. 210.

Castanheda, João de Barros e Diogo do Couto escreveram senão de um modo bastante parco.

Fernão Lopes de Castanheda viveu dez anos na Índia (1528-1538) e publicou em vida oito livros de sua *História do Descobrimento e Conquista da Índia pelos Portugueses*; o livro nono foi parcialmente extraviado e só 39 de seus capítulos foram editados em 1529. Seu pai exercia "função na magistratura judicial" do reino e, segundo seu editor, Lopes de Almeida, veio para a Índia ocupar a função de ouvidor em Goa. Desconhece-se ao certo a que tipo de trabalho seu filho estava indicado. "Iria talvez desempenhar algum cargo administrativo" de todo modo secundário[133]. João de Barros, ao contrário, exercera a função importante de tesoureiro da Casa da Índia, tendo pois acesso aos documentos relativos às transações comerciais das naus que iam e vinham do Oriente, onde nunca esteve. Homem de letras, se propusera a escrever uma verdadeira enciclopédia referente à milícia – as conquistas lusitanas na Europa, África, Ásia e terra de Santa Cruz –, à navegação e ao comércio. Do gigantesco plano apenas realizou uma parte da "milícia", com as *Décadas*, relativas à Ásia.

Com o terceiro cronista, Diogo do Couto (1542-1616), voltamos a um funcionário de origem e carreira modestas. Sua obra de consulta mais acessível, a *Década Quarta da Ásia*, foi-lhe confiada, como já dissemos, por Felipe II, porquanto, no momento de sua composição (1595-1596), continuava desaparecido o texto correspondente de João de Barros[134]. (As consequências da comparação entre os dois textos, relativos a um mesmo período, foram desenvolvidas no subtítulo "Couto e Barros: A Construção da Escrita da História".)

As distinções biográficas entre os três cronistas não impediram, contudo, que realizassem seu propósito básico: a fixação dos feitos militares realizados sob a governança de fidalgos então designados e, em proporção bem menor, a descrição de costumes e/ou aspectos da administração de povos africanos e asiáticos. A propósito do segundo traço, destaque-se a descrição bastante positiva que Castanheda oferece da China:

---

133 M. Lopes de Almeida, Introdução, em F. L. de Castanheda, *História do Descobrimento e Conquista da Índia pelos Portugueses (1551-1929)*, p. V-XXXVI.

134 M. A. L. Cruz, Introdução, em J. de Barros, *Ásia. Quarta Década*, completada por João Baptista Lavanha, especialmente p. XI.

parte 1: os novos argonautas

São assim homens como mulheres alvos e bem dispostos, há antreeles homens letrados em diversas ciências que se leem em escolhas públicas, e de que se imprimem muitos e bons livros, e são os Ghins homens de singulares engenhos, assim nas artes liberais como nas mecânicas, porque há oficiais de todos os ofícios que fazem obras mui primas como vemos nas porcelanas, cofres, cestos e outras cousas muito polidas que vêm de lá[135].

Do mesmo modo ressalta a visão entusiástica que a mesma China desperta em João de Barros:

É o governo e prudência desta terra tal, que as mulheres solteiras vivem fora dos muros, por não corromper a honestidade dos cidadãos: e não há homem do povo que não tenham ofício. Donde vem que não há pobre que peça esmola, porque todos os com os pés ou com as mãos ou com a vista, há de servir para ganhar de comer[136].

Se servem ao mesmo propósito, não expressam de igual modo a visão oficializada do processo. É evidente que, delas, é a de Barros que melhor contém o que convinha às autoridades; não porque dourasse os feitos dos seus, senão por não ressaltar o mal que cometiam. É exemplar a passagem da *Segunda Década* em que se escusa de detalhar os desacertos entre o vice-rei Francisco de Almeida (1450-1510) e Afonso de Albuquerque (1453-1515):

E porque nossa tenção é em todo o discurso desta nossa *Ásia* escrever somente a Guerra que os Portugueses fizeram aos infiéis e não a que tiveram entre si, não espere alguém que destas diferenças do vice-rei e Afonso de Albuqueurque, e assim de outras que ao diante passaram se haja de escrever mais que o necessário para entendimento da história[137].

135 F. L. de Castanheda, *História do Descobrimento e Conquista da Índia pelos Portugueses*, livro IV, cap. XXVII, p. 913.
136 J. de Barros, *Ásia: Terceira Década*, livro II, cap. VII, p. 48-48v.
137 Idem, *Ásia: Segunda Década*, livro III, cap. VIII, p. 139. Na 1. edição deste livro, quando apenas começávamos a sistematizar a questão das modalidades discursivas, mostrávamos como essa concepção "polida" da história era correlata à manifestação clássica, i.e., adequada ao pensamento renascentista, do controle do ficcional. Como viemos a desenvolvê-lo em *História. Ficção. Literatura*, pareceu-nos ocioso mantê-la no estágio

Em troca, em Castanheda acentua-se o aspecto comercial do empreendimento, conquanto, como já apontamos, forneça elementos para compreender-se o que chamamos de dupla verdade. Quanto a Diogo do Couto, limitemo-nos a assinalar que é o mais desiludido dos três. Podemos nos contentar com essa brevíssima anotação porque ainda travaremos contato com ele por meio de *O Soldado Prático*.

Terminemos este subtítulo, quase tão só informativo, com o sumário do apogeu e rápido declínio da expansão. Pouco depois de Gil Eanes haver dobrado, em 1434, os mitos que cercavam o cabo Bojador, em 1443 os exploradores da costa africana aportavam em Arguim; aí edificavam, em 1445, uma feitoria e, no mesmo ano, chegavam à Senegâmbia, alcançavam o Cabo Verde, o Rio do Ouro e o Cabo Branco. Logo os portugueses estavam em condições de adquirir ouro em pó. A preciosa mercadoria "radicava definitivamente a convicção de que a costa da África não era só um caminho para a Índia, mas podia alimentar ela própria uma séria atividade comercial e resolver o problema da falta de numerário que atormentava a Europa"[138]. Mas a meta principal – chegar à Índia e manter relações com o sonhado reino cristão no Oriente – só seria passível de realização depois de 1488, quando a travessia do cabo da Boa Esperança estiver efetuada. Os historiadores se indagam por que nove anos se passaram para que Vasco da Gama partisse, no comando de quatro naus, em demanda da Índia. Procurariam os portugueses uma via menos longa ou menos arriscada? O certo é que o almirante seguirá a mesma rota e, depois de dois anos e dois meses de travessia, em setembro de 1499, estará de volta a Lisboa. Sua grande vitória é a descoberta da rota efetiva. O preço material fora bem alto: uma nau é perdida, seu irmão, Paulo da Gama, a ser cantado entre os heróis de *Os Lusíadas*, morre na viagem de retorno, de uma tripulação de 188 homens só voltam 55, sofre a ameaça de rebelião de capitães e marinheiros, as boas relações de início com o samorim de Calicute são entornadas pelos concorrentes

rudimentar que tinha aqui. De toda maneira, o interessado poderá ver confirmada a correspondência entre essa versão expurgada da história e o controle do ficcional no final do "Prólogo" da *Terceira Década*, a partir de "Fábulas são as de Homero em nome e argumento, mas nelas vai ele enxertando o discurso da vida ativa e contemplativa [...]. Mas escrituras que não têm esta utilidade de lição, além de se nelas perder o tempo [...] barbarizam o engenho e enchem o entendimento de cisco". Cf. J. de Barros, *Ásia: Terceira Década*.

138 A. Sérgio, *Breve Interpretação da História de Portugal*, p. 46.

parte 1: os novos argonautas

mouros e há de se dar por contente em ser autorizado a regressar a Portugal. Como dirá sinteticamente o cronista: "E vendo que não era mais em sua mão, contentou-se com ter descoberto o que tinha, e ser sabido da Índia e sua navegação quanto abastava pera poder tornar a ela"[139]. Como dom João II morrera em 1492, um pouco antes da partida de Gama, será dom Manuel o que receberá as alvíssaras da descoberta. Vale acompanhar o começo do relato de Castanheda sobre a rota mercantil que era assim interrompida:

> Antes deste nosso descobrimento da Índia recebiam os mouros de Meca muito grande proveito com o trato da especiaria. E assim o grão sultão por amor dos grandes direitos que lhe pagavam. E assim ganhava muito a senhoria de Veneza com o mesmo trato que mandava comprar a especiaria a Alexandria, e depois a mandava vender por toda a Europa, e era desta maneira. Estes mercadores mouros moravam em Meca, e em Judá e tinham seus feitores em Calicute, de que lhe mandavam especiaria, droga, pedraria e panos finos de algodão em grandes naus que faziam no Malabar[140].

Por isso, mesmo que Vasco da Gama não tivesse alcançado vantagens comerciais, seu feito não era menor. Menos destacada, porém não de menor relevo, é a desilusão dos navegantes em não encontrarem o esperado reino cristão. Já o primeiro contato com os mouros em Moçambique, fizera o almirante conhecer o risco da traição e a necessidade de empregar sua superioridade de fogo. De qualquer maneira, é tão inconteste o reconhecimento das vantagens, que já no ano seguinte de 1500 uma segunda frota, a ser comandada por Pedro Álvares Cabral, é aparelhada, pois os murmúrios dos que, ouvidos em conselho, se mantinham em posição contrária, em muito decrescera[141].

A expedição de Cabral, fora o desvio para o Ocidente, que a levará a Porto Seguro, muito pouco destacada por Castanheda e Barros, é quase uma repetição da primeira. A frota se abastace de água potável em Moçambique, ainda na África, Cabral se encontra com o rei de Quiloa, ilha na costa da Etiópia, e prossegue viagem até Melinde, onde deixa dois degredados e segue para Calicute. Sabedor da importância

139 F. L. de Castanheda, op. cit., livro I, cap. XXV, p. 64.
140 Idem, (1552), cap. LXXV, p. 383-384.
141 J. de Barros, *Ásia: Terceira Década*, livro V, p. 169.

da cidade no recebimento das especiarias, a serem transportadas por mouros pelo mar Vermelho até o Cairo, Cabral espera estabelecer boas relações com o samorim. Como sucedera com Gama, a princípio tem êxito e já está em terra, tendo recebido reféns em sua nau, quando os competidores mouros peitam o escrivão da fazenda do samorim e pedem os reféns de volta. O substituto de Cabral o nega, os reféns tentam fugir e são recapturados. Em suma, a confusão está criada. Cabral retorna depressa às suas naus, deixando em terra fazenda para ser negociada e alguns tripulantes. O entendimento parece estar recuperado e um oficial luso chega a ser mandado para estabelecer uma feitoria em terra. Conforme Castanheda[142], o samorim hesita entre favorecer os muçulmanos ou os recém-vindos. Assim, enquanto os portugueses são beneficiados pela escritura que legitimava a instalação de feitoria, os mouros queimam as mercadorias desembarcadas e matam quase todos os portugueses que delas cuidavam. A vingança de Cabral não tarda: assalta dez naus mouras, queima-as junto com seus seiscentos tripulantes e bombardeia Calicute. Em seguida, "vendo que ali não tinha remédio, determinou de se ir a Cochim a haver se podia fazer amizade com seu rei, de quem tinha informação de que era muito bom homem"[143]. Abre-se um outro capítulo, que se tornará constante, na presença portuguesa. Se Calicute é um reino principal, por isso mesmo seu acesso é mais difícil. Em troca, Cochim e Cananor são reinos pequenos, que, temendo a força do samorim, protegem os portugueses em troca da ajuda que deles recebam. É patente que o êxito dos navegantes dependerá de sua potência de fogo e do partido que tirem dos conflitos entre os reinos orientais. De toda forma, a área conquistada pelos portugueses se restringe a uma pequena extensão na costa do Malabar. Sabem, então, que todo seu esforço contra o comércio mouro e, afinal, contra os venezianos seria em vão caso não impedissem o tráfego pelo mar Vermelho. Será com Francisco de Almeida, vice-rei da Índia entre 1505 e 1509, e seu substituto, Afonso de Albuquerque (1509-1515), que o domínio português atinge a culminância e tem seus claros limites explicitados.

O primeiro deles está na própria disputa de seus nobres pelo poder. Ela já se manifesta entre os dois famosos capitães e terminará

---

142 F. L. de Castanheda, op. cit., livro I, cap. XXXVIII, p. 87 e s.
143 Idem, cap. XL, p. 91.

de modo dramático: depois de resistir à sua substituição, Francisco de Almeida termina por se embarcar, sendo morto ingloriamente em uma batalha desnecessária na África[144]. O segundo está em que, embora terminem por vencer a oposição de Calicute e cheguem a conquistar Ormuz, situada na abertura do golfo Pérsico, os portugueses jamais conseguem impedir o tráfego pelo mar Vermelho. A prática dos chamados "cartazes", embora descrita otimisticamente pelo cronista – na navegação "foi sempre tão grande a potência de nossas armadas naquelas partes orientais, que por sermos senhores de seus mares, quem quer navegar, ora seja gentio, pra mouro pera segura e pacificamente o poder fazer, pede um salvo conduto aos nossos capitães"[145] – supunha a adoção de um mal menor: incapazes de coibir o tráfego mouro, tiravam proveito de sua superioridade de armas pela imposição de uma taxa, que ora favorecia o tesouro real, ora os capitães que os ofereciam. Daí, como escreve Russell-Wood:

> Ainda que seja muitas vezes afirmado que, ao se tornarem pioneiros na rota do cabo [da Boa Esperança] para a Índia, os portugueses tenham quebrado o monopólio veneziano das especiarias, isso não deve ser entendido como se tivessem dominado o comércio asiático das especiarias. Não o fizeram e permaneceram, comparativamente parceiros menores no comércio em geral das especiarias asiáticas[146].

O lucro que, de todo modo, vinha à coroa se torna mais difícil desde que os turcos dominaram o Egito e a Síria, em 1517. A partir de então, o mar Vermelho era propriedade muçulmana. E o domínio de Ormuz, além de sujeito ao saque e ao ataque de flotilhas e até de um mero aventureiro turco[147], se tornava ocioso. Por isso a relevância da tomada de Goa (1510) foi reconhecida por seu próprio conquistador: "Afonso de Albuquerque como teve posse da cidade e viu o sítio dela, logo fez fundamento que ali havia de ser cabeça de todo o Estado da Índia"[148], merecendo os esforços que fará para não mais a perder[149].

144 Idem, livro II, cap. CXXII, p. 484-487.
145 J. de Barros, *Ásia: Segunda Década*, livro VI, cap. I, p. 221.
146 Cf. op. cit., p. 48.
147 C. R. Boxer, op. cit., p. 72.
148 J. de Barros, *Ásia: Terceira Década*, livro V, cap. IV, p. 203.
149 Idem, p. 203-217.

a expansão ultramarina portuguesa rumo ao oriente

Considere-se, ademais, o sentido da conquista de Malaca, pelo mesmo Afonso de Albuquerque, em 1511. Ela dá aos portugueses uma base para seu avanço pela Malásia, e, por fim, tentarem estabelecer uma feitoria na própria China. Poder-se-ia pensar que esse avanço pelo lado oposto da Índia, chegando até ao Timor, supusesse o poder crescente da expansão lusa. Mas não é assim. O interesse português deixa de concentrar-se em Calicute e de se estender em direção a Aden e Ormuz, desde o domínio do Egito e da Síria pelos turcos. A falta de interesse pela região culmina com a decepção do não encontro de um Preste João. Daí que à substituição de Afonso de Albuquerque por Lopo Soares (1515-18) corresponda a reorganização da política portuguesa, que "começa a olhar cada vez mais para o Ceilão, para o golfo de Bengala, para a Insulíndia e para o Extremo Oriente, onde o comércio pacífico e a expansão dos interesses privados pareciam mais fáceis"[150]. E não estavam errados os que assim pensavam pois, ao abandono do espírito militar de cruzada correspondeu o fracasso do Estado cujo agente dominante era o "cavaleiro-mercador", i.e., conforme a tese que temos defendido, o agente que, guardando os valores da estamentalidade, pretendia entregar-se à ganância de lucro, sem pretender ajustar sua conduta à *ratio* do capitalismo nascente.

Para aumentar o ocaso que se adensa sobre Portugal e toda a península ibérica, a Contrarreforma encontrará sua sede política na coroa espanhola e reforçará o princípio de manutenção do *statu quo* a todo custo. Com o estabelecimento do Tribunal da Inquisição em 1535, Lisboa estará integrada à ordem contrarreformista 45 anos antes de Portugal ser um só reino com a Espanha (1580-1640). O ocaso se completa com a falência da feitoria oficial da Antuérpia, em 1548, e o fechamento da casa da Índia, em 1549. Estava-se em vésperas do domínio holandês, cuja primeira frota para a Índia partiu em 1595. A viagem inaugurou o tráfego regular, pelo qual era responsabilizada a Companhia Unida da Índia Oriental. Seu inimigo reconhecido são os portugueses; a eles procuram os holandeses desalojar das ilhas da Indonésia em que, debilmente, se mantinha sob seu controle. O êxito holandês estará completo em 1619, com a conquista e ocupação de Jacarta[151].

---

150 L. F. F. R. Thomaz, *De Ceuta a Timor*, p. 199.
151 K. M. Panikkar, *Asia and Western Dominance*, p. 46-47.

Diogo do Couto:
O Soldado Prático

A amizade de Diogo do Couto com Camões, a quem ainda teria encontrado em Goa, não parece ter-lhe feito bem. Ou, se as amizades não traçam o roteiro dos destinos, será mais sensato dizer que ambos pertencem à ralé dos desprestigiados nas colônias do Oriente. E a maneira como aqui tratamos Diogo do Couto, não contrasta com a que conheceu em vida: embora ainda conheçamos suas *Décadas* v e vi, não as utilizaremos.

Da disposição deste capítulo, *O Soldado Prático*, ocupa uma posição intermédia, de passagem, entre as crônicas de que nos servimos, e as obras de Fernão Mendes Pinto e Camões. Se tivéssemos de dispô-lo em um gênero o chamaríamos de apólogo de finalidade ética. i.e., a situação dialógica que o constitui e as personagens que contém, o despachador, o fidalgo e o soldado, são evidentes condensações, nem ficcionais, nem testemunhais, do dia a dia no Oriente português. Enquanto tal, *O Soldado Prático* é um documento ao vivo de um letrado pobre, sem acesso às benesses reservadas à alta fidalguia.

Se quiséssemos destacar uma cena como quintessência do que expressa escolheríamos uma passagem de sua primeira parte. O relato que faz forma por si um apólogo:

> Estando [um fidalgo] por capitão em uma fortaleza, vivia nela putro muito honrado, casado e pobre; e estando este capitão um dia em práticas com sua mulher, lhe disse: – Por certo, que não sei qual é o governador ou vice-rei de tão má consciência, que não dá de comer a este fidalgo. E estas queixas fazia em público. Acertou aquele mesmo inverno de morrer o governador, e sucede este capitão na governança; estando já de posse dela, lhe lembrou a mulher as queixas que fazia de não darem de comer àquele fidalgo, pedindo-lhe que, pois agora estava em sua mão, que o remediasse: ao que lhe respondeu estas palavras: – Olhai cá, senhora, então falava como Foão, agora hei-de fazer como governador da Índia. E assim lhe não deu nada. Guarde-vos Deus, senhores, destes que blasonam das cousas dos vice-reis, que, se se virem naquele lugar, hão-de fazer muito pior[152].

---

152 D. do Couto, *O Soldado Prático*, p. 105.

a expansão ultramarina portuguesa rumo ao oriente

O exercício de um papel na sociedade estamental é ainda mais rígido que em nossa sociedade de classes. Naquela, o papel não admite exceção. Por isso até podemos dar graças que Diogo do Couto tenha permanecido um Foão amargurado. Mas haveremos de ter cuidado com os qualificativos. É certa a amargura que consome o soldado pobre. Mas não é menos certo que igualmente ao despachador e ao fidalgo, ao contrário favorecidos, o soldado não se rebela contra o *statu quo*. À semelhança do que se dava na picaresca castelhana, não se mostra alternativa para o miserável. Melhor dito, ele não vê como desejável senão a mesma estrutura que paira sobre o desconcerto do mundo, desde que possa funcionar sem as violações que acusa. Essa ausência de alternativa é decisiva para entender-se o impasse com que desmoronará a colônia oriental portuguesa. A passagem da carta já citada de Afonso de Albuquerque ao rei – "Apegai-vos, Senhor, com os mercadores que tiverem inteligência e saber" – seria muito mais avançada, se não mesmo utópica, que as queixas de Diogo do Couto.

Para termos uma noção mais nítida do que aí se passava, cotejemos duas passagens dos cronistas. Em Castanheda, destaquemos o capítulo em que narra o dilema de Francisco de Albuquerque, às vésperas de regressar a Portugal. Estava em Cochim e fora informado que o reino amigo estava sob a iminência de ser invadido por Calicute. Já sabemos que a preferência dos portugueses por parte dos reinos menores os obrigava a deixarem tropas e armamentos que os protegessem. Por isso é delicada a situação com que Albuquerque se defronta: por suborno, o samorim impedira que os comerciantes de Cochim fornecessem pimenta bastante para sua partida. Tinha, portanto, de regressar a Lisboa com as naus vazias e, antes de fazê-lo, "declarar quem havia de ficar por capitão mor na Índia pera que o soubesse el-rei de Cochim"[153]. É importante a explicação que resumimos: como sabia que o cargo era muito perigoso pela pouca gente que podia deixar, depois de muitas recusas, oferece-o a Duarte Pacheco que o assumiu "mais pera servir a Deus e a el-rei que por lhe ser proveitosa: que bem sabia quão pouca fazenda havia de ganhar em ficar na Índia da maneira que sabia que havia de ficar: e sabendo el-rei de Cochim como ficava, houvesse por

---

153 F. L. de Castanheda, op. cit., livro I, cap. LXIII, p. 133.

contente disso pelo que dele sabia"[154]. Ou seja, em princípio, os cargos de responsabilidade eram assumidos tendo em conta a "fazenda [que o escolhido] havia de ganhar". Se então tantos recusaram àquele posto e apenas um se nomeia é porque sua decisão fora incomum.

O testemunho de João de Barros é ainda mais significativo. Ainda quando Pedro Álvares Cabral navegava de volta a Lisboa, o rei resolve dar uma licença aos mercadores lusos para que armassem suas próprias naus:

> E porque as pessoas a que el-rei concedia esta mercê, tinham per condição de seus contratos que eles haviam de apresentar os capitães das naus ou navios que armassem, os quais el-rei confirmava: muitas vezes apresentavam pessoas mais suficientes pera o negócio da viagem e carga que haviam de fazer do que eram nobres per sangue. Fizemos aqui esta declaração porque se saiba quando se acharem capitães em todo o discurso desta nossa história que não sejam homens fidalgos, serão daqueles que os armadores das naus apresentavam, ou homens que per sua própria pessoa ainda que não tinham muita nobreza de sangue havia neles qualidades pera isso[155].

A passagem de João de Barros torna patente o privilégio reservado à nobreza. Em sua crônica, os nomes lembrados só não pertenciam à nobreza quando estavam na categoria excepcional de indicados pelos armadores e aceitos pelo rei ou, embora não fossem nobres, quando tinham "qualidades para isso". Da combinação das duas passagens decorrem duas consequências imediatas: **a.** a figura do que Magalhães Godinho chamara de "cavaleiro-mercador"; **b.** as queixas que atravessam *O Soldado Prático* contra os preconceitos do aparato administrativo do reino contra o homem comum.

Assim como os cronistas, por sua própria função oficial, assinalavam a disposição instituída para o preenchimento dos cargos, assim a pena livre de Diogo do Couto, na escrita do apólogo, enfatiza as práticas extorsivas reservadas ao soldado. Do mesmo modo na passagem em que o despachador o louva por não repetir a atitude colérica com que costumam chegar seus companheiros de condição. Em vez

154 Idem, ibidem.
155 J. de Barros, *Ásia: Segunda Década*, livro v, cap. IX, p. 206.

de sentir-se lisonjeado, o soldado transforma o ócio de seus colegas na palavra incisiva de quem, como ele, tivera uma educação letrada:

> Assaz de bem remediado parte um soldado da Índia, que pode sustentar-se nesta corte de umas naus a outras, para se poder tornar; e se virem que lhe respondem devagar, não sente mor desesperação que lembrar-lhe que está em terra onde não tem remédio, e que o que ajuntou por seus amigos para vir requerer, parte se lhe foi na Casa da Índia, pelos excessos dos contratadores, que até das camisas que levam vestidas lhe tomam direitos[156].

E, se o fraseado da passagem acima parecer complicado, tome-se esta outra passagem:

> estando eu um dia em um convento de religiosos, veio um fidalgo, que ia entrar em uma das melhores fortalezas da Índia, a despedir-se deles; e na conversação, em que eu me achei, lhe disse um religioso daqueles estas palavras: – Senhor, lembre-vos que ides entrar na mercê que el-rei fez por vossos serviços, e que nela podeis ganhar o Céu, como eu neste hábito, com estas cousas [...]. Ao que lhe respondeu o fidalgo: – Padre meu, eu hei-de fazer o que os outros capitães fizeram; se eles foram ao Inferno, lá lhe hei-de ir seu companheiro; porque eu não vou à minha fortaleza, senão para vir rico[157].

Se isso é uma evidente denúncia, Diogo do Couto não deixa menos explícito que não vê remédio para a cobiça que assola os escolhidos:

> Acaba um vice-rei; vai-se para o Reino; manda-lhe el-rei tirar sua residência [fazer devassa de sua administração] por uma pessoa de confiança; se na Índia se tem segredo dela, o que acontece poucas vezes, cá neste vosso Portugal, onde isto não é mais puro, logo se descobre o segredo, e por pietas dão vistas das devassas: e assim houve vice-reis que se vingaram dos homens que testemunharam contra eles [...]. Esta é a razão, por que muito poucos homens querer ir às devassas;

---

156 D. do Couto, *O Soldado Prático*, p. 19.
157 Idem, p. 26.

ao menos eu sempre fugi disso [...]. Enfim, quero concluir com uma cousa que eu aconselhara, se para isso tivera autoridade; que por duas razões não houvera el-rei de mandar tirar devassas e residencies: uma, por evitar males e ódios, e outra, porque nunca se procede contra os criminosos, e sempre se livram, e Deus sabe como[158].

O despachador, de sua parte, parece assumir uma postura bastante conformista – deixemos que "esses senhores vice-reis, desembargadores, capitães e mais oficiais" paguem na outra vida. Logo, entretanto, assume inflexão mais interessante: "Mas inda nesta [vida] vemos que a muito poucos vimos lograr o que tiram de suas governanças e capitanias"[159]. A inferência plausível seria que o gasto com a ostentação – outra vez, a picaresca confirmaria que o hábito era ibérico – se sobrepunha ao cálculo. A regra pois valia desde a casa real, passando pela corte, à alta nobreza.

Digamos que os pontos de concordância entre os interlocutores estão corretos. Mas, afinal, não ficava bem que o despachador e o fidalgo em tudo concordassem com as veementes críticas que escutavam. Assim o primeiro, de algum modo defendendo o judiciário dos atropelos que cometia, alega que assim sucedia pelo excesso de requerimentos que atravancam suas mesas de despacho[160]. A que o soldado prontamente responde:

> Digo, senhor. Que estava isso muito bem, se nesse tempo não saísse despachado o criado do mordomo-mor, que nunca serviu el-rei, o do veador da fazenda, o do secretário, o do conselheiro e o apaniguado de Vossa Mercê e outros muitos desta estofa, que, com as mãos na cinta e a perna alçada [...] levam o melhor da Índia"[161].

Sem que negue os privilégios dos apaniguados, o despachador justifica o que se dá por um justo enunciado: "Meu amigo, já que falais verdades, eu as não hei-de negar. Sucede isso assi porque o despachado que está neste lugar tem necessidade dos homens; uns por que, se começam a medrar, os vão favorecendo; outros por que,

158 Idem, p. 24-25.
159 Idem, p. 25.
160 Idem, p. 33.
161 Idem, p. 34.

se tem já subido a sua valia, os sustentam nela; e assim não se faz nada sem nada"[162]. E o acréscimo do fidalgo é ainda mais direto: "Que há um governador de fazer, se não pode viver tão puro que não haja mister os homens e lhe é necessário tê-los granjeados para seus negócios?"[163]

Como membros do estamento favorecido, o despachado e o fidalgo desculpam que os poderosos arrastem consigo uma rede de seguidores pois têm "necessidade dos homens". O que dá condições para que o soldado declare a consequência do que seus interlocutores tanto justificam: "Folgo de ouvir isso a Vossa Mercê, porque assi o tive sempre para mim no modo como vi aos governadores tratar a fazenda del-rei, não como ministros senão como imigos"[164]. A concordância das três vozes, só possível em um apólogo como esse, torna-se ainda mais concreta seja pela veemente acusação do soldado, seja pela não menos acerba anuência do fidalgo. Aquele exemplifica:

> Ordena-se mandarem um embaixador ao Bagalate ou ao Mogor; estes hão-de levar seus presentes, como é costume; fazem rol do que há-de ser, entram nele quatro, seis ou dez cavalos; este vende-os o vice-rei da seu estrebaria a el-rei a preços exorbitantes; e carregam-se em nome de outrem em receita, e tiram conhecimento para parte requerer seu pagamento [...]. Vindo as naus d'Ormuz com estes cavalos, mandam os governadores tomar polas estrebarias e casas dos homens os que lhe melhor parecem, e ao por do preço sempre é à vontade dos governadores[165].

O fidalgo sequer contesta que era abuso sobre abuso senão que "polo regimento que me el-rei dá, tenho licença pera fazer tudo o que me bem parecer [...]: com o que, e com os muitos biscates que a Índia dá de si, posso fazer os meus ricos, porque me servem, e com eles represento a dignidade do meu cargo"[166]. Como se a explicação não bastasse, ainda a torna mais explícita: "Com que hei-de pagar os meus os serviços que me fizeram desde meninos, senão com os fazer ricos, enquanto

162 Idem, p. 35.
163 Idem, p. 36.
164 Idem, ibidem.
165 Idem, p. 38.
166 Idem, p. 39.

tiver a governança?"[167]. A tríplice obrigação do dom – *donner, recevoir, rendre* – é formulada com séculos de antecedência pela justificativa do que será conhecido pela expressão "negócio da China":

> Como quereis vós que negue eu a um fidalgo, com que me criei, e que tem servido o rei muitos anos com despesas de sua fazenda, as mais dessas cousas que apontastes? [...] [O rei] não é ele tão enganado que não saiba tudo isso, nem será tão pouco amigo de seus vassalos, que não folgue de [os] enriquecerem em suas fortalezas, pois vê que muitas vezes tornam a gastar muita parte em seu serviço, pelo que dissimula com tudo; porque *por derradeiro são fidalgos, a que ele tem obrigação*[168].

Se o dar e o receber caracterizam a troca, a obrigação de ainda devolver é específica ao dom. Onde o devolver aqui se manifesta senão no rei fechar os olhos ante o que ao soldado parecia em detrimento do tesouro do Estado?

O decisivo em *O Soldado Prático* é tornar palpável o que, no subtítulo "Uma Breve Trajetória", inferíamos por dedução lógica. Expondo-se a si próprio, por sua expansão, na ponta de lança do empreendimento capitalista, Portugal não consegue passar além da estrutura estamental porque toda a sociedade mantém a tríplice obrigação que a sustenta. Mas estaria de fato o soldado explorado, tão dependente das migalhas dos poderosos, de acordo com a rapinagem? Sem irmos além de sua 1ª parte, vêmo-lo acusar o furto sistemático, na Índia – os chamados "alvitres", pagamento pelos vice-reis a seus partidários do que antes cabia à fazenda real, os "soldos velhos" (ao vir para a Índia, o soldado chegava com o soldo estipulado. Esse recebe o nome de "morto", quando seu detentor faleceu, sem que seu nome seja retirado da folha de pagamento[169]. Por certo, o porta-voz de Couto, o soldado, não concorda com o que, para ele, se apresenta como furto manifesto. Nem de nossa parte poderíamos supor que a prática fosse a consequência da estrutura do dom. Quando então dizemos que a posição do soldado era sim de revolta, mas sem o separar de uma postura conservadora, era considerando que sua experiência de anos lhe dizia que a "maldição portuguesa [consistia em que] homem que

---

167 Idem, p. 48.
168 Idem, p. 55. Grifo meu.
169 Idem, cena IX, p. 87.

não 'fidalgo não é chamado para nada'"[170]. O que não é fidalgo ou entra na rede dos afilhados de algum ou permanecerá na miséria, porque a terceira obrigação do dom, o "devolver", nunca lhe caberá. Por isso, sem que pertença nem ao discurso próximo ao da historiografia, ainda então em preparo, nem ao que prenuncia o que será o romance (a *Peregrinação*), tampouco ao gênero máximo das belas-letras renascentistas, a épica (*Os Lusíadas*), o apólogo de fundo ético de Diogo do Couto tem uma capacidade iluminadora suplementar e ratificadora do que trazem aquelas duas formas discursivas.

170 Idem, p. 90.

2:
Mendes Pinto:
Um Extraviado da Órbita do Estado

O Oriente
e o Desencantamento do Mundo

Fernão Mendes Pinto, autor da *Peregrinação*, é um pária aventureiro, no meio de nobres e funcionários. Mesmo porque não serve ao Estado, não está obrigado a seguir seus protocolos discursivos. Não obstante, sem que exponha a amargura de outro não favorecido, o autor de *O Soldado Prático*, o que Fernão Mendes, em sua neutralidade narrativa, tem em mira, como já assinalou Francisco Ferreira de Lima, "é o mais puro ideal cavaleiresco"[1]. É sintomático para a expressão portuguesa da expansão ultramarina – esteja mais próxima do historiográfico ou do literário – que toda ela não mostre a menor alternativa contra o que estava estabelecido. Podem queixar-se dela, mas não veem outra escolha.

Se esse conservadorismo compreendia mesmo os que reclamavam contra os privilégios dos que os marginalizavam, sua abordagem era menos complicada quando cronistas, poetas ou autores de um apólogo, como *O Soldado Prático*; praticavam gêneros de antemão conhecidos. Mas que fazer com *Peregrinação* cuja heterogeneidade interna tanto faz correr a pena de uns, como a tolice de tantos outros?[2]

* * *

Nascido pobre, sem êxito entre aqueles a cuja condição procurava ascender; descrente em consegui-lo na própria pátria, Fernão Mendes,

---

[1] F. F. de Lima, *O Outro Livro das Maravilhas. A* Peregrinação *de Fernão Mendes Pinto*, p. 31.

[2] Além de atualizar a ortografia, faremos, neste capítulo, pequenas mudanças na escrita de palavras que, de outro modo, poderiam causar dúvidas.

conforme relata nos primeiros capítulos de seu único livro, tenta a aventura da Índia. Depois de um primeiro fracasso, em que já se inicia sua aliança com a desgraça – a caravela em que viaja é apresada por piratas franceses –, e com a irônica fortuna – é desembarcado, com outros portugueses, "nus, e descalços, e alguns com muitas chagas dos açoites que tinham levado"[3], próximo a Lisboa –, o narrador consegue lugar em uma nau, partindo outra vez de Lisboa em março de 1537 e chegando, no mesmo ano, a uma das possessões portuguesas, à cidade de Diu, na costa ocidental da Índia.

Inicia-se sua peregrinação, termo cujo sentido religioso aqui parece mascarar o sentido mais evidente de amargura. O autor não esconde o alvo que visava: não saíra de sua terra senão porque a vida podia ser longa e mais dolorosa na miséria. De uma de suas primeiras viagens, concluída com êxito, dirá, a propósito da conclusão da fala de seu interlocutor, "que me despediu com boas palavras, e promessa de boa veniaga à fazenda que o mouro trazia do capitão, que *era o que eu então mais pretendia que tudo*"[4].

Não esconde sua motivação de lucro, nem tampouco posa de heroico. Em viagem de completo fracasso, ao ser levado preso, declara que, vendo um enxame de guardas e não ficando tranquilo com a explicação de que visavam prender um ladrão, confessa não haver ficado satisfeito, "e começando já neste tempo a tartamelear", mostra não sentir obrigação alguma em exibir coragem[5]. E, ao ver-se cercado por mais guardas, acrescenta a cláusula que tantas vezes repetirá: "pobre de mim": "E só Deus sabe como pobre de mim então ia, que era mais morto que vivo"[6].

Em vez de destemido, pronto a enfrentar os "infiéis" e cercar-se de fama, na esperança de que sua bravura fosse ouvida pelas autoridades, Mendes Pinto se empenha em evidenciar seu medo e covardia. Salvo de naufrágio, confessa a propósito do mouro, que, na hora da morte, pedira que o convertesse ao cristianismo – "Eu por meus pecados nunca pude ser bom, assim por a brevidade do tempo me não dar lugar, como por estar eu também já tão fraco que a cada passo caía na

3   F. Mendes Pinto, *The Travels of Mendes Pinto*, cap. I, p. 13.
4   Idem, cap. xv, p. 43. Grifo meu.
5   Idem, cap. xix, p. 51.
6   Idem, ibidem.

mendes pinto: um extraviado da órbita do estado

água"[7] –, nem sequer cogita de atendê-lo. Onde pois ficava o serviço à dupla verdade, de que tratamos no capítulo I? Ao extravio da função oficial corresponde o descompromisso do autor; que, no entanto, não se quer senão cristão.

Tampouco insiste tão só na desgraça. Descrevendo o estado deplorável em que outro naufrágio o deixara, observa que, conseguindo voltar a Malaca, onde governava seu protetor inicial, Pero de Faria, os portugueses tanto se empenham em diminuir sua miséria, que "provendo-me então os mais deles com suas esmolas, como naquele tempo se costumava, fiquei muito mais rico do que antes era"[8]. (Note-se a extrema raridade de o narrador confessar que, apesar dos naufrágios e prisões, algum dinheiro acumulava[9].) Muito menos se toma por honrado e honesto. Para salvar a pele, o narrador mente e remente. No episódio já referido do capítulo xix, ao ser interrogado por rei malaio não hesita em acentuar os maus feitos – inventados! – cometidos pelo recém-morto companheiro mouro:

> Eu então ficando algum tanto mais desassombrado, conquanto não estava ainda de todo em mim, lhe respondi que sua alteza em mandar matar aquele mouro, fizera muito grande amizade ao capitão de Malaca seu irmão, porque lhe tinha roubado toda sua fazenda, e a mim por isso já por duas vezes me quisera matar com peçonha, só por lhe eu não poder dizer as emburilhadas que tinha feitas, porque era tão mau perro que continuamente andava bêbado, falando quanto lhe vinha à vontade, como cão que ladrava a quantos via passar pela rua[10].

Por menos que dominasse os recursos retóricos – Mendes Pinto estava longe de ser um humanista ou sequer um letrado –, evidencia-se um propósito autodepreciativo, porque a mentira que inventa, até mesmo se fosse verdade era, do ponto de vista da narrativa, absolutamente

---

7   Idem, cap. xxiii, p. 63.
8   Idem, cap. xxv, p. 67.
9   Carta do jesuíta Melchior Nunes Barreto, de maio de 1554, escrita entre Goa e Cochim, um pouco antes do retorno de Mendes Pinto a Portugal, dá conta não só de seu propósito de entrar na Companhia, do empréstimo que visa à instalação dos padres no Japão – dados que não serão referidos na *Peregrinação*, bem como do que envia "por letra a Portugal para que sejam dados pelo Reitor do Colégio de Coimbra a suas irmãs e irmão". Cf. Doc. n. 3, em R. Catz, *Cartas de Fernão Mendes Pinto e Outros Documentos*, p. 26.
10   F. Mendes Pinto, op. cit., cap. xix, p. 52-53.

ociosa, e lhe emprestava um traço cômico – assim, a alegação do contato que teria tido com a mãe de Preste João, por quem teria sido recebido e presenteado, quando o lendário da figura já estava desfeito. Ou, prevendo a inverossimilhança do que iria narrar, interrompe o relato e deixa "ao entendimento de cada um imaginar o que podia ser"[11]. Mas a ênfase na depreciação sequer se limita a si mesmo. Ao discurso de um aliado dos portugueses, Mendes Pinto intercala uma frase que o rei de Battak atribui ao chefe de Achem, grande adversário seu e dos portugueses. Costumaria ele dizer que, dos títulos de que o inimigo comum se vangloriava, aquele que mais lhe aprazia era ser "bebedor do turvo sangue estrangeiro dos malditos cafres[12], sem lei, do cabo do mundo, usurpadores, por sumo grau de tirania, de reinos alheios nas terras da Índia, e ilhas do mar, de que todos os seus fazem grande caso"[13]. (Obviamente, tal bazófia não era atestável; apenas, como mostra o mui discreto João de Barros, era adequada à má fama dos portugueses.)

A crítica, cuja fidelidade é apenas provável, ecoará por todo o livro. Assinale-se uma próxima. Referindo-se à missão diplomática de que Pero de Faria o encarrega, escreve que ela visava a renovar o acordo de bom trato que os portugueses recebiam em Patani, "e outras cousas a este modo de boa amizade, importantes ao tempo, e ao interesse da mercancia, *que na verdade era o que mais se pretendia que tudo!*"[14]. Pois, como será depois melhor destacado, Mendes Pinto, embora alheio de funções oficiais, não se diferencia da comunidade étnico-religiosa a que pertence. Apenas não integrando o enfatuado lado senhorial, dá às suas experiências, como já acentuara António José Saraiva, um tratamento comparável ao ponto de vista pícaro – "A *Peregrinação*, não sendo formalmente no seu conjunto uma novela picaresca, está, todavia, animada de espírito picaresco"[15]. Acentue-se porém que, embora haja evidentes

---

11 Idem, cap. CLXXXVIII, p. 542.
12 Na edição original portuguesa aparece, com efeito, a palavra "cafre", conquanto o sentido claro seja a referência aos portugueses. Na versão americana, a tradutora escreve "kaffir", a que aponta como palavra árabe, significando "infiel". Cf. trad., introdução e notas de R. Catz, em *The Travels of Mendes Pinto*, p. 550. Muito provavelmente, o termo "cafre" é uma má transliteração do árabe.
13 Idem, cap. XVII, p. 48-49.
14 Idem, cap. XXXVI, p. 89-90. Grifo meu.
15 A. J. Saraiva, *História da Cultura em Portugal*, v. III, p. 415.

mendes pinto: um extraviado da órbita do estado

relações com o ponto de vista pícaro, o livro de Mendes Pinto não tem a sua simplicidade.

É da visão *desencantada* – no sentido que Max Weber dará ao termo[16] – e da presteza pícara em "recolher do mundo os valores de aprendizagem que lhe deem uma *capacidade de viver* de acordo com as regras descobertas"[17] que decorre a maneira como o narrador se apresenta a si. Não se restringe, pois, a acentuar sua própria cobiça e o uso dos meios possíveis em favorecê-la. O elogio que teria recebido, no episódio a seguir relatado, é feito em termos que, da parte do narrador, não indicam qualquer sinal de orgulho. A autoridade da ilha de Tanixumaa (Tanesgashima), sobrinho e subordinado ao rei de Bungo, o escolhe para missão junto a seu tio, em virtude de que, sendo ele "mais alegre e menos sisudo, [...] agrade mais nos japões, e desmelanconize o enfermo"[18]. Muito menos pode ser tida por prova de coragem a maneira como, traído por um português, enfrenta, em Burma, interrogatórios e açoites:

> E me fez em juízo perguntas por três vezes em público, a que nunca respondi cousa que fosse a propósito, de que ele com todos os mais que estavam presentes se meteram em muita cólera, e disseram que eu o fazia por soberba, e por desprezo da justiça, pelo qual logo ali em público me deram muitos açoites e pingos de fogo com canudos de lacre, de que ali fiquei quase morto de todo, e assim estive espaço de mais vinte dias em que ninguém me julgou a vida. E dizendo eu algumas vezes que por me roubarem minha fazenda me assacavam todos aqueles falsos testemunhos, as que o capitão João Caieiro que estava em Pegu daria conta disso a el-rei muito cedo, *por isso que eu*

16 É sabido que Weber não escreveu algum ensaio específico sobre a *Entzauberung*, empregando-a de passagem em uns poucos ensaios. O que dela, entretanto, declara no "Wissenschaft als Beruf" ("A Ciência como Vocação) é bastante. O desencantamento do mundo implica uma perda e um ganho. Perda e ganho afirmados em seguida: "A crescente intelectualização e racionalização assim não significa um conhecimento geral e crescente das condições em que se vive. Significa sim algo outro: o conhecimento ou a crença de que basta querer (*wenn man nur wollte*) para que, em qualquer momento, se possa aprender; por conseguinte, sobretudo que não há forças misteriosas e incalculáveis que entrem em jogo; que, ao contrário, se pode, em princípio, dominar todas as coisas pelo cálculo". Cf. M. Weber, Wissenschaft als Beruf (1919), em *Gesammelte Aufsätze zur Wissenschaftslehre*, com organização de Johannes Winckelmann, p. 594.

17 C. J. F. Jorge, A Dimensão da Pirataria na *Peregrinação*. Poder e Contrapoder: Uma Ideologia da Paródia, *O Discurso Literário da* Peregrinação, p. 79-80.

18 F. Mendes Pinto, op. cit., cap. Cxxxv, p. 365.

acaso disse já como desesperado, e sem saber o que dizia, permitiu nosso Senhor que fosse livre da morte[19].

Sirva esta pequena amostragem do que, com fartura, se acumulará ao longo dos 226 capítulos, correspondentes aos 21 anos de permanência no Oriente. Durante eles, o futuro narrador "foi escravo, soldado, mercador, pirata, embaixador, missionário, médico"[20] ou, em suas próprias palavras, conheceu "trabalhos, cativeiros, fomes, perigos e vaidades"[21], em um intrincado roteiro que, como descrevia a página de rosto da tradução inglesa de 1653, abrangera os reinos da Etiópia, China, Tartária, Conchinchina, Calaminhão, Sião, Pegu, Japão "e uma grande parte das Indias Orientais"[22].

Venhamos ao contexto sócio-histórico do livro.

* * *

Vivendo entre 1510 e 1583, Mendes Pinto é contemporâneo do auge da expansão portuguesa e de sua rápida decadência. Expansão que ainda chegara em parte do reinado de dom João III (1521-1557), e, já em decadência, se estendera à regência da rainha-viúva, dona Catarina (1557-1562), substituída pelo cardeal dom Henrique, que governa em nome de dom Sebastião, cuja morte, em 1578, explicita a falência do projeto expansionista. O rei, desaparecido na batalha de Alcácer-Quibir, é sucedido pelo cardeal dom Henrique, já então inquisidor-geral, cuja idade avançada o leva a costurar sua sucessão. O êxito que alcança significa a unificação, em 1580, com o reino de Espanha, sob Felipe II (1556-1598)[23]

Do ponto de vista político interno, acentua-se o incremento da Inquisição em Portugal. Estabelecida por bula papal de Paulo III, em 1536, um ano, portanto, antes da partida de Fernão Mendes, a

---

19   Idem, cap. CLIII, p. 424-425. Grigo meu.
20   R. Catz, em *The Travels of Mendes Pinto*, p. XXXVII.
21   Carta aos padres e irmãos da Companhia de Jesus em Portugal, datada de Malaca, em 5 de dezembro, 1554, em R. Catz, *Cartas de Fernão Mendes Pinto e Outros Documentos*, p. 40.
22   R. Catz, em *The Travels of Mendes Pinto*, p. 416.
23   Para um quadro mais abrangente da Europa no período, cf. R. Catz, *The Travels of Mendes Pinto*, p. XIX-XXIII. Para uma exposição detalhada do império português, C. R. Boxer, *The Portuguese Seaborne Empire 1415-1825*; A. J. R. Russell-Wood, *The Portuguese Empire, 1415 – 1808*; L. F. F. R. Thomaz, *De Ceuta a Timor*.

Inquisição assume pleno vigor em 1547, sob instâncias de dom João III. Quando de seu regresso a Lisboa, em 1558, a situação não poderia ser pior[24]. Durante quatro anos e meio, Mendes Pinto espera uma recompensa real por seus trabalhos no Oriente. Embora houvesse se munido do relato circunstanciado de suas missões e embaixadas, assinada pela última autoridade colonial a que servira, o governador da Índia portuguesa, Francisco Barreto[25], Mendes Pinto termina por desistir da pretensão; casa-se e adquire uma pequena propriedade em Almada, cidadezinha próxima a Lisboa (Felipe II lhe concederá, no fim da vida, uma pequena prebenda de dois moios anuais de trigo, equivalentes a três medidas de pão por dia[26]). Dedica-se então a escrever seu relato, o que teria sucedido entre 1569 e 1578, sendo esta a última data referida na *Peregrinação*[27]. Lega os originais de seu manuscrito à Casa Pia dos Penitentes, que serão publicados em 1614, trinta e um anos depois de sua morte.

Como se explicaria tamanha demora? Tanto Maurice Collis como Rebecca Catz assinalam os riscos que representava sua edição. Já a doação dos originais a uma instituição político-religiosamente insuspeita e poderosa, diria do temor de Mendes Pinto. Nas palavras de sua grande pesquisadora: "Há poucas dúvidas de que Mendes Pinto temia publicar seu livro. Os tempos eram perigosos e ele escrevera um livro arriscado, criticando, ainda que indiretamente, todas as instituições, sagradas e profanas, de seu país"[28].

Catz reiterava o que já dissera Collis, que acrescentava outro dado: desconhece-se se Mendes Pinto chegara a procurar um editor[29]. Se o fizera, fracassara. Pois, independente de como seu conteúdo poderia ser interpretado, sobretudo pela severa Inquisição, havia o problema comercial dos gastos de tão grosso volume, que não dispunha do apoio financeiro de instituição alguma. O certo é que, passados alguns anos, a Casa Pia o submete ao exame inquisitorial, que o aprova no mesmo ano em que o processo começara, 1603. Mas o temor dos riscos, depois de recebidas as licenças de impressão, levaria a que se

---

24 R. Catz, *The Travels of Mendes Pinto*, p. XXIII.
25 F. Mendes Pinto, op. cit., cap. CCXXVI.
26 M. Collis, *The Grand Peregrination*, p. 294.
27 Idem, p. 290.
28 R. Catz, *The Travels of Mendes Pinto*, p. XXV.
29 M. Collis, op. cit., p. 291.

passassem mais onze anos até que o famoso Pedro Craesbeeck o tenha aceito. Como acentua Collis, as mudanças entrementes sucedidas não eram auspiciosas para o recém-editado:

> Trinta e um anos tinham passado desde a morte de Mendes Pinto, e, entre sessenta e oitenta, desde os acontecimentos descritos no livro. Nesse intervalo, muito sucedera para que tornasse seu conteúdo menos extraordinário e novo. João de Barros, Camões, Castanheda, Correa, Maffei e os biógrafos de Francisco Xavier tinham publicado suas obras. A situação no Oriente também mudara muito pois as Companhias da Índia Oriental, inglesa e holandesa, também tinham sido fundadas e seus navios não respeitavam os abrigos portugueses. A *Peregrinação* deixara de tratar de um assunto do momento, para se tornar a descrição de um período que findara[30].

E, no entanto, o livro é um êxito de vendas. Segundo Collis, entre 1614 e 1700, sucedem-se dezenove edições, em seis línguas (duas em português, sete em espanhol, três em francês, duas em holandês, duas em alemão e três em inglês)[31]. Abre-se, imediatamente, a questão sobre sua veracidade; questão que, como têm mostrado P. G. Adams, Mary Campbell e A. Pagden, não se limitava à *Peregrinação*, pois abrangia o gênero de relatos de viagem, em geral. As dúvidas e suspeitas levantadas por seus leitores irão pressionar em favor de uma mais estrita delimitação entre o registro histórico e a ficção[32]. Indagar-se pois sobre a veracidade do relato de Mendes Pinto, como, depois, dos escritos dos viajantes ingleses, era uma indicação clara das mudanças então operadas entre a narrativa de viagem e sua recepção. Razões pragmáticas as determinavam: ao receptor já não era suficiente a alegorese[33] que dominara o relato medieval. O leitor agora precisava saber da efetiva factualidade do que se dizia das terras desconhecidas ou inexploradas, pois que ele próprio, receptor, muitas vezes queria abandonar a vida monotonamente miserável e aventurar-se em busca das proclamadas riquezas. Ora, a demanda desse receptor do início

---

30 Idem, p. 297.
31 Idem, ibidem.
32 L. C. Lima, A Ficção Oblíqua e *The Tempest*, em *Pensando nos Trópicos*, p. 99-118; idem, *História. Ficção. Literatura.*
33 Termo usado na retórica para designar um tratamentio de ordem alegórico.

dos tempos modernos chocava-se com o "horizonte de expectativas" que modelara a prática medieval.

À *narratio rei gestae*, temporalmente equivalente a nosso relato historiográfico, se impunha, conforme afirmava Isidoro de Sevilha, que o narrador tivesse sido um testemunho ocular do que relatava: "O testemunho ocular dos acontecimentos era a melhor garantia *não só* da precisão da informação histórica *como ainda* da sua"[34].

A afirmação parecerá demasiado anacrônica ao leitor contemporâneo, acostumado a ver os historiadores, ainda do século xix, a se empenhar na necessidade de as obras historiográficas serem fiéis aos fatos. O testemunho ocular, frisado pelo autor das *Etymologiae*, não implicava o realce do fato? Por que então a insistência tardia de um Ranke no mesmo postulado? Sim, por certo, o testemunho dos olhos apontava para o destaque do fato sucedido, mas, na visão medieval, de um fato que se submetia aos recursos da apóstrofe – "empregada para a expansão mais dramática dos fatos ou, em certos casos, para seu resumo"[35] –, da hipérbole, da *amplificatio*, da écfrase, de todo o arsenal dos recursos retóricos posto a serviço de uma sociedade autocrática. Daí, como observa Beer, a matéria da *Gesta Guilelmi ducis Normanorum et regis Anglorum*, de Guillaume de Poitiers, "possa ser vista, em geral, como uma argumento ilustrativo para justificar a conquista de Guilherme e sua legitimidade como rei inglês, sua brutalidade em alcançar aquela meta e seu nepotismo depois que a alcançou"[36].

A prática não era tida então por arbitrária porque, devendo o fato servir à *veritas*, essa, de sua parte, supunha a crença cristã. Daí a oposição a separar a verdade pagã da verdade legitimada: "Supunha-se existir uma oposição entre as tentativas pagãs em provar a verdade (li ancien disoient … li ancien voloient prover) e o conhecimento/crença contemporânea (nos creons), que se baseava na verdadeira evidência (tesmoing) da Escritura sagrada"[37]. Por isso, "para que extraíssem utilidade do paganismo, os tradutores modificavam as fontes materiais, toda a vez que elas contradissessem o dogma cristão"[38]. Em suma,

34   J. A. Beer, *Narrative Conventions of Truth in the Middle Ages*, p. 21.
35   Idem, p. 16.
36   Idem, p. 17.
37   Idem, p. 48.
38   Idem, p. 61.

a prova testemunhal, a obrigação de factualidade pelo historiador medieval eram comprometidas pela própria caracterização religiosa da verdade. O *nous croyons* se impunha como a fonte de uma certeza definitiva, que justificava e impunha o emprego retórico. Conforme se nota, tal cerceamento retórico, para não falar do caráter cerrado da sociedade medieval, impedia o desnudamento da mais complexa dupla verdade[39].

Mesmo com sua escassa formação escolar, Mendes Pinto estava menos armado contra essa tradição secular – não se haveria de supor que ela circulasse apenas pelos livros, ao passo que a cultural oral, a que Mendes Pinto estava absolutamente exposto, não estava dela isenta. Por isso mesmo diversas vezes manifestará seu receio, tal a diversidade do que assegurava haver visto, de não ser crido. É o que lhe sucede ao velejar ao largo da ilha de Sumatra até chegar a um pequeno rio, "que se dizia Guateamigim": "Pelo qual velejou seis ou sete léguas adiante, vendo por entre o arvoredo do mato muito grande quantidade de cobras, e de bichos de tão admiráveis grandezas e feições, *que é muito para se arrecear contá-lo, ao menos a gente que viu pouco do mundo, porque esta como viu pouco, também costuma a dar pouco crédito ao muito que outros viram*"[40].

O mesmo receio reaparece no final de capítulo adiante, ao tratar das grandezas da China: "Temo que os que quiserem medir o muito que há pelas terras que eles não viram, com pouco que vêm nas terras em que se criaram, queiram por dúvida, ou porventura negar de todo o crédito a aquelas cousas que se não conformam com seu entendimento, e com a sua pouca experiência"[41]. E, depois, do que teria testemunhado na cidade de Pequim. (Como era bastante conhecido o interdito de entrada dos estrangeiros na China, não pareceria estranho que, ao autorizar sua publicação, seu censor alegasse se tratar

---

39   Cf. infra, p. 55-121. Apesar de discordar da posição de um especialista do calibre de João Adolfo Hansen, não creio que a afirmação implique uma generalização descabida do critério empírico de prova. Como a considero, é ela possibilitada pelo fato de vermos a *dupla verdade* à distância. Ou seja, a dupla verdade não deixa de ser praticada porque algum argumento mais forte a desmanche, senão porque o leitor dos viajantes, no caso já ingleses, demandava o abandono de uma retórica que conformava o que declaravam ter visto com o que deveria ser visto. Nas palavras de Hansen, "a factualidade medieval era toda *allegoria in factis*". Era esse caráter da factualidade apenas pretendida que afetava o regime da narrativa medieval.

40   F. Mendes Pinto, op. cit., cap. XIV, p. 40. Grifo meu.

41   Idem, cap. LXXXVII, p. 227.

de uma boa e divertida história): "Por me temer que particularizando eu todas as cousas que vimos nesta cidade, a grandeza estranha delas possa fazer dúvida aos que as lerem [...], deixarei de contar muitas cousas que quiçá deram muito gosto a gente de espíritos altos, e de entendimentos largos e grandes, que não medem as cousas das outras terras só pelas misérias e baixezas que têm diante dos olhos"[42].

Mendes Pinto intuía perfeitamente que já não podia contar com os favores da alegorese medieval, pois à exclusividade da crença se contrapunha o interesse dos próprios receptores na fidelidade factual. Com que poderia contar? O relato seco, esquemático, baseado apenas no que lhe permitisse uma memória não apoiada em notas, que jamais foram registradas? Por isso, embora cauteloso, declara haver sido testemunho ocular, "que eu vi por meus olhos", do que, conforme a pesquisa recente, afirma basear-se sobretudo no que ouvira dizer. Refere, por exemplo, no capítulo cv, intitulado "De Alguma Pequena Informação Desta Cidade de Pequim, Onde o Rei da China Reside de Assento":

> Digo que esta cidade [...] tem os seus muros de circuito, segundo os chins nos afirmaram, e eu depois vi num livrinho que trata das grandezas dela, que se chama *Aquesendó*, que eu trouxe a este reino, trinta léguas, dez de comprido, e cinco de largo, e outros afirmam que tem cinquenta, dezessete de comprido e oito de largo. E já que os que tratam dela variam nisto tanto como é dizerem uns trinta, e outros cinquenta léguas, *quero eu declarar a causa desta dúvida conforme ao que vi por meus olhos*[43].

Contra tal afirmativa taxativa, sua simpática tradutora para o inglês e intérprete afirma: "É duvidoso que Pinto jamais tenha visto Pequim com seus próprios olhos"[44].

A perda dos critérios de verdade fundada na unanimidade da crença deixa o narrador em posição frágil e suspeita. Sem se glorificar, ele, no entanto, pretende destacar a singularidade de sua peregrinação e, com ela, fornecer a seus filhos um ABC "para aprenderem a ler por

---

42 Idem, cap. CXIV, p. 305.
43 Idem, cap. CV, p. 279. Grifo meu.
44 R. Catz, *The Travels of Mendes Pinto*, nota 1, p. 580.

meus trabalhos"[45]. Propósito sem dúvida modesto, que mesmo seus detratores tornariam bastante mais amplo.

O estado de suspeita do narrador é de certa maneira retomado pelos historiadores que se têm interessado por seu relato. Nenhum dos que consultamos aceita literalmente a veracidade de seu testemunho. Poucos, entretanto, acompanharão Russell-Wood, que, talvez decepcionado em não encontrar nele elementos para sua história da expansão portuguesa, logo o descarta como "um dos charlatães da história de todos os tempos, mas não o menos pitoresco de todos"[46]. A frase inteira do historiador encerra uma ambígua cortesia: é um charlatão, diz ele, porém bastante pitoresco. A mesma ambiguidade já era observada em Albert Kammerer, em pequeno artigo incluído em longuíssima pesquisa. Embora de início declare que a *Peregrinação*, "sem jamais alcançar a história, constitui um monumento no gênero do relato de aventuras"[47], logo depois atenua seu juízo:

> Aí se nota todo um vocabulário difícil de traduzir, estranho à língua portuguesa e tirado dos mais variados idiomas do Extremo Oriente [...]. Essas palavras especiais não puderam ser introduzidas por um redator simplesmente "literário", alheio aos países e às coisas relatadas. Não se poderia, portanto, recusar seriamente a Mendes Pinto haver assistido a inúmeros dos acontecimentos que conta, nem mesmo de haver participado de muitos deles[48].

Em suma, se para Kammerer são duvidosas as viagens em que o autor diz haver estado, não se poderia negá-las sumariamente.

Em contraste com as negações peremptórias ou as formulações hesitantes daqueles historiadores, é Maurice Collis, autor de todo um livro dedicado à *Peregrinação*, quem estabelece o modo de apreciação mais justo. Sem que negue as apropriações que Mendes Pinto teria feito do que simplesmente ouvira ou lera, muito menos as cenas que inventou – toda a história de sua permanência entre os tártaros seria uma delas –, para Collis há de se considerar que o autor português

45 F. Mendes Pinto, op. cit., cap. cv, p. 278.
46 A. J. R. Russell-Wood, op. cit., p. 112.
47 La Problématique voyage en Abyssinie de Fernand Mendez Pinto, *La Mer rouge*, v. III, p. 22.
48 Idem, p. 23.

"antes *está compondo uma cena do que relatando uma experiência efetiva*"[49]. Não é, portanto, contraditório que a China que Mendes Pinto declara haver visto fosse um composto do que escutara:

> Durante a dinastia Ming os estrangeiros estavam proibidos de entrar na China, mas negociavam, legal ou ilegalmente, em certos portos. Ningpo era um deles e, [...] nenhuma objeção se fizera aos portugueses para que construíssem um estabelecimento; negociavam em Ch'uan-chow e noutras partes; também conseguiam estoques e provisões. Pelo encontro de chineses nos portos do litoral, escutando o que tinham a dizer do interior, pelo estudo de suas instituições nos portos e pela observação dos produtos oferecidos à venda, eles podiam formar uma ideia limitada e não de todo confiável do interior da China. Essas fontes estavam à disposição de [Mendes] Pinto[50].

Em síntese, dando mostra de uma largueza incomum de visão entre seus pares, Collis declara: *"Nenhum episódio pode ser completamente tomado como uma fonte direta para a história, mas o conjunto vivifica enormemente nossa apreensão da história"*[51]. Já não se trata pois de acentuar o pitoresco que o desvia da rigorosa escrita da história mas de assinalar que a *Peregrinação* configura um gênero *sem inscrição discursiva definitiva*. De certo modo, já o afirmava Aníbal Pinto de Castro, ao anotar que, na *Peregrinação*, "se afirmavam os episódios [...] à maneira evidente das novelas de cavalaria"[52], antes porém observando que o livro fugia "a todos os cânones da teoria dos gêneros vigente no seu e até no nosso tempo"[53].

Mas a questão não se resolve com tamanha facilidade. Lemos, por exemplo, em um analista recente: se a narrativa de viagens era "um gênero paraliterário [...] a questão da verdade (noção histórica) parece incontornável"[54]. A afirmação final antes nos parece um *non sequitur*: a incontornabilidade da verdade histórica é, no caso, antes um pressuposto do que algo demonstrado. A formulação de Collis

---

49 M. Collis, op. cit., p. 32. Grifo meu.
50 Idem, p. 116-117.
51 Idem, p. 287. Grifo meu.
52 Introdução à *Peregrinação*, p. XLVIII.
53 Idem, p. XXXII.
54 C. Carvalho, Acerca da Autobiografia na *Peregrinação*, *O Discurso Literário da Peregrinação*, p. 35.

colocava o problema em melhor formato: sem que a *Peregrinação* possa ser tomada como fonte material para a história, contudo vivifica nossa apreensão do histórico. Afirmação paralela também podia ser feita: sem ser uma obra literária, a *Peregrinação*, ao não se deixar confundir com a simples mentira, prenuncia o que será o sentido do literário. Livro sem inscrição discursiva certa, ele mostra que as formas discursivas conhecem momentos de indecisão, nos quais se pressente o que será depois ordenado.

A análise dá um pequeno passo: tendo por horizonte distante a verdade tal como concebida e praticada pela *res gestae* medieval e por horizonte próximo o relato de viagens, em que o fato viria a ser problematizado, porque estivera até então subordinado ao tratamento retórico, a *Peregrinação*, longe de ser uma obra ficcional, tendia a transformar seus horizontes, distante e próximo, em algo situado nas imediações do que ainda será a literatura. Daí o acerto da afirmação de Carlos Figueiredo Jorge: "As formas mistas que cria são problemáticas e, em nosso entender, apontam já para o romance no sentido moderno do termo, não se limitando a constituir-se como sátira, à maneira das narrativas de Swift ou mesmo de Cyrano"[55].

O analista português contrapõe-se com acerto à interpretação em que se empenha Rebecca Catz. Para Catz, "Mendes Pinto escrevera uma sátira, tecida com os fios mais sutis da ironia – um livro subversivo – que enganava seus compatriotas e ameaçava os próprios fundamentos de sua sociedade"[56]. Ele a teria feito enquanto um "autor fictício [...] a não ser confundido com o autor histórico. É uma *persona*, uma personagem ou identidade assumida pelo satírico para que realizasse seus propósitos críticos. Como um instrumento retórico, a *persona* é altamente flexível", sendo capaz de assumir diferentes formas: a do "homem bom", que projeta a imagem de uma pessoa digna de confiança, a do *ingénu*, que ganha o leitor com sua ingenuidade, a do patriota e defensor da fé e a do pícaro, que revela a maldade dos outros, enquanto disfarça sua aprovação e participação em seus feitos[57].

Embora seja inquestionável a crítica à conduta dos portugueses e que há um veio satírico na *Peregrinação*, a interpretação sofre de

---

55 Op. cit., p. 67.
56 R. Catz, *The Travels of Mendes Pinto*, p. xxv.
57 Idem, p. xxxix-xl.

rigidez e parcialidade. Quanto à sátira, já Collis notara que: "O modo de escrita de [Mendes] Pinto é apresentar cada episódio como um drama (tragédia, comédia, melodrama ou sátira) [...]"[58]. Quanto a sua "sátira" ter como objeto os portugueses, posição bem mais matizada é proposta por Carlos Jorge Figueiredo: "Se é dado assente que [a narrativa de Mendes Pinto] parte das axiologias e axiomas do universo cristão ocidental, também é verdade que se renova pelo reconhecimento, incorporação e avaliação dos elementos alheios que o mundo desconhecido lhe revelava[59].

Sublinhando o dado satírico e a crítica acerca de como se fizera a expansão ultramarina, Catz deixa passar o rico filão que suas pesquisas abriam. A exploração do ficcional e das vozes, retoricamente discriminadas por ela, entra em cena antes que a compreensão histórica da experiência renda o que podia. De certo modo, pois, Catz, explorando a frente que os historiadores costumam ignorar, ou mesmo desprezar, mantém a rigidez deles. Invertendo a face, conserva o mesmo dispositivo de indagação. Cara ou coroa, história ou ficção.

Para a caracterização da sátira, Rebecca Catz apoia-se em Edward Robinson Jr. Em *Swift and the Satirist's Art*, Robinson parte do pressuposto de que "toda a sátira implica, em certo grau, *um desvio da verdade literal* e, em lugar da verdade literal, a conexão com o que pode ser chamado uma *ficção satírica*"[60]. Enquanto tal, a ficção satírica move-se dentro de um espectro, cujo ponto mais baixo caracteriza-se por argumentos ou exortações, que têm por alvo uma certa vítima. É a sátira persuasiva. Por sua conformação, ela se aproxima da polêmica. Se, ao contrário, a sátira se desloca para o ponto mais alto do espectro, vem a se constituir a espécie que o autor chama de punitiva:

> Se a qualidade persuasiva desaparece – ou seja, se, na sátira punitiva, não se nos apresentam nem argumentos, nem exortações, por mais obliquamente expressos que sejam, mas sim os abusos de uma vítima de cuja culpabilidade já estamos propriamente convencidos – parecemos estar lidando com algo semelhante à comédia[61].

---

58 M. Collis, op. cit., p. 287.
59 Op. cit., p. 80.
60 Cf. p. 17.
61 Idem, p. 23.

Assim, inversamente ao que sucede no deslocamento para baixo, que tende à polêmica, a sátira alta tem como horizonte a comédia. Essa passagem se cumpre quando, de algum modo, se perde a identificação histórica do acusado. "O elo com a particularidade histórica torna-se menos relevante, a sátira punitiva [...] deixa de todo de ser sátira [...]. Neste limite, está a região do cômico genuíno"[62]. Daí a definição abrangente que oferece do gênero:

> Toda a sátira é não só um ataque a particulares *discerníveis, historicamente autênticos*. Os "tolos" ou vítimas da sátira punitiva não são meras ficções. Eles ou os objetos que representam devem ser ou ter sido francamente existentes no mundo da realidade; ou seja, devem possuir identidade histórica genuína. O leitor deve ser capaz de apontar para o mundo da realidade, passado ou presente, e identificar o indivíduo ou o grupo, a instituição, o costume, a crença ou a ideia que o satírico ataca[63].

Para Rebecca Catz, Mendes Pinto escreve uma sátira punitiva dos portugueses, tanto por suas ações diretamente expostas, como pelas acusações que recebem quer de aliados, quer de inimigos. Sirvam-nos umas poucas atestações.

Em uma de suas supostas viagens ao Japão, Mendes Pinto naufraga nas ilhas Ryukyu e se salva com uns poucos. O grupo é preso, sob a acusação de pirataria e a autoridade que interroga os sobreviventes, ante seus protestos de serem mercadores e não ladrões, lhes pergunta: "Qual foi a causa porque as vossas gentes no tempo passado quando tomaram Malaca pela cobiça das suas riquezas, mataram os nossos tanto sem piedade, de que ainda agora há nesta terra algumas viúvas?"[64]

(Em nota à passagem, Catz observa que, embora seja historicamente duvidosa a viagem referida, a alegação da autoridade judicial se baseia em que, de fato, "negociantes de Ryukyu foram assassinados em Malaca quando ela foi conquistada por [Afonso de] Albuquerque, em 1511"[65]. Ainda que a cena fosse inventada, seu lastro era histórico. Os ex-náufragos são conduzidos à prisão. Quando a sorte parecia favorecê-los e a

---

62 Idem, p. 25-26.
63 Idem, p. 25.
64 F. Mendes Pinto, op. cit., cap. CXL, p. 380.
65 R. Catz, *The Travels of Mendes Pinto*, nota 3, p. 595.

libertação estava quase assegurada, têm a desfortuna de chegar às ilhas um pirata chinês, "o qual por nossos pecados era o maior inimigo que os portugueses tinham naquele tempo"[66], que, recebido pelo rei, declara que "era nosso costume espiarmos uma terra sob color de mercancia, e depois a tomarmos como ladrões, matando e assolando toda a cousa que nela achávamos"[67]. Se a identificação do acusador como o "maior inimigo dos portugueses" abranda o peso da denúncia, sua equivalência com as palavras da autoridade nativa o reforça.

É ainda mais significativo que, na disputa teológica que teria sucedido entre São Francisco Xavier e os sacerdotes japoneses, aquele tivesse respondido que, contra a crença e a prática dos bonzos, "a riqueza dos que iam ao céu não consistia no *cochumiacos* (letras de câmbio) que por modo de tirania os bonzos cá lhe davam, senão nas obras que com fé nesta vida faziam"[68], que evidenciava uma sátira veemente à prática da venda das indulgências. Outra de suas declaradas viagens ao Japão oferece episódio em que, conquanto de modo menos explícito, reitera a crítica aos valores praticados pelos portugueses. Como se espalhara a fama de o Japão ser um excelente mercado, a seus portos acorriam barcos de mercadores, abarrotados de produtos chineses, que a excessiva oferta os obrigara a tamanha baixa dos preços que só conseguiam vendê-los com grande prejuízo[69]. Do aperto em que Mendes Pinto está metido – pois não nega que também ele trouxera seu carregamento – apenas consegue sair graças à intervenção de uma tempestade que destroça quase todos os barcos. "Deste tão, e tão miserável naufrágio se não salvaram mais que dez ou doze embarcações, das quais foi uma a em que eu vinha, e ainda essas milagrosamente, as quais depois venderam as suas fazendas a como quiseram"[70]. A tempestade teria sido provocada por "Deus nosso Senhor com seus ocultos juízos"[71]. Não veria Mendes Pinto o absurdo de justificar essa intervenção divina, que provocara tantas mortes para o lucro de uns poucos? Em vez de alegar algo semelhante ao que chamamos dupla verdade e como a intervenção divina se apoiava em uma concepção particularista do

---

66   F. Mendes Pinto, op. cit., cap. CXL, p. 382.
67   Idem, p. 383.
68   Idem, cap. CCXII, p. 629.
69   Idem, cap. LLII, p. 586.
70   Idem, ibidem.
71   Idem, ibidem.

cristianismo, de que, por sua vez, não se alheava uma crença fetichista, a explicação do episódio, segundo Catz, estaria na adoção, pelo narrador, da voz do *ingénu*. Como quem relata não é o sujeito real mas sim a *persona* ficcional, a isenção daquele, i.e., Mendes Pinto, seria um recurso para enfatizar a crítica, no caso bastante feroz, da prática a que se entregam os portugueses. (Sem enfatizarmos que o argumento de Catz parece o que mais recentemente se tem costumado chamar de *interpretação excessiva* [*overinterpretation*], notaremos adiante que a interpretação alternativa supõe a atualização de algo mais que a sátira persuasiva.)

Mesmo quando a sátira não se explicita, não deixa de estar presente a crítica à conduta de agentes específicos, historicamente localizados, matéria-prima do gênero. Assim, na tentativa de retornar à China, o narrador assinala que o roubo, que os portugueses antes haviam cometido, provocara a perda do enclave que lhes fora concedido por Ning-po, depois do qual "tudo ficou abrasado e posto por terra, com morte de doze mil pessoas cristãs, em que entraram oitocentos portugueses"[72]. A tentativa de comerciar, portanto, fracassa pela má fama que os portugueses já haviam adquirido nas cidades litorâneas da China.

Só essas cenas já seriam suficientes para que Mendes Pinto temesse pela publicação de seu livro. Bastariam, portanto, para justificar tanto que houvesse doado seus originais a uma instituição insuspeita como a visão que Catz defende. No entanto, elas não são suficientes para a sua caracterização interpretativa. Ao contrário, a de Catz é bastante reducionista. Collis, ao notar que o autor compunha cada cena como um drama, conseguia a flexibilidade que veio a faltar a Catz, pois, para a armação do drama, Mendes Pinto recorria tanto à sátira como à tragédia, à comédia e ao melodrama, dispondo "os fatos, as conversas e os bastidores de acordo [...]. O objeto do livro é oferecer uma impressão geral da Ásia, entre 1538 e 1557, e dar ao autor a oportunidade, dentro da moldura, de expor seu ponto de vista, como homem de sensibilidade, sobre a matéria que surgisse"[73].

Em vez de nos contentarmos com a noção de uma composição ideada por "um homem de sensibilidade", será mais eficaz reiterarmos a passagem de Figueiredo Jorge quando, a propósito da visão da Ásia, percorrida por portugueses e logo por piratas e corsários ingleses,

---

72   Idem, cap. ccxx, p. 660.
73   M. Collis, op. cit., p. 287.

anota que os europeus eram governados por "axiologias e axiomas do universo cristão ocidental", que se renovavam (ou eram postos em xeque) pelo "mundo desconhecido"[74]. Daí o "mundo maravilhoso" que, recentemente, Francisco Ferreira de Lima ressaltaria na *Peregrinação*.

A passagem há de ser reiterada porque nos força a pensar na historicidade da experiência – e é o contato com o "mundo desconhecido", por enquanto apenas governado pela axiologia cristã, que estará na base toda de *Peregrinação*. O espírito de cruzada, que servira de justificativa inicial para a expansão ultramarina, complementava a prática efetiva dos "cruzados". Pioneiros na expansão do domínio europeu por outros continentes, os portugueses eram dirigidos por uma axiomática cristã, que logo se mostrará tão contraditória que os conquistadores seguintes, holandeses, ingleses, franceses, belgas, terão de justificar o Império, ou o território a colonizar, não mais pelo argumento teológico, porém pelo biológico ou por uma variante do biológico: a disseminação dos modos "civilizados". A indagação da especificidade histórica da experiência portuguesa serve pois para a melhor compreensão do que se passará nos séculos próximos seguintes. E isso tanto de um ponto de vista político, como da própria diferenciação discursiva. Se, do ponto de vista de seu próprio tempo, a *Peregrinação* é um *texto fantasmal*, por lembrar vários gêneros e não se enquadrar em nenhum, de uma perspectiva atual, Fernão Mendes Pinto prenuncia o romance da colonização e seu maior representante: Joseph Conrad.

Mendes Pinto deixa de ser apenas a testemunha ocular ou interposta do que se passava naquelas terras e mares distantes, deixa de ser apenas mais um autor cujo relato pressionaria em favor da diferenciação discursiva, para tornar-se alguém que sofre uma transformação interna. "Como gradualmente se tornará evidente, a *Peregrinação* é de certo modo o progresso de um peregrino (*a pilgrim's progress*)"[75]. Embora discordemos do autor sobre em que consistira essa sua metamorfose – para Collis, seria uma verdadeira conversão religiosa, motivada pela extrema admiração que Mendes Pinto tinha por Francisco Xavier –, sua ideia é preciosa para a penetração procurada. É o que agora tentaremos. No subtítulo seguinte, procuraremos levar adiante pistas abertas por este.

74 Op. cit., p. 80.
75 M. Collis, op. cit., p. 88.

A Transformação Operada
na *Peregrinação* e a Partir Dela

Concentrar-nos-emos em dois núcleos: a formação do sujeito moderno e o papel que nela logo desempenhará a presença do ceticismo. É da articulação de um com o outro que dependerá o avanço da reflexão, sobretudo da questão da dupla verdade e do caráter inominável ou fantasmal da *Peregrinação*. A proposta poderá parecer bizarra, pois até agora não se deu uma palavra sobre a questão do sujeito. Comecemos pois pela pergunta: que tem a formação do sujeito moderno a ver com o livro de Mendes Pinto?

Partimos do suposto de que os embaraços que a obra provoca se relacionam com a posição do autor perante o que será o sujeito moderno. O aparecimento manifesto deste está bem próximo – a primeira edição dos *Essais*, de Montaigne, surgirá poucos anos depois (1588) do falecimento de Mendes Pinto (1583). Além da diferença de clima intelectual da França e de Portugal no quinhentos, em que a opressão inquisitorial não permitia o debate que, na França, dera lugar ao conflito religioso, que, de sua parte, se prolongava no exame político-filosófico das formas de governo e na continuação do debate historiográfico[76], há de se considerar a diversidade de formação dos dois autores. Ao passo que Montaigne navega com tranquilidade entre os clássicos da Antiguidade, dispostos na ampla biblioteca que o rodeia, a educação precária do autor português o deixava ainda mais exposto à tradição consolidada e sua pobreza só o expunha a riscos e aventuras. Esses serão os seus mestres. Em vez da reflexão sem pressa, que compacta a experiência dos antigos e a sua própria, de que resultarão os *Essais*, Mendes Pinto só conta com "o movimento natural de sua mente" e o que extraía de suas errâncias arriscadas e de resultado instável. "Não podia ter sabido que estava rompendo as regras da história, da autobiografia, da literatura de viagem e da ficção porque desconhecia que regras eram"[77]. Seu saber será o da "experiência feito". Muito menos poderia sequer sonhar que estivesse se afastando da *recta ratio*, logo ele que cogitara em fazer parte da ordem dos jesuítas. Dessa maneira, ao passo que Montaigne

---

76 C.-G. Dubois, Regards sur la conception de l'histoire en France au xve siècle, em M. T. Jones-Davies (org.), *L'Histoire au temps de La Renaissance*, p. 101-115.

77 M. Collis, op. cit., p. 286.

mendes pinto: um extraviado da órbita do estado

sabe que o que faz não se confunde com o que fizeram os autores que admira e abundantemente cita – "Não digo dos outros senão para melhor dizer de mim mesmo"[78] –, Mendes Pinto está ao sabor do vento, das rochas e das calmarias. O mar no qual sempre trafega e os homens que em sua obra traficam são seus mestres inevitáveis. António de Faria, embora fosse um pirata aventureiro, terá tamanha importância em seu livro, que Saraiva o considera "um *heterônimo*" dele[79]. Os fenômenos naturais e os homens tanto impelem Mendes Pinto para a rota tradicional, como o conduzem a arriscar-se por caminhos ignorados. Uns e outros o dirigem a outro modo de ver e de se ver: o sujeito moderno, psicologicamente orientado. Mas tudo isso se passa à sua revelia. Vem com o vento e nele penetra como as feridas que causam prisões e rochas.

São vários os indícios de que Fernão Mendes mistura o velho e o novo sujeito. O melhor indicador da permanência do velho foi intuído por Aquilino Ribeiro: "O autor [transita] da pessoa do singular, em todo o livro nuncupativa, para a do plural, ou até para figura que entra a fazer as vezes de protagonista"[80]. Que era o velho sujeito, cuja encarnação mais próxima era o dos tempos medievais, senão o pertencente e integrado a uma comunidade? Era esse eu não singularizado, que explicava que a exigência do testemunho ocular não impedia a interferência dos recursos ostensivamente retóricos. Submetida à crença, a *veritas* não corria o risco de parecer parcial, deformada e

---

78 "Je ne dis les autres, sinon pour d'autant plus me dire". M. de Montaigne, *Les Essais*, v. i, p. 148.

79 *História da Cultura em Portugal*, v. iii, p. 366. A intuição de Saraiva mereceria mais do que esta simples nota. Faria, diz ele, não é um pseudônimo mas um heterônimo de Mendes Pinto. Estamos acostumados a pensar a heteronimia como um desdobramento de uma identidade efetiva. Aplicá-la a Mendes Pinto significava uma situação diversa: eis um eu que se internaliza a partir de experiências que contraditavam seus valores declarados. Como apropriar-se desse choque senão através da projeção do que seria o eu em um não-eu, dele próximo e, no entanto, tão distante que pareceria o retrato que não poderia fazer de si? Na via normal de constituição do eu moderno, Montaigne estabelecia as condições de seu retrato. Já na primeira edição dos *Essais* o dizia: "Je m'estalle entier: c'est un *Skeletos* où d'une veuë, les veines, les muscles, les tendons parroisent, chaque pièce en son siège" (Mostro-me por inteiro: é um *Skeletos* em que, a um só olhar, as veias, os músculos, os tendões aparecem, cada peça em seu lugar). Cf., v. ii, p. 379. Mendes Pinto não pode ter essa segurança. Como iria se apresentar como um cristão, que chegara a pensar em incorporar-se a uma ordem religiosa, se assalta, rouba e pilha? O pirata, que o conduz, indica o caminho tortuoso de constituição do eu. Reitere-se contudo: este eu, enquanto moderno, nunca será assumido pelo autor; é seu texto que nos mostra seus indícios.

80 Apud C. J. F. Jorge, op. cit., p. 68.

comprometida porque seu enunciador não se via senão enquanto parte da cristandade. Daí à concepção de um Deus particularizado é um passo. Deus está próximo da terra que criara, atento à crença e aos inevitáveis pecados de seus fiéis. O Deus particularizado a que Fernão Mendes nunca deixa de invocar. Toda a vitória alcançada é atribuída à providência divina. Assim, por exemplo, quando os aliados dos portugueses derrotam forças mais poderosas que as suas:

> E havendo eles este próspero sucesso por mercê grande dada da mão de Deus, fizeram todos uma devota salva em que lhe deram muitas graças e muitos louvores, e lhe pediram com muitas lágrimas que os não desamparasse, porque por honra do seu santo nome se lhe ofereciam todos em sacrifício para não mais que com seu favor esperavam de fazer darem as vidas pela sua santa fé católica[81].

E, como os pecados de seus fiéis são sem conta, não custaria entender cada uma das desgraças sofridas como expiação de algum pecado cometido agora ou em tempo remoto. A crença no Deus particularizado, além do mais, é tão entranhada que, no relato da *Peregrinação*, se estende para além dos cristãos ou dos recém-convertidos. Narrando uma história que teria ocorrido na época de fundação do império chinês, Mendes Pinto se prende a um episódio de cujos detalhes prescindimos. Certo tirano está a ponto de assegurar sua usurpação do trono, pertencente por direito ao primogênito de uma pobre mulher, Nancá. O confronto parecia assegurar a vitória do usurpador quando Deus intervém em favor dos justos. A armada do tirano apenas espera o raiar do dia, quando sucede o inesperado:

> Estando uma noite [a armada do tirano Silau] surta num lugar que se dizia Catebasoy, se criara sobre uma nuvem preta, a qual lançando de si muitos fuzis e coriscos, chovera dela uma água muito grossa, de gotas tão quentes em tanto extremo, que dando na gente que neste tempo estava ainda acordada, a fez lançar toda ao rio, onde em menos de uma hora pereceu toda[82].

81   F. Mendes Pinto, op. cit., cap. CXLVI, p. 402.
82   Idem, cap. XCIII, p. 241.

mendes pinto: um extraviado da órbita do estado   145

Note-se o paralelismo com o capítulo ccIV. No "milagre" pagão, a intervenção divina é prenunciada por uma criança – o menino que morre tão logo comunica à pobre mulher a maneira de livrar-se de seu perseguidor[83]; no "milagre" cristão, é Francisco Xavier que tranquiliza as hostes portuguesas, advertindo-as da próxima chegada da ajuda salvadora. Poderá parecer estranho que esse Deus particularizado se estenda aos não cristãos. Mas, como Hansen me faz lembrar, "na casa do Pai, há muitas moradas" e a expansão era oficialmente justificada por trazer a boa memória aos desmemoriados dos "infiéis". Não era porque criam no Deus "verdadeiro" que os cristãos contavam com sua proteção? Não era por ser ele o verdadeiro que se justificava o esforço para libertar Jerusalém das mãos dos infiéis? Seria então porque, embora desviados, os pagãos, como no episódio de Nancá, contavam com o amparo da luz da vida: o Pai de todos, uma vez ou outra, respaldava mesmo os tresmalhados. Embora, portanto, a conduta injusta, eventualmente flagrada entre os infiéis, estivesse teologicamente justificada para os fiéis, me pergunto se sua nomeação em Mendes Pinto já não era indício do desmantelo que o Oriente nele provocava. Além do mais, o fato de algo correlato aparecer no culto e sóbrio Barros – a crença entre os negros e os orientais nos feitiços e agouros – nos leva a pensar que fosse comum a crença, entre os portugueses, de que mesmo o Deus dos "infiéis" lhes prestasse assistência. Não seria enquanto cosmovisão enraizadamente religiosa que o Oriente os afetava. A comparação com a dupla verdade mostrará um melhor caminho. Por ora, entretanto, ressalte-se apenas esse dado: se o sujeito pré-moderno se define por seu sentimento de pertença a uma coletividade, a presença abrangente do Deus particularizado, em autores tão diversos como João de Barros e Mendes Pinto, é um indicador de que, para os portugueses, a particularização era extensiva aos outros povos. Se isso estava longe de provocar algo semelhante ao ecumenismo era porque tal particularização era acompanhada da ideia de privilégio, de "povo eleito". De todo modo, a ideia de "povo eleito" não criava uma particularidade absolutamente excludente – ocasionalmente, ela abrigava mesmo o inimigo. (Note-se a diferença com o que sucederá depois, com o critério biológico: este, porquanto cientificamente fundado, não admitirá exceções – uma vez negro ou amarelo, o não branco será sempre um inferior.) Daí decorre

---

83   Idem, ibidem.

que a aludida contradição não "estourasse" por si própria. Reiteremos pois: a dupla verdade admite que a visão teologicamente ortodoxa se compusesse com o interesse comercial. Não será outro pensamento que, ao se lhe contrapor, fará a dupla verdade implodir senão a sua insuficiência tornada mais nítida pela manutenção do contato dos europeus – já não mais portugueses – com os outros povos. Em suma, a dupla verdade só enseja o sujeito psicologicamente orientado pelas falhas que mostre diante de casos concretos. Não estranha que o *eu* seja assim contingente em Mendes Pinto.

Venhamos a outros indícios. Eles se limitarão a assinalar convergências e divergências com outras abordagens, ainda quando estas tratem de outros temas.

Estamos de acordo com Alberto Carvalho quando declara que "a ação de Fernão Mendes Pinto [é] enquanto personagem central condicionada, na maior parte da narrativa, por uma força exterior que lhe impulsiona e dirige o movimento"[84], assim como quando chama a atenção "ao desequilíbrio entre a obsessiva representação do espaço *e a escassez de anotações sobre a coordenada do tempo*"[85]. Apenas acrescentamos que a extrema movimentação da narrativa é de ordem espacial e não temporal precisamente, porque o tempo, enquanto indicador, como dirá Kant, do "sentido interno", supõe e precisa de um sujeito psicologicamente orientado. Sua falta na *Peregrinação* – ao contrário de sua abundância nos *Essais* montaignianos – decorre menos das condições em que o autor a redige – baseando-se apenas em sua memória ou no que ouviu dizer – do que da dominância do sujeito tradicional, i.e., de escasso sentido interno. Por assim pensar, divergimos de Célia Carvalho, para quem:

> a leitura do título não depende das etapas do itinerário, mas da lição que foi possível extrair dessa jornada. Ora, essa lição tem um caráter intrinsecamente autobiográfico. É justamente esse ensinamento cristão que é necessário transmitir, para que todos (os destinatários são múltiplos) possam aprender com ele (a narrativa de viagem como *exemplum*)[86].

---

84 A. Carvalho, Mas Este é o Mundo *da Peregrinação*, segundo Fernão Mendes Pinto (Caminhos do Oriente), *O Discurso Literário da* Peregrinação, p. 15.

85 Idem, p. 13. Grifo meu.

86 C. Carvalho, op. cit., p. 34.

A conclusão cabível é a oposta. Nesse sentido, o confronto com Montaigne serve de fiel da balança. Os capítulos do *Essais* se desenvolvem pelo arrolamento de *exempla*, tirados dos mais diversos autores. Aparentemente, eles reiterariam uma mesma posição. Mas a leitura atenta desmente a expectativa: os *exempla*... já não são exemplares. Assim, se esse *exemplum* afirma isso, aquele afirma aquilo[87]. A discordância interna *dos exempla*, em Montaigne, poderia ser tomada como uma prática da ironia ou um exercício de ceticismo. Em qualquer dos dois casos, supõe um sujeito empírico, no caso Montaigne, dotado de suficiente reflexão interna para assinalar que a *auctoritas* dos antigos já não é absoluta: o sujeito que diz "eu" – eu penso, eu julgo, eu observo a movência das opiniões e de mim próprio. Como se Montaigne afirmasse: os autores respeitáveis discordam entre si e eu, do interior de minha biblioteca, anoto a instabilidade do que se costumava apresentar como unívoco.

Os indicadores selecionados apontam, por conseguinte, para a preservação em Mendes Pinto do sujeito tradicional, orientado por padrões coletivos. Mas isso não implica inexistirem sinais de sentido contrário. Eles estão aí, mas sua presença é extremamente oblíqua. Se aqueles são patentes, estes se mostram *sotto voce*. Consideremos um dos capítulos mais significativos da *Peregrinação*, o de número CIV.

Membro da tripulação do pirata António de Faria, Mendes Pinto naufraga, encontrando-se um e outro entre os sobreviventes. Estando à beira da morte por inanição, o pirata-chefe é surpreendido por um pássaro, um milhano, que deixa escapar de suas garras o peixe que levava para seu ninho. Figueiredo Jorge agudamente observa que o chefe pirata "ergue os olhos para o céu – mas com o objetivo de ver se havia mais comida lá no alto"[88].

A observação se torna mais interessante caso se note que, depois de apanhado o peixe, primeiro Faria entoa uma longa oração de agradecimento ao Senhor e só a seguir olha em direção à colina para a qual o pássaro se dirigira. Se a oração segue o padrão retórico com que as perorações são compostas em todo o livro, é o olhar perscrutador do alto – já não o alto onde habitava a divindade protetora mas aquele de onde pode "cair o alimento" – que indicia outra forma de expe-

---

87 L. Costa Lima, *Limites da Voz (Montaigne, Schlegel, Kafka).*
88 Op. cit., p. 84.

riência. De qual experiência? Daquela que, estranha ao paradigma das cruzadas e da bula papal de maio de 1493 que assegurava aos reis católicos de Espanha a graça de conversão dos hereges, fala do espaço material, dessacralizado e dos homens de carne e osso. Como deles fala? "Estão longe de serem anjos, ou entes de inspiração celeste. Se alguma característica têm estes seres que se deslocam no espaço intermédio, entre o céu e a terra, é a predação – mas não, por certo, a de serem diretos reveladores dos desígnios celestes, pois antes se diriam sugestivos mestres da arte de rapinar"[89].

No relato do episódio, não há sinal explícito de alguma meditação psicológica. Onde, pois, se espreita a presença do sujeito moderno? Obliquamente, no reconhecimento de que o alto não é mais ocupado por uma divindade vigilante, senão que ocupado por uma indicação espacial, o lugar vazio de onde as coisas caem. O olhar do pirata o tematiza de dois modos: primeiro, o convencional, preenchido por uma oração composta segundo o modelo retórico; depois, de maneira pragmática, dessacralizada, composta por astúcia sem palavras.

É a experiência por terras ignoradas que, pouco a pouco, rompe com a visão integrada do cosmo cristão. A movimentação espacial cumprida pelos viajantes menos revela o desconhecido do que o vazio. Pouco a pouco, Deus se retira do *panopticum* sagrado, de onde seguia seus fiéis. Deus não morre de repente. Seus próprios fiéis pouco sabem de seu abandono. Faria e Mendes Pinto não sentem o abandono. Séculos ainda hão de passar até que um romancista e um filósofo declarem a morte de Deus.

Embora Fernão Mendes continue a crer firme e automaticamente no Deus particularizado, *o seu texto já sabe*[90] que, náufragos ou vitoriosos, os homens estamos sozinhos. Já não crerão, como o chefe turco que João de Barros referia, no agouro de ser sujado pelo pássaro em voo. O mesmo milhano indicia duas cosmovisões antagônicas. Na primeira,

89 Idem, ibidem.
90 Estamos afirmando a discrepância entre o entendimento que o autor, Mendes Pinto, tem de seu texto e o que o texto mostra aquém da consciência do autor. Estamos pois dizendo que há um inconsciente textual. É certo que, como ressalva Hansen, em comentário pessoal, o pássaro que deixa cair o peixe é um *topos*, "grego, latino, talvez persa". Ainda que Mendes Pinto lembrasse alguns desses exemplos prestigiosos, é a partir de outro horizonte que relemos o que escreveu sobre a atitude do pirata. Primeiro, ele se ajoelha, submisso ao *topos*, ainda que o ignorasse. Depois, ao olhar de novo para o céu, antecipa o que não saberia formular: a indagação do céu vazio, apenas espaço em que se movem forças físicas.

tematizada sobretudo entre os portugueses, mas extensiva aos "infiéis", o mundo faz parte de um "universo fechado", i.e., dispõe de sinais que "testemunham" a copresença do suprasensível. Na segunda, os homens são criaturas solitárias. Serão ateus ou crentes mas sempre a partir de dentro de si mesmos. É porque o texto conjunturalmente ultrapassa o horizonte de quem o escreve que, em um tempo diverso que o propicie, será possível nele se localizar os sinais de outra cosmovisão.

Não é acidental que o primeiro indicador, quase invisível, do sujeito moderno em Fernão Mendes apareça pela ação do pirata. Não é, como pensa Catz, repetindo um Saraiva sem matizes, que Mendes Pinto assumisse a voz do pícaro, que se adapta e aprende com seu eventual senhor. Se Fernão Mendes tem em comum com o *Lazarillo de Tormes* a visão de baixo, do desprotegido pela sorte, daquele que, para sobreviver, precisa aprender as manhas que a vida exige e ensina, ambos levando em conta, como diria Wolfgang Iser, os déficits deixados pela visão cristã de mundo, o narrador português se separa da obra anônima espanhola tanto do ponto de vista formal, pela absoluta ausência do tom sentencioso – "¡Cuantos debe haber en el mundo que huyen de otros porque no se ven a sí mismos!"[91] –, quanto porque o *Lazarillo* se resume, este sim, a uma sátira punitiva. Muito mais ainda porque não se poderia dizer que o pícaro de algum modo anuncia o sujeito moderno. Aprender a esperteza e o cinismo, indispensáveis para a sobrevivência de quem não tem onde cair morto, por si não incita outro modo de ver o mundo. Como vimos, ainda que contenha um calcanhar de Aquiles, a dupla verdade é muito fortemente ancorada, além de dispor da repressão inquisitorial, para que desapareça de repente. É, portanto, por uma estreita fímbria que conseguimos entender que a disposição para a dupla verdade seja momentaneamente fraudada por dois indivíduos fora do aparato imperial: um errante, o narrador, e seu capitão, um pirata.

É porque, sem a consciência de seu autor, outro sujeito fermenta na *Peregrinação* que, concordando nesse ponto com Collis e Catz em conter a obra um lado alegórico e sua China ser utópica, acrescentamos tratar-se de alegoria inconfundível com a alegorese medieval e de *utopia* – enfatizando-se seu sentido literal – que, em vez de se restringir à idealização, enfatiza a não universalização do modo

---

91 Anônimo, *La Vida de Lazarillo de Tormes y de sus Fortunas y Adversidades*, cap. I, p. 11.

europeu de concepção do mundo. Tanto a alegoria como a utopia se articulam, quer com o indício do sujeito moderno, quer com o esboço de outra cosmovisão. Indício e esboço, repita-se, presentes no texto e não testemunhados por seu autor. Pois, para usar a expressão de Husserl, a "síntese passiva" que ali se processa não tem lugar em uma consciência consciente de sua individualidade. Para tornar menos especulativo esse desenvolvimento, é decisivo que acompanhemos o relato da convivência do narrador com António de Faria.

* * *

A figura do pirata é introduzida na *Peregrinação* por meio de Pero de Faria, o grande protetor, em Malaca, de Fernão Mendes. Mesmo que os dois Faria nada pareçam ter em comum – António atuando por conta própria, Pero, um fidalgo a serviço da Coroa –, a análise das duas personagens será proveitosa.

Pero de Faria foi capitão de Malaca, praça capturada pelos portugueses em 1511, por dois períodos (1528-1529 e 1539-1544). A existência de António de Faria, em troca, é duvidosa. A seu respeito, comenta Catz: "Ninguém deste nome é mencionado nas crônicas portuguesas; no entanto, em uma de suas cartas ao rei dom João III, Pero de Faria louva alguns dos fidalgos que o acompanharam a Malaca por seu serviço ao rei, entre eles um de nome António de Faria"[92].

Ele ingressa no livro no capítulo XXXVI, sendo única vez que é designado pelo que seria seu nome inteiro: António de Faria e Sousa. Mendes Pinto o teria conhecido em Patani, onde Faria aportara, em missão a ele confiada pelo capitão de Malaca. Nessa oportunidade, habitantes do lugar teriam informado a António da vantagem de dirigir-se a Lugor, um porto no Sião, onde as mercadorias trazidas pelas naus eram muito bem pagas, em ouro e pedras preciosas. Aceitando o conselho, ele escolhe seu agente mercantil, um certo Cristovão Borralho, que parte para Lugor, levando "dezesseis homens chatins, e soldados com suas fazendas, [...] na qual ida, o pobre de mim acertou de ser um dos desta companhia"[93]. Mendes Pinto refere estar sistematicamente a seu serviço a partir do capítulo XXXVIII. O seu novo chefe não é de início caracterizado como pirata, mas, ao

---

92 R. Catz, em *The Travels of Mendes Pinto*, nota 1, p. 560-561.
93 F. Mendes Pinto, op. cit., cap. XXXVI, p. 90.

contrário, pela atitude positiva de procura do pirata infiel, inimigo dos portugueses, Khoja Hassim[94]. Singulariza-o sua enorme esperteza, "sagaz que era"[95], sua capacidade de extrair dos presos a informação que lhe importa, sua habilidade de enganar os inimigos, de vencê-los e de resgatar os brancos pouco afortunados[96]. É só indiretamente que o narrador declara a condição de Faria: indagado por um chinês quem era ele e seus tripulantes, "se sorriu algum tanto secamente, porque entendeu que já eles atinavam que [suas mercadorias] eram furtadas, e lhes disse que eles faziam aquilo como homens mancebos, e filhos de mercadores ricos, que por serem moços estimavam as cousas em menos do que valiam"[97]. O que não impede que Mendes Pinto assuma sua defesa, "porque nunca seu intento foi roubar senão só aos corsários que tinham dado a morte, e roubadas as fazendas a muitos cristãos"[98] – embora feitos posteriores se encarreguem de mostrá-la falsa.

Enquanto Pero de Faria é uma autoridade legalmente reconhecida, António de Faria é indiretamente introduzido como um mercador navegante, que não perde oportunidade de negócios vantajosos. Pouco importa que seu encontro com Mendes Pinto tenha-se dado como é descrito. O decisivo é que seu relacionamento possibilita ao narrador outro tipo de experiência: não só a de encarregado de missões diplomáticas e de espionagem, como, no que até então lhe fora inédito, a de participante de empreendimentos ilegais.

Engajado pois no grupo de Faria, sua primeira aventura termina em desastre, com a morte ou a escravização da maioria dos portugueses, com a exceção de quatro, entre eles o chefe pirata e o narrador. A desgraça inicial não o impede de manter-se com Faria. Na verdade, é com ele que estabelece a relação mais duradoura, prolongando-se por 43 capítulos e permitindo sua apreciação circunstanciada. Antes porém de abordá-los, cumpre comparar a conduta do pirata com a do capitão de Malaca.

Quando Pero de Faria chegou à colônia portuguesa, para cumprir, em 1539[99], seu primeiro mandato, o governo ainda estava em mãos

---

94 Idem, cap. XL.
95 Idem, cap. LVI, p. 114.
96 Idem, cap. LVI, p. 115-117.
97 Idem, cap. XLIV, p. 110-111.
98 Idem, cap. L, p. 126.
99 R. Catz, em *The Travels of Mendes Pinto*, notas 1 e 2, p. 542.

de Estêvão da Gama – filho de Vasco da Gama[100]. Como autoridade prestes a ser empossada, Pero de Faria recebe o embaixador de um dos pequenos aliados dos portugueses. Viera pedir ajuda ante a ameaça que seu reino, Battak, sofria de inimigos comuns, os moradores de Achem. Pero de Faria compreende a oportunidade de atender ao pedido, que também correspondia a seus interesses pessoais – "cobiçando [...] o muito proveito que alguns mouros lhe diziam que naquele reino podia fazer-se em fazendas da Índia se as lá mandasse, e o muito mais que poderia tirar do retorno delas"[101] – e escolhe Mendes Pinto para "ir visitar de sua parte o rei dos Bataks[102], e ir também com ele ao Achem, [...] porque quiçá me montaria isso algum pedaço de proveito, e para que de tudo o que visse naquela terra lhe desse verdadeira informação"[103]. Nada em troca é dito sobre o envio de ajuda militar. No fim da audiência que o rei concederá a Mendes Pinto, este observa que os interesses de Pero de Faria haviam sido atendidos, pois, o rei "me despediu com boas palavras, promessas de boa veniaga à fazenda que o mouro trazia do capitão"[104]. O mesmo não se poderia dizer do pedido de ajuda aos portugueses. Entregues à própria sorte, os aliados dos portugueses são derrotados, embora Mendes Pinto, o eventual embaixador, nada tenha sofrido. Retorna então a Malaca e logo se depara com a chegada da missão de outro pequeno aliado. Contraditoriamente, dessa vez Pero de Faria não decide por si, senão que passa o encargo para aquele a quem viera substituir. Mas o resultado não muda: "E por abreviar razões não contarei por extenso o que sobre isto ambos passaram, somente direi que o embaixador foi excluído de ambos, de um com dizer que já acabava, e do outro que ainda não entrava"[105].

Logo que o frustrado embaixador parte, Pero de Faria se arrepende e envia, outra vez, Mendes Pinto como seu representante, com um mísero apoio militar e presentes pessoais[106]. Mendes Pinto leva,

100 F. Mendes Pinto, op. cit., cap. XIII.
101 Idem, cap. XIV, p. 39.
102 Na edição original de Mendes Pinto, sempre aparece a grafia "Bata", "rei dos batas". Preferimos a grafia reconstituída por Rebecca Catz, em sua tradução. A propósito do que se sabe a respeito deste povo, cf. R. Catz, em *The Travels of Mendes Pinto*, nota 3 ao cap. XIII, p. 548.
103 F. Mendes Pinto, cap. XIV, p. 39.
104 Idem, cap. XV, p. 43.
105 Idem, cap. XXI, p. 56.
106 Idem, p. 58.

ademais, uma carta em que o capitão faz o rei aliado crer que "de mais ao longe o ir socorrer em pessoa [...], e outros muitos cumprimentos que custam pouco"[107]. O resultado é o que se podia prever: pouco armado, o pobre rei é derrotado. O narrador então perde sua reserva frequente e anota, no final do capítulo 27:

> E desta maneira, que assim passou realmente na verdade, se perdeu este reino de Aaru com morte deste pobre rei tanto nosso amigo, ao qual me parece que pudéramos valer com muito pouco custo e cabedal que puséramos de nossa parte, se no princípio desta guerra, lhe acudiram ao que ele pediu pelo seu embaixador[108].

(Note-se que a fingida neutralidade do narrador o aproxima e, ao mesmo tempo, o distancia da censura moralista de Diogo do Couto, em *O Soldado Prático*.)

Em suma, em ambos os episódios, a atuação da autoridade legal é manifestamente criticada por ser mais eficiente em considerar seus próprios interesses comerciais do que em preservar e promover a presença portuguesa. Ainda no início de sua errância, portanto, Mendes Pinto percebe que a conduta dos "homens de bem" em lidar com as questões do Oriente era incapaz de conciliar sua justificação político-ideológica – a expansão do reino, em nome da conversão dos infiéis – com seu evidente interesse material. A ausência da discrição presente em João de Barros nos permite ir além da constatação de duas verdades que conviviam como se não houvesse choque entre elas. Pois a crítica de Mendes Pinto não se dirige à vontade de lucro, fosse em favor do reino, fosse das próprias autoridades, nem tampouco à proposição religiosa, senão que à inabilidade dos agentes fidalgos em conciliar uma com a outra. E os partidos que se criam em torno de Lopo Vaz de Sampaio e Pero Mascarenhas a propósito da governança da Índia mostram que os nobres, extremamente sensíveis a questões de honraria, assim se inabilitavam para tratativas bem mais complexas, pois envolviam as relações do material com o espiritual, para não falar das relações com gentes doutros costumes[109].

---

107 Idem, cap. XXI, p. 58.
108 Idem, cap. XXVII, p. 71-72.
109 Cf. supra, p. 55-121.

Sem que deixe de ser um cristão, o narrador compreende que os agentes nobres tornam a alegação de expansão da fé incongruente com a importância do móvel material. As consequências socioeconômicas da expansão, favorecendo o reforço da nobreza, estipulavam seu fracasso. Nada melhor encaminha a essa conclusão do que o contraste entre a ação do capitão de Malaca e a conduta do pirata.

António de Faria não é apresentado como um herege – todo o contrário –, nem sua cobiça é mais deslavada que a de Pero de Faria; apenas sua atuação é menos untuosa e melhor ajustada à cena efetiva. A verificação é quase imediata.

Mendes Pinto já se encontra há algum tempo a serviço de António de Faria, reconhecido, sem disfarces, como pirata, quando sucede o episódio relatado no capítulo XLVII. O bando de Faria, que traça seu caminho em função da busca de vingar-se do pirata chinês Khoja Hassim, enquanto pilhava os barcos que se punham em seu caminho e as cidades costeiras não bem protegidas, concluíra uma de suas exitosas abordagens e se preparava para atacar mais uma cidade chinesa. É então advertido que não o fizesse, pois, bem armados, seus defensores já o esperavam. Faria acata o conselho e veleja até outro porto, em cujas proximidades permanece ancorado, por treze dias. Sua tripulação já se mostra inquieta, "bem enfadados com temporais pela proa, e algum tanto já faltos de mantimentos"[110], quando quatro lanteias são avistadas. Em um relato que raia pelo cômico, o aparente inimigo age de maneira estranha: dirige-se diretamente aos portugueses, dando sinais de extremo contentamento. O enigma logo se esclarece. Os barcos traziam uma noiva, que, tendo marcado aquele lugar para o encontro de seu prometido, o confundira com os perplexos portugueses. Como escurece e o bando do pirata ainda não sabe o que o espera, mantém-se ancorado. A noiva, de sua parte, ofendida porque o noivo "a não mandava visitar como estava em razão, quis ela fazê-lo, por lhe mostrar o muito que lhe queria"[111]; envia-lhe, pois, por membro de sua comitiva, uma carta em que declara sua queixa. Quando a lanteia chega junto ao barco do pirata e três de seus ocupantes sobem a bordo e perguntam pelo noivo "a resposta que os nossos lhe deram foi apanhá-los a todos assim

---

110 F. Mendes Pinto, op. cit., cap. XLVII, p. 118.
111 Idem, p. 119.

mendes pinto: um extraviado da órbita do estado

como vinham, e dar com eles da escotilha embaixo"[112]. Sem perda de tempo, os captores abordam as lanteias restantes, as bombardeiam e se apossam do festivo inimigo. Das quatro lanteias que formavam o infausto cortejo, apenas uma consegue escapar. A cena aproxima-se de seu auge:

> E porque já a este tempo era quase meia-noite se não fez então mais que recolher-se toda a presa no junco, e a gente que se tomou foi toda metida debaixo da coberta, onde esteve até a manhã, que vendo António de Faria que era gente triste, e a mais dela mulheres velhas que não prestavam para nada, as mandou todas pôr em terra, ficando somente a noiva com os seus dois irmãos, por serem moços pequenos, alvos, e bem assombrados, e vinte marinheiros, que nos foram muito bons para a esquipação dos juncos, de que algum tanto vínhamos faltos[113].

O engano da comitiva da noiva ressalta a fria crueldade de Faria. Em instante algum, nem o pirata hesita em manter cativa a noiva e seus irmãos, nem tampouco o narrador abandona a tranquilidade com que recorda a cena. Como explicar sua reserva? Ele não se justificaria em termos ideológicos – afinal, os bêbados e festivos convivas eram "infiéis". Supor que a *persona* ficcional adota o perfil do *faux ingénu* (falso ingênuo) antes parece ingenuidade de quem o declara.

O embaraço do analista se complica ante o comentário seguinte. Em busca de Khoja Hassim, Faria continua a bordejar a costa chinesa:

> Onde fez algumas presas boas, e ao que nós cuidávamos, bem adquiridas, porque nunca seu intento foi roubar senão só os corsários que tinham dado a morte, e roubadas as fazendas a muitos cristãos que frequentavam esta enseada e costa de Hainan, os quais corsários tinham seus tratos com os mandarins destes portos, a que davam muitas e muito grossas peitas, por lhes consentirem que vendessem na terra o que roubavam no mar[114].

O narrador, portanto, agora explicita sua aprovação e mesmo a justifica em termos étnico-religiosos: Faria era um agente da justa

112 Idem, p. 120.
113 Idem, ibidem.
114 Idem, cap. L, p. 126.

vingança contra ladrões e assassinos de cristãos, protegidos pelo suborno de mandarins, pouco importando que, para isso, não distinguisse culpados e inocentes.

Seu comentário tanto se pode entender como um disfarce perante sua própria atuação – defendendo seu "heterônimo", Pinto defende-se a si mesmo – como uma justificativa literal daquilo em que crê. A segunda hipótese não é desprezível: a incipiência na qual o sujeito moderno se mostra em Fernão Mendes não é obstáculo para que subsista o velho espírito de comunidade. Mas, dentro dos valores que cobriam o velho espírito comunitário, não seria possível estender a interpretação como uma justificativa integral da pirataria. *Pois isso equivaleria a afirmar que o pirata era o verdadeiro herói da empresa ultramarina* – afirmação absurda, de acordo com as preceptivas da época. Parece então mais correto acentuar que o silêncio ante o aprisionamento da noiva e a afirmação da "cruzada" particular a que Faria se dedica insinuam a formulação de outra mentalidade. Se, por um lado, ela não é por completo oposta à tradicional, seria, por outro, impróprio justificar, em seus termos, a reserva do narrador quanto ao episódio do capítulo XLVII. E isso quer dizer: *a mentalidade que se forja ainda tem um caráter de inominável; ainda não há uma sintaxe mental para justificá-la.* O silêncio de Mendes Pinto é uma aprovação sem palavras, porque ele não as tem para declarar o que, entretanto, aprova. O projeto nomeável – que seria a conversão dos que não nasceram cristãos – não era capaz de explicar as condutas de senhores e aventureiros. Muito menos de explicar a eficácia destes. Falar, como faz Saraiva, na adoção do cinismo do pícaro, tampouco é satisfatório porque o cinismo supõe um deixa estar, a manutenção de um estado de coisas, ao passo que a eleição do pirata de (relativo) êxito insinua, da parte de Mendes Pinto, ainda que sem sua consciência declarada, outro modo de ver as coisas.

É dentro do horizonte do inominável que Faria aparece como o grande herói. O que seria uma afronta para o espírito cavaleiresco e fidalgo que justificava a expansão ultramarina, torna-se agora uma verdade crua, embora o narrador não tenha meios para enunciá-la. Como herói de arriscada empresa, tampouco Faria escapa das desgraças do mar, com a perda total do que roubara ou, simplesmente, lucrara[115].

---

115 Idem, cap. LIV.

Ser herói, no caso, significa habitar a ambiguidade: pilha, rouba e mata, sem duvidar de sua cristandade; não ser tolhido pela contradição. As hostes fidalgas tampouco o eram, mas dispunham de uma medicina institucional: os confessionários. Contudo, ainda com a ajuda dos sacerdotes que os absolviam, não se mostravam tão prontos para a ação necessária. Afinal, eram fidalgos e, como mostrava a ação de Pero de Faria, tinham de guardar as aparências. Tornavam-se por isso agentes ineficazes.

Habitar a ambiguidade, conviver pacificamente com ela, ser herói, dentro de uma mentalidade ainda sem nome, é, no entanto, ainda mais do que isso: é ser um homem de sorte e, malgrado seus horrendos feitos, um homem de princípios. A combinação soa espantosa, sem que, se quisermos entender a *situação de passagem* de Mendes Pinto, possamos recuar. O autor não só a vivera como tenta de algum modo explicitá-la. É o que mostra o capítulo lv.

Vindo a seguir do fundamental capítulo anterior, depois de refeitos da fome pela sorte caída do "alto", a verificação de para onde se dirigira o milhano faz com que os náufragos descubram um vale abundante em frutas e atravessado por um rio. Seria a configuração do *locus amoenus* não fosse a cena sucessiva: numa espécie de variante do episódio da noiva, o bando é, então, favorecido pela chegada de um barco de descuidados tripulantes. Como não custa aos ex-náufragos se apossarem do barco desguarnecido, logo se deparam com a riqueza e as abundantes provisões que nele se acumulavam. Ao se afastarem da praia, contudo, descobrem que nem todos os tripulantes haviam descido. No barco, restara uma criança. António de Faria tem interesse em saber a quem a lanteia pertencia e, ao interrogá-la, escuta: "Era do sem ventura de meu pai, a quem caiu em sorte triste e desventurada tomardes-lhe vós outros em menos de uma hora o que ele ganhou em mais de trinta anos"[116]. Ante a fidalga resposta de Faria que, sem se irritar, lhe contesta que o trataria como filho, a criança perora fervorosamente contra o que ouvia: "Não cuides de mim ainda que me vejas menino, que sou tão parvo que possa cuidar de ti que roubando-me meu pai me hajas a mim de tratar como filho, e se és esse que dizes, eu te peço muito muito muito do teu Deus que me deixes botar a nado a essa triste terra, onde fica quem me gerou, porque

---

116 Idem, cap. lv, p. 139.

esse é o meu pai verdadeiro[117]. E, como Faria, sem dar ouvido aos que censuram o menino, ainda lhe pergunta se não queria ser cristão e explica-lhe o que isso significa, a criança responde: " Bendita seja senhor a tua paciência, que sofre haver na terra gente que fale tão bem de ti, e use tão pouco da tua lei como estes miseráveis e cegos, que cuidam que furtar e pregar te pode satisfazer como aos príncipes tiranos que reinam na terra[118].

É evidente que as falas da criança oriental foram inventadas por Fernão Mendes. É também admissível que o pirata Faria seja uma invenção sua. O fato é que, seguindo a pista aberta por Collis, o homem de sorte, aquele que é bastante astuto para dessacralizar o alto e que não duvida, qualquer que seja seu grau de crença no sagrado, que a vida impõe perfídia e pilhagem, diz melhor que qualquer relato histórico a verdadeira experiência vivida por esses primeiros mercadores europeus no Oriente. Muito mais do que os nobres, ainda protegidos por seu código de honra, são esses mercadores ou, em geral, aqueles que procuram fazer fortuna por seus próprios meios, os agentes e vítimas de um horror novo para os nativos: o horror causado por homens de cor estranha, de um extraordinário poder de fogo, aliado a uma capacidade de engano e esperteza que não lhes seria novidade. Enquanto provável invenção, as ações do pirata, por sua vez, se integram à visão utópica que inclui, na pena de Mendes Pinto, a China e, em medida muito menor, o Japão.

Em suma, na abertura dos tempos modernos, herói é o que combina coragem, astúcia, incrível capacidade de disfarce, e sorte, com uma certa dose de princípios. Só a análise comparada de muitos outros relatos, contemporâneos ou historicamente próximos, poderá dizer até que ponto essa dose de princípios integra a estrutura do novo herói. Note-se, contudo, que a presença de princípios, tal como observada a propósito em António de Faria, está integrada à ideia de que a mentalidade que então se forma permanece algo para o que ainda não há uma sintaxe mental adequada. Ou seja, reiterando a tese em que insistimos, é ainda um inominável. Será o respeito aos princípios apenas um resquício da mentalidade que se dissipa? O fato é que, retornando à matéria concreta do capítulo, depois de afinal encontrar

117 Idem, p. 139-140.
118 Idem, p. 140.

mendes pinto: um extraviado da órbita do estado

Khoja Hassim, de matá-lo, apossar-se dos bens que o chinês roubara e devolver a seus donos o junco e tudo que Hassim confiscara[119], Faria completou sua jornada. Se assim sucedesse, a dificuldade de entender a *Peregrinação* ainda seria maior. Os últimos capítulos em que trata do pirata acentuam seus traços ambíguos. Assim, informado das riquezas que se acumulariam na ilha de Calempluy, "como António de Faria era naturalmente muito curioso, e não lhe faltava também cobiça"[120], se dispõe, sem maiores escrúpulos, a contratar um chinês, que se dizia conhecedor do caminho, e para lá dirige sua embarcação. Essa será a última aventura do pirata. Opera-se o roubo de algumas das muitas riquezas dos tesouros religiosos guardados na ilha. (Embora o narrador considere Calempluy parte da China, segundo as pesquisas de Catz a ilha nunca foi identificada com certeza, "mas vagamente posta na Coreia"[121].

Não incluímos a descrição da última aventura de Faria, apesar do belo diálogo que o chefe pirata trava com o velho e corajoso monge, guardião do tesouro a ser pilhado, pois, analiticamente, já nada acrescentaria. Preferimos, ao contrário, destacar que a utopia chinesa tem mais de uma implicação. Conforme o que se tem destacado, a China é não só o lugar de fabulosas riquezas mas de um não menos fabuloso encontro: o do cristão que, enquanto rouba e pilha, se considera crente e fiel do verdadeiro Deus; encontro que realiza o maravilhoso, i.e., o impossível em termos de realidade, porque explicita a contradição que, por certo verificável na própria Europa medieval[122], nela se guardava de ser patenteada. Menos que decepção com o que concretamente significava a velha mentalidade do cristianismo pré-moderno, no quadro exposto pela *Peregrinação*, acentua-se o desencantamento do mundo, a consciência de que o cristianismo não dominará o Oriente, a rotinização do Deus particularizado, o espaço agora apenas físico, disposto para a agência do homem, mas de um homem que, cada vez mais, se verá como criatura desamparada.

119 Idem, cap. LX, p. 155-156.
120 Idem, cap. LXX, p. 181.
121 R. Catz, em *The Travels of Mendes Pinto*, nota 6, p. 572.
122 Cf. nas *Monodiae* (1115), os inúmeros casos de arbitrariedade na concessão de prebendas, cargos e vantagens eclesiásticas e de assassinatos cometidos com o consentimento de autoridades eclesiásticas relatados, sem nenhum propósito crítico, pelo abade Guibert de Nogent. Cf. G. de Nogent, *Self and Society in Medieval France*.

Nunca supusemos que Mendes Pinto reconhecesse o que seu texto continha. Não é que ele sistematicamente se fingisse de ingênuo, o que implicaria saber muito bem o que não poderia dizer, senão que as experiências narradas, enquanto vividas ou inventadas, implicavam um horizonte dotado de consequências com as quais não podia atinar. Mas, se não nos contentarmos com esse hiato entre o dito e o compreendido, haveremos de nos perguntar: qual o grau de distância entre a consciência do feito e uma nomeação que não sabe o que propriamente nomeia?

A pergunta não tem resposta imediata. Ela é aqui exposta apenas como demarcação do início do último passo a ser intentado. Ele pretenderá aproximar-se do que temos por (ainda) não nomeável pelas observações de Mendes Pinto acerca da religiosidade oriental.

* * *

À morte de Faria, em naufrágio sucessivo ao saque de um dos templos de Calempluy, sucede a hipotética penetração na China pelo narrador, seu não menos aventuresco relato de prisioneiro dos tártaros, o não menos fantástico retorno a Malaca e, por fim, suas viagens ao Japão. Abandonemos as descrições das maravilhas que declara haver visto, que, ainda quando inventadas, podem ser tomadas como preâmbulo da descrição etnográfica e/ou acicate aos propósitos de expansão e conquista dos europeus. Concentremo-nos em um único dado: a visão do religioso neste Oriente utópico.

Seria extravagante conceder um caráter utópico a tudo que, na *Peregrinação*, concerne à China. Se isso fosse plausível, estaria facilitada a sátira aos portugueses. Mas a China não é mostrada como o outro maravilhoso, contrastante com as contradições da mentalidade cristã-europeia. Nada, por exemplo, tem de utópica a passagem concernente ao suborno dos mandarins, governadores de cidades costeiras e sua participação nos ganhos dos corsários. Após a morte de Faria, abusos semelhantes serão vivenciados pelo grupo de náufragos de que faz parte o narrador.

Caminhando sem rumo, o grupo vive de esmolas que recolhem numa e noutra aldeia. Seria um percurso sem fim se algumas crianças, vendo seus andrajos e reconhecendo ser o bando formado por estrangeiros, não se alarmassem e corressem, chamando-o de ladrões. Logo os náugrafos são presos, embora, na primeira vez, tenham conseguido rápida libertação. Mas, obrigados a continuar como esmoleres, ao chegarem a outra pequena cidade, são presos por magistrado que, instado por outro funcionário da justiça, os submete a "tamanho excesso de crueldade quanto se esperava de um gentio sem lei qual ele era"[123]. Transferido para Nanquim, o grupo teria sido condenado à morte não fosse a intervenção de membros de uma comunidade religiosa, dedicada à defesa dos pobres. Com sua ajuda, os portugueses conseguem ter suas sentenças convertidas em um período de trabalhos forçados. (Paradoxalmente, é pela combinação da arbitrariedade de magistrados e a interferência da comunidade religiosa que Mendes Pinto teria penetrado na China, visto seus templos, ídolos, cidades e, afinal, a própria Muralha.)

Esquematizamos ao extremo a experiência chinesa do narrador para chegarmos ao ponto que importa: a utopia que se configura pela China resulta não da importância aí assumida pelo religioso – o que não era novidade para um europeu, sobretudo um ibérico, dos quinhentos – mas da possibilidade, institucionalmente estabelecida, de intervenção ativa do poder leigo-judicial. Intervenção que seria sistemicamente estabelecida, e não dependente, como na Europa, de contatos pessoais. Destaca-se, nesse sentido, o capítulo CII. Durante o processo que sofrem, ao serem visitados por quatro membros da comunidade que os ampara, os portugueses, alegando sua falta de dinheiro e de amigos, lhes indaga se não poderiam intervir junto ao juiz responsável. Teriam sido rechaçados com veemência por seus defensores que os advertem: "Se vós outros foreis naturais como sois estrangeiros, isso só bastara para vos riscarmos da obrigação que a casa vos tem, e nunca mais darmos passada em vossos negócios, mas a vossa ignorância e simplicidade nos fará dissimularmos agora esta vossa fraqueza, porque crede que quem isso comete não é digno das esmolas de Deus"[124].

O papel que a irmandade desempenha seria a tal ponto previsto na regulação das instituições, que seus membros têm por falta contra o favor divino que se cogitasse em sua interferência pessoal, particularizada. O ineditismo de tal racionalidade administrativo-religiosa seria tanto que haveria sido uma das razões por que Mendes Pinto

---

123 F. Mendes Pinto, op. cit., cap. LXXXIV, p. 217.
124 Idem, cap. CII, p. 268-269.

recorre ao testemunho de Francisco Xavier. Este, que não menos se surpreenderia com a prática e a louvava, lhe teria dito que, se acaso voltasse a Portugal, "Havia de pedir de esmola a el-rei nosso senhor que quisesse ver as ordenações, e os estatutos da guerra e da fazenda, por que esta gente se governava, porque tinha por sem dúvida que eram muito melhores que os dos romanos no tempo de sua felicidade[125].

Não sabermos se um e outro fato foram verdadeiros apenas reforça a hipótese de que continham a convicção pessoal do autor (ou a ficção desejada que então ali se concretiza): na China, não só o religioso interferia legalmente nas decisões judiciais, como era uma afronta ao sagrado supor uma ação particularizada. Mais do que uma soma de mentiras, a *Peregrinação* contém uma alegoria política: os chineses funcionam para Mendes Pinto como o canibal funcionará para Montaigne: ambos assinalam a vontade de um mundo com um traçado bastante diverso do europeu. (Ainda que Montaigne fosse um cético e Mendes Pinto partilhasse de uma concepção conservadora, nem por isso ambos deixam de insistir em que o mundo *devia* ter outra configuração.)

Tomemos ainda outra prova – sempre passível de se tratar de outra invenção do autor. Descrevendo o cenário majestoso que cercava o juiz que dará a sentença final do grupo, insinua o narrador a interpenetração do leigo com o religioso pela presença de figura que, faustosa e extremamente séria, encarnaria a Justiça: "Porque dizem eles que o julgador que está em pessoa do Rei o qual representa a Deus na terra, é-lhe necessário ter estas duas partes de justiça e misericórdia, e que o que não usa de ambas lhe vem de ser tirano, sem lei, e usurpador da insígnia que traz na mão[126]".

Em vez de o religioso estar, como no caso europeu, em simples consonância com o poder civil, cada um servindo-se do outro para interesses, afinal, divergentes, na China, os papéis das autoridades religiosa e leiga previam o confronto e a possibilidade de revogação das decisões puramente leigas. Não que o religioso compusesse uma suprema corte, senão que essa não pronunciava seus vereditos antes de escutar os representantes do religioso. A China, que Mendes Pinto declarava haver conhecido, na situação de náufrago, mendigo e às

---

125 Idem, cap. CXIII, p. 305.
126 Idem, cap. CIII, p. 272.

voltas com a justiça, era não só a grande potência do Oriente, que, na verdade, barrara a expansão portuguesa, mas um país que, em sua administração política, nada deveria invejar à Europa.

Ao contrário do que procuram os historiadores, pouco importa a veracidade factual dos exemplos. Ainda quando inventados, atestavam sua convicção de aquele ser um mundo em que o cristianismo não conseguiria entrar. Como Collis já bem notara: "Por toda a *Peregrinação*, [Mendes] Pinto continuamente cita exemplos do sentimento profundamente religioso dos orientais, como se compreendesse, o que desde então se mostrou verdadeiro, que a Ásia não podia ser convertida ao cristianismo[127]".

Como Mendes Pinto a concebe (ou a fantasia), a correspon-sabilidade das esferas do político e do religioso não se restringe à administração da justiça e a atenção às necessidades dos pobres, senão que se estende à riqueza de toda uma grande cidade como Pequim:

> Porque ousarei a afirmar que todas [metrópoles de grandes reinos] se não podem comparar com a mais pequena cousa deste grande Pequim, quanto mais com toda a grandeza e suntuosidade que tem em todas as suas cousas, como são soberbos edifícios, infinita riqueza, sobejíssima fartura e abastança de todas as cousas necessárias, gente, trato, e embarcações sem conto, justiça, governo, corte pacífica[128].

Não se pretende com isso dizer que a "conversão" de Mendes Pinto tenha assumido uma forma política; como se dissesse: os povos que viemos colonizar são mais justos e melhor governados do que nós. Afirmá-lo seria mais uma vez resumir sua obra ao caráter satírico--alegórico, quando nela sátira e alegoria, evidentes, são apenas partes de uma visão que não se integra por completo. A "conversão" do autor antes concerne à concepção do próprio homem. E essa não deriva de alguma utopia. É ainda um sem nome, conquanto fermente a partir de um preciso lugar, o Oriente, visitado por seus próprios pés e/ou pela intuição estimulada pelo que escutou. Quando, ao contrário, se indica Mendes Pinto como precursor do exotismo, se lhe empresta um europeísmo de que ele, ingênuo e, ao mesmo tempo, astuto, se

---

127 M. Collis, op. cit., p. 194.
128 F. Mendes Pinto, op. cit., cap. CVII, p. 285-286.

desvencilhara. Dele, se resgata apenas uma pequena fatia quando se considera o Oriente como pitoresco, pitoresco enquanto colonizado. Nisso, os portugueses haviam sido os primeiros. É precisamente por isso que trazemos Fernão Mendes Pinto para nossa reflexão.

* * *

Ao chegar à Índia, o futuro narrador da *Peregrinação* não esconde que seu principal interesse era enriquecer. Tampouco lhe parece em princípio vergonhoso reconhecer o mesmo propósito nas autoridades coloniais. Sua verdadeira conversão se cumprira não pelo encontro com Francisco Xavier e, ante o fracasso da decisão de fazer-se jesuíta e missionário, em tentar o que o próprio santo não conseguira[129]. Cumprira-se sim da maneira menos esperável, pelo encontro com o mais legítimo marginal: o pirata António de Faria. Conversão não explicitada em termos conceituais, mas capaz de ser percebida por quem bem o examine, pelo próprio modo como, obliquamente, reflete sobre sua experiência. Que conversão, portanto? Para um potencial ceticismo. O tema merece um adendo. "No século XVI, o ceticismo era, claramente, uma questão, um tema para apreensão e controvérsia; *era um dos veículos primários de uma mudança que pensamos como a própria marca do começo do moderno*"[130].

Respaldando sua afirmativa em humanistas franceses, Terence Cave destaca personagens de uma estatura intelectual em nada comparável à de Mendes Pinto. Ao ceticismo eram atraídos intelectuais dotados de vigorosa erudição. Por isso mesmo e diante do debate religioso que os confrontava, a leitura da tradução francesa de Sextus Empiricus os conduzia à apologia da velha fé: "Os argumentos do pirronismo destroem o conhecimento humano, deixando a revelação intacta"[131]. Já em Mendes Pinto, cujo comércio imediato não é com livros e ideias mas com a experiência do mundo, o resultado é bem mais intrincado: a compreensão, lenta e dolorosa, de que a vida exige a aprendizagem das artes do diabo, astúcia e audácia sem limites, roubo, sorte e engano, pilhagem até mesmo do sagrado (o episódio de Calempluy); tudo o

---

129 Cf. M. Collis, op. cit., especialmente p. 261.
130 T. Cave, Imagining Scepticism in the Sixteenth Century, *Journal of the Institute of Romance Studies*, v. 1, p. 194. Grifo meu.
131 Idem, p. 197.

que corrói por dentro a aura religiosa, que justificava a expansão pelas terras dos "infiéis". Se a experiência do Oriente lhe mostra que há formas não só diferentes porém mais eficazes de servir o divino, essa experiência introduz um relativismo inesperado. Embora o narrador se mantenha fiel a seu cristianismo, entretanto a contradição, tornada flagrante, entre os meios de que o homem se serve e a justificação que lhes concede, conduz Mendes Pinto a uma visão de mundo que ele próprio não saberia situar e definir. O ceticismo faz parte de seu inominável. "Um ceticismo de natureza essencialmente ontológica", como dirá um especialista em Montaigne[132]. Ceticismo que levaria Montaigne a compreender que o homem não tem "nenhuma comunicação com o ser"[133]. Constitui-se assim um "curioso 'humanismo', que, longe de exaltar o homem, de engrandecê-lo, parece ter-se ao contrário, pelo viés do riso, da paródia, da sátira ou da ironia, votado à sua constante humilhação"[134]. A passagem, dirigida aos *Essais*, indiretamente caracteriza o que, por linhas tortas, Mendes Pinto, o homem sem letras, aprendera na própria pele.

A afirmação do ceticismo de Mendes Pinto parece ser bastante importante para que já a abandonemos. Considerá-lo de ordem ontológica, é distingui-lo de sua espécie epistemológica. De acordo com Cave e Defaux, a impregnação do ceticismo ontológico já se mostra antes mesmo de Montaigne, formulando-se antes de Mendes Pinto iniciar sua jornada pelo Oriente. É o que estampa uma carta dirigida a Marguerite d'Angoulême por Guillaume Briçonnet, de 1522:

> Senhora, certamente não sei o que digo. Falo das coisas como competente em armas ou, melhor dizendo, como cego às cores e surdo à harmonia. [...] Pois, assim como é totalmente impossível que o leão, o cão ou outro animal possa exprimir ou conceber o que o homem conhece e entende neste mundo, mais o é que o homem conheça e compreenda (como homem) a natureza e a felicidade divinas[135].

132 G. Defaux, Montaigne chez les sceptiques: essai de mise au point, *French forum*, v. 23, n. 2, p. 151.
133 Idem, p. 155.
134 Idem, p. 154.
135 G. Briçonnet, *Correspondance Briçonnet – Marguerite d'Angoulême (1521 - 1524)*, v. 1, p. 141. "Madame, certainement je ne sçay que je dictz. J'en parle comme clerc d'armes ou, pour miulx dire, comme aveugle des coulleurs et sourd de harmonie [...]. Car, comme est impossible de toute impossibilité que le lyon, chien ou aultre beste puisse

Seus termos provam que a passagem de Briçonnet tem o mesmo caráter de ceticismo ontológico e provoca o mesmo resultado, ante os conflitos religiosos que a Europa mal começava a viver – é de 1517 a acusação de Lutero à venda de indulgências pela Igreja[136]. Ora, Cave e Defaux têm razão em observar que os estudos recentes sobre o ceticismo no pensamento moderno não consideram esse seu aspecto ontológico. Observe-se, por exemplo, a discussão levada a cabo por Barry Stroud a propósito de Kant:

> A refutação de Kant do idealismo visa provar que, se a conclusão negativa de Descartes fosse verdadeira, violaria uma das condições que torna possível qualquer experiência. Diz essa conclusão que as coisas à nossa volta não podem ser conhecidas, ou estão sujeitas à dúvida da razão, e se apoia na suposta descoberta de que podemos saber ou estar certos apenas acerca do conteúdo de nossas próprias experiências e não acerca da existência de qualquer coisa externa que seja completamente independente de nós, porquanto nunca estamos diretamente conscientes de quaisquer de tais coisas externas à experiência[137].

No Kant da Primeira Crítica, a que a passagem de Stroud se refere, há uma evidente refutação do ceticismo, que, de sua parte, refuta o também anticeticismo de Descartes. Mas qual ceticismo Kant e Descartes tinham em mira senão o epistemológico? É óbvio que não se confunde com o ontológico.

As consequências da diferença são consideráveis. Se, diante das experiências não legisláveis pelo entendimento (*Verstehen*), a posição kantiana tampouco se confunde com o ceticismo, é porque o criticismo, que abrange as três Críticas, enfrenta as questões de outro

---

exprimer ou concevoir ce que l'homme congnoist et entend en ce monde, plus est que l'homme congnoisse et compreigne (comme homme) la nature et félicité divine". Agradeço penhoradamente ao professor Gérard Defaux por ter-me feito conhecer o texto de Briçonnet.

136 Pode-se supor que a raiz da dúvida cética se relacione com a pergunta do homem acerca de seu criador. É o que faz pensar o encontro de sua afirmação em passagem de antiquíssimo texto acádio, *Diálogo Acerca da Miséria Humana*: A mente do deus, como o centro dos céus, é remota;/ Seu conhecimento é difícil, os homens não podem compreendê-lo. I. Mendelsohn, (org.), *Religions of the Ancient Near East: Summero-Akkadian Religious Texts and Ugaritic Epics*, p. 203.

137 B. Stroud, Kant and Skepticism, em M. Burnyeat (org.), *The Skeptical Tradition*, p. 429.

modo – pela diferença entre o que a razão é capaz de indagar e o entendimento de responder. As respostas determinadas do entendimento cobrem a área epistemológica. As perguntas que a razão se propõe, sem que o entendimento possa cabalmente contestá-las, incidem sobre a área ontológica. Em suma, se Kant oferece uma explícita refutação do ceticismo é tão só na frente epistemológica. Quanto à outra frente, sua posição não é peremptória.

Sem se confundir com a posição cética, o criticismo não a elimina. Ao contrário, não deixa de conter um fundo cético, o que não significa que com ele se satisfaça. E isso tanto na frente ética – o fato de não se poder provar a existência de Deus não implica que devamos negá-lo – como na frente estética – a impossibilidade de declarar-se por que esse objeto é belo ou sublime não supõe que sua experiência não possa ser reconhecida.

Restringir o exame do ceticismo moderno à sua frente epistemológica é parcializar a questão e, desse modo, nos impedir de penetrar no horizonte novo que o Oriente começava a revelar, seja para Barros e Diogo do Couto, seja, e sobretudo, para Fernão Mendes Pinto. E, por fim, ignorar como um pirata podia ser o seu iniciador prático. E seu (insinuado) herói. Não se trata pois de apontar Mendes Pinto como "origem" de uma atitude – a do ceticismo ontológico – que, expandindo-se no século XVI, recuou com o início do pensamento propriamente moderno e pareceu ainda mais esquecido com o otimismo iluminista e o cientificismo que lhe sucedeu. Trata-se sim de mostrá-lo como outra vez próximo daqueles que coincidirão com o fim de um milênio e começo de outro. Coincidência dos que são contemporâneos da incerteza que cerca o Ocidente, no momento em que ele parece mais dono do que nunca de toda a terra. É, portanto, pelo "orientalismo" que aqueles pouco lembrados portugueses nos iniciam na travessia que aqui ousamos, destacando um de seus aspectos: a disseminação do horror provocada pela expansão do homem branco.

Em síntese, desde que temos referência da presença do homem conhecemos a prática do horror. Mas o horror, que agora complementa a prática dos cruzados, tem a originalidade de supor que um certo homem, por uma certa razão religiosa nos séculos XV, XVI e XVII, e biológica no XIX, depois "civilizatória" e, mais recentemente, "democrática" (!?), tem o direito de estabelecer o que é certo, de dominar, senão de destruir as diferenças. O horror moderno, aqui visto em sua aurora nebulosa, depende da pretensa universalidade de uma ideia. Começar a refletir sobre ela no estágio em que se encontra o código de valores do homem ocidental não deixa de ser irônico. Amarga e involuntariamente irônico. Poderia por acaso saber que estágio de prepotência já terá sido alcançado quando este livro vier a ser lido?[138]

---

138 Não estranhe que não se discuta a parte da *Peregrinação* em que, por influência de São Francisco Xavier, o narrador teria ingressado na ordem dos jesuítas, financiado a viagem de um grupo de missionários ao Japão, entre os quais ele próprio se encontrava. Sendo certo que Mendes Pinto quisera entrar na ordem e depois dela se desligara, sem que os motivos de uma e outra ação sejam melhor conhecidas, sabendo-se ademais dos anos em que o manuscrito ficou sem ser editado, é admissível que, entrementes, o original tenha sofrido a interferência de outra(s) mão(s). É certo que a *Peregrinação* se caracteriza por sua heterogeneidade; que sua crise "mística" apenas a aumenta, assim como seu não menos súbito desligamento. Se um e outro pertencem à mesma heterogeneidade e como ela era incômoda aos interesses religiosos então dominantes, parece dispensável e mesmo plausível não tratar de sua suposta conversão.

3:
História e Viagem
em *Os Lusíadas*

O motivo principal de aproveitarmos esta 2. edição para reescrever quase por inteiro sua Parte 1 foi termos deixado então de fora a análise de *Os Lusíadas*. A razão de não o termos feito dizia respeito à extensão do texto. Como nossas tiragens permanecem pequenas, apresentar ao editor um original muito longo supõe o risco de que o livro pouco circule. Mas, ainda que a preocupação fosse legítima, a consequência era desproporcionalmente mais grave: não enfrentar uma das poucas obras significativas de ficção em língua portuguesa; com isso, não tomar posição sobre a controvérsia – estabelecida fora do circuito de sua mitificação – acerca de sua efetiva qualidade. A solução consistiu em adotar uma posição intermediária: abordá-la da maneira mais sintética possível. É o que faremos pela abordagem das questões propostas sobre o poema por alguns dos ensaios que nos pareceram mais relevantes.

Dos ensaios que António José Saraiva escreveu sobre Camões, escolhi dois: "*Os Lusíadas*, o *Quixote* e o Problema da Ideologia Oca" (1961) e "As Contradições de Camões ou o Humanismo Impossível" (1962). Optamos por partir do segundo porque mais abrangente.

Por seu informe biográfico inicial, procurava o digno historiador da cultura concretizar o motivo da contradição que via implantado na obra épica camoniana. Nobre que não dispunha do valimento da corte, o poeta sempre conviveu com a pobreza. Nessa condição, agravada por delitos penais cometidos em Lisboa, de cuja condenação escapa por ter ficado "sem defeito" aquele a quem ferira, estando, ademais, prestes a embarcar para a Índia, conforme documento de 1553, Camões, declara seu intérprete, "é talvez o único escritor de formação humanística que atravessa os mares".

Na véspera da sua partida para Goa Luís de Camões é homem sem ofício certo, vivendo à lei de fidalgo, de língua chistosa e dardejante, de espada pronta, pobre e desamparado, posto à margem por uma sociedade que se tornava palaciana, regrada e beata e em que os pergaminhos para valerem tinham de ser lustrados com dinheiro[1].

Na Índia, não exerce alguma função que o destacasse para o registro dos biógrafos, exceto o de Provedor dos Bens dos Defuntos e Ausentes, residindo então em Macau. É, no entanto, afastado do cargo, sob a acusação, por ele negada, de malversação dos bens a ele confiados. No mesmo ano de 1556, o barco em que regrassava a Goa naufraga na foz do rio Mecon, salvando, a custo, a vida e a parte já escrita do poema épico. Em 1567, a composição de *Os Lusíadas* estava terminada e o poeta ainda reunia sua lírica, que terminaria sendo roubada. Arriba então a Moçambique, em 1558, sendo encontrado por alguns amigos, entre eles Diogo do Couto, a viver de esmolas. Os amigos se cotizam para enviá-lo de volta a Lisboa, onde, com a ajuda de dom Manuel, imprime, em 1572, sua épica.

Da biografia, rapidamente esboçada, Saraiva extrai o traço que fundamentaria a contradição do poeta: sua formação humanista, enfatizante quer da vida idealizada da mulher amada, quer dos ideais cavaleirescos dos heróis a serem exaltados, em contraste com sua vida efetiva de cavaleiro à beira da miséria. Tal contradição seria exibida pelo confronto de sua obra lírica com a épica: "Não se podem imaginar dois poetas mais diferentes do que estes que coabitam no mesmo corpo. Para um [o épico], o mundo é experimentalmente uma coisa sabida; para o outro, uma coisa surpreendente"[2]. Guardemos a observação para adiante confrontá-la com a proposta por Helder Macedo. Observe-se contudo, desde logo, que Saraiva de algum modo antecipa a tese da experiência pessoalizada que Macedo encontrará na lírica camoniana, ao notar que "o que ele tem e nestes [Petrarca e Garcilaso] falta, são as alternativas de fúria e desalento, o desespero tempestuoso de quem não se resigna, a sensibilidade em carne viva chicoteada por uma realidade perturbadora, o espanto em face das coisas incompreensíveis"[3].

1   A. J. Saraiva, As Contradições de Camões ou o Humanismo Impossível, em *História da Cultura em Portugal*, v. III, p. 510.
2   Idem, p. 554.
3   Idem, ibidem.

história e viagem em *os lusíadas*

Vindo à épica, nega Saraiva que, ao contrário do que costumamos ouvir, o Velho do Restelo encarne a oposição dos que resistiam à expansão até a Índia, tomando-a como manifestação do *topos* da Idade de Ouro, expatriada da experiência humana pela ambição material: "O tema da Idade de Ouro donde a ambição desterrou os homens é demasiado conhecido entre os poetas humanistas para que seja preciso procurar-lhe outra fonte"[4]. Muito menos lhe parece aceitável sua identificação com a ignorância do povo, que, por sua indigência mental, discordaria da audácia de homens ilustrados. O Velho do Restelo antes encarna "um humanista que desdenha a 'aura popular' e o vulgo ignaro, e que se coloca numa situação de juiz, superior aos acontecimentos, aferindo-os por um padrão puramente moral, fora da história"[5]. Seria com a personagem assim definida que o poeta se identificaria: "A visão de Camões, estreitamente aristocrática, individualista e guerreira [...] é por completo incompatível com a ideia de dar lugar nos acontecimentos a correntes de opinião e muito menos populares"[6]. E isso, indispondo *Os Lusíadas* com a feição da epopeia primitiva, desde a homérica até a *Chanson de Roland* e o *Cantar del mio Cid*, estabeleceria um hiato entre a concepção do autor e os valores comunitários confluentes, captados pela épica anterior. Em consequência, o autor se sobrepõe ao herói militar do feito narrado:

> Este sentimento de superioridade do poeta relativamente ao herói, esta dualidade entre o autor e o material épico, esta reserva de uma espécie de direito a julgar os fatos e os homens em nome de princípios superiores à contingência histórica, distinguem substancialmente da epopeia primitiva, em que o autor e a material se confundem num único plano histórico, os poemas épicos de imitação, produto da erudição humanística[7].

Ao realce do cantor sobre o líder das ações, do humanista sobre os sentimentos do povo, ainda corresponderia, em conformidade com a retórica dos humanistas italianos, o desinteresse pela técnica, no caso a da complexa navegação, e pela vida dos marinheiros, sendo as referências,

4   Idem, p. 645.
5   Idem, p. 646.
6   Idem, ibidem.
7   Idem, p. 648.

a uma e à outra, vagas e abstratas: "O poeta nunca sai da sua própria atmosfera, é impermeável à penetração civilizacional do Oriente"[8].

Como estes tópicos deixam entrever a abordagem própria do ensaio de 1962, em que, em nome da "contingência histórica", Saraiva estranhamente secundariza os poemas que não cumpriam com a norma traçada pela epopeia primitiva, e, contrário às abstrações, não menos se apoia em um "povo", abstratamente referido, podemos ser mais breves a propósito do seu ensaio do ano anterior. Saraiva mantém o mesmo tipo de argumento, concentrando-o na oposição de *Os Lusíadas* ao *Quijote* cervantino. Ela seria bastante significativa porque "os valores e as crenças de que Camões se faz arauto são aqueles mesmos de que Cervantes tentou a crítica"[9].

Fundando-se, como também nós o fizemos no subtítulo "O Oriente e o Desencantamento do Mundo" do capítulo anterior, nas teses desenvolvidos por Vitorino Magalhães Godinho, para Saraiva, ao endossar a ótica humanista, Camões se impedia de ultrapassar a mundividência heroico-militar da nobreza. Daí a aparência de semelhança com *Don Quijote* ocultar sua profunda discrepância: "Como D. Quixote, Camões inventa e profere as belas parlendas cheias de boa doutrina cavaleiresca. Mas dir-se-ia que, como Sancho, não lhes dá outro valor senão o que têm como palavras, e que o problema de as articular com o mundo real não se põe para ele[10].

Por conseguinte, ao passo que em Cervantes a palavra ganha uma dimensão sensível, um valor crítico-parodístico, capaz de enganar seus censores contrarreformistas pela configuração do par antinômico do cavaleiro e seu escudeiro, cada um dos dois conectado a um aspecto daquela Espanha dilacerada entre o *ethos* nobre-cristão e a asfixia contrarreformista, que pressionava contra a dinâmica social e contra tudo que contrariasse a convencionalidade do *statu quo*, em Camões, a presença do mitológico e a imposição dos valores cristãos cria uma disparidade incomensurável. "É evidente que Vênus tem o seu lugar de direito próprio n'*Os Lusíadas*. Em troca, a Virgem não estaria ali muito à vontade"[11]. (Embora o próprio Saraiva não o faça, podemos

---

8 Idem, p. 651.
9 A. J. Saraiva, *Os Lusíadas*, o *Quixote* e o Problema da Ideologia Oca, *Para a História da Cultura em Portugal*, v. II, p. 166.
10 Idem, p. 178.
11 Idem, p. 179.

então melhor observar a extrema argúcia do analista em dizer que a enunciação do poema português parece reunir as "belas parlendas" do "cavaleiro da trista figura" com o solene descaso que Sancho lhes empresta.)

Do desacerto entre a armação mitológica e o serviço que há de prestar aos valores oficializados do cristianismo, decorria a nota de ridículo cômico em dois quadros que intencionariam um efeito sublime: a dolorosa frustração do gigante monstruoso, o Adamastor, enganado pela agilidade de Tétis, a astuta ninfa, e a gratificação erótico-pagã da Ilha dos Amores. Em suma, a partir de uma matéria-prima comum, a viagem terrestre do Quixote e Sancho, a viagem marítima dos argonautas portugueses, o êxito que alcançará Cervantes se converte no fracasso da épica camoniana. Se, "para D. Quixote é sempre a realidade que não tem razão"[12], é o preceito socialmente imposto que domina a expressão poética. Desse modo, ao dobrar-se ante as imposições da ordem social dominante, Camões antecipava o malogro mais explorado do *Jerusalém Libertada*, de Tasso[13].

Começando pelos dois ensaios de Saraiva, meu propósito é passar em revista as tentativas que me parecem mais importantes das últimas décadas em reavaliar a épica camoniana. Tal reexame tem-se imposto desde que a queda do salazarismo facilitou a consideração de um texto mistificado como símbolo da pátria. Antes, contudo, de seguir a risca tal roteiro, consideremos a análise que sumarizamos.

Duas razões nos levam a abrir essa exceção: não me cansaria de louvar a coragem de seu autor de, em pleno salazarismo, enfrentar a intocabilidade do mito. Ao apontá-lo, estou dizendo que ela não deveria ser esquecida. No entanto, ao menos para quem não participe do circuito dos lusitanistas, parece estranho que a referência a António José Saraiva, quer como historiador da cultura, quer como da literatura, se torne rara. O fato não deriva diretamente do ocaso do pensamento marxista, seguinte tanto à quebra do que significara o stalinismo, como à queda do muro de Berlim. Ora, a crítica marxista a que Saraiva se incorporava por certo cometeu erros consideráveis. Mas, se pusermos no ostracismo correntes e autores porque falharam, não será o caso de, por precaução, deixarmos de escrever?

---

12 Idem, p. 165.
13 L. Costa Lima, A Épica Renascentista e a Contrarreforma, *O Controle do Imaginário e a Afirmação do Romance*, p. 57-66.

Duas falhas são consideráveis na abordagem de Saraiva: **a.** não seria motivo bastante para prejudicar a épica renascentista, que ela já não pudesse dispor da unanimidade de valores entre seus heróis e as comunidades a que pertenciam. Muito embora essa unanimidade, mesmo em relação ao exemplo homérico, não significasse a inexistência de uma hierarquia social e, em consequência, a voz una em cada um dos lados, em que as divergências se restringiam a litígios entre os chefes, mas fosse muito mais efeito do dispositivo poético adotado do que do respeito à realidade social, a impossibilidade de mantê-la, apesar do esforço dos tratadistas de poética e da força da Igreja, por si não afetaria o valor de tais obras. A afirmação terá a discordância apenas dos que, ainda quando não o declarem, assumam que o valor das obras ficcionais há de estar em consonância com os valores sociais. Levando em conta os exemplos de Torquato Tasso e Ludovico Ariosto, temos condições de pensar que o fracasso de *La Gerusalemme liberata* (1580) e o êxito, progressivamente reconhecido com a passagem dos anos, de *Orlando Furioso* (1532), resultou de que Tasso já não consegue se desvencilhar da normatividade contrarreformista, que impunha ao poeta, com maior ênfase do que a que já perseguira Ariosto, converter o poema em ilustração do heroísmo cristão[14]. Em troca, Ariosto, por uma astúcia reconhecida por Cervantes algumas décadas depois, era capaz de escrever com uma tinta quase invisível, convertendo o épico em sátira que não livrava os próprios poetas. O malogro ou o êxito não tinha, portanto, nada a ver com a ausência ou a presença do povo, com a observância ou a desconsideração do avanço da técnica, no caso da arte militar. Poder-se-ia então acrescentar, destacando os exemplos de Ariosto e Cervantes, que era o próprio gênero épico, em sua configuração primitiva de uma remodelação absoluta, que já não admitia o heroísmo absoluto de um Aquiles; remodelação que nem Tasso, nem tampouco Camões, foi capaz de cumprir. Mas Saraiva mantinha tão certo seu lastro de escola – o de um marxismo convicto do acerto de seus critérios – que não julgava necessário submetê-los ao crivo do exame teórico. Isso nos leva à objeção mais forte: **b.** opondo Camões a Cervantes, o intérprete não percebia que o acerto de seu ponto de partida dependera do mérito cervantino em estabelecer um dispositivo formal, o absoluto contraste

14   Cf. idem, p. 57-109.

de seus protagonistas, que lhe permitia dar conta da contradição que rachava de meio a meio a sociedade espanhola, sem que, por isso, fizesse obra de precursor da sociologia. O social penetra na obra ficcional pelo dispositivo formal que permite que ele se mostre. Concordo com Saraiva que Camões não conseguiu formular um dispositivo que separasse seu poema do ideal cavaleiresco. Vimos no capítulo I que, ainda quando os que registravam a expansão lusa criticassem a maneira de proceder de seus agentes, não eram capazes senão ou de amargamente criticá-los (Diogo do Couto em *O Soldado Prático*) ou de sugerir a mudança de critério na escolha das autoridades (a carta referida de Afonso de Albuquerque a el-rei) ou, mais genericamente, de aspirar que se cumprisse uma conduta ideal, por si impossível, porque a expansão se realizara segundo dois propósitos, o bélico-religioso ou o mercantil, na prática excludentes entre si. Por infortúnio do Camões épico, esse impasse se tornaria flagrante em sua obra porque, enquanto obra ficcional, dependia de uma configuração formal que não alcançou.

A postura acima exposta a propósito das abordagens de Saraiva é de certa maneira já realizada por Jorge Fernandes, em livro recente. Por um lado, como já mostra o subtítulo de seu segundo capítulo, "António José Saraiva Leitor d'*Os Lusíadas* e do *Quijote*", o autor não segue o caminho frequente de seus colegas lusitanistas, que dão a entender que Saraiva já não conta. Por outro lado, contudo, nossos reparos críticos só parcialmente coincidem. A não coincidência concerne à tese de que em Camões tudo é obra de guerreiros e o povo não conta[15]. Jorge Fernandes contra-argumenta a partir da dualidade exposta no verso "Mas, n~ua mão a pena e noutra a lança"[16], quase literalmente reiterada no canto VII "N~ua mão sempre a espada e noutra a pena"[17], mediante a afirmação: "É nesse *entre-lugar* [entre a pena e a lança e/ou espada] que o texto de Camões nega ao leitor o papel passivo de um 'povo' qualquer, obrigando-o a opinar num mundo em que o diálogo é já uma atitude política entre a experiência pessoal e a obrigação social"[18].

---

15   J. Fernandes, *O Tejo é um Rio Controverso*, p. 16.
16   L. de Camões, *Os Lusíadas*, canto V, XCVI, verso 3.
17   Idem, canto VII, LXXIX, verso 8.
18   J. Fernandes, op. cit., p. 18.

176 parte 1: os novos argonautas

Não sei por que assim haveria de ser. Se há alguma razão para que o povo ocupe o lugar formado entre uma e outra mão, não vejo nenhum motivo autoevidente para que tal razão forme um suposto diálogo. Caso esse diálogo se cumpra será a partir de agora, de sua afirmação pelo intérprete, e não tendo por parceiro o povo senão analistas que já não se deixam embair pelos falsos elogios fáceis de políticos e comendadores. Concordo plenamente, contudo, com sua observação: "O Portugal de Camões [...] entre a Idade Média e o Renascimento, não deixa de ser o camponês velho nem chega a ser o novo marinheiro"[19]. É mesmo porque não o alcança, nem está, imediatamente a partir de então, em vias de alcançá-lo, que permanece no impasse da fissura em que nos detivemos no capítulo 1.

O outro ensaísta brasileiro em que nos detivemos, João Adolfo Hansen, principia por recordar as múltiplas tradições poéticas que a obra inteira do poeta mostra serem por ele dominadas. Elas partem do grande bloco greco-latino até o platonismo reciclado por Marsilio Ficino, Pico della Mirandola, Cristóforo Landrino e Angelo Poliziano[20]. Dentro desse imenso bloco de tradições que se fundem, pode-se, entretanto, distinguir sua incorporação pelo Camões lírico, que supõe o leitor "discreto", capaz de reconhecer e fruir da diversidade de caminhos – "a lírica de medida nova de tradição italiana e de medida velha peninsular, a agudeza intelectualista das imagens especifica a superioridade do destinatário discreto, capaz de refazer as operações dialético-retóricas aplicadas à maior ou menor deformação das tópicas tratadas"[21] – do poeta épico, cujo destinatário ainda é o leitor "discreto", porém o de extração oficial, i.e., que seleciona da tradição renascentista o que importa para a glorificação nacional. É assim que, no próprio poema, já se destaca a concentração nas ações heroicas que sobrepaira na história pátria. A diferença ressaltada é simplesmente, para falar na terminologia weberiana, típico-ideal, não se concretizando em um lírico tão diverso do épico como parecia a Saraiva. A relevância dos tipos ideais realizados pela lírica e pela épica é, no entanto, fundamental para a abordagem dos analistas que tomam Camões como figura de poeta e não mais enquanto membro de um detestável panteão nacional. É

19 Idem, p. 26.
20 J. A. Hansen, A Máquina do Mundo, em Adauto Novaes (org.), *Poetas que Pensaram o Mundo*, p. 109.
21 Idem, p. 162.

história e viagem em *os lusíadas*

nesse momento que convergências e divergências aparecem, que já não decorrem do lastro hegeliano-marxista exemplarmente presente em um Saraiva. Assim tipicamente sucede entre a abordagem de Hansen e a desenvolvida por Helder Macedo.

De acordo com a opção teórica praticada por João Adolfo Hansen, a fim de evitarmos a margem evitável de anacronismo, haveremos de partir do dado histórico de que a subjetividade em Camões não é baseada na exploração moderna do eu, mas sim na artificiosa, i.e., em conformidade com as convenções retóricas exaustivamente codificadas na época.

> Camões sempre pensa a poesia como o artifício que resulta de operações técnicas: para ele, o poema é literalmente *poiema, produto*, controlado racionalmente por preceitos. [...] Assim, a poesia lírica de Camões é muitas vezes patética, figurando paixões intensas da alma que sofre o desconcerto do mundo, mas nunca psicológica, expressiva ou sentimental, sempre feita intelectualmente como artifício do ato de fingir: ela é *artificial* ou *artificiosa*[22].

É o próprio enunciado de Hansen que mostra como sua proposta interpretativa se opõe à de Helder Macedo: "Cidadão da diáspora imperial [Camões] iria também usar a imagística petrarquiana que ainda dominava a poesia do seu tempo para veicular uma compreensão do eu e do mundo já muito diferente, e por vezes até oposta, daquela que essa mesma imagística servira para definir e significar"[23].

Camões foi, na lírica, um "alquimista experimental"[24]. Mas, enquanto se propunha ser autor da épica enaltecedora da nação portuguesa, que, por seu verso inicial, apontava para o modelo da *Eneida* – que já tivera, quanto ao império romano, propósito semelhante – automaticamente vedava a si próprio a repetição de tamanha liberdade. A diáspora tinha agora de ser laminada de maneira a expressar a aventura exitosa dos heróis da fé e da expansão do mundo conhecido. Do ponto de vista da produção poética, quais as consequências das fronteiras assim autoimpostas? No ensaio de 1980, Helder Macedo procurava mostrar

---

22 Idem, ibidem.
23 H. Macedo, *Camões e a Viagem Iniciática*, p. 10.
24 Idem, p. 11.

que Camões se desvia dos entraves que lhe eram impostos pela combinação e harmonização das variedades do amor:

> O baixo amor equivale à degradante submissão do amor ao corpo, que n'*Os Lusíadas* Camões exemplifica mitologicamente em Adamastor e, como exemplo histórico equivalente, em dom Fernando; o amor misto, que equivale à nobre integração do corpo no amor, tem porventura em Inês de Castro a sua representação mais eloquente no poema; e o amor sublime, que para Camões é o amor da pátria (a "caritas patriae" do Humanismo Cívico), equivale à redentora ascenção do espírito através do corpo[25].

Dada a presença do platonismo no pensamento renascentista, a cuja idealização se acrescentavam os efeitos de uma retórica de "corações ao alto" (*sursum corda*), i.e., de um cristianismo antes sonoro que de efeito mental, não duvido que essa possa ser a disposição hierárquica do amor no Camões épico. Sintetizar, portanto, os planos a que a idealização submetia o amor seria uma prova de argúcia crítica do autor. Mas, se o termo "crítica", na acepção kantiana, significa *a determinação dos limites da razão*, na área própria a cada uma de suas três *Críticas*, há de se concordar que um enunciado inteligente não é sinônimo de enunciado criticamente bastante. E isso decorre de que o termo "inteligência" é demasiado amplo, nada impedindo que seja ora puramente especulativo, ora particularista, i.e., apenas adequado a um certo momento histórico. Seria admissível que o poeta de Dinamene, a oriental morta no naufrágio do Mecon, cujo enlace amoroso tem um caráter tão sensível-corporal que, como o próprio Macedo acentua, se dispõe no pólo oposto das Beatrice e das Lauras teológicas e etéreas, tivesse submetido a memória da carne ao "platonismo reciclado" ou se curvado ao rigor inquisitorial para a integrar no "baixo amor"? Ou, argumentando por outro ângulo, se a concessão tiver sido efetiva e convertido o "amor sublime" em "amor da pátria", seria muito difícil ou mesmo impossível que uma mesma concepção de amor tenha estado presente em suas cartas, em seus poemas líricos e na épica em questão.

Ainda mais difícil se torna aceitar a identificação a seguir proposta entre o caráter do erotismo, empregado de modo declaradamente sensual, na sedução de Júpiter por Vênus e a expressão cristã do amor.

---

25 Idem, p. 41.

história e viagem em *os lusíadas*

É verdade que Macedo não estabelece uma relação assim direta, mas sua formulação se inclina para ela: "Com a sedução de Júpiter [por Vênus] a favor dos Portugueses [...] Camões ao mesmo tempo acentua o valor do erotismo como veículo para o sagrado e sugere que a verdadeira expressão do cristianismo é o amor"[26]. Como pode haver sedução, mesmo que entre seres fictícios, sem Eros, e como conciliar o amor cristão com a aceitação de *Eros*?

Muito mais forçada, se não mesmo sofística, é a justificação oferecida para o episódio da Ilha dos Amores. Ainda que extensa, ela precisa ser relida na íntegra:

> A viagem simbólica através do amor que Vênus sobrepôs à rota geográfica dos navegantes, estava ainda por completar quando as naus começaram a regressar com rumo à patria. Cumprida a sua missão temporal, os navegantes têm agora direito à Apoteose, representada no encontro com a Magna Mater que lhes dará a compreensão do fim espiritual da sua aventura. Essa compreensão, ou gnose, é a imortalidade que, em nome da comunidade que representa, o herói tem de assumir para a poder transmitir no seu regresso. Neste momento do poema, a simbologia mítica que Camões incorporou na narrativa da viagem de Gama, torna-se no símbolo puro em que o significado dessa viagem é cristalizado. Os navegantes tinham sentido os efeitos dos poderes sobrenaturais, favoráveis ou contrários, sem conseguirem entender a sua natureza. Só Adamastor se lhes tornou visível, assinalando a entrada no mundo desconhecido. Mas, se o puderam ver, foi porque ele próprio já havia se degradado em sua materia. Os deuses representavam o mundo espiritual [...] cuja compreensão é inacessível ao comum dos mortais. Não já agora. Passaram a merecer a tangilibilidade do espírito e o conhecimento das suas próprias forças interiores. Assim, o que Vênus lhes oferece para "refocilarem a lassa humanidade" é o conhecimento do amor, ou seja, do poder que os guiou e que sempre os poderá proteger enquanto o não degradarem em baixo amor[27].

Por sorte dos que tenham permanecido insatisfeitos ante *Camões e a Viagem Iniciática*, na contribuição sobre Camões que Helder

26 Idem, p. 42.
27 Idem, p. 47.

Macedo veio a incluir no *Viagens do Olhar*, sua perspectiva parece bastante modificada. Já a afirmação de que Camões "foi [...] um poeta mais da dúvida que da certeza, da ruptura mais que da continuidade, da imanência mais do que da transcendência e, no fim de sua demanda, de uma fragmentação encontrada no lugar da totalidade desejada"[28] não se concilia, em absoluto, com a hierarquia a que a concepção do amor camoniano era antes submetido, que se agravava à medida que seus graus se elevavam. Além dessa retificação, é louvável acentuar-se a discrepância da autorreferencialidade que acompanha *Os Lusíadas* com a impessoalidade objetivante que fora norma do gênero. Se a afirmação de um chefe maior era plausível em Homero e ainda possível no início da formação das nações europeias, só retórica ou administrativamente seria possível durante o expansionismo português. Destaco ainda ponto que me parece fundamental: a amostra de *Os Lusíadas* como produto da transformação do confronto entre os gêneros pastoril e épico, "que desde sempre haviam servido para significar perspectivas ideológicas opostas"[29]. O autor não só o assinala como aponta para o modo como se dá seu confronto. Se o pastoril é fundamentalmente apresentado pelo episódio do Velho do Restelo, e a épica pelo que, no mesmo livro, Fernando Gil, chamava de momento da "fundação", Helder Macedo mostra que a perspectiva pastoril "ficou integrada na narrativa épica como 'o seu contrário num sujeito'". E aqui o processo de contrariedade entre os dois gêneros, a submissão do pastoralismo ao épico e sua rebelião atingem o auge: submissão porque o pastoralismo se põe a serviço do nefando princípio da "guerra justa" com que a cristandade justificava a expansão lusa, ao mesmo tempo que, identificando-se o autor-personagem com a divindade rústica de Sileno – "Eu que falo, humilde, baxo, rudo"[30] – assume a posição de veemente discordância, dessacralizadora da heroicificação da viagem dos Gama.

Ainda mais relevante é a dessacralização da profecia da vitória portuguesa na Índia, cujo realce é substituído pela ênfase em "o finito mundo da linguagem onde se situa o humano entendimento"[31].

---

28 Idem, A Poética da Verdade d'*Os Lusíadas*, em *Viagens do Olhar*, p. 122.
29 Idem, ibidem.
30 L. de Camões, *Os Lusíadas*, Canto X, v. 145.
31 H. Macedo, A Poética da Verdade d'*Os Lusíadas*, em *Viagens do Olhar*, p. 128.

história e viagem em *os lusíadas*

É essa concentração no mundo da linguagem que, em uma abordagem menos superficial do que a apresentada aqui, mostraria tanto a diferença do universo lírico de Camões, com frequentes passagens tediosas de *Os Lusíadas*, como nos levaria a divergir da visão teórica de Hansen. Contra as abordagens anacrônicas, Hansen considera Camões sob a exclusiva ótica da retórica de seu tempo. Embora não possa rivalizar com ele no conhecimento do arsenal retórico, considero que a concepção de poesia e de linguagem implicada nos tratados de retórica renascentista, bem como a dos séculos imediatamente seguintes, e a concepção que se constitui desde finais do século XVIII formam um fosso que só pode ser contornado pela "tradução" do artifício retórico do poético em meio expressivo. Quanto ao desnível entre o lírico e o épico, embora ele não seja o tema do ensaio de Fernando Gil, o que declara sobre as razões da irregularidade do segundo já apresenta uma trilha passível de ser bem explorada. É, pois, com o ensaio mais lúcido que conheço sobre Camões, o "Viagens do Olhar: Os Mares d'*Os Lusíadas*", do filósofo Fernando Gil que encerramos esta breve travessia.

O primeiro ponto que nele destaco é tão eficaz como simples: a distinção entre as duas formas de relato contidas no poema: a viagem do Gama (cantos I-II, IV-X) e a história de Portugal (cantos III e IV, VIII e parte do X). A essas duas histórias correspondem os momentos de "fundação e viagem". Conquanto "o discurso da viagem insp[ira]-se no motivo da fundação"[32], eles não são menos que "totalmente opostos"[33]. Embora "o perfectivo narrativo é o modo de dizer que a fundação se assenhoreou da viagem", "o *presente vivo* é o tempo dos *Lusíadas*"[34]. De que decorre observação, que já encontráramos no ensaio de 1980 de Helder Macedo, aqui enunciada por F. Gil: "O canto de Camões é contemporâneo da viagem, e a história passada e futura de Portugal é tornada contemporânea do canto e da viagem"[35],. Tampouco há de se prescindir do que é fundamental na distinção entre os dois relatos. Dito de maneira sintética: se o valor próprio do momento de *fundação* é semântico, no momento da *viagem*, onde o semântico é dominado pelo morfossintático, aparece um "segundo

---

32 F. Gil, Viagens do Olhar: Os Mares d'*Os Lusíadas*, em H. Macedo; F. Gil, *Viagens do Olhar*, p. 26.
33 Idem, p. 20.
34 Idem, p. 22.
35 Idem, p. 23.

texto subjacente", i.e., uma semântica dominada, que *é própria à viagem e se opõe à semântica de fundação. Essa semântica dominada tem por sujeito a descoberta, a poesia e o amor.* Note-se: se Camões não alcançou o dispositivo formal cervantino que permitiu o cruzamento de duas óticas distintas sobre o mesmo mundo e a mesma Espanha (as óticas do Quijote e de Sancho), conseguiu entretanto uma diferenciação tal no uso da semântica que é a "semântica dominada", a responsável pelo que n'*Os Lusíadas* se libera da narração empolada e tediosa. Sem seguir por essa linha, a formulação de Fernando Gil é simplesmente exemplar:

> O amor vive-se como uma *realidade alucinada*, literalmente. Os marinheiros que alucinarão mais tarde a Ilha alucinam Adamastor e foi o amor que levou o gigante a alucinar – também ele! – Tétis numa rocha: "[...] crendo ter nos braços quem amava, abraçado me achei com duro monte [...] não fiquei homem, mas mudo e quedo e, junto dum penedo, outro penedo" (Canto v, v. 56: 2-3, 7-8). Adamastor, alucinação dos navegantes, alucinou Tétis... milagre da poesia que consente sonhar dentro do sonho[36].

O magnífico reconhecimento da trilha que permite Camões libertar-se dos grilhões contrarreformistas não impede, contudo, o autor de reconhecer que o momento da fundação – que Fernando Gil sempre prefere chamar de "sistema da fundação" – é o da identidade dominante: "Os portugueses são feitos 'pera mandar' (Canto x, v. 152: 4)"[37]. Em suma, oposto ao sistema da viagem, o sistema de fundação, detentor da semântica dominante, será o responsável pelo que tem sido tão difícil reconhecer – o fracasso do poema:

> O pesado e afetado estilo da linguagem da fundação nos *Lusíadas* não é uma questão de gosto [...] nem o código obrigatório do poema épico. A explicação é outra. O reforço puro e simples dos valores semânticos, até à proclamação tautologicamente triunfante do direito de conquista de Portugal, é a maneira mais imediata de disfarçar um fracasso. *E a ideologia não desemboca nunca em poesia*[38].

36 Idem, p. 40.
37 Idem, p. 45.
38 Idem, p. 50. Grifo meu.

história e viagem em *os lusíadas*

(A frase que grifamos parece uma resposta a Saraiva, que, ao falar em "ideologia oca", dava a entender que haja, para a expressão ficcional, uma ideologia eficaz.)

Não é acidental que nosso analista, para fazer justiça a Camões, e desvencilhar-se da retórica vazia que nos afasta do poema, tenha tido de recorrer a algo mais que ao exame da língua e do estilo. Para que tivesse condições de acentuar "o pesado e afetado estilo da linguagem da fundação", que fere mortalmente *Os Lusíadas*, teve de recorrer a algo que não é sequer visível aos que, ao tratar de um texto literário, se restringem a considerar sua língua e estilo. Como alguém já disse, não se entende bem uma língua quando só ela é conhecida. A ideologia é essa ostra que se agarra ao casco navegante da linguagem. Sem seu reconhecimento continuaríamos sem atinar com a contradição interna que levou a viagem camoniana ao naufrágio. Mas algo dele sobrou: precisamente o que a semântica da fundação não conseguiu contaminar.

Parte II

A Consolidação
do Redemunho

(Joseph Conrad)

Parte II

A Consciência
da Redenção

(Joseph Conrad)

1:
Conrad em Seu Princípio

Do Oceano ao Mar de Tinta

Em carta à sua tia predileta, Marguerite Pora-dowska, de 24 de abril de 1894, Conrad a informava "da morte do senhor Kaspar Almayer, sucedida às três horas da manhã"[1].

Sob o compungido disfarce de uma comunicação fúnebre, o escritor estabelecia o dia e a hora do nascimento da primeira criatura de sua nova vida; aquela em que a lida com a pena substituiria a luta contra o mar, o vento e o imprevisto. Como esclarece o seu grande biógrafo, Zdzisław Najder, a vida marítma de Conrad se iniciara em julho de 1878, quando, depois de quatro anos erráticos em Marselha, sucessivos ao abandono da Polônia, conseguira ser embarcadiço em um navio de bandeira inglesa, o Skimmer of the Sea. Sua aprendizagem náutica assim se teria dado simultaneamente à aprendizagem da língua, pois, como repetiria seguidas vezes, nunca estudou a gramática do inglês.

Embora o exame sumário de sua cronologia dê a entender que o oficial da marinha mercante inglesa tenha desaparecido um pouco antes da troca do oceano pelo tinteiro – Najder assinala 17 de janeiro de 1894 como a data do fim da carreira marítima de Conrad e 29 de abril de 1895, como a da publicação de seu primeiro romance[2] – na verdade, durante anos, as duas vidas competiram entre si. Isso ainda não fica bastante claro quando, anos passados, declara que começara o *Almayer's Folly* (A Loucura de Almayer) em 1889 e o acabara em 1894[3]. Muito embora seu primeiro livro de memórias tenha um

---

1   J. Conrad, *The Collected Letters of Joseph Conrad*, v. 1, p. 153.
2   Z. Najder, *Joseph Conrad: A Chronicle*, p. XIX.
3   J. Conrad, *A Personal Record, Complete Works*, v. VI, p. 13.

inequívoco interesse sobre os bastidores do início de sua carreira literária, basta confrontar o que ali diz com o que escrevia à sua tia eleita, quando os originais do *Almayer's* estavam há meses concluídos, para se verificar que, no livro de memórias, são apagadas as hesitações que o perseguiam: "Estou muito ocupado nas negociações por diversos navios. Até agora, nada deu resultado. Não posso recuperar meu manuscrito. Reclamei duas vezes e sempre recebi a resposta que se ocupam dele"[4].

Não há nada de extraordinário nas dúvidas do missivista. Bem ou mal, tinha uma profissão da qual, estivesse ou não satisfeito, precisava para se manter. Escrevera um romance e enviara o manuscrito para a editora Unwin; não recebera nenhuma resposta definitiva; mostrava-se ansioso, inseguro e a tal ponto inquieto que o solicitara de volta. Porque desconhece a decisão do possível editor e só tem a si para se sustentar, Conrad tenta os dois caminhos. Mas não fica aí. De acordo com a carta ou de 29 de outubro ou de 5 de novembro de 1894 à mesma destinatária, Conrad tenta iniciar outra narrativa, ao mesmo tempo que continua a peregrinar entre os contratantes de tripulações. Em ambos os casos, nada sucede:

> Trabalha-se mais quando não se faz nada. Há três dias que me sento diante de uma página em branco – e a página continua em branco [...]. Nada ainda de Antuérpia. Estou em negociações com pessoas de Liverpool. Têm um belo barquinho – com um nome tão bonito, *Primera*. – Penso que dará certo mas não estou certo de nada[5].

Como se explicaria a procura por ser contratado se, já em 4 de outubro, como comunicara a Poradowska, fora avisado que seu original fora aceito? "Aceitaram meu manuscrito. Acabo de receber a notícia". A resposta é simples – é bem pouco o que lhe oferecem: "Aceitei o que me ofereciam porque, na verdade, o simples fato da publicação é muito importante. A cada semana, aparecem dúzias de romances – é muito difícil ser impresso. Agora, só me falta um navio para ser quase feliz[6].

4   Idem, *The Collected Letters of Joseph Conrad*, v. 1, p. 175.
5   Idem, p. 183-184.
6   Idem, p. 177.

A questão, portanto, não indica alguma indecisão psicológica, mas deriva de motivos bastante corriqueiros. No entanto, para o leitor, ela se acompanha de uma dúvida séria: o que levara Conrad a escolher a carreira de escritor? A opção não poderia ser explicada em função de dificuldades maiores ou menores. Se ele já conhece as que cercam um emprego náutico, com alguma estabilidade, logo aprende que a alternativa literária não reservava promessa de vida fácil. Quando a escolha já há muito se firmara e já havia composto suas grandes obras, Conrad, cinco anos antes da morte, na nota que escreve para a reedição de *An Outcast of the Islands* (Um Pária das Ilhas), faz duas declarações decisivas. A primeira aparece no parágrafo inicial: "Depois da publicação de *Almayer's Folly*, a única dúvida que sofria era de se escreveria outra linha para ser impressa"[7].

Embora a partir das cartas à sua tia possamos achar que o autor prefira introduzir um tanto de ambígua fantasia, em vez de retratar os dilemas que mais provavelmente vivera, mesmo assim a recordação continua relevante. Pois algo o empurrava para uma decisão que se complicava mais por sua situação de emigrado que não se preparara sequer em dominar o idioma que teria de ser o seu.

A segunda declaração afirma algo incontestável. Ela acentua o papel decisivo que desempenhou Edward Garnett, aquele que abrirá o caminho para o seu reconhecimento. Conrad relata que, durante um jantar em que lhe falava de suas "perplexidades", Garnett lhe observara: "Você tem o estilo, você tem o temperamento, por que não escrever outro?" E Conrad comenta: "O que mais me surpreende [...] na frase acima, apresentada em um tom de imparcialidade, não é sua gentileza mas sua efetiva sabedoria. Se ele tivesse dito: 'Por que não continua escrevendo?', é muito provável que me tivesse afugentado para sempre da pena e do papel[8]".

Duas conclusões são igualmente válidas, sem que sejam contraditórias: **a.** Garnett lhe dera o empurrão que lhe faltava; **b.** para Joseph Conrad, a opção pela literatura não foi o resultado de uma preparação racionalmente trabalhada. A segunda conclusão é ao mesmo tempo passível de ser desenvolvida e de dar outro interesse ao capítulo que

---

7   Idem, Author's Note, para a reedição de *An Outcast of the Islands, Complete Works*, v. XIV, p. VII.
8   Idem, p. VIII.

190 · parte II: a consolidão do redemunho

A Personal Record (Um Registro Pessoal) reserva a seu livro de estreia. Comecemos pela manhã em que lhe surge a ideia do livro:

> A necessidade que me impeliu foi uma necessidade oculta, encoberta, um fenômeno por completo obscuro e inexplicável. [...] Até que comecei a escrever aquele romance, só escrevera cartas e não muitas. Nunca, em minha vida, anotara um fato, uma impressão ou uma anedota. A concepção de um livro planejado estava inteiramente fora de cogitação quando me sentei para escrever. [...] Nunca o Rubicão tinha sido transposto de maneira mais cega, sem a invocação aos deuses, sem o temor dos homens[9].

Se cremos na veracidade da lembrança, que coisa poderia ser mais cega e aporética? Associamos o aporético a uma afirmação pura que desencadeia uma demonstração racional, o quanto possível inquestionável. Mas esquecemos o que aqui é decisivo: que ela é um ponto zero, atrás do qual nenhuma razão é mais do que razoável. Repetia-se no adulto expatriado, desde agosto de 1886, e naturalizado cidadão inglês, o lance de dados que conhecera quando menino – por volta dos nove anos, pusera o dedo sobre o mapa da África e dissera a si mesmo: "Quando crescer, irei lá"[10]. Pouco adiantaria suspeitar da simetria das decisões "aporéticas", reforçando a suspeita com a advertência feita por seu minucioso biógrafo: em seus relatos biográficos, "Conrad tendia a se apresentar de um modo que transmitia uma lógica mítica a uma dada cadeia de eventos ou ações"[11]. Admita-se até que ele se ficcionalizasse e insistisse no caráter aleatório e voluntarista das decisões do menino e do adulto. Isso não diminuiria o dado decisivo, a drástica mudança de águas que se impõe: em vez de um barco, uma pena; em vez do tempestuoso oceânico, o mar escuro de um tinteiro. A decisão se concentra na quebra do hábito que estabelecera na estalagem em que se hospedava quando estava em terra:

> Aquela manhã levantei-me da mesa do café, empurrando a cadeira para trás e tocando a campainha com violência ou talvez devesse dizer resolutamente ou talvez avidamente, não sei. [...] Em geral, me

---

9 J. Conrad, *A Personal Record, Complete Works*, v. VI, p. 68.
10 Idem, p. 13.
11 Z. Najder, op. cit., p. 83.

conrad em seu princípio

deixava estar na mesa e raras vezes me preocupava em tocar a sineta para que a mesa fosse limpa; mas naquela manhã, por alguma razão oculta no mistério geral do fato, não perdi tempo. Entretanto, não estava com pressa. Puxei casualmente o cordão [...]. A filha de minha hospedeira apareceu à porta, com seu rosto calmo e pálido e seu olhar curioso. Ultimamente, era a filha da hospedeira que respondia a meu chamado. [...] "Pode limpar tudo isso imediatamente?" Lembro que estava perfeitamente calmo. Na verdade, não estava totalmente certo que queria escrever ou que pretendia escrever ou que tivesse alguma coisa para escrever. Não, não estava impaciente[12].

Apesar da qualidade da descrição, a cena era em si insignificante. Mas naquele instante, se ainda não nascia um escritor, surgia uma figura indefinida: a de um oficial de marinha mercante que, às aflições por conseguir um novo contrato, agora se acrescentava alguém que fabulava sem cessar. "Linha a linha, em vez de página a página, foi como cresceu o *Almayer's Folly*"[13]. Sobre a veracidade da última página, não pesam dúvidas. Seu método lento, anárquico e tumultuado faria com que o relato em construção o acompanhasse, e se sujeitasse a ser perdido, nas inúmeras viagens, profissionais ou afetivas, que faria enquanto o concebia. Assim, ao voltar do Congo, em 1891, tem sete capítulos feitos. O oitavo será composto enquanto convalesce em Genebra. Leva-o consigo no navio Torrens, em 1892, onde encontra seu primeiro leitor – como um mau presságio, ele logo morre. O começo do novo já está escrito quando passa por Varsóvia, a caminho da visita ao tio, na Ucrânia. O começo do décimo, quando, em fins de 1893, está preso pelo inverno em um cais de Ruão. É de supor que os restantes hajam sido terminados em Londres. Mas, se esse é o percurso em que o *Almayer's* se processa, seu germe vinha de bem antes: da experiência de embarcadiço no Oriente. Reelaborando as idas e voltas que o levaram, como segundo piloto do Adowa, à viagem fracassada a Ruão, Conrad, em *A Personal Record*, relacionaria o ina-cabável manuscrito com sua experiência anterior: "Por muitos anos, ele (o *Almayer's Folly*) e o mundo de seu relato foram os companheiros de minha imaginação, sem que, espero, tenham prejudicado minha

12   J. Conrad, *A Personal Record, Complete Works*, v. VI, p. 69-70.
13   Idem, p. 19.

capacidade de lidar com as realidades da vida marinha. *Tive o homem e seus ambientes comigo desde meu retorno dos mares orientais, cerca de quatro anos antes do dia de que falo*"[14].

Do modo tortuoso, que será sempre o de Conrad, o escritor, temos por fim o elo entre o dia da inesperada revelação na estalagem londrina e a matéria que havia anos o obsedava. Ela fermenta ao contato com lugares e populações humildes, que podemos reconstituir graças a seu prestimoso biógrafo. É ele que assinala que, "descontados os seis dias passados em 1883, em Muntok", o primeiro contato efetivo de Conrad com o Extremo Oriente se dera ao servir no pequeno navio costeiro, o Vidor, em que realizara quatro viagens, entre Cingapura, Banjarmasin sobre o rio Barito, Samarinda sobre o rio Kutai, Tanjung Redeb sobre o rio Berau (então chamado Pantai) e Tanjung Selor sobre o Bulungan e então de volta a Cingapura[15]. Oferecia-se-lhe, assim, a oportunidade de testemunhar os efeitos da empresa colonial europeia, sem a máscara enganadora "das construções portuárias, dos hotéis para brancos, sem a administração e as instituições coloniais"[16]. O comentário mais extenso de Najder não deve ser omitido:

> Contra o pano de fundo primevo e natural da vegetação exuberante, insaciável e em putrefação, os postos comerciais deviam dar a impressão ou de desafios insensatos às forças invencíveis dos trópicos ou da patética vaidade do empenho humano. E particularmente grotesca devia ser a impressão dada pelos brancos que, afastados de sua própria civilização, se tornavam, com frequência, bêbados enlouquecidos ou excêntricos irremediáveis. Tanjung Rebeb oferecia quatro exemplos de tais espécies: um antigo capitão russo que se entregara à embriaguez; um jovem holandês, Carel de Veer, outro alcoólatra; um inglês, James Lingard, sobrinho de William Lingard e um holandês eurasiano, Charles William Olmeier, que ali vivera por dezessete anos[17].

Entre as figuras mencionadas estão as matérias-primas que servirão para Almayer (Charles William Olmeijer) e para uma das personagens do segundo romance de Conrad (James Lingard).

14 Idem, p. 9. Grifo meu.
15 Z. Najder, op. cit., p. 98-99.
16 Idem, p. 98.
17 Idem, p. 99.

conrad em seu princípio

Tal como o apresenta no *Personal Record*, a fama de Almayer, no arquipélago malaio, não era nada positiva: "Naquele homem, cujo nome aparentemente não podia ser pronunciado no arquipélago malaio sem um sorriso, não havia nada de divertido"[18]; era uma figura triste, com traços cômicos, que, em vez do contato com a Europa, enfatizava haver estado há pouco em um hospital em Cingapura e que declarava que "o comércio anda muito mal aqui". Conrad o conhece pessoalmente e, convidado a jantar em sua casa, escreve comentário que será famoso entre seus leitores: "Só um lunático rabujento o teria recusado. Mas se não tivesse conhecido Almayer muito bem é quase certo que eu nunca veria impressa uma linha escrita por mim"[19]. (O comentário de Najder sobre a figura real e a transmutação da personagem é uma miniprova de que a narração de Conrad, mesmo em seu começo, nunca procurou reproduzir ou retratar situações vividas.) À reflexão sobre Olmeijer acrescenta-se uma outra sobre a consequência de sua transmutação: "Aceitei então [o convite para jantar] – e ainda estou pagando o preço de minha sanidade"[20]. Em suma, desprezando a fama de lunático excêntrico de Olmeijer, Conrad o converte em sêmen para uma decisão sem *póros* e, por isso mesmo, incontornável: a decisão de fazer-se romancista.

Louvar a sua própria decisão o motiva a admitir que, com ela, aceitava enfrentar a amargura do mundo; mais precisamente, a identificar-se com um toureiro que sabe de antemão que a vida é um miúra que sempre nos derrota. Daí a reiteração, em sua correspondência, do que declara, no fim da carta de 8 de janeiro de 1907 a seu tradutor para o francês, H.-D. Davray: "Você que é um dos homens valentes deste mundo, jamais compreenderá meu horror da pena"[21]. Mesmo antes de aparecerem outros exemplos, recorde-se sua resposta a Marguerite Poradowska. Ante sua pergunta sobre se deveria estimular a vocação para as letras de um sobrinho, Conrad, em 27 de setembro de 1910, é taxativo: "Quanto a mim, jamais aconselharia a carreira das letras a alguém"[22]. Embora, considerando talvez o seu próprio exemplo, acrescente resignado: "Se ele tem vocação, escreverá apesar

18   Idem, p. 84.
19   Idem, p. 87.
20   Idem, ibidem.
21   J. Conrad, *The Collected Letters of Joseph Conrad*, v. 3, p. 402.
22   Idem, v. 4, p. 369.

parte II: a consolidão do redemunho

de todos e contra todos"[23]. Como a carta é composta em data tão avançada, não se pode duvidar das razões em que se fundava. Nosso interesse, porém, não é propriamente a figura de Joseph Conrad, aliás Josef Teodor Konrad Korseniowski; por isso mais importa, desde o começo, que nos detenhamos em sua ambiência malaia e em sua escolha do que será a personagem Almayer.

Para Ian Watt, o território que Conrad elege para suas primeiras obras já não tinha, então, condições materiais de respaldar resultados individualmente exitosos:

> O Arquipélago malaio tinha visto duas gerações de façanhas indi-
> viduais heroicas. [...] Posteriormente, alguns dos sucessores de seus
> mercadores-aventureiros, nas décadas de 1850 e 1860, como William
> Lingard, tinham se tornado ao menos figuras lendárias; mas, à me-
> dida que a penetração do Ocidente se desenvolvia, as oportunidades
> individuais declinavam, e os mercadores e marinheiros dos anos de
> 1860 e 1870, a geração de Olmeijer, constituíam um grupo muito
> mais rotineiro[24].

Apesar do incomparável progresso técnico e da força dos Estados colonizadores, repetia-se o que havia três séculos se dera com os portugueses na Índia: em pouco tempo, as vantagens auferidas pelo homem branco já não se traduziam em termos contábeis astronômicos e imediatos. A renúncia da Europa deixava de ser uma tentação generalizada. Por conseguinte, o Oriente passava a atrair outro tipo de explorador: ou a gama de desajustados ou aquele, menos ambicioso, que esperava compensar, nos entrepostos comerciais, a mediocridade de seu talento.

Em suma, o arquipélago malaio – e o mesmo valeria para as múltiplas praças coloniais da época – se tornava um local de exploração propício para o Estado ou para as sociedades comerciais poderosas e não mais para indivíduos dotados apenas de ambição e coragem. (A exigência do cálculo capitalista mostrava mais claramente o que faltara aos portugueses.) Ora, é exatamente essa marca sociopolítica – o desequilíbrio entre o homem e o meio, a exposição do indivíduo

23 Idem, ibidem.
24 *Conrad in the Nineteenth Century*, p. 38.

conrad em seu princípio

a um mundo que o demanda e ao qual não tem meios apropriados para responder – que fascina Conrad. Eis a razão por que Olmeijer/ Almayer tanto o atrai. Dando um outro sentido à formulação de Watt, o holandês eurasiano era "uma versão extrema de suas próprias alternâncias entre sonhos românticos grandiosos e o costume reiterado da derrota"[25]. Mas isso ainda não é bastante. Apesar de que o arquipélago e Olmeijer compusessem uma matéria privilegiada para a encenação da falência, tema que particularmente fascinava e aturdia Conrad, como não considerar que a maneira de tratar o assunto não era segura para atrair o público de que, iniciante, carecia? E, embora Conrad nunca haja sido um escritor popular – Virginia Woolf lembrava, na ocasião pouco propícia de seu obituário: nos últimos anos, sua reputação na Inglaterra era a mais alta, "mas ele não era popular"[26] – a passagem já citada da carta de 4 de outubro de 1894 à sua tia nos faz presumir que ele pressentia o exotismo do tema haver ajudado na aceitação de seu manuscrito[27].

Ainda que a razão pragmático-comercial não fosse a mais importante, é provável que tivesse algum peso na escolha da matéria de seu segundo livro. Nele, começara a trabalhar meses antes de saber que seria impresso – em 18 de agosto de 1898, escreve a Poradowska que pretendia tratar de "dois destroços humanos, como se encontram nos cantos perdidos do mundo. Um branco e um malaio"[28]. Ainda que o esboço do que será *An Outcast of the Islands* se inicie antes da aceitação do *Almayer's Folly*, e assim mostre que sua motivação não era de ordem comercial, é presumível que a escolha da localidade fictícia, Sambir, tenha sido "gerada pela necessidade de capitalizar o gosto corrente pelo exótico"[29].

De qualquer modo, a questão do relacionamento com o público ainda não está bem equacionada. Uma explicação melhor é exposta por seu biógrafo:

> Neste tempo, Conrad, o exilado e errante, deve ter tido a dolorosa
> consciência da dificuldade que confessou mais de uma vez – a falta de

25 Idem, ibidem.
26 "Joseph Conrad", *The Common Reader*, p. 238.
27 J. Conrad, *The Collected Letters of Joseph Conrad*, v. 1. p. 177.
28 Idem, p. 169.
29 L. Dryden, *Joseph Conrad and the Imperial Romance*, p. 54.

uma base cultural comum com seus leitores. Daí o problema: como encontrar um domínio e um cenário, que lhe fornecesse um chão firme e concreto e o habilitasse a escrever com uma certa margem de autoridade, sem correr o risco de discutir matérias com que seus leitores ingleses estivessem bastante familiarizados? Eles tinham sobre ele a vantagem de conhecerem bastante a vida cotidiana nas ilhas britânicas e nas colônias. [...] A escolha de um pano de fundo não inglês se impunha com tanto mais força, pois o liberava da questão embaraçante da divisão de lealdade[30].

A localização geográfica para o enredo trazia uma espécie de salvo-conduto. Mas não completo. Conrad corria o risco que um Rudyard Kipling, declarado defensor do imperialismo britânico, não tinha de temer. Najder não supõe com demasiada pressa que esta não poderia ser a posição de seu compatriota? Por que não poderia sê-lo? Porque sua posição política, decorrente da divisão da Polônia, ainda em 1795, entre a Rússia, a Prússia e a Áustria, era hostil ao colonialismo europeu e não especificamente ao inglês. Além do mais, os exemplos expostos por Najder não são convincentes. Será, pois, preciso que examinemos a posição política de Conrad, junto com sua insegurança por sua condição de emigrado sem pátria e com sua consciência da concorrência que teria de enfrentar por parte de escritores que conheciam matérias exóticas. Cada um dos três argumentos há de ser visto em separado, para só depois combiná-los.

Parta-se da posição política do autor. Desde logo, destaca-se o esclarecimento que escreve sobre o pai, na nota de 1919 para a reedição de *A Personal Record*. Ela começa a interessar por seu protesto contra certa "descendência" que lhe emprestam:

> Um de meus críticos mais simpáticos procurou explicar certas características de minha obra pelo fato de eu ser, em suas próprias palavras, "o filho de um revolucionário". Nenhum epíteto poderia ser mais inaplicável a um homem com tamanho senso de responsabilidade no campo das ideias e da ação e tão indiferente aos apelos da ambição pessoal quanto o meu pai[31].

30 Z. Najder, op. cit., p. 100-101.
31 J. Conrad, Author's Note, para a reedição de *A Personal Record*, *Complete Works*, v. VI, p. IX.

Seria perda de tempo discutir a curiosa justificativa que oferece como prova de que o pai não era *a Revolutionist*. Em vez disso, ressaltemos o que vem a seguir da retificação: os levantes poloneses de 1831 e 1863 "foram puramente revoltas contra a dominação estrangeira"[32]; mais explicitamente, contra a opressão russa, legitimada, após a queda de Napoleão, pelo Congresso de Viena. Preso pela polícia russa, em outubro de 1861, por suas atividades político-libertárias, o pai, Apollo Korzenioswski, será condenado ao exílio, em maio de 1862. É concedido à família que o acompanhe. Com apenas cinco anos de idade, Conrad segue com seus familiares para Perm, na Sibéria. Durante sua dura permanência, perde a mãe, vítima de tuberculose. O próprio pai, por seu estado precário de saúde, é autorizado a deixar a Rússia, instalando-se, em janeiro de 1868, em Lvov. Dura pouco mais de um ano, pois morre em maio de 1869[33]. (A brevíssima recapitulação visa apenas a ajudar o leitor a compreender a posição assumida por Conrad.) Já havendo negado o caráter de revolução dos movimentos poloneses, Conrad agora acrescenta: "Entre os participantes da preparação do movimento de 1863, meu pai não era mais revolucionário do que os outros, no sentido de trabalhar pela subversão de qualquer esquema social ou político de existência. Era simplesmente um patriota, no sentido de um homem que, acreditando na espiritualidade de uma existência nacional, não podia tolerar a escravização daquele espírito"[34].

De acordo, pois, com as correções que julgava necessárias, afirmava ser filho não de um revolucionário, mas de alguém que não podia ver a pátria sequestrada. A questão aqui decisiva consiste então em se perguntar como esse filho de um "patriota" se comportaria diante da política do Grande Império, que o aceitara cidadão. Para fazê-lo, contaremos ainda com o apoio de seu biógrafo, que localiza as fontes que usaremos, e de Frederick R. Karl, responsável pela reunião de sua correspondência e por suas notas remissivas.

A definição da postura política de Conrad há de anteceder o exame de sua obra porque esta não é a sua mera expressão. Muito ao contrário, conhecida sua posição política, teremos melhores condições de ver que a obra de Conrad muitas vezes atinge um grau de complexidade que aquela não explicaria. A definição procurada

32 Idem, ibidem.
33 Todos os dados biográficos são retirados da obra de Z. Najder, op. cit.
34 J. Conrad, Author's Note, *A Personal Record, Complete Works*, v. VI, p. IX-X.

198   parte II: a consolidão do redemunho

basicamente se esclarece por sua reação a dois acontecimentos: a participação inglesa na guerra dos Boers (1899–1902) e a prisão e morte do nobre irlandês Roger Casement (1864–1916). Mas o primeiro documento que exprime com nitidez a posição do romancista quanto à política internacional ainda não concerne à guerra na África do Sul. Entusiasmado com a leitura do *Heart of Darkness* (Coração das Trevas), cuja primeira parte acabava de aparecer no número de fevereiro de 1899, na *Blackwood's Magazine*, o lorde Cunninghame Graham convidara Conrad a falar na reunião pacifista da Social Democratic Federation, marcada para 8 de março seguinte:

> O encontro fazia parte de uma ação socialista internacional oposta à assembleia, proposta por iniciativa do czar Nicolau II, de uma conferência de paz em Haia. Liebknecht descrevia a iniciativa como uma "fraude". Os socialistas encaravam a proposta do czar como uma cortina de fumaça para sua política autocrática e predatória e a própria conferência como um gigantesco blefe para desviar a atenção das verdadeiras metas e práticas dos governos burgueses[35].

Conrad, de fato, comparece, mas se recusa a tomar a palavra. Antes de fazê-lo, em 8 de fevereiro, Conrad se dirige por carta ao admirador e amigo. Depois de declarar que, se for, será apenas para ouvir, afirma, começando em francês e continuando em inglês: "L'idée démocratique est un très beau phantôme (A ideia democrática é um belíssimo fantasma) e persegui-lo pode ser um excelente esporte, mas confesso que não vejo a que males se destina a remediar"[36]. Logo a seguir, como se sentisse a obrigação de explicitar seu pensamento, deixa a mistura de línguas e opta pelo inglês. As questões que seriam ali discutidas "por Messieurs Jaurès, Liebknecht et Cie" são mais sérias para ele, filho de uma pátria riscada do mapa político, do que para as personagens designadas. E continua em francês: "Encaro o futuro do fundo de um passado muito negro e vejo que nada me é permitido, salvo a fidelidade a uma causa absolutamente perdida, a uma ideia sem futuro"[37]. Por isso crê que sua postura havia de ser da mais profunda paralisia. Resignação, paralisia, recusa de tomar parte ativa

35   Z. Najder, op. cit., p. 251.
36   J. Conrad, *The Collected Letters of Joseph Conrad*, v. 2, p. 158.
37   Idem, p. 159-160.

em qualquer ação seriam justificadas, pois a perda estava de antemão selada. Mas o argumento não parece convencê-lo a si mesmo e, no fim da carta, retorna à justificativa:

> Não sei por que lhe digo tudo isso hoje. É que não quero que me creia indiferente. Não sou indiferente ao que lhe interessa. Apenas meu interesse está noutra parte, meu pensamento segue outro caminho, meu coração deseja outra coisa, minha alma sofre de outra espécie de impotência. Compreende? Você, que devota seu entusiasmo e seus talentos à causa da humanidade, compreenderá sem dúvida por que devo – tenho a necessidade – manter meu pensamento intacto como última homenagem de fidelidade a uma causa que está perdida. É tudo que posso fazer. [...] Esta carta é incoerente como minha existência, no entanto a lógica suprema está nela – a lógica que leva à loucura[38].

Ao lê-la, percebe-se que Conrad primeiro ensaia uma réplica ironicamente agressiva – e isso porque não aludimos à passagem em que explica a atitude de Cunninghame por sua posição de classe: "Isso lhe é permitido. Foram os nobres que, de resto, fizeram a Fronda"[39] –, para logo ensaiar um tom lírico-sentimental, até compreender que sua argumentação é contraditória. Guardar o pensamento intacto como fidelidade à causa perdida obviamente supõe mantê-lo para o que escreve. Mas, como notaremos ao virmos à análise de sua obra, ela não será menos contraditória. Ao contrário do que se poderia inferir de seu chiste sobre "l'idée démocratique", sendo um conservador, Conrad não é simplesmente mais um. Vejamos pois se outras provas são mais esclarecedoras.

O segundo documento se refere concretamente à guerra dos Boers. Em carta de 25 de dezembro de 1899, endereçada a Aniela Zagórska, Conrad escreve:

> Muito pode ser dito sobre a guerra. Meus sentimentos, como v. pode supor, são muito complexos. Não se pode duvidar que eles estão lutando de boa fé por sua independência; mas é também verdade que

38 Idem, p. 160.
39 Idem, p. 159.

não têm nenhuma ideia de liberdade, que só pode ser encontrada sob a bandeira inglesa sobre todo o mundo. É um povo (i.e., os Boers) essencialmente despótico, como, diga-se a propósito, todos os holandeses[40].

O argumento tem agora um andamento unívoco. A culpa da guerra é dos outros. (Em passagem não transcrita, Conrad dizia: "Esta guerra não é tanto contra o Transvaal como contra as consequências da influência alemã – como observa o editor Frederick R. Karl, os alemães já estavam estabelecidos na África do Sudoeste, atual Namíbia. Foram os alemães que provocaram a questão"[41].) Os que combatem sob a bandeira inglesa o fazem por espontânea vontade. A decisão estava na consciência *of the whole race* (de toda raça); daí a participação de canadenses e australianos. É pois indiscutível que Conrad tomava a Inglaterra como sua pátria de adoção. Isso não o impede de expor, em carta de 14 de outubro, uma atitude mais nuançada ao se dirigir a Cunninghame Graham, cuja oposição à guerra lhe era conhecida:

> É sempre insensato começar uma guerra que, para ser efetiva, há de ser uma guerra de extermínio; é positivamente imbecil começá-la sem uma noção clara do que significa e impor a solução imediata de questões que antes deveriam ser deixadas para que o tempo as resolvesse. Do ponto de vista do tempo, só uma solução poderia ser esperada – e esta seria favorável a este país. Esta guerra introduz um elemento de incerteza que não será eliminado pelo êxito militar. Ha uma estupidez espantosa nessa questão. Se devo acreditar em Kipling, essa é uma guerra empreendida pela causa da democracia. *C'est à crever de rire*[42].

Como, no entanto, não se confirma sua expectativa de que seria arrasador o êxito dos exércitos ingleses, em carta de 19 de dezembro ao mesmo destinatário, Conrad explicita sua postura: "Este país não quer escritores; quer um ou dois generais que não sejam fraudes corajosas. Estou tão completa e radicalmente doente com essa questão

---

40 Idem, p. 230.
41 Idem, ibidem.
42 Idem, p. 207.

conrad em seu princípio

africana que, se pudesse, tomaria uma pílula que só me fizesse acordar quando estivesse terminada"[43].

Diante do dilema – a Inglaterra, ou como o país das instituições liberais (pressuposto que permite o enredo de *The Secret Agent* [O Agente Secreto, 1907]), ou como o império que se agarra a suas posses – Conrad não hesita em aceitar e defender a segunda posição. Que a fama de país liberal se dane, contanto que permaneça a sua próspera estabilidade. Se essa convicção de Conrad ainda é explicável – afinal, se com toda a prosperidade do Império a vida já lhe é tão difícil, que faria se tivesse de abandonar o país de adoção? – ela assume um caráter assustador no *affaire* Casement.

Em 24 de abril de 1916, os militantes nacionalistas irlandeses, incluindo membros do Sinn Féin, haviam iniciado um levante contra o domínio inglês. Ligado ao movimento, Roger Casement[44] havia sido preso pouco depois de desembarcar de um submarino alemão, com o contrabando de vinte mil rifles. Encontrava-se então à espera de julgamento, sob a acusação de alta traição[45]. Conrad havia conhecido Casement no Congo, em 1890. Sobre ele, anotara em seu diário: "Fiz o conhecimento do sr. Roger Casement, que deveria considerar um grande prazer sob quaisquer circunstâncias e que aqui se torna um ato de sorte"[46]. Uma das poucas cartas que se conhece de sua correspondência com Casement começa por essa inequívoca manifestação de amizade: "Se você é a pessoa que conheci na África, não se furtará de vir ver um amigo mais ou menos aleijado"[47].

---

43 Idem, p. 228.
44 Independente da razão por que aqui a ele nos referimos, a análise da atuação política de Roger Casement na África e na América Latina é de extremo fascínio. Por ela, se verifica os limites impostos pela própria estrutura capitalista para que o trabalhador não tenha os mesmos direitos que é capaz de alcançar nos centros metropolitanos. É o que mostra o insucesso da luta de Casement em favor dos indígenas colombianos, contra sua espoliação pelos caucheiros e pelas grandes companhias exploradoras da borracha. A respeito, dispõe-se da análise primorosa de Michael Taussig, *Shamanism, Colonialism, and the Wild Man: A Study in Terror and Healing*. O estudo da argumentação do antropólogo poderá servir de paralelo à tese central que desenvolvemos: a expansão do horror não se dá por motivos ocasionais, senão que deriva de um sistema cujo centro precisa gerar uma periferia.
45 F. R. Karl, Nota à Carta de 24 de maio de 1916 (endereçada por Conrad a John Quinn), *The Collected Letters of Joseph Conrad*, v. 5, nota 2, p. 596.
46 J. Conrad, The Congo Diary, em Z. Najder (org.) *Congo Diary and Other Uncollected Pieces*, p. 7.
47 J. Conrad, *The Collected Letters of Joseph Conrad*, v. 3, p. 87.

Na condição de cônsul inglês em Boma, Casement escrevera um candente relatório sobre as atrocidades cometidas pelos belgas no Congo[48], de enorme repercussão na imprensa europeia[49].

Na carta já referida a John Quinn, em que trata da prisão de Casement pelas autoridades inglesas, Conrad oferece uma visão bem diferente da apresentada na curta anotação de seu "Diário": tanto o relatório sobre o Congo, como o de 1911, sobre as crueldades cometidas pelos barões da borracha na bacia do Putumayo, são interpretadas por seu "emocionalismo absoluto" (*sheer emotionalism*): "Era ele um bom companheiro; mas já na África julgava que era um homem, falando com propriedade, sem nenhum juízo. Não quero dizer estúpido, mas sim que era pura emoção. [...] O emocionalismo absoluto acabou com ele"[50].

Daí a plena frieza com que julga sua detenção e a justificativa que oferece contra a rebelião a que Casement se aliara:

> A explosão do Sinn Feien deu à questão irlandesa um relevo chocante. Mas isso é apenas momentâneo. Entristeceu-me, mas não alterou minha confiança no futuro das relações anglo-irlandesas. Apenas me pergunto, com tristeza, por que tudo isso? Com a Inglaterra arruinada e a frota alemã dona dos mares, a própria sombra da independência irlandesa teria desaparecido. A República da Irlanda (se é isso o que queriam) teria se tornado apenas um forte posto avançado alemão – um degrau desprezível cujo objetivo final seria a Weltpolitik[51].

Em suma, Conrad interpreta a iniciativa de Casement de comprar armas entre os alemães como prova do entendimento dos nacionalistas irlandeses com os inimigos dos ingleses, na Primeira Grande Guerra. Por isso recusa-se a apor sua assinatura no documento, que circulava entre os intelectuais britânicos, em que era pedida a libertação do prisioneiro. No mesmo sentido, escreveria ainda a John Quinn, em 15 de junho de 1916:

---

48   F. R. Karl, Nota à Carta a Roger Casement, de 1 de dezembro de 1903, *The Collected Letters of Joseph Conrad*, v. 3, nota 1, p. 87.

49   Sobre sua atuação posterior na Colômbia, cf. nota 2 e, especialmente, a referência ao livro de M. Taussig.

50   J. Conrad, *The Collected Letters of Joseph Conrad*, v. 5, p. 598.

51   Idem, p. 596.

conrad em seu princípio

De qualquer modo, não creio que enforquem Casement por isso. [...]
Partilho da crença de que as mãos de Casement estão limpas no que
concerne ao dinheiro alemão. Mas essa é uma distinção irrelevante
quanto ao aspecto legal do caso. Pois o que ele queria realizar teria
sido necessariamente financiado, em sua maior parte, por dinheiro
alemão[52].

Não se pode sequer supor que a reação de Conrad tivesse sido intem-
pestiva. Quatro anos depois do enforcamento de Casement, segundo
o testemunho de Karola Zagórska, ele teria dito: "Casement não he-
sitou em aceitar honras, condecorações e distinções do governo inglês,
enquanto, subrepticiamente, planejava vários negócios em que estava
metido. Em suma: tramava contra aqueles que confiavam nele"[53].

O levantamento acima visa apenas, pela reunião de documentos
à disposição de qualquer interessado, tornar evidente a opção pró-
-britânica de Conrad. Trata-se agora de tentar algo menos rotineiro:
relacionar sua posição política com sua atividade de ficcionista. Dizíamos atrás que sua escolha da matéria oriental não se explicava apenas
porque o exotismo poderia ajudar as vendas de seus livros. Para que
isso fosse mais provável, era ainda preciso que fosse reforçado por
seu beneplácito ao colonialismo. Daí acrescentarmos que o exame da
questão deveria considerar: **a.** sua orientação política; **b.** sua insegurança por ser de todo modo um estrangeiro, ainda que naturalizado,
e alguém sem uma pátria; c; a previsão da concorrência com os que
também conhecessem a matéria que explorava. Tudo que fizemos a
seguir se resumiu em ressaltar seu esforço em se mostrar como um
súdito absolutamente fiel aos interesses da coroa britânica. Com isso,
automaticamente, se concretizava o segundo argumento: a insegurança de um emigrado que não tinha esperanças de que a Polônia
recuperasse seu *status* de nação o tornava mais ansioso em se mostrar
um súdito inatacável. Assim – o que explica a carta de 8 de fevereiro
de 1899 a Cunninghame Graham – sentia-se desobrigado de qualquer engajamento político, salvo o de defender os interesses da pátria
de adoção. Mas a conclusão mantém um ponto fraco: como poderia
manter essa prática conservadora sem concordar ou não dar elementos

52 Idem, p. 620.
53 Apud Z. Najder, op. cit., p. 415.

para que se pusesse em dúvida sua aceitação da política imperial? E, vindo ao terceiro argumento, como manter restrições ao imperialismo sem prejudicar sua posição quanto aos romancistas concorrentes, que, se não traziam explícito seu acordo (o caso conhecido de Kipling), ou ignoravam a matéria política ou tratavam o romance como objeto de divertimento? É portanto agora que a questão assume toda sua gravidade. Trata-se não menos que de verificar como se relacionam a vida real de um autor e sua produção ficcional.

Um primeiro sinal da dificuldade a enfrentar se verifica na ingênua insuficiência do comentário: "A vida em Sambir (i.e., a cidade fictícia de Almayer) é tão sórdida como numa cidade inglesa"[54]. Ainda que a afirmação fosse historicamente verossímil, não era admissível, tanto porque Conrad não gostaria de rivalizar com escritores que tratassem de uma ambiência que conheciam melhor, como por sua própria concepção de literatura, oposta ao descritivismo realista. A intérprete, Linda Dryden, se afasta de um *topos* recorrente entre os analistas de Conrad – ele faz parte do culto flaubertiano do *mot juste* (palavra justa). Talvez porque tal recorrência muitas vezes provocou erros flagrantes, a autora preferiu abandoná-la. Mas a emenda sai pior que o soneto. Como poderia Conrad buscar a "palavra justa" mediante a comparação com uma ambiência em que, *a priori*, ele entrava em desvantagem? Pelas mesmas razões, o arquipélago malaio havia de ser explorado fora dos meros parâmetros exóticos que, para o leitor inglês, ele trazia consigo.

A primeira maneira de constatá-lo é bastante simples: nos enredos dos primeiros romances de Conrad, a bandeira que tremula, com excessão das dos mastros dos navios, nunca é a inglesa. A presença da colonização inglesa pode estar próxima, como em *An Outcast of the Islands*, sem que, para suas personagens, se converta em realidade. O domínio cabal e o temor efetivo dos habitantes locais se dirigiam às autoridades holandesas. Desse modo, Conrad podia ter o sabor de uma matéria julgada exótica, sem o risco de ser acusado de contrário

---

54 L. Dryden, op. cit., p. 55. É verdade que a frase que traduzimos abre um parágrafo que termina com a afirmação da diferença do romance de Conrad quanto a obras de temática semelhante: "Uma atmosfera de decadência e desleixo circunda a aldeia de Almayer, que sugere algo mais sombrio, inerte e degenerado do que qualquer coisa de semelhante encontrada no romance imperial". Idem, ibidem. Nossa objeção consiste em que a tese é malbaratada por sua premissa inicial.

ao Império. Por certo, isso ainda está longe de ser a solução que busca. A procura do *mot juste*, assim, apenas se desembaraçava dos obstáculos mais imediatos. Como poderia sair agora à sua busca? Por certo, não seria por tornar Sambir tão sórdida como um vilarejo da própria Inglaterra. O caminho, bem diverso, era o da indagação sobre o trajeto do homem branco nos trópicos. Para Conrad, a maneira de pensar em conciliar a conquista de um público com a manutenção de sua crença na literatura como arte e não simples forma de divertimento dependia de sua capacidade de penetração nos dilemas do homem branco, distante da Europa. Isso significava perguntar-se, a propósito de suas personagens, quem era esse branco que aceita viver nos trópicos? Para não generalizarmos antes do tempo, devemos nos contentar em esclarecer: será alguém que tenha algum traço de semelhança com Almayer. Não com o Olmeijer real, de quem ouvira falar e com quem jantara, mas sim com sua transfiguração ficcional. É assim que se explica, e não por alguma virtude formal sua, porque, pretendendo considerar apenas os romances conradianos mais relevantes do ponto de vista que exploramos, aqui se destaca sua obra de estreia. É que ela contém, não importa se em um estágio ainda grosseiro, o sémen a partir de que se desenvolverão as figurações do romancista. Por isso, estaremos, no subtítulo seguinte, atentos ao perfil de seu protagonista e às formas de relacionamento que ele estabelece com malaios e árabes. Por certo o exótico perpassa esse relacionamento. Mas importa, decisivamente, à medida que ajuda a iluminar a postura do homem branco fora de seu continente.

O Extravio de Almayer

Conrad inicia a "nota do autor" a seu romance de estreia relembrando observação de uma senhora "distinguida no mundo das letras, que sintetizava sua desaprovação da obra ao dizer que os contos que exibia eram 'descivilizadores'"; juízo em que o autor via "uma aversão desdenhosa" não só por seu livro como pelos "povos estranhos e os países distantes"[55]. À hostilidade, que seria de

---

55   J. Conrad, Author´s Note, *Almayer's Folly, Complete Works*, v. XI, p. XI.

uma parte do público, responde que "há um elo entre nós e aquela humanidade tão longínqua. […] Sinto-me contente em simpatizar com os mortais comuns, não importa onde vivam; em casas ou em tendas, nas ruas sob brumas ou nas florestas, atrás da linha escura das margens sombrias, que limitam a vasta solidão do mar"[56].

A resposta pareceria eficaz: não só o diferenciava dos bem aceitos autores do "romance imperial" – os Kipling, Marryat, Haggard – cujos heróis eram brancos vencedores, como emprestava a si uma aura de humanitarismo. Contudo a defesa era insuficiente: Conrad, entre seus contemporâneos ingleses, ao contrário de um Henry James, nunca primou pelo talento de crítico. Em lugar do humanitarismo abstrato com que então se contenta, duas perguntas hão de ser postas: **a.** que espécie de homem focaliza?; **b.** qual seu resultado na obra, enquanto romanesca? Principiemos pela segunda, para, mediante os elementos que se destaquem, nos habilitarmos a responder a primeira.

O romance é um gênero narrativo. Mas a narrativa contém duas camadas. Forma a primeira o enredo, i.e., o entrelaçamento de fatos e ações em que as personagens estão envolvidas ou que são provocadas por eles. Não há por certo narrativa sem enredo, por mínimo que ele seja, mas, assim como uma verdadeira composição musical não se esgota na melodia que se cantarola, tampouco a narrativa se encerra, ou deve se encerrar, no enredo. O enredo é o ambiente de onde brota a força dinâmica dependente dos efeitos que o autor saiba extrair dele. Será essa dinâmica que converterá a figura abstrata, o nome próprio escrito na folha de papel, em *con-figuração*.

Uma primeira tentativa de distinguir o enredo (pode-se também chamá-lo relato, fábula, *plot, mythos*) da narrativa em *Almayer's Folly* consistiria em reduzi-la a seu delineamento básico. O enredo se concentraria em dois veios: o veio masculino – uns poucos brancos, árabes e malaios, que se entregam a intrigas comerciais, razoavelmente complicadas, em que uns procuram alianças que aniquilem os outros – e o veio feminino, onde primam as mestiças, enquanto componente dominado e erótico. Neste segundo veio, os acordos ou desavenças comerciais são substituídos por traições e envolvimento afetivo. Como, além do mais, o vetor "traição" também se insinuará

---

56   Idem, p. x.

nos negócios dos homens, seria esse o elemento que estabeleceria a confluência dos dois veios.

Não se duvida que a redução seja útil e praticável. Mas ela corre o risco de nos afastar em demasia do desenho efetivo do romance. É, por isso, preferível que sigamos a letra efetiva do romance. Desse modo, linearizaremos a fábula, mas isso não será grave porque a quebra do tempo linear, praticada por Conrad desde seu começo, evidente já nos dois primeiros capítulos, não tem aqui, na dinâmica narrativa, função decisiva.

Já a abertura do *Almayer* introduz um de seus motivos básicos: "'Kaspar! Makan!' A voz estridente e bem conhecida arrancou Almayer de seu sonho de um futuro esplêndido e o trouxe para as desagradáveis realidades do presente"[57].

Kaspar Almayer, embora já houvesse nascido no Oriente, filho de um funcionário holandês subalterno, sempre sonhara em enriquecer para se fixar, com sua filha, na Europa. Espécie de *pied-noir*, nunca estivera propriamente nem em Java, onde nascera, nem na fictícia e miserável Sambir, onde se fixara. Seu sonho de retorno incluía sua filha, Nina. A fantasia paterna teria sido mais realizável se não envolvesse uma mestiça, que se decidirá por um trajeto incompatível com o sonho do pai. É por Almayer, por conseguinte, que temos de começar.

Ao sair de casa, o jovem Kaspar chegara a Macassar, onde se pusera a serviço de um próspero comerciante branco, Hudig. É aí que o encontra o navegador e aventureiro Tom Lingard, um inglês que enriquecera com a descoberta da entrada de um rio, por onde transportava, navegando em um brigue de sua propriedade, "sua carga variada de mercadorias de Manchester, gongos de bronze, rifles e pólvora"[58]. A riqueza que acumulara e o prestígio que alcançara entre os nativos não se deviam apenas ao fato de só ele conhecer a entrada do rio, o que o punha "muito acima da multidão comum de aventureiros de alto-mar, que negociavam com Hudig"[59], como à possibilidade de contrabandear armas e pólvora, proibidas pelos holandeses. Note-se de passagem: a presença do colonialismo holandês obriga que o exitoso capitão inglês extraia vantagem de um comércio

---

57 J. Conrad, *Almayer's Folly, Complete Works*, v. XI, cap. 1, p. 3.
58 Idem, p. 8.
59 Idem, p. 7.

parte II: a consolidão do redemunho

ilegal. Essa é, entretanto, sua única atividade ilícita, sendo ele, entre os brancos, o de conduta menos irregular. Lingard tem uma filha adotiva, também mestiça, que mandara educar na Europa. Cheio de simpatia pelo então jovem e empreendedor Kaspar, a quem ajudara a empregar, e oferece-a em casamento. Ante a surpresa da proposta, Lingard argumenta:

"E não esperneie por ser branco!", gritou, de repente, sem dar tempo ao jovem de dizer uma só palavra. "Não me venha com essa. Ninguém verá a cor da pele de sua mulher. Esteja certo que os pacotes de dólares não o permitirão. E pense que os pacotes aumentarão antes que eu morra. Serão milhões, Kaspar! Digo milhões. E tudo por ela – e para você, se fizer o que lhe disse[60].

O primeiro capítulo já se inicia 25 anos depois do desembarque de Almayer em Macassar. Entre sua chegada e o tempo presente da narrativa, muita coisa se modificara. Hudig, como será dito no capítulo seguinte, falira; a riqueza prometida por Lingard se dissipara; o próprio Lingard retornara à Europa, à procura de financiadores para sua busca de ouro, e por lá desaparecera; o casamento fora um fracasso; a Kaspar restara a casa e os armazéns que Lingard construíra para o casal, em Sambir, e o único fruto de seu matrimônio, a filha Nina, que mandara ser educada, por uma senhora europeia, em Cingapura. Os negócios vão de mal a pior. A entrada do rio deixara de ser conhecida apenas por ele e era frequentada, sem dificuldade, pelos concorrentes árabes. É um deles, Abdulla bin Selim, que o desbancara e se convertera no "grande negociante de Sambir"[61]. Sem acesso à fortuna, pela qual concordara no casamento com uma mestiça, sem possibilidade de se contrapor à astúcia de seus concorrentes, Kaspar não tem outra meta senão o bem-estar de Nina, que, para ele, só poderá se cumprir mediante a volta à Europa. Por isso, embora não saiba como, ainda sonha em enriquecer. "Viveriam na Europa, ele e sua filha. Seriam ricos e respeitados"[62]. Da fantasia com que se equilibra, o único dado de realidade é a beleza de Nina. Quanto à expectativa de riqueza, ela depende da chegada de um misterioso malaio, Dain, cujo atraso

60   Idem, p. 10.
61   Idem, p. 15.
62   Idem, p. 3.

conrad em seu princípio

deixava Almayer, ainda no primeiro capítulo, extremamente ansioso. Para sua surpresa, quando afinal Dain retorna, ele lhe informa que sua conversa teria de ser adiada até que se encontrasse com o velho chefe malaio Lakamba. Algo, portanto, mudara, sem que Kaspar estivesse a par. Como Lakamba é aliado de seu concorrente e inimigo, o árabe Abdulla, Almayer teme que haja sido traído. Mas traição quanto a quê? A ansiedade de Almayer resultava de que a viagem de Dain deveria trazer-lhe lucros consideráveis. Era sua última chance. Em um negócio necessariamente sigiloso, o rico Dain se comprometera a transportar em seu próprio barco um carregamento de armas a serem vendidas aos nativos. Algo entretanto não funcionara. Daí o profundo equívoco que acompanha o diálogo de Dain com Kaspar, quando aquele anuncia que antes precisa ver Lakamba, o rajá:

> "Que é isso?" Perguntou Almayer, intranquilo. "Não há nada de errado com o brigue, espero".
> "O brigue está fora de alcance dos holandeses", disse Dain, com um tom de desalento em sua voz, que Almayer, em sua exaltação, não notou.
> "Certo", disse ele. "Mas onde estão todos seus homens? Só dois estão com você".
> "Escute, Tuan Almayer", respondeu Dain. "O sol de amanhã me verá em sua casa. Então, falaremos. Agora, tenho de ir ao rajá"[63].

A resposta de Dain era uma mentira cortês. O carregamento que trazia fora descoberto pelos holandeses e só com muita astúcia, apesar da perda de quase toda sua tripulação, escapara de ser capturado. A visita ao velho rajá visava a concertar um plano que assegurasse sua fuga. Mas não só. Muito mais coisa estava em jogo. E quanto mais, pior para Almayer. O sonho do eurasiano estava duplamente comprometido: nem disporia do tesouro, nem tampouco continuaria com a companhia de sua filha.

Somos aqui forçados a linearizar mais drasticamente o que, na construção do enredo, antes se assemelha à construção de um quebra--cabeça. A mulher, que aceitara por injunção de Lingard, e com quem nunca se dera bem, costumava, anos antes, receber as visitas furtivas

---

63 Idem, p. 13.

de Lakamba. Mas o tempo passara; Lakamba envelhecera e se aliara a Abdulla. Para eles, Almayer era uma pedra no sapato, ainda que, por sua atuação minguante, pouco incômoda. Se não o haviam despachado desta vida era porque supunham que o finado sogro lhe deixara na posse do mapa do lugar onde haveria ouro. Por isso o espionam em suas viagens pelo rio. Como, no entanto, Almayer sempre voltava de mãos vazias, era dispensável sua eliminação. Árabes e malaios – a velha aliança que há três séculos já incomodava os portugueses – formam um pacto contra a presença dos brancos. Se não podem ser definitivamente afastados, pois o poder tecnológico os protege, ao menos, enquanto comerciantes individualizados, hão de ser marginalizados. Contra a presença dos Estados colonizadores, não podem fazer nada.

No romance, o colonizador é o holandês. Sua presença oficial é, entretanto, discreta. Embora o território lhe pertencesse, o colonizador, em *Almayer's Folly*, limita-se a manter barcos que impeçam o tráfico de armas, sob o pretexto de evitar o extermínio das tribos ribeirinhas dos Dyaks (povos malaios do interior de Bornéo) ou a ação dos caçadores de cabeças[64]. Confirmando a informação já citada de Ian Watt, embora o próprio Kaspar Almayer fosse um cidadão holandês, sua nacionalidade não representa, do ponto de vista das autoridades colonizadoras, nenhum privilégio ou sequer defesa. Sozinho, ameaçado por traições de que nem sequer desconfia, há de competir com rivais muito mais espertos. Pois a colonização já não corre por conta de ações de indivíduos privados. A luta entre o poder europeu e as alianças nativas é, a princípio, um conflito entre raças. Mesmo este, entretanto, não pode ser entendido ao pé da letra. Ao passo que os nativos aculturados, i.e., que aprenderam com os brancos as artimanhas do comércio, hostilizam as populações malaias do interior, sob o pretexto – igualmente justificador da expansão europeia – de que ali se encontravam "tesouros inexplorados", "Almayer, em sua condição de branco – como Lingard antes dele – tinha relações de certo modo melhores com as tribos do alto rio"[65]. Mas não é intrigante o complemento *in his quality of white man* (em sua condição de homem branco)? O narrador daria a entender que os brancos, ainda quando marginalizados por suas próprias autoridades, mantinham relações

---

64 Idem, cap. 3, p. 39.
65 Idem, ibidem.

conrad em seu princípio

mais "civilizadas" com os Dyaks, supostamente selvagens? A comparação com Lingard permite melhor entendimento: a riqueza que Tom Lingard acumulara em parte se devera a seu bom entendimento com os selvagens. Almayer pretende seguir seu caminho, optando por conservar relações amigáveis com os não aculturados, que, em sua pobreza e ignorância, desconheciam caminhar sobre tesouros. Sua mulher, cuja ocidentalização fora muito rala, procura convencê-lo a revelar seu segredo a Lakamba:

> "Por que não vai ao rajá?", gritava ela. "Por que volta para aqueles Dyaks, na grande mata? Eles deviam ser mortos. Você não pode matá--los, não pode; mas os homens de nosso rajá são bravos! Você pode contar ao rajá onde está o tesouro do velho homem branco. [...] Ele matará aqueles malditos Dyaks e você terá a metade do tesouro. Oh, Kaspar, diga onde está o tesouro. Me diga!"[66]

A fala daquela que seria sua companheira mostra que, em vez de brancos *versus* orientais (árabes e malaios), temos três campos, o dos brancos, o dos nativos aculturados e o dos orientais (os chamados selvagens são meros instrumentos da cobiça alheia). Não insistindo na diferença entre as autoridades holandesas e Kaspar, que só nominalmente pertenceriam ao mesmo lado, a distinção ainda não abrange Nina e Dain. Antes de fazê-lo, outra peça do *puzzle* precisa ser assinalada.

Nos bastidores do romance, desdobram-se as intrigas internacionais. Embora mal repontem no fio do relato, são decisivas para a dinâmica da narrativa. No final do segundo capítulo, a decadência de Almayer dá sinais de que irá mudar. O primeiro sinal disso fora recebido com surpresa por ele: depois de dez anos de ausência, Nina voltara de Cingapura, cansada, como depois dirá o relato, da "asa protestante" sob a qual fora posta, a pretexto de ser educada. Vivia agora com o pai e "aceitava sem reclamar ou aparente desgosto, o desleixo, a decadência, a pobreza da casa, a ausência de mobília e a predominância da dieta de arroz na mesa da família"[67]. Seja por causa de sua presença, seja porque os chefes nativos estão informados das mudanças políticas que se anunciam, com a substituição da potência

---

66 Idem, p. 39-40.
67 Idem, cap. 2, p. 31.

colonizadora, o portão de Almayer voltara a ser frequentado por "árabes graves, com longas túnicas brancas e jaquetas amarelas sem mangas"[68] e, mesmo Lakamba, "saíra de sua paliçada, com grande pompa de canoas de guerra e guarda-sóis vermelhos e desembarcara no pequeno cais arruinado da Lingard & Co."[69], a pretexto de comprar um par de armas. Os sintomas de mudança política são diretamente manifestados no fim do capítulo, onde se declara que "o alvoroço feito em toda a ilha pelo estabelecimento da British Borneo Company afetou até mesmo o fluxo indolente da vida em Pantai"[70].

Como o narrador guarda uma absoluta impassividade, cabe ao leitor entender a volta da senhora Almayer à casa do marido, bem como a falta de reação de Nina. Na verdade, porém, a novidade dura pouco. O capítulo seguinte abre com a mesma impassividade, anunciando que, em Londres, "os escritórios brumosos da Borneo Company escureceram para Almayer o sol brilhante dos trópicos e acrescentaram outra gota de amargura à taça de seus desencantos"[71]. Em suma, a região era deixada "sob o poder nominal da Holanda"[72]. Almayer voltava a ser a figura isolada e desamparada que se tornara, desde a decadência e morte de Lingard. Um branco marginalizado.

Para celebrar sua posse, mais do que nunca oficializada, navios de guerra holandeses vêm visitar as autoridades locais. Terminada a solenidade, os oficiais holandeses se deslocam até a casa do branco solitário. Almayer os convida para visitar a construção que deveria abrigar os ingleses. Os oficiais holandeses ouviam e reagiam cortesmente à "maravilhosa simplicidade e à tola esperança" de seu compatriota, que tanto apostara nas mudanças, afinal fracassadas, sem se incomodarem com sua queixa "pela não chegada dos ingleses", que, dizia ele, "sabiam como desenvolver um país rico"[73]. A cordialidade formal dos visitantes continua até que Almayer se aproxima do chefe da comissão, "com algumas tímidas sugestões quanto à proteção requerida pelo súdito holandês contra os espertos árabes". Almayer não tem ainda condições de bem compreender a resposta: "Aquele diplomata

68   Idem, p. 32.
69   Idem, ibidem.
70   Idem, p. 33.
71   Idem, cap. 3, p. 34.
72   Idem, ibidem.
73   Idem, p. 36.

de água salgada disse-lhe sem rodeios que os árabes eram melhores súditos do que holandeses que negociavam ilegalmente pólvora com os malaios"[74]. Ainda que a referência pudesse incluir as antigas atividades de Lingard, como este não era holandês, o mais provável é que as palavras do oficial fossem uma alusão direta à descoberta da carga transportada por Dain. Mas o próprio narrador confia na argúcia do leitor e, flaubertianamente, não dá outra dica senão que Almayer pensa que eram intrigas de Abdulla. Em troca, o narrador não tem reservas em assinalar a decepção dos jovens oficiais em não terem visto a bela Nina, que preferira não se apresentar, e as piadas que fazem entre si acerca da casa semi-acabada, que se destinava aos ingleses. É a partir delas que a iniciativa do velho desamparado dará lugar ao epíteto que o perseguirá:

> Piadas de água salgada, às custas do pobre homem, eram passadas de barco a barco; o não aparecimento de sua filha era comentado com intenso desagrado e a casa semi-acabada para a recepção dos ingleses ganhou, naquela noite festiva, o nome de "a loucura de Almayer", pelo voto unânime dos risonhos marinheiros[75].

O recuo da Borneo Company, o congraçamento dos holandeses com os concorrentes e inimigos de Almayer, o sarcasmo jovial com que intitulam seu empreendimento, a ameaça velada do comandante holandês mostram o divórcio entre os interesses das grandes companhias e dos Estados europeus nas colônias e o raio de ação dos agentes apenas privados. Se eles não estiverem a serviço daquelas ou não forem funcionários destes, estarão obrigados a descobrir uma rota própria. Mas como fazê-lo sem se desviarem do *ethos* branco?

Começamos a vislumbrar o ponto nodal em que a obra de Conrad irá se aprofundar. Mas que sabemos sobre o que chamamos de *ethos* branco? Por enquanto, bem pouco. Antes de começarmos um processo analítico, já sabíamos que, durante o século XIX, ele justificava seu expansionismo pelo favorecimento do avanço da "civilização", por sua vez legitimado pela ideia da superioridade étnica do homem branco. Daí a repressão às guerras internas entre os grupos nativos,

74 Idem, ibidem.
75 Idem, p. 36-37.

daí a proibição da escravatura. Porque ainda não nos referimos à sua prática, recorde-se que, enquanto se preparavam para receber as autoridades holandesas, seus anfitriões tinham o cuidado de, ao mesmo tempo, hastear as bandeiras adequadas e esconder, "na floresta e na mata"[76], seus escravos. Outro dado, se bem que igualmente escasso, virá da lembrança de Nina. Ouvindo sua mãe, com quem estava agora obrigada a conviver, relatar os feitos heroicos dos homens de sua raça – para a senhora Almayer sequer se punha o problema de optar entre a educação branca que recebera e a tradição oriental – Nina sentia-se fascinada com suas vitórias sobre os holandeses e notava "com vaga surpresa *o manto estreito da moralidade civilizada*"[77]. A parcimônia do narrador prendia-se menos a questões de técnica literária do que ao justo receio de Conrad em ofender possíveis resenhistas e leitores. Pois não devemos esquecer a extrema estreiteza contra a qual o escritor havia de abrir seu caminho. É a própria técnica literária que nos ajuda a extrair mais e mais de dados tão pobres. Porque a passagem é escrita como discurso indireto livre, no que manifesta não se distingue a voz de Nina da do próprio narrador: "Sua mente jovem, a que desajeitamente foi permitido vislumbrar coisas melhores e, depois, sendo jogada de volta ao charco irremediável do barbarismo, cheio de paixões fortes e incontroláveis, perdera o poder de discriminação"[78].

A qualificação da barbárie como "cheio de paixões fortes e incontroláveis" tanto podia ser de Nina, sobre a qual ainda pesava a moralidade estreita da senhora Vinck, como do próprio Conrad. Pois não é novidade declarar que, em toda a sua obra, o erotismo apresenta um problema, como muito menos é exclusividade sua a indicação, mais do que a mera insinuação, da via erótica que os trópicos favoreciam. (Sem se referir a Conrad, Edward Said assinalaria "a associação [...] claramente feita entre o Oriente e a liberdade da licenciosidade sexual. [...] O Oriente era um lugar em que se podia procurar experiências sexuais inalcançáveis na Europa"[79].)

Defendido pois por um discurso que tornava indistintas as vozes, Conrad podia continuar com a ajuda de Nina. Ainda que ela

76 Idem, p. 34.
77 Idem, p. 42. Grifo meu.
78 Idem, p. 42-43.
79 *Orientalism*, p. 190.

conrad em seu princípio

reconhecesse entre os malaios "paixões fortes e incontroláveis", sua recordação da moralidade estreita de seus educadores assume um caráter mais forte ante a comparação explícita em seu monólogo: "Para sua natureza resoluta, contudo, depois de todos aqueles anos, a selvagem e intransigente sinceridade de propósito mostrada por seus parentes malaios parecia afinal preferível à hipocrisia untuosa, aos disfarces polidos, às sentenças virtuosas dos brancos com que tivera a má sorte de entrar em contato"[80].

O que, apesar de seu tom mais veemente, não podia servir para os que pretendessem criticar as "opiniões" de Conrad, pois o procedimento do discurso indireto livre sempre podia ser invocado.

Em suma, ainda que tenhamos de aprofundar bastante o que seja o *ethos* branco, tal como atualizado por seus agentes nos trópicos, já podemos saber: **a.** da força que ele tem sobre os nativos, por efeito de sua superioridade tecnológica; **b.** que esta, entretanto, é insuficiente para a afirmação cabal do *ethos* branco quanto aos nativos (daí a insubmissão da senhora Almayer e a comparação que Nina faz, em desfavor do que havia presenciado em Cingapura); **c.** que tal *ethos* implica, na quadra temporal em que se passa o *Almayer's Folly*, a marginalização de seus agentes, que ali se encontrem por conta própria.

Acrescente-se, que, tomando Almayer como base, a indagação do *ethos* branco nos trópicos será fundamental para a concepção do homem, na obra de Conrad. Não será necessário, portanto, insistir que essa concepção não é feita em abstrato. Ao contrário, o isolamento do branco que age por conta própria, motivando-o a enriquecer o mais rápido possível para mais depressa retornar a seu lugar de origem, o conduz a desviar-se de seus próprios valores. Como esse desvio não o inclina a internalizar os valores dos povos com que convive, sempre tomados por meros instrumentos para a aquisição de fortuna material, a tendência será de que o desvio se torne cada vez mais intenso, até à assunção da plena marginalidade. Mas nem esse plano inclinado sempre chega ao mesmo ponto, nem as personagens de Conrad se repetem entre si. Por isso, o desvio assumirá matizes diversos. Retorne-se agora ao exame pontual do romance de estreia.

Por ser obrigada a conviver com dois seres tão díspares, como Kaspar e sua mãe, além dos membros de culturas tão diferentes,

---

80 J. Conrad, *Almayer's Folly, Complete Works*, v. XI, cap. 3, p. 43.

Nina se torna a figura privilegiada para a indagação. Na verdade, ela é tão central como Almayer para o estudo que se inicia. Embora raramente o narrador enfatize sua hostilidade quanto à conduta da mãe, é evidente sua preferência pelo pai, cuja debilidade e desamparo são transparentes. A mãe é uma oportunista, que procura extrair do marido o que ela supõe ser de seu conhecimento. É por oportunismo que procura esconder de Dain a sua filha, para torná-la mais interessante ao "grande rajá [que] chegou em Sambir"[81]. Nina, entretanto, tem a curiosidade de vê-lo. E dizia para si, "com uma exclamação de desprezo: 'É apenas um comerciante'"[82]. Mas estava enganada. Ao levantar a cortina com que a mãe procurara impedi-la de se mostrar, vê a cena inteira, os lanceiros que acompanhavam o malaio que conversava com seu pai, e compreendeu seu equívoco:

> Relanceou o grupo de lanceiros vestidos de branco, de pé, imóveis, na sombra do fim da varanda e seu olhar se fixou, com curiosidade, no chefe do imponente cortejo. Ele estava de pé, quase de frente para ela, um pouco de lado, e, surpreendido pela beleza da inesperada aparição, se inclinara profundamente, levantando as mãos juntas acima da cabeça, em um sinal de respeito que os malaios concedem apenas aos grandes desta terra[83].

A partir de então, tudo concorre para o aumento da loucura de Almayer. Ela deixa de estar fundada na razão irônica pela qual havia sido cunhada. Sem que se dê conta, desde então perdera o monopólio da filha. Pensando que combinava com o visitante um modo de, afinal, tornar-se rico e poder abandonar Sambir, na verdade preparava sua mais completa solidão. Dain Maroola se torna objeto de dois desejos opostos: de Almayer, que nele vê o parceiro apropriado para ludibriar os holandeses; e de Nina, que nele descobre o companheiro eleito para a vida. Podemos então deixar de acompanhar o fio do enredo, pois já temos bastantes elementos.

O amor de Nina e Dain contém tanto o desfecho feliz com que Conrad se reaproxima do molde do romance imperial como o desenlace trágico, de evidente tonalidade sentimental. As duas possibilidades

81 Idem, cap. 4, p. 51.
82 Idem, p. 54.
83 Idem, ibidem.

estão aí contidas. Por um lado, o casamento a se efetuar significa o fim da desavença entre o poder nativo e o branco solitário. Por outro, a destruição final de Almayer. Suas tentativas de manter a filha não funcionam e ela, embora lamente deixar o pai, decide afastar-se com Dain. Almayer entrega-se ao ópio que o chinês Jim lhe oferece, até que possa dispensá-lo pelo sossego da morte.

Que então ainda se pode dizer sobre as duas questões que nos orientaram? Eram elas: **a.** que espécie de homem Conrad começa a focalizar?; **b.** qual seu efeito na qualidade do romance de estreia? Dizíamos que, tratando da segunda, abriríamos o caminho para a primeira. A segunda resposta pode ser assim resumida: a dominância do aspecto aventureiro, assegurada pela complicada e, afinal, exitosa maneira como Dain Maroola escapa da perseguição dos holandeses e a traição frustrada da escrava Taminah, que, apaixonada por ele, procura denunciar seu esconderijo, aprofunda o hiato entre os acidentes do relato e a dinâmica da narrativa e prejudica a qualidade da obra. Não é ocasional que seus resenhadores, ainda quando o elogiem, acentuem aspectos da fábula – "a arte de criar uma atmosfera poética e romântica", sua "cor local", que "por certo cativará a imaginação e obsedará a memória do leitor"[84], – e tratem do autor como promessa. Pois a dinâmica da narrativa, i.e., seu aspecto capital, depende do aprofundamento dos dilemas que Kaspar Almayer enfrenta e cada vez mais se estreitam. Por isso, face ao enredado dos acidentes que se acumulam na parte final, a promessa de qualidade reaparece ao se configurar a dimensão plenamente trágica do branco solitário, i.e., quando sua iniciativa desviante o transforma em um marginal passivo e desamparado. Sua entrega ao ópio é sua renúncia aos componentes do único *ethos* que o guiara. A morte seguirá seus passos antes mesmo que se exiba. As culturas são vasos fechados. O aculturado é a prova da impossibilidade de passagem. Isso não significa o endosso da sociedade branca por Conrad; tampouco que o Oriente se confunda com a liberação de eros. As personagens mestiças o desmentem. A mulher de Kaspar é menos uma agente de eros do que da traição, estimulada por sua recusa da aculturação a que fora obrigada. Ela é bem diferente de Nina, sua filha. Se Nina sim é uma agente de eros é por se identificar

---

84 Resenhas de 11 de maio e de 25 de junho de 1895, em N. Sherry (org.), *Conrad. The Critical Heritage*, p. 50 e 53 respectivamente.

com uma cultura que fundava seu *ethos* na proximidade com o viço da natureza. Como se diz de seu encontro com Dain, depois que este vencera a perseguição que lhe moviam:

> Em torno deles, em um anel de vegetação luxuriante, banhado, no ar morno carregado de perfumes fortes e agrestes, o trabalho intenso da natureza tropical continuava: as plantas lançavam-se para o alto, entrelaçadas, misturadas em inextricável confusão, alçando-se louca e brutalmente umas sobre as outras, no terrível silêncio de uma luta desesperada rumo ao sol doador de vida[85].

Em sua vertigem para o alto, a vegetação tropical ressalta o impulso de entrelaçamento com que os homens se entredevoram e de fuga da corrupção horizontal.

É bastante evidente o lastro sentimental-romântico que Conrad ainda tem de superar. Mas não é menos claro que já aí começa a se formular sua distância quanto ao *ethos* ocidental, cuja meta antes ressalta a voracidade dos que se deixam ao chão. Pois Conrad, o romancista, é politicamente muito mais complexo do que o homem Joseph Conrad.

O Recuo no Tempo: Almayer em Contexto mais Amplo

Publicado em 1896, o enredo do segundo romance de Conrad, *An Outcast of the Islands*, é temporalmente anterior. Por isso não estranha que reencontremos Kaspar Almayer no início da decadência, Lingard, à beira de perder sua situação privilegiada entre brancos, comerciantes árabes e nativos. A eles, se acrescentarão Willems, um branco mais deteriorado do que será Almayer, e Aissa, a malaia que sofre a desgraça de estar exposta a duas culturas.

Do ponto de vista analítico, podemos adotar uma tática diversa: como, em relação ao romance de estreia, procuramos ressaltar, na linha do enredo, os motivos que deviam ser desenvolvidos, podemos

---

85   J. Conrad, *Almayer's Folly, Complete Works*, v. XI, cap. 5, p. 71.

conrad em seu princípio

agora inverter o traçado: apenas esboçar o enredo e aprofundar os motivos já localizados. O que será facilitado pela superposição dos quadros dos romances.

A exemplo do que foi feito com *Almayer's Folly*, linearizamos a narrativa porque também aqui as idas e vindas temporais são secundárias para a dinâmica narrativa. Partimos assim de informação transmitida no capítulo 3: Willems é um garoto holandês, que fugira da casa do pai, pobre e viúvo, e trocara as docas de Roterdam por um navio, de que de novo fugira, ao chegar ao arquipélago malaio. Encontrado faminto e sem rumo pelo capitão Tom Lingard, fora por ele trazido a seu pequeno brigue, onde lhe ensinara inglês e reconhecera sua esperteza para os negócios. Sua aprendizagem da língua e sua capacidade para o comércio levam o capitão a recomendá-lo a Hudig, ainda bastante próspero. Confirmando suas qualidades, Willems se torna o "agente secreto" do patrão. Seu êxito nos negócios faz com que Hudig lhe proponha, à semelhança de Lingard com Almayer, que se case com uma mestiça, Joanna. Willems, contudo, confia em excesso em sua fortuna e retira uma certa quantia do cofre que o patrão lhe confiara. Sem saber, era vigiado por outro branco e por seu próprio cunhado. Denunciado, vê-se impedido de repor o que retirara. A cólera de quem se julgava traído em sua confiança o despede de imediato. Surpreso, mesmo atônito, Willems compreende que não pode permanecer onde vivia. Porém a mudança maior ainda está por vir. Joanna, até agora submissa, recusa-se a acompanhá-lo. Uma coisa havia sido conviver com um branco de êxito, outra muito diferente, seguir alguém sem eira, nem beira. Só agora Willems percebe que a suspeita, a inveja e o ódio rondavam. "Willems, o astuto, Willems, o homem de êxito" sente-se, de súbito, "como se fosse o rejeitado por toda a humanidade"[86].

A conversa que mantém com seu protetor esclarece-lhe o que houvera; que a denúncia tivesse vindo doutro branco, caixa de Hudig, e de seu cunhado, ainda que inesperada, faziam parte quer da competição ferrenha dos brancos entre si, quer da assimetria social, que punha os mestiços em uma situação social delicada – sem que estivessem na inferioridade reservada aos nativos, muito menos eram vistos no nível dos brancos. Em ambos os casos, espreita, delação e traição contavam entre

---

86   J. Conrad, *An Outcast of the Islands, Complete Works*, v. xiv, cap. 2, p. 31 e 30.

os instrumentos favoritos. Estes, do mesmo modo que a vingança, de que no momento Willems não pode se utilizar, eram efeitos diretos da estrutura social e meios que favoreciam a sua perduração.

Sem se entregar a especulações semelhantes, Lingard conclui que a saída está em levar Willems a viver com Almayer, já então seu genro, em Sambir. Na verdade, os dois já se conheciam desde Macassar, enquanto funcionários da firma de Hudig. Talvez porque Almayer se ressentisse de que então fosse seu subordinado, ou por seus dilemas conjugais que já conhecemos, ou ainda pela mudança de *status* de Willems, o fato é que não se toleram. Sentindo vexaminosa a ociosidade de que não se liberta, Willems embarca, por própria conta, em uma canoa de Almayer, em busca de um lugar solitário. Nas primeiras tentativas, não encontra senão caminhos que não levam a parte alguma. Certa vez, contudo, sucede algo diverso. Encontra uma nativa, que carrega dois recipientes de bambu. A princípio, tenta passar por ela, rígido e incólume. Mas logo o assalta a reação ambígua do homem branco perante a natureza tropical:

> Tinha sido impedido, repelido, quase atemorizado pela intensidade daquela vida tropical que quer o brilho do sol mas opera na sombra; que parece ter toda a graça da cor e da forma, todo o resplendor, todos os sorrisos, mas que é apenas a florescência do morto; cujo mistério traz consigo a promessa de alegria e beleza e, no entanto, só contém veneno e decadência. Fora antes atemorizado pela vaga percepção do perigo diante de si, mas agora, enquanto olhava de novo aquela vida, seus olhos pareceram capazes de penetrar no véu fantástico de folhas e trepadeiras, atravessar os troncos sólidos, ver através do interdito da sombra – e o mistério estava desvelado – encantador, subjugante, belo. Olhou a mulher[87].

Curiosa e sintomaticamente, a sensação de Willems de haver penetrado no mistério da natureza é paralela à sua aceitação de olhar a mulher que até então evitara. Apresentam-se. O que Willems tem a lhe dizer não é agradável. Ante sua pergunta, lhe responde: "Sim, sou branco [...]. Mas sou o pária de meu povo"[88]. De sua parte, ela já lhe

87 Idem, cap. 6, p. 70.
88 Idem, p. 71.

conrad em seu princípio 221

dissera que seu pai era cego. Embora a reação dela a princípio fosse séria, depois de ouvir que a chamava de bela, sorriu. E o capítulo encerra com a meditação do pária: "Na beleza sombria de seu rosto, aquele sorriso era como o primeiro raio de luz em um amanhecer tempestuoso, que, evanescente, dardeja, entre as nuvens escuras: o presságio do nascer do sol e do trovejar"[89].

O marginal sente a ameaça e o fascínio. O fascínio da ameaça. Mas já não pode recuar. A cena carrega o germe de todo o romance. Ao voltar à casa de Almayer, Willems tem a sensação de trazer consigo o brilho de uma luz interna. Mas a companhia lúgubre de seu anfitrião o transtorna. O sentimento de que renascia não pode perdurar. A positividade do encontro se resumia a Aissa. Positividade que, na nativa, era acompanhada de temor e ambição: "Ele pertencia à raça vitoriosa. [...] Aparecia-lhe com todo o fascínio de uma coisa grande e perigosa. [...] Tinha toda a atração do vago e desconhecido – do súbito e imprevisto; de um ser forte, perigoso, vivo e humano, pronto para ser escravizado"[90].

Pois a *strong passion* (forte paixão) com que Conrad apresenta a mulher nativa é bem diversa da presteza para a traição que mostrara em Joanna e na mulher de Kaspar. O reconhecimento de que o homem que deseja pertence à raça vitoriosa parece aumentar sua vontade de poder. Em convergência com a expectativa de Aissa, a cada encontro que têm, Willems sente "a domesticação gradual" que nele progride. A mudança por que passa, entretanto, fora demasiado brusca para que o fascínio não se misturasse com o horror:

> Onde estava a segurança e o orgulho de sua esperteza; a crença no êxito, a raiva do fracasso, a vontade de reaver sua fortuna, a certeza de sua habilidade em ainda realizá-la? Tudo se fora. Tudo que tinha sido um homem dentro dele desaparecera e restava apenas o distúrbio de seu coração – que se tornara uma coisa desprezível; que podia ser agitada por um olhar ou um sorriso, atormentada por uma palavra, confortada por uma promessa[91].

89 Idem, ibidem.
90 Idem, cap. 7, p. 75.
91 Idem, p. 77.

Por isso, embora saiba da animosidade de Almayer, implora a sua ajuda. Durante a discussão que travam, Almayer, sabedor da aventura do hóspede, hostilmente lhe declara que aquela "é a casa de um homem civilizado. A casa de um branco"[92]. A oposição entre branco e controle emocional *versus* mulher nativa e paixão desenfreada sobredetermina a sua discussão e a conduta consequente de Willems. Além de acusá-lo de estar "poluído" por suas companhias e pelo contato com a floresta, de modo direto por Aissa e seu pai, de quem a idade e a cegueira o tiraram do exercício do poder, Kaspar Almayer chega ao ponto de interpretar a relação de Willems com Aissa como um roubo, pois que não pagara um dote a seu pai![93] A despropositada indignação de Almayer leva Willems a adiar a confissão de que havia dois dias Aissa desaparecera. E, pensando em sua relação, Willems monologa, no tom operístico frequente no início de Conrad: "A princípio", sussurrava sonhadoramente, "minha vida era como uma visão do céu – ou do inferno; não sabia qual. Desde que ela se foi, sei o que significa a perdição"[94]. Ao procurar Almayer, pensara poder deixar de ser um pária e recuperá-la; integrando-a, pois, na vida de sua sociedade branca. A discussão termina com o rompimento definitivo entre os dois brancos. A cena então se desloca para a aldeia do chefe malaio Lakamba, onde se encontram Omar, o pai de Aissa, e ela própria. Embora tratem do caso presente, o alimento de sua conversa é o ódio pelos brancos: "São filhos de bruxos e o pai deles é Satã, o bêbado"[95].

Lakamba e seu lugar-tenente, Babalatchi, concebem o plano de levar Willems a destruir Almayer. Pois, do ponto de vista de árabes e malaios, Almayer não só é branco como se contrapõe a seus interesses como representante do mais daninho dos europeus, Lingard. Aissa é simplesmente a isca. Mas o plano não considera o arrojo de Willems, que irrompe na cena e sequestra a mulher amada.

O capítulo 3, da Parte II, mantém o clima de hostilidade e conspiração. Abdulla, outra personagem conhecida do primeiro romance, procura desbancar Lingard. Lakamba e Babalatchi são seus auxiliares. Pela descrição do estado atual de Sambir, por Lakamba a Abdulla,

---

92 Idem, parte II, cap. 1, p. 88.
93 Idem, p. 89.
94 Idem, ibidem.
95 Idem, cap. 2, p. 103

conrad em seu princípio

que chegara há pouco, o leitor é informado das lutas na pequena cidade[96]. Acrescente-se a confiança que Lingard ganhara do jovem governante nativo, Patalolo; daí, a submissão dos comerciantes árabes a Almayer. Explica-se melhor portanto o plano tramado contra ele. Concretamente, ele consiste em fazer com que Willems tripule o barco pesado do rico Abdulla, quebre pois o monopólio de navegação do rio Patai, até então privilégio de Lingard, e faça a embarcação do árabe chegar a Sambir. Disfarçando seu desprezo recíproco, Babalatchi, o autor do plano, e Willems se entendem. Seus propósitos de vingança têm razões diversas, mas são convergentes. Impotente diante de sua própria paixão, estimulado pelo ressentimento renovado pela recusa de auxílio por Almayer, Willems compreende as consequências de seu ato: "Ele, um branco, admirado por brancos, era apoiado por aqueles selvagens miseráveis de que estava a um passo de se tornar um instrumento. Sentia por eles todo o ódio de sua raça, de sua moralidade, de sua inteligência. Encarava a si próprio com desânimo e piedade. Ela o possuía[97].

O discurso indireto livre que Conrad volta a usar na passagem tem, aqui, um resultado diverso do que rendera no romance precedente: concentra no estado emocional de Willems a explicação da presença maciça dos preconceitos; mas não podemos pensar que à voz do pária se mistura a do próprio romancista? Muito menos a presença do discurso indireto livre deixa de contaminar o que declara sobre Aissa. Ela acabara de confirmar o domínio que mantinha sobre Willems, convertido por seu descontrole em instrumento dos inimigos; e Willems terminara por lhe declarar: "Gostaria de morrer assim – agora!".

> Embora ela fosse mulher, não podia compreender, em sua simplicidade, o tremendo elogio daquela fala; aquele sussurro de felicidade mortal tão sincera, tão espontânea, vindo tão diretamente do coração – como toda corrupção. Era a voz da loucura, da paz delirante, da felicidade que é infame, covardemente e tão intensa que a mente degradada recusa completar seu fim; pois, para as vítimas de tal felicidade o momento em que ela cessa é o recomeço da tortura que é seu preço[98].

96 Idem, cap. 3, p. 115.
97 Idem, cap. 4, p. 126-127.
98 Idem, cap. 6, p. 141-142.

parte II: a consolidão do redemunho

Se Aissa não compreende todo o alcance da posse de que dispõe, os qualificativos que a denunciam (corrupção, loucura, paz delirante, felicidade infame etc.) valem tanto para Willems, o possuído, como para a opinião do narrador. O que vale dizer, a impassividade do narrador não o acompanha em um momento decisivo. (Esta será uma das diferenças capitais com o *Heart of Darkness* [Coração das Trevas].)

Noutras palavras, o desvio a que Willems se entrega é explicável em termos que podiam ser endossados por qualquer defensor da moralidade dos brancos. Aqui, portanto, não podemos dizer que o narrador, interpretando o desvio dos brancos, questionava o seu próprio *ethos*. Não, no caso, a voz de Conrad é a voz do *ethos* branco. Mas ainda é cedo para concluir. Para que a análise da conduta de Willems pudesse implicar o endosso por Conrad de uma postura colonialista seria preciso, entre os vários desenvolvimentos possíveis, que Aissa assumisse, por exemplo, a posição de possuidora da alma conquistada. Não é, entretanto, o que sucede. Também a ela a paixão domina e vive uma confusão semelhante. Apenas, em seu caso, não entende por que Willems não corta de vez seus vínculos com os brancos: "De onde você vem? [...] Que terra é essa além do grande mar de que você vem? Uma terra de mentiras e do mal, de que só nos chegam desgraças – a nós que não somos brancos. Você não me pediu a princípio que fosse para lá com você. Foi por isso que o deixei"[99].

Embora, pois, recrimine Willems por não completar sua adesão a seu grupo, Aissa ainda assim impede que o pai, mesmo cego, mate seu amante. A situação então se precipita. Willems, com um grupo de nativos, invade a propriedade de Almayer e o domina. Empenha-se, contudo, sob o temor de Lingard e do poder inglês, de que ele não seja ofendido ou maltratado, nem que tripudiem sobre a bandeira inglesa. Mas, sob a alegação de respeito às exigências dos holandeses, tem o cuidado de retirar do inimigo toda a pólvora. Em última análise, se é pelo desvario da paixão que o narrador explica a conduta desviante de Willems, do ponto de vista político a luta em que ele desastradamente se mete legitima-se em termos da competição das duas potências pela região[100].

99 Idem, p. 144.
100 Idem, parte III, cap. 3, p. 185.

conrad em seu princípio

A descrição das hostilidades se interrompe e a ação passa para as atividades de Lingard, o protetor do transtornado. Havendo perdido seu brigue, ele se atrasara, passara por Macassar e, supondo ajudar a recuperação de Willems, cujas ações em Sambir desconhecia, de lá trouxera sua mulher. Sua chegada a Sambir equivale pois à vinda de um vespeiro. Se Patalolo, o chefe local seu aliado, fugira, se Willems servira aos interesses de Abdulla, este, de sua parte, insinua a eliminação de Willems. "Livre-me", diz em conversa com Lingard e Almayer, "desse homem branco – viveremos em paz e dividiremos os negócios"[101]. Traição e potência de eros são as molas do relato. Babalatchi, com toda sua deformidade física, é, entre todos, o mais sagaz. Na conversa com Lingard, dá seu testemunho sobre o homem branco, em geral:

> Essa é a fala dos brancos [diz em resposta a Lingard]. Eu conheço vocês. É essa a maneira como todos vocês falam, enquanto carregam seus revólveres e afiam suas espadas; e, quando estão prontos, então dizem aos que são fracos: "Obedeçam-me e sejam felizes ou morram!"Vocês, brancos, são estranhos. Pensam que só sua sabedoria, sua virtude e sua felicidade são verdadeiras. Vocês são mais fortes que os animais selvagens, porém não tão astutos. Um tigre preto sabe quando não está com fome – vocês não. Ele sabe a diferença entre ele e os que podem falar; vocês não compreendem a diferença entre vocês e nós – que somos homens. Vocês são sábios e grandes – e sempre serão tolos[102].

Conrad, que não aproveitara atrás uma das oportunidades que o discurso indireto livre lhe apresentara, mostra sua sagacidade ao emprestar ao malaio o que ele próprio não poderia dizer; e ainda ao fazer o mesmo Babalatchi acrescentar: "Vocês, brancos, tomaram tudo: a terra, o mar e o poder de atacar! Nada nos foi deixado nas ilhas senão a justiça de vocês; a sua grande justiça que não conhece a raiva"[103].

Lingard, porém, seria, para Babalatchi, um tipo diferente. O que logo se confirma. Coerente com sua fama de justiceiro, depois de saber do desastre que Willems lhe causara, o procura, o tem à sua disposição, mas se recusa a matá-lo. Para isso, pode haver contribuído

101 Idem, cap.4, p. 204.
102 Idem, parte IV, cap. 2, p. 226.
103 Idem, p. 229.

parte II: a consolidão do redemunho

a impressão que a nativa lhe causara; Aissa dele se apossara: "Uma emoção desconhecida, singular, penetrante e triste, ao ver de perto aquela mulher estranha, aquele ser selvagem e doce, forte e delicado, temeroso e resoluto, que se emaranhara de maneira tão fatal entre suas duas vidas – a sua própria e a daquele outro branco, o abominável canalha"[104].

Como se retificasse a si próprio ou não tivesse sido capaz de delineá-la mais nitidamente, o narrador mostra a paixão amorosa como a única saída contra a loucura da humanidade. Mas a própria Aissa está sozinha. Como declara a Lingard: fora traída por sua própria gente, que a usara para se servirem de Willems; fora depois enganada pelo próprio Willems – "Sua força era uma mentira. Meu próprio povo mentiu para mim – e para ele. E para encontrá-lo, a você, o grande, ele só tinha a mim! A mim – com minha raiva, minha dor, minha fraqueza. Apenas a mim. E comigo ele nem sequer fala. O tolo!"[105].

Apesar de ainda não ser o romancista que se admira, Conrad consegue converter uma narrativa bombástico-sentimental em um solo trágico. Lingard se contenta em esbofetear Willems: "Deixo-o vivo não por clemência mas como castigo"[106]. A cena se passa entre os dois brancos e Aissa. Willems, de sua parte, mostra como estava aquém dos outros dois presentes, por uma declaração do que seria sua absoluta inocência. O que fora desvio, depois marginalidade, depois canalhice, parece agora se converter em demência:

> Desde criança, tive princípios. […] Negócio é negócio e nunca fui um asno. Nunca respeitei os bobos. Tinham de sofrer a loucura deles quando lidavam comigo. O mal estava neles, não em mim. Mas quanto aos princípios, é outra história. Mantive-me puro quanto às mulheres. É proíbido – não tinha tempo – e as desprezava. Agora as odeio[107].

Na tentativa de se reintegrar, convertera o puritanismo em mera demência. Covardia, terror, capacidade de mentir fazem parte de sua loucura. Se a paixão o tornara o instrumento de que Abdulla e os outros precisavam, não lhe custa agora lançar toda a culpa sobre

104 Idem, cap. 3, p. 243.
105 Idem, p. 253.
106 Idem, p. 255.
107 Idem, cap. 4, p. 266.

Aissa, conquanto tenha sido ela que o salvara do pai e o trouxera a salvo até Lingard. Este, que o conhece bem, sabe da inutilidade de suas tentativas de ainda se salvar. "Você está só. Nada pode ajudá-lo. Você não é branco nem pardo. Você não tem cor, nem coração"[108].

* * *

Em suma, embora seja razoável dizer-se que, em *An Outcast of the Islands*, Conrad malbaratou uma matéria de incrível riqueza, é também verdade que, com Willems, dá um enorme passo na figuração dos brancos que se arruinam. Seu primeiro desvio, quando quebra a confiança que nele depositara Hudig, o leva a descobrir as armas de que se servem os brancos que competem entre si e a potência de traição com que os mestiços se vingam desse vagar entre colonizadores e nativos. Mas seu ponto de partida é incomparável a seus atos seguintes. Enfrentando a repressão erótica do modelo vitoriano, incapaz de controlar seu próprio afeto, Willems entra numa escala progressiva de traições. As duas traições máximas – romper o monopólio comercial de seu protetor, Lingard, e lançar toda a culpa sobre a mulher que o fascinara, Aissa – o expulsam de toda a racionalidade. O desvio se converte em loucura. Contra a solidão absoluta a que se condena, a única saída é a morte. Mas ela não é comparável àquela que também resgatará Almayer. A ambiência em que as duas mortes se preparam mostra que, no caso de seu rival, o casamento de uma malaia europeizada com alguém de seu povo ainda é possível, ao passo que a relação de Willems com Aissa revela o abismo intransitável entre brancos e nativos. Pois a reflexão a ser desenvolvida pela ficção conradiana tem dois núcleos: o exame de como os agentes brancos, ante a situação da colonização, reagem à deterioração dos valores integrados a seu *ethos*, e o do enfrentamento múltiplo, não só político e econômico, entre colonizadores e colonizados. A grandeza posterior de Conrad estará na dependência da aprendizagem da complexidade que já aqui se insinuava.

---

108 Idem, cap. 5, p. 277.

2:
Brancos e Negros
na África de Conrad

As Alternativas em Jogo

Apesar da obtenção da nacionalidade britânica (agosto de 1886) e de ser aprovado como capitão de longo curso (ordinary master) da marinha mercante inglesa (novembro de 1886), Conrad continuava a enfrentar consideráveis dificuldades financeiras. Lembrem-se seus contratos de trabalho entre 1885 e 1889. Estando desocupado desde outubro de 1884, só em abril de 1885 consegue se incorporar, na condição de segundo oficial, à tripulação do Tilkhurst, onde, navegando entre Hull, Cardiff, Cingapura, Calcutá e Dundee, permanece até junho de 1886. Fica em terra até fins de dezembro, quando, na mesma condição de segundo oficial, consegue outro contrato, embarcando no Falconhurst, que faz trajeto bem mais curto (Londres–Penarth). Demite-se, no começo de janeiro de 1897, pois consegue melhor emprego, como primeiro oficial, a bordo do Highland Forest, onde, fazendo o percurso Amsterdã–Semarang, permanece entre fevereiro e julho de 1899[1]. Ora, desde 1885, de acordo com resolução tomada pelo Congresso de Berlim, convocado no ano anterior por Bismarck, era criado o Estado Independente do Congo, com a extensão de 2.340 km. Seu tamanho mostra que, embora a Bélgica houvesse chegado tarde na partilha do mundo, ainda havia bastante espaço livre para a expansão. Como um historiador observava sobre o episódio: "O aspecto mais surpreendente da Conferência de Berlim estivera em concordar que o Congo devia ser propriedade privada de Leopoldo II"[2]. Qualquer que tenha sido

---

1   Z. Najder, *Joseph Conrad: A Chronicle*, p. 85 e 94.
2   M. N. Hennessy, Congo, em R. Kimbrough (org.) *Heart of Darkness: An Authorative Text. Background and Sources, Criticism*, p. 88.

a razão da liberalidade das potências, o rei belga manteve sua propriedade até sua morte, em 1908. Dado, contudo, o grau de despesas exigido, é fundada a Société Anonyme Belge pour le Commerce du Haut-Congo. Seus objetivos eram: "Diluir os encargos financeiros da colonização entre um grupo de acionistas, estimular o desenvolvimento do país, fazer do comércio um monopólio do Estado e criar uma rede administrativa[3].

Conquanto a intenção exploradora constituísse uma velha prática das nações europeias, Leopoldo II pretendia inovar pela ênfase na missão civilizatória do empreendimento. Mas a quem enganaria o tom de sua fala?

> Nossa sociedade refinada associa, com razão, a vida humana a um valor desconhecido pelas comunidades bárbaras. Quando nossa vontade orientadora se implanta entre elas, sua meta é triunfar sobre todos os obstáculos, e resultados que não seriam alcançados por longos discursos podem sê-lo pela influência filantrópica. Mas se, em vista dessa desejável ampliação da civilização, contamos com os meios de ação que nos concedem o domínio e a sanção do direito, não é menos verdade que nosso fim último é uma obra de paz[4].

Por seus contatos e pela interferência de familiares fora da Polônia, Conrad é logo informado de que a recém-fundada Société Anonyme contratava funcionários para o empreendimento. Dadas suas contínuas dificuldades de emprego, vê aí uma inesperada oportunidade. Utiliza-se das relações sociais, sobretudo de Marguerite Poradowska, e, favorecido por sua fluência no francês, consegue ser selecionado. Deveria capitanear um barco fluvial da Société – o que parece nunca haver se cumprido. Na verdade, sua ida à África será, materialmente, um desastre. Como informa Zdzisław Najder, não permanecerá no Congo mais de seis meses (junho a dezembro de 1890). Em 1 de fevereiro de 1891, já está de volta a Londres, de onde escreve à sua cara tia: "Ao aqui chegar, felizmente, corri ao médico que, para começar, me mandou para a cama – por causa

---

3   Z. Najder, op. cit., p. 123.
4   Apud G. Burrows, The Land of the Pigmies, em R. Kimbrough (org.), *Heart of Darkness: An Authorative Text. Background and Sources, Criticism*, p. 286.

de minhas pernas. [...] Estou um pouco anêmico, mas todos meus órgãos estão bem[5].

Mesmo como preparação à leitura dos textos referentes à experiência africana, vale considerar as ralas anotações de seu pequeno diário. (Na verdade, escrevera dois diários, mas o segundo, "Up-River Book", visava apenas a familiarizá-lo com as condições de navegação.)

Rascunhado entre Matadi e Kinshasa, entre 13 de junho e 1 de agosto de 1890, o "Congo Diary" trata basicamente da orientação espacial entre os postos da companhia que o contratara. Contém uns mínimos comentários sobre os colonizadores – "característica proeminente da vida social aqui: cada um fala mal do outro"[6] – mínimas observações sobre os nativos – "aldeias quase invisíveis. [...] Mulheres só nos mercados"[7].

Os sinais de desagrado e inquietação se revelam no que encontra pelo caminho – "outro corpo morto estendido no chão, numa atitude de repouso contemplativo"[8]; "passei hoje por um esqueleto amarrado a um poste. Também pelo túmulo de um branco – sem nome. Monte de pedras sob a forma de cruz"[9]. O caráter hostil, mesmo alarmante do que antevê, é melhor mostrado pelas cartas. Antes de chegar a Boma e seguir para Leopoldville, dirige-se, em 22 de maio, de Serra Leoa, à sua parente Karola Zagórska: "O que mais me intranquiliza é a informação de que 60% dos empregados de nossa Companhia regressam à Europa antes de terem completado mesmo seis meses de serviço. Febre e disenteria! Há outros que são enviados de volta, depressa, ao fim de um ano, para que não morram no Congo"[10].

Ainda mais sintomática é a reflexão que dirige a Marguerite Poradowska, já em Kinschasa, em 26 de setembro: "Tudo aqui me é antipático. Os homens e as coisas; mas sobretudo os homens. E eu também lhes sou antipático. A começar pelo diretor na África que se deu ao trabalho de dizer a muita gente que eu lhe desagradava profundamente, até ao mais baixo dos mecânicos; todos têm o dom de irritar meus nervos"[11].

---

5   J. Conrad, *The Collected Letters of Joseph Conrad*, v. 1, p. 67.
6   The Congo Diary, em Z. Najder (org.), *Congo Diary and Other Uncollected Pieces*, p. 7.
7   Idem, p. 8.
8   Idem, p. 9.
9   Idem, p. 13.
10   J. Conrad, *The Collected Letters of Joseph Conrad*, v. 1, p. 52.
11   Idem, p. 59.

Não estranha que logo se arrependa do contrato que assinara. Por isso deverá ter considerado uma sorte que as desavenças e as doenças lhe tenham permitido voltar muito antes dos três anos estipulados. Considerando-se um tempo mais longo, haveria mesmo de se congratular. Para Jean-Aubry, seu primeiro biógrafo, o fracasso de um homem à cata de emprego, que então regressava à estaca zero, fora extremamente compensado porque da África voltara o escritor que antes apenas tateava: "Não é uma suposição inverossímil que sua estadia no Congo e suas consequências infelizes nos deram o grande escritor"[12]. Pois o escritor, que estrearia cinco anos depois, elaborando a experiência tida no arquipélago malaio, só então encontraria, pelas enfermidades que o perseguiriam por toda a vida, a condição necessária para o recolhimento interior: "Foi o Congo e suas consequências sobre sua saúde que selaram, por fim, o seu destino e fizeram com que o peso doloroso da doença inclinasse a balança para o lado do romancista, que ainda lutava por vencer o marinheiro"[13].

Se considerarmos os livros que editara antes dos motivados pelo que experimentara na África – *Almayer's Folly* (1895), *An Outcast of the Islands* (1896), *The Nigger of the "Narcissus"* (1897, O Negro do "Narcissus"), *Tales of Unrest* (1898, "Contos de Inquietude")[14] – a hipótese levantada por Aubry se mostra bastante válida. Se *The Nigger* representa um salto significativo quanto ao melodrama caótico dos dois primeiros livros, o *Tales of Unrest* mostra um autor que não sabe o que fazer com matéria que não saísse de suas viagens. E, como se recusava a ser um autor de aventuras, muito menos marítimas, a vivência congolesa lhe servirá de teste de fogo. Por isso, ainda que discorde de Aubry, Najder torna sua hipótese mais plausível ao assinalar que "as enfermidades físicas de Korzeniowski eram menos agudas do que sua crise psicológica"[15]. O que, por seu lado, nos leva a indagar por que o contato físico com a exploração colonial belga teria estimulado as crises

12   G. J.-Aubry, *Joseph Conrad. Life and Letters*, v. I, p. 141.
13   Idem, p. 142.
14   Embora *Lord Jim* (1900) tenha sido publicado antes da edição em livro do *Heart of Darkness*, este fora escrito em fevereiro de 1899 e publicado, de forma seriada, na *Blackwood's Magazine*, nos números de fevereiro, março e abril do mesmo ano.
15   Cf. Z. Najder, op. cit., p. 144. Frederick R. Karl ainda concretiza mais a observação inicial de Aubry ao anotar, a propósito da alusão de Conrad que "o estabelecimento hidropático, próximo a Genebra", (ao qual retornará várias vezes) era um lugar "muito procurado para a cura de doenças nervosas". *The Collected Letters of Joseph Conrad (1861-1897)*, v. I, nota I, p. 77.

psíquicas constantes de Conrad e, indiretamente, criado as condições para o escritor? Parece apropriado dizer: pelo contraste com o que até então vivera, na condição de marinheiro. A disciplina rígida, a precisão de cumprir com deveres estritos e concretos, o pequeno espaço de que dispunha a tripulação diminuíam o potencial de maldade das criaturas humanas. Assim, ao passo que, nos dois primeiros romances, a traição assume as mais diversas formas, em *The Nigger of the "Narcissus* chega a ser surpreendente o tom idílico que tem o oceano por horizonte: "Em torno do navio os abismos do céu e do mar se encontravam em uma fronteira inatingível. Uma grande solidão circular movia-se com o navio, jamais mudando e jamais a mesma, sempre monótona e sempre imponente. [...] A majestosa solidão de sua rota emprestava dignidade à inspiração sórdida de sua romaria[16].

Dentro daquela casca de noz, homens dos mais diversos caracteres mostravam uma solidariedade que pareceria um canto de louvor aos homens, à sua capacidade de se tolerarem e à sua resistência às dificuldades. A presença na tripulação de alguém como Wait, que finge estar muito enfermo para que se isente da labuta ou como o velho Singleton, demasiado cansado da vida para que manifeste algum entusiasmo, parecem afirmações de uma força de solidariedade, que compensa a explícita brutalidade humana. É claro que o clima idílico que encontra na vida marítima não impedia Conrad de acentuar os efeitos dos antagonismos. Assim, no meio do tumulto em que a tripulação ameaça os superiores: "Alguém chutou a porta da cabine; a escuridão cheia de murmúrios ameaçadores saltou com estrondo sobre a risca de luz e os homens se tornaram sombras gesticulantes que rosnavam, vaiavam e riam excitados"[17].

Por isso, ainda que se amotinem, a própria natureza das águas, ao indicar estar o barco à deriva, funciona como "uma mão invisível"[18], que tira a tripulação de seu desvario e o "ruído estúpido da turbulenta humanidade"[19] encontra limites. A ordem volta então a se impor. Imprevisível, a vida é, no entanto, possível. Em terra, contudo, as restrições contra os impulsos egoicos, contra a cupidez e a força destrutiva não têm limites. O destaque da traição naqueles primeiros

16   J. Conrad, *The Nigger of the "Narcissus"*, *Complete Works*, v. XXIII, cap. 2, p. 29-30.
17   Idem, cap. IV, p. 121.
18   Idem, p. 122.
19   Idem, p. 126.

romances, ainda que relacionada a seu ambiente de exotismo, já era um sinal do que Conrad aprenderia a explorar.

A experiência colonial o pressionará a ir além do círculo protetor da travessia oceânica. Nas colônias, o branco, ou por iniciativa própria ou por estímulo das companhias que serve, tem todo o campo para explorar e reconhecer o horror. Mas como um ficcionista pode encená-lo sem esgotar a sabedoria que tenha acumulado em uma simples frase do tipo "vendo-se fora da vigilância incessante, o homem se torna um agente do horror"?

Se algo está vedado a ficcionistas e dramaturgos é resumir o que tenham aprendido na vida em aforismos. Assim se privariam dos relatos. Estão, portanto, obrigados a fabular sobre o que a vida difícil lhes tenha ensinado. Não é por isso acidental que o termo alemão *Beruf* signifique tanto vocação como profissão. Se, no primeiro sentido, optar por ser escritor exige do que assim se define ser capaz de inventar narrativas e encontrar prazer em sua própria complexidade, pelo segundo sentido, a opção obriga a trabalhar enredos. A ambiguidade do termo é uma luva para a mão do ficcionista.

Por certo, Conrad não foi nem o primeiro, nem terá sido o último a conhecer a duplicidade referida. Em seu caso, porém, ela chega ao extremo. Daí a frequência com que associará o ato de escrever ao viver o inferno. É certo não devermos explicar suas dificuldades por simples efeito de sua escolha. Suas inúmeras explicações a agentes e editores sobre o atraso nas entregas, os pedidos de adiantamento, as dívidas com os amigos, as constantes referências a doenças e problemas familiares indicam que os deuses do cotidiano, que tanto se divertem com as mazelas humanas, não o perdiam de vista. Mas, ainda que procuremos evitar o reducionismo, para Conrad, é mesmo enquanto vocação que seu ofício é infernal. Pois dele exigia conviver com o obscuro. Como dirá um de seus raros intérpretes de qualidade: "O tema de suas narrativas é ilusório ou sombrio ou escuro: i.e., algo que, por natureza, não é fácil de ver. Isso é pelo menos verificável por seu mero relato, pois o que ele usualmente revela são os exatos contornos dessa obscuridade"[20].

Ao dizê-lo, Said já leva em conta a disparidade das interpretações que Conrad tem suscitado. Antes mesmo de acrescentar mais uma, acertemos o passo. Acertá-lo aqui significa que, muitas vezes, a

---

20   E. W. Said, Conrad: The Presentation of the Narrative, *The World*..., p. 95.

brancos e negros na áfrica de conrad

variedade interpretativa se origina de equívocos. Primeiro assinalemos a variedade, a seguir, por que é ela estimulada por incompreensões que se enraízam em motivos socioculturais.

A variedade de interpretações, que é também de ordem valorativa, alcança sua máxima extensão se compararmos o que sobre ele declara um seu contemporâneo com uma crítica de poucas décadas antes. Em carta de 24 de dezembro de 1902, George Gissing afirmava que, em relação a Conrad, os outros "eram meros escrivinhadores. É um dos milagres da literatura que um estrangeiro possa escrever assim"[21]. Já havendo então publicado *The Nigger*, a primeira versão do *Heart of Darkness*, o *Lord Jim* e *Youth and Two Other Stories* (Jovem e Duas Outras Histórias), não se poderia contestar que o juízo fosse excessivo. Em troca, para o italiano Renato Oliva, Conrad é o campeão da ambivalência, empregada como arma política, pois lhe serviria para esconder sua própria posição diante das ações das personagens: "A técnica da apresentação irônica não permite que se compreenda bem onde acaba a condenação e começa a aprovação. A ambivalência da ironia serve a Conrad para mediar provisoriamente as contradições"[22].

Superar a ambivalência, tarefa que o crítico italiano assume, mostraria, por um lado, a personagem Kurtz como "herdeiro espiritual do hipócrita Leopoldo II"[23] e, por outro, o autor como um "imperialista da *mauvaise conscience*"[24].

Diante de arco tão surpreendentemente elástico, poder-se-ia dizer que o entusiasmo de Gissing não precisava empregar argumentos mesmo porque se manifestava em um escrito privado – em uma carta a um de seus familiares – e que a drástica condenação de Oliva se baseava em um marxismo de mestre-escola. Embora, portanto, o antagonismo valorativo se fundasse em uma opinião privada ou em um critério paspalho, o certo é que um e outro encontrarão correspondentes melhor elaborados. Para compreender-se tamanha elasticidade ressalte-se, o que, sendo óbvio, ainda mostrará seu rendimento: em Gissing, exalta-se o critério estético-literário, em Oliva, a função ideológica. A grosseria com que esta é empregada não significa que

21 Em N. Sherry, *Conrad. The Critical Heritage*, p. 140.
22 L'ambigua redenzione di Kurtz, *Conrad: l'imperialismo imperfetto*, p. 31.
23 Idem, p. 25.
24 Idem, p. 70.

sua raiz seja estéril. Ou que o critério estético-literário de Gissing fosse o causador da falha oposta. Se enfatizarmos os focos ideativos que se atualizam pelas personagens não só nos descartaremos da gratuidade opinativa, como da grosseria ideológica. É o que demonstrava a resenha que, em 6 de dezembro de 1902, na revista *The Academy and Literature*, Edward Garnett dedicava a *Youth*, onde o *Heart of Darkness* aparecera pela primeira vez em livro. Chamando-a "uma peça consumada de *diablerie* artística", Garnett detalha seu juízo:

> [Sua] arte implica [...] a captura das sombras infinitas das relações incômodas, perturbadas e fantásticas do homem branco com a exploração da barbárie na África; *ela implica a análise mais aguda da deterioração da* morale *do homem branco, quando se libera das restrições europeias e, armado até aos dentes, é posto nos trópicos como "emissário da luz", para que lucre no comércio com as "raças subjugadas"*[25].

Considerada a abordagem decisiva na recepção crítica da novela, a apreciação de Garnett não se desgastou com o tempo. O seu entendimento da "deterioração da *morale* do homem branco" já nos foi preciosa na abordagem do primeiro Conrad e, desde logo podemos dizê-lo, será o motivo fundamental a ser desdobrado nos quatro capítulos desta segunda parte. Mas que entenderia Garnett por *artistic diablerie*? Para que significasse, segundo o sentido dicionarizado, uma maquinação secreta e maliciosa, haveria de conter algo de misterioso ou mesmo de obscuro. Ora, ainda que com isso não diminuamos a grosseria da apreciação de Renato Oliva, não é seu lado obscuro o responsável por muitas das restrições que sofrerá, em nome do critério estético-literário? Com efeito, tal relação já se atualiza de maneira veemente na apreciação irônica de Edward Morgan Forster. Em artigo originalmente publicado em 1920 e referindo-se não só à sua ficção mas a ensaios autobiográficos como *A Personal Record* (1912), acusava Conrad de ser particularmente aficionado a um certo clima de embuste:

> Não há também uma obscuridade central, algo nobre, heroico, belo, a inspirar uma meia dúzia de grandes livros; mas obscuros, obscuros? Enquanto lemos a meia dúzia de livros não nos fazemos ou não devemos

25   Mr. Conrad's New Book, *The Academy and Literature*, p. 606. Grifo meu.

brancos e negros na áfrica de conrad 237

nos fazer essa pergunta, mas ela ocorre, e não impropriamente, quando o autor confessa estar-se referindo a algo pessoal, que nos confidencia. Esses ensaios sugerem que o autor é nebuloso tanto no meio como nas margens, que o escrínio secreto de seu gênio contém antes um vapor que uma joia: e que não precisamos registrá-lo filosoficamente porque, nessa direção específica, não há nada a escrever[26].

Conrad, segundo a apreciação irônico-agressiva do escritor, adotaria uma forma de retórica que fazia passar gato por lebre: dava a entender que o vapor que emanava de seus torneios verbais decorria de uma suposta profundidade.

A restrição de Forster não pode ser afastada de imediato. E assim se comportou a tradição crítica. Sem a endossar por inteiro – na verdade, sem sequer referi-la – ela ressurge sob a pena de um crítico hoje afamado. Na introdução do volume dedicado ao *Coração das Trevas*, na série por ele próprio dirigida, Harold Bloom escreve: "*Coração das Trevas* pode ser sempre um campo de batalha crítico entre leitores que o encaram como um triunfo estético e aqueles como eu que duvidam de sua habilidade em nos resgatar de um irremediável obscurantismo[27].

Recorde-se que o parâmetro com que estamos examinando as apreciações divergentes é formado pela discrepância entre os critérios estético-literário e ideológico. Em vista desses, a apreciação de Bloom, à diferença da de Forster que usava os dois, exalta exclusivamente o primeiro: seria do ponto de vista da composição literária que a novela conradiana conteria uma mancha irremediável.

Surpreendentemente, a posição de Bloom poderá parecer respaldada pelo próprio Conrad. Agradecendo a Garnett por seu artigo de 6 de dezembro de 1902, escrevia: "Sua corajosa tentativa de engalfinhar-se com a nebulosidade (foggishness) do *H[eart] of D[arkness]*, em explicar o que eu mesmo tentei modelar, por assim dizer, com os olhos vendados, me tocou profundamente[28].

A primeira diferença entre a reflexão de Conrad e o juízo de Bloom está em que o autor da novela, apreciando a contribuição de seu intérprete e amigo, não supunha que, sem ela, sua obra guardaria

---

26 Joseph Conrad: "A Note", *Abinger Harvest*, p. 135.
27 H. Bloom, Introduction, H. Bloom (org.), *Joseph Conrad's Heart of Darkness* (*Modern Critical Interpretations*), p. 3.
28 J. Conrad, *The Collected Letters of Joseph Conrad*, v. 2, p. 467-468.

uma mancha indelével. Do mesmo modo, o reparo agressivo que anos atrás Forster lhe dirigira não deixava de ter semelhanças com o que Conrad dissera sobre Marlow, o narrador da novela: "Para ele, o significado de um episódio não estava dentro, como um caroço, mas fora, envolvendo o relato que o revelava apenas como o brilho que revela um nevoeiro, à semelhança de um desses halos enevoados que algumas vezes se tornam visíveis pelo clarão espectral do luar"[29].

A diferença estava no uso da ironia: em Conrad, empregada como maneira de separar-se do narrador, em Forster, como modo de diminuir o autor. Mas a questão decisiva ainda não está equacionada. Ela consiste em se perguntar por que nós mesmos nos preocupamos em estabelecer esses cotejos? A razão é menos a de dar crédito a seus críticos – ou, no caso de Forster, como ele glosa a própria formulação de Conrad emprestando-lhe outro tom – do que de facilitar a demonstração de que Forster e Bloom se baseiam no enraizado preconceito de que a qualidade de uma obra depende da consciência do autor sobre aquilo que, de fato, fez. Muito menos intelectualizado que seus opositores, o romancista não tem dificuldade em admitir o contrário. "Escrevi, por assim dizer, com os olhos vendados" (I have tried to shape blindfold, as it were), diz a Garnett, "e você me ajudou a ver mais claro o que eu próprio fiz. Marlow", diz na passagem citada da novela, "não está tão distante de mim quando atua como um halo enevoado etc.

Mas apenas aumentaríamos a corrente de preconceitos se preferíssemos a postura de Conrad, pelo simples fato de ser menos intelectualizada. A intelectualização se torna problemática, ou mesmo nociva, quando aumenta a distância entre o conhecimento tão só acumulado e o questionamento necessário das prenoções. A prenoção em pauta se mostra em estado puro em Bloom e sob um perfil mais complicado em Forster: o nebuloso, diz ele, decorre de uma retórica enganadora. Impõe-se o melhor conhecimento da prenoção.

Caracterizamo-la há pouco estabelecendo uma relação entre a consciência autoral e a obra produzida. Cabe agora acrescentar que essa relação já se baseia no realce da intencionalidade. Numa variante da formulacão cartesiana, esse realce pode ser traduzido pela frase "sou, tanto mais sei o que faço". Alegue-se a seu favor: se ante os efeitos imediatos do ato mais simples, procuro me defender declarando

---

29   J. Conrad, *Heart of Darkness, Complete Works*, v. XVI, p. 48.

que não pensara que isso poderia suceder, mostro com isso simplesmente minha estupidez. Ou, diante de uma elaboração intelectual, se não domino a linguagem de que me sirvo, de antemão invalido as pretensões intelectuais que poderia ter. Ou seja, a consciência do que se faz, a intencionalidade que comanda o que se produz, têm um patamar indiscutível. (Questioná-las seria próprio de uma psicanálise de botequim: o "deixa o sentimento fluir" seria aconselhável contra os recalques introduzidos pela intencionalidade.) Não se discute de que há uma nebulosidade resultante da incompetência. A obscuridade daí resultante é apenas negativa. Não é sobre esse solo que discutimos, pois tampouco é ele que está presente em Bloom. Seu destaque da intencionalidade supõe um nível bem mais amplo: a superposição entre as propriedades visadas por um projeto e a configuração do objeto.

Para questioná-la, é preciso que não confundamos o que se chama com frequência realidade com a matéria. A matéria está diante de mim. Quem duvidar serem seus os dedos que manejam o teclado apenas precisará de um médico. A realidade não se confunde com a matéria, pois esta tem uma organização interna, uma estrutura, que independe de mim. Bloom não está tratando de um objeto da natureza; a estrutura do que trata tem fundamentalmente um caráter social. Assim, de acordo com seu ponto de vista, para que um produto literário não fosse prejudicado por algum grau de nebulosidade seria necessário que previamente fixasse e então transpusesse para a construção verbal o real do objeto visado. Só assim a construção verbal daria conta da suposta realidade. O que vale dizer: essa teria uma *imanência significativa*, de que o autor se apossaria pela consciência e a transferiria para o texto. Mas, e se entre a declarada realidade do objeto e as palavras houver um vazio? i.e., se não postularmos uma concepção absolutamente *realista* da linguagem, como poderemos considerar que a presença no texto de uma parcela não dominada pela intencionalidade autoral provoca uma mancha, um defeito? Se, ao contrário, admitirmos a postura nominalista – o nome dá, não recolhe o que é –, como manteremos o pressuposto de que a consciência autoral há de dominar e conhecer plenamente o que fez e, se não o conseguir, a falha aí se instala? O nominalismo, qualquer que seja o grau que se lhe acate, admite que o projeto intencional, desde que tenha alguma complexidade, nunca corresponde ao que, de fato, o sujeito nomeia; que a nomeação, aquilo que se oferece por um texto, opera *com vazios*, constituindo algo que diverge, em grau maior ou menor, do que fora intencionado. Mais do que isso, o texto projeta um inconsciente, que não se confunde com o do autor. Por isso o chamamos de inconsciente textual.

É essa discrepância, em suma, que a prenoção presente em Bloom não pode conceber. Toda prenoção obtura um questionamento possível. As prenoções não deixam de ser úteis, extremamente úteis. No cotidiano ou no exercício de uma atividade profissional, seria ridículo submeter cada ato a uma prática questionadora. Conrad, embora não apreciasse esse tipo de discussão, faria, contudo, que uma personagem do *Chance*, não por acaso um jornalista, bem dissesse: "Para ele, que dominava seu ofício, pensar era incontestavelmente um 'mau negócio'. Sua profissão era escrever um relato legível"[30]. Mas há o outro lado da questão – aquele em que o critério de legibilidade é a condição para que a prenoção permaneça intacta. Quando se julga a legibilidade pela clareza fluente, a prenoção se enrijece em preconceito.

Sem nunca estarmos seguros de evitá-lo, haveremos, portanto, de diferençar, na expressão formulada, entre algo intencionado e a tensionalidade que deriva do vazio interposto entre o agente e a realidade. Essa tensionalidade está na frase, como já antes estivera na palavra, sem que a consciência consiga alcançá-la – a não ser para esterilizá-la. Mesmo porque é o menos intelectualizado dos agentes em discussão, Conrad não tem nenhum embaraço em agradecer a Garnett por fazê-lo ver parte dos vazios que os olhos vendados pela criação não lhe permitiam notar. Bem mais ajustados à concepção de linguagem derivada tanto de Descartes como de Locke, Forster e Bloom se embaralham em seus preconceitos.

O exame minucioso da intencionalidade, aqui apenas esboçado, é indispensável para uma teoria da ficção[31]. Mas não é esse o nosso propósito, senão apenas o de mostrar como um preconceito enraizado em torno da prenoção do sujeito solar[32] desempenha um papel na variação interpretativo-valorativa de Conrad. Com isso, não estamos dizendo que a variação interpretativa haveria de diminuir. A combinação

---

30 J. Conrad, *Chance: A Tale in Two Parts, Complete Works*, v. ii, parte i, cap. 3, p. 87.
31 Cf. a propósito, o cap. iii de W. Iser, *Das Fiktive und das Imaginäre*, p. 158-291. (Começamos a tentar desenvolvê-la em *História. Ficção. Literatura*.
32 Sobre a ideia de sujeito solar, cf. L. Costa Lima, *Mímesis: Desafio ao Pensamento*, p. 71-161.

instável de *pathos* com *logos* que sustenta a ficção impede que haja uma unanimidade interpretativa. Acentua-se apenas que uma parcela da variação interpretativa resulta da força de prenoções, convertida em preconceito – em Renato Oliva, a de que as condições materiais de produção provocam o falseamento da representação; em Forster, que há em Conrad uma intencionalidade falseadora; em Harold Bloom, que uma falha no projeto da intencionalidade provoca a falta de clareza da obra.

O desmonte intentado não pretende negar que haja uma obscuridade constitutiva em Conrad. Tampouco afirma que a indagação do ideológico seja uma excrescência ao questionamento estético-literário. Recusamos sim a maneira como os analistas criticados operam e as valorações a que então chegam. Para comprovarmos a presença (inevitável) do ideológico, outra vez lançamos mão do próprio Conrad.

No momento em que ainda compunha o *Coração das Trevas*, em 31 de dezembro de 1898, se dirigia a William Blackwood, que editaria a novela, na *Blackwood's Magazine*, a partir de fevereiro de 1899: "O título em que estou pensando é 'The Heart of Darkness' (O Coração das Trevas), mas a narrativa não é lúgubre. A criminalidade da ineficiência e o puro egoísmo, ao se apoderarem do trabalho civilizador na África, é uma ideia justificável"[33].

Embora a formulação seja demasiado esquemática, dela se depreende que a primeira ideia do autor era criticar não o próprio projeto colonial, mas sim a ineficiência e o egoísmo que o marcavam. É certo que, em carta de 22 de julho de 1896, a outro editor, T. Fisher Unwin, a propósito do primeiro texto em que ficcionalizará sua experiência africana, *An Outpost of Progress* (Um Posto Avançado do Progresso), Conrad já não era nada condescendente: "Em breve, você receberá uma estória para [a revista] *Cosmo[polis]*. [...] É uma estória do Congo. [...] Despojei-me de tudo salvo a piedade – e de certo desprezo – enquanto tomava nota dos acontecimentos insignificantes que acarretam a catástrofe"[34].

Mas tampouco seria justo concluir que a piedade e o desprezo mantidos indicariam sua condenação do empreendimento. Não se deve esquecer que essas eram cartas comerciais, em que o autor deveria se

---

33   J. Conrad, *The Collected Letters of Joseph Conrad*, v. 2, p. 139-140.
34   Idem, v. 1, p. 293-294.

242   parte II: a consolidão do redemunho

ajustar ao interesse profissional de seus interlocutores. De qualquer
modo, uma interpretação mais favorável a Conrad seria descabida.
A peça decisiva será oferecida por Ian Watt. O analista começa seu
estudo da novela por uma observação geral: "O conflito básico neste
mundo ficcional parte de uma dupla visão; Conrad quer tanto endossar os aspectos positivos da moral vitoriana padrão como exprimir
seu presságio de que as direções intelectuais dominantes no século
XIX preparavam um desastre para o século XX"[35].

A dualidade interna explicaria que sua divergência quanto ao que
testemunhara não se condensasse em uma explícita condenação.
Além do mais, continua Watt, teria sido ele favorecido por se deparar
com a clara discrepância entre o "pretexto colonial" e a realidade. E
isso porque:

> Em primeiro lugar, o Estado Independente do Congo era, em teoria,
> internacional e, assim, não levantava a questão da lealdade nacional;
> segundo, porque, à diferença de muitas outras colônias, o Estado Livre
> do Congo era uma criação política consciente; e terceiro porque todo
> o mundo tinha ouvido as declarações públicas de seus fundadores
> quanto aos exaltados propósitos educacionais, morais e religiosos
> e tinha sido então forçado a descobrir que esses pretextos verbais
> mascaravam o que Conrad depois descreveu como "a escalada mais
> vil da espoliação"[36].

Embora a explicação de Watt não funcionasse quanto a *Nostromo* –
onde é evidente a condenação do colonialismo, sem que se possa
alegar que Conrad houvesse se tornado mais liberal –, ela é bastante
correta. Ainda que Conrad fosse ideologicamente um conservador
e não hesitasse em manifestar sua lealdade à sua pátria de adoção,
seus escrúpulos, convicções e temores eram tranquilizados quando a
nação espoliadora não era a Inglaterra.

De posse desses dados, podemos insistir em que não há nada de
impróprio na indagação ideológica por si. Ao contrário, reconhecer
esse aspecto será decisivo para:

---

35   *Heart of Darkness* and Nineteenth-Century Thought, H. Bloom (org.), *Joseph Conrad's
Heart of Darkness*, p. 77.
36   Idem, p. 80-81.

brancos e negros na áfrica de conrad

a. tomando a observação de Garnett por ponto de partida, entender-se a importância que, na interpretação aqui proposta, terá a análise da conduta "desviante"[37] do homem branco, nas colônias. O fato de essa ênfase nas formas de desvio já se comprovar em seus primeiros romances demonstra, contudo, que a postura crítica de Conrad não dependera da coincidência de o Estado Livre do Congo ser iniciativa de outra nação. Seu conservadorismo nunca o aproximaria da defesa do imperialismo por Kipling. É, a respeito, significativo o que escreve a lorde Cunninghame Graham, em 9 de agosto de 1897; não só o que diz sobre Kipling – "Não gastaria em sua defesa sequer o pouco de aço com que se faz uma agulha" – como o que afirma sobre a reação positiva do lorde socialista escocês acerca do recém-publicado *An Outpost of Progress*. Declara-se "tocado e, ao mesmo tempo, temeroso pelo que diz sobre ser eu o profeta de minha sombra desarticulada e errante", porque se alarma com o dia em que o admirador descobrirá "que não há nada ali"[38]. Noutras palavras, o romancista teme dar, a seu admirador, a impressão de ser politicamente avançado, o que ele sabe ser falso;

b. compreender-se como a obscuridade evidente na novela está relacionada à incapacidade de ver além da "sombra desarticulada e errante" (*my inarticulate and wandering shadow*) de que sua ficção se alimenta.

Em termos mais abrangentes, a *tensionalidade* que se apresentava em seus textos estava longe de coincidir com sua intencionalidade. Se assim se desse, Conrad não poderia manter seu ideário politicamente conservador. Ao invés, ao passo que seus valores políticos permaneciam estacionários, a exploração da tensionalidade dava forma a um questionamento que, ao mesmo tempo, entusiasmava o amigo socialista e criava, em leitores sensíveis e politicamente avançados (tanto Graham quanto Garnett), uma imagem falsa do autor. Se Conrad fosse um oportunista, teria se aproveitado de correspondências e contatos, como os mantidos com o nobre escocês, para posar de "companheiro de viagem", ao mesmo tempo que assegurava à ala

---

37 Escrevemos "desviante" entre aspas para que não haja possibilidade de pensar-se que louvamos a norma de que se afasta. Embora seja a única ocasião em que usamos as aspas, em nenhum instante, o desvio afirma a norma.

38 J. Conrad, *The Collected Letters of Joseph Conrad*, v. 1, p. 371.

conservadora sua fidelidade aos valores vitorianos. Não o sendo, porém, evidenciava que sua visão crítica – a falência do *ethos* do homem branco, a apresentação das formas contemporâneas de espoliação, o horror resultante de uma e outra – trazia um ponto cego. Podemos assim formulá-lo: para onde tudo aquilo levaria senão a uma imprevista catástrofe? Porque o ponto cego continua a fazer parte de nossas mentes, Conrad é mais contemporâneo do mundo posterior à falência do socialismo real, do que era até mesmo de seus poucos amigos politicamente avançados.

Do ponto de vista do andamento analítico, trata-se agora de, vindo às duas peças provocadas pela experiência congolesa, verificar até onde se estende sua tensionalidade textualmente produzida e, a partir desta, reexaminar algumas outras interpretações suscitadas pelo *Coração das Trevas*. Com isso, não teremos esgotado o que se pode dizer sobre a pequena novela, a que voltaremos no capítulo seguinte.

"An Outpost of Progress"

Publicado originalmente na revista *Cosmopolis*, nos números de junho e julho de 1897, seu autor estava consciente de que o relato constituía "a parte mais leve dos despojos que trouxe da África, de que, naturalmente, a parte principal era 'O Coração das Trevas'"[39]. Sua inegável menor importância não impede, contudo, que o relato se diferencie de seus primeiros escritos, pois "prenuncia seus últimos romances e contos que tinham por objeto questões morais e políticas"[40].

O conto, que melhor se definiria como uma memória ficcionalizada, aparece entre peças de mínima ou nenhuma relevância ("Karain: A Memory" [Karain: Uma Memória], "The Idiots" [Os Idiotas], "The Return" [O Retorno], "The Lagoon" [A Lagoa]). Seu enredo parece, na verdade, ter por mote a curta anotação de "The Congo Diary" (Diário do Congo), do mesmo dia de sua chegada a Matadi: "Prominent characteristic of the social life here: people speaking

39 J. Conrad, Author's Note, *Tales of Unrest, Complete Works*, v. VIII, p. IX.
40 Z. Najder, op. cit., p. 200.

brancos e negros na áfrica de conrad   245

ill of each other" (Característica proeminente da vida social daqui: pessoas falando mal umas das outras)[41]. Com efeito, mal se afasta do posto comercial que acabara de visitar, o diretor da Great Trading Company comenta sobre os brancos ali residentes: "Olhe estes dois imbecis. Devem estar loucos na matriz para que me mandem essa gente. Eu disse a eles que plantassem uma horta, construíssem novos depósitos e cercas e fizessem um embarcadouro. Aposto que não farão coisa alguma!"[42]

O narrador, de sua parte, confirma o juízo do diretor. Sua reiteração, contudo, merece cuidado especial – formula-se aí a maneira como Conrad entende a razão da conduta do homem branco, nas colônias distantes:

> Eram dois indivíduos perfeitamente insignificantes e incapazes, cuja existência apenas se torna possível pela organização plena das massas civilizadas. Poucos homens se dão conta de que suas vidas, a própria essência de seu caráter, suas capacidades e ousadias são a expressão de sua crença na segurança do meio que os cerca. A coragem, a compostura, a confiança; as emoções e os princípios; cada pensamento, grande ou insignificante, pertence não ao indivíduo mas à massa; à massa que crê cegamente na farsa irresistível de suas instituições e de sua moral, no poder de sua polícia e de sua opinião. Mas o contato com a selvageria pura e não atenuada, com a natureza e o homem primitivos, traz um súbito e profundo distúrbio ao coração. Ao sentimento de estarem separados dos seus, à clara percepção da solidão de seus pensamentos, de suas sensações, à negação do costumeiro, que é seguro, acrescenta-se a afirmação do estranho, que é perigoso; a sugestão de coisas vagas, incontroláveis e repulsivas, cuja intrusão perturbadora excita a imaginação e põe à prova os nervos tanto do tolo como do sábio[43].

É raro encontrarmos uma passagem, ao mesmo tempo, tão deslocada na ordem do relato e tão capital para a iluminação da obra de seu autor. Isso confirma que "An Outpost" é o esboço de um pensamento que germinava. Do ponto de vista do relato, a passagem de tal modo

---

41 J. Conrad, *The Congo Diary*, em Z. Najder (org.), *Congo Diary and Other Uncollected Pieces*, p. 7.
42 Idem, An Outpost of Progress, *Complete Works*, v. VIII, parte I, p. 88.
43 Idem, p. 89.

"orienta" o leitor que só lhe resta tê-la compreendido minuciosamente para que a conduta das duas personagens não mais o surpreenda. Não é que a passagem vampirize o conto, tirando toda sua força – mesmo que a suprimamos, o relato não sai da mediocridade. O que se passa de fato é mais estranho: a passagem é um ninho em um lugar muito alto para um pássaro ainda não emplumado. Pois, se está em desnível quanto ao texto onde aparece, em troca aumenta a inteligência dos escritos posteriores do autor.

Por certo Kayerts, o funcionário-chefe, e Carlier, seu assistente, desconheciam a má opinião que deles tinha o diretor. Sentem-se confortáveis, mal se afasta o barco que os transportara, porque, segundo Carlier, o lugar é bom, bastando-lhes que se mantivessem serenos – o diretor e o narrador o corrigiriam: ociosos –, enquanto acumulassem o marfim que os nativos lhes trariam. Não teria sido culpa deles se a sociedade lhes inibira a capacidade de iniciativa. "Podiam viver", diria o narrador, "apenas sob a condição de máquinas"[44]. Em consequência, entregues a si mesmos, sem o controle da distante sede africana da Companhia, faziam-se parceiros na ociosidade e na estupidez. Sequer tinham olhos para a pujança da natureza. "O rio, a floresta, toda a terra palpitante de vida eram como um grande vazio. Mesmo o crepúsculo brilhante não revelava algo inteligível"[45]. Isentavam-se de qualquer trabalho e até as negociações com os nativos fornecedores de marfim eram empreendidas por um serviçal, que entendia de tudo do que os patrões ignoravam.

Kayerts e Carlier, que, naturalmente, se julgavam superiores aos *funny brute(s)* (divertidos bárbaros), "nada compreendiam, não se preocupavam senão com a passagem dos dias que os separava da volta do navio"[46]. Seus diálogos, a propósito dos livros estragados, que um antecessor lhes deixara, lembram uma paródia de *Bouvard et Pécuchet*. Sim, uma paródia porque as personagens de Flaubert ainda se empenhavam em querer aprender isso e aquilo, enquanto o par colonial tão só se surpreende com o mais banal, falso ou irrisório. Assim, por exemplo, passam a "pensar melhor de si mesmos" ao lerem, nas páginas de *Our Colonial Expansion* (Nossa Expanão Colonial), acerca de "os direitos e deveres da civilização, sobre o caráter sagrado

44 Idem, p. 91.
45 Idem, p. 92.
46 Idem, p. 94.

da obra civilizatória [e] os méritos dos que se punham a trazer a luz, a fé e o comércio aos recantos sombrios da terra"[47]. Makola, o negro astuto e domesticado, aos poucos se torna o verdadeiro chefe do posto. Por sua pasmaceira, Kayerts e Carlier parecem estar em uma colônia de férias *sui generis*: sentem incômodos, mas são pagos. E isso lhes basta.

Os dias passam sem cor ou novidade até que, visitados por membros de uma tribo que desconheciam, Makola dá sinais de precisar sair de sua própria rotina. Mas sua esperteza resolve o embaraço sem perturbar a impassividade dos senhores. Em suma, Makola trocara o marfim que os intrusos traziam por negros que serviam no posto. Ora, isso contrariava a regra que Kayerts automatizara: luzeiros da civilização, ali estavam para combater a praga da escravidão praticada pelos selvagens. Em um rompante pavloviano, Kayerts despede o serviçal. Makola, contudo, não se abala − a decisão de tal chefe não era para ser levada a sério. Sabe melhor que ninguém que, para os brancos, o decisivo era o marfim acumulado, a fim de que, ao regressar o navio, fosse ele transportado para a sede, de onde outros funcionários se encarregariam de despachá-lo para Bruxelas. A frase, com a qual o narrador comenta o episódio, contém tanto o ceticismo de Conrad sobre as relações que os agentes humanos entretêm com os valores que professam, como, e mais particularmente, o que caracteriza o *ethos* do branco colonial:

> Os homens creem em suas palavras. Cada um mostra uma deferência respeitosa quanto a certos sons que ele e seus companheiros podem pronunciar. Mas, acerca dos sentimentos, as pessoas, de fato, não sabem nada. Falamos com indignação ou entusiasmo; falamos sobre a opressão, a crueldade, o crime, a devoção, o autossacrifício, a virtude e, além das palavras, nada sabemos de real[48].

É porque "escravidão" faz soar a sineta "não, isso não" com que Kayerts despedira seu prestativo servidor. Mas, tomada a decisão, sentem-se os dois brancos em um impasse: ou obedecem ao som- -fetiche e dizem a si mesmos que a escravidão é um crime e que

---

47 Idem, ibidem.
48 Idem, parte II, p. 105.

Makola o praticara ou esquecem o veredito e acatam a coisa-fetiche. Em favor da segunda resposta, conta a esperança de que o marfim arrecadado tornará menos patente a inutilidade de ambos. Carlier, um pouco menos estúpido, tira o companheiro do embaraço. Seu diálogo mostra como saem do aperto: "'É deplorável, mas, como os homens pertenciam à Companhia, o marfim (pelo qual foram trocados) é da Companhia. Temos de cuidar dele'. 'Informarei o diretor, sem dúvida', respondeu Kayerts. 'Por certo, deixemos a decisão para ele', aprovou Carlier"[49].

Vencida a inesperada dificuldade, a vida continua. Makola, claro, permanece onde sempre esteve. Na verdade, porém, como um vaso que tivesse rachado, o ramerrão não retoma o passo de antes. O imprevisto é um incômodo visitante. O imprevisto mostra sua cara por dois aspectos: durante a negociação que Makola empreendera com os negros estranhos, houvera uma certa desavença, estimulada pelo álcool que rolava, e um membro de tribo vizinha e amiga fora morto. Desde então, os brancos já não podiam contar com sua aliança. O que se tornava sensivelmente delicado porque o barco da companhia, que os reabastecia, se atrasava e os alimentos escasseavam. Para piorar a situação, o rio estava baixo e não podiam pescar. Veem-se pois obrigados a reduzir sua ração diária a arroz sem sal e a café sem açúcar. Embora nada saibam sobre sentimentos, os homens-máquinas não deixam de sentir. Sem a capacidade de pensar o imprevisto, ambos se tornam extremamente vulneráveis. Carlier, que guarda em sua conduta a agressividade que aprendera como militar, pressiona para que usem o resto de açúcar que haviam reservado para o caso de doença. Mas, entre os sons que haviam aprendido a cultuar, estavam aqueles que formam as palavras "superior, subalterno". Não era Kayerts o chefe do posto? Como então iria se sujeitar à vontade de seu subalterno? A desavença com Makola tivera outro desfecho porque, no código automatizado, estava previsto que os sons-fetiche obedecem a uma hierarquia – e, embora não estivesse escrito, "o marfim da Companhia" se sobrepunha à condenação da escravatura. Mas essa saída agora inexiste. Não há razão para que Kayerts, o superior, se dobre à vontade do subalterno. Por isso recusa a solicitação. Carlier se ofende e o desacerto aumenta de intensidade. A raiva que transpira em suas

49   Idem, p. 106.

brancos e negros na áfrica de conrad 249

palavras mostra-o consciente do sofisma que cometera para convencer o chefe a aceitar a transação empreendida pelo serviçal: "Estou com fome – estou doente – não estou brincando! Odeio hipócritas. Você é um hipócrita. Você é um traficante de escravos. Eu sou um traficante de escravos. Só há traficantes de escravos neste país amaldiçoado. Quero ter açúcar hoje em meu café. De qualquer maneira!"[50]

Kayerts, que se aposentara como um pacato e modesto funcionário de correio, que se empenhara por aquele lugar para que poupasse algum dinheiro para a herança de sua filha, não estava acostumado a tais manifestações de violência. Não sabe como agir e teme a cólera do companheiro. Quem sabe de que seria capaz um ex-soldado? Procura então refúgio em seu quarto. Ante as batidas furiosas na porta, toma o revólver e foge. Carlier sai atrás dele e, dando voltas em torno da casa em que até então haviam vivido, logo estão os dois a se perseguir. Makola, sabiamente, se põe a uma distância estratégica e observa toda a peripécia. Numa cena que seria digna de uma comédia-pastelão, se não fosse o desfecho mortal, como um dos dois inverte o rumo da perseguição, terminam por se esbarrar. Talvez mesmo pelo susto, Kayerts dispara a arma e Carlier, o ex-oficial de cavalaria[51], cai morto.

Embora logo saiba pelo prestativo Makola que Carlier também possuía um revólver, logo o serviçal acrescenta que o morto não estava armado. Donde o pacífico Kayerts, vítima de seu próprio pânico, atirara em um homem indefeso. O que era uma óbvia transgressão dos mais elementares valores que automatizara. Makola, mostrando toda a esperteza que aprendera com os senhores brancos, lhe ensina o ardil que deveria transmitir ao chefe, prestes a chegar a qualquer momento: "'Morreu de febre'. Kayerts o olhou petrificado. 'Sim', repetiu Makola, pensativamente, pisando o cadáver. 'Penso que morreu de febre. Enterre-o amanhã'"[52].

Dever cumprido, o involuntário assassino volta para casa. Entregue a seu próprio pasmo, Kayerts de imediato sente como se estivesse dopado. Mas, embora a violência da emoção provocasse "uma sensação de serenidade exausta", logo é atormentado pelo monólogo que o obseda:

---

50 Idem, p. 110.
51 Idem, parte I, p. 88.
52 Idem, parte II, p. 114.

No transcurso de uma tarde, mergulhara nas profundezas do horror e do desespero e agora encontrava repouso na convicção de que a vida já não tinha segredos para ele: tampouco a morte. Sentou-se, pensando, ao lado do cadáver; pensando ativamente; pensando muitos novos pensamentos. Parecia, por fim, ter fugido de si. Suas velhas cogitações, convicções, simpatias e antipatias, coisas que respeitava e coisas que lhe desagradavam, apareciam em sua luz verdadeira. [...] Deleitou-se com sua nova visão da vida enquanto estava sentado ao lado do homem que matara[53].

Em um relato morno, é este o instante do escritor. Em sua luta consigo mesmo, Kayerts corta os clichês a que se entregara, como se seu ato fortuito provocasse, à custa da morte do outro, a possibilidade de seu renascimento. Mas o hábito é mais forte e a lucidez é só um relance. Logo prefere racionalizar seu malfeito, ainda que involuntário: que significa a morte de um homem, quando, a cada hora, sucedem centenas de milhares? Diante desta soma, "uma morte possivelmente não faz qualquer diferença; não teria importância alguma, ao menos para uma criatura pensante. Ele, Kayerts, era uma criatura pensante"[54]. Até aquele momento, fora como o resto da humanidade. Estúpido como a humanidade costuma ser. Mas seu ato o obrigara a pensar. "Ele sabia. Estava em paz"[55]. Em troca, quem fora Carlier, a quem imagina vivo e em seu lugar, senão uma coisa animalesca, *a beastly thing*?

Sem que o saiba, a crise, que começara por lhe oferecer a possibilidade de se rever por inteiro, o reconduzira aos velhos hábitos praticados durante toda a vida: os hábitos da racionalização, da redução da diferença a oposições polares, ao egoísmo justificador de qualquer coisa que houvesse cometido.

Os clichês retornam com tal intensidade que o júbilo se assemelha à demência. Kayerts então se aproxima do louco cabal em que se convertera Willems, em *An Outcast of the Islands*. "Então, subitamente, dormiu ou pensou que dormiu; mas de qualquer modo havia um nevoeiro e alguém assobiava no nevoeiro"[56]. Mas o nevoeiro e o assobio não eram invenções de seu desvario. Era o navio que chegara e,

53 Idem, ibidem.
54 Idem, p. 115.
55 Idem, ibidem.
56 Idem, ibidem.

brancos e negros na áfrica de conrad 251

não encontrando ninguém no ancoradouro, fora dada a ordem de que apitasse. Kayerts, de sua parte, incapaz de realizar o ardil engendrado por Makola, prefere se enforcar. Ao chegarem ao posto, o diretor e o maquinista se deparam com os dois corpos. O último ato de Kayerts consistia em uma rebeldia involuntária: "Irreverentemente, estirava a língua para o diretor-gerente"[57].

* * *

Embora "An Outpost of Progress" esteja longe de qualquer comparação com o *Heart of Darkness*, a atenção a seu desenrolar oferece uma pista significativa para a novela capital e, em consequência, para esta parte. Destaquem-se os elementos capitais:

a. "An Outpost" é uma glosa do comentário do próprio narrador: os valores expostos pelo homem branco têm antes um caráter automatizado que de autoformação. (A recorrência a "The Return", um conto bem mais fraco, o confirmará, dentro da própria ambiência londrina.) Mecanizado, interpretando os sons verbais de acordo com o valor positivo ou negativo que se lhes associa, a vivência nos trópicos os desampara do respaldo do coletivo, da inibição do que se lhes condena e os entrega ao desamparo de sua estupidez;

b. estando distantes as instituições controladoras, o horror é a consequência da entrega do colonizador a seus impulsos de autogratificação – em *The Outcast of the Islands*, tendo por base a transgressão libidinal do contato com outra raça, em "An Outpost", o assassinato, embora involuntário, do outro branco, em ambos os casos, levando os protagonistas ao estado de demência, ostracismo e autodestruição. O que vale dizer, o desvio, em seus diversos graus, não significa simplesmente a desobediência de interditos – note-se que a cobiça, em si, canalizada pela vontade de exploração e lucro, não encontra qualquer interdito – porém algo muito mais grave e, por isso mesmo, nunca explicitado: ele é a prova de que o móvel primeiro da civilização branca é tão criminoso quanto as condutas que a moral vitoriana condenava. Nesse sentido, a presença do negro domesticado é valiosa. Makola aprendera a agir como os brancos e, sem haver internalizado seus

57 Idem, p. 117.

sons-fetiche, se tornara então capaz de ensinar a Kayerts a solução para um dilema "branco", que este, afinal, não consegue aprender;

c. se o horror é o afeto decorrente da conduta desviante – a constatação de que a ambição de lucro é, objetivamente, tão danosa quanto a crueldade e a disposição em escravizar o outro –, então, na obra de Conrad, por serem brancos seus protagonistas, o horror se resume aos brancos. Há uma única passagem, sem correspondência no *Heart of Darkness*, em que esse limite está à beira de ser transposto. Depois que o membro da tribo vizinha e amiga dos colonizadores fora morto, a tribo se recolhe a seu território e não mais colabora: "Os enfeitiçados – i.e., os negros à cata de escravos, com que Makola havia negociado – tinham partido, mas o pavor permanecia. O pavor sempre permanece. Um homem pode destruir tudo dentro de si, amor, ódio e crença, mesmo a dúvida; mas, enquanto se agarra à vida, não pode destruir o pavor"[58]. Parece sintomático que, em lugar de horror, a experiência referida seja de pavor (*fear*). Os africanos são as vítimas do pavor que a ação dos brancos causa, mas só os brancos sentem horror. Mais do que efeito de uma questão de focalização – os protagonistas serem sempre brancos –, este é um ponto cego que Conrad não consegue ultrapassar – seja por limites seus, seja pelo temor da reação dos leitores britânicos, seja por uma e outra coisa. Por certo, sua ficção vai bastante além de seu conservadorismo. Mas a tensionalidade que o impulsiona além de seu limite individual também tem seu limite. O foco de sua narrativa se concentra no branco não só porque seu contato com outros povos fora insuficiente, mas porque é bastante homem de seu século para manter a crença na assimetria das raças;

d. qual o específico "branco" do horror? Já no tempo do relato de Conrad, quando a expansão não mais se fazia em nome do cristianismo, ele é resultante da atuação de um modo de racionalidade, a econômica, que estimula a avidez contra os não brancos, trazendo-lhes o sofrimento físico, a espoliação, a humilhação moral e o sentimento de inferioridade. Essas consequências são tão velhas quanto a humanidade, o branco contudo inova por primeiro justificá-las em nome da glória de Deus, depois pela inadiável mais-valia. A partir de então, aos não brancos só cabe que se agreguem.

58   Idem, p. 107.

As conclusões expostas se manterão provisórias até serem testadas pela leitura do *Heart of Darkness*.

Heart of Darkness: O Horror e o "Homem Oco"[59]

Publicado originalmente antes de *Lord Jim*, *Heart of Darkness* é não só considerado o primeiro texto da maturidade conradiana, como permanece sua obra mais famosa.

> Ele tem obsedado a literatura norte-americana desde a poesia de T. S. Eliot, passando por nossos grandes romancistas dos anos de 1920 a 1940, até uma série de filmes, desde o *Cidadão Kane*, de Orson Welles (que substitui o projeto de filmar o *Heart of Darkness*) até o *Apocalipse Now*, de Coppola[60].

As razões desse fascínio entre os novos romanos são evidentes por si. Procuremos nos aproximar de sua configuração.

A narrativa se apresenta pelo relato oral feito por um velho marinheiro à pequena tripulação de um iate de cruzeiro (*a cruising yawl*), estacionado no estuário do Tâmisa. O ambiente parece de absoluta tranquilidade – o barco esperava a subida da maré para que prosseguisse viagem. O relato de Marlow não se propunha senão a preencher o tempo. Mas a visão geral do ambiente desmente a primeira impressão. Se em torno do estuário tudo está em paz, sobre o porto próximo de Gravesend, o céu estava carregado e, mais para trás, "parecia condensar-se numa obscuridade sombria, que pairava imóvel sobre a maior e mais grandiosa cidade sobre a terra"[61]. A dupla

---

59 A fama logo alcançada pela novela explica a própria maneira como passou a ser editada. Quando se lhe publicou pela primeira vez, na *Blackwood's Magazine*, ainda trazia o artigo, "The Heart of Darkness". Ao aparecer em livro, *Youth: A Narrative and Two Other Stories* (1902), já não o trazia. Em 1917, a edição norte-americana do *Youth* era dividida em três volumes, tornando-se desde então comum sua publicação autônoma. Para o cotejo das variantes textuais, cf. R. Kimbrough (org.), *Heart of Darkness: An Authorative Text…*

60 H. Bloom, Introdução a *Heart of Darkness*, *Joseph Conrad's Heart of Darkness (Modern Critical Interpretations)*, p. 4.

61 J. Conrad, *Heart of Darkness*, *Complete Works*, v. XVI, parte I, p. 45.

referência – o horizonte tranquilo que cerca o barco, a atmosfera sombria sobre Londres – serve de índice inicial da ambiguidade da novela. O "laço do mar" (*the bond of the sea*) reúne expectativas contrapostas, que ainda não se declaram conflitantes.

Uma breve insinuação, que só uma releitura permitirá perceber, é oferecida pelos olhares dos demais tripulantes, às costas "de nosso capitão e anfitrião", "de quem era difícil ter em conta que seu trabalho não se cumpria ali, no estuário luminoso, mas atrás de si, na escuridão crescente"[62]. A placidez em que estão, além de Marlow e o anfitrião, um advogado e um contador, não deixa prever os elos da cadeia em que age o membro principal do grupo. Momentaneamente desligados da agitação de seus ofícios, os desocupados são absorvidos pela paz de uma "dia [que] terminava com uma serenidade de brilho calmo e raro"[63]. Se o grupo não atenta para a atmosfera soturna que cobre Londres, o sol poente parece insinuar outro rumo, "mortalmente ferido pelo toque daquela escuridão suspensa sobre uma massa humana"[64].

Ao contrário do que faria em *Typhoon* (1903), em que, no enfrentamento da tempestade, homens e natureza mostram-se mutuamente adversos, a proximidade da noite insinua apenas a relação de indiferença e hostilidade que a natureza mantém com as criaturas. Em lugar, portanto, do que é costumeiro encontrar na descrição de ambientes na ficção em prosa, as passagens destacadas apontam para a atmosfera efetiva, mais do que física, em que o relato de Marlow estará instalado. Sua apresentação, contudo, logo assume outro rumo. O estuário passa a ser menos visto do que rememorado, em seu trabalho secular: "A maré sobe e desce em sua atividade incessante, povoada pelas memórias de homens e barcos que conduzira para o descanso do lar ou para as batalhas no mar. [...] Quanta grandeza não navegara na vazante daquele rio para o mistério da terra desconhecida!"[65]

No fundo da exposição, aparentemente neutra, já se ergue o objeto de formulação só muito depois proposta: "Que princípio poderia fundar uma pessoa em um mundo 'oceânico'?"[66]. Mas a pergunta aqui ainda não conta com os parâmetros que permitam respondê-la. Lembrá-la é

62 Idem, ibidem.
63 Idem, p. 46.
64 Idem, ibidem.
65 Idem, p. 47.
66 G. G. Harpham, *One of Us*, p. 106.

adequado tão só para concretizar o clima de inquietude que atravessa uma descrição de aparência neutra. Pois o barco ancorado, com seus tripulantes ociosos, está próximo à maior e mais grandiosa cidade de então. Como se o escritor quisesse desfazer o provável engano de seu leitor, a narrativa acrescenta sobre Londres: "E mais para o oeste, nas paragens mais altas, o lugar da cidade gigantesca (*monstruous*) ainda estava sinistramente assinalado no céu, uma obscuridade persistente durante o dia, um clarão lívido sob as estrelas"[67].

Só então o narrador interposto fala pela primeira vez: "E também este, disse Marlow de súbito, foi um dos lugares sombrios da terra"[68]. A frase inicia uma larga viagem rememorativa:

> Estava pensando em tempos de muito atrás, quando os romanos aqui chegaram pela primeira vez, há novecentos anos – ainda outro dia... A luz emanou deste rio [...]. Ainda vivemos na luz bruxuleante – possa ela durar enquanto a velha terra continue a rodar! Mas ainda ontem as trevas estavam aqui. Imaginem os sentimentos de um comandante de uma bela – como é que se diz – trirreme no Mediterrâneo, a quem de repente se ordenasse seguir para o norte. [...] Imaginem ele aqui – o próprio fim do mundo, um mar cor de chumbo, um céu cor de fumo, uma espécie de barco rígido como uma concertina – subindo este rio com provisões ou ordens ou o que vocês quiserem. [...] A morte esgueirando-se no ar, na água, no mato. Deviam aqui morrer como moscas. [...] Desembarcar em um pântano, marchar pelos bosques e, em algum posto interior, sentir que a barbárie, a completa barbárie, os cercara [...]. Tinha de viver no meio do incompreensível, que é também detestável. E há também o fascínio que começa a se exercer sobre ele. O fascínio do abominável[69].

A longa passagem pode ser considerada a justificação apriorística por Marlow do horror do que ainda contará. Séculos atrás, quando os romanos eram os colonizadores e o Tâmisa os servia, como agora seus ex-colonizados se servem dos rios africanos, o que agora é tranquilo fora uma via próxima a pântanos e bárbaros. Conrad utiliza o narrador interposto como abrandamento do horror de seu relato. Seria menos uma

---

67 J. Conrad, *Heart of Darkness, Complete Works*, v. xvi, parte i, p. 48.
68 Idem, ibidem.
69 Idem, p. 49-50.

racionalização provocada por seu conservadorismo e insegurança do que uma tentativa de desviar as suspeitas do leitor inglês. Pois, embora não fosse falar da colonização britânica, a homologia seria imediata. A prudência então aconselhava neutralizar o quanto possível a contundência do relato. É verdade que, como dirá Geoffrey Galt Harpham, "como pensador, Conrad, parece compulsivamente levado a coisas que resistem ao pensamento claro"[70], ao passo que a racionalização, conseguida por meio de Marlow, é demasiado clara. Mas que é a racionalização senão um meio de reagir ao pensamento? Conrad, pois, no começo da novela, tinha de se contrapor à sua compulsão à obscuridade, porque, no caso, ela não assegurava sua defesa. Seria como se dissesse: se o leitor encontrar alguma semelhança com o que o Império pratica em suas colônias, lembre-se que, séculos atrás, seus antepassados viviam em pântanos e eram selvagens. O tempo passou e agora somos nós, ou melhor, os belgas (!), que atuamos como os antigos romanos.

O que extraímos da curta frase de G.G. Harpham completa nosso propósito: a clareza da racionalização tem um papel e um lugar bem delimitados. Quando a narrativa efetivamente começar, irá destruí-la. Além do mais, a abertura que temos comentado não é, do ponto de vista do relato, uma interpolação arbitrária: independente do uso justificativo da História por Marlow, a *monstruous town*, como designa Londres, permanece intacta, guardando seus segredos. A astúcia do escritor se mostra pelos dois planos antagônicos: por um lado, a resignação otimista de Marlow, que visa a defender o autor do leitor suspeitoso de que fala mal da política britânica; por outro, o brilho noturno, visível ao "clarão espectral do luar", da cidade formigueiro de homens "civilizados" se dirige a outro leitor, sensível, politicamente menos enquadrado, de que Edward Garnett era o protótipo.

A astúcia de Conrad não terminava aí. A justificativa antecipada do que Marlow irá contar não diz algo sobre o próprio Marlow? À diferença do que dele afirmaremos a propósito de sua presença em *Lord Jim* e em *Chance*, sua ação nesses outros romances terá um grau acentuado de sensatez[71]. No *Heart of Darkness*, ao contrário, é o nível mental do narrador que se mostra aquém das implicações da história de Kurtz. Estabelecer a mediocridade do narrador será

70   Op. cit., p. 92.
71   Cf. infra, p. 269 e s.

extremamente funcional para Conrad: não o obrigará a tornar nítidos os pontos sobre os quais não tinha absoluta clareza ou que não lhe convinha tornar bastante claros. Além do mais, não permitirá ao leitor mais agudo acusá-lo de responsável pelas decisões do narrador interposto:

> Quando a examinamos muito bem a conquista da terra, que significa, em grande medida, tirá-la daqueles que têm uma cor da pele diferente ou um nariz um pouco mais chato do que os nossos, não é uma coisa bonita. O que a redime é a ideia apenas. Uma ideia que a respalde; não um pretexto sentimental mas uma ideia: e uma crença altruísta na ideia[72].

Ainda que formalmente a frase pertença a Marlow, é difícil conter a suspeita de que Conrad declara o que pensa ou o que quer que se pense que ele pensa. Ora, defender o caráter redentor da ideia, sustentada por uma crença altruísta, exigiria do romancista um exercício crítico-intelectual que nunca lhe agradou; e que, independente de suas predileções, seria extremamente complicado. Assim, emprestando-o a um narrador intelectualmente medíocre, Conrad defendia seus próprios limites. Simultaneamente, fazia Marlow dizer o que bem cabia na atração que o próprio Conrad sentia como escritor: "A fascinação do abominável"[73].

Tudo que dissemos sobre o nível intelectual de Marlow poderia ser tomado como um desdobramento da tagarelice com que ele prepara seus companheiros para a história que lhes contará. Não é bem isso, mas sim um meio com que procuramos explicar por que Conrad necessita recorrer à presença de um tal narrador. Pois a história relatada por Marlow se fundava na experiência do próprio autor. A fusão de uma com a outra não se restringe à experiência africana de Conrad. Cotejem-se as passagens, a segunda das quais é atribuída a Marlow:

> Foi em 1868, quando tinha nove anos ou por volta disso, que, enquanto olhava um mapa da África da época e punha meu dedo sobre o espaço em branco que então representava o mistério não resolvido

---

72 J. Conrad, *Heart of Darkness, Complete Works*, v. XVI, parte I, p. 50-51.
73 Idem, p. 50.

258 parte II: a consolidão do redemunho

daquele continente, me disse com absoluta segurança e uma audácia surpreendente, não mais presente em meu caráter de agora: "Quando crescer, irei *lá*"[74].

Ora, quando era garoto tinha paixão por mapas. Passava horas olhando mapas da América do Sul, da África ou da Austrália e me abandonava a todas as glórias da exploração. Naquele tempo, havia muitos espaços em branco na terra e, quando via um particularmente convidativo em um mapa (mas todos eles o pareciam) punha meu dedo sobre ele e dizia: quando for grande, irei lá[75].

Do mesmo modo, a alegação de Marlow de haver importunado seus parentes para conseguir o emprego na África fora, de fato, praticada pelo romancista. Mais ainda: o encontro do navio francês que bombardeava a costa – "Lembro-me, diz Marlow, de certa vez havermos encontrado um barco de guerra ancorado ao longo da costa. Não havia sequer um abrigo por lá e o barco bombardeava a mata. Parece que os franceses tinham uma de suas guerras nas cercanias"[76] – se baseia em fato testemunhado por Conrad. Conforme declara em carta, de 16 de dezembro de 1903, a Kazimierz Waliszewski: "Lembro-me de seu nome [do navio francês]: o Seignelay. Era durante a guerra do Dahomey [!]"[77].

Intencionalmente ou não, o comentário de Marlow aponta para sua mediocridade: "Na imensidade vazia de terra, céu e mar, ali estava o navio, incompreensível, bombardeando o continente"[78]. Pois como dizê-lo incompreensível a não ser para quem não atinasse com o específico do empreendimento colonial? Por isso mesmo é aos poucos que começa a se dar conta da estranheza de seu emprego – "Foi crescendo em mim uma sensação geral de espanto vago e opressivo"[79]. Começa então a narrar o que vivera.

Ao desembarcar e continuar sua viagem por terra, Marlow reproduz o que o próprio Conrad experimentara[80]:

74 Idem, *A Personal Record, Complete Works*, v. VI, p. 13.
75 Idem, *Heart of Darkness, Complete Works*, v. XVI, parte I, p. 52.
76 Idem, p. 61.
77 Idem, *The Collected Letters of Joseph Conrad*, v. 3, p. 93.
78 Idem, *Heart of Darkness, Complete Works*, v. XVI, parte I, p. 61-62.
79 Idem, p. 62.
80 A passagem não é, entretanto, exclusiva ao que Conrad testemunhara e empresta a Marlow. Anos depois, em visita à África Equatorial Francesa, Gide, em *Voyage au Congo*

Um leve tilintar de correntes me fez voltar a cabeça para trás. Seis negros avançavam em fila, subindo penosamente a trilha. Andavam erectos e devagar, equilibrando pequenos cestos cheios de terra sobre suas cabeças e o tilintar acompanhava seus passos. [...] Outra detonação no rochedo fez-me pensar de súbito no barco de guerra bombardeando o continente. [...] Mas aqueles homens, com todo o esforço da imaginação, não podiam ser chamados de inimigos. [...] Passaram perto de mim, sem um olhar, com aquela indiferença completa, mortiça, de selvagens infelizes[81].

Marlow, ainda em paralelo com a experiência vivida por Conrad, chega por fim ao posto comercial, em que deveria capitanear um barco fluvial. O primeiro funcionário branco que encontra mostra-se limpo, de rosto escanhoado e roupa impecável. Era o guarda-livros do chefe do posto. Fora dele, entretanto, o posto era uma bagunça. Que importava ao impecável guarda-livros? Bastava-lhe manter em dia a anotação da entrada do marfim recolhido, que seria depois levado para Bruxelas. É por esse funcionário que Marlow tem a primeira referência a Kurtz. Seu encontro se torna o objetivo de sua viagem. Kurtz era um agente de primeira classe, encarregado de um importante posto comercial, mais ao interior, no próprio âmago do "verdadeiro território do marfim"[82].

O guarda-livros é o primeiro europeu que serve a Marlow para a caracterização dos brancos na colônia belga. Parece intocável pelo ambiente em que se encontra. Exerce sua tarefa, odeia os nativos e sente-se incomodado pelos gemidos dos moribundos porque perturbam suas anotações. Seu desvio não concerne, no sentido estrito do termo, a critérios de higiene ou de transgressão à moral. É produto de uma máquina – a norma que obedece – que funciona ali do mesmo modo como faria em sua terra de origem. O desvio em que incorre

---

(1927), testemunharia que os africanos eram transformados "no gado humano mais miserável". Ele constata ainda que os responsáveis pelo tratamento miserável que sofriam era a companhia francesa correspondente àquela a que Conrad servira. Conforme citação feita por Gide do diário de um funcionário francês: "A causa de tudo isso é a Compagnie forestière Sanga-Oubangui, que, com seu monopólio da borracha e com a cumplicidade da administração local, reduz todos os indígenas a uma dura escravidão". Cf. *Voyage au Congo...*, p. 146 e 71, respectivamente.

81   J. Conrad, *Heart of Darkness, Complete Works*, v. xvi, parte i, p. 64.
82   Idem, p. 69.

resulta do próprio traço maquínico que penetrara no *ethos* ao qual obedece. (O pleno significado desse maquínico só poderá ser formulado no fim do exame de Conrad.) Marlow continua a caminhar. Trilhas e trilhas e aldeias abandonadas, até chegar ao Posto Central. "Bastava uma primeira olhada para se ver que o demônio flácido (*the flabby devil*) comandava o espetáculo"[83]. É então informado que o barco que devia comandar, como também sucedera com Conrad, estava avariado.

Durante meses, sem ter o que fazer, está no Posto Central, à espera dos rebites para o conserto da embarcação. Vê-se pois obrigado a conviver com o gerente – "Era um negociante comum, desde a juventude empregado nestas partes – nada mais"[84]; antipatizam-se mutuamente e Marlow tampouco poupa os outros funcionários, que "gastavam o tempo caluniando e se intrigando de maneira idiota"[85]. Um deles louva Kurtz, seja para aumentar a desavença de Marlow com o gerente, seja porque teme que o recém-vindo pertença ao bando do agente procurado. No Posto, crueldade, cupidez e incompetência são quase absolutas. Se o gerente detesta Kurtz porque este emprega métodos incomuns para extrair dos negros quantidades maiores de marfim, os demais funcionários têm a mesma reação porque desconfiam que Kurtz recusava a rotina da exploração e, levando a sério os propósitos civilizatórios da Companhia, contava com a simpatia da sede em Bruxelas. Mas como entender a reflexão de Marlow: "Não gosto de trabalho – ninguém gosta – mas gosto do que dá o trabalho – a chance da pessoa se encontrar a si mesma. Sua própria realidade – para si e não para os outros –, o que ninguém jamais pode saber. Eles podem ver apenas o mero espetáculo, sem que possam dizer o que de fato significa"[86].

Numa leitura respeitosa da mediocridade de seu enunciador, a passagem significava o louvor da eficiência contra o engodo das palavras. (Ir além do nível de Marlow, implicaria acentuar que a eficiência, ao contrário do *sound and fury* das palavras, *rende*.) O gerente, o tio com quem conspira, os "peregrinos", os brancos subordinados integram a cadeia do que Marlow despreza. Mas onde Kurtz se incluiria? Dizer

83 Idem, p. 72.
84 Idem, p. 73.
85 Idem, p. 78.
86 Idem, p. 85.

como Oliva que, na sequência do relato, Conrad está preparando a redenção de seu vilão e herói, "condenando-o explicitamente e começando a absolvê-lo implicitamente"[87], não passa de incompetência. A atração que, de fato, Marlow sente por Kurtz menos o absolve do que exibe outro tipo de branco, na empresa colonial: aquele que, em vez de se contentar com a exploração costumeira, "penetrava cada vez mais fundo no coração da floresta"[88]. Sem dúvida, isso ainda é muito pouco e assim permanecerá enquanto os dois se mantiverem afastados.

Consertado por fim o barco, a viagem que Marlow empreende, junto com o gerente, peregrinos e outros brancos, o conduz ao fundo dos tempos. O avanço no interior do continente equivalia, como mais ainda a penetração na floresta, ao recuo aos tempos distantes. "Nele, os homens uivavam, pulavam, rodopiavam e faziam caretas medonhas"[89]. Mas, em vez de assustar Marlow, nele criavam a suspeita de que Vico – não sei se o romancista o conhecia – tivera razão ao dizer algo semelhante ao que vem à cabeça do narrador: "A mente do homem é capaz de qualquer coisa – pois tudo está nela, todo o passado bem como todo o futuro"[90]. (Tudo que faz o homem, já dizia *La scienza nuova*, são "modificazioni della nostra medesima mente umana"[91]).

Os habitantes da floresta não são encarados por Marlow de acordo com os princípios evolucionistas; a curiosidade ou mesmo o fascínio que o atrai à procura de Kurtz tem uma causa mais física do que intelectual. No prosseguimento da viagem, como depois dirá O'Neill, "noite a dentro", deparam-se com um casebre semidestruído, cuja função no relato será assinalar, pelas anotações – que Marlow supõe codificadas – em um livro destroçado, o próximo encontro do russo andarilho, que será seu informante sobre as atividades de Kurtz. Sofrem depois o ataque de selvagens, na verdade protetores daquele que procuram, que, apavorados, escapam, ante o simples apito do barco. Marlow logo saberá pelo russo, vestido como arlequim, que obedeciam a Kurtz. Que relação, pois, Kurtz manteria com as tribos locais? O caráter intrigante de sua figura aumenta.

---

87   R. Oliva, op. cit., p. 27.
88   J. Conrad, *Heart of Darkness, Complete Works*, v. XVI, parte II, p. 95.
89   Idem, p. 96.
90   Idem, ibidem.
91   G. Vico, *La scienza nuova, Tutte le opere di Giambattista Vico*, v. I, p. 137.

Pelo inesperado informante, Marlow saberá que Kurtz escrevera um relatório para a International Society for the Suppression of Savage Customs (Sociedade Internacional para a Abolição dos Costumes Selvagens). Quando o lê, reconhece que "era eloquente, vibrante de eloquência, mas muito perturbado[92] (*too high strung*)". E isso porque fora feito antes que seus nervos degringolassem. Teria sido depois disso que escrevera à mão o intrigante comentário, "no fim daquele apelo comovente a qualquer sentimento altruístico": 'Exterminem todos os brutos!'"[93]. Presidira então "danças à meia-noite, terminando com rituais indescritíveis" que lhe eram oferecidos[94].

Embora vagas e confusas, as informações dão a entender que Kurtz usava seu prestígio junto aos nativos tanto para aumentar sua carga de marfim, e para trucidar seus inimigos – era o que indicavam as cabeças espetadas nos postes que ornamentavam a frente de sua choça – como, também, para seduzir a negra imponente e poderosa, que acompanhara o moribundo até a praia, de onde será transportado para o barco.

Todos os restos da atuação da personagem que Marlow acumula dão a entender que não era Kurtz um comerciante rotineiro, mas alguém que acreditava na capacidade civilizatória da iniciativa branca, que não se sabe como ou quando se desligara de seu *ethos*, tornando-se um adepto de práticas hipócrita e repressivamente inibidas pelas autoridades. Dentro de sua mediocridade, Marlow tomava seu partido, contrapondo-se à hostilidade do gerente e dos peregrinos, conquanto suas lembranças estivessem longe de promover a sua "redenção". Ao contrário, seu relato é feito de maneira a levar o leitor a intuir que, com Kurtz, a conduta desviante atingira o grau máximo: "Sua alma estava louca. Sozinha na selva, encarara dentro de si e, pelos céus!, lhe digo, enlouquecera. [...] Eu vi o mistério inconcebível de uma alma que não conhecia restrições, fé e medo, mas lutava cegamente consigo mesma"[95].

Marlow parece simplesmente atônito ante as últimas palavras que escuta:

---

92   J. Conrad, *Heart of Darkness, Complete Works*, v. XVI, parte II, p. 117.
93   Idem, p. 118.
94   Idem, ibidem.
95   Idem, parte III, p. 145.

brancos e negros na áfrica de conrad

Os restos de seu cérebro enfastiado eram agora obsedados por imagens sombrias – imagens de riqueza e fama girando servilmente em torno de seu dom inesgotável de expressão nobre e arrogante. Minha prometida, meu posto, minha carreira, minhas ideias – eram estes os temas das declarações ocasionais de sentimentos elevados[96].

De qualquer modo, chegara ao fim e Marlow transmite o que vira e sentira:

Ocorreu algo que se apossou de suas feições, que eu nunca vira e espero nunca mais ver. Eu não estava sensibilizado. Estava fascinado. Era como se um véu tivesse sido rasgado. Vi naquela face de marfim a expressão do orgulho sombrio, do poder cruel, do terror covarde – de um desespero intenso e irremediável. [...] Ante alguma imagem, alguma visão, gritou num sussurro – gritou duas vezes, num grito que não era mais que um sopro: "O horror! O horror"[97].

E a frase com que Conrad se funde com as palavras de Marlow – "A vida é uma coisa cômica – este arranjo misterioso de uma lógica implacável para um objetivo fútil"[98] – é tão oca ou tão verdadeira em seu vazio como se tornara o próprio Kurtz.

Conrad concebe um narrador cujos limites o deixam aquém do que vira. É dentro desses limites que Marlow afirma sua lealdade a quem o fascinara, sem o compreender, e reitera que essa lealdade o opunha à "cidade sepulcral" (Bruxelas e não Londres) onde estava a mola propulsora do que testemunhara na África. Sua distância quanto aos propósitos da Companhia se manifestam quando se recusa a ceder às pressões para que entregue os documentos que Kurtz lhe confiara e se afinca em respeitar as últimas recomendações do morto – que o marfim acumulado pertencia a si, e, sobretudo, em empreender a visita de pêsames à sua prometida. Nessa ocasião, conquanto tenha viva a memória do que de fato ouvira, mente descaradamente, para que pronuncie o que ela queria ouvir: "A última palavra que ele disse foi – seu nome"[99].

96   Idem, p. 147.
97   Idem, p. 149.
98   Idem, p. 150.
99   Idem, p. 161.

O resumo acima se impôs como base para a discussão da novela. Ela se concentra nos seguintes pontos:

a. desde sua chegada ao Posto Central, Marlow compreende estar diante de criaturas dirigidas por um "demônio flácido";

b. no interior da selva, Kurtz se libera dos valores repressivos dos membros de seu grupo e a selva dele se vinga revelando sua qualidade de "homem oco" (*hollow man*). (No capítulo seguinte, o exame de outras obras nos permitirá aprofundar este ponto). De todo modo, já sabemos que não pertence ao tipo de desvio caracterizador do bando do gerente, que pratica a violência, a crueldade, a espoliação convencionais; a que horror se refeririam as palavras derradeiras de Kurtz? – aquele que praticara ou que passara a encontrar em si mesmo?;

c. que significa a mentira pela qual opta Marlow ao encontrar a prometida de Kurtz?

Vejamos como responde a essas questões um dos intérpretes da novela, considerado como um dos mais destacados. Em "*Heart of Darkness*: The Failure of Imagination", James Guetti apresenta o seguinte argumento:

> Marlow diz em certo momento que é no "trabalho" que um homem pode se "encontrar" a si mesmo, sua própria "realidade"; depois, contudo, parece se contradizer e observa: "Quando você tem de considerar coisas desse tipo, os meros acidentes da superfície, a realidade – digo-lhes a realidade – se dissipa. A verdade interna é oculta – felizmente, felizmente. Mas eu a sinto do mesmo modo". Como essas citações indicam, Marlow usa o termo "realidade" de dois modos: a realidade primária é a sugerida essência da selvageria (the suggested essence of the wilderness), a escuridão que deve permanecer oculta se o homem há de sobreviver moralmente, ao passo que a realidade secundária é uma realidade figurada como o trabalho, uma realidade artificial pela qual o real verdadeiro é encoberto ou mesmo substituído[100].

À tese geral há de se acrescentar o corolário extraído do caso de Marlow: "O crime ou a realização de Kurtz, portanto, não é que ele

---

100 H. Bloom (org.), *Joseph Conrad's Heart of Darkness (Modern Critical Interpretations)*, p. 21.

tenha gerido mal as coisas para a companhia ou, em termos mais gerais, que tenha pecado de um modo singularmente horroroso, mas sim que, por um ato de visão, se cortou a possibilidade de pecado"[101].

Comecemos por glosar o argumento geral: Marlow emprega "realidade" em dois sentidos. De acordo com o primeiro, para que possa sobreviver moralmente, o homem precisa manter a "realidade primária" confundida com as trevas, sendo, pois, algo amorfo e sem conteúdo preciso. Na segunda acepção, a perigosa *primary reality* é substituída pela ocupação do trabalho, que empresta contornos definidos à conduta humana. Como então entender a exclamação de horror, no final de Kurtz? Segundo Guetti, menos por algo que tenha praticado e sim por *an act of vision* pelo qual, deixando de ter a possibilidade de reconhecer-se em algum pecado, se extraviara. Cortara-se, então, o caminho de se reconhecer em uma culpa codificada e se defrontara com *the suggested essence of wilderness*. Que tamanha força proveniente de tal visão poderia ser essa? Abre-se a alternativa: **a.** que Guetti acatou o tom nebuloso antes apontado por Forster, sem que endossasse seu tom depreciativo e que teria sido, portanto, uma das vítimas do embuste em que, para Forster, Conrad se especializara; **b.** que o contato com a mortífera realidade primária resultara de Kurtz haver renunciado ao modo de representação próprio a seu grupo humano, i.e., à sua cultura. Acusá-lo de "aculturação", como faziam seus inimigos, canibalizando-se, praticando um erotismo desenfreado, ainda era torná-lo objeto da representação possibilitada pelo *ethos* branco. Ao afirmá-lo, indicamos que nossa posição se encaminha para a segunda alternativa, tornando-a mais concreta.

Ao apagar a via de reconhecimento do ato desviante, Kurtz perdera o meio de se autoreconhecer. Isso sucedera por romper *in totum* com as regras de permissão e proibição que demarcam uma cultura. O administrador da Central Station, fosse ele definido como um "demônio flácido" ou como um "negociante comum", mantinha-se no círculo da realidade moral dos brancos. Suas falhas eram ainda classificáveis e cabiam na catalogação dos pecados. Em suma, há de se repetir a abertura da aguda apreciação de Garnett: eis "a mais aguda análise da deterioração da *morale* do homem branco"[102]. Mais

---

101 Idem, p. 23.
102 Op. cit., p. 606.

aguda com Kurtz, como antes em Willems, em *An Outcast*; mas já atualizada no guarda-livros, que só se importa com o esmero de suas anotações, no administrador, nos "peregrinos" que atiram contra os nativos que procuram impedir que o barco se acerque de Kurtz. O que vale dizer, os desviantes, em vez de assinalar, por oposição, a qualidade do *ethos* de que se afastam, já insinuam que algo de torto o caracteriza. Mas não nos apressemos.

Seria abusivo afirmar que a conclusão acima era antecipada por outro intérprete: "A selva sussurra para Kurtz com um fascínio irresistível porque ele, no fundo, é oco"[103]. Pode-se pensar que ela enfatiza a segunda parte da conclusão de Guetti e que ambas estão presentes, embora com outra ênfase, na nossa. Tanto Guetti como Cox, talvez por pertencerem ao mesmo *ethos* posto em julgamento, vêm à questão radicalizada por Kurtz como se se tratasse de objeto para exposição em uma aula de filosofia. Em troca, procuramos trazer a questão para o plano concreto do contato entre exploradores e explorados. O desvio, que em Conrad se apresenta como o índice básico da conduta do branco nos trópicos, tem como contrapartida a conduta automatizada. O desvio culpabiliza, o automatismo oficializa a conduta legalizada. E porque não há uma terceira via, é o *ethos* ocidental que é trazido ao tribunal. Mas qual tribunal? O imaginado pelo kafkiano de *O Processo* antes se parece a uma versão regressiva, que, parodiando seu formato moderno, o castigasse. Aquém de Kafka, só há a reiteração da pergunta: que tribunal há de julgar o *ethos* branco? Tomá-lo como acusado não significa que se considerasse justa sua norma e condenáveis seus desvios. Ao contrário, o estudo de Conrad cresce à medida que o desenvolvemos: cada vez mais o desvio da *norma* se confunde com a própria norma. A norma do *ethos branco* é seu *desvio*.

Kurtz tem fascinado romancistas e cineastas porque, perante a expansão do Ocidente, revela o aspecto sombrio, macabro, que chega ao ponto de tornar seu *ethos* irrepresentável. Nesse sentido, suas palavras finais, "The horror, the horror" é a formulação mesma do que não mais cabe em palavras – o irrepresentável é o inominável. Antes, em Fernão Mendes Pinto, o irrepresentável decorria de que

---

103 C. B. Cox, *Heart of Darkness*: A Choice of Nightmares?, em H. Bloom, (org.), *Joseph Conrad's Heart of Darkness (Modern Critical Interpretations)*, p. 41.

brancos e negros na áfrica de conrad

não havia meios para configurá-los. Ele agora é inominável, porque o que dele se diga por completo entra em choque com o que a sua norma considera dizível.

Enquanto o *ethos* branco, em sua face capitalista, ainda se consolidava, a personagem do *Wilhelm Meister* (1795-1796) podia louvar entusiasmada as vantagens que "a partida dupla" (*die doppelte Buchhaltung*) oferecia aos comerciantes. A contabilidade burguesa, como acentua Franco Moretti, obrigava seus praticantes "a *encarar os fatos*: todos os fatos, inclusive os desagradáveis". Era, por conseguinte, "uma espécie de *honestidade comercial* estendida a todo o resto da existência: a seriedade como confiabilidade, método, 'ordem e clareza', *realismo*"[104]. A empresa colonial desfaz essa ilusão. Não é acidental que o contador do Posto Central, limpo, escanhoado e alheio ao que se passava à sua volta, seja a primeira figura que Marlow encontra, ao ali chegar. Ele é um índice, mais eficaz do que Conrad poderia conceber, do *heart of business*. Por isso mesmo tampouco é contingente que Conrad fosse nebuloso – o era tanto como modo de defesa, como por seus próprios limites. É o inconsciente textual que torna visível o que dele próprio escapava.

Um século depois, temos condições de alguma clareza. Nenhuma resposta, contudo, é capaz de enfrentar a pergunta: quando será reconhecido que os desviantes atualizavam o próprio cerne do código de que pareciam se afastar?

---

104 Il secolo serio, F. Moretti (org.), *Il romanzo: La cultura del romanzo*, v. 1, p. 710-711.

3:
O Desvio e o Horror
(*Lord Jim, Victory, Chance*)

Lord Jim:
O Autor e a Primeira Recepção da Obra

Como a maioria da prosa ficcional de Joseph
Conrad, *Lord Jim* foi antes publicado em partes, na revista que mais o
acolheu, a *Blackwood's Magazine*, entre outubro de 1899 e outubro de
1900, coincidindo a publicação da última parte com o aparecimento
do livro[1].

A razão de o autor preferir a dupla forma de circulação era de ordem
econômica – como suas finanças sempre andavam mal, a publicação
seriada e, depois, em livro, permitia que seu agente fizesse um melhor
contrato. O motivo econômico era agravado pela incapacidade de Conrad de cumprir os prazos estabelecidos, o que o obrigava muitas vezes
a publicar narrativas ainda em processo de feitura ou antes de estarem
bem constituídas. As crises de depressão também eram fator para
Conrad publicar seus livros de maneira seriada e, quando finalizados,
o romance completo. Só a demanda pública por textos ficcionais, junto
com a boa vontade e a sagacidade do velho editor William Blackwood,
permitia tal prática, mesmo quando isso se dava com um autor que
não primava pela popularidade. Quanto à consciência de sua escassa
popularidade, lembre-se sua carta em francês de 24 de março de 1908,
à condessa Janina de Brunnow: "Um de meus amigos me diz que nas
bibliotecas [o autor comete o lapso de escrever "Librairies"] públicas e
populares pedem-se meus livros. A grande classe média conhece meu
nome, mas não meus livros[2].

---

1   Cf. Z. Najder, *Joseph Conrad: A Chronicle*, p. 270.
2   *The Collected Letters of Joseph Conrad*, v. 4, p. 62.

Sobre as crises de depressão, as referências são muito mais frequentes. Quando ainda não começara a escrever a história de Tuan Jim, como reverencialmente os nativos tratavam o ex-oficial da marinha mercante inglesa, Conrad declarava a Edward Garnett, em 2 de fevereiro de 1898: "Perdi o último farrapo de confiança em mim"[3]. E, em 16 de fevereiro do mesmo ano, ao não menos amigo Cunninghame Graham: "Não [lhe] escrevi porque estava profundamente desanimado – perturbação nervosa –, um gosto de inferno"[4]. A Garnett, que tanto o protegia que o escritor se considerava sua criança mimada[5], referia, em carta de 29 de março de 1898: "Sento-me religiosamente todas as manhãs. Sento-me oito horas por dia – e sentar-se é tudo. No curso de um dia de trabalho de oito horas escrevo três frases, que risco, antes de deixar a mesa, em desespero"[6].

Seria desastrado pensar-se que tal atmosfera derivava de alguma influência flaubertiana, embora seja inegável sua presença, conquanto transformada, nas obras de Conrad – na formação do próprio Jim ressoa algo do romantismo adocicado de Emma Bovary. Mas a constante ansiedade que o acompanha se intensifica com as consequências psíquicas de sua situação de um exilado que nunca esteve à vontade na sociedade de adoção.

É porque vive em uma situação precária, só anos depois amenizada, que o mesmo tom reaparece tanto nas vésperas de começar o *Lord Jim* – "Você não tem ideia de como seu interesse por mim *me mantém*", escreve ao romancista John Galsworthy, em 2 de setembro de 1899[7] – como, de maneira mais incisiva, em carta a Edward Garnett, de 16 de setembro do mesmo ano:

> Meus esforços parecem não se relacionar com nada no céu e tudo sob o céu é impalpável ao tato, como formas de nevoeiro. Consegue ver como é fácil escrever em tais condições? Consegue? Até escrever a um amigo – a uma pessoa a quem se escutou, tocou, com quem se bebeu e discutiu – não me dá o senso da realidade. É tudo ilusão – as palavras escritas, o pensamento que se teve em mira, a verdade que

3   Idem, v. 2, p. 32.
4   Idem, p. 39.
5   Idem, p. 220.
6   Idem, p. 49.
7   Idem, p. 197.

o desvio e o horror

se pretendia exprimir, as mãos que segurarão o papel, os olhos que encararão as linhas. Cada imagem flutua vagamente em um mar de dúvidas – e a própria dúvida se perde em um universo inesperado de incertezas[8].

O mesmo tom se mantém durante a composição do romance. É o que comunica, em 4 de janeiro de 1900, a Cunninghame Graham: "Sinto-me bastante miserável – nada de novo nisso! Mas as dificuldades, por assim dizer, apertam seu cerco; uma marcha irresistível de besouros negros é como o imagino. Que destino, ser assim devorado"[9].

A sensação de fragilidade interna é tamanha que, estando o romance publicado e havendo Garnett escrito imediatamente sobre ele, o romancista lhe pede, em carta de 2 de novembro de 1900, que adie o envio de seu artigo, porque se encontra "em um estado próximo à demência"[10]. Quando, afinal, lhe chega a resenha, é o primeiro a endossar sua crítica (carta de 12 de novembro): "Não fui forte bastante para inculcar em meu barro a espécie adequada de vida – a vida *reveladora*"[11].

Ao declará-lo, Conrad ia bastante além do que dissera o resenhador. O romancista começa sua carta por concordar que o ponto fraco do livro está em sua divisão em duas partes: "Você pôs o dedo na ferida. A divisão do livro em duas partes, que é a base de sua crítica, demonstra outra vez sua perspicácia surpreendente"[12] o que, não correspondendo às restrições de Garnett, antes parece refletir a crítica do próprio autor. Conrad, assim, demonstrava seu discernimento crítico ou fazia da crítica alimento para seu masoquismo? Em vez de optar entre as hipóteses, é preferível conhecer a própria reserva de Garnett. Ela concerne à inverossimilhança de que o narrador da história de Jim a tenha relatado em uma conversa de depois do jantar; seria demasiado longa para ser seguida: Conrad "deixou de ter em conta essa divertida prolixidade"[13].

---

8   Idem, p. 198.
9   Idem, p. 238.
10   Idem, p. 299.
11   Idem, p. 302.
12   Idem, ibidem.
13   Resenha não assinada em *The Academy*, 10 november, 1900, transcrita em N. Sherry, *Conrad: The Critical Heritage*, p. 117.

Embora no prefácio para a reedição de 1917 do *Lord Jim*, o autor procure se defender da restrição, ele próprio não se mostra convencido de estar certo. De todo modo, em público, não lhe parece adequado especificar a raiz crítica: "Depois de pensar sobre isso – i.e., sobre a alegada inverossimilhança do relato –, algo como dezesseis anos, não estou tão seguro [da objeção]"[14].

Um pouco antes de Garnett, um outro resenhador, W. L. Courtney, destacava uma fraqueza menos discutível: "No todo, o método de narração adotado em *Lord Jim*, o desvio constante do objetivo, as introduções recorrentes de incidentes que não afetam a questão central, indubitavelmente enfraquecem a conclusão e a meta comuns do livro"[15].

Estes, no entanto, ainda eram reparos respeitosos, que não duvidavam da qualidade do escritor. A resenha não assinada que publica a revista *Speaker*, em 24 de novembro de 1900, já assume outra direção: "O estilo do sr. Conrad ainda parece sofrer um tanto da falta de simplicidade. Emprega alguns dos artifícios dos que procuram exprimir mais do que contêm"[16]. E a recepção se torna declaradamente hostil na resenha, também não assinada, da *Pall Mall Gazette*, de 4 de dezembro. *Lord Jim* é acusado de ser uma "narrativa muito truncada, [...] maçante, detalhista e bastante difícil de ser lida"[17].

Em suma, as críticas, ainda quando reverentes ou apontando para aspectos questionáveis, longe estiveram de irrestrita aprovação. A última, sobretudo, se intelectualmente grosseira, era a mais próxima da reação esperável do leitor comum. Daí não haver surpresa em saber-se que a vendagem do livro tenha sido bastante modesta. Se a primeira impressão de 2.100 exemplares se esgotou em apenas dois meses, a segunda, reduzida a 1.050 exemplares, durou quatro anos[18].

Se descartamos a diferença de tom das reservas, salvo Garnett que, já em sua abertura, mostra o cuidado intelectual com que apresenta o romance – "Um estudo penetrante, realizado com paciência e compreensão – da covardia de um homem que não era covarde"[19]–, os

14 Author's Note a *Lord Jim, Complete Works*, v. XXI, p. VII.
15 Resenha transcrita em N. Sherry, op. cit., p. 114-115.
16 Idem, p. 121.
17 Idem, p. 123.
18 Cf. Z. Najder, op. cit., p. 271.
19 E. Garnett, transcrita em N. Sherry, op. cit., p. 115.

o desvio e o horror

resenhadores exprimem o desacordo entre o que esperam da prosa ficcional e o caminho adotado por Conrad. Embora eventualmente acertem – *a amusing prolixity* (uma divertida prolixidade), a que se refere a lucidez de Garnett, os incidentes recorrentes e desnecessários notados por Courtney –, as resenhas privilegiam uma narração direta, sem complicações temporais, que não exija muito do leitor. Em síntese, é a questão do "método" na composição do relato que já se põe em questão. Muito embora Conrad, em seus livros mais elaborados, não contará, como veremos, com o endosso de seu muito admirado Henry James, era por seu caminho que optava, distanciando-se do modelo da prosa vitoriana, preservado pelos resenhadores.

A discrepância entre o método de certas obras e os padrões de julgamento esboçava o abismo que, já no começo do século xx, se abria entre a produção literária e o gosto do público. Contemporânea desse início de ruptura, a primeira recepção do Conrad amadurecido é decisiva como documento de uma separação que só crescerá. Em seu caso, porém, as consequências são mais drásticas do que eram para James ou Virginia Woolf porque, ao contrário deles, precisava de algum êxito de venda. A discrepância, portanto, entre a direção que tomava sua escrita e a expectativa dos mediadores – resenhistas e críticos – e do público, agravava a perturbação psicológica que aumentara desde seu retorno do Congo. Ainda que mantivesse uma vida modesta e recatada, Conrad tinha de sustentar a si e à família, ao mesmo tempo que procurava não transigir com sua ideia de literatura. Qualquer gasto extra interferia em um orçamento já por si modesto. Sua prolixidade efetiva – Courtney, na resenha já citada, polidamente notava que o romancista "sofre de uma exuberância de ideias"[20] – agravava a situação; não a criava. Daí ser inevitável o aparecimento de reparos como o do anônimo que escreve no *Daily News*, de 14 de dezembro: "Seu método de escrever é complicado; desvia-se, além do mais, para trás e para diante, para um lado e para o outro, quanto ao relato principal, de uma maneira que dificilmente pode ser descrita como lúcida[21]".

Conrad, contudo, resiste. Se a vida não pode ser reinventada, se sua vocação de escritor esbarrava no muro do padrão profissional

---

20   N. Sherry, op. cit., p. 114.
21   Idem, p. 124.

dominante, continuar a aprofundar a trilha que se abrira era uma questão, ao mesmo tempo, de sobrevivência e de manutenção da dignidade. Não se trata de mitificá-lo, pois, ao contrário de outros artistas e escritores, contava com a compreensão de seu agente literário, com quem se endividava, e de seus editores, que não deixavam de publicá-lo. Tais vicissitudes biográficas importam para assinalar que o horror em expansão não era só matéria de ficção, mas se instalava na própria existência de quem ousava explorá-la.

Como complicador da situação, o emprego de um narrador parcial, Marlow, já presente no *Coração das Trevas*, parece a seus resenhadores e críticos algo desnecessário. O próprio Henry James, ainda que por motivos estéticos e não pragmáticos, tampouco estará de acordo.

Curiosamente, a primeira recepção de *Lord Jim* não tematiza o significado de se tratar da história de um branco, com outros brancos, em uma terra distante e colonizada. Para os que o comentam, o Oriente aparece, no máximo, como uma paisagem exótica. O próprio Garnett, muitas vezes superior a seus colegas de ofício, ainda não percebia, como pouco depois o fará a propósito do *Coração das Trevas* – "A mais aguda análise da deterioração da *morale* do homem branco, quando se libera do controle europeu"[22] –, a interação da conduta de Jim com o lugar em que se encontra. Ao contrário, pensa a personagem em termos do homem universal: "É de certo modo um acidente que o livro seja do mar e do Oriente. […] Pois Jim […] representa o universal; tem algo em comum com todos nós"[23].

O *topos* do homem universal difundido no século XVIII continuava a dominar, ainda que por mínimo tempo, em uma mente sensível como a de Garnett. Entre a representação do homem em todas as partes igual a si mesmo e aquela que encarece a função do lugar, enquanto condensadora de expectativas e valores, sequer se cogitava da segunda possibilidade. Isso não se dava por acidente. A sociedade branca permanecia segura de si mesma e não imaginava que sua política imperial pudesse sofrer restrições senão dos eventualmente prejudicados.

A obra de Conrad é tanto mais surpreendente quanto melhor se verifique a solidariedade entre a opção pelo *mot juste*, i.e., por

---

22 *The Collected Letters of Joseph Conrad* (1898-1902), v. 2, p. 467-469.
23 E. Garnett, em N. Sherry, op. cit., p. 115-116.

uma literatura preocupada com sua própria configuração formal, e a apreensão das consequências éticas da expansão imperial. E ainda mais surpreendente porque a articulação está sendo feita por um autor politicamente conservador. É o que Garnett compreenderá em resenha de 1902 e, ao contrário, muitos dos intérpretes atuais continuarão sem entender[24].

De todo modo, a análise da primeira recepção de *Lord Jim* é preciosa para que melhor se entenda que o veio explorado por toda esta Parte II se contrapõe a uma tradição crítica, que progressivamente se alheia de uma problemática cada vez mais evidente na obra de Conrad: que o ethos sobre o qual reflete está diretamente articulado à racionalidade econômica que pratica. E nisso seus intérpretes se mostram aquém dos T. S. Eliot, dos Faulkner, dos Scott Fitzgerald, mais recentemente, dos poucos como Philip Roth que souberam entendê-lo.

Lord Jim: Um de Nós

A primeira impressão que se tem do papel de Marlow, quando assume o lugar do narrador onisciente, é tão banal quanto a que ele transmite de si: "Falar! Que seja. É bastante fácil falar de Mestre Jim, depois de um lauto banquete, duzentos pés acima do nível do mar, tendo à mão uma caixa de charutos decentes"[25].

Marlow refere-se à simpatia que sentira por Jim no tribunal, onde estava sendo julgado pelo não cumprimento de seu dever de oficial, abandonando o navio e os peregrinos que o abarrotavam. "Nada mais terrível do que olhar um homem que fora apanhado, não em um crime, mas em um ato de fraqueza mais do que criminoso"[26]. A frase justifica a simpatia pelo acusado. Logo segue-se outra que contém a expressão: "Gostei de sua aparência. Conhecia sua aparência; vinha do bom molde. Era um de nós"[27].

---

24 Sobre isso, ver, infra, p.205-243.
25 J. Conrad, *Lord Jim, Complete Works*, v. XXI, cap. 5, p. 35.
26 Idem, p. 42.
27 Idem, p. 43.

276 parte ii: a consolidão do redemunho

A própria simplicidade da construção sintática impede que se precisem as fronteiras do "um de nós". Tento alcançá-lo pelo cotejo com duas outras passagens. A primeira é quase imediata e contém uma retificação, pelo próprio Marlow, do enunciado original: "Por força da primeira impressão, teria confiado a embarcação àquele jovem e teria ido dormir tranquilo. E, por Júpiter, teria me enganado. Há abismos de horror naquele pensamento. Ele parecia tão genuíno como uma moeda nova e, no entanto, havia alguma liga infernal em seu metal[28]".

O reparo pode ser incorporado sem embaraço. O subgrupo designado não contém apenas traços evidentemente positivos – "a própria existência fundada na fé honesta e no instinto de coragem", "a capacidade inata de enfrentar as tentações cara a cara", "um poder de resistência [...] desgracioso, se quiserem, mas sem preço etc."[29] – porém ainda outros, que já não admitem uma leitura unívoca: são os "abismos de horror", o "alguma liga infernal em seu metal". O acréscimo de Marlow, pois, consistiria em que a resistência virtuosa que reconhecia no rosto do acusado era permeável à vivência do horror infernal.

Torna-se então possível uma formulação mais compacta. O subgrupo delineado a partir de Jim supõe virtude e porosidade: virtude em manter princípios, porosidade aos horrores que a vida reserva a todos.

A segunda passagem servirá de teste à interpretação. Ela se refere à reação do comandante do Patna e de outro oficial ao verificarem que Jim saltara do navio e a eles se incorporara no bote em que fogem. As palavras com que o capitão se dirige a Jim declaram sua hostilidade: "Você aqui? Uma louça tão fina! Um *gentleman* em flor metido em coisa tão suja. Saiu da letargia, não foi?"[30]. A linguagem e a atitude dos que já estavam no bote salva-vidas os excluem do "um de nós". São tão diferentes do "*gentleman* em flor" quanto "um par de desprezíveis vira-latas". Mas seria falso explicar a animosidade por questão de classe social. Ela antes se funda na diferença de conduta dos diversos agentes brancos, nos trópicos. O subgrupo valorizado é o daqueles que, capazes de sentir os horrores de que a vida não os poupa, se mantêm leais ao *ethos* branco; melhor, que não se aproveitam das facilidades do poder de que usufruem. A caracterização, portanto,

28 Idem, p. 45.
29 Idem, p. 43.
30 Idem, cap. 10, p. 117-118.

o desvio e o horror

do "um de nós" é decisiva na interpretação buscada. Ao passo que a primeira ênfase de Conrad fora na espécie de vira-latas que por ali abundava, o subgrupo que se materializa a partir de Jim aumenta o espectro das possibilidades. Passa-se do mais vil e repelente – aqui, o capitão do Patna, que foge duas vezes do barco sob sua guarda e do tribunal que o julgaria – à figura do que se mantém íntegro, apesar de sua eventual fraqueza.

Assim delineada, a questão imediata consiste em confrontar Jim com Kurtz. O que nos obriga a voltar a discutir o que dissemos, no capítulo anterior, sobre Marlow. Kurtz não era aquele que havia experimentado o máximo da intensidade do horror? É evidente por que não o incluímos na família a que pertence Jim. Conquanto suas palavras finais permanecem cercadas por um halo embaçado, a insinuação do texto era de que, de tal maneira se desfizera do *ethos* branco, que se tornara um ídolo da comunidade nativa, disposta a defendê-lo dos outros brancos. O que não o impedia de, contrapondo-se à forma de exploração convencional, ser visto pelos agentes do Posto Central como alguém mais próximo das metas "humanitárias" da empresa. Daí o interesse pelos artigos que teria publicado na imprensa europeia. O que vale dizer, ao mesmo tempo que Kurtz se desviava de seu *ethos* originário – a denúncia razoavelmente explícita de que adotava as formas de guerra dos nativos, i.e., a crueldade desnecessária, se não o canibalismo e a promiscuidade sexual, encarnada pela figura da negra altiva que o acompanha de volta da mata –, defendia a presença europeia como decisiva na expansão do progresso.

Para complicar mais sua figura, Marlow recorda haver visto, rabiscado no fim do panfleto em que defendia essas ideias, que Kurtz acrescentara, como se interrompesse "a mágica corrente de frases" destinadas à publicação, a nota "Exterminem todos os brutos"[31]. Embora Marlow perceba a discrepância, deixa-se embalar antes pelo lado melodramático da peça, por seu "desmedido poder de eloquência das palavras – das palavras nobres e ardentes"[32]. Mas, se nossa compreensão não se mantiver na mediocridade de Marlow, o que significaria o endosso do progresso, acompanhado de tal recomendação senão a denúncia, feita às costas do narrador, dos pretensos propósitos civilizatórios? Kurtz,

31   Idem, *Heart of Darkness, Complete Works*, v. XVI, p. 118.
32   Idem, ibidem.

pois, se desviara por completo do *ethos* branco não só pela adoção de práticas condenadas como, e sobretudo, por materializar a falsidade que dirigia o chamado processo civilizatório. O "horror, horror" com que se despedira da vida declarava, em suma, que sua adesão ao *ethos* originário chegara ao ponto zero, i.e., se tornava irrepresentável. É, portanto, pelo confronto de Kurtz com Jim, i.e., a partir do entendimento que alcançamos do "um de nós", que conseguimos dar um passo na interpretação do *Coração das Trevas*. O "um de nós" aponta para a resistência não só contra os desvios praticados, como também para a corrupção, o extravio, a perda da própria base com que o *ethos* branco se justificava – sem que a própria base desse *ethos* seja posta em discussão. Dito isso, torna-se desnecessário insistir na diferença do horror que Kurtz e Jim conhecem. E que a divergência entre os dois está diretamente relacionada à articulação entre um conjunto de valores e sua atualização nas terras colonizadas. Além do mais, se quanto ao cotejo entre os protagonistas da novela e do romance a explicação parece satisfatória, a compreensão de sua divergência se prolonga no melhor entendimento de Marlow. Sobre a maneira de Marlow apresentar Kurtz, no *Coração das Trevas*, dissemos que ela o caracterizava como intelectualmente inferior à figura que o fascinara; Marlow, o narrador medíocre, era uma espécie de precursor do Serenus Zeitblom, o biógrafo do Adrian Leverkühn, do *Doutor Fausto* (1960), de Thomas Mann. Ora, considerando que Marlow seria ainda o narrador da novela "Youth", do *Lord Jim* e um dos narradores de *Chance* (1913), a sua mediocridade não deveria se repetir nos outros livros? Deixemos de lado "Youth", que não tem a força do *Coração das Trevas*, e *Chance*, de que ainda falaremos. Contra a expectativa imediata, nada no *Lord Jim* permite dizer que, em face de seu protegido, Marlow se mostra um homem de coração largo e mente curta. Ao contrário, sem ele Jim seria, depois de o processo haver cassado seu diploma de oficial, outro pária. A questão mais se agrava se confrontamos nossa caracterização de Marlow com a que foi feita por Daniel R. Schwarz: "Marlow é um substituto pelo qual Conrad elabora seus próprios problemas epistemológicos, seu tumulto psíquico e sua confusão moral; a busca de valores por Marlow ecoa a busca de Conrad[33].

---

33   D. R. Schwarz, "Joseph Conrad", em J. Richetti (org.), *The Columbia History of the British Novel*, p. 691.

o desvio e o horror

As interpretações não poderiam ser mais opostas. E, contudo, não se contrapõem. Para explicar como os opostos podem deixar de ser contrapostos, é preciso que antes descreva como Schwarz via a posição de Marlow no *Coração das Trevas*:

> Conrad assume um ponto de vista bem humorado e irônico das tentativas, supostamente maduras de Marlow, em expor as suas próprias ilusões juvenis. Enquanto [Conrad] dá a entender que assume uma visão objetiva e distanciada de uma experiência significativa de sua juventude, o maduro Marlow é revelado como um romântico sentimental[34].

Seria por efeito de seu sentimentalismo que ele nos teria parecido aquém da astúcia do experimentado Kurtz. E, na condição de "representante" de Conrad, manteria a mesma posição quanto às mulheres, vistas pelo romancista e seu lugar-tenente como "mais sentimentais, míopes e domésticas de que seus pares masculinos"[35]. Assim se explicaria a doce mentira que Marlow contaria à prometida de Kurtz.

Embora não afirme que a leitura de Schwarz seja inaceitável, o fato é que não há um único Marlow. Ao contrário, sua conduta sofre uma reviravolta se o focalizarmos nas relações que entretém com Jim. Se o Marlow fascinado por Kurtz é um e o que procura proteger Jim é outro, devemos procurar um prisma que explique suas diferentes condutas. Esse prisma é formado pela articulação entre o *ethos* do branco e a conduta desviante. Kurtz chegara ao fim da linha. Seu desvio fora ao ponto de tornar palpável sua contradição quanto aos negros – na página para ser impressa advoga seu progresso, na margem, recomenda sua extinção – e, então, como paródia do processo civilizatório. Ora, tal paródia não atingia tão só o empreendimento belga, senão ao de todas as nações empenhadas na expansão. E, como a Inglaterra era o verdadeiro império da época, a radicalidade do desvio de Kurtz afetava o próprio receio de Conrad de ser acusado de contrariar os interesses de seu país de adoção. O desvio de Kurtz deixava de ser individual para se converter na encarnação metonímica de uma corrupção que atingira o próprio cerne da sociedade branca.

34 Idem, p. 692.
35 Idem, ibidem.

parte II: a consolidão do redemunho

Teria Conrad consciência do que fizera Kurtz expressar? Se o teve, fora altamente imprudente em tomá-lo como seu substituto. Se assim pensara, teria de ser por outras razões do que as apontadas por Schwartz. Ao retirar-se relativamente de cena, Conrad introduzia um narrador parcial, cuja palavra não oferecia o entendimento integral, i.e., que já não era a condutora da interpretação correta. Além do receio pela reação do leitor, como seu conservadorismo político poderia admitir tal radicalidade? A adoção do narrador parcial, sentimental e de inteligência mediana permitia que a história permanecesse bastante nebulosa. E, se só a interferência de Ezra Pound faria com que T. S. Eliot deixasse de tomar a frase final de Kurtz como epígrafe de *The Waste Land* (1922), é por haver compreendido que ela tornava explícito o caos que o poema apenas deveria sugerir. Explica-se, pois, que o romancista haja emprestado a Marlow uma dimensão sentimental: ela assegurava que ficasse aquém de compreender o que testemunhava. Ainda que, ao assim fazer, Conrad criticasse, conforme afirma Schwarz, o seu próprio sentimentalismo de jovem, não teria sido essa a razão mais importante da mudança de narrador. Era sim preciso encontrar um meio que mantivesse o relato envolto em uma atmosfera *foggy* e, mais pontualmente, que justificasse a cena do encontro com a prometida, em Bruxelas. Não é porque Conrad tem baixa estima pela capacidade intelectual das mulheres (!) que Marlow precisa dourar a pílula – ah, bendita postura "politicamente correta" dos intérpretes de agora. Reproduzir o que de fato sabia significava abrir a comporta que, pelo contrário, tinha de manter represada. Repetir o que, de fato, ouvira, no sussurro final do moribundo, seria denunciar a visão catastrófica que comia pelas beiras o *ethos* comum a Kurtz, Marlow e seus leitores.

Mantendo pois o centro de gravidade – a relação entre *ethos* branco e os graus de desvio assumidos pelos colonizadores –, tentemos agora explicar a relação diversa do narrador com Jim.

Nenhum leitor duvidará que Jim se manteve longe da conduta de Kurtz. Ao escapar do navio, cometera sim um ato de covardia; repetira a paralisia que já conhecera quando se preparava para a carreira marítima; despertara a simpatia de Marlow, assim como do renomado capitão Brierly, porque a experiência de ambos lhes mostrara que Jim fora vítima de uma falha conjuntural. Embora nem Marlow, nem Brierly saibam o motivo psíquico de seu ato – só depois o narrador

o desvio e o horror

será informado da primeira paralisia que imobilizara Jim –, ambos compreendem que, apresentando-se ao tribunal marítimo, Jim entregava-se à inevitável degola. O desvio de Jim tem sua punição prevista na lei dos brancos. Seu empenho em não fugir do julgamento mostra que endossa os valores de sua comunidade e está disposto a pagar pela culpa que reconhece. Que, portanto, teria Marlow de sentimentalizar ou esconder? O *ethos* originário não é afetado pelo reconhecimento por Jim de seu erro, nem tampouco pela procura de Marlow em ajudá-lo. Muito menos as formas de socorro de que Marlow se valerá infringem o *ethos* comum. Não é preciso contrastar a conduta de Jim com a do comandante que desaparece, estando às portas do tribunal, para nele se ver um desviante contumaz. Do mesmo modo, as tentativas de ajuda por Marlow podem ser facilmente entendidas como manifestações da velha fraternidade cristã. Sua falta de argúcia não é posta à prova. Não tem, portanto, por que transparecer. No máximo, poder-se-ia dizer que se mostra lateralmente, por contraste com a reação de Brierly. Para Marlow, a mediocridade o punha a salvo, pois, ao contrário de Brierly, o impede de ver em profundidade.

Na condição de assessor do tribunal que julga Jim, Brierly, de posse de toda a experiência e renome que o acompanham, logo percebe que o acusado está, de antemão, perdido. Por isso propõe a Marlow que se cotizem para que lhe deem fuga. Como sua iniciativa não prospera, encerrado o processo da maneira prevista, dias depois Brierly embarca e, sem aparentar especial transtorno, depois de se assegurar que o roteiro da viagem seguiria seu rumo habitual, lança-se ao mar. A norma que lhe dera rumo na vida se mostrara desnorteada. Não lhe restava senão apressar a morte.

A longa passagem em que Marlow relata seu suicídio[36] é um dos exemplos do detalhismo ocioso de que Conrad não se livrava. A única afirmação de Brierly próxima de justificação de seu ato consiste no que declara sobre a comunidade dos brancos que exercem a função de oficiais dos barcos que ali navegam. Referindo-se ao comandante do Patna, afirma:

> É uma desgraça. Temos todos os tipos entre nós – incluindo alguns salafrários absolutos; mas, maldito seja, temos de preservar a decência

---

36   J. Conrad, *Lord Jim, Complete Works*, v. XXI, cap. 6.

profissional; do contrário não seremos melhores do que os muitos remendões que correm soltos. [...] Não somos um corpo organizado e a única coisa que nos mantém unidos é justamente essa espécie de decência. Um negócio desse destrói a confiança que se tem em si mesmo[37].

Por mais distante que a reflexão esteja em explicar a decisão de se matar, ela é bastante para acentuar sua diferença quanto à conduta de Marlow. Brierly sabe quão frágil é a base em que se sustenta a confiança das gentes nos brancos, oficiais de bordo; que toda sua autoestima em ser um capitão condecorado (por uma companhia de seguros e por uma nação estrangeira) é destruída pela inconsequência de um facínora como o fujão do Patna. Acrescente-se a impressão causada pela inocência ingênua de Jim. De repente, o mundo desaba para Brierly. Nada sequer de aproximado passa pela cabeça de Marlow. Ele é antes alguém que sente sua curiosidade despertada pelo espetáculo incomum de alguém tão desajeitado diante das armadilhas banais da vida. Como adorava contar histórias, ali encontrava a matéria para mais uma.

Não era assim que Conrad se via. Não abandonara a carreira náutica para se tornar um contador de histórias. E muitas de suas dificuldades advinham do alto apreço em que mantinha seu ofício. A situação, portanto, em que Marlow se põe não o obriga a expor sua curta inteligência, mas apenas a se comportar como uma figura disposta a ajudar a alguém com quem simpatiza e, depois, a tagarelar a respeito. Isso lhe basta para se considerar uma boa pessoa; um integrante do grupo restrito do "um de nós".

Em suma, considerar o significado do "um de nós" tem um papel decisivo para que se dê um melhor recorte a um conjunto de narrativas de Conrad. O gesto de Brierly o caracteriza como integrado ao subgrupo. Se antes assim se mostrara por seu apreço à decência profissional, agora o confirma por sua capacidade de enfrentar o horror da morte. Marlow, que também aí se vê, traz uma modulação que permite ao leitor estabelecer as necessárias diferenças. No *Lord Jim*, sua mediocridade tem uma incidência tão só ocasional: mesmo porque não está à altura do que relata; ao contar o que sucede a Jim,

37 Idem, p. 68.

o desvio e o horror   283

não se dá conta de sua descrição revelar sua confiança nos valores que Kurtz levara ao estado de irrisão e paródia. Mas isso já cabe à continuação da análise.

Jim, o Condenado

Umas poucas palavras sobre o processo no tribunal marítimo. Como o comandante e seus auxiliares tinham escapado e um deles, ao ser capturado, se mostra entre o delírio e a loucura, o juiz, na tentativa de refazer o quadro do acidente, recorre a dois timoneiros nativos. Um deles, diante "de perguntas adicionais, jogou para trás seus ombros magros e declarou não haver jamais imaginado que os brancos cogitassem de abandonar o navio por medo da morte"[38].

A resposta do timoneiro confirma o temor de Brierly: a conduta da tripulação, deixando à própria sorte os peregrinos que se acotovelavam no barco carcomido, prestes a naufragar, punha em risco a confiança na seriedade e competência dos brancos. Fora Jim que verificara o perigo que o Patna corria. Uma chapa de ferro, corroída pela ferrugem, se soltara e a água invadia a embarcação. Alertados, os oficiais preferem escapar do barco de que haviam cuidado tão mal. Vendo-se sozinho e impotente, Jim sofre a paralisia que já conhecera. Sua demora em seguir os fujões é por eles interpretada como finura de *gentleman*. Por sorte, o pior não sucede. O barco não afunda e uma canhoneira francesa o reboca até ao porto. Os próprios fugitivos são também por ela recolhidos. Ao recordar esses detalhes a Marlow, Jim assume um olhar distante. E comenta o narrador: "Ah, era um mendigo imaginativo! [...] Eu podia ver em seu olhar lançado na noite todo seu ser interior projetado no reino fantasioso de aspirações heroicas inauditas. Não tinha tempo para lamentar o que perdera [...]. A cada instante, mais penetrava no mundo impossível de proezas românticas"[39].

A recordação só ganha sentido ao ser relacionada com o acidente de seus tempos na escola náutica. Durante uma instrução, ele e seus

38   Idem, cap. 8, p. 98.
39   Idem, cap. 7, p. 83.

parte II: a consolidão do redemunho

colegas haviam recebido a ordem de saltar para um barco salva-
-vidas. Jim, entretanto, não conseguira cumpri-la: imobilizara-se. Os
devaneios heroico-cavaleirescos de Jim eram desmentidos pelas crises
que o atingiam nos momentos críticos. "Talvez não tivesse medo da
morte, mas, vou lhes dizer, tinha medo do que ia acontecer" (*of the
emergency* [da situação de emergência]), comenta Marlow[40]. Daí, ao
se ver observado, no tribunal, por Marlow, seu empenho fosse de
mostrar que não era covarde, como supunha que o observador o
considerava. Por isso, crê Marlow, Jim contava com a surra que pretendia lhe dar, para que se reabilitasse ante seus próprios olhos[41]. O
capítulo 7, extremamente bem construído, oferece a visão simultânea
de como se processara o desastre do Patna, a manutenção, durante
ele, do sonho de herói por Jim, a estranha paralisia que o assalta, a
confiança cega dos nativos no comando dos brancos, a compreensão
final de Jim de que nada podia ser feito: "Vi tão claramente como o
vejo agora que não havia nada que eu pudesse fazer. Isso parecia tirar
toda a vida de meu corpo. Pensava que tanto fazia ficar onde estava
e esperar. Não pensava que tivesse muitos segundos"[42].

Com a sentença, Jim tem cassada sua licença de pilotar. Em troca
convence Marlow que a covardia que cometera não denunciava uma
natureza covarde.

A matéria do capítulo é decisiva para a compreensão da conduta
posterior do protagonista. Marcado por sua falta, de que tem tanto
mais consciência quanto mais recorda seus sonhos juvenis de herói,
Jim procura de algum modo redimi-la. E, porque a falta se fizera em
prejuízo dos nativos, será entre eles que terá de resgatá-la. Por cima
disso, não podendo mais exercer sua profissão e sem dinheiro, não
poderia voltar à Inglaterra. É a partir daqui, entretanto, que a prolixidade prejudicará o romance – a fuga de Jim em seguida poderia ser
reduzida a uns poucos episódios. Pois o que importa é o rumo que o
obriga a tomar: cada vez para mais longe, para mais distante da má
fama de que procura se livrar.

Marlow já se tornara seu protetor quando se apresenta uma possibilidade de salvação. Consistia em aceitar o plano de um aventureiro
australiano em mandá-lo para uma ilha deserta, onde comandaria a

40   Idem, p. 88.
41   Idem, cap. 6, p. 74-75.
42   Idem, cap. 7, p. 86.

o desvio e o horror

exploração do guano. Como ali lhe faltariam as condições mínimas de sobrevivência, Marlow compreende que acatá-lo equivaleria ao suicídio de seu protegido. Na verdade, sua decisão não é tão rápida. Não estaria sendo demasiado escrupuloso? A princípio, pois, parece repetir para si o argumento de Chester, o australiano: "Tomava demasiado a sério uma formalidade vazia que à crítica rigorosa de Chester parecia indigna da atenção de um homem que encarava as coisas como são"[43]. Pois, afinal de contas: "a própria lei acabara com ele. Enterrá-lo seria um ato de fácil bondade"[44]. Marlow, contudo, hesita pois compreende que se instasse Jim a aceitar a proposta, estaria sendo cúmplice de sua morte; ou colaborando com a crueldade inerente à vida: "Sobre as vidas que escapam da sombra da morte parece cair a sombra da loucura"[45]. Jim contudo ainda não chegara ao estado de demência e o longo ziguezague que perfaz é guiado por força de quem se apega à vida: resgatar a nódoa que se lhe colara. Marlow enfim percebe que o modo de ajudá-lo não poderia consistir em favorecer seu mais rápido enterro. Estaria sim em apresentá-lo a conhecidos seus, de algum modo ligados ao comércio pelos rios. Jim, assim, se torna o encarregado de abordar os navios, oferecendo os suprimentos negociáveis pela casa comercial que o empregasse. Uma espécie de caixeiro viajante a operar em área marinha. No entanto a marca que o enodoara o persegue. É como se sua presença atraísse a difusão do desastre que o desgraçara. Para desespero dos que o empregam, pois estimam sua eficiência, tão logo alguma referência é feita ao caso do Patna, Jim abandona seu ganha-pão[46]. Embora escape do plano do australiano, cumpre-se a previsão de Brierly que Marlow recorda: "Deixe que ele se enterre vinte pés e lá permaneça"[47].

Tanto Brierly como Marlow se enganam, ao partilharem o ponto de vista dos que creem que a "sabedoria da vida [...] consiste em apagar todos os restos de nossa loucura"[48]. Não sabiam que Jim o desconhece; que sua razão de ser, a compensação por sua *paralisia*, só podia se cumprir por um *ato*; a vida lhe é cara menos como vida do que

43   Idem, cap. 15, p. 173.
44   Idem, p. 174.
45   Idem, cap. 10, p. 120-121.
46   Idem, cap. 18.
47   Idem, cap. 19, p. 202.
48   Idem, cap. 15, p. 174.

como território que contivesse um ato digno. Se, portanto, recusa-se a viver onde a fatalidade que o perseguia fosse conhecida, tampouco pretende facilitar o trabalho da morte. Enterra-se, pois, não vertical mas horizontalmente; a cada emprego que abandona mais se adentra no Oriente. Fuga e penetração em povoações sempre mais miseráveis e selvagens. O caminho parece infindo. No início do capítulo 22, encontra-se a "trinta milhas da floresta [que] o ocultavam aos olhos de um mundo indiferente e o marulho de uma costa coberta de branca espuma abafava a voz da fama"[49].

A sua "viagem noite a dentro" parece antecipar o trajeto de Heyst, em *Victory*. Na verdade, no entanto, dele se diferencia não menos do que de Kurtz. *Jim, Heyst e Kurtz concretizam três variantes da conduta do branco cujo desvio não é rotineiro.* Só a Jim, contudo, cabe ironicamente deparar-se com uma região que havia sido muito frequentada, no longínquo, mas próximo, século XVII, por comerciantes holandeses ávidos de pimenta. Era o distrito de Palusan. Jim é informado da história do lugar por um velho comerciante alemão, amigo de Marlow, que ali se refugiara depois da derrota dos liberais alemães, em 1848. Stein, de sua parte, comunica a Marlow o estado de insegurança dos que habitam o lugar ante as disputas dos chefes locais. Como também ele simpatiza com Jim, pretende lhe oferecer sua casa comercial, "e o estoque de mercadorias, mediante certas condições fáceis, que tornariam a transação perfeitamente regular e válida"[50]. Mas o projeto de Jim não era tanto o de se estabilizar como livrar-se da mancha que carregava. E, como sua nódoa envolve os peregrinos que abandonara à própria sorte – pouco importando que terminassem tendo sido salvos – e nele perdurava o velho sonho de feitos heroicos, ainda há de caminhar e caminhar.

Outra vez, o narrador se extravia em minúcias desnecessárias. O problema não é tanto, como parecera a Garnett, da inverossimilhança de uma narrativa oral demasiado longa, mas sim da economia da própria forma narrativa. Por isso importa apenas considerar que, prisioneiro do rajá, Jim escapa da morte pelo temor que seus captores têm dos holandeses: "Viriam os holandeses apoderar-se da região? Não gostaria o branco de voltar pelo rio? Que procurava em lugar

---

49   Idem, cap. 21, p. 226.
50   Idem, cap. 24, p. 247.

tão miserável?"[51]. Pois, ao contrário dos nativos do século XVII, que bem sabiam o que procuravam os compradores de pimenta, a razão da demanda de Jim era, para os habitantes da localidade, um mistério. O prisioneiro aproveita-se da indecisão, foge e consegue saltar para o lado do adversário do rajá. O acaso então o protege, tanto porque a mulher de Doramim, o inimigo do rajá, o defende, como porque seu marido, extremamente afeiçoado ao comerciante alemão, reconhece o anel com que Stein o presenteara.

A sorte parece querer recompensar Jim de seus prévios infortúnios. Três fatores se acrescentam em seu socorro: o filho de Doramin, Dain Waris, de quem "seu próprio povo dizia com orgulho que sabia combater como um branco [...] foi o primeiro a acreditar nele"[52]; o pavor em que se encontrava a comunidade de ser a qualquer instante dizimada; e a confiança temerosa que têm dos brancos.

Conforme relatará a Marlow, Jim reconhece e se aproveita da conjunção favorável, urde um audacioso plano de ação e transmite confiança a homens até então separados por motivos fúteis. O forte que constróem, sob orientação do branco, mostra-se eficaz e os inimigos são rechaçados. Tanto maior é seu êxito, quanto maior se torna o temor que desapareça de repente. Como declara Doramin: "A terra permanece onde Deus a pôs; mas os brancos [...] vêm e em pouco tempo vão embora. Desaparecem. Aqueles que deixam atrás não sabem quando podem esperar por sua volta[53]".

Só o leitor tem condições de saber que Jim pertence a outro tipo de branco. Não é só que seja "um de nós" mas alguém que precisa demonstrar a si mesmo coragem e capacidade de decisão. A vida era seu campo de prova. E ainda se torna mais preso àquela terra miserável pela descoberta do amor. Marlow transmite a impressão que guardara do que havia visto: "Sua vigilante afeição tinha uma intensidade que a tornava quase perceptível aos sentidos"[54].

Apesar de suas conquistas, contudo, a insegurança permanecia por toda a parte. Havia sido muito intensa para que desaparecesse em um instante. Ela persegue Jim, que precisa se defender das traições, até para manter sua relação amorosa. De todo modo, conseguira sair

51 Idem, cap. 25, p. 252.
52 Idem, cap. 26, p. 261-262.
53 Idem, cap. 28, p. 274.
54 Idem, cap. 29, p. 283.

do fundo do poço. A profecia de Brierly, indiretamente endossada pelo narrador, ao menos se adiara. Enquanto isso, o bovarismo de Jim ganhava aparência de realidade. Pois tudo indicava, e durante certo tempo isso fora indiscutível, que realizara a fantasia da juventude. Convertera-se no herói da aldeia de pobres pescadores que libertara. O forte que construíra se mostrava bastante capaz para defendê-los contra os inimigos locais. Só não os livrará dos outros brancos. Eles surgem sob a forma de um bando de piratas, famintos mas armados.

Como sabemos desde os testemunhos dos portugueses no século XVI, a expansão branca cedo aprendeu a lucrar com as desavenças internas entre os nativos. No *Lord Jim*, delas o leitor não é informado pelo próprio relato oral de Marlow, senão pelo pacote que faz chegar a um de seus ouvintes. Nele, na carta em que Marlow descreve o que depois se passara, há uma folha onde o próprio Jim escrevera duas frases, sem que tivesse tido tempo de completar a segunda, muito menos de conectá-las: "Uma coisa terrível sucedeu"; "devo agora imediatamente..."[55]. Datara-a de "O Forte, Patusan". Isso leva Marlow a concluir que "levara a cabo sua intenção de converter seu abrigo em um lugar de defesa" dos que liberara. Se Jim ainda tivera tempo de mandar a mulher amada para Samarang, onde Stein a acolhera e protegia, não conseguira salvar a si mesmo. Sua atitude nobre fora sua perdição. Como *gentleman*, aceitara negociar com o chefe dos piratas a passagem deles para o mar. Mas o clima de traição que o cercava terminara por atingi-lo. O Forte, onde ainda rabiscara suas últimas frases, ruíra como um castelo de cartas. A feição aventuresca dos episódios finais tem menos interesse para a análise. Importa sim ressaltar que sua derrota final não afeta a distinção que Marlow notara em seu protegido. Por isso repete: "Ele é um de nós – e não tratei um dia de responder, como a um fantasma evocado, por sua constância eterna?"[56]

Deixando de lado o relato propriamente dito, pensemos sobre o que dele extraímos; a começar por Marlow. Já dissemos que o coração largo e a mente estreita do marujo-narrador não são aqui flagrantes como no *Coração das Trevas*. Mas, lida com cuidado, sua comoção não

---

55   Idem, cap. 36, p. 340.
56   Idem, cap. 45, p. 416.

o desvio e o horror

deixa de contê-los: Marlow insiste na grandeza de Jim em procurar defender os fracos, que, sem ele, não teriam sobrevivido ou, sem a interveniência dos piratas, não teriam meios de se manter, porém Marlow não compreende, por isso, que a constância mais intensa de Lord Jim consistira em procurar concretizar o sonho cavaleiresco que malograra duas vezes. Pois o desvio de Jim é singular – a falha do oficial de marinha por certo marcara seu destino, mas, ao mesmo tempo, fora a condição para que conseguisse exprimir sua individualidade. Ela consistia em deixar gravada uma conduta heroica, resgatadora dos nativos explorados por outros nativos e pelos colonizadores.

Ao ficar aquém da compreensão da conduta de Jim, Marlow protegia Conrad: seu leitor dispunha de quiproquós e aventuras bastantes para se entreter e da emoção fácil pela infelicidade do protagonista, que, além do mais, obscureciam o significado mais preciso da comentada constância de Jim: sua retidão cavaleiresca abria uma trilha única na conduta dos brancos nos trópicos. Para isso, Jim teimara em optar pela vida, para que, através de fugas incompreensíveis para os demais, a convertesse em um campo de provas que, por fim, embora ao preço de sua própria desgraça, resgatasse sua honra e seu sonho. Jim é um descendente tanto de Emma Bovary como do Quixote. Da primeira, ele se separa porque seu sonho romântico já não é compensatório. Do Quixote, por não viver mentalmente em um tempo abolido, mas sim pela prática de uma via incomum em seu tempo de agora.

Passemos a um comentário mais abrangente. Ao longo desta Parte, temos insistido na importância da interação com o lugar em que se passam os relatos de Conrad. Não se trata de afirmá-lo filiado a um realismo já então banal. Tampouco de afirmar que estaríamos explicitando algo que faria parte de sua intenção. Sabe-se, ao contrário, que a interpretação de Conrad de seu próprio fazer era revelar, sob a trajetória de personagens diversos, a condição humana. Seu propósito era exemplarmente formulado pela passagem que confia a Marlow: "É quando procuramos apreender a necessidade íntima de outro homem que percebemos quão incompreensíveis, oscilantes e nebulosos são os seres que partilham conosco do espetáculo das estrelas e do calor do sol. É como se a solidão fosse uma condição difícil e absoluta da existência"[57].

---

57 Idem, cap. 16, p. 179-180.

Em constraste, cabe lembrar o reparo de Virginia Woolf: "O coração humano é mais intrincado que a floresta [...]. Se o romancista deseja testar o homem em todas as suas relações, [seu] próprio antagonista é o homem; sua provação está na sociedade, não na solidão"[58]. Mas não recordo a passagem para um desenvolvimento crítico. Meu interesse é acentuar que a abordagem aqui feita não deveria contar com o endosso de Conrad. Ser a solidão "uma condição difícil e absoluta da existência" não significa que cada destino se autoengendre senão que, não havendo leis inexoráveis determinantes de cada conduta, cada indivíduo ou personagem combina as variáveis a seu dispor de modo tendencialmente diverso. Portanto, chegaria a ser cômico deduzir como se configuraria um destino; não é menos impróprio, ainda que pareça mais "literário", supor que a estrada dos dias esteja livre para que cada indivíduo ou personagem escave seu próprio caminho. A função determinante das variáveis que temos destacado consiste em precisar as coordenadas de que a análise poderá dispor. Concretamente, isso equivale a dizer: a direção analítica depende da demonstração da convergência entre coordenadas supraindividuais, a presença do acaso e a força das inclinações psíquicas, desconhecidas, em sua plena extensão, pelo próprio agente (indivíduo ou personagem). Como gênero de um mundo desencantado, i.e., em que as condutas não são explicáveis pela interferência ou sequer pela indiferença de potências divinas, o romance lida com os meandros que são objeto da psicologia e da sociologia, sem que uma ou outra o explique.

A consideração feita sobre o caráter do narrador não precisa mais ser justificada – o próprio encaminhamento da análise já o fez. A segunda consideração, contudo, poderia ter sido poupada. Se a mantivemos foi porque o *Lord Jim*, malgrado seus meandros muitas vezes desnecessários, não deve impedir que se capte o plano que dá sentido ao protagonista. Pois a *amusing prolixity* (divertida prolixidade), bem apontada por Garnett, não embaça a meta de Jim. Ao contrário, o aleatório é aproveitado para que o protagonista concretize sua obsessão de autorresgate.

---

58 "Joseph Conrad", *The Common Reader*, p. 233.

o desvio e o horror

Victory:
Ironia e Paradoxo

Embora *Victory* (1915) tenha sido editado depois de *Chance* (1913), preferimos abordá-lo antes por sua proximidade temática com *Lord Jim*.

Iniciado em abril de 1912, quando supunha que a obra em execução viesse a ter um tamanho semelhante ao do *Coração das Trevas*, o romance é concluído entre o final de junho e começos de julho de 1914. Conforme o cotejo empreendido por Frederick R. Karl entre o manuscrito e o texto publicado, o original foi reduzido em um sexto. Os cortes visavam substituir a exposição detalhada por uma ambiência de insinuação. Por exemplo, "Lena no manuscrito é vista [...] mais como uma mulher complicada do que como a vítima e mártir da versão revisada"[59].

O cuidado do romancista teria por contrapartida que a insinuação ressaltada não se confundisse com a imprecisão. Daí que se empenhasse "em manter o equilíbrio precário entre o realismo da expressão e a apresentação irônica e oblíqua de personagem e cena"[60]. Mas, em relação ao título, não podia prever que sua publicação coincidisse com o advento da Primeira Grande Guerra. E ele agora o perturba. Procura evitar equívocos pela pequena nota à edição: "A palavra *Vitória*, brilhante e trágica meta de nobre esforço, parecia demasiado grandiosa e augusta para encabeçar um mero romance"[61].

Fosse por efeito da advertência, fosse por mera sensatez, a primeira recepção não caiu no engano de relacionar o romance à guerra. Compreende sim, com uma lucidez sem paralelo com as precedentes, que a vida dos brancos na Malásia revelava aspectos surpreendentes para os que permaneciam na Europa. Em troca, a interpretação temporalmente mais recente abandona a perplexidade dos primeiros resenhadores por um tom "politicamente correto" e esterilizador. Veja-se o comentário seguinte: "*Victory* é um romance que ataca as pretensões imperialistas, a aristocracia decadente e a moralidade comercial apenas para dar àquelas forças os lauréis da vitória. O título

59 F. R. Karl, *Victory*: Its Origin and Development, *Conradiana. A Journal of Joseph Conrad Studies*, v. xv, n. 1, p. 33
60 Idem, p. 39.
61 J. Conrad, *Victory, Complete Works*, v. xv, p. vii.

Victory finalmente supõe o triunfo do materialismo e da ganância sobre os sentimentos e as relações pessoais[62]".

Ainda que isso fosse verdade – o que o analista não comprova –, elimina a possibilidade de que o texto se desvencilhasse da suposta intenção autoral e apresentasse as consequências da expansão imperial. Em decorrência, temos mais a aprender com aquelas primeiras resenhas que o tempo pareceria haver superado. O que não sucede com todas. A ressalva positiva não cobre o comentário de um certo Robert Lynd, que escreve para o *News* de 24 de setembro de 1915: "O autor tem um modo de ser irônico às expensas do virtuoso e um modo de ser irônico às expensas do diabólico"[63]. Em suma, o horror se mistura ao riso sem que o resenhador se interesse em verificar o que motivava o autor. É como se tratasse de um simples recurso literário. Lynd apenas se aproxima do passo que poderia haver dado quando nota, no fim de seu artigo, que "amor, coragem e nobreza [...] não sobrevivem uma hora ao mal"[64]. Não caberia indagar por que têm tamanha fragilidade?

De maneira talvez grosseira ou demasiado vaga do ponto a indagar, se aproximava o anônimo que, no *Scotsman*, de 27 de setembro de 1915, destacava o poder que tem Conrad "de criar uma atmosfera que não é a da realidade que conhecemos, mas parece penetrar em uma realidade mais essencial e espiritual que subjaz ao mundo ordinário"[65]. A alternativa entre o mundo comum e o que o romancista faz entrever ainda é imperfeita, pois o anônimo resenhista deixa implícito ser a força criadora do artista que formula o que o comum dos mortais não vê. De qualquer forma, já se esboça que os romances do autor passam a explorar algo que seus comentadores não esperavam e que esse inesperado tem a ver com a relação entre a configuração de suas narrativas com algo não literário, presente na realidade, e que não sabem bem definir. Daí o realce que reservo para a resenha que Walter de la Mare publica em *The Times Literary Supplement*, de 30 de setembro de 1915.

De la Mare acentua que tanto o fascínio como a repulsa que o livro pode despertar têm a mesma razão. Ela se formula na primeira frase transcrita, sendo as seguintes uma tentativa de elaboração do choque que o resenhador recebe:

62 D. R. Schwarz, op. cit., p. 711.
63 Em N. Sherry, op. cit., p. 285.
64 Idem, p. 287.
65 Idem, p. 288.

o desvio e o horror

A vida segura que conhecemos e em que complacentemente flores-cemos pode ser *isso*? Seria a filosofia subjacente, a disposição (*mood*), a obsessão de uma peça de ficção quase tão intoleráveis quanto o olhar fixo de um deus pagão? Os ares pálidos e tépidos de nossa zona espiritual são ameaçados pelo estrondo intraduzível da arrebentação destas ilhas exóticas e escarpadas? Pode tal horror se agarrar a nossas mentes secretas e [disso] estarmos inconscientes?[66]

Embora o deslocamento efetuado seja estranho – não é a nossa ação que ameaça a vida segura, mas sim "estas ilhas exóticas e escar-padas" as responsáveis pelo horror que se apossa de nossas "mentes secretas" –, sua própria estranheza mostra que Conrad consegue transmitir algo do trauma que se atualiza em terras tão distantes. De la Mare ainda reitera o pasmo que o invade ao declarar logo a seguir: "Como, de fato, seremos jamais capazes de chamar nossas pequenas almas de nossas, se este é o teste assustador a que nos submete o Infinito?"[67]. Só conhecendo de De la Mare essa pequena intervenção, não sei como explicar sua fixação em referências religiosas – o olhar do deus pagão, o teste do Infinito; é evidente, contudo, o impacto que revela e a percepção de que era falsa a confiança em uma existência cumpridora das normas civilizadas.

De maneira menos aguda, porém seguindo o mesmo rumo, se lê outra resenha que publica no *Glasgow Evening News*, de 7 de outubro do mesmo ano:

> É um estudo extraordinário, que talvez só Conrad poderia nos dar, tanto mais instigante e intenso por encená-lo em uma ilha solitária do Oriente, em que não há nada capaz de romper ou abrandar o impacto da mente sobre a mente, de uma disposição mental sobre outra. É difícil conceber como essa situação teria sido resolvida na ausência de uma mudança vinda de fora; provavelmente, o próprio Conrad a achava insolúvel ou, de qualquer modo, insolúvel de uma maneira que não fosse fútil[68].

Tendo por referência a situação de Heyst em sua ilha, sobretudo depois de raptar Lena, o resenhador compreende que ali se arma um

66 Idem, p. 289-290.
67 Idem, ibidem.
68 Idem, p. 302.

cenário de tamanho impasse que só poderia ser resolvido por um *deus ex machina*, que, nessa situação, só ressaltaria o colapso mais completo de qualquer aparência de ordem e segurança. Não é surpreendente que o anônimo comentarista tenha sentido, como De la Mare, que o enredo adquire uma atmosfera que lembra a da tragédia grega, quando os deuses não se importam com os homens? É ainda mais surpreendente que nenhum dos dois tenha intuído, como anos atrás o fizera Garnett, que a razão do clima lúgubre tinha, em sua raiz, uma motivação sociopolítica. Como, pois, as alusões ao contexto religioso não têm eficácia, o anônimo autor parece então lembrar-se da saída: afinal, o *Victory* é uma obra de ficção! O impasse em que Conrad fora lançado derivara de um erro de cálculo. Eis como termina o comentário: "É incontestável que *Victory* é um livro excelente, de um grande artista. *Mas a ilusão é uma coisa delicada, que um toque desastrado ou mal calculado destrói*"[69].

O mecanismo de defesa – no caso muito mais social que privado – vem à tona com a ressalva de que a arte é uma forma de ilusão. Se, portanto, uma obra de arte provoca pensamentos tão sombrios, que embaraçam o conforto de seus leitores, é porque o artista errara na mão. A perplexidade que víramos se abrir com De la Mare então se fecha. A Primeira Grande Guerra apenas começara. Será preciso esperar pelos anos próximos a seu término para que o Ocidente perceba que algo perturbador se agarrara à sua estrutura político-econômica.

O mecanismo de defesa parece ter tanto êxito que, dois anos depois, William Lyon Phelps (em *Advance of the English Novel*, 1917)já não encontra dificuldade em sentenciar que o autor do *Victory* "devia se envergonhar do sr. Jones, que pertence ao melodrama barato"[70]. É então bastante claro o desenvolvimento da defesa descoberta pelo articulista do *Glasgow Evening News*: porque rompera o véu delicado da ilusão de que dependeria a arte, Conrad teria lançado mão de um *deus ex machina* – pois Jones, o *gentleman* facínora, era o verdadeiro *deus ex machina* do romance! –, apenas cabível em um melodrama barato. A palavra decisiva, melodrama, fora encontrada. Ela manterá uma imensa fortuna, que sobreviverá à consolidação do renome do romancista.

69 Idem, ibidem. Grifo meu.
70 Apud N. Sherry, op. cit., p. 303.

o desvio e o horror

Quarenta e um anos depois da espinafração passada por Phelps, Albert Guerard, tido então como um dos melhores intérpretes de Conrad, considera que os últimos romances do autor fracassavam porque ele retirara:

> o próprio fundamento de [sua] melhor obra: seu sentido trágico do fracasso moral e individual em um mundo de homens. O amor e mesmo o amor passional entre os sexos substitui agora a velha preocupação com a lealdade à comunidade, ao irmão, a si próprio. [...] Os últimos romances podem ser bastante sombrios. Presume-se, porém, que o mal e o fracasso, neste universo moral asséptico (*new cleansed*), vêm antes de fora que de dentro[71].

Trocando suas antigas raízes por um "novo otimismo"[!], explorando o veio erótico, Conrad teria a oportunidade de aproximar-se do público que nunca o elegera. Lena, em *Victory*, Flora, em *Chance*, Rita, em *The Arrow of Gold* (A Flecha de Ouro, 1919) seriam os veículos da decadência[72]. É verdade que Guerard não fala em melodrama. Mas seu argumento corre paralelo ao do ignorado Phelps.

Semelhante juízo ganha uma torção significativa se o comparamos com algumas das primeiras recepções de *Victory*. A Heyst, sua personagem principal, fecham-se todos os caminhos. De la Mare, sobretudo, tem a perspicácia de compreender que algo se passa na remota ilha a que o Império se estende, passível de comprometer o equilíbro de nossas mentes secretas. Começando por seguir sua trilha, o articulista do *Glasgow Evening News* conseguira sair do embaraço: Conrad ultrapassara os limites atribuídos à arte. Sem seu propósito, o romancista se tornara um estraga-prazer, que deixa perplexos seus leitores. Preparava-se o que muitas décadas depois Andreas Huyssen chamaria de "a grande fissura" entre a alta produção ligada às artes e a cultura de massa[73]. Cabe aos críticos contemporâneos, mesmo na função modesta de resenhadores, desarmar o espanto e explicar o "erro de cálculo" que o provocara. Ela se dera pelo tom de melodrama chinfrim, dirá Phelps, censurando os que se deixaram levar pelo engodo. Quer o espanto, quer a referência aos limites (infranqueáveis)

71   *Conrad: The Novelist*, p. 257.
72   Idem, ibidem.
73   Cf. *After the Great Divide: Modernism, Mass Culture, Postmodernism*.

da ilusão artística, quer a censura veemente mostram que o *Victory* anuncia o divisor de águas entre a obra de qualidade e o gosto dos mediadores e do público.

Falar em melodrama supunha destacar o lado sentimental, que, de fato, havia em Conrad. Mas acentuá-lo, sobretudo no *Victory*, era desastrado. É verdade que nem todos os seus intérpretes embarcaram nessa canoa furada. Assim Frederick R. Karl, em artigo já citado, considera *"Victory* uma das maiores realizações de Conrad, talvez logo abaixo de *Nostromo, Heart of Darkness* e *Lord Jim*, mas no mesmo nível de *The Secret Agent* (O Agente Secreto) e *Under Western Eyes* (Sob os Olhos do Ocidente)"[74]. Excluindo a equivalência com os romances políticos, respectivamente publicados em 1907 e 1911, o juízo de F. R. Karl é bastante bom. Mas nosso propósito não é estabelecer a hierarquia valorativa da obra de Conrad, senão assinalar que a análise da conduta do branco nos trópicos leva o romancista a, progressivamente, formular obstáculos e impasses que uma crítica imanente tem dificuldades de perceber. Imagine-se o que sucederá com o advento das vanguardas e a expansão contraposta da cultura de massa.

O paradoxo a que esse subtítulo se refere tem, pois, uma primeira razão. Ela é conjectural: como o aparecimento do romance coincide com o início da Primeira Grande Guerra e um de seus facínoras é um hoteleiro alemão – R. Lynd chegara a dizer que *"Victory* é a história do esquema alemão de vingança e o que daí resulta"[75] –, o público, ignorando a nota do autor, poderia entender o título como alusivo ao fato contemporâneo.

O encaminhamento que se impõe ao paradoxo é outro: o desacerto entre a vitória da civilização ocidental e os dilemas de seus agentes em descobrirem uma saída. O caminho mais direto para mostrá-lo supõe a análise da trama armada entre Heyst, Lena, Schomberg, o hoteleiro, e a *troupe* de facínoras. Dentro dessa perspectiva, uma primeira questão é incontornável: como Heyst será caracterizado ante os pólos "desvio do *ethos branco*" e o subgrupo do "um de nós"? Heyst é um inglês, filho de um sueco expatriado em Londres, cuja visão ultrapessimista da sociedade humana tem um peso decisivo na

74 F. R. Karl, op. cit., p. 23.
75 Em N. Sherry, op. cit., p. 285.

o desvio e o horror

modelagem psicológica do protagonista: "Por três anos, depois de deixar a escola aos dezoito anos, vivera com o velho Heyst, que estava então escrevendo sua última obra. Nela, no fim da vida, reivindicava para a humanidade o direito da liberdade moral e intelectual absoluta, de que ele não mais a considerava merecedora[76]".

Talvez mesmo porque não pretendesse convencer o filho, esse "se tornou um pária e errante, austeramente, por convicção"[77]. Para que sua errância tivesse espaço bastante, Heyst passara a viver ao norte de Bornéo. Aí, nada mostra de marginal. Ninguém o confundiria com os brancos, que não perdem oportunidade de tirar vantagem sobre os nativos ou de passar a perna em seus eventuais concorrentes. Chegara mesmo a se empregar em uma companhia, a Tropical Belt Coal Company, que tinha por meta explorar o carvão na ilha solitária, afastada do continente, de Samburan. A presença de uma companhia, com o capital que representava, deixara os brancos das proximidades em estado de alarme, porque o progresso então viável da região tornaria inúteis seus pequenos truques e ainda mais irrisórios seus míseros negócios. Mas não precisam se preocupar por muito tempo. Logo a companhia percebe que a iniciativa não tem futuro.

De sua parte, em suas viagens profissionais, Heyst encontra outro inglês, que ia bem no modesto tráfego que lhe permitia seu brigue, salvo que sua excessiva magnanimidade o tornava credor de comunidades que nunca lhe pagavam. O próprio texto declara que Morrison é "um de nós"[78]. O conhecimento dos dois decorreu de que Morrison sempre estivesse na penúria. Por isso, vítima de chantagem das autoridades portuárias de Déli, não tem condições de pagar a multa, o que faz com que seu brigue mercantil fique preso. Quando Heyst o encontra, por acaso, está à beira de perder sua única propriedade. Sabedor do que se passa, dispõe-se a solucionar o caso. "Oh! Se é por isso ficaria muito feliz se me concedesse ser-lhe útil!"[79]. Solucionada a questão, tornam-se amigos, embora Morrison, de retorno a seu dia a dia, se inquiete em não saber como pagaria seu débito com Heyst. Isso o motiva a viajar a Londres, à procura de levantar fundos que permitissem aos dois continuar a exploração do carvão. Morrison,

76   J. Conrad, *Victory, Complete Works*, v. XV, parte II, cap. III, p. 91.
77   Idem, p. 92.
78   Idem, parte I, cap. III, p. 23.
79   Idem, p. 15.

contudo, "apanhou um terrível resfriado e morreu com extraordinária precipitação"[80].

Teria sido um acidente lamentável mas rotineiro se o hoteleiro Schomberg, que temia que as iniciativas do inglês prejudicassem seus negócios, não encontrasse na morte súbita de Morrison alimento para suas maledicências: fora Heyst o responsável pela morte do amigo. Menos pelos mexericos do Schomberg hoteleiro do que pela perda do companheiro, Heyst vê no infortúnio o motivo que lhe faltava para se afastar definitivamente da sociedade. Em vez da errância pelos lugares próximos, Heyst decide se recolher a Samburan. Tem como companhia apenas o criado chinês, que lhe servia desde os tempos da extinta companhia. Fora Wang, dispõe das ruínas das construções e depósitos da Tropical Belt Coal Company que o tempo ainda não consumira.

Sem ser um eremita, mesmo porque não crê em nada, Heyst é alguém que opta pela solidão. Constitui-se em uma espécie de desviante especial. Não cometera falta alguma, que o fizesse comparável a Kurtz ou a Jim. É pela recusa de participar na empresa da civilização que se diferencia do *ethos* dos seus. É o que se afasta em estado puro – algo semelhante ao surpreendente Bartleby, de Melville. Alguém que não se confunde com o niilismo de Jim – o que recupera a glória no instante de se aniquilar; e que sobrevive enquanto a ilha improdutiva não é contaminada pela "vida". O corte que opera é ainda mais radical que a loucura de Kurtz, pois sequer se cogitaria de ser interpretado como o repúdio da justificativa legitimada de propagar o progresso. A admissão na companhia fora sua última tentativa de assimilação. Mas, supondo que o cálculo dos diretores da Tropical Belt, interrompendo a exploração que apenas começavam, tenha sido economicamente justificado, a escolha do lugar que Heyst fizera era a demonstração sensível de sua absoluta dissonância quanto à norma do Ocidente.

Ao compreendê-lo, mais admiramos a perspicácia de De la Mare, ao perceber na recusa de colaborar de Heyst algo mais grave que uma mera idiossincrasia. E, embora não endossemos, compreende-se a necessidade de seus intérpretes de apagar o entendimento mais dilacerante. *Se os três maiores desviantes de Conrad, Kurtz, Jim e Heyst têm em comum a denúncia de que algo extremamente grave se*

80   Idem, p. 23.

passa no conjunto de valores da civilização vitoriosa, o desvio de Heyst é mais intrigante porque não resulta da infração de alguma norma particularizada.

O único fenômeno que Heyst admira é a natureza que o circunda. Sua permanência continuaria sem maiores problemas enquanto restassem alimentos enlatados da extinta companhia. Mesmo quando isso sucedesse, não estaria ameaçado pela fome porque Wang plantava alguma coisa. De qualquer modo, a questão não se lhe punha. O que então analiticamente importa é ressaltar o tipo de desvio em que se especializa.

Seu único comércio com o mundo externo se faz através do capitão Davidson, que, em prazos regulares, passa em seu barco, vem visitá-lo e, eventualmente, o leva ao continente. Como Heyst pouco se incomoda com as maledicências de Schomberg, continua a se hospedar em seu hotel. Antecipando o que Valéry escreveria – *les événements m'ennuient* –, Heyst se diz a si mesmo que "está cheio dos fatos"[81]. Porém, por mais puro que seja seu desvio, ou mesmo pela pureza do desviante, torna-se presa fácil da infâmia.

Numa das vezes que vem a Sourobaya, devia ter armado alguma confusão no hotel de seu desafeto, é o que pensa Davidson que não o encontra para levá-lo de volta à sua ilha. A maneira como o relato apresenta a questão supõe uma ambiguidade entre a atração erótica e a solidariedade humana. No hotel, Heyst presenciava os saraus musicais realizados por um grupo de mulheres, que formavam uma dita Zangiacomo's Ladies Orchestra; nome pomposo para as infelizes cuja execução interessava a Schomberg pelo que ganhava nos intervalos. A música era um pretexto para os pedidos de aperitivos pelos clientes e pelos eventuais contatos com as executantes. O olhar de Heyst se prende a uma violinista, que ele logo saberá ser de nacionalidade inglesa e com quem, de maneira o quanto possível sorrateira, entra em contato. Embora de imediato o impressione a voz de Lena, seu interesse antes deriva do que ela lhe conta: "E ou porque fosse humano ou porque a voz dela incluía todas as modulações de *pathos*, de jovialidade e coragem, não foi repugnância que a história despertou nele, mas a sensação de uma imensa tristeza"[82].

---

81 Idem, cap. IV, p. 28.
82 Idem, parte II, cap. II, p. 77-78.

Ante a observação de Heyst de que Lena podia recorrer ao cônsul britânico que a repatriaria, recebe a resposta: "'Que vou fazer quando chegar lá?', murmurou ela com uma entonação tão justa, com um acento tão penetrante – o encanto de sua voz não a abandonava mesmo ao sussurrar – que Heyst pareceu ver a ilusão da fraternidade humana na terra se dissipar ante a verdade nua de sua existência"[83].

Nada explicava a miséria de Lena senão a própria desigualdade sob a qual nascem as criaturas humanas. Por assim dizer, a sociedade a expelira antes que ela tivesse condições de optar. Filha de um músico pobre, desamparado e bêbado, o pai apenas lhe ensinara o instrumento com que sobrevivia. Lena pertencia ao bando dos banidos – categoria que não fundou nenhum ramo cristão. Daí, por certo, provinham muitos e muitos dos brancos que se refugiavam naqueles postos distantes. Mas a ela faltava a vontade de viver com que se mantinham. O desviante especial, Heyst, e a perdedora de nascença se aproximam. Usando de sua sedução e de seu desespero, Lena se empenha em enfatizar a Heyst que cabia a ele o encontro de uma solução. Afinal, não fora dele a iniciativa de se aproximar?

O desenrolar dos encontros de Heyst com Lena explicava por que Davidson não encontrara o amigo, no dia combinado. Heyst decidira raptar a moça e levá-la para Samburan. Conrad tem o bom-senso de não descrever como o fizera. Basta-lhe destacar a procura inútil do hoteleiro e do regente italiano e o consequente incremento do ódio de Schomberg. Ele se considera tanto mais roubado porque nutria o plano de seduzir a violinista. Sua antiga hostilidade agora se reforça por um motivo concreto. A situação dos fugitivos seria pior caso a senhora Schomberg, só na aparência uma figura de cera, que não parecia prestar atenção a nada, não houvesse percebido o plano do marido e os encontros furtivos de Lena e Heyst e transmitisse a Davidson o que se passara.

O relato passa a se desenvolver em dois planos: na ilha, os fugitivos; em Sourobaya, Schomberg, o apoplético, objeto de chacotas dos que o escutam falar do que Heyst lhe fizera, enquanto procura um meio de se vingar. Por parte dos fugitivos, como o rapto, embora estimulado pelo encanto da voz, depois pelo sorriso e pelos cabelos de Lena, fora motivado pela comiseração que despertara em Heyst, não há, exceto

83   Idem, p. 80.

o desvio e o horror 301

próximo ao desfecho, sinal de qualquer relação erótica. Como homem e mulher que se "escolheram", seu comportamento parece estranho. Mostra-o a autorreflexão da própria Lena: "No mais profundo de si, sentia um desejo irresistível de se lhe entregar completamente, por algum ato de absoluto sacrifício. Isso era algo de que ele não parecia ter ideia. Era um ser estranho, sem necessidades"[84].

Falar em desejo irresistível de entrega e absoluto sacrifício parece um paradoxo, apenas minorado por se acrescentar que Heyst "era um ser estranho, sem necessidades". Mas, se o paradoxo se torna menos surpreendente, é para que, em troca, se desloque para o lado dele. E sua atitude reforça a impressão: embora conversem com frequência, Heyst antes medita sobre o passado – da tentativa de reconstruir a companhia com Morrison, cuja sombra continua a obsedá-lo, de sua decisão de arrancá-la das garras de Zangiacomo, de sua mulher e de Schomberg –, do que sobre eles próprios, e seu presente. O niilismo herdado do pai chega a ponto de, ao detalhar a iniciativa que levara Morrison a Londres, apresentá-la como uma das tentativas da vida em apoderar-se dele[85]. Não tinha tido meio de resistir, pois Morrison pusera na cabeça que a exploração do carvão iria "fazer sua fortuna, minha fortuna, a fortuna de todos"[86]. Mas a isca que engulira não valia a pena, pois "a verdade, o trabalho, a ambição, o próprio amor podem ser apenas fichas no jogo lamentável ou desprezível da vida"[87].

A continuação da cena pode ser entendida como uma tentativa de sedução por Lena – "Você está tentando me confundir com essa conversa", exclamou ela. Não pode brincar com isso"[88]. Fosse na busca de seduzir o estranho companheiro, fosse, ao contrário, por inexperiência (o que desmente sua habilidade posterior em dominar Ricardo) ou por razão com que não atino, o fato é que as perguntas de Lena provocam as respostas não menos ambíguas do parceiro: "Que moça impenetrável é você, Lena, com esses olhos cinza! [...] A natureza foi extremamente generosa, dotando-a com a timidez de sua alma"[89]. Mas as perguntas de Lena nada têm de tímidas, nem a mostravam

84 Idem, parte IV, cap. IV, p. 201.
85 Idem, p. 202.
86 Idem, ibidem.
87 Idem, p. 203.
88 Idem, p. 204.
89 Idem, ibidem.

impenetrável. A afirmação de Heyst antes não indicaria que sua misantropia confinava com a sua própria timidez? Ser ele quem teme dar o passo que revelaria não ser a criatura "sem necessidades", que Lena supunha? O narrador habilmente não descerra o véu.

É esse o lado das pessoas boas, em posição central, no romance. Se Lena parece mais ousada, é, entretanto, porque está disposta ao "absoluto sacrifício" da entrega; o que não a isenta do halo de estranheza. Já o outro pólo, formado por graus diversos de facínoras, é, ao contrário, absolutamente claro. A começar pelo gordo hoteleiro, de quem De la Mare bem dissera que "sua sensualidade enlouquecida lhe dava astúcia, não coragem"[90]. Sua esperteza consiste em, ao mesmo tempo, livrar-se dos três criminosos que com ele se hospedam e em cativá-los para que se tornem os instrumentos de sua vingança. O bando era formado por um *gentleman* homossexual, Jones, seu assistente, cativado na América do Sul, Martin Ricardo, e uma figura simiesca, Pedro, uma espécie de Calibã do mais baixo calibre. Por meio de Ricardo, e sendo por ele advertido a não aludir à presença de uma mulher, Schomberg convence Jones que Heyst escondia na ilha um abundante tesouro; que seria fácil chegar à ilha e mais fácil ainda apoderar-se da riqueza. Embora o relato seja extremamente enxuto, para o nosso propósito pode ser reduzido a uns mínimos pontos.

Enganados por Schomberg, os criminosos por pouco não perecem durante a travessia e chegam à ilha quase mortos de fome e sede. É o criado chinês que alerta Heyst de sua chegada e este quem os salva e os acolhe. Por motivos evidentes, é do interesse tanto de Heyst como de Ricardo que Lena não apareça aos inesperados e desagradáveis hóspedes. Logo Heyst e o chinês percebem de que estirpe são os recém-vindos. Wang, à diferença dos outros nativos, presentes em narrativas anteriores, não superestima o branco, seu senhor, senão que compreende ser um homem perdido, cuja proximidade, a partir de então, lhe seria danosa. Furta seu revólver e escapa para o outro lado da ilha, onde vive sua família e a comunidade alheia aos empreendimentos dos brancos. Procurado por Heyst e Lena, sequer admite que Lena se refugie em sua aldeia.

90   Em N. Sherry, op. cit., p. 291.

o desvio e o horror

Heyst está, portanto, desarmado e obrigado a enfrentar os facíno-ras. Eram eles a "mudança de fora", o *deus ex machina* da desgraça, que vinham desatar o nó que Heyst criara para si. Mas Lena introduzirá a variável inesperada. Ricardo, que resolve inspecionar a casa dos inimigos, repete Schomberg ao se apaixonar por ela. Impulsivo, a ataca. Lena, contudo, não só se mostra capaz de repeli-lo, como é bastante hábil para lhe dar a entender que não o hostiliza. Por isso, excitado pela habilidade física que mostrara em afastá-lo e em parecer disposta a colaborar, Ricardo lhe declara: "Ainda vamos ser amigos. Não desisto de você. Nem pensar. Tão amigos como possível!", mur-murou confidencialmente. "Pô! Você não é uma bonequinha de louça. Eu muito menos. Você logo vai ver"[91].

Em um tempo mínimo, Ricardo descobre em Lena aquilo que Heyst malbaratara. Não ser ela uma bonequinha de cristal (*a tame one*) podia significar muitas coisas. E, por certo, para Ricardo e Heyst seriam coisas bem desiguais. Havia, entretanto, algo em comum – que Heyst não soubera reconhecer: ela é uma mulher que a necessidade ensinara a saber se defender e a lutar pelo que queria. Ao passo que sabia como se proteger de um Ricardo, a quem a vida ensinara a presteza de ação, Heyst ainda lhe parecia estranho; por isso, Lena precisava apalpar o terreno com cuidado, enquanto não descobria a maneira certa de se aproximar. Há, portanto, uma caracterização de classe, a vantagem por enquanto correndo em favor dos que haviam sido obrigados a experimentar a dureza da vida. Mas também a Con-rad a vida obrigara a conhecer seu ofício. Por isso a condensação contida nas personagens fará com que os próprios Lena e Ricardo apresentem outros aspectos. Um deles será decisivo: Ricardo *é um facínora de quatro costados, pois não tivera que aprender a diferir seus impulsos*; na destreza com que usava a faca estava o seu diploma. Lena, em troca, era uma mestra em pequenos disfarces. E sabedora de qual homem e qual forma de vida ela própria escolhera.

Que diremos do senhor Jones? Por enquanto, basta notar que, sempre entediado, guardara de sua origem fidalga uma certa indife-rença quanto à vida ao redor. Por isso ignora os movimentos de seu assistente que atestam haver a relação entre eles sofrido uma drástica mudança – a atração por Lena agrava o conhecimento prévio de que

---

91 J. Conrad, *Victory, Complete Works*, v. xv, parte iv, cap. ii, p. 294.

a homossexualidade do chefe não toleraria sabê-la tão próxima[92]. Ricardo, contudo, tem a ilusão de ainda poder conciliar o motivo que ali os trouxera – apossar-se do tesouro que supunham possuído por Heyst – com o "tesouro" que só a ele interessava. O quebra-cabeça passa a ser como conjugá-lo enquanto auxiliar de um homossexual que detestava mulheres? A cena, portanto, se complica sobremaneira. Em vez do confronto entre um casal, isolado e sem dispor sequer de uma arma, e uma tríade de facínoras, cuja vitória parece apenas uma questão de horas, temos um conflito latente, pouco declarado pela letra do relato, entre os dois criminosos principais – Jones e Ricardo; Pedro pouco conta porque é apenas força física. Mas ainda não é tudo. O caráter de classe de Jones e Heyst também importará bem como, a partir dele, as posições que os adversários ocuparão quanto ao eixo do desvio.

Expulso da boa sociedade por sua opção sexual, Jones se tornara um criminoso frio, sempre tendo à mão um revólver. Heyst, por seu lado, se expulsara de si mesmo – "O homem nesta terra é um acidente imprevisto que não suporta uma investigação mais acurada"[93] – e fora desarmado pelo criado, que reconhecia o perigo da proximidade dos brancos recém-chegados. Apesar de serem, assim, desviantes opostos, Jones e Heyst, entretanto, de algum modo, têm algo em comum. Excelentemente, o notara F. R. Karl: "O ódio de Jones pelas mulheres encontra sua contraparte no horror de Heyst pelo contato humano"[94]. Assim, embora suas metas inconciliáveis os arraste ao confronto fatal, dispõem de uma mesma linguagem com que poderiam negociar. Nunca de modo pleno, é verdade, pois a excepcionalidade do desvio de Heyst é etérea e a de Jones, voltada para baixo, infernal.

Seja por sua origem comum, seja por adotarem formas desviantes igualmente excepcionais o fato é que ainda há uma margem para que se entendam. Assim como sucedera com Ricardo e Lena. Em um caso e no outro, essa possibilidade de contato não significa que, geometricamente, os planos em que atuam se toquem. (Esse é o engano de Ricardo, que, provocado pela astúcia de Lena, supõe poder eliminar a separação que o confina à condição de servidor do nobre.)

A prova da impossibilidade de um horizonte sequer aproximado será dado pelo desacerto de Jones e Ricardo. Atraído por Lena, Ricardo trai

92 Idem, cap. vi, p. 333.
93 Idem, parte iii, cap. iii, p. 196.
94 F. R. Karl, op. cit., p. 28.

o chefe. E, assim, ainda que todas as condições favoreçam os facínoras, não são eles que ganham – se é possível falar-se em alguma vitória. A esperteza de Lena a leva a contrariar a ordem de Heyst de que se refugie na floresta, enquanto ele espera de algum modo ou, ao menos por certo tempo, reagir ao ataque dos inimigos. Como o plano que tramam supõe que Ricardo siga à frente e penetre no bangalô arruinado de Heyst, enquanto Jones, que se mantivera em conversa com este, viria depois em sua companhia, quando estes chegam à casa se deparam com uma cena surpreendente para ambos. Ricardo está prostrado aos pés de Lena, que se mantivera em casa, deixando-se como isca capaz de atrair a presa. Jones, alarmado com a presença de uma mulher, compreende em um relance que fora traído, puxa a arma e atira. Apenas fere Ricardo, que foge. O tiro, em troca, atinge Lena mortalmente.

O restante do relato será narrado *a posteriori* por Davidson, a partir ou do que ainda chegara a testemunhar ou pelo que Wang lhe relatara. Jones saíra à procura do ex-comparsa e terminara por matá-lo. Wang, apiedado do casal, voltara e se deixara nas proximidades. Descera até à margem e desatracara o barco. Jones, ao procurar embarcar, se afogara. De Pedro se encarregara o próprio Wang.

Quanto a Heyst, mesmo que, no instante da morte de Lena, reconhecesse o amor que tanto temera, não consegue expressá-lo: "Heyst curvou-se sobre ela, maldizendo sua alma enfastiada, que, mesmo naquele momento, prendia de seus lábios, imobilizados pela desconfiança infernal de toda a vida, o verdadeiro grito do amor. Não ousou tocá-la e ela não mais teve forças para enlaçá-lo com seus braços"[95].

O encontro de que tanto se defendera só podia se cumprir na morte. Davidson, que testemunha a cena, volta então para seu barco e pela manhã é informado de que havia um incêndio na praia. Havia sido o próprio Heyst quem pusera fogo na casa, convertendo em cinzas o corpo morto de Lena e o seu.

O arredondamento final da narrativa estimularia os detratores de Conrad. Mas, embora o tom melodramático seja aí inegável, ele não afeta o estudo notável do quarteto, Heyst, Lena, Jones e Ricardo. Muito menos prejudica a exploração dos brancos não domesticados pelos mecanismos de controle de suas metrópoles. *Victory* é uma das grandes vitórias de Joseph Conrad.

---

95 J. Conrad, *Victory, Complete Works*, v. XV, parte IV, cap. XIII

Chance:
O Retorno à Ambiência Inglesa

Fora ainda no começo de sua carreira de escritor que Conrad procurara ficcionalizar a vida inglesa. Tentara-o em "The Return", incluído no *Tales of Unrest* (1898). Mas o fracasso foi logo reconhecido, inclusive pelo próprio autor. Malogro inegável, "The Return" tem, entretanto, algo a dizer: fora do desafio dos trópicos, imerso no conjunto dos valores que formam o *ethos* branco, o agente humano é protegido e estimulado em suas ambições e inibições. Hervey, o protagonista, encarna ambas: progride financeiramente e alcança uma posição social confortável; por outro lado, depende de que em seu lar se obedeçam as normas institucionalizadas. Certo dia tudo desmorona. Ou, quase desmoronando, apenas espera a chegada de Hervey para o pontapé final. Se a mulher pensara em romper a relação para viver com outro, logo se arrependera e mal dá tempo ao marido de ler seu bilhete de despedida e sentar-se atônito e vazio. Ao "recuperá-la", porém, Hervey torna-se, por sua vez, a presa do rígido código que internalizara. O diálogo que estabelece com a mulher mostra-o preocupado não com o que houvesse de falho na relação, mas com o que tivesse feito à mulher, nas poucas horas em que ela estivera afastada. Hervey é o puro *hollow man*, i.e., o branco que, não se aventurando à tentação do desvio facilitado nas colônias, se deixa automatizar pelas bem azeitadas engrenagens da sociedade metropolitana.

Não é extraordinário que Conrad não insistisse nessa trilha: o argumento mais frequentemente invocado é de que ele não conhece a vida inglesa, como os escritores ali nascidos, criados e enraizados. O fato é que a ele só retornará, ainda assim de modo oblíquo, no fim de sua carreira, com *Chance* (1913).

* * *

Em 1910, enquanto terminava a redação de *Under Western Eyes*, a ser publicado em 1911, Conrad sofre uma demorada crise. Ela é tanto física (um reumatismo generalizado), como psíquica – uma depressão tão aguda que o levava a estados de alucinação[96]. Como a

---

96   Z. Najder, *Joseph Conrad: A Chronicle*, p. 357-395.

o desvio e o horror

sua vida e a daqueles pelos quais é responsável continua a não lhe permitir interrupções tão prolongadas do fluxo de entrada de capital, em carta de 29 de março de 1911 a Ford Maddox Ford anuncia que está "tentando recomeçar uma coisa chamada *Chance*"[97]. O relato, efetivamente, começará ser escrito no princípio de maio.

Animado talvez pela possibilidade de abertura do mercado norte--americano, Conrad agora escreve em uma rapidez extraordinária. "Nenhuma de suas obras maiores progrediu em tal velocidade", declara seu biógrafo[98]. Em dois meses, o livro está terminado. Aparece primeiro em forma seriada, no *New York Herald*, a partir de janeiro de 1912[99], e como livro em janeiro de 1914. Mas o próprio romancista tem dúvidas sobre o que tenha conseguido. Em carta de 17 de fevereiro de 1914, a Ottoline Morrel, que gostara de *Chance*, declara: "Preocupo-me com esse livro. Algumas vezes gosto dele, noutras sou esmagado por dúvidas e arrependimento"[100]. Em compensação, pela primeira vez, uma de suas obras alcança popularidade[101]. O que não afeta a reticência da crítica. Deverão ter-lhe sido particularmente dolorosas as restrições que manifesta Henry James, o escritor de língua inglesa que mais admirava. Em um longo ensaio, "The New Novel", que não pertence à lista de seus mais significativos, James principia a parte dedicada a Conrad com um elogio genérico: "O que nos importa é o efeito geral que *Chance* alcança pela busca de meios que contrastam com todas as formas correntes de pesquisa, que tão-só nos afetam como baratas e fúteis"[102].

O meio contrastante que louva é explicado, a seguir, como "a demanda de método" (*a claim for method*). No entanto, como se James exaltasse a escolha do método mas não a sua execução, o próprio motivo do destaque inicial logo se converte em restrição. Ela se fundamenta em o narrador interposto, Marlow, ser, na verdade, um narrador onisciente, a funcionar como "um voo prolongado e incerto do subjetivo sobre a extensa causa do caso exposto"[103].

97 *The Collected Letters of Joseph Conrad*, v. 4, p. 433.
98 Z. Najder, op. cit., p. 369.
99 Idem, p. 374.
100 *The Collected Letters of Joseph Conrad*, v. 5, p. 352.
101 Z. Najder, op. cit., p. 390.
102 The New Novel (primeiro publicado com o título The Younger Generation), H. James, *Literary Criticism*, p. 148.
103 Idem, ibidem.

Ao se converter em onisciente, o narrador interposto sufocara a objetividade que deveria ser ganha, não por se referir a fatos, mas pelo método da composição. Por conseguinte, *Chance* é um exemplo do fracasso da mais preciosa das metas que se impõe a um escritor preocupado com a autonomia da forma; passamos assim a estar "em presença de algo realmente mais estranho, um lapso de autenticidade geral e difuso que um número excessivo de leitores comuns [...] não só tem tolerado como enfaticamente recomendado"[104].

A crítica de James consiste em que Conrad, embora se distinguisse da leva dos escritores "populares", não conseguira realizar o "método" que o próprio James refinaria: tornar o texto nítido sem as muletas do realismo, por sua configuração interna, capaz, então, ao não se sujeitar à mera referencialidade, de promover múltiplas leituras. James não o recrimina por haver mantido o que Barthes acusará de "detalhe inútil", "a 'representação' pura e simples do 'real', a relação nua daquilo 'que é' (ou foi) [...]"[105], senão por algo mais elaborado: o de, tendo por prisma as repercussões subjetivas dos fatos em Marlow, haver substituído as cores apropriadas por um borrão confuso. Daí ser a textura prejudicada pelo "extravio da verborragia desgovernada"[106].

Anteriormente ao texto de Henry James, C. E. Montague, em resenha de 15 de janeiro de 1914, no *Manchester Guardian*, apresentava uma visão mais compreensiva do papel dos narradores – na verdade, Marlow é apenas o principal narrador interposto: "Poder-se-ia a princípio pensar de seu corpo de narradores, a atuar por seções e suplementando-se entre si, que é um mecanismo quase canhestro. Compreende-se sua finalidade apenas quando *nos entregamos livremente ao forte encanto deste sistema de luzes interpenetrantes ou de espelhos interativos*"[107]

E tem razão em assinalar que "para a surpresa do leitor, o relato tem um final quase feliz"[108], e, em sua própria abertura, ao acentuar que "*Chance* pode não ser o melhor de Conrad, porque despende uma quantidade maior de meios para alcançar seus fins do que *Lord Jim* ou os melhores de seus relatos curtos, e seu fim não é melhor que o deles"[109].

---

104 Idem, p. 150.
105 R. Barthes, L'Effet de réel, *Communications*, n. 11, p. 85, 87.
106 H. James, op. cit., p. 152.
107 Em N. Sherry, op. cit., p. 274-275. Grifo meu.
108 Idem, p. 275.
109 Idem, p. 273.

o desvio e o horror

Restrições respeitosas semelhantes reaparecem no artigo de Edward Garnett, no número de 24 de janeiro de *Nation*: "Embora não seja o romance mais poderoso de Conrad, *Chance* é bastante característico de seu gênio por tecer uma requintada teia artística, a partir de pedaços extraviados da experiência, de restos de material comum e trivial, de sobras cotidianas e acidentes da vida"[110].

Se a "intenção irônica" do romancista é louvada pela "coleção de tipos tão heterogêneos como a que se poderia juntar em um hotel metropolitano", seu método de narrar, através do "inquisidor principal", Marlow, é considerado, algumas vezes, "um artifício banal"[111]. Do mesmo modo, se "o relato é uma obra-prima de narrativa indireta", as restrições se repetem a propósito de Flora, a quem faltam os traços que poderiam diferençá-la "de milhares de moças infelizes"[112] e a propósito da atitude de Fyne quanto a Flora, porque "artificial" e, sobretudo, quanto ao "trágico mal-entendido (de Flora e o capitão Anthony) em sua viagem de lua-de-mel"[113].

Embora polidas, as restrições são constantes. Elas apenas antecipam um juízo que se difundirá a partir do obituário escrito por Virginia Woolf. A romancista, cujo refinado círculo sempre esteve alheio ao ambiente modesto de Conrad, destacava o que lhe parecia sua grande produção – *Lord Jim, Typhoon, The Nigger of the "Narcissus", Youth...* – que, "a despeito das mudanças e das modas, estão por certo seguras de seu lugar entre os clássicos"[114], separando-a de sua obra posterior: "Depois do período intermédio, Conrad não foi mais capaz de estabelecer uma relação perfeita de suas figuras com a sua ambiência. Ele nunca acreditou em suas personagens muito mais sofisticadas de depois, como havia crido em seus marinheiros de antes"[115].

Em suma, de acordo com o juízo dos maiores romancistas ingleses do tempo de Conrad, Henry James e Virginia Woolf, ele teria sido um escritor de alcance médio, que pretendera voos a que não estava habilitado. Espalha-se então a opinião de que sua queda se dera desde a redação de *Under Western Eyes*; que sua crise de 1910 e o

---

110 Em N. Sherry, op. cit., p. 277.
111 Idem, p. 278.
112 Idem, p. 279.
113 Idem, p. 280.
114 "Joseph Conrad", *The Common Reader*, p. 231.
115 Idem, p. 234.

enfraquecimento de sua produção posterior teria a ver com a própria matéria enfrentada naquele romance, pois, tratando do despotismo russo e da fragilidade de seus adversários, Conrad percebera a tragédia irremediável da Polônia. "Se em todos seus outros romances e relatos relevantes Conrad conseguira se controlar e se respaldar com alguns elementos de sua filosofia, em *Under Western Eyes* confrontava-se com o muro da desesperança levantado pelo mundo real"[116].

Opondo-se às consequências daí inferidas quanto à produção de Conrad, seu biógrafo apresenta contudo uma defesa insuficiente: "Pode-se supor que, havendo atravessado o inferno, ao escrever *Under Western Eyes*, ele sentia que suas piores batalhas tinham passado, que lutara bastante tanto intelectual como emocionalmente. Ou simplesmente pode haver se cansado e que lhe faltasse energia para continuar suas velhas lutas"[117].

A defesa parece concordar com a acusação. Já vimos como, sob pequenas modificações, a afirmação do enfraquecimento do último Conrad, consolidada pela nota de Virginia Woolf, se mantém no fim da década de 1950, na obra de Albert Guerard. A tonalidade se modifica mais profundamente no livro posterior de Geoffrey Galt Harpham. Algo porém se mantém da antiga opinião: o caminho intelectual de Conrad se faz para trás (*backwards*). Se as obras de *The Nigger* até *The Secret Agent* sugerem "as energias de um modernismo incipiente, em troca, a partir de *Under Western Eyes*, [Conrad] retorna ao molde realista"[118].

Talvez por encararmos nosso objeto a partir de outro ângulo e lugar, a discussão nos parece equivocada. Desde *Lord Jim* (1900), o autor mostra um pessimismo crescente, que ainda inexistia em uma importante obra próxima, o *Heart of Darkness*; que, portanto, o divisor de águas é bastante anterior ao *Under Western Eyes* (1911). É plausível que ter tido de visualizar a terrível situação política do opressor de seu país de origem tenha aumentado o desarvoramento de Conrad. Além do mais, o fato de que um dos contos composto logo depois do romance político, o "Prince Roman", tenha encontrado dificuldades de publicação porque a questão da Polônia, que tinha nele um papel significativo, era "de pouco interesse para o público"[119], haja aumentado

116 Z. Najder, op. cit., p. 359.
117 Idem, p. 364.
118 G. G. Harpham, *One of Us*, p. 88.
119 Z. Najder, op. cit., p. 367.

o desvio e o horror

seu estado de prostração. Embora tudo isso seja aceitável, apenas estimula um dos equívocos de seus intérpretes de língua inglesa: estimarem unilateralmente a importância da Polônia para Conrad; com isso, não levam em devida conta que sua fidelidade ao país de adoção o tornava bastante sensível à política imperial. É provável que o cuidado que Conrad manifestava em não se mostrar contrário aos interesses ingleses tivesse um evidente aspecto pragmático – não ferir as suscetibilidades do público e de alguns de seus comentadores. Mas isso não interfere em que o "esquecimento" da Inglaterra imperial fragilize a interpretação de Conrad. Se Henry James estava correto em sua cerrada campanha contra a comercialização do romance, sua reação, porquanto acatada por uma parte considerável da comunidade intelectual, enseja o erro contrário: a ênfase na construção formal desconsidera a posição política do autor, no sentido mais amplo da expressão, i.e., sua reflexão sobre a situação do mundo.

A falha de James não lhe seria exclusiva: a defesa, por si justa, da autonomia da arte, com a rejeição da ideia vulgar de *mímesis* e a oposição ao cânone realista, levaria a uma ideia de arte a que repugnava toda consideração ética ou política. A postura que um Guerard assumirá – o realce de "o heroísmo da autoanálise"[120], "a longa jornada inconsciente a dentro"[121] – seria produtiva, se não fosse parcial. O mesmo que já se disse sobre os deuses pagãos, poderia ser dito a propósito da obra de arte: ela parece se divertir com os que procuram compreendê-la. Pois as dificuldades que encontramos em muitos intérpretes de Conrad, não se restringe a eles. Se uns pecam por sociologismo – em linha paralela aos escritores que James atacava – outros falham por um textualismo exclusivo, que os cega quanto ao umbigo que liga forma e visão do mundo do autor. É na procura de sair desse impasse que temos acentuado a articulação das personagens de Conrad com a posição que tomam a propósito dos valores que formam o *ethos* do homem branco.

É a partir do *Heart of Darkness* que essa articulação se tornara crítica. Ela pode assumir uma forma melodramática, que exacerba o sentimentalismo, ainda que não prejudique a qualidade de um *Victory* ou mesmo de *Lord Jim*. Mas isso não se dá por decadência da capacidade de elaboração do autor ou porque ele se mostrasse cansado

120 A. J. Guerard, *Conrad: The Novelist*, p. 26.
121 Idem, p. 39.

e desiludido com a inutilidade de sua luta. O pendor sentimental, o detalhismo realista, a tendência melodramática o acompanharam em toda a obra, deixando de ser prejudiciais apenas a umas poucas.

Entre elas, não está o *Chance* (1913). Garnett tinha razão em apontar que a desgraça de Flora não a distinguia de milhares de outras; que Fyne endossa depressa demais a acusação feita a ela por sua mulher; que a "delicadeza sublime" de Anthony, segundo a expressão do próprio romancista, não justifica o casamento a que se compromete; e, acima de tudo, que a solução do relato, onde o mundo afinal se faz bom para os inesperados amantes, Flora e Powell, é particularmente desastrosa – exceto para o grande público que o consagra. Mas seria injusto considerar a sucessão dos narradores ou a acusação a Marlow de "inquisidor principal" como a banalidade de um truque. Pois a substituição do narrador onisciente por um Marlow, ajudado por Powell, tem uma funcionalidade não igualada pelos Marlow anteriores. O narrador parcial é congruente com um relato cujo fundo ele desconhece. É claro que a solução do Henry James dos romances e contos da maturidade tem uma complexidade que Conrad esteve longe de alcançar. Se Henry James é o mestre da ambiguidade, dos espelhos que se embaralham, do *ethos*, em suma, dos agentes que vivem e atuam no continente europeu, Conrad é o que formula o horror dos que, de maneira rotineira ou excepcional, se desviam da vida sob o respaldo de instituições estáveis. Só em Kafka as duas óticas se fundirão. É certo, porém, que, no trio citado, Conrad tem um valor menor.

Em vez de ressaltar a hierarquia entre as duas direções, importa chamar a atenção para a inadequação de julgá-las por uma mesma perspectiva. *Naquele começo do século XX, as duas direções tendem a se diferenciar a partir da tematização de dois lugares radicalmente distintos.* O desafio para uma crítica que já não seja dócil à prenoção do "homem universal" está na apreensão conjunta do *lugar*, como possibilidade diferenciadora de expectativas e valores, e da configuração formal; está, ainda, na compreensão das perspectivas diversas que então se têm aberto para a literatura e a arte contemporâneas.

* * *

A que fundo inalcançável nos referíamos, ao falarmos na funcionalidade do narrador parcial, a propósito de *Chance*? O da enunciação do

o desvio e o horror

próprio afeto que aproxima Flora e Anthony. Depois de descoberta a fraude do pai – financista enriquecido pela oferta de vantagens aos que depositassem suas poupanças em seu banco, até ser descoberto sem meios para sequer devolvê-las –, e depois de ser abandonada pela governanta que nela inculcara a ideia de ser incapaz de ser amada, e pelo parente a quem o pai, já na desgraça, a confiara, Flora foi socorrida pelo "feminismo individualista" da senhora Fyne[122]. No campo em que os Fyne residem, Marlow, amigo do marido, tinha visto Flora e, por acaso, evitara seu suicídio. A feminista tinha um irmão, Anthony, um sério, exitoso e solteiro capitão de navio. É na casa dos Fyne que Anthony a conhece. Pouco depois, Flora desaparece. Fyne, ante o testemunho de Marlow de que a salvara do suicídio, supõe que ela cometera algum desatino. Assim pensam, até que, tendo Anthony também desaparecido, recebem a comunicação de que haviam fugido juntos. Flora escreve à sua protetora e o teor de sua carta é transmitido ao marido, que é convencido a ir a Londres e informar a Anthony da asneira que cometera. É que, conforme o relato da destinatária a seu marido e deste a Marlow, Flora, em sua carta, confessava que não amava o futuro marido. Fyne transmite a Marlow o que se propõe a dizer a Anthony: "Minha mulher me assegura que a garota não o ama de modo algum. Ela se funda na carta que recebeu. Há nela uma passagem em que ela praticamente admite não ter tido escrúpulos em aceitar sua oferta de casamento"[123].

Marlow tenta convencer Fyne do absurdo de sua missão. Mas não tem êxito, nem tampouco Fyne em fazer o capitão voltar atrás. Desde então, Fyne e Marlow não mais se encontram. No fim do relato, quando Anthony já morrera, vítima de uma colisão marítima, e o enorme imbróglio do romance está dissipado, Marlow, em visita a Flora, já então casada com Powell, o conarrador, lhe pergunta qual era o teor de sua carta; ela lhe confirma que, escrevendo irresponsavelmente, dissera à senhora Fyne que "não amava seu irmão, mas não tinha quaisquer escrúpulos em casar-se com ele"[124]. A decisão de Flora era provocada por seu desespero e pelo convencimento a que sua governanta a sujeitara.

---

122 J. Conrad, *Chance: A Tale in Two Parts, Complete Works*, v. II, parte I, cap. 2, p. 62.
123 Idem, cap. 7, p. 240-241.
124 Idem, parte II, cap. 6, p. 443.

Do ponto de vista de Anthony, as coisas eram mais simples. Livre de compromissos e inexperiente, se apaixonara pela desgarrada. Só depois da fuga é informado de que o pai fraudulento estava em vésperas de sair da prisão e que, viúvo e com seus bens confiscados, não teria onde viver. Aceita então recebê-lo em seu barco. Para isso divide sua cabine em dois quartos. E aqui entra o segundo narrador, o então jovem oficial Powell, que conhecera Anthony, por acaso, enquanto procurava emprego e o capitão acabara de perder um de seus oficiais. Como as duas cenas – Flora, Marlow e os Fyne no campo, Anthony e Powell no porto – se dão em quase absoluta sincronia, à oferta de emprego a Powell por Anthony corresponde a chegada de Flora e seu pai ao navio. Nas viagens que fazem os quatro, o comandante, sua mulher, o senhor de Barral e Powell, este aos poucos percebe, segundo os comentários de outros tripulantes, que o capitão, desde o casamento, era outra pessoa. Já o pai de Flora, o escroque, revela-se figura da pior espécie. Não só detesta o genro, não só impede que a filha se aproxime do marido, guardando-a para si, como, para o mais rápido naufrágio do casamento, procura aproximar Powell de Flora. Por ironia, terminará acertando.

Como mostra o breve resumo da ação, a presença dos dois narradores não é gratuita: um sabe o que o outro desconhece. Bem o nota Ian Watt: "Muito pode ser dito contra *Chance* e seu método narrativo: uma artificialidade espalhafatosa, uma tendência a sentimentalizar e momentos de uma prolixidade cansativa; mas a acusação de que seu modo de narrar é gratuitamente imposto parece em si mesmo gratuita"[125].

Powell então testemunha o estranho cavaleirismo do capitão. Ele suporta o casamento incompleto para que Flora continue a servir a *escroquerie* paterna. E a roda continuaria a rolar sem solução se Powell, por curiosidade, não tivesse olhado pela escotilha que dava para o quarto do comandante e não surpreendesse o velho de Barral no momento em que derramava algo no copo de Anthony. Apressa-se a denunciá-lo e, assim, evita que o capitão seja envenenado. O pai é então desmascarado na presença de Flora, que até então acreditara ter sido o pai vítima de injustiça; ela, por fim, compreende seu engano e

---

125 "Conrad, James and *Chance*", em M. Mack; I. Gregor (orgs.), *Imagined Worlds: Essays on Some English Novels and Novelists in Honour of John Butt*, p. 317.

o desvio e o horror

erro. O capitão, de sua parte, crendo encerrada a razão da farsa que suportara, propõe que a mulher desembarque com o pai, no próximo porto. Contudo, fosse porque aprendera a amar o marido, até agora apenas no papel, fosse porque percebe a verdadeira índole do pai, ela lhe contesta: "Você não pode me rejeitar desse modo, Roderick. Não vou abandoná-lo. Não vou"[126]. O pai, vendo-se outra vez descoberto e vencido, toma a taça e bebe o que preparara para o rival.

Do final encarregar-se-á a simples leitura. Um curto comentário será bastante. Pela própria localização da trama, a questão do desvio sofre uma brusca inflexão. Se ela se mantém é pela presença marcante do financista-escroque. Por sua capacidade de criar o horror; o qual também se modifica: é agora o horror psicológico de Flora e do *gentleman*, com sua "delicadeza sublime".

Não são estranhas nem a preocupação do romancista quanto à qualidade do romance, nem as reservas da crítica; muito menos, a popularidade que alcança. Com uma complexidade de trama com que "The Return" não poderia sequer sonhar, *Chance* porém recai em seu horizonte sem grandeza. O "homem oco", no caso, se torna o próprio autor – é a inépcia da própria escrita a responsável pela não concretização do tipo de afeto que liga Flora a Anthony. Para dar a volta por cima e mostrar que não estava esgotado e recuperar, pela última vez, sua antiga qualidade, Conrad terá de passar pela prova de *Nostromo*.

---

126 J. Conrad, *Chance: A Tale in Two Parts, Complete Works*, v. II, parte II, cap. 6, p. 430.

4:
A Mudança de Continente

Nostromo, Romance Político?

Tem sido frequente que os intérpretes de Joseph Conrad considerem o *Nostromo* (1904), junto a *The Secret Agent* (1907) e *Under Western Eyes* (1911), um romance político. Mas o será de fato? Uma primeira objeção de imediato se apresenta: não há romance político sem ação estimulada pelo debate de ideias políticas. *Crime e Castigo* (1865) é um romance político, mesmo em sua parte final, em que o romance perde sua força e Raskólnikov cede aos apelos de Sônia. Se falta o debate de ideias – que, no caso de Dostoiévski, ia muito além da dimensão política – e ele é tão só o pretexto para o enredo, a configuração romanesca não se sustenta. É o que sucede com *The Secret Agent*, uma paródia banalizada da ação de um grupo anarquista em Londres, a mando da embaixada de um governo autocrático. Como bom narrador, o que raramente deixa de ser, Conrad, além de sempre perseguido pela necessidade de conquistar leitores, e pelo ódio contra o czarismo, cria um *thriller* de impacto. O leitor segue as peripécias dos incompetentes anarquistas, percebe o contraste entre as instituições liberais inglesas e os requintes de crueldade e estupidez das ordens vindas da embaixada, reconhece a fluência do enredo. Mas só isso.

Under Western Eyes repete esses limites, em escala mais ampla. Torna-se mais evidente a presença do mal e o desprezo do autor pelo motivo que o provoca. Envolvido em um atentado terrorista, em Moscou, Razumov trai o assassino e é transformado pela polícia secreta russa em espião das atividades de grupo que age no estrangeiro. Sob a máscara de fugitivo, é transportado de trem para a Suíça, é aceito como herói, inclusive pela mãe e a irmã daquele que denunciara e, por não aguentar a pressão de seu fingimento, termina por confessar sua espionagem. Pela maior complexidade da trama, teria sido possível ao autor ensaiar-se no que Mikhail Bakhtin depois chamaria o romance polifônico. Mas o tema, o ter de lidar com personagens e situações russas, sua própria precariedade em se mover entre ideias e não em consequências psicológicas de ações, pesam contra a qualidade do romance. Por conseguinte, a menos que se assinalasse a diferença de nível das duas obras quanto a *Nostromo*, estaria desfeita a trilogia dos romances políticos.

Mais recentemente, outra objeção se apresenta, dessa vez atingindo o valor do próprio *Nostromo*. A partir dos anos de 1970, o desenvolvimento da reflexão teórico-literária – no caso específico da crítica anglo-saxônica, por influência de Paul de Man e do chamado desconstrucionismo – veio a questionar o caráter *referencial* da ação romanesca. O velho *topos* do gênero, como um espelho que passeia ao longo de um caminho, foi desprezado de maneira tão peremptória que a palavra romance parece estar apenas entre os termos do enredo. É certo que o romance, como as outras artes verbais e plásticas, não é transitivo com o que se apresenta como a realidade. Se assim o fosse, o romance não passaria de uma variedade da disciplina historiográfica, definindo-se por uma carência: é um relato não comprovável. Já passou bastante tempo desde que Diderot, que, entretanto, não rompera definitivamente com a *imitatio* clássica, provocando a famosa réplica de Goethe[1], observara que o sol da pintura não é o mesmo sol lá de fora.

No entanto, o justo questionamento da referência, o reconhecimento de que a arte tem um território próprio, em suma, a sua irrealidade, não se confunde, como se tendeu então a fazer, com sua mera intransitividade. A insubordinação da arte ao real não a desliga do real. Simplesmente, seu elo não assenta no perceptual, não depende do reconhecimento perceptivo, mas sim da ativação do imaginário; daquele que Castoriadis chamava "radical", "em que o imaginário retorna, por fim, à faculdade originária de pôr ou de se dar, sob a forma da representação, uma coisa e uma relação que não são dadas na percepção ou nunca o foram"[2].

---

1   J. W. Goethe, Diderots Versuch über die Malerei, *Kunsttheoretische...*, p. 731-946.
2   C. Castoriadis, *L'Institution imaginaire de la société*, p. 177.

O fato de a obra não se referir a um espaço e tempo determinados como sua referência prévia, em vez de encerrá-la em si mesma, promove a possibilidade de um relacionamento múltiplo e mutável. No caso do romance político, sua identidade permanece enquanto a reflexão admitir a articulação de ideias nele contidas com uma cena agora diversa, i.e., imprevisível para o autor. A irrealidade da obra de arte engendra a indeterminabilidade, que, no entanto, não se confunde com a indecidibilidade, i.e, a impossibilidade de qualquer determinação. Se assim o fosse, não haveria crítica de arte, que se restringiria à habilidade de uns espertinhos em cometer um comentário engenhoso que chamariam de interpretação.

Se nos pusermos à distância do chamado cânone desconstrucionista e relermos a desqualificação do *referente*, a crítica do papel dos *percepta* e do que se reconhece pela percepção passa a ser da mais alta valia. Tais tópicos fazem falta em um crítico cuja formação não passou pela onda iniciada por de Man; para ele, o fato de que Charles Gould declarasse que a mina de San Tomé não era para ser posta à venda revelava "que ele ainda tinha um sentido forte da decência moral"[3]. O comentário não é falso, é indigente. O complexo da personagem não se capta por semelhança com o que se mostra pela comprovação perceptual.

Independente das razões que oferecemos para que se desfizesse a suposta trilogia dos romances políticos, outra se apresenta para que se negue esse caráter especificamente a *Nostromo*. Ela resulta de o analista recusar-se a ver na personagem que dá título ao romance o centro de irradiação da obra. Mas isso, em vez de destituir o romance de uma dimensão política, na verdade indica que não se capta a dimensão política mais entranhada – a que relaciona *Nostromo* com o processo de expansão do Ocidente, que, principiada sob iniciativa da nobreza lusa, alcançara seu auge, no século XIX, com o capitalismo britânico.

Ao dizê-lo, antes de entrarmos no processo propriamente analítico, nos damos condições de acrescentar: a negação de *Nostromo* como romance político, conquanto feita fora de preocupações desconstrucionistas, poderia ter sido por elas endossadas, pois recusar ao romance a qualificação de político derivaria no caso da neutralização da função referencial. Ao contrário, ao partirmos da afirmação de

---

3   I. Watt, *Joseph Conrad: Nostromo*, p. 55.

que lidamos com um romance político, concretizamos ideia acima esboçada: a crítica à função referencial não equivale à sua negação: *em vez de neutralizá-la, a obra de arte a transforma imaginariamente na cena do texto*; em consequência, sem apontar para fora, encontra o fora dentro de si; já não é por certo a referencialidade dos linguistas: é a poiética do ficcional[4].

Os Embaraços da Criação

Se era pequeno o conhecimento factual da Península malaia por Conrad, muito menor ainda era seu conhecimento da América do Sul. Se isso o obrigava a ler relatos de viagem a diversos países latino-americanos, a interessar-se pela intervenção norte-americana da qual surgirá o canal do Panamá – em carta de 26 de dezembro de 1903, perguntava a Cunninghame Graham: "Que pensa dos *Yankee conquistadores* no Panamá?"[5] –, a procurar contato com hispânicos, a solicitar uma biografia de Garibaldi, era, naturalmente, para dispor de uma matéria prima verossímil sobre o país a inventar.

Detalhar essa procura apenas satisfaria uma reconstituição afinal secundária, embora o próprio Conrad a estimule, na nota que escreve em 1917. Dizer, como então o faz, que "Nostromo, sobretudo, é o que é porque recebi a inspiração para ele, em meus primeiros dias, de um marinheiro do Mediterrâneo"[6], teria no máximo o interesse de um *fait divers**. É este um caminho que antes distancia que aproxima do significado efetivo do que realiza. É suficiente recordar o que observava a Cunninghame Graham, em 31 de outubro de 1904, quando o romance estava recém-lançado: "Costaguana representa um Estado sul-americano em geral, daí a mistura de costumes e expressões. É proposital. Lembrei-me de pouco e nada rejeitei"[7].

---

4   Embora não esteja certo que João Adolfo Hansen concorde com essa formulação, deixo claro que, sem sua restrição à formulação anterior, não chegaríamos a essa.

5   J. Conrad, *The Collected Letters of Joseph Conrad*, v. 3, p. 102.

6   J. Conrad, Author's Note, *Nostromo, Complete Works*, v. IX, p. XII.

*   *Fait divers*, fatos diversos. Termo francês que designa espaço dado pelos jornais a pequenas notícias, algumas com apelo extraordinário (N. da E.).

7   *The Collected Letters of Joseph Conrad*, v. 3, p. 175.

a mudança de continente

Ao reduzirmos a procura de material a essas escassas linhas, não pretendemos minimizá-la. Como supor que fosse insignificante o trabalho de inventar um país, dar-lhe uma geografia, habitá-lo com personagens os mais diversificados, na mistura de nativos, brancos já ali nascidos (*criollos*) e estrangeiros, italianos e ingleses? Como ainda lograr que a pesada máquina adquirisse agilidade? E, acima de tudo, como não converter a invenção em um entretenimento para ociosos? Mas somos alertados pelo exemplo de Flaubert: *Salambô* seguramente dele exigiu pesquisas ainda mais árduas. Nem por isso o resultado foi positivo. Mesmo porque Conrad consegue vencer onde o mestre fracassou; seria ocioso insistir na documentação que reúne. Perspectiva melhor há de ser aberta.

Sabe-se como o ato de escrever sempre foi complicado para Conrad, fosse por ser obrigado a lidar com uma língua que nunca chegou a ser sua, fosse pelos atropelos materiais de que não se livrava. Mas as dificuldades nunca haviam sido tamanhas. Assim como tampouco antes tentara romance tão complexo. É o que atestam suas cartas do período de sua concepção.

Desde os primeiros meses de 1903, as referências a *Nostromo* vêm mescladas de alusões a ataques de gota – "Estou justamente saindo de um horrível ataque de gota. Um estado de extraordinária irritação nervosa de que sofria desde o começo do ano chegou por fim a algo daquela espécie", diz no início de carta de 23 de março a David Meldrum[8]; de maneira mais concisa, repete-o em francês, a H.-D. Davray, em 24 de outubro: "Moi je travaille – et la goutte me travaille" (Eu, eu trabalho – e a gota trabalha em mim)[9]; misturam-se a um mal-estar físico inexplicável, de que fala a John Galsworthy, em 16 de fevereiro: "Sinto-me curiosamente mal; nenhuma dor, nada que possa ser satisfeito mas uma espécie de agitação física constante"[10]; e, com maior constância, às suas permanentes preocupações financeiras. Elas crescerão no ano seguinte, com a falência de seu banqueiro. A ironia com que refere as providências que toma, em carta de fevereiro a Kazimierz Walissewski, mal esconde sua angústia: "Em meus momentos de folga, procuro um banqueiro ingênuo e benéfico que queira me fornecer um talão de cheques – por amor do próximo,

8   Idem, p. 27.
9   Idem, p. 68.
10 Idem, p. 18.

sem dúvida, pois não tenho fundos a lhe oferecer"[11]. A dificuldade da situação chega ao ponto de pedir a seu agente literário empréstimos de quantias insignificantes (carta de 4 de março) para cobrir despesas com doenças do filho e da mulher. Os embaraços não são menores no que concerne ao próprio ato de escrever. A referência, ainda neutra, contida em carta de 9 de maio de 1903 a Cunninghame Graham, mostra que, embora soubesse, desde o começo, onde a ação se localizaria, as personagens tinham a princípio um realce distinto: "Quero lhe falar agora do trabalho em que estou metido nesse momento. É duro confessar minha audácia: a ação se passa na América do Sul, em uma república que chamo Costaguana. *Mas se envolve sobretudo com italianos*"[12].

Na versão definitiva, ainda que a família Viola e Gian Battista Fidanza, conhecido como Nostromo, sejam italianos, não são eles numericamente significativos.

Mais grave é a carta de 13 de maio do mesmo ano, endereçada àquele que fora seu anjo protetor, nos meios editoriais e literários, Edward Garnett: "Por Júpiter, honestamente, estou muito cansado e com o coração demasiado em frangalhos"[13]; que as dificuldades deveriam ir em crescendo, ainda o mostra a correspondência que dirige ao romancista, amigo e colaborador John Galsworthy, em 4 de junho: "*Nostromo* cresce; cresce contra a corrente, por força de um trabalho penoso e desagradável – mas não posso dizer que progrida. Por certo, a cada três ou quatro dias a pilha de páginas é maior; mas a história sequer começou"[14]. No mês seguinte, comunicações a Else Hueffer – tradutora e companheira de seu eventual parceiro, Ford Maddox Ford – e a Cunninhamme Graham, endereçadas no mesmo dia 8 de 1903, reiteram o caminho de pedras: "Nostromo é o verdadeiro criminoso. Pus ontem no correio 25 mil palavras, em uma tempestade de dor de dente. Meu próprio pescoço está duro com o esforço, mas continuo sem parar"[15]; "Basta de brincadeiras! Esse maldito *Nostromo* está me matando"[16].

11   Idem, p. 117.
12   Idem, p. 34. Grifo meu.
13   Idem, p. 35.
14   Idem, p. 40.
15   Idem, p. 44.
16   Idem, p. 45.

a mudança de continente

Ao avanço do livro, confessa a Galsworthy, em 22 de agosto, corresponde paradoxalmente o aumento de seu mal-estar: "Neste momento, o livro está na metade e eu me sinto meio morto e totalmente imbecil. [...] Sinto que estou estranhamente me tornando um pária. Um pária mental e moral"[17].

Mas, ao dizer que estava na metade, Conrad não sabia o que ainda o esperava, sem que fosse a primeira vez que enfrentava tal transtorno. Tais confissões só eram evitadas a seu agente literário. Dirigindo-se a ele no mesmo dia, Conrad se mostra confiante: "Nunca trabalhei tanto antes – com tanta ansiedade. Mas o resultado é bom". Porém não consegue fingir-se otimista por muito tempo. Logo acrescenta: "Se eu tiver de sucumbir, será *depois* desta coisa infernal estar acabada. [...] Minha salvação está em fechar olhos e ouvidos a tudo – do contrário, não poderia escrever uma só linha"[18]. Pois, e disso o romancista já está bastante convencido, enquanto negócio, a decisão de escrever *Nostromo* não fora das melhores. Às suas próprias custas, Conrad aprenderia que, ao contrário da descoberta de um país real, a invenção de um não é rentável.

Se as dificuldades que se acumulam indicam que Conrad não vendera a alma ao diabo, preparando um produto para o qual o público já estivesse pronto, também insinuam que, ao começar o livro, não tinha ideia do que dele seria exigido. Os meses seguintes lhe mostrariam que, por mais atrozes que fossem as descrições de seu estado, ainda estava sendo otimista. Sete meses depois, em março de 1904, está em plena crise. A Adolf Krieger declara que está quase fora de si e sobrecarregado de trabalho. E ao fiel amigo Garnett acrescenta: "Ando de um lado para o outro opresso, secretamente irritado com minhas obras, nunca livre disso, nunca satisfeito com isso"[19]. E como seu cotidiano depende de levar a cabo sua tarefa e a obra, por mais que avance, não termina, declara a seu agente, J. B. Pinker, em 29 de março, que Galsworthy se dispõe a ajudá-lo na correção do manuscrito[20]. Mesmo antes que chegasse a esse ponto, no curso do ano de 1903, o trabalho incessante o levava a retornar a

17 Idem, p. 54.
18 Idem, p. 55.
19 Idem, p. 122-123.
20 Idem, p. 126.

suas reiteradas queixas contra a tarefa do escritor. Assim, em 22 de agosto, dizia a seu tradutor para o francês, H.-D. Davray:

> Uma invencível repugnância da pena, um terror do tinteiro, meu caro, como se fosse um buraco negro e sem fundo em que se se pudesse afogar. [...] A solidão me ganha: me absorve. Não vejo nada, não leio nada. É como uma espécie de tumba, que seria ao mesmo tempo um inferno, em que é preciso escrever, escrever, escrever[21].

E, em 23 novembro, embora a primeira parte já estivesse concluída, dizia a J. M. Barrie que "nunca senti que tivesse meu tema na palma da mão"[22]. Logo depois, em 30 de novembro, dirigindo-se a H. G. Wells, comparava suas experiências de antes e de agora: "Antes, em minha vida no mar, uma dificuldade me encorajava para o esforço; agora percebo que não é assim. Não pense contudo que desisti; o que há é a sensação desconfortável de perder o pé em águas profundas"[23].

Em troca, depois do agravamento de todos os males, que teria se dado em março de 1904, em comunicação de 3 de maio a seu agente parece entrever o fim da demorada tortura: "Em um ou dois dias, estarei lhe enviando as trinta primeiras páginas da parte III"[24]. No entanto, como se um fantasma se divertisse em brincar de gato e rato com ele, o caminho para o fim se mostra ilusório. Meses passados, em carta que o editor de sua correspondência data do verão de 1904, observa a William Rothenstein: "Estou fazendo esforços sobre-humanos para avançar no livro maldito e quero loucamente um momento de descanso"[25].

A conclusão estaria então próxima? Mensagens do mesmo dia 3 de setembro, endereçadas a Edward Garnett e a William Rothenstein, anunciam a tão esperada boa nova. "Rabisco estas linhas apenas para dizer que *Nostromo* está terminado"; "O livro está terminado". A continuação da segunda carta revela, contudo, que o alívio é apenas físico, pois "pessoalmente, não estou satisfeito. É alguma coisa – mas não a coisa que procurei"[26].

21 Idem, p. 51.
22 Idem, p. 83.
23 Idem, p. 85.
24 Idem, p. 135.
25 Idem, p. 152-153.
26 Idem, p. 162-163.

A prova que sofrera se tornara mais dolorosa porque, sendo a entrada de dinheiro obstruída pela demora da composição, o romancista tivera, nesse entretempo, de tentar uma peça de teatro, de escrever um artigo de propaganda e um livro de reminiscências, *The Mirror of the Sea* (O Espelho do Mar). Tenha sido pelas provações ou porque *Nostromo* não cumpria o que ideara, o livro nunca o contentou. Anos passados, em carta de 21 de junho de 1912, a André Gide, resumia seu juízo: "Temo, meu caro, que você ache *Nostromo* bem mal feito e bem difícil de ler – mesmo tedioso. Era um completo fiasco (*c'était un four noir*), você sabe. Tenho uma espécie de ternura por essa imensa máquina. Mas ela não anda. É certo. Há algo que impede. Não sei o quê"[27]. Não há como saber o que o incomodava na *énorme machine*, que lhe despertava uma certa ternura. A complicação ainda aumentará ao consultarmos a peça pública que a "nota do autor", de outubro de 1917, lhe acrescenta.

É explicável o escrúpulo do autor em não participar ao leitor anônimo as angústias privadas que cercaram sua composição ou não se deter em questões de carpintaria literária. Mas isso não basta para que o teor da nota deixe de ser intrigante. Insinua, no começo, que sua concepção nascera da busca de encontrar outro veio para sua escrita: "Depois de terminar o último conto de *Typhoon*, pareceu-me de algum modo que não havia mais nada no mundo sobre que escrever"[28]. Como o livro circulava há treze anos, era presumível que os leitores desde então acumulados entendessem que o autor se referisse ao desaparecimento da matéria oriental. Mas o próprio autor se encarregava de repor a curiosidade nos trilhos. A sensação de não ter mais nada a dizer teria sido rapidamente suplantada pela lembrança de um relato que ouvira, entre 1875 e 1876, em um local incerto, nas Índias Ocidentais ou no Golfo do México. O acaso o teria depois levado a encontrar o livro que a reiterava: escrevendo as memórias de um marinheiro norte-americano, um jornalista registrara haver trabalhado em uma escuna, cujo capitão e proprietário havia roubado um batelão carregado de prata. O marinheiro afinal desertara da escuna e o relato terminava por aí. A intervenção de Conrad, recordando a curiosidade que haveria sido sua na distante juventude, podia ser

27 Idem, v. 5, p. 78.
28 J. Conrad, Author's Note, *Nostromo, Complete Works*, v. IX, p. VI.

um bom entretenimento para o leitor. E ele não se dispõe a perdê-lo. Emenda pois o que lera com o que especulara:

> Todo o episódio ocupava três páginas da autobiografia. Nada de notável; mas, ao relê-las, a curiosa confirmação das poucas palavras casuais que ouvira em minha juventude despertou-me as lembranças daquele tempo distante em que tudo era tão novo, tão surpreendente, tão aventuroso, tão interessante – trechos de estranhos litorais sob as estrelas, sombras de colinas à luz do sol, paixões humanas no cair da tarde, mexericos quase esquecidos, rostos que se tornaram indistintos[29].

Quem conhece a correspondência do romancista sabe que, ao lado da descrição de depressões pungentes, apresenta uma outra obsessão: a procura de conquistar o leitor. Basta lembrar o que escrevia a Pinker, em 5 de fevereiro de 1912, a propósito de *Chance*: "Quando as pessoas descobrirem que é a estória de uma garota infeliz (com um bom final), serão solícitas com o livro"[30]. É o que procura fazer com *Nostromo*, na nota escrita tanto tempo depois de sua publicação. O detalhamento da paisagem, das paixões envolvidas, ao se fundir à lembrança das sensações de outrora podia atrair outros leitores ao que, para o amigo admirado, reservava o pouco simpático epíteto de *four noir*.

Ia ainda além. Acrescentava como dera cores de verossimilhança a um continente que mal conhecera. Sua fonte principal teria sido um de seus futuros personagens, José Avellanos, que funciona como pseudônimo de uma pessoa concreta, Santiago Pérez Triana, filho de um presidente liberal da Colômbia, que, obrigado a fugir de um golpe militar, de fato, escrevera um livro, cuja tradução para o inglês, em 1902, tinha um título aventuresco: *Down the Orinoco in a canoe* (Descendo o Orinoco em uma Canoa)[31]. Havendo sido breve a derrota de seu partido, já em 1903 Triana era enviado extraordinário da Colômbia em Londres e Madri. Conrad, que lhe foi apresentado, dele teria recebido aulas ao vivo sobre a situação política do continente[32].

---

29   Idem, p. IX.
30   J. Conrad, *The Collected Letters of Joseph Conrad*, v. 5, p. 16.
31   Apud I. Watt, *Joseph Conrad: Nostromo*, p. 9.
32   Nota à carta a Roger Casement, de 1 de dezembro de 1903, em F. R. Karl; L. Davies (orgs.), *The Collected Letters of Joseph Conrad*, v. 3, p. 176, n. 2.

a mudança de continente

Aos informes de Pérez Triana teriam se combinado lembranças náuticas já então remotas. Elas lhe pareciam tão cativantes que as detalhara em *The Mirror of the Sea*, composto enquanto *Nostromo* teimava em não acabar. Para criar Fidanza, teria se inspirado em um marujo corso, Dominic Cervoni, proprietário e capitão do barco *Tremolino*. Conrad, no período francês de sua vida, fora seu companheiro de viagem, na perigosa aventura de contrabandear armas para os adeptos de Don Carlos de Bourbon (1848 – 1909), pretendente ao trono da Espanha. Cervoni, encarnação da dura moralidade corsa, acolhera em sua embarcação um malfadado sobrinho, espia e ladrão, que terminara por furtar Conrad e delatar o próprio tio à polícia francesa. Sendo-lhe a ofensa intolerável, o corso injuriado o matara[33]. Na "nota do autor", as minúcias são reduzidas ao mínimo: "Nostromo é o que é porque a inspiração para ele foi recebida, em meus dias de mocidade, de um marinheiro mediterrâneo"[34].

O romancista, contudo, ainda não se contenta. Algo ainda podia aumentar o interesse e a curiosidade do leitor. Explorara o veio da aventura, tanto a criminosa como a política, descrevera a conversão de personagens reais em figuras fictícias. Mas ainda não tratara de Antonia Avellanos, que tivera no romance uma participação afetivo--trágica. Conrad não hesita em acrescentar que, para fazê-la, se inspirara "em meu primeiro amor"[35]. Verdade ou mistificação, como sabê-lo? O certo é que as histórias do roubo do batelão carregado de prata, do corso Cervoni e da garota polonesa, depois de atiçarem a imaginação do romancista para o mais elaborado de seus romances, tornaram a servi-lo para uma segunda cozedura mais simples e pragmática: a sedução do leitor esquivo.

A maneira como reagia ao romance terminado – essa máquina pesada, esse fiasco por quem tinha carinho – e as anedotas com que procura torná-la palatável são tão opostas que não deixam de intrigar. De acordo com o entendimento que Edward Said propõe, os dois tratamentos, o efetivado no romance e o promovido pela nota de outubro de 1917, deverão ser interpretados como resultantes do:

---

33 J. Conrad, Il Tremolino, *The Mirror of the Sea, Complete Works*, v. IV, p. 155-183.
34 J. Conrad, Author's Note, *Nostromo, Complete Works*, v. IX, p. XII.
35 Idem, p. XIII-XIV

parte II: a consolidão do redemunho

hábito de Conrad de encarar sua vida como um compromisso tenso entre dois modos conflitantes de existência:

O primeiro modo consiste em experimentar a realidade como um processo que se expande, uma ação sendo feita, como sempre "se transformando". Experimentar tudo isso é sentir-se no meio da realidade. O segundo modo consiste em sentir a realidade como uma quantidade dura, muito ali e definível. Experimentá-lo é encarar a realidade retrospectivamente, porquanto só em reconsiderar o que já ocorreu pode-se dominar o movimento incessante da ação em processo de feitura. Noutras palavras, o primeiro modo é o do ator, o segundo o do autor[36].

O propósito de Said é muito mais amplo do que a razão pela qual o convocamos. Nem sequer estamos seguros de que ele concordaria com o uso que faremos de sua distinção. Onde, contudo, estaria a razão de minha insegurança senão no rompimento da aura do autor, implicado na reflexão de Said? Pois, diante do par "autor – ator", a princípio tendemos a pensar que o primeiro termo corresponde àquele que, no caso sob exame, insiste nos obstáculos quase insuperáveis que *Nostromo* lhe apresenta e em seu resultado insatisfatório, enquanto era o "ator" o responsável pelas anedotas que adoçam o texto já imutável. Mas é o contrário. É o ator quem percebe a realidade como processo em devir, que exige a sua constante intervenção para que a massa dura do real não se mova contra ele. O ator guarda para os íntimos a revelação da dor do parto. A quem Conrad fala de que trabalha sob uma tempestade de dores de dente, com o pescoço duro de tanta tensão, senão para um de seus poucos amigos? A quem amaldiçoa a profissão que se impusera (= a vocação que acolhera)?

Não estamos aí em presença do autor, porque este só entra em cena depois que o espetáculo está completado; quando então pode reconsiderar "a realidade retrospectivamente". O autor, em suma, é a *auctoritas*, em seu sentido original: "aquele que faz crer"; é a figura pública que procura ganhar o público de que carece; que se finge de centro unitário e cola os cacos, as fraturas de si e os fragmentos da matéria com que o ator configurara o texto. Antonio Candido, no

36 *Beginnings*, p. 106.

a mudança de continente

único texto de peso, em língua portuguesa, sobre Conrad, dele dizia que "a força e a novidade de sua obra residem na circunstância de que a [...] divisão ou pluralidade aparece como norma, não desvio"[37]. É perfeito, só que não devemos ver no nome "Conrad" a figura do autor. Esse, diante da ação do ator-Conrad, procura apagar as pistas, dar de seu ofício uma imagem colorida que não espante o comprador. O ator compreende que um excesso de intimidade confunde o público – seu papel termina em experimentar a realidade como um processo que se expande. O autor é o que tem a autoridade para divulgar o que lhe parece recomendável.

O emprego da diferenciação promovida por Said não teria sentido se não ajudasse a explicar a defasagem entre o Conrad criador e o Conrad crítico. O esclarecimento crítico, ou o que seria recebido como tal, de algum modo o ameaçava, pois o obrigaria a falar de processos que não interessavam ao público ou a tratar de ideias perigosas. Pois supormos que não estivesse plenamente consciente das implicações de sua obra não significa que não colaborasse em escondê-las.

O que não sabe e o que cala formam uma massa considerável à disposição do talento variável de seus analistas. Se isso não é exclusividade da obra de Conrad, em seu caso se torna flagrante pelas particularidades de sua vida – alguém que "recebe" uma vocação que não esperava, que tem de exercê-la em língua estrangeira, no centro de um império que, nas margens da vida confortável, alimenta o homem-do-desvio e a variante de o "homem oco"[38].

Por esse aspecto, a obra de Conrad traz um inegável apelo. Se, por ele, o analista é atraído, ao mesmo tempo se torna mais íngreme a questão que se lhe apresenta: como o analista distinguirá seus "achados" da mera arbitrariedade? Não há maneira de sabê-lo *a priori*. O analista é também um ator, cujo trabalho, contando menos com o abrigo da *auctoritas*, consiste em conceber uma congruência entre a cena já criada e o texto de sua interpretação.

---

37 Catástrofe e Sobrevivência, *Tese e Antítese*, p. 79.
38 Cf. capítulos anteriores desta Parte.

Enfim, *Nostromo*

Este subtítulo se resume a um tateio preparató-
rio. Nele, será procurada uma apresentação geral que aponte para as
direções a serem pesquisadas. Três razões justificam o cuidado:

a. A carta dirigida pelo romancista a Ernst Bendz, professor de
Göteborg, que publicara um ensaio sobre sua obra. Datada de 7 de
março de 1923, ela tem uma passagem capital:

> Tomo a liberdade de assinalar que *Nostromo* nunca teve por objetivo
> o herói do *Tale of the Seaboard*[39]. A prata é o pivô dos acontecimen-
> tos morais e materiais, que afetam a vida de todos no conto. Não
> pode haver dúvida de que essa foi minha meta deliberada. Começava
> a revelar minha intenção pela forma incomum com que intitulava a
> Primeira Parte, chamando-a "A Prata da Mina" e por contar a história
> do tesouro encantado em Azuera, que, estritamente falando, não tem
> nada a ver com o resto do romance. A palavra "prata" ocorre quase no
> começo do estrito relato e tive o cuidado de introduzi-la no último
> parágrafo, que talvez tivesse ficado melhor sem a frase que contém
> aquela palavra-chave[40].

O esclarecimento de Conrad é imprescindível porque, sendo Nostromo o capataz dos *cargadores*, fosse por sua popularidade entre as
gentes do povo, fosse por sua lealdade aos grandes da província – o
que o leva a capitanear a embarcação que retira a carga de prata
das mãos do coronel rebelado, já de posse de Sulaco, e a entrar em
contato com as tropas fiéis que derrotarão os insurgentes –, é o único
candidato a herói do romance. É verdade que a leitura cuidadosa do
romance evitaria o erro, que, a não ser reparado, o teria convertido
em uma mera história de aventuras e amores frustrados. Mas o engano do professor sueco poderia ter-se propagado e o alerta do autor
contribuiu para desautorizá-lo.

Considere-se ainda que o primeiro capítulo da primeira parte antes
se assemelhava a um proêmio, anunciador da ação ainda por começar.

---

39   Entenda-se: *A Tale of the Seaboard* (Um Conto do Litoral) é o subtítulo de *Nostromo*.
     O herói da história é a personagem que dá nome ao livro. Conrad claramente nega que
     ele seja a figura central do romance.
40   G. Jean-Aubry, *Joseph Conrad. Life and Letters*, v. 2, p. 296.

a mudança de continente

Portanto, o título da Primeira Parte, "The Silver of the Mine" (A Prata da Mina), poderia se contrapor ao propósito de Conrad (ver sua carta ao professor Bendz) e desencaminhar a leitura. Além do mais, a geografia do país inventado acentuava o contraste entre sua aridez e a lenda corrente de que riquezas se escondiam em seu subsolo:

> Os pobres, associando por um obscuro instinto de consolação as ideias de mal e de riqueza, lhes dirão que é fatal por causa dos tesouros escondidos. A gente comum da vizinhança [...] está bem a par de que montões de ouro reluzente jazem na obscuridade dos fundos precipícios rasgados nos patamares pétreos de Azuera"[41].

Ainda por cima, se a abertura chama a atenção para a crença nos tesouros, a conclusão poderia parecer a ela se enlaçar. Contra o desentendimento, Conrad chamava a atenção para seu cuidado em reiterar a palavra-chave, "prata", mesmo quando pudesse comprometer o curso da narrativa. Seu argumento é correto: preferiu correr o risco porque todo o drama, por todos os ângulos do relato, tem a mina de prata como seu ponto de partida. Se, por conseguinte, a última frase se refere a Nostromo é por haver sido ele a última vítima da prata: "Naquele verdadeiro grito de imorredoura paixão, [...] o gênio do magnífico *capataz de carregadores* dominou o golfo escuro que guardava suas conquistas de riqueza e amor"[42].

Poder-se-ia, no entanto, também alegar que, propositalmente, Conrad tivesse procurado um entendimento ambíguo, como se houvesse disposto seu livro para o olhar de dois públicos: um que se mantivesse preso ao fio da aventura e outro, mais aguçado, que compreendesse desígnio mais sutil. Tenha sido essa ou não a verdade, ao corrigir a leitura do ensaísta sueco, o romancista indicava o caminho das pedras. (Sua insatisfação com o que lhe dera tanto trabalho não resultaria de intuir que o "ator" não montara pistas suficientes para a separação dos caminhos?)

b. A diferença no tratamento do homem branco. O esclarecimento leva em conta a análise feita nos capítulos anteriores sobre a questão do *ethos* branco e o significado de seus desvios. É decisivo notar a

---

41 J. Conrad, *Nostromo, Complete Works*, v. ix, parte i, cap. i, p. 4.
42 Idem, parte iii, cap. 13, p. 566.

diferença entre a conduta das personagens brancas no arquipélago malaio e no Congo que os caracterizará em Costaguana. No primeiro caso, ao branco se apresenta um leque de possibilidades desviantes – em *Victory*, desde a misantropia de Heyst, passando pelos mexericos, inconsequentes ou mortíferos, de Schomberg, até ao desvio criminoso do *gentleman* homossexual, no *Lord Jim*, desde o desvio rotineiro do capitão do Patna até a tentativa de resgate do sonho de herói por Jim, no *Heart of Darkness*, desde a paródia da pretensão civilizatória até a demência a que Kurtz é conduzido. *Aqui, não há nada de semelhante; é o próprio desvio que parece desaparecer.*

Ao passo que, nos outros continentes, o desvio tinha por pano de fundo pequenos negócios e escasso capital, em *Nostromo* os brancos não só parecem aposentar as práticas desviantes, como, a partir do homem branco principal, Charles Gould, suas ações supõem a presença de capital abundante. Os dois elementos se conjugam a tal ponto que nos perguntamos se seria correto falar a seu respeito em afronta a um dito *ethos* do homem branco. Pode-se mesmo pensar que muitas das dificuldades enfrentadas por Conrad resultavam de querer concretizar *as consequências negativas de uma ação que se julgava eticamente inatacável* – o avanço civilizacional de Kurtz, o resgate da culpa involuntária de Jim, o afastamento da sociedade por Heyst – ou, em termos mais precisos, *de uma ação ajustada aos valores vigentes.* Paralelamente, pode-se dizer que seu grande mérito esteve em explorar uma tensão que sua intencionalidade não era capaz de esgotar.

Considerar essa reviravolta já supõe que não estaremos vendo *Nostromo* como um romance de aventuras. Lateralmente, nos faz entender o que o autor dizia, na nota de 1917 à reedição do romance, quando teve a sensação, ao terminar *Typhoon*, "de que não havia mais nada no mundo sobre o que escrever"[43]. Por enquanto, basta considerar que as iniciativas do proprietário da estrada de ferro, bem como a do explorador da mina abandonada, ainda que sejam iniciativas privadas, se respaldam em um forte suporte de capital, que, ademais, lhes dá acesso aos escalões do governo local. Para a compreensão do simples enredo, i.e., para a leitura mais rotineira, é decisivo que Charles Gould disponha do capital de um rico empresário norte-americano, cuja figura, junto com a mais detalhada de

---

43 J. Conrad, Author's Note, *Nostromo, Complete Works*, v. IX, p. VI.

Gould, encarna o retrato, até agora inexistente na obra de Conrad, do empresário branco. Nesse sentido, além do mais, não é aleatória a localização de Costaguana, nas proximidades de San Francisco. A geografia facilitava a expansão dos valores vigentes. Para se alargar, o *ethos* já não precisa viajar tanto.

Ao tratarmos de "The Return", víramos que a única tentativa anterior a *Chance* de ficcionalizar o branco em seu próprio *habitat* era bastante questionadora, mas terminara em um tremendo fracasso. Ora, *Nostromo* se passa em terras estrangeiras, neutralizando de antemão as objeções que poderiam surgir de comentadores conservadores e, nele, os brancos se comportam de acordo com os valores estimados no Ocidente. Apesar disso... Situar, pois, o enredo do novo romance na América do Sul não parecia capricho de quem não tinha mais o que dizer. Antes pareceria próprio de alguém que ousava afirmar algo mais radical. A proximidade do país inventado quanto ao império emergente que surgia era a oportunidade para o romancista explorar outro ângulo relativo ao *ethos* branco. Não seria essa a razão extra – sendo a outra favorecer o interesse do leitor pouco refinado – para que baralhasse a identificação do que fosse a bússola do romance?

c. Acrescente-se ao argumento anterior não haver outro romance de Conrad com tamanha multiplicidade de pontos de vista. Por maiores que sejam suas diferenças quanto ao Dostoiévski por ele detestado – diferenças que terminam em seu desfavor – pode-se estender a *Nostromo* a designação bakhtiniana de romance polifônico. Ainda que Decoud, Nostromo, Don José Avellanos, Charles e Emília Gould conjuguem seus esforços em prol da mina de San Tomé, embora todos eles se oponham ao caudilhismo corrupto que governa o país e à pasmaceira dos fazendeiros *criollos* e da massa, cada personagem gira em órbita própria. Considerá-los instrumentos cujos sons se harmonizariam seria linearizar arbitrariamente o romance político com que lidamos.

Os motivos levantados são suficientes para que, antes de encará-la analiticamente, esquematizemos o enredo da obra.

* * *

Quando o relato propriamente dito começa, assinalam-se as viagens dos barcos de uma pequena companhia, a Oceanic Steam Navigation

parte II: a consolidão do redemunho

Company, "o único indício de atividade comercial dentro da enseada"[44]. Seu superintendente na cidade de Sulaco, o capitão Mitchell, é um inglês bondoso e medíocre, de quem pouco se podia esperar. A seu lado, são apresentados o velho Viola, sua mulher e duas pequenas filhas. É um lar republicano e garibaldino, que sobrevive graças a um pequeno restaurante. Viola se coloca como pai de Gian Battista Fidanza, mais conhecido pela pronúncia estropiada a que o capitão Mitchell sujeita seu apelido, Nostromo. (Conrad joga com a ambiguidade do apelido: Nostromo, Nuestramo, "homem de confiança".) "Este Nostromo", como declara reportando-se ao primeiro motim político, "[é] um homem acima de qualquer censura, [que] se tornou o terror de todos os ladrões da cidade"[45]. O capataz dos outros operários italianos, que servem à National Central Railway, é o agente de confiança não só do capitão Mitchell, que o convencera a abandonar o navio em que chegara ao porto, como de Sir John, o dono da estrada de ferro, cuja extensão até Sulaco o trará para a cena. Como os capítulos seguintes pertencem a um tempo anterior, Nostromo é neles exaltado por conduzir Sir John por ravinas e caminhos impossíveis, e por haver salvo o ex-ditador-presidente, cujo longo governo permitira o exitoso funcionamento da mina de Gould. Sem Nostromo, ajudado pelos auxiliares de Gould, o presidente, senhor Ribiera, destituído por um golpe militar, teria se tornado um defunto.

Pela apresentação sumária de Nostromo, corajoso, pau para toda obra, querido das mulheres e dos patrões e do vaivém temporal, já presente nas primeiras páginas, o romance mostra seu campo de ação. À primeira vista, Costaguana é apenas uma *Banana republic*, cuja "atmosfera política [...] era, naqueles dias, geralmente tempestuosa"[46]. Cenário do romance, Sulaco, a província afastada do centro da vida política, entre montanhas e caminhos escarpados e o Golfo Plácido, havia sido quase sempre deixada em paz. Tranquilidade que significava modorra, inércia e o conservadorismo atroz de "todas aquelas velhas e aristocráticas famílias espanholas"[47]. Por isso "nada jamais acontecia em Sulaco"[48].

---

44 J. Conrad, *Nostromo, Complete Works*, v. IX, parte I, cap. 2, p. 9.
45 Idem, p. 13.
46 Idem, p. 11.
47 Idem, cap. 5, p. 37.
48 Idem, p. 36.

a mudança de continente

As revoluções costumeiras "ocorriam nas partes meridionais, mais populosas da República, e o grande vale de Santa Marta, que se parecia com o grande campo de batalha dos partidos, com a posse da capital como prêmio e a saída para o outro oceano"[49]. Todo esse quadro, contudo, mudara desde o retorno de Charles Gould da Europa e por causa do seu empenho em reabrir a mina que seu pai recebera de volta, do governo do país, sob tais condições que podia com razão dizer que só a tinham devolvido para que melhor o espoliassem.

Tudo isso, conquanto constitua o tempo mais longo da ação, sob a perspectiva dos primeiros capítulos, já pertence ao passado. A modificação contemporânea aos primeiros capítulos fora consequência, embora imprevista, da ação do proprietário da estrada de ferro. Disposto a estender seus trilhos até Sulaco, cuja fama de riqueza se espalhava por conta da prata extraída de San Tomé, Sir John não só viera pessoalmente visitar as obras, para as quais contratara jovens engenheiros ingleses, como, pela mediação do agente de Gould, convencera o presidente Ribiera a conhecer a província. Seus anfitriões tiveram que aceitar que seu ministro da guerra o acompanhasse. Isso se havia dado fazia dezoito meses. Vicente Ribiera chegara ao poder pelas bem tramadas maquinações de Gould e dos empresários estrangeiros. Sir John, meditando sobre a resistência que encontrava entre os aristocratas conservadores, que aumentavam o preço das terras de que ele carecia para a extensão das linhas de ferro, dizia a si mesmo que "o governo estava obrigado a cumprir a sua parte no contrato com a junta da nova companhia ferroviária, mesmo que tivesse de recorrer à força para tanto. Mas não havia nada que desejasse menos do que uma agitação armada a perturbar o tranquilo desenvolvimento de seus planos"[50]. Para o êxito da visita do presidente-ditador contara com a hospitalidade de Emília Gould, que reunira, na recepção à comitiva presidencial, seu já riquíssimo marido, os europeus, os membros das famílias tradicionais, além de Sir John. Aqui, contudo, entrara o percalço: o general Montero, exaltado pela imprensa como o artífice da vitória do governo de então. Seu encontro com Sir John já diz o que a partir de então era de esperar. No momento de fazer seu brinde, declara o militar: "Bebo à saúde do homem que nos traz

49   Idem, ibidem.
50   Idem, p. 37-38.

um milhão e meio de libras esterlinas"[51]. A visita a Sulaco despertara a fera. A consequência não demora. "Menos do que seis meses depois da visita do presidente-ditador, Sulaco sabia com estupefação do levante militar, feito em nome da honra nacional"[52].

Esses eventos, temporalmente posteriores aos capítulos iniciais, só são relatados depois. Temos pois de retornar ao capítulo 2 da parte 1, quando Costaguana ainda mantinha alguma semelhança com uma *Banana republic* qualquer. Na verdade, a transformação introduzida por Charles Gould já estava avançada. As instituições funcionavam. Tanto a companhia de navegação como a estrada de ferro "eram preservadas pela colônia europeia" – o capitão Mitchell, os engenheiros que construíam a linha férrea, os operários bascos e italianos obedientes a seus chefes ingleses[53]. Agindo como o braço local do homem de negócios americano, Holroyd, Charles Gould, cujo sangue e educação inglesas não o tornavam menos orgulhoso de conhecer os costumes locais, conseguira ser "ouvido" pelas autoridades políticas. O narrador não precisa se estender sobre suas manobras razoavelmente escusas para que se entenda que fora favorecido pelo momento em que voltara. O último ditador truculento e brutal, de funesta memória, ao morrer, deixara um vazio no poder. Subentende-se haver sido por essa brecha que os aliados de Gould encontraram vida fácil para tramar a ascensão de Vicente Ribiera. A memória do passado recente e o desafogo que trazia a atuação de Gould terão sido fundamentais para a estabilidade de que Costaguana gozara.

Tudo isso estava agora sob ameaça. O fausto da recepção dos Gould e a certeza dos milhões de libras e dólares ali representados haviam despertado a voracidade do ministro, que não tivera dificuldades em convencer seus oficiais de a "honra nacional" haver sido vendida aos estrangeiros[54]. Ribiera devia dar-se por feliz em haver escapado da capital. Ainda assim não teria sobrevivido sem o socorro que Nostromo em pessoa lhe prestara, livrando-o da turba que o assediava e depositando-o em um dos barcos em que o capitão Mitchell o levaria para o exílio costumeiro.

51 Idem, cap. 8, p. 120.
52 Idem, parte II, cap. 2, p. 145.
53 Idem, parte I, cap. 2, p. 14.
54 Idem, parte II, cap. 2.

a mudança de continente

O avanço que fizemos sobre o tempo da narrativa só se justifica para que o leitor entenda o que de imediato o espera. Na verdade, temos de lidar com dois blocos de tempo: **a.** o referente ao período do já destituído Ribiera. Melhor dito, da atividade febril gerada pela aliança Gould-Holroyd, sob o respaldo dos meios de transporte (a linha férrea e a navegação marítima); **b.** os capítulos, em número menor, que concernem seja à insurreição militar, seja à vitória do estilo Gould de vida. E, com a vitória do empresário, as consequências para uma Sulaco livre, que cogita absorver Costaguana, e para suas principais personagens.

Ao tratarmos do bloco **a**, estaremos apenas preenchendo vazios resultantes do avanço temporal praticado. Não chegará a ser novidade, conhecidos a inércia e o conservadorismo dos descendentes dos colonos espanhóis, que toda a vida econômica passara a ser gerida por braços e mentes estrangeiras (ou, como o próprio Charles Gould, de tradição e formação estrangeiras). Como dissera o presidente agora deposto: "Só deste modo era afirmado o poder das autoridades locais"[55]. E quem seria o próprio Ribiera, nas palavras autorizadas do dono da estrada de ferro, senão "gente deles"?[56] Isso sabido, estamos a um passo de reconhecer a Costaguana oficial. Pomposa, venal, sempre que possível, e submissa, ela é formada pelos descendentes das antigas famílias, quase sempre refratários a quaisquer mudanças, e pelos auxiliares do ditador do momento. A oligarquia de Costaguana conta com uma notável exceção, a família Gould:

> Nascido no país, como seu pai antes dele, [...] Charles Gould parecia um recém-chegado de além-mar. Seu avô lutara pela causa da independência, sob o comando de Bolívar. [...] Um dos tios de Charles Gould tinha sido eleito presidente da própria província de Sulaco (então chamada de Estado), nos tempos da federação, e, depois, encostado ao muro de uma igreja e executado por ordem do bárbaro general unionista Guzmán Bento[57].

Na posição oposta, a massa popular, nomeada como coletividade – peões das fazendas, vaqueiros das planícies costeiras, índios domesti-

---

55   Idem, parte I, cap. 5, p. 34.
56   Idem, p. 38.
57   Idem, cap. 6, p. 46-47.

cados, que traziam feixes de cana de açúcar e cestos de milho para o mercado[58] –, ladrões, de que Nostromo é o terror, e arruaceiros, que se aproveitam das rebeliões militares para saques e badernas. A única possibilidade de ascensão de um membro das classes populares dependia de estar no exército e da aliança com oficiais ambiciosos, a exemplo do general que destituíra Vicente Ribiera. Sobre seu antecessor, o ex-ditador Guzmán Bento, para que o ponhamos entre os raros nativos que sobem, basta saber que fora o mandante da execução do tio de Charles Gould, "martirizado pela causa da aristocracia"[59], e o responsável pela tortura do doutor Monygham. Por enquanto, nada diremos sobre Emília, a inglesa que, conforme a tradição da família Gould, Charles fora escolher na Europa, salvo que, em sua posição de forasteira, não compreendia o jogo político local, em que apenas via "uma comédia de pretensões ingênuas, mas sem nada de genuíno exceto a sua própria indignação estarrecida"[60]. Para seu infortúnio posterior, será fundamental não se interessar pelas maquinações financeiras de que o jogo político dependia. Limitava-se a lidar com a face visível do horror, de que Monygham era a encarnação. O que, para ela, seria a maldita maldade humana que agia fora de sua casa. Por isso não atina que, sob novo molde, a maldade e seu cortejo se esgueiram na observação feita por Holroyd, enquanto negociava com o marido: "Que é Costaguana? É um poço sem fundo de empréstimos a 10% e outros investimentos néscios"[61]. Em troca, ao responder à sua indignação – "Minha cara, você parece esquecer que nasci aqui"[62] –, Charles diz mais do que as palavras parecem conter: porque conhece os costumes da terra, está disposto a negociar com as autoridades locais. Ao passo que Emília será cada vez mais um anjo desgarrado, Charles se revela o interlocutor ideal do homem do capital: é tecnicamente competente, conhece os hábitos locais e não tem escrúpulos em lidar com eles.

O relato da passagem da mina para as mãos do pai de Charles é emblemático do sistema de roubo e espoliação dos bem-sucedidos. Sua recordação é decisiva para que não haja idealização tampouco

58   Idem, cap. 1, p. 4.
59   Idem, cap. 6, p. 47.
60   Idem, p. 49.
61   Idem, p. 76-77.
62   Idem, p. 49.

a mudança de continente

dos perdedores – entre os quais, afinal, estava o pai de Charles: antes de serem roubados, eram espoliadores, apenas qualificados por seu legítimo título de posse:

> [A mina de San Tomé] operava nos dias de outrora sobretudo por meio de vergastadas nas costas dos escravos, sua produção era paga com seu próprio peso de ossos humanos. Tribos inteiras de índios pereceram em sua exploração; e então foi abandonada, pois que deixara de ser produtiva com esse método primitivo [...]. Foi redescoberta depois da guerra da independência. Uma companhia inglesa obteve o direito de operá-la e encontrou um veio tão rico que nem as extorsões de governos sucessivos, nem as periódicas incursões de oficiais de recrutamento contra a população de mineiros assalariados que ela tinha criado, conseguiam desencorajar a perseverança deles. Mas, por fim, durante o longo alvoroço de pronunciamentos que se seguiram à morte do famoso Guzmán Bento, os mineiros nativos, incitados à revolta pelos emissários enviados da capital, se rebelaram contra os chefes ingleses e os mataram. O decreto de confisco [...] apareceu logo depois no *Diário Oficial*[63].

Havia sido depois devolvida à família Gould como maneira de realimentar a espoliação. Essa é tão eficaz que, da antiga fortuna, resta ao pai de Charles, ao morrer, a mansão em Sulaco e tantas mil libras em um banco inglês[64]. Daí seu empenho para que o filho permaneça na Europa. Charles, entretanto, é o oposto de Kurtz: em vez de aprofundar alguma modalidade de desvio, cada vez mais se envolverá no *ethos* branco. É de hábitos finos e aplicado em seus estudos; aproveita seu tempo para conhecer minas abandonadas e a própria escolha da mulher leva em conta que ela apoia o que supõe ser um gesto de dedicação filial e de idealismo de Charles. Mas seria idealismo o que explica sua conduta? A cena fundamental está em sua conversa com Holroyd, o detentor do dinheiro.

Conhecera-o em uma cidade histórica alemã, "situada em um distrito mineiro"[65]. Ao avisar Emília de que iria encontrá-lo em San Francisco, ela exprime a estranheza que percebia na religiosidade do

63 Idem, cap. 6, p. 52.
64 Idem, p. 58.
65 Idem, p. 65.

financista. Muito embora Charles afirme ser ele famoso pela espécie de munificência com que apoia obras religiosas, Emília, que também o conhecera, guardara impressão diversa. Ao sentido de religião de Holroyd aborreciam os santos vestidos com elegância, na catedral. Era o que chamava "a idolatria de madeira e ouropel". Para Emília, a sua é "a religião da prata e do ferro". Ela bem percebe a estranheza que sente, conquanto não compreenda todo seu alcance. Daí, declarando a Charles haver escutado a conversa dos que estavam com Holroyd, lhe pergunta: "Será que eles realmente querem se tornar, por uma imensa benevolência, carregadores de água e lenhadores de todas as regiões e nações da terra?"[66]

Como Emília não se caracteriza por alguma refinada ironia, haveremos de entender sua pergunta como quase literal. De sua parte, Charles não se surpreende, nem com as restrições da esposa, nem com o que a ela parece estranho. A polidez de Charles, suas poucas palavras se equilibram com sua obstinação. Sua mente clara está ocupada por cifras e fatos: a mina tem valor, seu rendimento exige conhecimento técnico e capital passível de ser movimentado. Conhecimento ele tem, basta-lhe pois que o homem do capital confie nele. Desconhece e não lhe interessa saber como a confiança fora despertada. Basta-lhe constatar que assim se dera.

É com essa rede de fatos incontestes que atualiza sua insubmissão ao desejo do pai de renunciar à longa residência de seus ancestrais em Costaguana. Isso ainda podia ser lido como uma forma de idealismo, ainda que se contestasse não ser costumeiro que os idealismos se apoiem em fatos. O indiscutível é que Charles não vê a mina como especulador: "Mesmo que [sua venda] fosse exequível – o que duvido – não o teria feito"[67]. A porta da especulação precisa estar fechada, para que justificasse sua desobediência à vontade paterna; ao mesmo tempo, se lhe impunha a necessidade de êxito: "A menos que a mina fosse um bom negócio, não podia ser tocada"[68]. É com esses pressupostos que vai ao encontro do capitalista. Em sua extrema clareza mental, está armado para o lucro e o exercício do poder.

Ao reunir-se com Holroyd, Charles se encontra em uma posição abaixo: tem apenas a posse do que espera converter em tesouro. Seu

66   Idem, p. 71.
67   Idem, p. 73.
68   Idem, p. 75.

futuro sócio, ao contrário, esbanja fé no que julga a missão reservada a seu país: "Neste país, sabemos bastante para ficar dentro de casa quando chove. Podemos nos sentar e olhar. Naturalmente, um dia vamos intervir. Estamos fadados a isso. [...] Dominaremos os negócios do mundo, quer o mundo goste, quer não. O mundo não pode evitá-lo – e tampouco nós, suponho[69]".

Seu raciocínio é uma lição de geopolítica e confiança: a Europa deve se manter fora do continente e os norte-americanos ainda não estão maduros para intervir pelo mundo. Por enquanto, a questão se punha em termos de negócios privados: se o parceiro, i.e., Charles Gould, é a pessoa indicada para enfrentar "o terceiro e indesejado sócio, que é um ou outro dos poderosos bandos, altamente colocados, que dominam o governo de Costaguana"[70], então os termos da equação geopolítica estão completos. Mais que seu agente, Gould o será do destino reservado aos americanos do norte.

De volta a Sulaco, ao contar sua conversa a Emília, ouve seu protesto: "Isso me parece o mais terrível materialismo". Charles ainda lhe responde que "o ar do Novo Mundo parece favorável à arte da declamação"[71], mas o protesto da mulher e a leve ironia do marido estão longe de fazê-los perceber que já um espesso muro começa a separá-los.

Modelo da perfeita racionalidade do homem *desencantado*, a Charles Gould pouco interessa se o que ouvira era a voz do profeta ou tão só um lance de parlapatice. A decisão de abrir a bolsa fora do financista, mas a de Charles era mais complicada. Para ele, tratava-se de romper com o passado corrupto e estagnado da terra. Não seria ele apenas que se tornaria muito rico, pois a abundância seria partilhada pelo povo miserável:

> O que falta aqui é lei, boa-fé, ordem, segurança. [...] Ponho minha fé nos interesses materiais. Deixem apenas que os interesses materiais ganhem um pé firme e eles irão impor as condições únicas com que poderão continuar a existir. Essa é a maneira como o ganhar dinheiro aqui se justifica em face da anarquia e da desordem. É justificado porque

69 Idem, p. 77.
70 Idem, p. 78-79.
71 Idem, p. 83.

a segurança que ele exige deve ser partilhada com um povo oprimido. Uma justiça melhor virá depois[72].

Se um fato é um evento capaz de ser percebido e, potencialmente, medido, então o factualismo de Charles (ainda) continha, apenas postergando-a, uma dose de idealismo: a promessa de riqueza não era nenhum fato. Ao contrário, dependia de algo que sua ação ainda desencadearia: "uma justiça melhor virá depois". Em vez de apostar em um idealismo assim problemático, pareceria mais justo entender seu *pronunciamiento* doméstico como uma solução de compromisso com o renome da família: ingleses que, mantendo seu modo de ser, mesmo porque "importavam" as esposas, ao mesmo tempo se queriam *criollos*, autênticos costaguanenses. Para que tal compromisso pudesse funcionar, era preciso que a máquina de fazer dinheiro se ajustasse aos costumes locais; que os mudasse sem os transtornar. O sócio americano compreendia que a transigência estava de antemão assegurada. Isso supunha que o avanço da exploração da mina havia de reservar uma parcela para o suborno das autoridades:

> A mina de San Tomé tinha a sua própria folha extra-oficial de pagamentos, cujos itens e valores, fixados por consulta entre Charles Gould e o senhor Avellanos, era conhecida por um proeminante homem de negócios nos Estados Unidos, que, a cada mês, dedicava cerca de vinte minutos de sua indivisa atenção aos negócios de Sulaco[73].

O que, naturalmente, se estendia até à escolha da autoridade suprema. (Daí, por debaixo do pano, correr o murmúrio de que os administradores da mina haviam financiado a revolução vitoriosa com Don Vicente[74].) Se tal prática horrorizaria Emília, desconhecedora dos "costumes", ela por certo ficava satisfeita ao saber que os salários pagos em San Tomé eram os mais altos do país. De todo modo, a cobiça sem medidas do general Montero tornara público o que correria apenas entre os bem informados: para que a estrada de ferro chegasse a Sulaco, o governo recebera um empréstimo vultoso.

72 Idem, p. 84.
73 Idem, cap. 8, p. 116.
74 Idem, p. 117.

a mudança de continente

É exatamente aí, no entrecruzamento de duas práticas teoricamente contrapostas – a racionalidade empresarial e o suborno – que Gould cometerá sua falha inevitável. Como manter a prática do suborno sem exacerbar a cobiça dos que querem sempre mais? É certo que sua riqueza ainda não era suficiente e o empreendimento ainda não estava bastante seguro para que não desse ouvidos a um aparato acostumado à venalidade. É esse o outro aspecto do perfil do empresário. Seu formato já estava previsto no conselho de Holroyd: "Tato e firmeza é o de que vai precisar; e poderá blefar um pouco sobre a força de seu respaldo. Mas não muito. [...] Deverá compreender que, em nenhuma circunstância, consentiremos em arriscar bom dinheiro num mau negócio"[75].

Como o dinheiro não tem cheiro nem cor, aquele que o possui sempre mantém a cara limpa – a sujeira é reservada para os receptores de propinas. Mas, se o uso de propinas era indispensável para a consecução do lucro... Concretamente, pois, Conrad compreende que o *ethos* sem desvio, o exercício inatacável dos valores legitimados, é tão contrário aos princípios éticos como a conduta mais execrável. Onde ficava "a *ernste Lebensführung*, a conduta de vida sólida e responsável que é para Thomas Mann o alicerce (*la pietra maestra*) do mundo burguês"[76]? É verdade que, contra o perigo dos comentaristas conservadores, Conrad dispunha, em sua defesa, da localização do romance: aquilo se dava noutro continente, onde tais usos infames etc. A defesa será abalada quando viermos à análise do que se passa entre os Gould. Mas antes disso devemos abordar o segundo bloco de tempo (b).

Dissemos que o ponto falho na racionalidade praticada por Charles Gould estava na impossibilidade de evitar a contaminação do suborno pela cobiça desmedida. Mesmo por não participar das negociatas mas sabê-las, o perigo era antevisto por Decoud, um *criollo* que retornara da França, antes um letrado do que um homem de negócios. Deixando-se na cômoda posição de quem julga de fora, Decoud comenta: "Uma maldição de futilidade pesa sobre nosso caráter: [...] esforços violentos por uma ideia e uma súbita aquiescência em todas as formas de corrupção. Sublevamos um continente

75 Idem, cap. 6, p. 79.
76 F. Moretti, *Il romanzo*, p. 711.

para que nos fizéssemos independentes, apenas para nos tornarmos a presa passiva de uma paródia democrática, as vítimas indefesas de canalhas e assassinos, nossas instituições são uma piada, as nossas leis uma farsa"[77].

Na dolorida meditação de Decoud, que parece glosar algumas das frases famosas de Bolívar, há, no entanto, uma espécie de racismo: seria o próprio caráter latino que impede de aqui se constituírem as grandes nações. Mas a sincronia do golpe de Montero e a paixão por outra descendente da aristocracia decadente, Antonia Avellanos, contrapor-se-ão à sua mordacidade passiva. Sem que em Decoud nunca desapareça, a mordacidade dará lugar a um tipo de ação. Antes que a ação o envolva, ainda declara o que Charles nunca dirá: "Todos os engenheiros estão fora, já há dois dias, zelando pela propriedade da National Central Railway, esse grande empreendimento de Costaguana que irá encher os bolsos de ingleses, franceses, americanos, alemães e sabe Deus quem mais"[78].

Decoud é a contraface de Charles. Aquele é um frequentador dos *salons* parisienses, este o homem talhado para a multiplicação do capital. Aquele encara o destino como uma fatalidade, este é um engenheiro. Encarnam, pois, os lados negativo e positivo dos descendentes das antigas famílias. Um outro elemento, contudo, converterá a simples antítese em figura complexa. As letras alimentarão o amor de Decoud, ao passo que os negócios de Gould atingirão a própria vida dos afetos. Mas não avancemos.

A revolta de Montero põe fim ao período tranquilo da ditadura "patriótica". Ribiera procurara restabelecer o crédito da República frente aos credores externos. Daí, em sua chamada às armas, o general rebelde haver proclamado "a honra nacional vendida aos estrangeiros"[79]. A distância da capital ainda assegura a Sulaco uma certa sobrevida. Sua salvação dependerá da audácia de Nostromo e da cegueira, provocada pela ganância, dos próprios amotinados.

Mas quem é, afinal, Nostromo? Menos que detalhar sua análise, o tomamos como ponto de partida para a rápida visão dos lados que se enfrentam. Para Teresa Viola, é um ingênuo a quem os estrangeiros pagam os serviços que lhes presta com belas palavras: "Tua loucura

---

77 J. Conrad, *Nostromo, Complete Works*, v. ix, parte i, cap. 6, p. 171.
78 Idem, parte 2, cap. 7, p. 231.
79 Idem, parte i, cap. 2, p. 145.

te jogará na pobreza, na miséria, na indigência"[80]. Decoud, de sua parte, tem opinião ainda menos favorável: "Este homem fazia-se incorruptível por sua enorme vaidade, esta forma refinada de egoísmo que pode assumir o aspecto de qualquer virtude"[81].

No curso da revolta, o narrador tem de dar voz aos nativos. E, com ela, surgem os preconceitos raciais partilhados por Conrad. Assim, ao tratar de Sotillo, o coronel que domina Sulaco e, embora tenha em seu poder a alfândega, será traído por sua cobiça infantil, dirá sobre os maus tratos que inflige ao capitão Mitchell: "Há sempre algo de infantil na rapacidade das raças passionais e lúcidas do sul, carentes do nebuloso idealismo das raças do norte, que, ao menor encorajamento, sonham nada menos do que com a conquista da terra"[82].

Essa caracterização das raças humanas por diferenças temperamentais combinava-se à visão da América Latina: "A falta de sentido moral do coronel era de caráter profundo e inocente. Beirava a estupidez, a estupidez moral"[83]. O que explica que Charles se alie a um bandido, que se dispõe a combater os revoltosos; e que, ao ouvir que ele é chamado "mestre do campo", o impressione a verdade da comparação: "Em seu propósito determinado, ele [Charles Gould] dominava a mina e o indomável bandido dominava o campo, com a mesma posse precária. Igualavam-se diante da anarquia da terra. Era impossível a qualquer um desvencilhar suas atividades de contatos aviltantes[84].

O evolucionismo ainda reinante ecoava nas palavras do narrador: a Europa já teria vencido a fase em que a América Latina permanecia mergulhada "nos poderes da escuridão moral, cujas profundezas estagnadas provocam crimes e ilusões monstruosos"[85]. Charles o diz pensando na luta inglória de seu amigo, José Avellanos, que perdera a vida um pouco antes de poder ver a mudança pela qual sempre havia lutado. O fidalgo destruído e o empresário, que se dispunha a mais um compromisso, representavam dois tempos na história político-econômica do continente. Mas sabe-se lá por que, por um entranhado ceticismo ou por uma perspicácia que se revelava tão só em

80   Idem, parte I, cap. 7, p. 257.
81   Idem, parte II, cap. 8, p. 300.
82   Idem, parte II, cap. 2, p. 333.
83   Idem, parte III, cap. 3, p. 350.
84   Idem, parte II, cap. 3, p. 360.
85   Idem, parte I, cap. 3, p. 362.

momentos de sua ficção, Conrad se desfará do esquema evolucionista. Daí o caráter polifônico entranhado em *Nostromo*.

Para a infelicidade de José Avellanos, sua morte coincidira com o instante incerto em que não se sabia se Sulaco retornaria às trevas costumeiras. A constatação de diferenças étnicas e um evolucionismo difuso se misturam, nesse Conrad, a certa concepção do que é o homem e do que o romancista visa com suas personagens. Refletindo sobre a conduta de um padre, emérito ajudante nas torturas de Guzmán Bento, adotará uma posição rousseauniana:

> Em tempo algum da história do mundo, tiveram os homens dificuldade em infligir tormentos mentais e físicos a seus semelhantes. Essa aptidão lhes veio da complexidade crescente de suas paixões e do refinamento precoce de sua engenhosidade. Mas pode-se dizer com segurança que o homem primitivo não se deu ao trabalho de inventar torturas. Era indolente e puro de coração[86].

Contrapondo-se aos que o consideravam um escritor de histórias do mar, escreverá, em carta de 7 de abril de 1924, a G. Jean-Aubry, que seu "ponto principal é o estudo de um homem em particular ou de um acontecimento particular"[87]. Poder-se-ia responder que "a natureza humana" não nos é mostrada senão "historicamente flexionada"[88]. Mas a contestação nada acrescentaria de novo. Melhor proveito encontramos em Edward Said, ao tratar do próprio *Nostromo*: "*Nostromo* tem pouca semelhança com romances franceses, ingleses ou russos. É mais proveitoso compará-lo com romances escritos na tradição norte-americana, mais insegura, individualista e nervosa. O correlato mais próximo de *Nostromo* – ao menos na estranheza do idioma e da intenção – é *Moby Dick*"[89].

Para que se possa entender essa anatomia, será preciso que nos aproximemos de personagens bem complexos, como Charles, Emília Gould ou o doutor Monygham. Só por eles os preconceitos de Conrad, sem que desapareçam, encontram sua devida proporção. Para o reconhecimento da força do romance precisamos de personagens

86   Idem, parte III, cap. 4, p. 373.
87   G. Jean-Aubry, op. cit., v. II, p. 342.
88   H. White, Auerbach's Literary History, *Figural Realism*, p. 88.
89   *Beginnings*, p. 110.

a mudança de continente

347

europeus ou de profunda vivência europeia – os demais padecem nas sombras do preconceito evolucionista ou da falta de maior informação do romancista. No primeiro caso – embora não exclusivamente ele – está o médico inglês. Durante a ditadura de Guzmán Bento, Monygham nunca se metera em intrigas políticas e fora denunciado, na fase paranoica do *caudillo*, como aliado a um grupo de conspiradores. Preso e entregue à responsabilidade de um descendente dos inquisidores, o padre Beron o considerara "muito obstinado". Em consequência, "sua sujeição fora esmagadora e completa. Essa era a razão por que eram tão pronunciados seu andar manco, seus ombros torcidos, as cicatrizes em seu rosto"[90]. Terminara por se curvar, denunciando um inocente. Sua liberdade fora conquistada pela delação. Aleijado pelas torturas, aniquilado pela denúncia, gratuita mas inescapável, preso à figura do padre, cuja pergunta, "vai confessar", jamais deixara de escutar, vivo porque a morte não o atendera, Monygham sentia-se indissoluvelmente atado a Costaguana[91]. A devoção a Emília será seu único consolo. A rebelião trará a oportunidade para que se reabilite. Utiliza seu potencial de amargura, sua experiência das trevas, seu desapego à vida para convencer o amigo Gould a subornar um dos generais amotinados; a procurar pessoalmente Sotillo e persuadi-lo que a chata em que Nostromo e Decoud tiraram a prata afundara sim, como se acreditava, mas que o lugar era por ele conhecido. Desse modo, Sotillo cai no embuste, abandona a cidade e termina morto. Não satisfeito, Monygham convence Nostromo a ir em busca do general fiel, que volta a Sulaco e a liberta. Em suma, o fracasso da rebelião se deve sobretudo às iniciativas de Monygham, Nostromo e Gould.

Um último elemento é tão discreto que se tende a perdê-lo. Durante a rebelião, Charles Gould tivera a oportunidade de comunicar a Holroyd o plano de independência de Sulaco, proposto por Decoud, e de receber sua anuência. Nada, entretanto, se explicita sobre a influência política de Holroyd em seu próprio país, muito menos do que fizera com a informação recebida. No capítulo 10, da Parte III, a rebelião já havia sido dominada e do comandante Mitchell, figura cada vez mais respeitável e falastrona, se declara que costumava relatar

90   J. Conrad, *Nostromo, Complete Works*, v. IX, parte III, cap. 4, p. 373.
91   Idem, p. 373-375.

aos passageiros do navio que fosse pilotar "que houve 'nesta mesma enseada' uma demonstração naval internacional, pondo fim à guerra entre Costaguana e Sulaco, [tendo sido] o cruzador norte-americano *Powhattan*, o primeiro a saudar a bandeira ocidental".

Embora o enredo não se encerre com o fim do segundo bloco temporal, como este tratara de uma guerra, que trouxe para o lado dos "bons" as mortes apenas de Avellanos e Decoud, pode-se pensar que *Nostromo* acabava bem. Assim se consideraria porque o elemento conclusivo da obra recebe um número relativamente reduzido de páginas. Pois o decisivo é a aliança de Charles Gould com o capital estrangeiro. Dela resulta que a República Ocidental, novo nome da antiga província de Sulaco, trocou a anarquia pela ordem monitorada – a presença do cruzador norte-americano, no desfecho da luta, é o sinal evidente. Mas essa não é a maneira como Conrad apresenta seu desfecho. Fiel à concepção que dirigira sua obra – "o estudo de um homem em particular ou de um acontecimento particular"[92] –, Conrad formula a reviravolta de Nostromo pela perspectivização da vida do casal. O estudo "de um acontecimento em particular" se combina ao "de um homem em particular" e adquire uma dimensão inesperada.

Os Gould e a Questão do Desvio

A qualidade incomum de *Nostromo* depende do entrelaçamento de dois fatores: **a.** mostrar o drama – historicamente real e assegurado pela construção ficcional – das ex-colônias em procurar atingir uma situação socioeconômica satisfatória; **b.** através não só do realce de uma personagem-eixo, mas da interação de pontos de vista múltiplos. Sem destacarmos essa interação, escapará a peculiaridade do que sucede com os Gould.

Há personagens evidentemente secundárias, como o capitão Mitchell ou Giorgio Viola. Mesmo este, contudo, termina por ser o suporte de uma ramificação importante. Viola, o garibaldino exilado, vive em Costaguana para sustentar a família. Graças à proteção de Emília Gould, consegue mantê-la relativamente livre das arbi-

92 G. Jean-Aubry, op. cit., v. II, p. 342.

trariedades da polícia local. A amizade que Emília tem por ele e sua família mostra, indiretamente, a importância da frase: "Charles Gould era competente porque não tinha ilusões"[93]. Ao passo que a iniciativa de Emília, salvando o ganha-pão do amigo[94], revela que ela sim mantinha ilusões e que essas se voltavam para a sociedade; Charles é a peça fundamental para que a estrada de ferro consiga a posse da terra por onde os trilhos chegarão até Sulaco. É nessa condição que Charles afirma que, nas redondezas de onde os Viola viviam, já não haveria festas populares. A racionalidade econômica do marido é onívora. Giorgio Viola, enquanto ex-combatente pela liberdade italiana, era uma peça de museu. Ter tido sua casa salva, por interferência de Emília, da desapropriação pela estrada de ferro, não melhora sua condição. O republicanismo libertário não tinha nada a ver com o projeto Gould, melhor descrito pela maneira como Emília definira a crença de Holroyd: "a religião da prata e do ferro"[95].

Já de Nostromo não se poderia dizer que é tão só uma personagem secundária. Nenhuma iniciativa dos senhores brancos se cumpre sem sua participação ativa. Personagem popular, favorito das mulheres do povo e folgazão, é corajoso mas sem nada na cabeça. Dizer dele que sua "relação com os *carregadores* e nativos é paralela à posição de Gould com os aristocratas"[96] ainda é aceitável. Mas daí inferir que, ao se apoderar da prata que ajudara a retirar das mãos dos revoltosos, se converte em um duplo de Gould – "Quando Nostromo gradualmente troca a servidão pelo tesouro, converte-se em duplo de Gould"[97] – é de um simplismo espantoso. Os rumos dos dois são radicalmente diversos: ao passo que Gould, entre dedicar-se à mina e manter a relação matrimonial com Emília, opta claramente pela primeira, Nostromo procura caminho diverso – conciliar a posse do tesouro, que só ele sabe onde se encontra, com um *eros* sem medida (é noivo da filha mais velha de Giorgio, mas prefere manter relações com a mais nova). Por isso, a razão de ser morto por Viola, embora por engano, seria inimaginável quanto a seu pretenso duplo.

93   J. Conrad, *Nostromo, Complete Works*, v. IX, parte I, cap. 6, p. 85.
94   Idem, cap. 8, p. 123.
95   Idem, cap. 6, p. 71.
96   D. R. Schwarz, "Joseph Conrad", em J. Richetti (org), *The Columbia History of the British Novel*, p. 704.
97   Idem, ibidem.

parte II: a consolidão do redemunho

Depois que se recusa ao papel de coadjuvante dos grandes, tendo recebido uma pequena recompensa pelo que fizera, a falta de cabeça de Nostromo ressalta no fim. Na nova república, à expansão da riqueza advinda da exploração da mina correspondera a melhoria salarial de seus empregados; e, mais ainda, à sua organização, o começo de uma opção socialista. Ora, embora Nostromo mantenha boas relações com seus membros, no momento de morrer recusa-se a legar algo à causa. Os limites de Nostromo são, no caso, os limites do próprio Conrad, que apenas compreende corresponder ao surgimento de relações plenamente capitalistas uma nova contradição social. Sobre esta, Conrad não teria nada a dizer senão apontar como traços permanentes da humanidade a luta, o conflito e o desassossego. Nostromo é arrancado da vida quando, mentalmente, chegara a seu limite.

Voltemos às personagens secundárias, tratando de José Avellanos e sua filha. Se Viola era um republicano sem programa, Avellanos é um liberal clássico, vítima da ditadura sangrenta de Guzmán Bento. Ele vira em Gould a possibilidade de resgate do sonho que acalentara e não soubera como materializar. A discrepância entre seu sonho e o que realiza é sempre imensa. O relato apenas descreve sua presença na costura das alianças indispensáveis para a ascensão e manutenção de Ribiera. Ou seja, sua concordância plena com o projeto do amigo Charles se restringe ao momento do compromisso, a seu ponto incontornável mas frágil. Como o empresário é um homem de poucas palavras, não se presume que, entre os dois, algo se discutisse além da lista dos que receberiam propinas. Antonia, de seu lado, é a mulher independente, que, europeizada, não obedece à domesticação feminina preservada pela tradição local. Sua rebeldia aos costumes se resume em, tornando-se objeto da paixão de Martin Decoud, imprimir uma direção ao ceticismo *blasé* do *criollo* afrancesado. Mesmo essa direção era, entretanto, bastante tênue. Decoud confessa que, se Antonia o fizera "um jornalista *blanco*", pois dirige o jornal de Sulaco, não o convertera em um patriota. Pois o que havia a esperar daquele lugar? "Depois de um Montero, haveria um outro, a anarquia de uma populaça de todas as cores e raças, a barbárie, a irremediável tirania. Como o grande libertador Bolívar dissera, na amargura de seu espírito: 'A América é ingovernável'"[98].

98   J. Conrad, *Nostromo, Complete Works*, v. IX, parte II, cap. 5, p. 186.

a mudança de continente

Seu projeto de tornar Sulaco autônoma era parte de seu estilo de homem fino, antes interessado em frases de efeito do que em formas de ação. Na verdade, apenas esperava ser a rebelião controlada para que levasse sua amada de volta à Europa. Só que a proposta de autonomia da província, antes uma tirada grandiloquente e passional do que uma manobra política, calhara bem no projeto de Gould. Seu ato seguinte – acompanhar Nostromo na chata que levava a prata já arrecadada para fora dos armazéns do porto – sucedera por acaso. Para seu infortúnio, a embarcação veio a ser abalroada pelo navio dos insurgentes e Nostromo apenas consegue escondê-la na ilha de Gran Isabel, onde Decoud é deixado à espera de resgate. Contudo a solidão é mais forte e ele termina por se suicidar. Aqui Schwarz acerta: "O suicídio de Decoud, seu niilismo e auto-ódio objetivam qualidades que Conrad desprezava em si mesmo"[99]. Ou, encarando por um ângulo não intencional: o suicídio e a morte de Decoud e Nostromo se correlacionam: um e outro haviam atingido seus limites – passional e mental, respectivamente.

É decisivo assinalar que, mesmo colaborando com Gould, cada personagem mantém seu grau de divergência. Esse jogo entre convergências – ainda que involuntárias e decisivas – e divergências se mostra mais nítido ante a personagem trágica por excelência, o doutor Monygham.

Desde que, sob tortura, fora obrigado à delação, Monygham arrasta pelas ruas seu corpo disforme. Monygham se aproxima de Lord Jim pela coragem em desafiar a morte, mas dele se distancia porque nada mais o liga à vida. Apenas a vinda de Emília lhe dá algum sentido. Por ela, se tornara leal à mina. Seu encontro ocasional com Nostromo, depois que ele se salvara a nado e deixara Decoud na ilha, será decisivo para a derrota do golpista Montero. Como Monygham não teme a morte, preso por Sotillo, conseguira convencê-lo que podia lhe declarar onde a chata afundara. Seu encontro com Nostromo apressa e amplia seu plano. Por um lado, Nostromo lhe ensina como poderia fazer com que Sotillo tirasse suas tropas de terra. Bastava acenar-lhe com a indicação de um pretenso lugar em que a prata estaria[100]. Por outro lado, o médico convence Nostromo que só ele era capaz de

99 D. R. Schwarz, op. cit., p. 705.
100 J. Conrad, *Nostromo, Complete Works*, v. IX, parte IV, cap. 9, p. 459.

parte II: a consolidão do redemunho

levar o recado ao general Barrios para que regressasse a Sulaco e enfrentasse Montero. Ambos, portanto, serão os peões decisivos para o xadrez de Charles Gould. Mas onde discrepam do proprietário de San Tomé? Quanto a Monygham, a diferença é abafada pela devoção a Emília. Sem que passe a temer a morte, Monygham restabelece um fio de contato com a vida. É o contato de alguém sob o alumbramento do fascínio. O seu é um heroísmo gratuito, pois não espera nenhuma recompensa. Quanto a Nostromo, já o sabemos: sua qualidade é a extrema coragem. Em vez de racionalidade, o seu sangue só conhece o tônus da paixão, louca, sem limites.

Em suma, a multiplicidade das vozes e de suas discrepâncias não prejudica senão que contribui para o êxito de Charles Gould. Mas ainda não é aí que está a peculiaridade de *Nostromo*.

Quando Charles e Emília se haviam conhecido na Itália, ela era uma moça inglesa que vivia pobre mas dignamente, na companhia de uma tia idosa, viúva de um marquês italiano, de meia-idade[101]. Em seus encontros amorosos, os infortúnios da família, o desgosto que o pai comunicava por cartas sempre conduziam à questão da mina. Emília é a primeira a ser informada da morte do pai de Charles. Quase de imediato, ele lhe pergunta se o ama bastante para acompanhá-lo para tão longe[102].

As mudanças de tempo, aqui sabiamente manipuladas pelo escritor, logo trazem o casal para a mansão de Sulaco, onde Emília arranja o solar e se torna a anfitriã favorita da cidade. Não há nenhuma declaração direta de que Charles cada vez mais dela se afastava, cada vez mais entregue ao negócio da mina. A leitura atenta dá a perceber as divergências sutis que crescem. Nada, entretanto, é tão manifesto quanto, no fim do relato, Emília é informada do desastre que sucedera na Gran Isabel. Giorgio, já viúvo, ali vivia como faroleiro, na companhia de suas duas jovens filhas. Nostromo não só continuava a frequentar a casa do amigo, como, furtivamente, voltava à ilha para retirar alguns lingotes da prata, que só ele sabia estar ali enterrada. Enquanto as gentes supunham que seu enriquecimento gradual se dava graças ao barco que ganhara pelos serviços prestados, na verdade sua riqueza provinha da venda cautelosa da prata, no estrangeiro. Ao

101 Idem, parte I, cap. 6.
102 Idem, p. 63.

a mudança de continente

mesmo tempo, seu coração balançava entre Linda, a quem estava prometido, e Giselle, por quem se apaixonara. Suas idas furtivas à ilha terminam em tragédia. Ferido mortalmente por Giorgio, que não o reconhecera, é atendido por Monygham e Emília. Antes de morrer, Nostromo procurara confessar a ela o seu roubo. "Há algo amaldiçoado na riqueza. Posso lhe dizer, senhora, onde está o tesouro?"[103]. Mas Emília se recusa a escutá-lo: "Não, capataz, disse ela. Ninguém agora sente a falta dele. Que fique para sempre perdido"[104]. Estando Nostromo morto, Emília se aproxima de Giselle e têm o diálogo decisivo:

— Console-se, filha. Logo ele a teria esquecido por seu tesouro.
— Senhora, ele me amava [...]
— Eu também fui amada, disse a senhora Gould em um tom severo[105].

O final pareceria uma recaída no sentimentalismo frequente em Conrad se a passagem não fosse relacionada com outra bastante anterior. Quando a notícia da rebelião já se propagava e Decoud procurara Emília a fim de propor ao marido dela seu plano de emancipação de Sulaco e para que ela informasse ao marido que Nostromo prometera que os *cargadores* se poriam do lado dos europeus, ela, depois de se despedir, é assim descrita:

A senhora Gould continuou pelo corredor, *em direção oposta ao quarto do marido*. O destino da mina de San Tomé pesava-lhe no coração. Fora há muito tempo que começara a temê-la. Tinha sido uma ideia. Com apreensão, ela vira tornar-se um fetiche e agora o fetiche se convertia em um peso monstruoso e esmagador[106].

A aproximação das passagens evita que se leia a decepção de Emília como produto de um sentimentalismo banal. Ela tem função incomparavelmente superior, que apenas se insinua.

A palavra-chave é fetiche. De que ela acusa a mina — a mina e não a Charles, seu mero objeto — senão de haver se transformado de

103 Idem, parte IV, cap. 13, p. 560.
104 Idem, ibidem.
105 Idem, parte IV, cap. 13, p. 561.
106 Idem, parte II, cap. 6, p. 221. Grifo meu.

354 parte II: a consolidão do redemunho

ideia em fetiche? Ora, sem que se pudesse alegar algum propósito consciente por parte de Conrad, não dado nem a reflexões filosóficas, nem muito menos à leitura de Marx, onde se encontra a primeira teorização do que ali se passava senão no capítulo inicial de *O Capital*? Recorde-se o início de sua argumentação. "À primeira vista, uma mercadoria parece uma coisa compreensível por si mesma e trivial. Sua análise mostra que é uma coisa muito complexa, *cheia de sutilezas metafísicas e de argúcias teológicas*"[107].

Assim sucede porque uma mercadoria não se confunde com seu valor de uso, que, enquanto satisfaz às necessidades humanas ou é produto de um trabalho humano, nada tem de misterioso. "O caráter místico da mercadoria" tampouco deriva do conteúdo (*aus dem Inhalt*) que determina seu valor, i.e., não se explica pela "quantidade de trabalho" necessária para sua produção. De onde resulta, volta Marx a se perguntar, o "caráter misterioso (*der rätselhafte Charakter*) do produto do trabalho, tão logo adota a forma de mercadoria?"[108].

A resposta, aqui extremamente esquematizada, está em que o trabalho dispendido é julgado, não de acordo com sua quantidade, mas sim de acordo com "a forma objetiva da mesma grandeza de valor dos produtos do trabalho"[109]. O autor recorre ao exemplo da experiência luminosa sobre o nervo óptico; ela não se apresenta como produto da excitação subjetiva do nervo, "mas sim como a forma sensível de uma coisa fora do olho"[110], não obstante se saiba que a experiência luminosa implique a relação física entre coisas físicas (a fonte luminosa e o olho). Daí sua conclusão: "A forma mercadoria e a relação de valor dos produtos do trabalho, em que ela se expressa, não tem nada a ver com sua natureza física e com as relações objetivas decorrentes. É apenas a relação social determinada dos próprios homens que reveste aqui, para eles, a forma fantasmagórica de uma relação das coisas"[111]. Daí que as mercadorias assumam o caráter de "coisas sensivelmente suprassensíveis ou sociais" (*sinnlich übersinnliche gesellschaftliche Dinge*)[112]. É por considerar esse traço sensível-supra-

107 *Das Kapital*, livro 1, cap. 1, p. 85. Grifo meu.
108 Idem, p. 86.
109 Idem, ibidem.
110 Idem, ibidem.
111 Idem, ibidem.
112 Idem, ibidem.

a mudança de continente

-sensível, comparável apenas "na região nebulosa do mundo religioso", que Marx conclui que o fetichismo se apossa e agarra os produtos do trabalho e se torna "inseparável da produção das mercadorias"[113].

Da breve apresentação interessa-nos acentuar: **a.** o fetichismo, face entranhada da mercadoria, ultrapassa o aspecto da racionalidade econômica, não se esgota em um bem quantificado valor de troca e carrega o produto a que indissoluvelmente acompanha de um valor que não é quantificável porque, antes de tudo, é social; **b.** enquanto social, a mercadoria passa a assumir uma forma fantasmagórica, i.e, que tende a atrair sobre si valores ou efeitos que antes seriam próprios a outras formas de relação. São as relações sociais que então tendem a perder suas outras dimensões, reduzidas a relações entre mercadorias; **c.** o *outro* – i.e., Charles, do ponto de vista da prata, Emília, do ponto de vista de Charles – se torna uma mercadoria à medida que o império da mercadoria tende a dissolver afetos diferenciados na mesma névoa do fetiche.

Em poucas palavras, a *idée fixe* de Charles Gould, ao se converter em fetiche, o levara a se afastar de Emília. Segundo a experiência de Emília, Giselle poderia ter o consolo de não ter tido tempo de se converter, para Nostromo, em prata.

Em *Nostromo*, Conrad se libertara do sentimentalismo para apresentar um mundo novo. O mundo das relações fetichizadas. Não estranha que o próprio horror assuma outra forma. Monygham é a vítima por excelência do horror antigo – aquele que se satisfaz na tortura física – Emília, a do novo, a da repugnância e angústia causada pela exploração teorematicamente planejada.

Não é pois arbitrário que voltemos aqui a nos encontrar com o que chamamos de inconsciente textual. Ele significa a presença de um significado que não deriva nem da intencionalidade autoral, nem se explica por seu inconsciente pessoal. O inconsciente textual por certo não parte do zero, mas aí não se deposita por efeito de ações do autor, fossem elas conscientes, fossem decorrentes dos recalques e repressões que marcam seu inconsciente. É óbvio que alguém o formula. Negamos, contudo, que o inconsciente do texto seja produto da transitividade com alguma instância das zonas psíquicas que diferenciam o autor como um sujeito particularizado. O autor antes seria

113 Idem, p. 87.

aquele que desvela os transes e impasses que capta confusamente em seu tempo. Por isso, para ser compreendido, é preciso que a fisionomia do tempo tenha mudado. Desse modo, o que se implantou no texto diminui seu caráter de vago e confuso e aparece, para um leitor de depois, passível de ser combinado a outros elementos – mesmo que já tivessem sido formulados em seu tempo originário –, cuja combinação, junto a experiências de agora, lhe concedem uma configuração própria. No caso específico de Conrad, o inconsciente textual se alimenta do que caracterizamos como desvio. Alimentar-se das formas de conduta desviante não quer dizer que Conrad delas não tivesse consciência (!), senão que não sabe para onde elas levam. A questão é delicada e aqui se formula de maneira esquemática: fora mesmo de sua articulação com o inconsciente textual, o termo "desvio" pareceria equívoco e perigoso, pois, como reitera João Adolfo Hansen, em comunicação pessoal, pode ser entendido como *deformação* de que a norma seria a *retidão*. Ora, os desviantes conradianos são de duas espécies: a primeira, formada por embusteiros ou criminosos, não criam problemas para a validade do *ethos* branco. A segunda, entretanto, condensada por Kurtz, Jim e Heyst, tem uma curiosa carreira: o desvio de Jim podia ser absorvido sem problemas pelo *ethos* que mantém. O de Kurtz, ao contrário, de tal maneira radicaliza os valores do *ethos* branco que esses se mostram em estado de pane. Que pretendia Kurtz senão arrecadar mais marfim, ao mesmo tempo que dizia defender o avanço do "progresso" e, em nota à margem, propunha a extinção dos nativos? Para tanto, embrenha-se na floresta, torna-se idolatrado pelos negros e violenta as normas "civilizadas". Para os que se mantêm "limpos", era ele o desviante excessivo. Mas como distinguir o que é transgressão do que é radicalização do princípio em que assenta o *ethos* branco, i.e., voltado para o alcance de incessantemente novas formas de lucro? Por isso a visão do horror que o acomete na hora da morte declara que o desvio que se superpôs à norma, o paralisou, ao mesmo tempo que denunciou a norma que o orientara. Com a personagem, portanto, Conrad abria uma outra estrada, que ainda seria concretizada por Heyst e, agora, por Charles Gould. Se Heyst ainda podia ser acusado de misantropia, Gould o seria de quê? Com ele, sequer se poderia cogitar em uma superposição de desvio e norma. Gould é o mais lídimo agente da norma: o que tira Sulaco das mãos vorazes de autoridades venais e possibilita a circulação da riqueza. Com ele, o *ethos* branco atinge sua máxima meta. Essa meta tem um duplo resultado: na frente social, o mundo se fixa na produção de fetiches, na frente individual, o afeto seca e se converte em pasto de tragédia. É dentro desse emaranhado que se configura o inconsciente textual que germina em nossos dias. Não estranha que só se saiba reconhecer o que já tem um passado razoavelmente consolidado. Além disso, só sabemos que ao identificado se mistura uma margem de inomeável. No *Redemunho*, temos procurado indagá-lo a partir de uma das faixas desse mundo. A faixa dos continentes marginalizados.

Sulaco, nome inventado, é um continente. Quase um século depois, Sulaco continua um continente. Apesar da globalização de que sempre mais se fala, há continentes que permanecem marginalizados.

Parte III

A Expansão do Redemunho

(W. H. Hudson, Alejo Carpentier, García Márquez)

I:
O Redemunho
Latino-Americano

Esclarecimento
de Uma Dúvida Possível

Será justo que o leitor se indague: por que iniciar com *The Purple Land* (A Terra Púrpura, 1885) uma seção cujo prolongamento tratará de obras temática e qualitativamente tão diversas? A resposta não é complicada: porque a obra de William Henry Hudson é, entre as peças examinadas, a última manifestação de como o homem participante do *ethos* dos brancos encarava a terra de que o poder tecnológico de sua sociedade de referência permitia que se apossasse. Hudson concretiza a última manifestação, no novo continente, do elenco de respostas do homem branco, que víramos se constituir na ficção conradiana. Manifestação que, embora formalmente menos elaborada, era diversa das já encontradas no escritor polaco-inglês. De todo modo, mesmo para deixar clara a descontinuidade entre *The Purple Land* e *Los Pasos Perdidos* (Os Passos Perdidos, 1953), de Alejo Carpentier e as obras selecionadas de García Márquez, entre aquela e estas obras há de se interpor uma explicação geral sobre a escrita latino-americana. Pois o fato de evitarmos qualquer linearidade, seja causal seja de exposição, não deverá conduzir a uma composição cuja sequência tão só dependa da ordenação dos capítulos.

O Romance de um Naturalista

William Henry Hudson nasceu em 1841, na Argentina, em Partido de Quilmes, província de Buenos Aires. Naturalista, apaixonado por ornitologia, permanecera ligado à terra de seus pais, fosse pela manutenção do inglês como primeira língua – no final da vida, pouco lembrava do castelhano[1] – fosse pelos encargos de coleta científica que recebia de museus norte-americanos e ingleses. "Seus arquivos são mantidos no Smithsonian e na Zoological Society, de Londres"[2].

A questão de sua nacionalidade é de pequena importância. Embora pareça exagerada a interpretação de seu recente editor – "Hudson articulou, segundo penso, melhor do que muitos o sentimento de alienação impulsionado pela modernidade"[3] –, o autor é um ser-de-passagem, dividido entre a fidelidade a uma cultura de eleição e a ambiência que frequentara por mais de metade da vida. É o que evidencia o livro destacado, que tem por matéria suas viagens pelo interior da Banda Oriental, em 1868 (ou entre 1868 e 1869), escrito, porém, depois de emigrar para a Inglaterra, em 1871, onde permaneceria até sua morte, em 1922.

Intitulado originalmente *The Purple Land that England Lost* (A Terra Púrpura que a Inglaterra Perdeu), foi editado em Londres, em 1885. Embora venha a ser traduzido para o castelhano (e para o francês), seu reconhecimento na Inglaterra só se teria dado cerca de vinte anos depois[4] e, ainda assim, não se manteve – seu nome sequer é registrado em obras enciclopédicas como *The Columbia History of the British Novel* (1994), editada por John Richetti e *The Cambridge Companion to the Victorian Novel* (2001), editada por Deirdre David. É verdade que, com o prestígio de seu nome, Jorge Luis Borges de algum modo o resgatava, ao afirmar que "talvez nenhuma das obras da literatura gauchesca supere *The Purple Land*"[5]. Mas, fora de um ponto de vista localista, isso não bastaria para explicar sua inclusão na abertura deste capítulo. Para justificá-lo, será preciso desenvolver o que anunciáramos: Hudson apresenta o acréscimo de uma variante na escala conradiana das condutas dos brancos extraviados da metrópole.

Na parte II, víramos que essa escala tinha por eixo o *desvio* quanto aos valores dos brancos nas colônias. Mas Richard Lamb, o prota-

---

1   As referências biográficas aqui feitas são retiradas do prólogo de Ruben Cotelo para a edição uruguaia. Cf. R. Cotelo, Prólogo a *La Tierra Purpúrea*, p. 5-22.
2   I. Stavans,, Introduction, *The Purple Land*, p. XII.
3   Idem, p. XIV.
4   Idem, p. XII.
5   Sobre *The Purple Land*, *Nuevas Inquisiciones*, p. 195.

gonista e narrador de *The Purple Land* seria identificável como um desviante?! Não, em vez de uma retificação simples, haveremos de recorrer a uma tríplice razão que o identifique e justifique sua presença nesta abertura:

a. pelo próprio embaraço do autor em definir o gênero do que escrevera: "Várias designações concedeu Hudson a seu livro primogênito: 'travels and adventures', 'narrative', 'work', 'book', nunca romance"[6]. A hesitação tinha a ver com a maneira como se definiam as relações entre a terra nova e o que se dissesse sobre ela;

b. pelo modo como relata e se põe diante dos costumes e instituições locais;

c. por sua distinção quanto aos tipos de desviantes e o que isso significa do ponto de vista da expansão do horror.

Em vez de nos determos em cada uma das razões, será mais econômico deixar que elas se manifestem pelo contato com o próprio enredo.

* * *

The Purple Land tem um andamento retrospectivo. Lamb inicia seu relato: "Três capítulos no relato [*story*] de minha vida – três períodos, distintos e bem definidos, embora consecutivos –, começando quando não completara os vinte e cinco anos e terminando antes dos trinta, provavelmente se provarão os mais memoráveis de todos"[7].

Os períodos desdobram uma história de amor e aventura: o protagonista, um estrangeiro sem eira nem beira, convence uma moça argentina a fugir de casa e escapar com ele para Montevidéu. Em sua busca de emprego e sua constatação da falta de trabalho, reflete sobre o que é então comum na história do continente: "A situação política do país fazia com que fosse impossível ganhar um dólar honestamente"[8]. Daí seu sentimento de revolta ante a impossibilidade de ganhar a vida, nessa "Troia moderna, essa cidade de guerra, de crimes e mortes súbitas, que também se chama A Rainha do Prata"[9]. A fábula que Hudson então concebe antepõe a aventura amorosa a uma

6   R. Cotelo, op. cit., p. 17.
7   W. H. Hudson, *The Purple Land*, cap. I, p. 1.
8   Idem, p. 6.
9   Idem, p. 7.

364   parte III: a expansão do redemunho

fantasia política de conspirador, que apenas cumpriria com a regra ali frequente: "Faz tempo, semanas ou, quem sabe, mesmo meses, desde que a última onda, com sua crista de espuma sanguinária, envolveu o país com sua inundação desoladora; está mais do que na hora, portanto, de todos os homens se prepararem para o choque da onda seguinte"[10]. Esse primeiro plano sangrento – "Chamarei meu livro *The Purple Land*; pois que nome mais adequado pode-se achar para um país tão manchado com o sangue de seus filhos?"[11] – contrasta porém com o fundo da natureza. Sua experiência, na verdade, é quase simultânea ao reconhecimento dos bárbaros costumes: "Grandes planícies sorrindo em uma eterna primavera, bosques antigos, rios rápidos e belos, filas de colinas azuis que se estendem até um horizonte de brumas"[12]. O contraste entre uma natureza idílica, quase intacta, e uma sociedade embrutecida pelas ambições políticas constitue o miolo que a narrativa irá desenvolver. Daí a eventual nostalgia de que a *pax britannica* não houvesse ali se imposto, seus generais se contentando em perdê-la em uma única batalha: "Quando a distante cidade rainha esteve a nosso alcance e a regeneração, possivelmente até a posse definitiva, deste verde mundo, estiveram diante de nós, nossos corações fraquejaram e o prêmio caiu de nossas mãos trêmulas"[13]. Mas a lamentação de Richard Lamb é tão contingente quanto curta é sua permanência em Montevidéu. A busca de trabalho e a fantasia imperial se equivalem enquanto sonhos. E a história amorosa agora mostra que fora apenas o pretexto para o que de fato importava a Hudson: narrar sua entrada pelo interior do Uruguai; a viagem etnográfica. É a ela que se deve atentar. Acompanhemos o viajante em alguns de seus encontros.

O primeiro, com um grupo de ingleses, é decepcionante para Lamb. Estão como em uma colônia de férias ou numa casa de campo ampliada. Entregues à caça e ao álcool, sequer se imaginariam representar a alternativa a qualquer coisa já existente. Se o viajante insiste em seu propósito de encontrar uma ocupação honesta, o contato com a comunidade local a que chega, na companhia dos ingleses, só lhe serviria de ducha fria:

10   Idem, p. 9.
11   Idem, cap. xxvii, p. 234.
12   Idem, cap. i, p. 8.
13   Idem, p. 10.

o redemunho latino-americano 365

Os que viviam em Tolosa pareciam bastante apáticos (*listless*) e, quando lhes perguntei que faziam para viver, responderam que estavam *esperando*. [...] A experiência daquele dia me convenceu de que a colônia inglesa tinha alguma desculpa para sua existência, pois suas visitas periódicas davam à boa gente de Tolosa uma pequena e saudável excitação, durante os intervalos entediantes entre as revoluções[14].

À diferença de um dos eventuais companheiros que, em estado de embriaguez, se pergunta se haveriam de se contentar em "viver entre aqueles macacos miseráveis e lhes dar o benefício de nosso, sim, senhores, de nosso capital e de nossas energias, sem receber nada em troca"[15], Lamb, absolutamente lúcido, diz para si mesmo que não há nada a fazer senão "conspirar para subverter a ordem das coisas. Para mim, não há outra coisa a fazer pois este mundo oriental é uma ostra que só uma faca afiada conseguirá abrir"[16]. A frase, mantendo a direção daquela em que o narrador lamentara o descaso dos generais que não mostraram bastante empenho na posse da "terra púrpura", assumirá outra inflexão na medida em que o protagonista se afaste de seus compatriotas e continue a penetrar pelo país. Sua errância, na aparência, apenas reitera o que constatara desde o começo: os assomos de violência e a constância do torpor que dominam os nativos; no máximo, acrescenta ele ao primeiro dado a verificação da cordialidade da gente simples. O último traço, contudo, desempenhará um papel saliente na mudança de sua concepção. Até então, Richard Lamb, em uma narrativa medíocre, mantivera-se preso ao *ethos* do aventureiro e do colonizador. Sua postura não era sequer comparável à dos desviantes mais significativos de Conrad. Nada o aproximava da loucura de Kurtz, da misantropia de Heyst, da busca de resgate da honra maculada de Lord Jim, assim como, na plena indistinção do desvio com a norma, da integração, concebida por Gould. Com Lamb, prepara-se, dentro de uma narrativa que não cresce, algo bastante diverso: a tentação de renunciar aos valores brancos e simplesmente se integrar. Entre a tentação e o cumprimento, no entanto, ainda há espaço bastante para novas aventuras, i.e., para prosseguir seu levantamento "etnográfico". Se esse implica

14 Idem, cap. VI, p. 44-45.
15 Idem, p. 46.
16 Idem, p. 48.

continuidade na travessia, já a transfiguração de Lamb dar-se-á de maneira tão abrupta quanto fora seu lamento de que a Inglaterra não houvesse se apoderado da Banda Oriental. Basta a recepção simples que recebe de uma família do povo, a percepção de como os afetos aí se manifestam sem torneios e mesuras, para que se diga: "Aqui, sem dúvida, estava o único lugar na ampla terra em que a idade de ouro ainda subsistia, aparecendo como os últimos raios do sol poente a tocar um lugar alto, ao passo que, nas outras partes, tudo mergulhava em sombras"[17].

A indefinição entre o caráter de viagem etnográfica e o relato ficcional permitia a Hudson tais saltos, não preparados pelo texto. De qualquer modo, o descobrir-se agora no que restara da idade de ouro não podia se traduzir por "estou na Arcádia", pois Paquita o esperava em Montevidéu e seu permanente desemprego o obrigava a manter sua errância, a percorrer estâncias e a sofrer acidentes, inclusive o de, por não trazer passaporte, ser preso.

A indesejada aventura aumenta o acúmulo do que tinha a contar. E não deixa de ser pouco. A prisão, dado o desleixo com que o juiz o recolhe, se torna ocasião para que seja assediado pela lubricidade da gorda senhora do magistrado[18]. O horror que sente é o do asco pelo indesejado assédio, assim como pelo teatro de combates que encenam quase crianças, a representarem os papéis dos partidos da República, os "blancos" e os "colorados".

Mal escapa da "justiça" e logo chega à casa de um caudilho, um general "blanco", prestes a se levantar contra o governo. Se não tem outro mérito no relato, o general Santa Coloma terá ao menos o de proferir a frase que dará fôlego à decisão integracionista de Lamb: "Não adoramos o ouro, neste país [...]. Entre nós, os pobres são tão felizes quanto os ricos, pois suas necessidades são muito poucas e facilmente satisfeitas"[19]. Mas tampouco ela encerra a errância de Lamb. Na falta de trabalho, a personagem se incorpora ao bando do caudilho que atacará a capital. Com isso, quando nada, conseguiria transporte gratuito para reencontrar Paquita. Mas que poderia esperar de quarenta insurretos mal armados? Menos que acompanhar o fio do relato, antes importa acentuar o encontro de Lamb com outro trânsfuga do

17 Idem, cap. VII, p. 53.
18 Idem, cap. IX.
19 Idem, cap. XVII, p. 127.

ethos branco: o inglês John Carrickfergus. É tamanha sua integração na pobreza local que, ante a pergunta do narrador sobre o que ensina aos filhos, responde: "Não lhes ensino nada, replicou, com ênfase. Em nosso velho país, só pensamos em livros, em limpeza e roupas; o que é bom para a alma, a cabeça e o estômago; e os convertemos em desgraçados. Minha norma é liberdade para todos"[20].

Como Carrickfergus, Lamb não adota algum modo de desvio; é o puro trânsfuga. E suas duas formulações abruptas e contraditórias agora se harmonizam:

> Não posso crer que, se este país tivesse sido conquistado e recolonizado pela Inglaterra e tudo que está torto se tornasse reto, segundo nossas noções, minha relação com as pessoas tivesse o aroma silvestre e delicioso que nela encontro. E, se esse aroma característico não pode se conciliar com a prosperidade material resultante da energia anglo-saxônica, devo nutrir o desejo de que essa terra nunca conheça tal prosperidade[21].

Pois o trânsfuga conclui que o afã civilizacional ali não tinha – nem devia ter – possibilidade de êxito. O reverso da medalha é "de que apenas nominalmente a Terra Púrpura é uma república; sua constituição é um pedaço de papel inútil, seu governo é uma oligarquia temperada por assassinatos e revoluções"[22]. Sem que soubesse, Hudson retorna ao *topos* da América como o antigo lugar do Paraíso Terreno[23]. O Ocidente se extraviou da felicidade desde que passou a crer em algum sonhador como "Bacon ou outro qualquer"[24]. A solução, pois, contra o assédio do horror moderno estava em a América deixar-se viver na pobreza. (Como no século XX, ainda diria um ilustre sociólogo brasileiro, o mocambo, a miserável casa feita de barro e palha no nordeste, era uma típica residencia ecológica.) A riqueza dos povos poderosos seria desprezível, pois os fazia infelizes.

20 Idem, cap. XXI, p. 181.
21 Idem, cap. XXVIII, p. 243-244.
22 Idem, p. 244.
23 Em *El Paraiso en el Nuevo Mundo*, Antonio de León Pinelo não só localizava o paraíso na região amazônica como chegava ao máximo de identificar os quatro rios que o atravessariam, tornando o Ganges, o Nilo, o Tigre e o Eufrates como equivalentes ao Marañon, Plata, Orinoco e o Magdalena do Peru. Cf. tomo II, livro V, p. 373-522.
24 Idem, cap. XXI, p. 185.

Entende-se melhor por que Hudson nunca quis definir seu livro como romance: a designação do gênero se difundira na Inglaterra como algo suspeitoso, contra a qual se defendiam os próprios romancistas – lembre-se apenas a advertência de Defoe no primeiro prefácio a seu Robinson Crusoe: "O editor acredita que esta é uma história factual; e que nela não há nenhuma aparência de ficção"[25]. Manter um certo ar de fábula – o rapto de Paquita e a volta com ela para Buenos Aires – ajudaria a divertir o leitor, enquanto a seriedade das descrições daria um ar de viagem científica, tão frequente e prestigiada na Ibero-América do século XIX.

A Viagem Científica como Lastro para a Literatura Ibero-Americana

Dada a fragilidade de "romance" de Hudson, poder-se-ia haver dito simplesmente: "Seus *Wanderjahre* (anos de errância) são também seus *Lehrjahre* (anos de aprendizagem)"[26]. Ou, de modo contextualizado: "Nascido na província de Buenos Aires, no círculo mágico do pampa, elege, porém, a terra azulada em que a *montonera* lançou (*fatigó*) suas primeiras e últimas lanças: o Estado Oriental"[27]. Em ambos os casos, porém, permaneceria inexplicada a forma híbrida de *The Purple Land*.

Assinala-se a apreciação de Borges para, por contraste, ressaltar-se o propósito de nossa abordagem. O círculo interpretativo de Borges é formado por obras literárias. São elas que lhe interessam, enquanto, de nossa parte, procuramos acentuar que a indagação da literatura não se encerra nos parâmetros da textualidade. Propomos, pois, a costumeira abordagem sociológica? Não, absolutamente não. Entende-se sim que a compreensão entre texto e contexto escapa da identificação com o que está dentro e o que permanece fora da literatura. Contexto não se confunde com o que circunda o texto,

---

25 Primeiro Préfácio a *The Life and Strange Surprising Adventures of Robinson Crusoe*, p. 1. Como seria longo aqui explicar a razão da desconfiança, remete-se o interessado para a obra capital de P. G. Adams, *Travel Literature and the Evolution of the Novel*.
26 J. L. Borges, op. cit., p. 194.
27 Idem, p. 196.

o redemunho latino-americano

conforme o entende a abordagem histórica e sociológica usuais, senão que é o vetor cujos parâmetros se incorporam e emprestam sentido de orientação ao texto – o fora migra para dentro. Nessa compreensão, o contexto não permanece intacto, historicamente exato, como representante do lugar e tempo fiéis dentro dos quais será processada a mentira aceita do relato. Ao contrário, ele se transforma, i.e., se *irrealiza* com o relato a que se funde, mantendo, contudo, na irrealidade do relato a efetividade do *lugar*, que, consciente e inconscientemente, o motiva. Desse modo, o lugar, porque penetra no inconsciente do autor e, sem se explicar por suas marcas individuais, conduz ao inconsciente textual, deixa de ser um ponto do espaço e se converte em inscrição temporal. Por isso, pode-se dizer do lugar aquilo que De Certeau afirmara, a propósito da tarefa do historiador, sobre o real: "O real é o *resultado da análise* e, por outro lado, é seu *postulado*"[28].

Há vários anos, em *O Controle do Imaginário* (1984), nos aproximávamos do que será agora desenvolvido, observando que, no continente sul-americano, a literatura foi e é genericamente considerada uma espécie de documento ou ilustração da história. Falar de Machado de Assis como romancista do segundo reinado, ou do *Pedro Páramo* (1955), de Juan Rulfo, como documento do que era a sociedade campesina mexicana, equivale a considerar que o romance é história ou antropologia feita por amadores e para amadores. Dessa maneira, com uma só tacada, não só se nega que haja alguma propriedade no discurso literário, como *se naturaliza* o que chamava *veto ao ficcional*. A ficção, segundo a lição dos antigos, é uma bela mentira que ou ensina ou deleita. Contra esse documentalismo, só na aparência inconsequente, Borges desprezava as considerações sobre se o livro de Hudson era ou não um romance, pois a definição não o afetaria. Mas não se enterra uma tradição secular, no caso o documentalismo, pela manifestação do desdém que merece. Além do mais, o textualismo (também chamado imanentismo) não deixa de ocasionar outras falhas. É pois contra o sociologismo e o textualismo que temos trabalhado. Para isso, contaremos com a reflexão nesse entretempo desenvolvida a propósito tanto da literatura brasileira, como da hispano-americana.

---

28 *L'Écriture de l'histoire*, p. 47.

Na frente brasileira, o destaque indispensável há de ser dado a *O Brasil não é Longe Daqui: O Narrador, a Viagem*, de Flora Süssekind. Analisando os começos da prosa ficcional brasileira, na primeira metade do XIX, a autora mostrava que "a falta de uma viagem de formação e as deficiências do ensino do país" provocavam "o papel de enciclopédia de pequeno porte assumido pela literatura de ficção brasileira nesse seu período de formação"[29]. Nisso, se irmanavam os primeiros e modestíssimos ficcionistas com os inúmeros viajantes estrangeiros (Maria Graham, Kidder, Denis, Walsh, Ewbank etc.). Ao lado da verificação comum do deserto de público nas raras bibliotecas, a terra desconhecida, aos que se podiam permitir a viagem ao interior, cativava na busca de fixar sua história natural. As expedições empreendidas, bem anota a autora, se distinguiam das viagens contemporâneas europeias, pois eram feitas "sempre como objetos de estudo, não de estímulo à autorreflexão ou ao êxtase"[30]. É o conhecimento do país que termina por aproximar naturalistas estrangeiros e ficcionistas nacionais, "cujo narrador se forma em diálogo com o desses relatos de viagem"[31]. Diálogo a que se acrescentam novos parceiros (Neuwied, Lansgsdorff, Rugendas, Debret, Saint-Hilaire, Burton, Spix e Von Martius, direta ou indiretamente influenciados pelo exemplo paradigmático de Alexander von Humboldt). Entre seus leitores estão nossos primeiros românticos, que "têm da Ilustração sobretudo o projeto e pouco viajam e conhecem por experiência própria desse território que desejam definir literariamente como nação"[32]. De parte a parte, trata-se de "*representar* e *colecionar* a paisagem"[33]. Em síntese:

> A prosa de ficção dos anos [18]30 e 40 – do período de esforço de consolidação monárquica e afirmação político-literária de uma nacionalidade coesa pelas elites burocráticas e senhoriais – parece precisar exatamente do *olhar armado do naturalista* para um "abrasileiramento de cenários e para a tentativa de traçar um roteiro seguro que ligue materiais a rigor heterogêneos como a técnica do folhetim, a trama

---

29 *O Brasil não é Longe Daqui*, p. 90.
30 Idem, p. 109.
31 Idem, p. 110.
32 Idem, p. 117.
33 Idem, p. 119.

o redemunho latino-americano 371

da novela histórica ou do melodrama, paisagens locais singulares e situações exemplares, com as quais ia se construindo à época. Diante de tais "variedades inumeráveis" tenta recorrer, como sugere Rugendas, ao naturalista. Só a ele parecia dado transpô-las[34].

No ano seguinte à obra capital de Flora Süssekind, a verificação de o quanto a nossa prosa ficcional dependia da instrução de viajantes e naturalistas se concentraria no papel desempenhado por um Ferdinand Denis, que, não sendo propriamente nem um viajante nem tampouco um naturalista, ganharia maior destaque literário pela proposição de como deveria se conduzir um autor que quisesse se apresentar como brasileiro. A natureza, a descrição da paisagem tropical, era o *topos* de eleição. Assim, o veto ao ficcional assumia mais amplitude: já não se tratava apenas de privilegiar a descrição e evitar a autorreflexão, mas de fundamentar em que consistiria a "utopia americana": ela passava a estar vinculada a um termo de longa duração: "*o exotismo*"[35].

O correspondente hispano-americano dessa vinculação e limitação do ficcional à viagem de cunho científico – como vimos, no caso brasileiro, há uma primeira leva de viajantes não científicos – é ressaltada por Roberto González Echevarría. Em "A Clearing in the Jungle: From Santa Mónica to Macondo" (Uma Clareira na Selva: De Santa Mônica a Macondo), que abre o livro *Myth and Archive: A Theory of Latin American Narrative* (Mito e Arquivo: Uma Teoria da Narrativa Latino-Americana), observa a importância idêntica que as viagens científicas exerceram nas recém-independentes repúblicas hispânicas. Nelas, "a força mediadora da ciência era tal que as narrativas mais significativas sequer pretendem ser romances, mas sim espécies várias de reportagem científica"[36]. E, de modo mais enfático:

> [As] obras de numerosos viajantes científicos [têm tamanha relevância] que [estes] poderiam ser considerados *os segundos descobridores do Novo Mundo*. Se os primeiros descobridores e colonos se apropriaram da América Latina por meio do discurso legal, estes novos conquistadores assim o fizeram com a ajuda do discurso científico, que

34 Idem, p. 123. Grifo meu.
35 M. H. Rouanet, *Eternamente em Berço Esplêndido*, p. 71-72.
36 *Myth and Archive*, p. 11.

lhes concedia nomear outra vez (como se pela primeira vez) a flora e a fauna do Novo Mundo. [...] Havia, de fato, uma cumplicidade promíscua entre literatura e reportagem científica que fez com que fosse relativamente fácil aos escritores latino-americanos assimilar essas narrativas[37].

Se a narrativa-mestra, no caso hispânico, é a produzida pelos anos de pesquisa de Alexander von Humboldt – eventualmente também presente no Brasil pela admiração que têm por ele Spix e Martius, autores do *Reise nach Brasilien*, (dois volumes, 1823-1828) –, sua força se dá tanto pelo prestígio já assegurado ao discurso científico, como pelo louvor da natureza tropical, à semelhança do que fizera Ferdinand Denis[38]. Desse modo, o discurso que genericamente podemos chamar etnográfico, substituía as crônicas da descoberta. "Como as crônicas da descoberta e conquista, que eram com frequência documentos legais, estes são livros cujo papel original está fora da literatura"[39].

É sob esse modelo que se concebem o *Facundo* (1845), de Sarmiento, e *Os Sertões* (1902), de Euclides da Cunha. A literatura é como um corpo que se agrega à pretensão científica de tais obras. Mescla que não resulta apenas do prestígio da ciência, mas da sensação que têm os autores de que "o que ainda nos falta é a engenharia para lançar as pontes entre realidade e teoria"[40], a qual, como mostra *Os Sertões*, não diminui senão que se exacerba com a passagem do tempo. Tanto assim que, nas primeiras décadas do século XX, quer a *novela de la tierra*, quer o romance nordestino brasileiro, ainda quando o miolo "científico" se tornasse menos evidente, eram recebidos de acordo com o mesmo modelo. O que, diga-se de passagem, decorre não só, como afirma Echevarría, da legitimação oferecida pela ciência, senão que demonstra a dificuldade da *intelligentsia* ibero-americana em reconhecer o processo de autonomização da literatura, iniciada pelos primeiros românticos alemães; dificuldade que facilita quer a manutenção do concepção retórica das *belles lettres*, quer o puro textualismo – que o desconstrucionismo restabelecerá. Essa resistência

37 Idem, p. 96. Grifo meu.
38 Quanto à enorme bibliografia de F. Denis, onde se destaca seu *Résumé de l'histoire littéraire du Portugal, suivi du Résumé de l'histoire littéraire du Brésil* (1826), cf. M. H. Rouanet, op. cit, p. 300-320.
39 R. G. Echevarría, op. cit., p. 12.
40 E. M. Estrada, *Sarmiento*, p. 198.

o redemunho latino-americano

373

transparece na carta com que Euclides se defendia das críticas que lhe fizera Veríssimo pelo uso excessivo de termos técnicos em *Os Sertões*. A crítica de Veríssimo não levaria em conta:

> Que o consórcio da ciência e da arte, sob qualquer de seus aspectos, é hoje a tendência mais elevada do pensamento humano. [...] Qualquer trabalho literário [do futuro] se distinguirá dos estritamente científicos, apenas, por uma síntese mais delicada, excluída apenas a aridez característica das análises e das experiências. [...] *Eu estou convencido que a verdadeira impressão artística exige, fundamentalmente, a noção científica do caso que a desperta*[41].

Até aqui, interpolando comentários próprios à tese desenvolvida por Flora Süssekind, Roberto González Echevarría e Maria Helena Rouanet, combinávamos o que se passara com a prosa ficcional brasileira e hispano-americana entre o século XIX e as primeiras décadas do século XX.

A partir da década de 1950, essa homogeneidade se rompe. Curiosamente, tal ruptura se dá, de maneira independente, quase no mesmo ano: com *Los Pasos Perdidos* (1953), de Alejo Carpentier, *Pedro Páramo* (1955), de Juan Rulfo, e o *Grande Sertão: Veredas* (1956), de Guimarães Rosa. Mas, como a exploração de suas convergências e divergências seria pouco vantajosa para verificar-se a forma que o horror assume na prosa ficcional moderna da América Latina, optamos por nos concentrar, de início, apenas no romance do autor cubano, reservando a Guimarães Rosa tão só a nota de discrepância que mantém a ficção brasileira, mesmo quando excepcional, afastada da hispânica.

Sobre *Los Pasos Perdidos*, escreve seu compatriota, professor da Universidade de Yale:

> A nova narrativa desfaz (*unwinds*) a história contada nas velhas crônicas por mostrar que a história era construída por uma série de tópicos convencionais, cuja coerência e autoridade dependem de crenças codificadas de um período cuja estrutura ideológica não é mais vigente. Essas crenças codificadas sobre a origem eram literalmente a

41 E. da Cunha, Carta a José Veríssimo, de 3 de dezembro de 1902, em W. N. Galvão; O. Galotti (orgs.), *Correspondência de Euclides da Cunha*, p. 143-144. Grifo meu.

374 parte III: a expansão do redemunho

lei. Como o galeão espanhol que se desfaz na floresta, em *Cien Años de Soledad* [Cem Anos de Solidão], o discurso legal nas crônicas é uma presença vazia[42].

Ora, ainda que o *Grande Sertão* suponha idêntica desfeitura, no caso referente ao modo de narrar o sertão, sua consequência, do ponto de vista da questão que privilegiamos, será completamente diversa. Quanto à desfeitura, lembre-se a conclusão do ensaio pioneiro de Antonio Candido: "[Em Guimarães Rosa] o real é ininteligível sem o fantástico, e [...] ao mesmo tempo este é o caminho para real. Nesta grande obra combinam-se o *mito* e o *logos*, o mundo da fabulação lendária e o da interpretação racional"[43]. Mas a descontinuidade assume outro rumo. Talvez mesmo porque o caminho de Carpentier é logo aprofundado por outros romancistas hispânicos – isso para não falar da coincidência de data com o *Pedro Páramo*, em que o corte com o documentalismo realista se dava pela ênfase no apagamento da separação entre vida e morte –, enquanto, no Brasil, Rosa permanece isolado; o abandono do documentalismo por Guimarães Rosa não desenvolveu uma visão que conectasse o que se passa no "sertão" com o que sucede no mundo. O fantástico que Rosa inclui é uma dimensão, até então reprimida, da mesma terra. Daí a observação que eu próprio não esperava. Ao passo que, na linhagem de *Los Pasos Perdidos*, a dimensão do fantástico inclui o contato com o estrangeiro, agente, embora não único, do horror que assediará as personagens; na literatura brasileira, antes ou depois de Rosa, quando o horror aparece, é gerado por motivos simplesmente internos. As únicas exceções que me ocorrem são, na frente lírica, *A Rosa do Povo* (1945), de Carlos Drummond de Andrade, e o *Reflexos do Baile* (1976), de Antonio Callado – desconsidero como integrante dessa linhagem *O Rei da Vela* (1937), de Oswald de Andrade, pois seu tratamento farsesco antes se concilia com o tom frequente de piada e gozação. As exceções lembradas, contudo, não interferem no tom da expressão literária brasileira. *A Rosa do Povo* porque o engajamento político do autor engendra poemas grandiloquentes, que deixam pequena marca em sua própria obra. Por que, entretanto, não levar mais a

42 R. G. Echevarría, op. cit., p. 15.
43 O Sertão e o Mundo: Estudo sobre Guimarães Rosa, posteriormente intitulado O Homem dos Avessos, *Tese e Antítese*, p. 139.

o redemunho latino-americano

sério *Reflexos do Baile*? O mais trabalhado dos romances de Callado, o único talvez que sobreviverá, entrelaça o relato epistolográfico com a técnica dos informes descontínuos da página de jornal. Três planos o alimentam: as cartas e as páginas de diário dos embaixadores português e americano, a serviço no Rio de Janeiro, os informes que trocam os membros de uma organização terrorista e os relatórios dos agentes da repressão. Davi Arrigucci o define como "alegoria irônica"[44]. Ele o é de fato, mas a ironia não tem a pregnância que poderíamos esperar. Esgota-se nos planos 1 e 3, onde contrastam a linguagem sofisticada mas vazia e outra grosseira e mortífera, sem conseguir o desenvolvimento esperado no plano 2, referente às comunicações dos membros da organização subversiva. É de se perguntar se assim não sucede por o romance se publicar durante a própria ditadura, cujas práticas Callado denunciava. Sua trama tinha como primeiro motivo a tentativa de sequestro da rainha inglesa, quando de sua visita ao país, e termina pela captura do embaixador americano em seu lugar, aquele que, na reflexão de seu colega luso, "por obra e graça do posto que ocupa, [funcionava] algo como os vice-reis que para cá despachava Lisboa"[45]. Contudo, quer o refinamento vazio dos diplomatas, quer o esboço esfumado dos terroristas, quer a grosseria dos informes e recados policiais, permanecem em segundo lugar ante a loucura que acomete o pai da terrorista, embaixador brasileiro aposentado, quando descobre a vida dupla daquela que seria morta pela polícia, denunciada por seu colega português. É no horror da loucura, na miséria material que o acolhe, que se adensa o que não se restringia a tagarelice ou rudeza. Seria possível que, se houvesse sido editado dez anos depois, quando a ditadura estava em vias de desaparecer, Callado houvesse conseguido ligar melhor os fragmentos do espelho despedaçado? Seu relativo fracasso não é ocasional: as únicas tentativas de exprimir a experiência brasileira vivida durante o golpe de 1964 recorreram à loucura (*Armadilha para Lamartine* [1975], de Carlos Süssekind e *Quatro-olhos* [1976], de Renato Pompeu), reduzindo-a, pois, a distúrbios privados. Assim, o que poderia ser a abertura de uma trilha, fecha-se com o *Reflexos*, como já sucedera com *O Guesa* de Sousândrade (1832–1902).

44 O Baile das Trevas e das Águas, posfácio a A. Callado, *Reflexos do Baile*, p. 196.
45 A. Callado, *Reflexos do Baile*, p. 119.

Exemplo máximo do insulamento brasileiro: *A Menina Morta* (1954), de Cornélio Pena. O clima de horror sufocante e indiscriminado não encontra outra razão senão a própria estrutura familiar, o antagonismo entre os ramos paterno e materno. O fato de que a fazenda do Grotão esteja claramente articulada à exportação do que produz e as conversas do patriarca com outros "barões" considerem a cotação do café na Europa, não têm a menor articulação com a loucura, a morte, o horror que termina por se generalizar entre os próprios escravos, ao se saberem libertados.

Que poderá significar esse autoengendramento do horror? Por acaso que o imaginário brasileiro se concebe a si mesmo alheio ao mundo externo ou que, para exprimir os efeitos da violência, basta-lhe considerar as razões internas de nossa tremenda desigualdade social? De certo modo, isso já estaria enunciado em *Os Sertões*, quando se denunciam os agentes do litoral por um desconhecimento tal do Brasil interiorano, que assumem o "papel singular de mercenários inconscientes" da indústria bélica estrangeira, e, sobretudo, na adoção pelo autor de uma explicação derivada da antropologia biológica, que fundava nossos males na miscigenação.

Na literatura anterior, reitere-se, a única exceção evidente ao estranho autoinsulamento é apresentado pelos episódios do "Tatuturema", no Canto II (1858) e do "Inferno em Wall Street", no Canto X, de *O Guesa* (1888), significativamente designados por Augusto e Haroldo de Campos como os "*momentos de inferno* do poema"[46].

Na falta de uma explicação que me convença a mim mesmo, limito-me a constatar que a questão da propagação moderna do horror como resultante de uma interação com a ação do *império* do momento, não se põe em nossa literatura[47]. Não é sintomático que os grandes romances de Machado dela não mostrem rastro? É como se, no imaginário brasileiro, nos concebêssemos como uma enorme casa grande que abraça, abriga e oprime uma ainda maior senzala.

---

46 A. de Campos; H. de Campos, Sousândrade: O Terremoto Clandestino, *Re Visão de Sousândrade*, p. 50. Já é menos surpreendente que o insulamento dos episódios do *Guesa* se reproduza na falta de fecundação do extraordinário estudo de Augusto e Haroldo de Campos, que, como mostra sua terceira edição, se exerce apenas dentro de si mesmo.

47 Talvez isso comece a se modificar nos romances recentes de Bernardo Carvalho e Milton Hatoum.

o redemunho latino-americano 377

Mais uma razão pois para virmos a *Los Pasos Perdidos*. A seu propósito, havíamos citado uma passagem de Echevarría. Entendê-la o melhor que possamos será decisivo para aferirmos qual nosso grau de concordância.

O trecho que traduzimos do crítico cubano opõe o relato ficcional de Carpentier à convencionalidade da história contada pelas velhas crônicas. Qual a extensão emprestada à convencionalidade da história? Seria ela simplesmente a da história em que se baseavam as velhas crônicas? Ou, muito além disso, estaria sendo dito que a ficção hispano-americana rompe com as forças que a reprimiam, representadas tanto pelos primeiros conquistadores, fundados nos textos legais, quanto pelos segundos conquistadores, respaldados pelo discurso científico? Em consequência, estaria o crítico afirmando que a força da ficção está em que se afirme a si mesma, descartando-se dos pretensos discursos da verdade?

Duas passagens nos levam a suspeitar que o crítico estabelece, de fato, um hiato entre a ficção e as formas discursivas – história ou ciência – que pretendem dizer da verdade. A primeira está incluída no trecho já reproduzido. Repito-o em sua formulação original: a História de que a nova narrativa se desfaz "was made up of a series of conventional topics, whose coherence and authority [are] no longer current" (foi feita por uma série de tópicos convencionais, cuja coerência e autoridade não [são] mais correntes). Acrescente-se passagem que parece estabelecer o alcance do que está sendo dito: "Os romances nunca se contentam com a ficção; devem fingir (*pretend*) que lidam com a verdade, que se encontra atrás do discurso da ideologia que lhes dá forma. Assim, de modo bastante paradoxal, a verdade com que lidam é a própria ficção, ou seja, as ficções que a cultura latino-americana tem criado para se compreender a si mesma"[48].

Mas o enunciado não admite um único entendimento. Seria ele de cunho heideggeriano e então se traduziria por: a verdade, historicamente mutável em seu plano ontológico, é algo que se vela sob o plano ôntico e neste se revela apenas em instantes epifânicos e descontínuos? Seria esse estado de súbito desvelamento, sucedido para que, outra vez, a *alétheia* volte a se velar, provocado pela ficção (pela obra de arte)? Em nenhum instante de seu livro, Echevarría parece

48 R. G. Echevarría, op. cit., p. 18.

parte III: a expansão do redemunho

aderir a essa leitura. Ao contrário, a frase "the truth with which they deal is fiction itself" (a verdade com que lidam é a própria ficção) supõe que a "verdade" do romance é a ficção anônima que certa cultura engendra para se entender a si própria. Em vez da fugidia verdade heideggeriana, a intransitividade tropológica de Paul de Man:

> A literatura é ficção não porque de algum modo recuse reconhecer a "realidade", mas porque não está, *a priori*, certa de que a linguagem funcione de acordo com princípios que são aqueles, ou que são *como* aqueles, do mundo fenomênico. *Por isso não é,* a priori, *certo de que a literatura seja uma fonte confiável de informação sobre qualquer coisa exceto sua própria linguagem*[49].

O "real maravilhoso" seria real e maravilhoso pela linguagem que o encarna, i.e., que concretiza a rede de ficções que subjaz a uma cultura.

Meu entendimento sobre as relações entre ficção e realidade é bastante diverso. Reiterá-lo é decisivo para que se compreenda o cerne deste livro e do que temos feito. Para dizê-lo de maneira bastante sintética, recorro ao comentário de José Miguel Oviedo: "El Bolívar de García Márquez es [...] un personaje suyo pero también el hombre que fue"[50]. De modo menos pontual: se a personagem não se confunde com o documento privilegiado pelos historiadores, contém e abrange, contudo, o homem que possa ter sido. Generalizo mais ainda: o texto ficcional, não sendo guiado pela fidelidade ao contexto que tem por referência, no entanto o dramatiza, i.e., o tem como sêmen do qual se desenvolverá seu corpo. Não é, portanto, que, de um lado, se ponham a história, a base documental, seu entendimento ideológico e, de outro, a ficção que as desrealiza. É certo que a ficção e a arte, em geral desrealizam, mas o fazem para investir seu texto de um lastro de realidade, que, embora seja histórica, não é captável por ferramentas da história. Contém assim um histórico fluido, plástico, dependente, além do grau de talento pessoal, do lugar em que foi concebido – lugar que não só ultrapassa a intenção com que se escreveu mas é ainda flexível aos lugares outros em que venha

49 *Resistance to Theory*, p. 11. Grifo meu.
50 Apud C. Kline, El General en su Labirinto, *Los Orígenes del Relato*, p. 321.

o redemunho latino-americano

a ser recebido. Essa porosidade do texto ficcional é resultante de sua estrutura-com-vazios[51], que exige a intervenção ativa do leitor, a suplementação que ele efetiva, a partir dos efeitos que os vazios da estrutura ficcional nele provocam.

Em apoio do entendimento proposto, note-se que, no ensaio dedicado ao real maravilhoso, Carpentier não negava o real, mas sim afirmava que ele implicava a violação do real percebido, para que, em vez de seus limites, fosse fecundado o *incrível*. Daí escrever que, na crônica de Bernal Díaz de Castillo, *Historia Verdadera de la Conquista de La Nueva España* (1632), o leitor "encontra-se com o único livro de cavalaria real e fidedigno – livro de cavalaria em que os feitores de malefícios foram *teules*[52] visíveis e palpáveis, autênticos os animais desconhecidos, contempladas as cidades ignotas, vistos os dragões em seus rios e as montanhas insólitas em suas neves e vapores"[53].

Daí a proximidade da passagem acima com o louvor feito, a seguir, ao Templo de Mitla, no México, "com suas variações sobre temas plásticos alheios a todo empenho figurativo"[54]. O fantástico, contendo animais desconhecidos, cidades ignotas, a "belleza abstracta – absolutamente abstracta del Templo de Mitla" – não se opõe ao real, mas sim à sua identificação rotineira com o perceptualmente atestado. (Seria de se perguntar se, na tradição espanhola, *Los Caprichos*, de Goya já não eram um exemplo do que Carpentier privilegiava.) A ficção não se encerra em si mesma ao se insurgir contra a ideia de ser fábula que divirta ou ensine; ao contrário, ela se abre para o real transfigurado. A expansão do horror que aqui privilegiamos tem sua contraparte "real", que não deixa de ser efetiva por não ser documentada. A ideia de uma ficção intransitiva é apenas a contraface da ideia mais enraizada de uma ficção ilustrativa da cena histórico-sociologicamente afirmada.

51 Cf. W. Iser, *Das Fiktive und das Imaginäre*.
52 Conforme me esclareceu a profa. Maria Teresa Franco, da Universidade Iberoamericana, do México, "teotl" (originalmente, Deus) era o nome que os indígenas mexicanos davam ao conquistador espanhol. "Teul" é a adaptação castelhana, sucedida, no primeiro momento da conquista, da palavra indígena.
53 A. Carpentier, De lo Real Maravilloso Americano, *Ensayos*, p. 74-75.
54 Idem, p. 75.

Da Impossibilidade
de Escolha do Tempo

Como é frequente na ficção da alta modernidade, o leitor de *Los Pasos Perdidos* precisa percorrer várias páginas para compreender, retrospectivamente, o que só literalmente entendera. Assim sucede porque as páginas iniciais concernem a dois planos. O primeiro é formado por uma profusão de objetos de cenário e de maquilagem, entre os quais se move Ruth, a atriz, que depois é reconhecida como a mulher do narrador. A rotina de seus encontros, o inesperado anúncio da viagem de Ruth com seu grupo teatral, a referência passageira a uma certa Mouche, a indicação de um idioma que o narrador nunca usava e de que guarda um conhecimento rudimentar e, ainda, uma referência ao *Prometheus Unbound*, de Shelley, parecem situações e coisas totalmente desconjuntadas. Caberá ao segundo plano encaixá-las: o casal está em crise, Mouche é o *affaire* do narrador, este é um compositor que interrompera uma cantata que pretendia criar sobre o texto de Shelley e a língua que quase esquecera é o castelhano, cujo uso, dentro em pouco, terá um papel decisivo no andamento do enredo.

Pouco a pouco, a narrativa desfaz os nós anteriores a seu princípio. O compositor interrompera seu projeto para trabalhar em uma casa comercial e conseguir manter sua relação com a atriz, que desfizera seu casamento com "um homem excelente"[55]. Quando as peças se juntam, o amor voraz já estava se apagando e a insatisfação do compositor em interromper seu trabalho o levara ao encontro de um velho curador de museu de instrumentos musicais, seu conhecido desde os tempos em que se dedicava a uma tese de musicologia. O curador habilmente o força a confessar que suas decisões recentes o tinham levado a renunciar às pesquisas sobre a origem da música: "Inconformado com as ideias geralmente sustentadas acerca da origem da música, eu tinha começado a elaborar uma engenhosa teoria que explicava o nascimento da expressão rítmica primordial pelo afã de arremedar os passos dos animais ou o canto das aves"[56].

---

55 A. Carpentier, *Los Pasos Perdidos*, p. 23.
56 Idem, p. 24.

o redemunho latino-americano

A confissão a que se vê obrigado não é agradável ao narrador, pois lhe aviva a consciência do desacordo entre o que pretendia e a decisão profissional que havia tomado: "Tão feio me encontro que, de repente, minha vergonha se converte em ira e increpo o Curador com uma explosão de palavras grosseiras, perguntando-lhe se crê possível que muitos possam viver, neste tempo, do estudo dos instrumentos primitivos"[57].

Ao irritar-se, dá a perceber que sua ira tem um alcance mais vasto. O desacordo não é apenas entre sua vocação e o atalho a que a sociedade contemporânea o força. O teatro, seu jogo de máscaras e disfarces, seria mais adequado para dizer o que o perturba. Mais adequado, porém ainda insuficiente. O compositor não só renunciara a musicalizar o poema, não só abandonara sua pesquisa, mas se vira forçado a produzir um filme publicitário:

> Todo aquele encarniçado trabalho, os alardes de bom gosto, de domí-
> nio do ofício, a eleição e coordenação de meus colaboradores e assis-
> tentes, tinham parido, afinal, uma película publicitária, encomendada
> à empresa que me empregava por um Consórcio Pesqueiro [...]. Uma
> equipe de técnicos e artistas tinha se extenuado durante semanas e
> semanas em salas escuras para lograr essa obra de celuloide[58].

Estamos em um tempo posterior àquele em que Charles Gould tinha vivido e, no entanto, participante do mesmo espírito empresarial em que a personagem de Conrad havia confiado a salvação de Sulaco. Mas, enquanto Gould desconhece a que sua iniciativa conduz, o narrador de Carpentier sente na pele as consequências da racionalidade economicista: ela interdita afazeres pouco rentáveis. Não é menos interessante notar ser o curador de um museu – alguém, pois, pertencente ao zoológico a que foi a cultura reduzida – que o leve a reconhecer sua ira e frustração.

Nada linear, a narrativa torna contíguas a conversa com o curador e as vozes da audiência do filme publicitário. Ela é formada por convertidos à "indústria da cultura". "Os mosaicos de Ravena não passavam de publicidade", diz o arquiteto que amava a arte abstrata;

57 Idem, p. 25.
58 Idem, p. 31.

as cantatas de Bach, acrescenta outro, eram partes "de um autêntico *slogan*". "A arte do futuro será uma arte de equipes" etc. Mouche, até então quase apenas um nome de mulher, adquire corpo. Ela pertence ao grupo, em que ainda se integravam outros espécimes, como o daqueles que procuravam converter em vendáveis os princípios da ioga e dos mantras. A todos, o narrador encara com desconfiança. Seu monólogo explicita a presença da metrópole em que vivia:

> Mouche e seus amigos pretendiam chegar com isso a um maior domínio de si mesmos e adquirir uns poderes que sempre me pareciam problemáticos, sobretudo em gente que bebia diariamente para se defender contra o desalento, as angústias do fracasso, o descontentamento consigo mesmos, o medo da recusa de um manuscrito ou a dureza, simplesmente, daquela cidade, do perene anonimato dentro da multidão[59].

(O que no início dos anos de 1950 caracterizava Nova York, cinquenta anos depois já se difundira pelo mundo.) A *unreal city* (cidade irreal) do poema de T. S. Eliot eventualmente já não era Londres. O horror, portanto, se modificara: sem que nada impeça que se manifeste fisicamente, seu impacto dominante é agora psíquico. Como tal, o horror tem por vizinhos o mal-estar, o desalento, a frustração, a angústia, a ansiedade indiscriminada, o desespero. Pouco importa, então, que o narrador não declare onde se encontra ou que o leitor só o saiba quando o narrador retornar a seu ponto de partida.

Como meu propósito é apenas pinçar o clima em que o romance se processa, adiantemos tão só que, da conversa com o curador, resulta que o musicólogo-narrador aceita sua proposta de voltar a seu continente de origem, mais precisamente ao curso superior do rio Orenoco, onde, penetrando na selva, deveria recolher, para o museu, instrumentos musicais primitivos.

Passando o relato a avançar sob a forma de diário, a entrada de "quarta-feira, 7 de junho" anota as primeiras impressões desse que se revelará um verdadeiro ser-de-passagem. Ali, na cidade tropical, assinala, entre neutralidade e ironia, a força selvagem das raízes que, nos palácios de proprietários em férias, eram capazes, em vinte dias,

---

59   Idem, p. 32-33.

o redemunho latino-americano

de acabar "com a melhor vontade funcional de Le Corbusier"[60], e, com feroz mordacidade, que "aqui, as técnicas eram assimiladas com surpreendente facilidade, aceitando-se como rotina cotidiana certos métodos que eram cautelosamente experimentados, ainda, pelos povos de velha história"[61].

É nessa terra feraz pela natureza, cuja voracidade só se iguala à vontade de imitar o cotidiano dos países avançados, que o coletor de instrumentos primitivos se encontra, na companhia de sua amante. Pois, independente de suas restrições à superficialidade do círculo intelectual que frequenta, seus vínculos são tão ligeiros que não hesitara em aceitar o entusiasmo de Mouche em acompanhá-lo na viagem. Para ela, seria uma aventura com que depois entreteria suas conversas.

Embora estejam de passagem, a capital latino-americana logo os surpreende com a modalidade mais antiga do horror: enquanto caminham pela cidade, veem pessoas que correm, lojas que fecham, apressadas, as portas e o matraquear de metralhadoras. Como o narrador estivera na guerra e conhecera a Alemanha destruída, o que presencia não lhe era inédito. Mouche, entretanto, estava espantada e curiosa ante a "multidão vociferante, fustigada pelo medo"[62].

O confronto entre os dois tempos – o do meio integrado ao *modus vivendi* da nova *unreal city* e o da instabilidade política sul--americana – parece demonstrar ao visitante – não à sua amiga – que o mundo se tornara inóspito. Pois a rebelião que haviam teste-munhado não era extraordinária: "As estações de rádio estavam anunciando a vitória do partido vencedor e o encarceramento dos membros do governo anterior, pois aqui, segundo me tinham dito, o trânsito do poder para a prisão era muito frequente"[63].

Tornar-se o mundo inóspito significa que, sincronicamente, é do-minado por dois tipos de horror: ou o de dominância física, expresso pelo pânico, ou o dominantemente psíquico, onde sobrenadam a angústia e seus derivados. O motim na capital marca mais bem que a contagem de quilômetros a distância entre o ponto de partida e o lugar em que se encontram. Confirmando a filiação da narrativa

60   Idem, p. 42.
61   Idem, ibidem.
62   Idem, p. 52.
63   Idem, p. 62.

de Carpentier à viagem etnográfica e sua dissolução sugerida por Roberto González Echevarría, a viagem do narrador e sua companheira parece um mergulho no passado biográfico e histórico. Biograficamente, o narrador é filho de um músico; nascera por acaso nas Antilhas e acompanhara o pai, já viúvo, em sua migração para os Estados Unidos. O pai já morrera quando o narrador tivera a má sorte – presume-se que, na condição de soldado, durante a Segunda Grande Guerra – de conhecer o velho continente dilacerado pelo conflito mais sangrento de quantos já tivera: "Onde buscava o sorriso de Erasmo, o *Discurso do Método*, o espírito humanístico, o fáustico anelo e a alma apolínea, topava com o auto de fé, o tribunal de algum Santo Ofício, o processo político que não era senão ordália de novo gênero"[64]:

> O horror que lhe causa a atitude de certo filósofo alemão parece-lhe uma sinédoque dos que, por estarem do outro lado, eram arrancados de suas casas para serem convertidos em pó e nada: Já havia certamente visto um metafísico de Heidelberg na função de tambor maior em uma parada de jovens filósofos que marchavam, [...] para votar por quem zombava de quanto pudesse qualificar-se de intelectual[65].

Seu pai fora resguardado da experiência que lhe coubera, e pôde partilhar da crença no progresso da humanidade. Em amarga contradição, ao narrador tocara participar do "sinistramente moderno, [do] pavorosamente inédito"[66]. Conforme a perspectiva paterna, o regresso que agora cumpria era ao lugar de "as trevas de uma animalidade original"[67]. Paradoxalmente, é a selva que lhe permitirá, sob o encargo de trazer antigos instrumentos de música, escapar por um momento do ambiente de celuloides publicitários e de intelectuais alegremente submissos à sociedade do consumo. O paradoxo se radicaliza quando o par consegue sair da cidade intranquila e chegar às ruínas de vila que há séculos conhecera a riqueza. Ao passo que Mouche, esnobe e aficionada dos modismos, se irrita com a falta de cosméticos, o narrador se extasia. A separação do fortuito casal, o retorno de Mouche,

64 Idem, p. 92.
65 Idem, p. 91.
66 Idem, p. 96.
67 Idem, ibidem.

o redemunho latino-americano

a turista eventual, a Nova York e o relacionamento do narrador com uma nativa são passos rápidos e interligados.

Não estranha que, apesar de se tratarem de obras valorativamente tão diversas, o viajante que se aprofunda pelo interior selvático adote uma atitude que, ao menos a princípio, parece assemelhar-se à de Richard Lamb, em *The Purple Land*. Para contraditar a amiga supercivilizada, ele ressalta o que o encanta: "Se algo me maravilhava nesta viagem era a descoberta de que ainda restavam imensos territórios no mundo cujos habitantes viviam alheios às febres do dia"[68]. Mas, à diferença de Lamb, não se poderia pensar no narrador de Carpentier como outro trânsfuga do *ethos* branco; ele seria antes alguém que supunha que o espaço ali se fizera guardião do que o tempo desfizera, e então acreditava poder reunir as vantagens de ali viver com os avanços técnicos de seu próprio tempo. Pelo fascínio que o lugar nele desperta, seu relato acumula nomes de animais e insetos raros, estranhos, deslumbrantes ou atemorizadores. Mas não se trata de um retorno nostálgico à suposta inocência primitiva. Poder-se-ia dizer que o mestre da desescritura (*unwriting*) de Carpentier é o Borges de "Tlön, Uqbar, Orbis Tertius", pois nele se criava "um país inteiramente imaginário descrito com a precisão metodológica de um registro de etnógrafo"[69]. No entanto, as implicações da desescritura de Carpentier são bem outras. A desconstrução de Borges desdenha a estreiteza do relato fundado no verossímil perceptual e encontra na ampliação fantástica a alternativa contra o realismo que há dois séculos dominava a prosa ficcional. O narrador de Carpentier supõe uma atitude mais maleável. A rusticidade da vida nas condições do tempo passado, do tempo de que o espaço se fizera guardião, lhe permite uma visada crítica de seu próprio tempo. O que quer dizer: se, para Mouche, a vila e a selva não passavam de episódios que animariam suas conversas, para o narrador o lugar a que chegara abria a possibilidade de uma melhor compreensão de seu próprio tempo. Antes porém de cogitar em uma escolha que queria fosse definitiva, haveria de executar o contrato que financiava a viagem. A meta é cumprida com o encontro do que procurava: "Acabava de encontrar o que buscava nesta viagem: com o objeto e fim de sua missão.

68   Idem, p. 123.
69   R. G. Echevarría, op. cit., p. 162.

Ali, no chão, junto a uma espécie de fogareiro portátil, estavam os instrumentos musicais cuja coleção me tinha sido encomendada no começo do mês"[70].

Feito o achado, o viajante podia continuar sua demanda por conta própria. Ela o leva à descoberta de que um dos companheiros que incorporara à sua travessia, o Adelantado, repetira o feito dos *conquistadores* e fundara uma cidade. A alusão então feita a Homero não é ocasional: embora o Adelantado seja de origem grega e "conhecedor de Homero", não o incomoda presentear o narrador e sua companheira nativa, Rosario, com seu exemplar da *Odisséia*. Tampouco é anedótico que Rosario prenda o livro nas mãos, "crendo que é uma História Sagrada e que nos trará boa sorte"[71]. Pois a iniciativa fundadora do Adelantado faz a história retroceder aos tempos da conquista, em que, para os menos letrados, a letra era sinal da presença do sagrado. Mais ainda: retornar ao tempo que o espaço preservara provoca a volta à cena de um frade, pois a religião (cf. na Parte I a questão da dupla verdade) era a contraparte da conquista. Santa Mónica de los Venados, o nome da cidade, alude à mãe do fundador e de Agostinho e ao elemento local, o "venado rojo", ali abundante. Cidade, observa o religioso, como as que fundaram Pizarro, Diego de Losada, Pedro de Mendoza.

Partícipe de uma vida de que não imaginara poder compartilhar, o inominado narrador não tem consciência de sua situação de ser-de-passagem e, à semelhança de Lamb, anota, em 27 de junho, que cogita em fixar-se ali, afastando-se das "vãs especulações de tipo intelectual"[72]. Caso cumprisse o que então promete, seria um trânsfuga, aquele que, como vimos a propósito de Richard Lamb, vai além de qualquer modalidade de desviante. Mas não se muda de cultura como se muda de roupa. Certa noite, impõe-se a si compor um treno. "Porque o título de *Treno* é o que se impôs à minha imaginação durante o sonho"[73]. O tempo com que pretendia romper manifesta sua presença, seja por lhe trazer de volta a vontade de compor e de compor uma obra de cunho fúnebre. É verdade que não acentua o caráter melodramático sugerido pelo gênero:

70 A. Carpentier, *Los Pasos Perdidos*, p. 172.
71 Idem, p. 187.
72 Idem, p. 198.
73 Idem, p. 210.

o redemunho latino-americano

387

Havia imaginado uma espécie de cantata, em que uma personagem com funções de corifeu avançasse até ao público e, em um total silêncio da orquestra, depois de reclamar com um gesto a atenção do auditório, começasse *a dizer* um poema muito simples, feito de vocábulos de uso corrente, substantivos como *homem, mulher, casa, água, nuvem, árvore* e outros que, por sua eloquência primordial, não necessitassem do adjetivo[74].

O propósito de conjugar os tempos, reunindo à simplicidade de Santa Mónica a sofisticação da obra, faz que surjam as primeiras dificuldades. Melhor dito, começa a se mostrar a impossibilidade de sua condição. Carece de coisas elementares como cadernos para escrever. Cada caderno que o Adelantado lhe cede diminui o acervo do que ali é uma raridade. A composição exige meios que desequilibram as necessidades básicas da recém-fundada cidade. Aprofunda-se o abismo entre sua vocação e o lugar que escolhera. Além do mais, a relação com Rosario é denunciada, pelo frade, como pecaminosa. O estabelecimento de laços tanto intelectuais como afetivos é embaraçado por um contorno temporal inadequado. Tentar escapar do horror moderno, de seus compromissos com a exigência de lucros e consumo, da convivência com os "integrados", o tornava presa fácil para o assédio de carências e compromissos que não levara em conta. Acrescenta-se a resistência de Rosario, que tampouco aceita o voto exigido pelo religioso: "Segundo ela, o casamento, a atadura legal, tira da mulher todo recurso para defender-se do homem"[75]. E isso porque o compositor ainda não pensara em como executar a obra que cogitara. Assim, as vias do que seria o trânsfuga, o trânsfuga da modernidade, progressivamente se fecham.

O analista de *Los Pasos Perdidos* poderia especular que fosse esse o caminho que o narrador se traçara porque não percebera que confundia a situação de trânsito do protagonista-narrador com a de uma criatura capaz de reunir, em sua existência, dois tempos, o da conquista e o da atualidade. Aos poucos, o narrador será forçado a compreender que pertence a uma espécie submetida ao *lugar* que não escolhe. Para vencer o abismo temporal, seria preciso uma metamorfose sequer

74   Idem, p. 211.
75   Idem, p. 221.

sonhada. Não adianta apertar a letra; já não haverá cadernos que o Adelantado possa lhe ceder. E a chegada do período das chuvas o impede de tentar qualquer modo de compromisso.

O ser-entre se converte em um acossado. Fechara para si uma porta e não conseguira abrir outra. E o que dizer dos laços que deixara em suspenso na metrópole? A "solução" virá de fora e apenas explicitará o irremediável fracasso do ser-entre. Ela surge sob a forma de um avião que o procurava na selva. Ruth, sua mulher, alimentara a imprensa da metrópole com a história da esposa exemplar em busca de salvar o marido que, enquanto se dedicava à tarefa da procura de instrumentos raros, se extraviara na selva caribenha.

O narrador entende mal a chegada do auxílio. Supõe que, de volta a Nova York, logo se divorciaria, adquiriria as ferramentas elementares que ali lhe faltavam e, em poucas semanas, estaria de volta ao tempo e lugar que escolhera. Seu desengano apenas começa. Recebido como herói, com somas de dinheiro consideráveis por seu sacrifício, Mouche se encarrega de estragar seu clichê de marido bem adestrado. Ruth, frustrada com o fracasso da peça que encenara, se encarrega de dificultar a concessão do divórcio. E a imprensa acolhe pressurosa a mudança. O narrador tem de devolver o dinheiro do prêmio que já gastara e meses se passam antes que se creia desembaraçado para a escolha que fizera. Ao conseguir, afinal, voltar, o relato faz o leitor suplementar o que o próprio narrador não diz.

A ruína de sua fantasia começa por Rosario: ele não entendera que, ao subir no avião, ela lhe desse as costas. Pois Rosario, a nativa analfabeta, sabe o que o narrador desconhece: sua escolha do tempo era uma ilusão infantil. Se fosse eficaz, o horror teria limites e remédio. Ao lhe dar as costas, Rosario mostra saber que sua espera seria inútil, porque aquele a quem se juntara ou não regressaria ou era um ser estranho, desconhecedor dos próprios limites. O relato limita-se a dizer que a encontrara casada. O ser-entre, o viajante que arbitra o tempo que será seu, é a verdadeira ficção que o ficcionista desfaz. O fato de o narrador haver conhecido as formas contemporâneas do horror e vir a conhecer o horror antigo da crueldade física – pressionado pelo futuro marido de Rosario a executar um leproso, que violara uma criança, o narrador não consegue exterminá-lo –, antes experimentando o horror da instabilidade política das nações marginais, não o tornara mais sábio. Ao contrário, o leva ao erro mais rotundo: o de supor que, como um extraordinário *bricoleur*, pudesse escolher o que mais lhe agrada entre tempos tão distantes.

Temos pois mais um motivo para divergirmos da teoria da ficção como um texto encerrado em si mesmo. A ficção trata da verdade, que, por certo, não se capta por alguma abordagem puramente ideológica. Articula-se, porém, com o real porque a força da ficção interna à literatura consiste em, porventura divertindo, ser crítica. Crítica, por certo, embora impotente, por si, de destroçar o que critica. Sua visada crítica, de todo modo, torna mais nítido o sentimento do tempo; de sua descontinuidade; da ausência, em qualquer tempo, do pérfido sonho da Arcádia.

Com *Los Pasos Perdidos*, inicia-se, como bem vira Echevarría, uma nova ficção latino-americana. Mas uma ficção que não só denuncia o fictício da anterior, com sua crença ou na legitimidade da norma jurídica ou do respaldo científico, senão que ressalta a simultaneidade contemporânea das formas do horror. A escolha, pois, feita a seguir, de prosseguir esta parte com alguns romances de García Márquez, não deve ser entendida como se considerássemos o colombiano como o melhor entre os melhores ficcionistas da América Hispânica. Ele é o escolhido apenas em função do ângulo que este livro procura desenvolver. Seus romances serão aqui analisados porque acentuam a complexidade, que, neste continente de instabilidade político-econômica, assume o horror dominante nas margens.

2:
A Maravilha e o Horror

García Márquez: Antes do Fantástico

Desde seu livro de estreia, *La Hojarasca*, de 1955, o autor colombiano teve em Macondo a sua Yoknapatawpha. A aproximação é banal e bem sabida a influência de Faulkner nos verdes anos do também futuro detentor do Nobel – a quem se referiria como "o mais fiel de meus demônios tutelares"[1]. É justo dizer-se que "o próprio García Márquez, em sua primeira e falida novela, *La Hojarasca*, caiu na armadilha dos faulknerismos sem a profunda visão faulkneriana"[2]. Fracasso não por falta de vigor da linguagem mas por defeito de configuração da narrativa: partes que se demoram e reiteram, em contraste com ângulos que ainda não se exploram. Assim, se Macondo lá já estava, ainda carecia do próprio elemento que explicaria o título da obra inicial: a avalanche de gentes de todas as partes atraídas pela companhia norte-americana, voltada para o cultivo e exportação da banana. Tais despojos humanos são apenas lembrados na página que assim começa: "De repente, como se um remoinho tivesse lançado raízes no centro do povoado, chegou a companhia bananeira perseguida pelo vendaval. Era um remoinho inquieto, alvoroçado, formado pelos desperdícios humanos e materiais de outros povoados: restolhos de uma guerra civil que cada vez parecia mais remota e inverossímil"[3].

A passagem, que funciona como ampla epígrafe, supõe a ação ficcional sem que a ela se integre. Ou, como o livro já tinha uma

---

1   G. G. Márquez, *Vivir para Contarla*, p. 7.
2   E. R. Monegal, Novedad y Anacronismo de *Cien Años de Soledad*, em H. F. Giacoman (org.), *Homenaje a Gabriel García Márquez*, p. 18.
3   G. G. Márquez, *La Hojarasca*, p. 7.

epígrafe, poder-se-ia também dizer que continha uma epígrafe de um texto já formulado, o sofocliano, e outra de texto a ainda formular. De todo modo, lembrar o vazio assinalado não tem a função de indicar que o escritor era ainda um aprendiz de sua obsessão, senão apontar para o eixo que o acompanhará tanto em obras imediatamente seguintes, como em sua maturidade. Ora, Macondo é um *pueblo*, depois cidade, inventado a partir do nome real de uma das fazendas de cultivo da banana. A companhia bananeira, por sua vez, nunca receberá seu nome real, United Fruit Company. A invenção de Macondo e a falta de nome da infame companhia se fundem na mesma química: são meios de, irrealizando o sucedido, integrá-lo à realidade ficcionalizada. O que vale dizer, de internalizar o real no ficcional. (A pretexto de romper com a tradição hegeliana, que tomava a arte como uma etapa de manifestação do Espírito, por sua vinculação sensível com o real, o desconstrucionismo de Jacques Derrida e Paul de Man torna a arte um corpo fechado em si mesmo, portanto absolutamente ocioso. Suas consequências políticas são evidentes.) O vazio que então se assinala em *La Hojarasca* se converte em prejuízo do ponto de vista de constituição da própria obra. Até alcançá-la, serão necessários outros experimentos, uns mais, outros menos bem sucedidos. Como não iremos fazer uma análise integral das obras do autor, as deixaremos em paz, para nos concentrarmos em seu primeiro grande êxito: *El Coronel no Tiene Quien le Escriba* (Ninguém Escreve ao Coronel). Composto em janeiro de 1957 e publicado no número de maio-junho de 1958 da revista *Mito*, só por insistência dos amigos aparecerá em livro, em 1961.

Evito insistir no que já disseram dezenas de críticos e intérpretes: na obra de estreia, em *Ninguém Escreve ao Coronel*, bem como nos contos de *Los Funerales de Mamá Grande* (Os Funerais da Mamãe Grande, 1962) e em *La Mala Hora* (A Má Hora: O Veneno da Madrugada, 1962), o escritor mantém um molde realista, ao passo que sua transgressão para o maravilhoso só se dará pela obra que, de repente, do anonimato e da pobreza, o *Cien Años de Soledad* (Cem Anos de Solidão, 1967), o tornará famoso. Mas essa simples nota bibliográfica pode prolongar o equívoco consistente em tomar o molde realista como sinônimo de narrativa convencional; ou, pior do que isso, em ajudar o leitor menos cuidadoso a considerar a nova ficção como descomprometida com a cena do real. Contra ambos os equívocos, cabe perguntar qual o real que apresenta a novela realista de 1961? Bem compreendê-lo será o primeiro passo para nos aproximarmos de seus romances maiores.

O *pueblo* em que se passa a novela não é por certo Macondo, mas supõe a derrota final do grande herói de Macondo, o coronel Aureliano Buendía. Cansado de lutas, havendo compreendido a inutilidade da guerra civil em que tanto se empenhara, assinara o tratado de paz de Neerlândia. Por ela, os liberais colombianos entregavam as armas e o governo assumia o compromisso de pagar uma pensão vitalícia aos combatentes de ambos os lados. Quando a novela se inicia, são passados sessenta anos e o coronel continuava à espera do soldo prometido. Assim se explica por que a sombra de Macondo compreende mesmo uma obra em que dele, o *pueblo*, não se fala. Macondo, com efeito, está além de sua referência nominal; aí se encontra pelo clima de orfandade e pela violência latente ou manifesta. Se em *El Coronel no Tiene Quien le Escriba* a orfandade, no sentido amplo do termo, ocupa o primeiro plano, a violência dominará em *El Otoño del Patriarca* (O Outono do Patriarca, 1975) e se transformará em algo extremo em *El General en su Labirinto* (O General em seu Labirinto, 1989).

A orfandade soa, no início da novela, como dobre de finados. Mas o morto que o sino evoca não é aquele que o velho coronel e sua asmática mulher relembram, na casa humilde e arruinada que compartem: seu único filho morto há um mês. Saindo de uma rinha de galo, uma patrulha o apanhara enquanto distribuía folhetos subversivos. A morte tem um som, um zumbido familiar. A morte sucedida e a morte iminente são parte da rotina do *pueblo*. Se aquela passara do filho que pranteiam ao morto cujo caixão agora desfila, a iminente está sentada junto ao próprio casal. A mulher, que passara a noite com uma crise de asma, é uma criatura "construída apenas em cartilagens brancas sobre uma espinha dorsal arqueada e inflexível"[4]. A adjetivação da espinha dorsal não poderia ser mais precisa: é arqueada pela idade e doença, mas inflexível, por seu duro enfrentamento da vida e das fantasias do marido. O coronel, magro

---

4   Como as traduções de García Márquez são sempre reeditadas, ao contrário do que fizemos com Conrad, indicamos tanto a página da edição original, como, a seguir, a página da tradução. G. G. Márquez, *El Coronel no Tiene Quien le Escriba*, p. 8 e p. 8 na tradução brasileira, *Ninguém Escreve ao Coronel*.

parte III: a expansão do redemunho

de carnes, doente dos intestinos, ressequido e diarreico, tem a idade indicada pela espera: há cinquenta e seis anos, "desde que acabara a última guerra civil", espera pela promessa não cumprida. A morte é semelhante a uma cebola; é formada por camadas concêntricas, cada uma idêntica à mais externa, cada uma de diâmetro menor, sem que, afinal, um caroço as sustente. Se a camada externa e visível é o dobre do sino com seus "bronces rotos", para o casal de protagonistas, as camadas internas imediatas são o assassinato do filho jovem, a velhice em que se arrastam, a espera em que se desfazem, a miséria que os corrói. Sem preâmbulos nem adjetivos de decoração, a novela faz com que a miséria estale, seca e eficaz, como um tapa na cara. Miséria ou tapa, os termos são intercambiáveis desde a frase de abertura: "O coronel destampou a lata de café e comprovou que não havia mais que uma colherinha de pó. Tirou a panela do fogo, jogou metade da água no chão de terra e raspou, com uma faca, o interior da vasilha sobre a panela, até que se desprenderam as últimas raspas do pó de café misturadas à ferrugem"[5]. Em um ponto, porém, a imagem da cebola é desmentida: se essa desconhece o caroço que suporta suas finas camadas concêntricas, aqui, miséria, ruína e morte encontram a inexplicável resistência do casal de velhos. A mulher, embora seja apenas um fiapo que fala, continua a zelar pela memória do filho e pela aparência do marido. E o coronel, mal se ergue da latrina, vai ao porto, em busca da carta que não chega, ou segue o conselho da mulher em mudar de advogado ou procura o médico para apanhar folhas clandestinas sobre a situação do país ou anda em busca de meios para alimentar o galo, única herança do filho, que espera se torne um campeão da rinha.

A ínfima mas firme resistência, sobretudo encarnada na promessa de vitória do galo, é o único fio que o mantém em contato com a vida. Nem mesmo essa, contudo, tem o apoio da mulher. Se ela se mantém viva é por estar conectada ao princípio de realidade, ao passo que o coronel converte em mania duas esperas: a do soldo de ex-combatente, a do dono do galo que tem de alimentar. Pois a união do casal não significa que concordem. E, se a mulher tem o senso da iniciativa, as manias do coronel se acompanham de sua teimosia. Na configuração do entrelace entre concórdia e discórdia, de uma concórdia que não

5   Idem, p. 7; p. 7.

a maravilha e o horror

impede a discordância, mostra-se a extrema destreza do escritor. O fato, contudo, de a mulher manter os pés na terra não significa que suas iniciativas tenham êxito.

Eis, por exemplo, a questão da carta. Para o coronel, a única providência a tomar consiste em ir diariamente ao porto, à espera de que o barco deposite a correspondência desejada. A mulher oferece uma alternativa: retirar do advogado, que não fizera nada, os papéis e procurações acumuladas. O coronel termina por fazê-lo. Nada, porém, se modifica. A mesma discordância atinge a sua segunda espera: a de que o galo venceria seus adversários e traria algum dinheiro para casa. Ante o argumento do marido – "Dizem que é o melhor do Departamento" – ela contesta irônica e mordaz: "Quando acabar o milho teremos de alimentá-lo com nossos fígados"[6].

Se a unanimidade dos adolescentes do *pueblo* e dos frequentadores da rinha em torno das qualidades guerreiras do galo do coronel é uma pálida metonímia da permanência da rebeldia e de seu estado desprezível, a discordância de um casal que tanto se quer agrava a insignificância da oposição. É certo que os agentes subversivos não se limitam aos nomeados. O jovem médico do povoado se encarrega do recebimento e distribuição das folhas mimeografadas que estampam o que não publica a imprensa que circula. Com uma precisão de sismógrafo, o narrador registra os diversos planos de uma resistência e espera estéreis. Veja-se a cena em que o médico vem visitar a velha asmática: "A mulher foi ao quarto preparar-se para o exame. O médico permaneceu na sala com o coronel. Apesar do calor, seu terno de linho impecável exalava um hálito de frescor. Quando a mulher anunciou que estava preparada, o médico entregou ao coronel três folhas de papel dentro de um envelope. Entrou no quarto, dizendo: 'É o que não diziam os jornais de ontem'"[7].

O trajo do doutor mostra que a rebelião clandestina abrange agentes em melhores condições financeiras. Porém sua disseminação não afeta a permanência do desrespeito aos pactos e instituições. O desrespeito às normas é a norma básica do país. Apesar das décadas passadas em que Buendía compreendera que os grupos rivais apenas se distinguiam pela mesma vontade de mandar, como acentuará o

6   Idem, p. 20; p. 19.
7   Idem, p. 28; p. 26.

Cien Años de Soledad, nada indica que o agrupamento a que o médico pertencia tivesse outro perfil. O marasmo convive com a instabilidade.

É a partir das idas e vindas do coronel, permanentemente preso a infundadas esperanças, e dos apelos da asmática pelas exigências da vida, que se infiltram, na novela, os muitos planos da infâmia. A infâmia guarda poucas surpresas. O *pueblo*, como o país inominado, está sob estado de sítio. Descuidando-se da hora de recolher, o coronel livra-se de ter descobertos os folhetos que então levava, porque o soldado que o aborda o reconhece: é o pai do garoto que há um mês matara. Como em Hudson – haverá um escritor tão secundário que tivesse capturado tão bem o solo em que germinam obras de qualidade? – a modorra e a pasmaceira são meros intervalos entre as irrupções de violência que nada resolvem. Mas nem todos vivem nesta alternância. Por insistência da mulher de coluna inflexível, o coronel procura Dom Sabas, seu compadre e padrinho de Agustín, o filho morto.

Seu contato expõe outro plano da infâmia. Como a morte, também a infâmia é comparável à figura da cebola: multiplica-se em camadas sem um caroço que as sustente. Embora o compadre tenha sido companheiro de armas do coronel, portanto, outro liberal adepto do combate de Aureliano Buendía contra os conservadores, apesar de a diabetes o consumir, como o mal das tripas e a asma consomem o coronel e sua mulher, Dom Sabas havia sido bastante esperto para negociar com os vencedores. Ao passo que seus correligionários eram forçados a escapar do povoado e a vender por ninharias suas terras, Sabas as comprava e enriquecia. Se a morte também o espreitava, a esperava em melhores condições. Por isso, se o médico nada cobra das visitas à asmática, as injeções que aplica no proprietário são muito bem pagas. Pois Dom Sabas, ainda que não pertença ao grupo das autoridades, referidas apenas de passagem, é alguém beneficiado pelo permanente clima de violência.

Precursor, em tamanho acentuadamente modesto, da estirpe do que serão os ditadores, o compadre tem uma compensação: a ele, pode-se aplicar o que Emir Rodríguez Monegal viria a dizer de personagem semelhante de *A Má Hora*: é possuída por "[um]a concupiscência do poder, [por um]a avidez pelo dinheiro"[8]. O que não significa que

8   Op. cit., p. 23.

esteja simplesmente do lado oposto ao coronel: este, entre quimeras e espera, aquele, entre posses e mando. O realismo de García Márquez desconhece as divisões taxativas, em que os protagonistas seriam paupérrimos mas fiéis e o compadre, um traidor enriquecido. Outro aspecto os envolve no mesmo saco: ambos são velhos e impotentes. E aqui o coronel chega a levar vantagem: sua mulher é, de fato, sua companheira, enquanto a mulher de Sabas, apenas se encarrega de aplicar-lhe as injeções receitadas pelo médico, recebendo do marido a acusação de só falar besteiras. Pragmaticamente, a diferença é mínima. De todo modo, a vantagem afetiva do coronel e a superioridade financeira de Sabas se conjugam na razão de seu encontro. Fora a velha asmática que convencera o marido a procurar o compadre para que lhe vendesse o galo. Embora ela saiba que a esperança do coronel em alimentar um futuro campeão possa ser apenas produto de sua fantasia maníaca, mais lhe importa que ainda faltam meses para a próxima rinha e que seus minguados recursos já se tornam quase nulos. É depois de muita insistência que o marido dirige seus passos à casa de Dom Sabas. Já o modo como este o recebe é mau presságio. Seu gosto em demonstrar o poder de proprietário o leva a deixar o coronel à espera, durante horas, enquanto se agita a dar ordens sobre ordens a seus subordinados. Mas não seria ele proprietário se apenas mandasse. Aprendera hábitos mais insidiosos. Como o de engodar aqueles com que comercia. Assim, ao ouvir a oferta do coronel, Dom Sabas se desmancha em elogios ao animal oferecido e promete uma pequena fortuna para convencer o demandante a realizar o negócio. Obviamente, fazia parte do jogo que não o concretizasse em seguida. Assim, quando o coronel se persuade de não ter outra saída, a oferta do compadre abaixa significativamente. Pois Sabas, embora gordo e diabético, com uma mulher tagarela e de préstimos ínfimos, mantém, pelo exercício da astúcia mercantil, um certo laço erótico com a vida. Nesse ponto, não só ele como os demais se distingue do casal de protagonistas. O médico e os frequentadores da rinha têm uma profissão, contatos com o mundo de fora e a juventude. Assim dispostos, podem se sujeitar a riscos e à espera. Em troca, qual poderia ser o alvo preferido das Parcas senão o desmiolado coronel e sua fiel e zelosa asmática?

O modo como se objetiva seu relacionamento impede que a pequena novela assuma qualquer tonalidade sentimental. Aquele que a escreve tem uma frase cortante, curta e seca – mais semelhante à de Rulfo que à de Carpentier, de cujo horizonte depois se aproximará e radicalizará. Apesar da miséria do casal, ele mantém um humor agudo e amargo. Assim, por exemplo, para conseguir manter o marido decentemente vestido, a mulher diz de si que havia de ser "meio carpinteiro", como mostra a camisa que terminara de confeccionar: "É preciso ser meio carpinteiro para te vestir – disse ela. Estendeu uma camisa fabricada com panos de três cores diferentes, exceto o pescoço e os punhos que eram da mesma cor. – No carnaval, bastará que tires o paletó"[9].

Como a necessidade era idêntica para os dois, para si a mulher confeccionava roupas de mesmo feitio. Assim, ao voltar à noite para casa, o coronel "observou o corpo da mulher inteiramente coberto de retalhos coloridos. – Pareces um pica-pau"[10]. Porém, como tudo no mundo, mesmo a capacidade de juntar o diverso tem limites. Apesar do humor do coronel ante a habilidade da companheira, que "parecia haver descoberto a chave para sustentar a economia doméstica no vazio"[11], é forçado a reconhecer que precisam de outros expedientes. E, com o reconhecimento, volta o humor que veste agora a amargura. A passagem mereceria integrar uma antologia de chistes:

> Desta vez, coube a ele remendar a economia doméstica. Teve que apertar os dentes muitas vezes para comprar fiado nas lojas vizinhas. "É até a semana seguinte", dizia, sem que ele mesmo estivesse seguro se era certo. "É um dinheirinho que devia ter chegado desde a sexta--feira". Ao sair da crise (que o levara a sentir que a "flora de suas vísceras apodrecia e caía aos pedaços"), a mulher o reconheceu com estupor: – Estás só pele e osso – disse ela. – Estou me cuidando para me pôr à venda – disse o coronel. Já me encomendaram para uma fábrica de clarinetes"[12].

Por maior que seja a inventiva dos humoristas *bricoleurs* e de a morte se divertir em poupá-los, a ameaça da fome ronda cada vez mais perto. Durante algum tempo, ainda haviam contado com os

9   G. G. Márquez, *El Coronel no Tiene Quien le Escriba*, p. 31; p. 29.
10 Idem, ibidem.
11 Idem, p. 35; p. 31.
12 Idem, p. 53; p. 46-47.

a maravilha e o horror

poucos pesos da venda da máquina de costura de Agustín. Mas agora estes já haviam sido consumidos. Depois que o coronel mantivera sua dignidade pela recusa em aceitar a manobra espoliativa de Sabas, que mais lhes restaria? Mesmo a inventiva "marceneira" já não tem o que combinar; mesmo os pequenos empréstimos que o coronel contraíra já se esgotaram. Para eles, a vida era uma incômoda teimosia. Na última noite da novela, a mulher desfaz as ilusões de seu velho maníaco. Mantivera-se presa por décadas, na expectativa de um correio fantasma. Já durante o dia, o coronel compreendera o que se passava com ela: "Durante o almoço, o coronel compreendeu que sua esposa estava se forçando para não chorar. Essa certeza o alarmou. Conhecia o caráter de sua mulher, naturalmente duro e endurecido mais ainda por quarenta anos de amargura[13]". Pois já não se sabe o que poderiam ter almoçado. O velho coronel, contudo, se empenha em continuar a crer que a vitória do galo os tiraria da extrema miséria. Porém ainda faltam 43 dias para a realização da rinha. E que adiantaria, pergunta ela, que o galo de fato vencesse se seus donos não tinham um centavo para nele apostar? O coronel ainda tem resposta: o dono do galo tem direito a uma certa porcentagem. A mulher retruca: "Também tinhas direito a que te dessem um cargo quando te punham de pau pra toda obra nas eleições"[14]. Desarmado, o marido procura desvencilhar-se pelo sono. Ao acordar, pela madrugada, verifica que a mulher andava pelo quarto. Passam então em revista o que ainda poderiam vender. O coronel insiste em salvar a posse do galo. Mas, ante qualquer objeto que enumera, a resposta que escuta é a mesma: não há quem o compre. Sem tréguas, senso de realidade e mania obessiva se enfrentam. Acossado sem remédio, diante da constatação de que não terão o que comer nos próximos quarenta e cinco dias, o coronel chega à conclusão, inevitável desde o início do relato. E a novela termina com passagem tão memorável quanto seu começo: "O coronel precisou de setenta e cinco anos – os setenta e cinco anos de sua vida, minuto a minuto – para chegar a este instante. Sentiu-se puro, explícito, invencível, no momento de responder: – Merda"[15].

Em suma, em vez de repetir que o molde realista ainda aqui interdita o autor a amplidão que lhe concederá o "real maravilhoso", é

13 Idem, p. 104; p. 91.
14 Idem, p. 106; p. 93.
15 Idem, p. 109; p. 95.

procedente afirmar o lastro comum que cobre toda sua obra. Como dirá García Márquez em entrevista a propósito de *El General en Su Labirinto*: "Toda minha obra corresponde a uma realidade geográfica e histórica"[16]. A indistinção pura e simples entre *El Coronel no Tiene Quien le Escriba* e os livros seguintes seria prova de miopia. Mas a separação absoluta não o é menos. Ao analista caberá mostrar que a amplidão de horizonte, possibilitado pelo padrão do fantástico, aprofundará a historicidade da violência, da arbitrariedade institucionalizada e da miséria, alimentos clássicos do horror.

Os Meandros da Solidão

> Lo que se suele olvidar al leer esta novela vertiginosa es la realidad que describe García Márquez no es menos, sino más real que las que suelen mostrar las novelas de la protesta[17].

Com o *Dom Quijote* (1ª parte, 1605, 2ª parte, 1615), o romance moderno começa a se configurar pela oposição ao relato fantástico do romance de cavalaria. Os Amadises, os cavaleiros da Távola Redonda, os Percival de tal modo se embrenhavam em florestas de espesso encanto, de monstros, gigantes, ogros e enganos, a tal ponto eram seduzidos por amores perigosos ou impossíveis que suas lendárias aventuras tornavam o mundo prosaico algo desconhecido. Com o *Quixote*, o romance começara a construir o que um famoso filósofo depois chamaria a prosa do mundo.

Quando García Márquez veio a adotar o "real maravilhoso", a rebeldia irônica do Ingenioso Hidalgo já havia se convertido em preceito e norma. O gênero se tornara tão sujeito ao tempo mecânico regulador do cotidiano, que Fielding, ao refletir sobre o caráter de seu *Tom Jones*, de 1749, considerando o "desprezo universal que o mundo, que sempre denomina o todo pela maioria, tem votado a todos os

---

16 Apud C. Kline, El General en su Labirinto, *Los Orígenes del Relato*, p. 320.
17 E. R. Monegal, op. cit., p. 40.

historiadores que não retiram seus materiais de arquivos (*records*)"[18], cautamente evitou chamar sua obra de "romance". Tinha a seu favor, em evitar a designação suspeitosa, o crédito (*a good authority*), "quanto a todas as nossas personagens [que] nos concede o vasto e autêntico catálogo da natureza[19]"; razão por que conclui que seus "trabalhos fazem jus ao nome de história"[20].

A torsão a que o último argumento é sujeito exige um comentário de toda a passagem. A facilidade com que *novels and romances* podem ser compostos, a impossibilidade de verificar sua exatidão, os tornam suspeitosos ao público, que, ao invés, louva as obras fundadas em registros documentados. É o louvor do fato havido e conferido que explica o prestígio da história, mesmo antes que ela seja reconhecida como disciplina científica, em detrimento dos enredos sem outra substância senão tinta, papel e capacidade autoral de inventar. Ante o dilema, que já vimos embaraçar Defoe no começo do século, os ficcionistas da primeira metade do XVIII inglês optavam por reservar o termo *romance* ao fantástico e incrível e preferiam o termo relativamente neutro, *novel*. Mas Fielding não se contenta com a solução. Se não pesquisara em arquivos, empresta ao julgamento da natureza a *good authority* para o tratamento de suas personagens. Daí o próprio título do original, *The History of Tom Jones, a foundling* (Tom Jones, um Enjeitado). Noutras palavras, contra as decepções causadas pelos relatos de viagem ao Novo Mundo[21], firma-se a distinção entre ficção e história. A história é a beneficiária e, ao mesmo tempo, o pulso controlador da invenção dos romancistas. Para que o gênero não desaparecesse, mas, ao contrário, se convertesse na espécie literária por excelência dos tempos modernos, o romance precisava extremar o expurgo cervantino da matriz cavaleiresca. Seria como se, lembrando a famosa cena do *Quijote* em que o cura e o barbeiro efetuam a queima dos livros do louco fidalgo, já nem sequer fossem salvos os poucos livros que resgatavam das chamas. O fantástico agora se restringe às obras destinadas ao puro divertimento. Porque Fielding não se quer metido em águas turvas, prefere torcer a razão da confiabilidade e

18 H. Fielding, *The History of Tom Jones*, p. 423.
19 Idem, ibidem.
20 Idem, ibidem.
21 P. G. Adams, *Travel Literature and the Evolution of the Novel*; L. Costa Lima, A Ficção Oblíqua e *The Tempest, Pensando nos Trópicos*, p. 99-118.

invocar a credibilidade que não se nega à natureza. Por isso lança mão de um argumento subsidiário, utililizando astutamente a expressão *dooms-day book of nature* (o livro do dia do julgamento final [inscrito] na natureza); compensava sua falta de consulta aos arquivos pela recorrência ao *topos* da fé religiosa. Contrariá-lo, seria se contrapor à própria fé, i.e., à grande maioria de seus contemporâneos.

O comentário acima tem a função de enfatizar que a ruptura com a tradição romanesca a ser exacerbada por *Cien Años de Soledad* não põe em jogo apenas uma questão literária (na verdade, a própria expressão "apenas uma questão literária" deriva do equívoco de confundir-se autonomia da arte com obra da fantasia). Daí, entretanto, não se infere que o autor colombiano rompa com o antifantástico cervantino para que *voltasse* ao que o genial espanhol recusara. Se *Cem Anos* dá livre curso ao filão geralmente desprezado pelo romance do século XVIII ao começo do XX é para combiná-lo a uma visão histórica. Para utilizar uma diferença introduzida por Heidegger – sem que se insinue qualquer traço heideggeriano em sua escrita –, o fantástico de García Márquez se articula ao *geschichtlich* e não ao *historisch*[22]. Mas como alcançar essa articulação se o discurso ficcional tem por suposto regras de composição autônomas e diversas ao relato histórico? De um lado, pela ruptura com a *verossimilhança realista*, segundo a qual o romance tem por matéria o que seria passível de ser efetivamente experimentado. Ou seja, passível, ainda quando tão só imaginado, de converter-se em percebido; de outro, pela distinção entre o que vive no tempo e o que registra a disciplina historiográfica. Por conseguinte, a combinação do fantástico com a historicidade (*geschichtlich*) implica a ruptura com o privilégio moderno do perceptual e, quanto à tarefa do historiador, que o tempo não se esgota no registro e análise

---

22 Na linguagem corrente, os termos são sinonímicos. Para introduzir-se na diferença estabelecida por Heidegger é fundamental *Sein und Zeit* (Ser e Tempo), com realce para as seguintes passagens: "A historicialidade (*Geschichtlichkeit*) significa a constituição do ser do 'acontecer' do *Dasein* como tal, 'acontecer' que é o único fundamento que possibilita isso que chamamos história universal (*Weltgeschichte*) e a pertença historial (*geschichtlich*) à história universal [...]. A História (*Historie*) – mais exatamente a historicidade (*Historizität*) – como modo de ser do *Dasein* questionante, só é possível porque este está determinado, no fundo de seu ser, pela historialidade (*Geschichtlichkeit*)" M. Heidegger, *Sein und Zeit*, p. 20. Preferindo manter o termo original, *Dasein* (literalmente, "ser-aí"), esclareça-se que "*Dasein* é um evento, não uma substância na qual e para a qual várias coisas acontecem. Ao refazer-se, ele 'repete' ou retraça o passado histórico". M. Inwood, *A Heidegger Dictionary*, p. 4.

a maravilha e o horror

do que houve; que a própria fantasia, anônima ou autoral, é também histórica, ainda que não "caiba" nas estantes dos arquivos.

Praticar a ruptura a que se decidira não significa que o autor colombiano houvesse abandonado sua obsessão por Macondo. Víamos que ela o perseguia desde seus primeiros relatos e encontrara em *El Coronel no Tiene Quien le Escriba* seu primeiro monumento; mas que não se satisfizera com o que ali alcançara. Os anos que passa sem publicar, na procura de outra configuração, testemunham que a inventada Macondo impunha outro modo de expressão. Afirmar, contudo, que *Cien Años* é seu maior êxito não quer dizer que sua configuração não tivesse precedentes. O caminho que García Márquez se abre seria melhor descrito como o da reelaboração de veios diversos e independentes. De imediato, entre os contemporâneos hão de ser nomeados o Borges redirecionado por Carpentier, e Virginia Woolf, no *Orlando*, conhecido entre os latino-americanos pela tradução que Borges dele fizera, para não se falar na influência primeira de Faulkner, por sua vez leitor de Conrad.

Sabedor de que o equívoco nunca se afasta das palavras, devo estar atento para o fato de que, ao enumerar seus imediatos precursores, não provoque um novo equívoco. Ele consistiria em supor que sobretudo o *Orlando* tivesse sido o modelo que García Márquez teria adaptado – e por que não um Kafka, sem sua irônica amargura? Na tentativa de evitá-lo, cumpre recordar que o reencontro da vida do fantástico, mediante a quebra do tempo mecânico-linear, reduzido à escala e aos limites da vida biológica, conduz García Márquez, segundo Monegal, à redescoberta do "tempo da fábula", nele encarnado pela forma dos relatos bíblicos, aos quais o *Cien Años* "se parece tanto em seu traçado e em sua velocidade, em seus labirintos genealógicos e em sua constante maravilha"[23], pela linguagem solta de Rabelais, pelos relatos de *Mil e Uma Noites*, pelas crenças populares, pela desmedida (*hybris*) da tragédia grega. Esses sulcos heterogêneos integram-se em uma obra que torna seus antecessores reconhecíveis, sem que seja epigônica de nenhum. Se o relato bíblico é recordado pelo labirinto genealógico, onde a sucessão das gerações é apresentada de maneira a levar o leitor a ter em conta que os vínculos de família e parentesco são os decisivos na *durée* do relato, a ambiência da tragédia grega se

23 E. R. Monegal, op. cit., p. 31.

404 parte III: a expansão do redemunho

lhe acrescenta pela exploração da *hybris*, sobretudo pela ameaça e frequência das relações incestuosas, razão, ademais, para que Josefina Ludmer o aproxime do relato mítico[24]. Isso para não falar dos veios para os quais não encontro ascendentes. É o que sucede no papel diretor reservado às mulheres, onde Úrsula é o prumo – como já fora a asmática esposa do coronel – que aponta para o princípio de realidade, contra todas as modalidades de excesso, que facilmente seduzem as personagens masculinas – desde o marido, José Arcadio, cativado pela alquimia e a magia dos primeiros ciganos que chegam a Macondo, que procura usar para a obtenção de ouro e domínio do mundo, passando pelo filho de mesmo nome, singularizado por sua extraordinária potência erótica e por Aureliano Buendía, o outro filho, seduzido por Pilar Ternera, a mulher-mulher, a mulher sem quaisquer outros títulos, a mulher de relações livres, que ensina aos varões o conhecimento de sua masculinidade. Os legados hebraico e grego se conjugam a essa força de guia e aprendizagem da mulher, apenas mais evidente que a das lendas populares, como a ascensão aos céus de Remedios, a bela. Para mim, Remedios é um dos mistérios em um romance em que os mitos proliferam. Nela, a princípio, apenas sei reconhecer o feminino que desconhece ou não aprende a usar sua feminilidade; que, por isso mesmo, é um extremo perigo para os homens:

> Remedios, a bela, tratava os homens sem a menor malícia e acabava de transtorná-los com suas inocentes complacências. [...] Faltava ainda uma vítima para que os forasteiros e muitos dos antigos habitantes de Macondo dessem crédito à lenda de que Remedios Buendía não exalava o sopro de amor mas sim um fluxo mortal. A ocasião de comprová-lo se apresentou meses depois, numa tarde em que Remedios, a bela, foi com um grupo de amigas conhecer as novas plantações[25].

Sua diversidade quanto aos homens não só se manifesta por ignorá-los como possíveis alvos de sedução como também por ter sido "a única que permaneceu imune à peste da companhia bananeira"[26]. Na medida em que a atração exercida pela companhia consistia em

24 *Cien Años de Soledad: Una Interpretación*, p. 43.
25 G. G. Márquez, *Cien Años de Soledad*, p. 202-203; p. 224-226.
26 Idem, p. 201; p. 222.

a maravilha e o horror

despertar nos homens a ambição de melhores condições de trabalho e vida, pode-se entender que o perigo de Remedios está na conexão entre sua ausência de eroticidade e sua falta de vontade de possuir as criaturas da cupidez. Como a atração por um certo outro e a cobiça pelo ouro são marcas da humanidade, Remedios, a bela, não pertence à humanidade. Assim, ela não se identifica com as duas funções elementares com que a sociedade reconhece a mulher, chamemo-las a função-esposa, de que Úrsula é o modelo, e a função-mulher livre, encarnada por Pilar Ternera. Por isso, Remedios se torna, sem querer, o agente mortífero, por excelência. Úrsula, sua bisavó, empenha-se inutilmente em "salvá-la para o mundo", supondo que o meio fosse "adestrá-la para a felicidade doméstica". Fracassa a bisavó, assim como sua tia Amaranta. Apenas o coronel Aureliano Buendía continuava a crer "que Remedios, a bela era o ser mais lúcido que havia conhecido na vida"[27].

Fazer o caso derivar do lendário popular, é mantê-lo inexplicado. Não seria oportuno pensar-se na combinação de uma lenda, de que apenas se reconhece a origem religiosa, com uma propriedade dos relatos kafkianos? Sobre três destes, *O Processo*, *A Metamorfose* e "Na Colônia Penal", um dos primeiros intérpretes de Kafka, Kurt Tucholsky, dissera que "são imagens autônomas, não alusivas"[28]. Não serem alusivas significava, para Tucholsky, que não deviam ser consideradas sátiras, respectivamente, à justiça, à instituição militar e à burguesia – sátiras de cunho alegórico, acrescentaria. Mas o próprio Tucholsky não desenvolvia o que entendia por "imagens autônomas". Arrisco-me a fazê-lo outra vez[29].

Ao estabelecer a distinção, o crítico pioneiro não dispunha do que Kafka anotara, provavelmente, em 8 de dezembro de 1917[30], que só viria a ser publicado em 1953, por seu legatário, Max Brod: "Para tudo que é externo (*außerhalb*) ao mundo sensível, a linguagem só

27 Idem, p. 205; p. 228.
28 K. Tucholsky, sob o pseudônimo de Peter Panter, Sobre *Der Prozeß*, *Weltbühne*, n. 10, p. 109.
29 Tentei fazê-lo pela primeira vez em *Limites da Voz*.
30 A datação de 8 de dezembro de 1917 é fornecida pelo editor da tradução francesa, Claude David, Kafka, *Oeuvres complètes*, v. III, Paris: Pléiade, 1984, p. 456, mas não é confirmada pelo editor alemão, Jost Schillemeit, da edição crítica posterior, que se restringe a anotar que a entrada pertence a um bloco escrito entre 18 de outubro de 1917 a 28 de janeiro de 1918, em um sanatório, em Zürau (F. Kafka, "Apparatband", "Zur Entstehung der Eintragungen", p. 44).

pode ser empregada de modo alusivo (*andeutungsweise*), mas nunca, sequer aproximativamente, de modo comparativo (*vergleichsweise*), pois, no que concerne ao mundo sensível, a linguagem só trata da posse e suas relações"[31].

A comparação com a antítese, depois estabelecida por Tucholsky, pode causar um terrível mal-entendido: enquanto o crítico tomava a "imagem alusiva" como índice de uma leitura inapropriada dos relatos kafkianos, opondo-a à "imagem autônoma", o próprio Kafka recorrera à mesma oposição, considerando porém o "modo alusivo" como desejável e antagônico ao "modo comparativo", competente apenas no que concerne ao mundo sensível. Na verdade, Kafka não chega a caracterizar com suficiente nitidez a diferença. Mesmo por isso procuro uma pista que justifique a aproximação.

Ao concluir a presença terrena de Remedios, a bela, pelo aparecimento de um vento que a faz levitar[32], García Márquez parece conectar uma lenda popular, cujo sentido religioso se perdera, ao "modo alusivo" (*andeutungsweise*) privilegiado por Kafka. Este, ao contrário do "modo comparativo" (*vergleichsweise*), não se funda em uma metáfora. Por isso Tucholsky acentuará o caráter de "imagem autônoma" do relato kafkiano. *Entendo que a autonomia de um relato alusivamente construído significa a não centralidade da metáfora, i.e., a impossibilidade de entendê-lo como uma projeção alegórica de algo anterior e bem conhecido.* No caso de Remedios, sua levitação seria consequente à sua condição de mulher não domesticada para o serviço da sociedade. A levitação completa o seu desacordo com um mundo em que nunca se integrou. Fora ela feroz com os homens não porque quisesse ser feroz, mas simplesmente porque não os entendia. A alusão, portanto, contém um *como*, base de todo processo metafórico, porém esse *como* não é o núcleo do episódio. Ao contrário, o *como* – i.e., como ela não pertence a esse mundo, dele se afasta sem o corte da morte – se converte em *como se*, núcleo da ficção. Em suma, o "modo alusivo" em García Márquez não aponta, como em Kafka, para a ambição de formular o mundo não sensível, mas sim para o próprio caráter de sua obra: dizer da historicidade (*Geschichtlichkeit*) do sensível, sem se prender à correspondência com o que, *de fato*,

---

31   F. Kafka, Anotação de 1917, em *Hochvorbereitungen auf dem Lande*, p. 59.
32   G. G. Márquez, *Cien Años de Soledad*, p. 205; p. 228.

a maravilha e o horror

aí é passível de suceder. Em poucas palavras, o episódio destacado e a dificuldade de compreendê-lo remetem à raiz da literatura: seu caráter de ficcionalidade.

Se Remedios aponta para o feminino não domesticado, ficcional, não seria ela a variante, ainda pouco elaborada, do que encontrará sua versão refinada em *El Amor en los tiempos del cólera* (O Amor nos Tempos do Cólera, 1985)? Assim o dizemos não porque aí o feminino permaneça não domesticado, mas sim enquanto se integra plenamente, além das normas da sociedade, à condição de corpo amoroso. Enquanto feminino não domesticado, Remedios, em *Cien Años*, é o oposto de outra beleza fulgurante, Fernanda, tão dedicada aos deveres da casa que desconhece a passagem do tempo e se comporta como se Macondo ainda estivesse na época do vice-reinado espanhol. Se, para Remedios, nunca houve o mundo terreno, para Fernanda nunca ele esteve sujeito à passagem do tempo. Radicalmente opostas, ambas são viáveis porque se integram ao "modo alusivo" de uma narrativa que não se subordina à temporalidade linear.

Já o exemplo das quatro mulheres referidas – Úrsula, o fio de prumo dos Buendía, Pilar Ternera, a leitora do futuro e iniciadora dos homens em sua potência viril, Remedios, a desterrenizada, Fernanda, a que de tal modo se identifica com o papel concedido à mulher que sequer admite que o tempo o modifique, terminando por ser a que encerra viva sua filha, por não haver Meme respeitado a hierarquia entre nobres e plebeus – mostra não só as amplas dimensões do romance, como a impossibilidade, no espaço que lhe reservamos, de cobri-lo por inteiro. Essa impossibilidade já tem sido praticamente constatada por diversos intérpretes – o único que eu saiba ter tentado ultrapassá-la terminou por compor uma obra modelar, não de crítica literária, mas para a edição filologicamente correta do livro[33].

Pela referida impossibilidade, devo mudar de estratégia. Em vez de acompanhar uma parte significativa do relato, que sirva de respaldo para o comentário crítico, destacarei apenas seu começo e saltarei para seu final. Só no encerramento da análise, um parágrafo será reservado ao que, estando entre o começo e o fim, ainda se levou em conta.

---

33 A. F. Seguí, *La Verdadera Historia de Macondo*, com destaque para o cap. 8, "Recuento de Inexactitudes", verdadeiro manual do perfeito revisor.

Cien Años... começa com o coronel Aureliano Buendía diante do pelotão de fuzilamento. Ele recorda Macondo que vira quando criança: uma aldeia de casas de barro e taquara:

> Muitos anos depois, diante do pelotão de fuzilamento, o coronel Aureliano Buendía havia de recordar aquela tarde remota em que seu pai o levou para conhecer o gelo. Macondo era então uma aldeia de vinte casas de barro e taquara, construídas à margem de um rio de águas diáfanas que se precipitavam por um leito de pedras polidas, brancas e enormes como ovos pré-históricos[34].

Já aí surge uma primeira dificuldade. O coronel Buendía, personagem central na dimensão política do romance, morre efetivamente de modo prosaico, depois de promover 32 revoluções e perder todas[35] – Josefina Ludmer já assinalara que o fuzilamento de Aureliano "é uma figura de antecipação. Aureliano, contudo, não morre fuzilado, mas sim seu sobrinho Arcadio"[36]. Havendo assinado a paz com os conservadores, na verdade então encerrando o período dos caudilhos locais, agora substituídos por um aparente governo constitucional, o coronel voltara para casa, para de novo se dedicar à confecção de peixinhos de ouro. Sua morte só tem de excepcional o desfile do circo que a antecedera de pouco e sua procura da árvore contra cujo tronco iria urinar: "Então foi para o castanheiro, pensando no circo, e enquanto urinava tentou continuar pensando no circo, mas já não encontrou a lembrança. Meteu a cabeça entre os ombros, como um frango, e ficou imóvel com a testa apoiada no tronco do castanheiro. A família não soube de nada até o dia seguinte, às onze da manhã [...]"[37].

Como nas gerações que se sucedem, desde o pai José Arcadio, os nomes José Arcadio e Aureliano se repetem, pouco estranha que, como observa R. G. Echevarría, seus intérpretes não refiram que a morte inicial se referia a outrem. Em vez de nos determos na diversidade de trajetos dos portadores de nomes iguais, é bastante acentuar com Monegal: a "repetição [...] serve para fins distintos que os da mera confusão. [...] Tantos Aurelianos acabam por se confundir em

---

34 G. G. Márquez, *Cien Años de Soledad*, p. 53; p. 7.
35 Idem, p. 119; p. 103.
36 Op. cit., p. 34.
37 G. G. Márquez, *Cien Años de Soledad*, p. 225; p. 256.

a maravilha e o horror

um só Areliano; tantas Rebecas terminam por solapar-se em uma única. O indivíduo se multiplica e se dilui. A estirpe triunfa"[38]. Logo se verá que a ênfase sobre os Buendía terá um significado político. Antes, porém, uma vista sobre as primeiras páginas.

Úrsula Iguarán e José Arcadio eram primos que, com os companheiros deste, haviam abandonado a antiga cidade de Riohacha, à procura de uma saída para o mar. Como não a encontraram, haviam fundado Macondo, pois não cogitavam de voltar atrás. Entretanto, a fundação da aldeia continuava a deixá-los desorientados. Por isso José Arcadio "dotou de foices, facões e armas de caça os mesmos homens que o acompanharam na fundação de Macondo"[39], na temerária aventura de encontrar o contato com a civilização. Em vez dela, contudo, se deparam com um "paraíso de umidade e silêncio, anterior ao pecado original"[40]. Caminhando para "o norte invisível", única rota, segundo o fundador, em que poderiam alcançar o contato procurado e conseguindo sair da "região encantada", se deparam com "um enorme galeão espanhol". Não entendem – tampouco depois o coronel Aureliano, que, em suas andanças guerreiras, voltará a encontrá-lo – como o galeão viera ali parar. "Toda a estrutura parecia ocupar um âmbito próprio, um espaço de solidão e esquecimento"[41]. A presença do galeão é simplesmente um enigma – apenas sinal dos mistérios que envolverão a narrativa. Porque então se crê cercado pelo mar e por pântanos, José Arcadio e seus companheiros voltam. O projeto de transplantar Macondo para um lugar mais propício também fracassará, ante a obstinação de Úrsula. "Ficaremos aqui, porque aqui tivemos um filho"[42]. Ainda em Riohacha, se haviam casado e, durante a travessia, lhes nascera o primogênito, José Arcadio e, já instalados, o segundo, Aureliano. O povoado que então constroem tem sua monotonia quebrada apenas pela chegada eventual de um grupo de ciganos. Vem com eles uma das grandes personagens do romance, Melquíades. Dos filhos do casal de fundadores, o primeiro carece de imaginação, o segundo se distingue por sua curiosidade e força de premonição. Mas o pai José Arcadio não dá importância ao

---

38 E. R. Monegal, op. cit., p. 34-35.
39 G. G. Márquez, *Cien Años de Soledad*, p. 59; p. 16.
40 Idem, ibidem.
41 Idem, p. 60; p. 17.
42 Idem, p. 61; p. 19.

primeiro sinal da força de Aureliano, absorto como está "nas suas próprias especulações quiméricas"[43]. Tratava de converter as magias em que Melquíades é mestre em princípio de domínio das coisas. Já a chegada de nova leva de ciganos lhe traz o desengano: informam-no que Melquíades morrera. O que, sendo verdade, não o era – insatisfeito com a solidão da morte, optara por voltar à vida e, nessa condição, reaparecera. É assim que se tornará ainda mais marcante para José Arcadio e, afinal, para toda sua linhagem.

O capítulo seguinte, em vez de prosseguir linearmente um relato, desde sua abertura, fantástico, opta por recuar no tempo. Antes da viagem inicial, começada em Riohacha, Úrsula e seu primo haviam se casado:

> Apesar do casamento deles ser previsível desde que vieram ao mundo, quando expressaram a vontade de se casar os próprios parentes tentaram impedir. Tinham medo de que aqueles saudáveis fins de duas raças secularmente entrecruzadas passassem pela vergonha de engendrar iguanas. [...] José Arcadio Buendía, com a leviandade dos seus dezenove anos, resolveu o problema com uma só frase: "Não me importa ter leitõezinhos, desde que possam falar"[44].

Pois era crença popular, ademais atestada pelo que sucedera a parentes dos cônjuges, que, por serem primos, podiam engendrar descendência com rabo de porco. Por isso, meses depois de casada, Úrsula continuava a se recusar a manter relações sexuais com o marido. A notícia se espalhara e tivera uma consequência imprevista. Prudencio Aguilar, ao ver o seu galo vencido pelo do compadre José Arcadio, tivera um acesso de raiva e ironizara: "Você está de parabéns [...]. Vamos ver se afinal esse galo resolve o caso da sua mulher"[45]. Arcadio não suporta a ofensa, o desafia e logo o mata.

Desde então, o fantasma de Prudencio não deixa de lhes aparecer, ora a Úrsula, ora a seu assassino. O assassínio fora a razão de sairem da cidade, levando amigos que, jovens, se encantaram com a aventura. Durante a travessia da serra, Úrsula dá à luz um filho "com todas as suas partes humanas". A narrativa então fecha o parêntese retrospec-

43 Idem, p. 62; p. 20.
44 Idem, p. 65-66; p. 25-26.
45 Idem, p. 66; p. 26.

a maravilha e o horror

tivo e retoma o fio anterior. José Arcadio está no pequeno quarto em que empreende suas pesquisas e se entusiasma com a "rara intuição alquímica" do segundo filho, Aureliano. O primogênito, de sua parte, revela outra propriedade: quando Úrsula o vê despido, o encontra "tão bem equipado para a vida que lhe pareceu anormal"[46]. A ausência de imaginação de José Arcadio era compensada pelo extraordinário tamanho de seu pênis.

Os resultados dos dotes diversos de cada um se manifestam primeiro em José Arcadio. Pilar Ternera, "uma mulher alegre, desbocada, provocante", ao ser alertada por Úrsula da singularidade do filho, desmente o temor da mãe de que fosse algo anormal, como o temido rabo de porco, e lhe contesta que ele "será feliz". Ela própria ajuda José Arcadio no que vaticinava. Acede a seu desejo, ensina-o a vencer seus temores e dele engravida. Nesse entretempo, o casal fundador já tivera um terceiro filho, Amaranta, cujo destino será antes trágico do que feliz ou guerreiro. Enquanto isso, o pai e Aureliano prosseguem suas pesquisas, tendo como fonte de orientação os manuscritos deixados por Melquíades. Talvez não avancem porque sua fonte estava escrita em língua indecifrável. O primogênito, de sua parte, fugira de Macondo e da paternidade, enrabichado por uma cigana da *troupe* em que não estava Melquíades. Úrsula parte à sua procura e, meses depois, retorna. Não encontrara o filho, mas, em troca, é acompanhada por uma multidão: "Úrsula não tinha alcançado os ciganos, mas encontrara a rota que seu marido não tinha podido descobrir na sua frustrada busca das grandes invenções"[47].

Embora só tenhamos acompanhado os dois primeiros capítulos – na edição que utilizamos, apenas 23 páginas de um total de 266 – eles são bastantes para que se capte o clima do real maravilhoso e a nítida diferenciação das personagens nomeadas. Para completarmos esse esquema de orientação, passemos à passagem final do último capítulo.

Está em cena o último Aureliano, o filho bastardo de Meme, aquela que, encerrada pela mãe em um convento, morrera em terra distante, sem nunca mais haver pronunciado uma só palavra. O bastardo se apaixonara pela tia, Amaranta Úrsula, cumprindo-se afinal

46 Idem, p. 68; p. 30.
47 Idem, p. 76; p. 40.

a maldição de terem um filho com rabo de porco; concretizava-se o receio, presente desde o início do relato, das consequências da relação incestuosa. Mas a figura anômala não sobrevive. Quando o pai o vê, "era uma pelanca inchada e ressecada que todas as formigas do mundo iam arrastando trabalhosamente para os seus canais pelo caminho de pedras do jardim"[48]. Mas, em vez do horror pelo pavoroso que presencia, Aureliano, que mudara a maneira como o fundador José Arcadio utilizara os manuscritos de Melquíades e, em vez de procurar neles a chave para o domínio do mundo, se empenhara em decifrá-los, conseguia, sincronicamente ao desfile do corpo arrastado pelas formigas, decodificá-los. A epígrafe dos manuscritos continha o destino da primeira e da última geração dos Buendía: "O primeiro da estirpe está amarrado a uma árvore e o último está sendo comido pelas formigas"[49]. A decifração se torna instantânea, como se o ato final, descrito na epígrafe do texto até agora misterioso, houvesse desvelado seu segredo. Ali estava toda a história dos Buendía, desde o primeiro José Arcadio, que enlouquecera, e estivera desde então amarrado a uma árvore:

> Era a história da família, escrita por Melquíades inclusive nos detalhes mais triviais, com cem anos de antecipação. Redigira-a em sânscrito, que era a sua língua materna, e cifrara os versos pares com o código privado do imperador Augusto e os ímpares com os códigos militares lacedemônios. A proteção final, que Aureliano começava a vislumbrar quando se deixou confundir pelo amor de Amaranta Úrsula, radicava em Melquíades ter ordenado os fatos não no tempo convencional dos homens, mas concentrando tudo em um século de episódios cotidianos, de modo que todos coexistiram num mesmo instante[50].

Enquanto prosseguia a leitura e sabia da previsão de seu próprio nascimento e morte, um vendaval se levantava e destruía a cidade. Macondo nascera e morrera com os Buendía. Desaparece quando o risco do incesto afinal se cumprira.

Ainda que drástico o recurso de comentar número tão reduzido de páginas, espera-se que seja bastante para a leitura a fazer. Duas

---

48 Idem, p. 318; p. 393.
49 Idem, p. 318; p. 392.
50 Idem, p. 318; p. 391.

interpretações opostas serão apontadas. Nenhuma será exposta exaustivamente, senão apenas no grau que torne clara sua diferença. Começa-se pela minoritária.

Para Floyd Merrell, o "microcosmo multidimensional" do *Cien Años* é um análogo à explicação e compreensão que, historicamente, o homem ocidental apresentou da natureza. Numa primeira fase, a atitude do fundador, José Arcadio, face aos ciganos seria comparável à da escola jônica quanto a formulações místico-religiosas advindas do Oriente:

> As invenções dos ciganos, revelando um substrato místico-religioso, são o produto de um conhecimento como fim em si mesmo. Por outro lado, José Arcadio deseja o conhecimento apenas como um meio para um fim. Assim os ciganos – cuja concepção não utilitária, "animista" da natureza implica um elemento lúdico ritualmente orientado que predomina sobre a seriedade – representam o pólo oposto a José Arcadio, que busca fins práticos pela exploração metódica de uma natureza da qual não se considera parte integrante[51].

Deste modo, o empenho de José Arcadio corresponderia simbolicamente ao papel histórico desempenhado pelos filósofos jônicos, entre os séculos VII e V a.C. Já o contato posterior do mesmo José Arcadio com o mesmo Melquíades corresponderia a um segundo momento histórico: o da revitalização da alquimia e da astrologia orientais, cumprida nos séculos XI e XII. Melquíades é o detentor de um conhecimento superior e desinteressado, ao passo que Arcadio é o ocidental aprendiz:

> Historicamente, pode-se com segurança postular que, de modo semelhante, a aprendizagem europeia tradicional mudou radicalmente depois que os árabes entraram na Espanha. [...] [José Arcádio,] perpetuamente orientado para o futuro, confiante em que os fins projetados serão afinal alcançados pela formulação eclética e utilização de meios práticos, tenta, contudo, transformar cada uma dessas invenções. A futilidade de cada um de seus projetos leva apenas à obstinação renovada em vez de ao desencorajamento ou à admissão de derrota[52].

---

51 F. Merrell, José Arcadio Buendía's Scientific Paradigms, em *Gabriel García Márquez*, p. 22.
52 Idem, p. 23.

A relação com os ciganos muda com a chegada daqueles que referem a morte de Melquíades. Representar-se-ia aí outro momento do contato entre o Ocidente e o Oriente. Para José Arcadio, as novidades que trazem os outros ciganos são frívolas, exceto o bloco de gelo. A ideia que engendra, de converter Macondo em uma cidade feita de gelo, seria isomórfica a uma cidade utópica, cujas casas fossem

> paredes espelhadas e, simultaneamente, uma cidade em que o homem é perpetuamente confrontado com uma realidade que é a imagem especular de si próprio, uma realidade criada por ele mesmo. E, como essa realidade "externa" oexiste com ele, torna-se para sempre inseparável dele; um dualismo de que não pode escapar[53].

O dualismo, pois, representaria o Renascimento e a revolução copernicana, "quando a idealidade da *Utopia* existia lado a lado com o modelo quase matematizado do universo"[54].

Nesse momento, correspondente ao descobrimento do Novo Mundo, o intercâmbio entre as visões oriental e ocidental se separam, porque a ciência oriental já não acompanhava o desenvolvimento da ocidental, "José Arcadio não mais se interessa pelos 'brinquedos inúteis' dos ciganos"[55]. José Arcadio se converte, pois, em o análogo do "pensamento científico do século XVI", em que o universo concebido como uma máquina afasta as ciências da humanidade e Deus começa a ser substituído por uma razão humana autossuficiente, em sua capacidade de formular as leis físicas. José Arcadio assume uma visão materialista e a multidão que acorre a Macondo já nada tem a ver com os divertimentos dos ciganos. A transformação da cidade, sua atividade febricitante, o estabelecimento da rota comercial entre o antigo povoado e o mundo estaria em consonância com o ideal iluminista. Substituído em seu quarto de experimentos, por seu filho Aureliano, o laboratório de José Arcadio se converte em algo utilitário: é um meio para ganhar dinheiro. A visão materialista domina o Ocidente e Macondo. Ela explica, alegoricamente, as duas pragas que assolam a cidade: as pragas da insônia e da perda da memória:

53   Idem, p. 24.
54   Idem, ibidem.
55   Idem, ibidem.

a maravilha e o horror

A insônia porque Macondo, não diferente do mundo ocidental dos séculos XVIII e XIX, tendo tido êxito com sua postulada concepção materialista da natureza, se considera muito desperta ou iluminada quanto às realidades últimas do universo. Perda da memória porque o povo de Macondo esquece que a visão mecanicista que adotaram, era, no começo, apenas um modelo hipostasiado e não uma verdade invariável[56].

Por fim, "a crise final de José Arcadio é paralela ao destino do modelo mecânico clássico, no começo do século XX. A primeira indicação da crise iminente ocorre quando ele pensa que todas as formas de evolução e de sucessão cronológica existiram apenas na mente"[57]. O antigo fundador de Macondo interpreta a teoria cinético--corpuscular newtoniana à sua maneira: se o universo "é feito por um número finito de entidades atômicas distintas e invariáveis, o tempo se torna, em essência, reversível"[58]. Sua teorização, afastando-se da prática científica, incapacitando-o, pois, a dar conta da mudança, o leva à loucura. "Depois de sua abolição psíquica do tempo, pode se comunicar à vontade com Prudencio, i.e., pode regressar ao princípio mítico"[59].

Em síntese, na curiosidade de José Arcadio ante as novidades introduzidas pelo Oriente de Melquíades, em sua sintonia com o desenvolvimento da ciência no Ocidente, agora separado, e, por fim, em sua perda de compasso com a linha científica que o conduz ao desvario, estariam compendiados os diversos estágios que se comprimem no romance. Para Floyd Merrell, portanto, *Cien Años de Soledad* teria um forte ingrediente alegórico, em que se destacam três momentos básicos: **a.** o intercâmbio salutar do Oriente com o Ocidente; **b.** sua ruptura, mediante a progressiva mecanização e *desencantamento* do Ocidente; **c.** a crise final, que conduz à demência do fundador e à destruição da cidade.

Seria certo alegar que entender o romance como alegoria de momentos do pensamento ocidental sobre a ciência é extremamente

56 Idem, p. 27.
57 Idem, p. 27-28.
58 Idem, p. 28.
59 Idem, p. 29.

empobrecedor. Assim de fato será, caso se presuma que esse entendimento dá conta de todo o romance. Mas tal pretensão totalizante seria de extrema ingenuidade, ainda mais considerando a pequena extensão do ensaio em que o autor a apresenta. Há, no entanto, outra forma de lê-lo: o de realçar uma das várias dimensões da narrativa do *Cien Años*; o de entender que o livro de García Márquez inter-relaciona várias camadas – seja dito de passagem, nem sempre com êxito – uma das quais, levando a sério os experimentos de José Arcadio, permite a correlação entre a história da ciência e as mudanças que sofrem suas pesquisas. Não será preciso agudeza para se entender que o Melquíades, representante de uma visão místico-religiosa que encontraria o "jônico" José Arcadio, não condensa todo o Melquíades – desde logo, o compositor da escrita hieroglífica que vaticinava a história por vir dos Buendía. Considerar, ao invés, a indagação de Merrell como esboço de uma das camadas constitutivas do *Cien Años* teria a vantagem de não impedir que se visse no cigano uma alusão ao "mestre de ficções", Borges[60], sem que aí se encontrasse sua mera continuação.

A linha contrária não contém um só nome. Ela aparece, creio que pela primeira vez, em Emir Rodríguez Monegal. A partir do destaque de Melquíades, taumaturgo de uma família e de uma cidade, o crítico uruguaio chegava a uma conclusão surpreendente na tradição documentalista da crítica do continente:

> A leitura do livro do destino se realiza em momentos em que o destino mesmo fecha o livro da vida. [...] O que Aureliano decifra no livro de Melquíades é a forma final de seu destino: ficar encerrado em um quarto fechado e amuralhado contra o tempo, estar dentro de um livro, ter a repetível imortalidade de uma criatura de ficção[61].

Logo depois Ariel Dorfman, sem a mesma incisividade, acentuaria que o "cigano lendário (é) uma espécie de Prometeu civilizador"[62]. Por isso, havendo previamente codificado o que ainda sucederia, seria possível dizer:

---

60 R. G. Echevarría, *Myth and Archive*, p. 23.
61 E. R. Monegal, op. cit., p. 36-37.
62 La Muerte como Acto Imaginativo en *Cien Años de Soledad*, em H. F. Giacoman (org.), *Homenaje a Gabriel García Márquez*, p. 109.

a maravilha e o horror

O futuro já existe porque tudo é palavra, tudo é previamente ficção nas bocas-pergaminhos de Melquíades e já se viveu mentalmente toda a história, pode-se antecipar e recordar sem esforço, intercomentando diferentes momentos [...]. Todos os momentos vividos foram (são, serão) uma ficção, todo o passado sofre o contágio desse último instante definitivo[63].

Em vez, pois, de tematizar-se o enredamento de lenda e história na fábula, vê-se o *Cien Años* como uma ficção que, ao estilhaçar o tempo linear, reduz a escrita do mundo ao plano da mera ficcionalidade.

O motivo explorado por Monegal e Dorfman se desenvolve no ensaio já citado de Roberto González Echevarría. Traduzimos apenas sua formulação mais pregnante:

O monstro e o manuscrito, o monstro e o texto são o produto do converter-se em si mesmo, implícito no incesto e na autorreflexividade. Ambos são heterogêneos dentro de um conjunto dado de características, das quais a mais saliente é sua suplementariedade: o rabo de porco, que excede os contornos normais do corpo humano, e o texto, cujo modo de ser é acrescentado a cada leitura e interpretação. [...] Como Lönnrot em "La Muerte y la Brújula" (de Borges) e como o próprio Aureliano, só descobrimos no fim o que o manuscrito contém. A nossa própria *anagnoresis* como leitores é guardada até a última página, quando o romance conclui e fechamos o livro para que cessemos de ser como leitores, para sermos, por assim dizer, mortos naquele papel. Somos trazidos de volta ao começo, um começo que também já é o fim, um instante descontínuo, independente em que tudo se amalgama, sem qualquer possibilidade de estender o discernimento (*insight*), uma intimação de morte[64].

A interpretação desenvolve o que se esboçava em Monegal e vai além do que se insinuava em Dorfman. O *Cien Años* não se limitaria a tematizar a absorção do mundo pelo ficcional senão que figuraria a posição nela desempenhada pelo leitor. A ficção não falaria senão de si. Ser seu leitor é assumir o papel de receptor desse mundo fechado.

---

63 Idem, p. 111-112.
64 R. G. Echevarría, op. cit., p. 28.

418   parte iii: a expansão do redemunho

Pela ficção, o leitor é retirado do mundo para que encene, sem seu conhecimento, a sua própria morte. Pois que traz a morte senão a impossibilidade *of extending the insight*? (de ampliar o discernimento?)

É evidente a maior riqueza da linha explorada pelos críticos latino--americanos. É como se, a partir de García Márquez, encontrassem a possibilidade de fazer, na crítica, o que Borges fizera na ficção: romper com o documentalismo, com o localismo, com o realismo chapado. Nossa divergência consiste em notar que, havendo tomado *Los Pasos Perdidos* como o inaugurador do desmantelo (*unwinding*) e da desescrita (*unwriting*) da ficção respaldada (e tornada subalterna) pela viagem científica, Echevarría não se dá conta de que o caminho de Carpentier não é idêntico ao de Borges. Em Carpentier, assim como em Rulfo e agora em García Márquez, a rebeldia contra o *historisch*, i.e., a história dos historiadores, não incluía o *geschichtlich*, o tempo que corre e não cabe em documentos. Por não ver ou desprezar a diferença, Echevarría propõe uma linha interpretativa por certo oposta ao alegorismo de Merrell, mas igualmente reducionista. Se em Merrell se destaca apenas o passível de ser alegorizado, i.e., a correspondência entre o ficcionalizado e o que se dá na cena do real, em Monegal, Dorfman, Echevarría são ressaltados apenas os efeitos da taumaturgia de Melquíades – a ficção como uma forma de magia, algo que só fala de uma transmutação surpreendente. Ora, a releitura de Borges por Carpentier supõe a internalização – não a exclusão – do lastro histórico no veio fabular-ficcional. Aquilo a que visa tal veio não é a maravilha, como surpresa ou a compreensão, da leitura como microcosmo que encarnasse vida e morte, mas sim a inclusão-por-transformação do que antes era o documentável. Isso se dá, no *Cien Años*, sobretudo pelo destaque do mais famoso dos Buendía, o coronel Aureliano[65].

65 Só quando este capítulo já estava composto tive acesso ao livro de Josefina Ludmer, *Cien Años de Soledad: Una Interpretación* (1972). Embora seu entrelace da leitura lévi-straussiana do mito com textos de Freud, tão frequente na crítica (francesa) da década, leve ao mesmo restrito entendimento da literatura-como-forma-de-leitura – "o presente da leitura (é) esse presente absoluto que une futuro e passado", sendo "a aniquilação do tempo [...] precisamente o que o relato perseguiu, pela constituição da 'máquina da memória'" (J. Ludmer, op. cit., p. 217) – que subsume os eventos do mundo em exclusivas figurações formais [jogo de oposição entre pares de personagens, eixos binários, a exemplo de olho – pênis], que definiriam as funções das personagens –, seria injusto simplesmente incluir o nome da autora na cadeia de abordagens assemelhadas. O livro da analista

a maravilha e o horror

Aureliano, auxiliar do pai no improvisado laboratório, tem o primeiro contato com o mundo de fora de Macondo ao se apaixonar pela filha impúbere de Apolinar Mascote. Mascote é o primeiro representante do governo da Colômbia, i.e., a primeira autoridade que rompe com a autonomia do povoado. Não é acidental que o fundador de Macondo sinta a ameaça a seu arbítrio até então absoluto. Mas os *buenos modales* que aprendera de seus antepassados impedem José Arcadio, ao ser apresentado à mulher e filhas de Mascote, de levar a cabo a expulsão da autoridade. Mascote é a princípio um mero delegado do governo. "Dizem que é uma autoridade que o governo mandou"[66], comenta desconsolado o senso de realidade que prima em Úrsula. Sua chegada é modesta e se limita a pregar na parede um escudo da República e a pintar na porta: "Delegacia"[67]. Sua primeira ordem – de que as casas fossem pintadas de azul para celebrar o aniversário da independência nacional – é simplesmente rejeitada pelo fundador, a cujo poder ainda não fazia sombra o mero funcionário Mas a paixão de Aureliano pela mais jovem das Mascote muda o peso das autoridades antagônicas. A hostilidade de Arcadio, o pai, havia de ser moderada, enquanto, por sua convivência com o que será seu sogro, Aureliano logo será informado das lutas entre os liberais e os conservadores. Aureliano assim não só aprende que o povoado pertencia a uma República, como que ela é dilacerada por lutas sangrentas. Enquanto o noivo espera, sua vocação é vaticinada

---

argentina é a tentativa mais séria de um enfoque que encarava o texto como "um sistema formal, [constituído por] semelhanças e oposições, que é ao mesmo tempo um sistema de sentido". Idem, p. 75. Daí resultavam afirmações precipitadamente universais – "todos os relatos do mundo podem se agrupar (ideologicamente), segundo incluam o corpo e suas necessidades e desejos; todos os relatos do mundo podem se classificar, segundo assumam ou não a linguagem escrita e a ação modificadora da realidade. *Cien Años* materializa ambas as zonas, mas em luta, enfrentadas: o relato não deixa de pensar imaginariamente essa dualidade" (Idem, p. 90) – ou apenas curiosas – "escrever equivale, no interior deste sistema, a seduzir; ler equivale a ser seduzido" (Idem, p. 74). Isso, entretanto, não impede momentos extremamente férteis de engenharia analítica, a exemplo dos exames dos pares dos irmãos Aureliano e Arcadio José (idem, p. 61-62) e dos filhos que têm com a mesma mãe, Pilar (idem, p. 67-69). Discordarmos de sua engrenagem não significa, pois, que os consideremos desprezíveis. Por exemplo, sua afirmação de que *Cien Años* é "habitado por uma escritura paradoxal, que se mostra obsedada pelo dual, pelas antíteses, pelas simetrias e diferenças" (idem, p. 108), ainda que generalizada por efeito especular de sua própria concepção do texto, contém uma forte dose de acerto.

66 G. G. Márquez, *Cien Años de Soledad*, p. 89; p. 58.
67 Idem, ibidem.

por Pilar Ternera: "És bom para a guerra – disse. Onde pões o olho, pões o chumbo"[68].

Sem que suspeite, o futuro sogro o prepara para o que Aureliano estava destinado. O acaso ainda ajuda: a pobre Remedios Mascote morre, pouco depois de casar-se. E a decisão que tomará o futuro coronel será facilitada pelas primeiras eleições que Apolinar Mascote preside. O genro testemunha a violação das urnas executada pelo fiel delegado, para que fosse certa a vitória dos conservadores. Concluindo pois que esses são uns trapaceiros, Aureliano declara a um amigo que, se houvesse de ser algo, seria liberal[69]. A decisão se atualiza mais depressa do que poderia haver pensado. Liga-se aos que o partido já havia escolhido. É um jovem viúvo, cuja única formação política consistira no pouco que seu sogro lhe ensinara. A princípio, ainda recua quando o contato com um combatente experimentado lhe faz saber que sua opção guerreira implica a trama de assassinatos. Mas ultrapassa suas hesitações e parte para a luta.

Não ter armas não é problema. Se os inimigos as têm, um assalto de surpresa é bastante[70]. Seu sobrinho, José Arcadio, filho de Pilar Ternera com seu irmão mais velho, é nomeado chefe civil e militar de Macondo e se mostra tão arbitrário quanto os conservadores[71]. Os protestos de Úrsula são inúteis, o poder de mando lhe subira à cabeça. À medida que o tempo se historiciza, a alternativa liberal se converte em burla e tragédia. Sob o governo do sobrinho, espalha-se a denúncia de que o pai do governante, o José Arcadio de incrível falo, se apoderava das terras dos camponeses:

> Dizia-se que começara arando o seu quintal e tinha continuado direto pelas terras contíguas, derrubando cercas e arrasando ranchos com os seus bois, até se apoderar, pela força, das melhores propriedades das redondezas. Aos camponeses que não tinha espoliado, porque as suas terras não lhe interessavam, impôs uma contribuição que cobrava todos os sábados com os buldogues e a espingarda de dois canos[72].

68 Idem, p. 104; p. 78.
69 Idem, p. 115; p. 97.
70 Idem, p. 118; p. 101.
71 Idem, p. 119-120; p. 104-105.
72 Idem, p. 126; p. 113.

a maravilha e o horror

Embora posteriormente, quando a sorte da guerra civil já mudara várias vezes e o sobrinho já fora fuzilado, Aureliano desfaça a usurpação, fica claro que o narrador não distingue maniqueisticamente os dois partidos. Para conservadores e liberais, o fundamental era a mesma posse fundiária. (Em sua autobiografia, ao recordar a tragédia de 9 de abril de 1948, quando uma espontânea insurreição popular explode pelo assassinato do candidato liberal à presidência, Jorge Eliécer Gaitán, García Márquez observa que os dirigentes liberais continuavam a tradição de conchavo de seus antepassados. Assim, ao passo que seus eleitores anarquicamente se levantavam em armas, "os dirigentes [...] tratavam de negociar uma cota de poder no Palácio Presidencial"[73].)

Como não seria possível acompanhar as reviravoltas da fortuna guerreira do coronel Aureliano, basta dizer que Macondo entrara definitivamente na história das repúblicas latino-americanas. Passara do clima onírico-mágico do tempo dos ciganos para o da permanente instabilidade – particularmente acentuada no caso colombiano. E, com ele, para a alternativa em que Hudson via suas populações expostas: entre o marasmo e a ansiedade. Aureliano, o que escapa do fuzilamento, o que foge do cárcere para iniciar uma nova rebelião é o líder revolucionário que termina por reconhecer, como declara a um fiel companheiro, que não luta por idéias, mas simplesmente por orgulho: "Só agora percebo que estou brigando por orgulho"[74]. É certo que sua aprendizagem bélica vai além da ambição pelo poder. Em um dos intervalos vitoriosos, propõe-se a lutar contra os políticos do próprio partido e tomar medidas concretas, como a de restituir as terras usurpadas pelo irmão[75]. Mas a aprendizagem também significa abandonar o código cavaleiresco que o levara a se dar amistosamente com o general inimigo, José Raquel Moncada. Quando agora o derrota e permite que o júri militar o condene ao fuzilamento, a frase que dirige ao condenado mostra-o convencido do papel a que fora improvisado: "Lembre-se, compadre – disse a ele – que não sou eu quem o está fuzilando, e sim a revolução"[76]. Também faz parte de sua aprendizagem que Aureliano se torne mais autoritário? É mais

---

73 G. G. Márquez, *Vivir para Contarla*, p. 340.
74 G. G. Márquez, *Cien Años de Soledad*, p. 140; p. 134.
75 Idem, p. 154; p. 154.
76 Idem, p. 155; p. 156.

correto pensar que se torna mais duro porque os interesses dos proprietários liberais os igualam aos conservadores:

> Os proprietários de terra liberais, que no princípio apoiavam a revolução, entraram em aliança secreta com os proprietários de terra conservadores para impedir a revisão dos títulos de propriedade. Os políticos que capitalizavam a guerra já desde o exílio haviam repudiado publicamente as determinações drásticas do coronel Buendía[77].

De todo modo, o autoritarismo pelo costume de mandar e a dureza ante os interesses de classe dos civis que se diziam contrários aos conservadores não se opõem de todo. O coronel sente a embriaguez do poder, assim como começar ela "a se decompor em faixas de tédio"[78]. Vendo-se, pois, obrigado a negociar com os advogados do partido e a renunciar aos princípios pelos quais aprendera que lutava; é com um sorriso de amargura que conclui: "Quer dizer [...] que só estamos lutando pelo poder"[79].

Ao tédio e à desilusão se acrescenta a constatação de que os afetos tinham apodrecido. Daí que, sem êxito, procure refúgio no suicídio. Ao sobreviver, Aureliano abandona a febre caudilhista. O que teria sido um avanço para as instituições políticas, se o governo conservador, "com o apoio dos liberais", não estivesse "reformando o calendário político para que cada presidente estivesse cem anos do poder"[80]. Promulgada a paz pelo Tratado de Neerlândia, com que se encerrava a guerra dos mil dias (1899 – 1902)[81], Aureliano – inspirado na figura de seu avô materno – volta para Macondo, perde a imaginação que o singularizara, recusa todas as honras que o governo lhe concede e espera o prosaísmo da morte.

* * *

77 Idem, p. 159; p. 161.
78 Idem, p. 160; p. 163.
79 Idem, p. 161; p. 165.
80 Idem, p. 181; p. 193.
81 R. Janes, Colombian Politics in the Fictions of Gabriel García Márquez, em H. Bloom (org.), *Gabriel García Márquez, Modern Critical Views*, p. 135. Regina Janes registra que a tradição de guerras civis na Colômbia nem começa, nem termina com o efetivo tratado de Neerlândia, assim não se há como entender a participação guerreira de Aureliano restrita à chamada guerra dos mil dias. Cf. idem, especialmente p. 134-135.

a maravilha e o horror

A solução que adotamos em acompanhar o relato apenas por seu começo e seu fim, conectando as duas pontas com a referência aos combates que Aureliano Buendía comanda e em que se frustra, naturalmente deixa de lado muitos outros aspectos, pelos quais se articulam os veios mítico, histórico e lendário de um romance multidimensional. Acrescente-se um pequeno apêndice.

Por ser impossível articulá-las diretamente com o que era central em nossa tese – a recusa quer de um paralelismo alegórico, quer de um ficcionalismo fechado em si mesmo, dupla recusa que dá lugar à afirmação de que a fábula tem por primeira matéria-prima a instabilidade máxima que marca as instituições políticas do continente – não acentuamos as catástrofes que atravessam a história de Macondo, até a sua extinção. Depois que Úrsula põe o *pueblo* em contato com o mundo, o povoado cresce desordenadamente, por causa da vinda de gentes de outros povoados e, sobretudo, pela chegada da companhia bananeira (historicamente, a United Fruit Company, estabelecida na costa atlântica da Colômbia, nas primeiras décadas do século XX)[82]. Sua racionalidade exploratória, em conluio com o governo da República, torna os habitantes de Macondo, e mais particularmente seus empregados, meros instrumentos da ganância dos que exploram a riqueza natural da "zona da banana". O horror que então se instala culmina com a repressão à greve de 1928, que termina com os macabros vagões que transportam milhares de mortos[83]. À catástrofe da espoliação seguem-se as causadas pela própria natureza – o dilúvio que submerge a cidade, a seca sucessiva – a que se combinam, não em plano histórico mas fabular, a epidemia da insônia e do esquecimento, de que Macondo será liberada pela atuação da figura mítica de Melquíades.

---

82 R. Janes, op. cit., p. 140-141. Já nas primeiras páginas do *Vivir para Contarla*, García Márquez enfatiza a importância do estabelecimento da United Fruit em sua história pessoal. Basta recordar que sua família materna tem laivos de riqueza pela circulação financeira que a exploração da banana faz chegar à cidade de Arataca; é essa melhor posição social da família que iria criar obstáculos para o casamento de sua mãe com um mero telegrafista, assim como a quase absoluta coincidência entre a matança provocada pelo exército em 1928 e o nascimento do autor, em 1927. Cf. G. G. Márquez, *Vivir para Contarla*, especialmente p. 16. Também só cabe registrar a importância decisiva da ambiência familiar como germe de sua obra – "Não posso imaginar um meio familiar mais propício para minha vocação que aquela casa lunática [...]". Idem, p. 97.

83 Em sua autobiografia, García Márquez acentua nunca se ter sabido o número exato de mortos. Cf. idem, p. 16.

parte III: a expansão do redemunho

Cada um desses momentos, que ora remete para a dimensão histórica, ora para a mítica, em comum abrigadas pela plasticidade da fábula, concretiza a exclusão do tempo mecânico e linear. Em Macondo, o apocalipse se funde à desmedida, tematizada pela tragédia grega. Mas a que leva tamanha fusão de planos? Sem negar que seu entrosamento tem problemas, nenhum episódio parece mais claro, concretiza o texto, do que o rio de sangue que flui a partir do corpo de José Arcadio, o primogênito do fundador. Recorro ao resumo de Monegal para dele extrair uma conclusão não "mágica":

> O sangue derramado vem buscar Úrsula, a mãe, a fonte de que saiu este sangue, para adverti-la do crime (suicídio ou assassinato, a violência é igual). De relance, o sangue corre violando as leis naturais (sobre parapeitos, dá voltas em ângulo reto, corre junto às paredes para não manchar os tapetes) e esse sangue tão vivo e autônomo é como um mostruoso cordão umbilical que, no momento decisivo da morte, volta a ligar a mãe com o filho. Até que esse cheiro de pólvora que o cadáver exala e que nenhuma lixívia pode tirar adquire também caracteres sobrenaturais ao se converter no cheiro do crime[84].

El olor del crimen, que supera *el olor a pólvora* segue um rumo só na aparência arbitrário: procura e para diante dos pés de Úrsula, a matriarca que se esforçara em manter os membros da família em um ritmo ordenado. Distingue-a pois como a única que não é tocada pelos excessos dos Buendía; a que se mantém intacta ante o *patriarcalismo oligárquico e criminoso*. Pois os Buendía – vítimas e agentes de um poder sem lei, poder responsável pelas arbitrariedades cometidas quer por uma companhia estrangeira, quer pelos próprios nativos – são o microcosmo que condensa a história da terra nova. É a ela que se estende, mediante o feitio particular da instabilidade política e o conluio de suas autoridades com o poder e a ganância estrangeiras, o horror moderno dos continentes marginalizados.

O apêndice termina atentando para um aspecto que não foi tematizado. Segundo a interpretação de *Cien Años* como uma ficção fechada em si mesma, a prova capital de seu caráter ahistórico seria que Melquíades escreve a crônica de Macondo, antes que a história

84   E. R. Monegal, op. cit., p. 30-31.

a cumprisse. Ora, à medida que o chefe rebelde, o coronel Aureliano Buendía, reconhece que os partidos em luta não se distinguem por defenderem ideias diferentes, a história não está pré-traçada? García Márquez evita a metáfora banal dessa conclusão, transferindo o plano histórico para o tratamento fabular. Esse pois não é oposto ao plano histórico, apenas não o trata à maneira dos historiadores ou à maneira realista.

Isso posto, não há problema em concluir que "o tempo da fábula", segundo a esplêndida expressão de Monegal, em vez de esconder o horror, o apresenta em dimensões fantásticas. O fantástico é o descomunal da realidade prosaica. Querer encerrá-lo em si mesmo, significa aceitar que não se interfira no prosaico, seja por endosso, seja por desistência. E adotar um modo analítico que não distingue os diversos potenciais das formas narrativas é empobrecer o discurso ficcional.

O Outono do Patriarca:
O Morto Redivivo

De 1967 a 1975, entre a publicação de seu livro mais famoso e o melhor realizado, *El Otoño del Patriarca* (O Outono do Patriarca), García Márquez adquire a notoriedade e acumula prêmios. O que, para o escritor, era um período de hibernação, para o continente sul-americano apresentava um período particularmente deplorável. A começar pelo Brasil, em 1964, sucedem-se os golpes militares, todos eles justificados por um declarado risco comunista. A atividade jornalística que o escritor colombiano então retoma tem um acentuado caráter de denúncia política. Em 1982, a concessão do Nobel de Literatura daria maior ressonância a seu engajamento. É extraordinário que o escritor tenha sabido que seus textos de denúncia não deviam interferir nos passos de sua ficção. Enquanto aqueles são rápidos, curtos e diretos, estes são vagarosamente executados e têm por matéria o tempo fora dos eixos que, desde a independência das ex-colônias, assola a Ibero-América. (Não estamos dizendo que antes do princípio do século XIX a situação fosse diversa, apenas que a situação colonial era bastante para explicar a posição marginal do continente.)

parte III: a expansão do redemunho

Raro é algum texto de García Márquez em que as duas vertentes de seu trabalho se misturem. A oportunidade é oferecida por "La Soledad de América Latina", publicado junto com o mínimo discurso de recepção do Nobel. Nele, depois de desfilar as cifras de mortos e exilados por guerras e pela repressão em plena atividade, enuncia, em um fim de frase, a ligação entre sua matéria histórica e o desafio que ela suscita: "O desafio maior para nós tem sido a insuficiência dos recursos convencionais para tornar crível nossa vida"[85].

A formulação é de extrema precisão: a monstruosidade dos crimes, da anarquia institucional, das arbitrariedades da oligarquia, a miséria das populações, os pactos criminosos das autoridades locais com grupos financeiros e os governos do império contemporâneo extrapolam as soluções formais da tradição romanesca. Impunha-se, por isso, a pesquisa de outra configuração. Na obra do autor colombiano, ela fora pela primeira vez alcançada em *Cien Años*. Mesmo ele, entretanto, não se satisfaz. Como se anotou no subtítulo anterior, "Os Meandros da Solidão", sua mescla de padrões diversos, embora apontasse para a fusão do "tempo da fábula", ainda era imperfeita – as ações seminais do cigano taumaturgo, Melquíades, e do guerreiro por excelência, o coronel Aureliano Buendía, deixam um hiato entre o mítico fantástico e a temporalidade histórica. Ou, em termos mais livres, o informulado se deposita entre a serpente da violência e o desamparo de *nuestra soledad*. A solidão é tanto coletiva, naquela Macondo cuja história e destruição estão previstas pelo texto cifrado de Melquíades, quanto privada, que, em seus meandros, não encontra sentido para o que se faz.

São essas duas faces da solidão que continuam a impulsionar e prender a mão do escritor. Por isso leva dezessete anos para escrever *El Otoño*, abandonando duas versões "antes de encontrar a que era justa"[86].

Em que a obra, afinal publicada em 1975, ultrapassa o que ainda malograra no *Cien Años*? Antes caberá perguntar o que naquela se mantém desta. A resposta é curta: a ruptura com a "prosa do mundo", melhor dito, a verificação de que a prosa do mundo carece de um modo de narrar que ultrapasse o privilégio concedido ao horizonte

---

85 "El desafío mayor para nosotros ha sido la insuficiencia de los recursos convencionales para hacer creíble nuestra vida". G. G. Márquez, La Soledad de América Latina, republicado em anexo a *El Coronel no Tiene Quien le Escriba* e *Cien Años de Soledad*, p. 325.

86 G. G. Márquez apud P. Rubio, Bibliografía y Cronología, p. 340.

a maravilha e o horror

do verossímil realista. É certo que o formato realista não impede a pequena joia de *El Coronel* – como antes não impedira as grandes obras da tríade Balzac, Stendhal e Flaubert ou de George Eliot e Dickens. Mas seu modelo, por excluir o fantástico e o excessivo que não coubessem na medida do cotidiano, já não bastava. Tratava-se pois de manter a combinação de planos heterogêneos, a quebra da linearidade do tempo entendido como linearidade mecânica, na busca de uma configuração mais ampla. O método para tentá-lo só se modifica na superfície. Em vez de percorrer gerações de uma mesma estirpe, de verificar que as revoluções não supunham o embate de ideias antagônicas, que a história de Macondo podia então ser prevista por um texto anterior aos eventos históricos, o narrador agora se concentra em uma única figura, a do ditador, chamado eufemística e ironicamente, de patriarca. Para que esse foco único não se convertesse no simples relato de uma personagem-síntese do caudilhismo latino-americano ou mesmo ibero-americano, era preciso que o inominado patriarca fosse visto sob diversos planos: o da habilidade com que desfaz os complôs; o que desafia o poder da Igreja; o que, calando sua onipotência, termina por vender o mar para o provisório resgate de um endividamento que, no entanto, continuará a crescer; o agente de um erotismo sem regras; sua derrota ante a mulher que não só o domina como termina por escapar de suas garras predatórias; sua figura dependente da mãe, a única criatura que teme e ante quem não tem de disfarçar. Para que esses planos – redutíveis a uma figura que, de um lado, se caracteriza pelo poder desmedido e, de outro, pela dependência infantil – não se separem, como cenas em um teatro de revistas, para que o múltiplo se articule, é preciso que, até materialmente, o múltiplo heterogêneo se funde. Daí que as frases se tornem descomunais, sem que estropeiem a sintaxe ou recorram às invenções lexicais do *Finnegans Wake*. O discurso se converte em um *motto continuo*, homólogo ao "delírio perpétuo"[87] de uma mente atrabiliária, que domina tudo e todos, ao mesmo tempo que expõe a ansiedade de sua alma, a dor por sua hérnia monstruosa e o tormento do amor inalcançável: "Onde estarás Manuela Sánchez de meu infortúnio que te venho buscar e não te encontro nesta casa de mendigos, onde estará teu cheiro de alcaçuz nesta peste de sobras do almoço, onde estará tua rosa, onde teu amor,

---

87 G. G. Márquez, *El Otoño del Patriarca*, p. 83; p. 75.

tira-me do calabouço destas dúvidas de cão[88]". Que teme o déspota-
-general se sua esperteza sempre descobre as tramas mais elaboradas?
Se seu imenso poder sempre alicia cúmplices? Se sua visão abrangente
do mundo em volta revela a força de sedução sobre os setores mais
ínfimos da população? A multiplicidade de minicenas aleatoriamente
escolhidas acentua seu olho onívoro:

> Em outro dezembro distante, quando se inaugurou a casa, havia visto
> daquele terraço o rastro de ilhas alucinadas das Antilhas que alguém
> lhe ia mostrando com o dedo na vitrina do mar, havia visto o vulcão
> perfumado da Martinica, ali meu general, havia visto seu hospital
> de tísicos, o negro gigantesco com uma blusa de rendas, que vendia
> canteiros de gardênias às esposas dos governadores no átrio da basí-
> lica, havia visto o mercado infernal de Paramaribo, ali meu general,
> os caranguejos que saíam do mar pelas cloacas e subiam nas mesas
> das sorveterias, os diamantes encrustados nos dentes das negras avós
> que vendiam cabeças de índios e raízes de gengibre sentadas em suas
> nádegas incólumes sob a sopa da chuva[89].

Do ponto de vista estrito e pragmático da manutenção do poder,
ele não tinha o que temer. O déspota conta não só com o temor, mas
com a subserviência aterrorizada ou cobiçosa dos súditos. Por certo,
independente da ambição de sua corte de áulicos e dos interesses estrangeiros nunca saciados, aqui e ali levantes populares podem causar
estragos. No mercado público, a freira, que sequestrara, com quem
passara a viver e, eventualmente, o dominara, de tanto extorquir os
comerciantes terminara por provocar o ato terrorista que a estraçalhara, junto com o filho que dele tivera. Mas os acidentes, mesmo os
que atingem o seu círculo privado, apenas arranham o ditador.

É verdade que está cada vez mais sozinho. Seu poder se curva à
concessão ao embaixador americano do próprio mar que amava con-
templar; e, se o conflito com o Vaticano, que se recusara a santificar
sua mãe, provoca sua represália contra as propriedades e privilégios da
Igreja, o poder de Leticia Nazareno, a ex-freira sequestrada, conseguira
o retorno das regalias eclesiásticas. O que, do ponto de vista de um

---

88   Idem, p. 84; p. 77.
89   Idem, p. 46-47; p. 43.

a maravilha e o horror

déspota comum, seria um evidente debilitamento, não se aplica a seu caso. Há períodos em que hiberna, como aqueles em que Leticia Nazareno é a mandante efetiva ou em que outorga a Sáenz de la Barra – sob o argumento de que há de descobrir quem tramara a morte de sua amante e de seu filho – a multiplicação dos assassinatos. Mas de Leticia se encarrega o complô que a estraçalhara e de José Ignacio Sáenz de la Barra, alguém sequer nomeado. Afinal sua esperteza sempre vence os insurretos, como no caso da rebelião tramada por seu cúmplice mais fiel, o general Rodrigo de Aguilar. Sua sobrevida não é a de um ditador qualquer. Pois ele não se inspira nesta ou naquela figura empírica; sua permanência é a de uma prática secular, que menospreza a distinção curricular entre os períodos colonial e da independência. Sua sobrevida apenas coincide com aquilo que sofrem seus domínios: há tempos imemoriais convertidos em mais uma *terra desolada*. É o que recorda, na sexta e última parte, o informante que lhe declara:

> Estamos com a roupa do corpo meu general, esgotamos nossos últimos recursos, dessangrados pela necessidade secular de aceitar empréstimos para pagar os serviços da dívida externa desde as guerras da independência e logo outros empréstimos para pagar os juros dos serviços atrasados, sempre em troca de algo meu general, primeiro o monopólio da quina e do tabaco para os ingleses, depois o monopólio da borracha e do cacau para os holandeses, depois a concessão da estrada de ferro das terras desertas e da navegação fluvial para os alemães, e tudo para os gringos[90].

Todas essas concessões não cabem no decurso de uma única vida. O caudilho sem nome é, na verdade, a encarnação do *Urführer* da desgraça que assola o continente; o cabeça primordial de uma terra que ainda não estabeleceu a ordem mínima que se contrapusesse às calamidades inevitáveis. Não estranha que a narrativa seja atravessada, como já acentuaram outros intérpretes, pelo clima de apocalipse. Se muitas das catástrofes se cumprem sem o seu conhecimento, noutras é declarada a sua intervenção. Assim, por exemplo, no não menos bíblico massacre das crianças. Um de seus asseclas descobrira um modo inédito de enganar o povo e aumentar as rendas dos que partilham

90 Idem, p. 245; p. 216.

430

parte III: a expansão do redemunho

do poder. Consistia em criar uma loteria, que, operando com fichas viciadas, sempre favorecesse o general-presidente. Para tanto, escolhiam uma criança, instruída para tirar a ficha marcada. Como depois o involuntário agente da fraude tinha de desaparecer, para que não houvesse o risco de que propalasse o engodo, as famílias das vítimas começaram a se aterrorizar e os autores do logro se deparavam com um problema imprevisto: que destino dar aos que não podiam reaparecer? (A comparação do episódio com "La Loteria en Babilonia", do *Ficciones* [1944] torna evidente a reintrodução do lastro histórico efetuada pela releitura de Borges por Carpentier e García Márquez.) Até então, o *Urführer*, o cabeça originário, ignorava a manobra:

> Um ajudante-de-ordens distraído comentou com ele por engano o problema das crianças e ele perguntou do mais profundo da distração quais crianças, as crianças meu general, mas quais, caralho, porque até então lhe haviam ocultado que o exército mantinha sob custódia secreta as crianças que sorteavam os números da loteria[91].

É a ele que então cabe, por sua condição de chefe da tribo, de resolver o destino dos sequestrados. Translada-os então de cá para lá, enquanto a notícia se espalha pelo mundo e a Sociedade das Nações e a Cruz Vermelha fazem inúteis indagações. Sua decisão final poderia estar em algum relato bíblico:

> Antes do amanhecer, ordenou que metessem as crianças em uma barcaça carregada de cimento, as levaram cantando até os limites das águas territoriais, fizeram-nas voar com uma carga de dinamite sem lhes dar tempo de sofrer enquanto continuavam cantando e, quando os oficiais que executaram o crime se perfilaram diante dele com a notícia meu general de que sua ordem havia sido cumprida, os promoveu dois postos e os condecorou com a medalha da lealdade, para em seguida mandá-los fuzilar desonrados como delinquentes comuns porque há ordens que podem ser dadas mas não se pode cumprir, caralho, pobres criaturas[92].

91 Idem, p. 119; p. 108-109.
92 Idem, p. 126-127; p. 115.

a maravilha e o horror

Os "fastos da infâmia" em que, incomparável, se destaca, só não resolvem sua condição de "déspota solitário". E aqui têm certa razão os que veem no García Márquez, tanto do *Cien Años* como do *El Otoño*, aquele que ressalta a solidão da condição humana. Mas apenas uma parte da razão. Assim o chileno Roberto Hozven, que interpreta *El Otoño* como figuração da "estrutura da horda" com o que Freud, do *Tótem e Tabu*, especulava sobre as origens da sociedade, acerta quando nota a ambiguidade do ditador: "É o que manda, o patriarca, embora também seja o menino – ou melhor, o *infáns* – que confunde o imperativo de seu desejo com a posse dos objetos como o verso e o reverso de sua própria pessoa"[93]. O patriarca saberia que, por mais descomunal que fosse seu poder, apenas agravava sua solidão.

Preferimos pensar que, em vez de fundidos, poder e solidão correm lado a lado. E não são fenômenos que se esgotam na descrição de alguém: ao poder tirânico corresponde a figuração da *terra devastada*; à solidão do *Urführer* – que não se confunde com o *Urvater* freudiano –, sua distância quanto à solidão angustiada daqueles sobre quem reina. Em vez de dois, são, portanto, quatro os termos a considerar.

As observações anteriores apenas roçam a estrutura narrativa de *El Otoño del Patriarca*. Para dela nos aproximarmos de modo menos insuficiente temos de adotar outra tática expositiva. Dada a extensão das frases, ela é embaraçosa. Consiste em cotejar a abertura das seis partes do livro. Anteceda-se a sua transcrição, o quanto possível econômica, por um número: como o livro trata da sobrevida do chefe primordial (*Urführer*), cada abertura principia por cada uma de sua(s) mortes(s).

As Trapalhadas com a Morte

1. Durante o fim de semana, os corvos meteram-se pelas sacadas do palácio presidencial, destroçaram a bicadas as malhas de arame das janelas e espantaram com suas asas o tempo estancado no interior e na madrugada da segunda-feira a cidade despertou de sua letargia de séculos com uma tíbia e terna brisa de morto grande e de apodrecida grandeza. Só então nos atrevemos a entrar sem investir contra os carcomidos muros de pedra fortificada, como queriam os mais decididos, nem arrombar com juntas de bois a entrada principal, como outros

---

93 R. Hozven, *El Otoño... La Horda y sus Patriarcas*, *Cuadernos Americanos*, p. 230.

parte III: a expansão do redemunho

propunham, pois bastou que alguém os empurrasse para que cedessem em seus gonzos os portões blindados que nos tempos heroicos haviam resistido aos canhões de William Dampier. Foi como penetrar no âmbito de outra época, porque o ar era mais tênue nos poços de escombros da vasta guarida do poder e o silêncio era mais antigo e as coisas eram arduamente visíveis na luz decrépita. Na extensão do primeiro pátio, cujas lajotas tinham cedido à pressão subterrânea do mato, vimos o retém em desordem da guarda fugitiva, as armas abandonadas nos armários, a longa mesa de tábuas toscas com os pratos das sobras do almoço dominal interrompido pelo pânico [...], vimos no fundo a antiga cavalariça dos vice-reis transformada em cocheira, e vimos entre as camélias e as mariposas o cupê dos tempos ruidosos, o furgão da peste, a carruagem do ano do cometa, o carro fúnebre do progresso dentro da ordem, a limusine sonâmbula do primeiro século de paz, todos em bom estado sob a teia poeirenta e todos pintados com as cores da bandeira[94].

2. A segunda vez que o encontraram carcomido pelos corvos no mesmo gabinete, com a mesma roupa e na mesma posição, nenhum de nós era bastante velho para recordar o que ocorreu na primeira vez, mas sabíamos que nenhuma evidência de sua morte era definitiva, pois sempre havia outra verdade atrás da verdade. Nem mesmo os menos prudentes nos confortávamos com as aparências, porque muitas vezes se tinha dado por certo que estava prostrado pela epilepsia e desabava do trono no curso das audiências torto pelas convulsões e espumando fel pela boca, que havia perdido a fala de tanto falar e tinha ventríloquos escondidos atrás das cortinas para fingir que falava[95].

3. Assim o encontraram nas vésperas de seu outono, quando o cadáver era na realidade o de Patricio Aragonés, e assim voltamos a encontrá-lo muitos anos mais tarde em uma época de tantas incertezas que ninguém podia submeter-se à evidência de que fosse seu aquele corpo senil carcomido pelos corvos e coberto de parasitas do fundo do mar[96].

---

94 G. G. Márquez, *El Otoño del Patriarca*, p. 5-6; p. 7-8.
95 Idem, p. 51; p. 47.
96 Idem, p. 97; p. 89.

a maravilha e o horror

4. Havia se livrado de tantos escolhos de desordens telúricas, de tantos eclipses aziagos, de tantas bolas de fogo no céu, que parecia impossível que alguém de nosso tempo ainda confiasse em prognósticos de baralhos referentes a seu destino. Apesar disso, enquanto se adiantavam os trâmites para compor e embalsamar o corpo, até os menos cândidos esperávamos sem confessar o cumprimento de predições antigas, como a de que no dia de sua morte o lodo dos pantanais havia de voltar por seus afluentes até às cabeceiras, que havia de chover sangue, que as galinhas poriam ovos pentagonais [...] porque aquele havia de ser o fim da criação[97].

5. Pouco antes de anoitecer, quando acabamos de tirar o couro apodrecido das vacas e arrumamos um pouco aquela desordem de fábula, ainda não tínhamos conseguido que o cadáver se parecesse com a imagem de sua lenda. Com ferros de descamar peixes, o havíamos raspado para tirar-lhe a rêmora de fundos do mar, o lavamos com criolina e sal de pedra para apagar as marcas da putrefação, empoamos sua cara com amido para esconder os remendos de talagarça e os buracos de parafina com que tivemos de lhe restaurar a cara picotada por pássaros de muladar, lhe devolvemos a cor da vida com camadas de ruge e batom nos lábios, mas nem mesmo os olhos de vidro incrustados nas covas vazias conseguiram lhe impor o semblante de autoridade de que carecia para o expor à contemplação das multidões. Enquanto isso, no salão do conselho de governo, invocávamos a união de todos contra o despotismo de séculos para repartir em partes iguais o espólio de seu poder, pois todos tinham voltado ante o conjuro da notícia sigilosa mas incontível de sua morte, tinham voltado os liberais e os conservadores reconciliados no remorso de tantos anos de ambições postergadas, os generais do alto-comando que tinham perdido o rumo da autoridade, os três últimos ministros civis, o arcebispo-primaz, todos os que ele não teria querido que estivessem estavam sentados em torno da larga mesa de nogueira tratando de se pôr de acordo sobre a forma como se devia divulgar a notícia daquela morte enorme para impedir a explosão prematura das multidões na rua[98].

---

97 Idem, p. 141; p. 127.
98 Idem, p. 185-186; p. 165.

434 parte III: a expansão do redemunho

6. Aí estava, pois, como se houvesse sido ele, embora não o fosse, deitado na mesa de banquete do salão de festas com um esplendor feminino de papa morto entre as flores com que havia se desconhecido a si mesmo na cerimônia de exibição de sua primeira morte, mais temível morto que vivo [...] tão próximo e visível em sua nova identidade póstuma que pela primeira vez se podia acreditar sem dúvida alguma em sua existência real, embora na verdade ninguém se parecesse menos com ele, ninguém fosse tanto o contrário dele como aquele cadáver de vitrine que à meia-noite continuava cozinhando no fogo lento do espaço aparatado da câmara ardente enquanto no salão contíguo do conselho de governo discutíamos palavra por palavra o boletim final com a notícia que ninguém se atrevia a acreditar quando nos despertou o ruído dos caminhões carregados de tropa com armamento de guerra cujas patrulhas silenciosas ocuparam os edifícios públicos desde a madrugada, [...] eu os vi instalando metralhadoras de tripé nas soteias do bairro dos vice-reis quando abri a sacada da minha casa ao amanhecer procurando onde pôr o ramo de cravos molhados que acabara de colher no pátio, vi debaixo da sacada uma patrulha de soldados sob as ordens de um tenente que ia de porta em porta ordenando fechar as poucas lojas que começavam a abrir na rua do comércio, hoje é feriado nacional, gritava, ordem superior, atirei-lhes um cravo da sacada e perguntei o que acontecia que havia tantos soldados e tanto ruído de armas por toda parte e o oficial pegou o cravo no ar e me respondeu que olhe menina nós tampouco sabemos, deve ser que o morto ressuscitou, disse, morto de rir, pois ninguém se atrevia a pensar que houvesse ocorrido uma coisa tão formidável [...] e estava mais vivo que nunca arrastando outra vez suas grandes patas de monarca ilusório.[99]

A primeira página de *El Otoño* surge com os sinais que parecem inequívocos de que algo extraordinário e repentino sucedera. O surpreendente é tamanho que não pareceria produto de alguma ação humana. Como se trata da morte, só poderia ter por agente a Parca Laquesis, que interrompera a fiação da vida de alguém. Quem poderia ser o morto senão o terrífico habitante do vetusto palácio? Os corvos se apressam em remover "tempo estancado", enquanto, dias depois, a cidade desperta sob a brisa da "apodrecida grandeza". O narrador, que se incorpora aos

99 Idem, p. 239-240; p. 211-212.

a maravilha e o horror

anônimos que se animam a invadir o palácio, confirma que ali tudo está podre e "os portões brindados", que haviam resistido nos tempos de colônia, aos canhões do pirata Dampier, há muito estavam corroídos. Quando a turba assim percebe, verifica que a própria guarda fugira, como se aterrorizada pelo inesperado. Em bom estado, ainda que sob "a teia poeirenta", restavam apenas os objetos pertencentes ao museu da história, de que se tivera o cuidado de pintá-los com as cores de país independente. Se os sinais de que o cotidiano fora interrompido *ex abrupto*, a poeira que cobre os índices de eventos de outrora ressalta que o desleixo há muito se apossara da residência fantasmal.

Em 2., no segundo assédio da morte ao palácio, os traços da dúvida respondem ao que parecera certo. É como um tema musical que, ao se repropor, apresentasse variações que permitissem reconhecê-lo, sob a cláusula de introduzir-se o que não se escutara na primeira vez. Não há aqui sinais de surpresa ante o inesperado. Os corvos já não bicam as telas protetoras senão que um corpo, vestido "com a mesma roupa e na mesma posição". Entre a primeira e a segunda exposição do morto – e muitos anos se intercalam entre elas – já se sabe que propagandear a morte do patriarca era uma maneira de desmascarar os que a querem. A sua morte parece agora melhor confirmada. Mas só a reiteração da cena e suas variações fazem com que se perceba que se cogita menos da morte de alguém, pois o patriarca não é simplesmente alguém, do que da sobrevida de uma função. Os que de novo penetram no palácio disso já desconfiam pois já haviam aprendido que "nenhuma evidência de sua morte era definitiva". O patriarca – menos alguém que um *pluralia tantum* – é um mestre de disfarces e, para ele, fingir-se de morto, utilizando-se de uma sósia ou de outro recurso, era um meio para frustrar seus inimigos.

A abertura de n. 3 tematiza o embuste que usava. O que mais importa na passagem transcrita, é o testemunho do embaixador que dá conta do abandono e do caos que reinam no palácio e a velhice extraordinária de seu principal habitante. Mas a surdez que demonstrava seria verdadeira? E, ao anunciar o *tropel de mulos* como *el mar que vuelve*, poderia estar revelando uma demência alucinatória ou montando outro de seus ardis. O fantástico joga consigo mesmo: se sem o fantástico o mar não poderia ter mudado de lugar, com o fantástico se torna possível que a alegação de sua volta fosse prova tanto de demência, como de astúcia.

Na 4ª abertura, a dúvida sobre a morte do patriarca surge acompanhada de uma crença apocalíptica: ela não sucederia sem o "fim da criação", amplificação "teológica" do "après moi, le déluge" (depois de mim, o dilúvio). Noutros termos, o poder de persuasão do *Urführer* é tamanho que os que vêm testemunhar sua morte a põem em dúvida se não aparecem os sinais que ele próprio pressagiara. Ou ainda: o leitor se engana se supuser que seu poder se apoiava apenas nas armas. De todo modo, o fato que se assinala a seguir – não haver sido visto em público desde o despedaçamento de Leticia e o filho – não era confirmação certa de nada.

Outra variante se introduz na 5ª abertura. O que narra já não se confunde com os curiosos que tinham querido testemunhar ou confirmar quem de fato morrera, mas sim com o grupo dos que o maquilam para dar a impressão de que o morto mantivera um corpo apresentável. Para que então pudesse ser submetido "à contemplação das multidões". O narrador agora faz parte dos que se preparam para repartir o poder. Mas que significa que temem "a explosão prematura das multidões nas ruas"? A maquilagem do morto e o receio das multidões não indicam tanto que seus inimigos estão loucos por mandar, como que estão incertos sobre o modo pelo qual o grosso dos súditos o viam? Pela primeira razão, o provável desaparecimento do guia primordial indica, pois, que seus descendentes manteriam intacta sua função. Com o que se acentua que o patriarca vencera a morte, enquanto fenômeno biológico. A narrativa, portanto, não dá certeza sobre a morte de *um* patriarca, porque a morte não extermina o poder descomunal. Como se dissesse: "O patriarca está morto! Viva o patriarca!" Mas a frase obviamente não está no livro, que, ao invés, introduz a 6ª e última variação.

O leitor termina então o livro, sem que o livro se encerre. Parece evidente a continuação com a variação anterior – o patriarca está ajaezado para exibir uma dignidade que já não tinha. Mas seus descendentes não parecem seguros de uma descendência fácil. Pois que significa a chegada de tropas que se dispõem em posição de tiro? Que o soldado a quem lança um cravo responda "olhe menina" e o lugar em que esta se encontra – na sacada de sua casa – parecem indicar que o narrador não indica alguém senão uma função. Porém, se nos concentramos nas tropas, é de se perguntar se estariam ali, de fato, para proteger os cúmplices caídos em desgraça, os generais

a maravilha e o horror

que haviam perdido a confiança do oligarca, liberais e conservadores reconciliados que temiam a explosão das multidões? É possível que sim, mas também é provável que as tropas esperassem ordens de outro grupo. Qualquer um deles temeria de igual o poder reprimido dos submetidos. As três possibilidades – as armas protegem os que, já no palácio, tratam do espólio do morto ou favorecem um grupo rival ou, em ambos os casos anteriores, o poder de fogo dos oligarcas teme a explosão dos submissos – se igualam em acentuar o horror de uma terra em que o patriarca, o oligarca e o déspota são apenas designações diversas para um constante *Urführer*. Falar em seu outono pode ser entendido como ironia ou esperança. Ou como ironia que esconde a recalcitrante esperança.

Os Últimos Dias do Libertador

Embora considere *El General en su Labirinto*, de 1989, um romance de qualidade, não o ponho no nível de *El Amor en Tiempo del Cólera*, de 1985. Contudo, porque esta parte destaca *la soledad de una provincia marginada* (a solidão de uma província marginalizada), sua ótica impôs a escolha daquele. Declará-lo, exige, retomando as linhas do prefácio à primeira edição, que pensemos sobre a composição geral do livro prestes a terminar. É o que faremos considerando duas ordens de razões:

1. Foi um elemento temático, o horror, que nos serviu de primeiro condutor. Ora, havendo a primeira parte encontrado seu momento culminante na experiência antecipada de *desencantamento* vivenciada pela *Peregrinação*, junto à irregularidade de uma obra, *Os Lusíadas* que, por seu gênero, a épica, haveria de supor unidade e congraçamento, o fracasso do ideal de unificação sonhado por Bolívar qualificava *El General* para que servisse à conclusão ao processo de desencantamento do mundo realizado nos continentes marginalizados. Sem que disso estivéssemos de antemão conscientes, esboçava-se assim uma das configurações pós-flaubertianas da *figura*, sobre a qual Auerbach teorizara ainda em 1938. (A outra configuração, que cobre parte da Europa Ocidental e os Estados Unidos, exigiria a indagação da outra

modalidade de horror.) É conveniente recordar o entendimento da *figura* pelo grande romanista.

Em seu perfil clássico, de inspiração cristã, a *figura* auerbachiana supunha um termo de abertura que continha a promessa a ser cumprida pelo advento de um segundo termo, que, ao lhe dar sentido, a completava: "Figura é algo real, histórico, que apresenta e anuncia algo outro, também real e histórico. A relação de interdependência entre os dois eventos é reconhecível por um acordo ou similaridade"[100].

Assim, nos textos bíblicos, tanto Adão como Moisés são apresentados como figuras antecipatórias de que Cristo será o cumprimento. Mas, como hoje reconhece a leitura do realismo francês, no *Mimesis*, de 1946, sobretudo no capítulo XVIII, o modelo modernamente se desfez, por excelência, no *Madame Bovary*, de 1856. Se a *Divina Commedia* é passível de ser tomada como a abertura de uma *figura* propriamente cristã, qual seria seu termo de cumprimento se não o romance de Flaubert? De cumprimento descumpridor. Pois o que Auerbach viria a escrever sobre Baudelaire valeria de igual para o romance do compatriota do poeta: "Que então passa com a esperança (*Hoffnung*)? Como o nada pode ser um novo sol que traz o desabrochar das flores? Desconheço a resposta. Ela não se encontra nas *Flores do Mal*"[101].

Coube a Timothy Bahti o mérito de, comparando os capítulos do *Mimesis* dedicados a Dante e Flaubert, ter sido o primeiro a verificar que as relações intercorrentes entre as obras mestras dos dois autores – ao contrário do que sucedia entre Virgílio e Dante – conduzia a uma verdadeira *desfiguração*: "Dante prefigura o cumprimento 'real' do realismo ocidental no realismo francês do século XIX: Dante se torna a figura para a verdade de Flaubert"[102]. Desfiguração porque o que se cumpre no XIX francês é um verdadeiro choque do que Dante prefigurara: "Representação sem realidade [...]; a verdade como falsidade e nada; personagens a que faltam cumprimento *e prefiguração* 'de sua própria realidade', exceto em seu cumprimento figural como letras que significam"[103].

---

100 E. Auerbach, Figura, em *Gesammelte Aufsätze zur romanischen Philologie*, p. 65.
101 Idem, Baudelaires *Fleurs du mal* und das Erhabene, op. cit., p. 288.
102 T. Bahti, Auerbach's Mimesis, *Allegories of History*, p. 145.
103 Idem, p. 153.

a maravilha e o horror

Embora saibamos que Hayden White proporá uma interpretação bem diversa da concepção auerbachiana de história da literatura[104], a polêmica não será explorada, pois nosso interesse aqui não concerne à própria história literária[105], mas sim em saber como o texto ficcional – ainda quando ele assim não se veja e antes seja um inomeável (a *Peregrinação*) – internaliza e transforma a cena do real. É dentro desses parâmetros que *El General en su Labirinto* aparece como o cumprimento – irônico, amargo, contrafeito – da *figura* cuja promessa, absolutamente leiga, era dada pela involuntária *Entzauberung* (Desencantamento) de Mendes Pinto. Cumprimento descumpridor, por certo. Mas não como resultado de uma abordagem historista--teleológica, se não mesmo determinista. Nenhum dos pressupostos está aqui presente, pois o termo de abertura não imporia o trajeto descontínuo que traçamos. Se, em vez de Conrad, tivéssemos considerado Flaubert, o trajeto seria completamente outro. Como já esboçamos no prefácio à 1ª edição, o horror, no caso do destaque de Flaubert, assumiria a feição do tédio, da insânia, da falta de sentido, da história que, sem ser "fria" (Lévi-Strauss), parece-se ao pesadelo, conduzindo-nos a Kafka, a Musil, a Beckett. No trajeto pelo qual não optamos, tropeçaríamos por certo com um horror assemelhado ao que se estampou no trajeto efetivamente feito: seu exemplo máximo seria o poeta Paul Celan. Os dois trajetos, o que aqui não coube e o que foi feito, indicam que, a partir do *desencantamento*, sobre o qual Weber teorizara, o mundo se divide em duas partes: a dos que se expandiram nos séculos XVI e XVII e engrossaram suas hostes com os Estados Unidos, onde as instituições civis não prestam vassalagem a autocracias religiosas e leigas, e a dos que ficam à margem. (A ruptura é bem sintetizada na ironia de um marginalizado: o primeiro lado forma "um país admirável para *eles* [mas naturalmente não para nós]"[106].) Como a interpretação

---

104 Sem se referir a Timothy Bahti, Hayden White chega a conclusão diversa: o conceito de figura atravessa sim a concepção auerbachiana de história literária. Mas esta, em vez de conter seu descumprimento, supõe, com o advento do alto modernismo, o aparecimento de um outro arco figural, apenas esboçado pelo capítulo sobre Virginia Woolf, sem que Auerbach, morto em 1957, tivesse tido tempo para refletir mais exaustivamente sobre ele. Cf. H. White, Auerbach's Literary History..., *Figural Realism*, p. 89-100.

105 Ao contrário, viemos à exploração do ensaio de Auerbach em comunicação a simpósio sobre Erich Auerbach, realizado em Berlim, em dezembro de 2004. Cf. L. Costa Lima, Zwischen Realismus und Figuration, em K. Barck; M. Treml (orgs.), *Erich Auerbach*, p. 255-267.

106 E. Said, *Out of Place*, p. 142.

desenvolvida não é determinista, não precisamos enfatizar que o horror da chamada "solução final" ou tampouco a guerra fratricida que, no começo dos anos de 1990, ensanguenta os Balcãs, se cumpre dentro ou na vizinhança dos *países admiráveis*. Ao lado do *desencantamento* que "deu certo", resta o outro lado: a África, a Ásia, a Ibero-América, continentes marginalizados, onde a instabilidade político-econômica, a dependência do capital metropolitano e de suas agências torna o horror, de imediato físico, sempre iminente.

O fracasso do sonho de Bolívar ressalta, pois, uma das faces do mundo *desencantado*, i.e., que troca a concepção teológica unitária e rigidamente hierárquica pela da pura racionalidade econômica. Além do mais, a consideração de *El General* permite que se assinale um outro elo. Se, à distância de séculos, a experiência de Mendes Pinto servira de ponto de partida, em um horizonte histórico mais próximo, o termo anunciador da *figura-que-se-desfigurará* passa a ser encarnado pontualmente por Charles Gould, em *Nostromo*. Lembre-se que Gould se insurgira contra a decepção paterna com a terra em que seus ascendentes haviam se fixado; que, em vez de permanecer na Europa. Entrara em contato com o financista de San Francisco e buscara tirar Sulaco da instabilidade e do marasmo do continente sul-americano. Considerando simplesmente as datas em que se inscrevem o ser ficcional, Charles Gould, e o que prolonga seu caráter histórico em ficcionalidade, Bolívar, pode-se dizer que este descumpre, ou melhor, sofre a desrealização do que será a promessa de Gould. Se quisermos, porém, ser mais fiéis à inserção histórica das duas personagens, pode-se inverter sem danos a nomeação: Bolívar seria a figura que anuncia o cumprimento (descumpridor) de Gould.

2. A segunda razão da escolha de *El General en su Labirinto* é mais diretamente formulável. Interessou-me ver como García Márquez conseguiu ficcionalizar uma figura histórica do porte do Libertador, sem recair no traçado do chamado romance histórico. É verdade que, para bem realizar a tarefa, eu próprio deveria ter um conhecimento biográfico de Bolívar que não tenho. Animava-me, contudo, a experiência de leitor do *Lotte in Weimar* (Carlota em Weimar, 1939). O fato de também desconhecer a biografia detalhada de Goethe não me impedira de verificar que a documentação histórica, que Thomas Mann levantara, não convertera o encontro da inspiradora de

Die Leiden des jungen Werther (Os Sofrimentos do Jovem Werter, 1774) com o agora velho e famoso autor em uma reconstituição histórica. Contentei-me, pois, em aceitar a informação do próprio autor: "Os fundamentos históricos me preocupavam pouco, pois a última viagem pelo rio é o tempo menos documentado da vida de Bolívar"[107] –, o que não o impediu de consultar os mais diversos especialistas para que não cometesse arbitrariedades históricas. Também levei em conta a reação dos historiadores e as observações feitas a seu propósito por Carmenza Kline e Conrado Zuluaga Osorio. O seu teor é evidente em comentários como: "A Academia Colombiana de História o considerou 'irreverente', Germán Arciniegas – seu presidente – assim como outros destacados membros dessa coletividade o repudiaram por mostrar um Bolívar à espreita permanente de mulheres e com o corpo estragado por suas moléstias"[108].

> Um herói da independência americana, o guerreiro que enfrentou o império mais poderoso de seu tempo e o derrotou, o único que recebeu o título de El Libertador, não podia ser exibido aos olhos do mundo inteiro como um ancião decrépito que aos quarenta e sete anos era um despojo humano, consumido prematuramente pela flatulência e a incontinência senil[109].

O "libro vengativo" que García Márquez declara haver querido escrever[110] justifica-se *a posteriori* pela indignação dos historiadores.

A Amargura do Pai Primordial

Já por seu início, *El General* expressa o clima que deverá desenvolver:

> Tinha feito quarenta e seis anos no mês passado de julho, mas já seus ásperos cabelos encaracolados haviam se tornado cor de cinza e

---

107 G. G. Márquez, La Soledad de América Latina, *El Coronel no Tiene Quien le Escriba* e *Cien Años de Soledad*, p. 271.
108 C. Kline, op. cit., p. 320.
109 C. Z. Osorio, El Bolívar de García Márquez, *Puerta Abierta a Gabriel García Márquez*, p. 96.
110 C. Kline, op. cit., p. 297.

parte III: a expansão do redemunho

tinha os ossos desordenados pela decrepitude prematura e todo ele se via tão frágil que não parecia capaz de perdurar até o julho seguinte. [...] Terminou barbeando-se a cegas sem deixar de dar voltas pelo quarto, pois procurava ver-se no espelho o menos possível para não se encontrar com seus próprios olhos[111].

O perfil do velho desgastado historicamente antecipa e se contrapõe ao do patriarca de *El Otoño*. A contraposição mal precisa ser assinalada: o patriarca tem, como se diz dos gatos, sete fôlegos; sua morte, diversas vezes divulgada, não significa que, em todas elas, salvo numa, sempre se tratasse de um embuste com que desmacarava seus ocultos inimigos. Pode-se até entender que de fato morrera mais de uma vez, pois o patriarca é menos alguém que uma função. O patriarca é a encarnação daquilo em que se torna o poder nas terras libertadas, depois que o projeto unificador de Bolívar se converte em pó e nada. O patriarca *cumpre* a frustração do Libertador. Assim considerando, é de menor importância que *El General* rompa o caminho da fábula adotado no *Cien Años* e amadurecido em *El Otoño* e retomado, em nível ainda mais alto em *El Amor en los Tiempos del Cólera*. García Márquez não o mantém porque houvesse necessariamente se desgostado com a liberdade concedida pela fábula, mas porque sua prática, quanto a uma figura histórica, seria disfuncional. Por ser um livro de vingança, a invenção ficcional haveria de se exercer nos interstícios não documentados, tendo, contudo, como moldura, a vida de fato vivida. Seria, pois, arbitrário considerar *El General* como o retorno ao molde de suas primeiras obras. O que vale dizer, dividir a obra de García Márquez entre fases realista e fantástica é não se dar conta de que, através de molduras diversas, ele sempre visa a configurar a cena do real socialmente efetivo, a partir de um preciso lugar. Cogitar, portanto, em uma ficção que não remete senão a *inventio* que a moveu termina sendo tão insuficiente quanto a indignação dos historiadores colombianos.

Supor que a *inventio* é capaz de mudar o factual histórico na linha do destino, implica que a partida de Bolívar de Santa Fé de Bogotá se dera enquanto se armavam atentados contra sua escassa vida e colegiais sujavam as paredes com ofensas dirigidas a ele, quer a anotem ou não os administradores da *Historie*. A moldura histó-

111 G. G. Márquez, *El General en su Labirinto*, p. 12-13.

a maravilha e o horror

rica permanecia no caminho que teria escolhido: rumo ao porto de Cartagena de Índias, onde um veleiro o recolheria e o levaria para o último exílio. Sua má saúde, a frustração política absoluta com que se defronta – não só o general Santander contraria o que Bolívar pensara quanto aos que seriam convidados para participar do Congresso do Panamá ("O general Santander, hostil ao desejo de Bolívar, optou por assegurar que o congresso não fosse a agrupação dos países americanos que tinham uma mesma posição democrática, senão que fosse uma reunião de todos os países do hemisfério, sem que importassem as inclinações políticas e os interesses comerciais"[112]), como seus adversários veem em seus últimos planos o propósito de converter-se em ditador – o levam ao estado de delírio, em que o encontra seu mais fiel servidor: "Ouviu-lhe dizer frases desconexas que cabiam em uma só: 'Ninguém entendeu nada'"[113]. Conforme sua frase famosa: o Libertador arara no mar. Assim, ao partir de Bogotá, transita entre os que creem que sua projetada viagem é mais um de seus fingimentos: "Acusavam-no de estar fingindo uma viagem ao exterior, quando na realidade ia para a fronteira da Venezuela, a partir de onde planejava regressar para tomar o poder à frente das tropas insurgentes"[114]. O que, entretanto, observa o narrador, não deixava de ser explicável, pois tantas vezes alegara que renunciava ao poder "que nunca se soube quando era certo"[115]. Mas agora, muito mais que a enfermidade que o consome, importa a desilusão: "A glória abandonara seu corpo"[116], estando tomado por "um desinteresse pelo mundo e uma calma absoluta do espírito"[117].

Embora biologicamente Bolívar seja apenas um homem maduro, o dilaceramento do sonho tornara seu corpo um traste:

> O Peru, em poder de uma aristocracia regressiva, parecia irrecuperável. O general Andrés de Santa Cruz levava a Bolívia pelo cabresto por um rumo próprio. A Venezuela, debaixo do império do general José Antonio Páez, acabava de proclamar sua autonomia. O general Juan

112 C. Kline, op. cit., p. 309.
113 G. G. Márquez, *El General en su Labirinto*, p. 18.
114 Idem, p. 21.
115 Idem, p. 22.
116 Idem, p. 23.
117 Idem, p. 24.

José Flores, prefeito geral do sul, tinha unido Guaiaquil e Quito para criar a república unida do Equador. A república da Colômbia, primeiro embrião de uma pátria imensa e unânime, estava reduzida ao antigo vice-reinado da Nueva Granada. Dezesseis milhões de americanos mal iniciados na vida livre ficaram ao arbítrio de seus caudilhos locais[118].

Em vez pois de obedecermos à distinção entre realismo e exploração do fantástico, a via analítica adequada consiste em assinalar que García Márquez viera da espera maníaca do coronel, ao pesadelo tumultuado do exercício de todos os excessos em *Cien Años*, passando pelo poder herniado de *El Otoño* até à frustração sem limites do Libertador. Se aceitarmos essa cadeia de encaixes, é à figura de Bolívar que cabe a designação: é ele o verdadeiro pai originário de tão caótica descendência. Unindo-se à imaginação, o real pare a ficção. A ficção não é o termo oposto à cena do real, senão o que a explora além do plano dos *percepta*.

Enquanto espera o barco que o levará ou adia seu embarque, Bolívar ainda aguarda que o general Sucre possa consertar o que ele próprio não conseguira. Mas, como dizia no *Cien Años*, "o amor é uma peste"[119] e Sucre termina morto quando voltava para sua amada. De certo modo, pois, seus adversários estão certos em temer que ele não pretendesse sair da América. Ressaltar, portanto, a expectativa que Bolívar ainda mantinha mostra que García Márquez não caiu na armadilha de tomar o Libertador como o herói vitimado pela ambição de seus ex-comandados. Em sua personalidade contraditória, Bolívar tomava a si próprio como sendo o sol, e dividia o mundo entre os que estavam com ele ou contra ele. O autoritarismo começara pois com o *Urvater*. Pois o desafio que o romancista se impôs, respeitando a moldura histórica, implica não criar uma personagem plana, tão só apropriada para comemorações celebratórias. A frustração de Bolívar é efetiva, mas a espera de outro desfecho não o abandona. A contradição é um sinal de vida, mesmo em um corpo que evidencia seus estragos. Estragos que tampouco poupam as mulheres que desejara ou seduzira, como a jamaicana que vem lhe pedir um favor: "Miranda tinha o propósito de tirar o véu para falar com ele, uma vez afastado o risco

118 Idem, p. 25-26.
119 *Cien Años de Soledad*, p. 97; p. 71.

a maravilha e o horror

445

de ser reconhecida na rua, mas a impediu o horror de que também ele descobrisse em sua cara os estragos do tempo"[120]. Muito menos são unânimes os estragos do tempo. Eles não impedem que, até ao fim, Bolívar mantenha sua capacidade de fascínio, que não seduz apenas as mulheres. -, percebendo que um dos membros de sua comitiva resistia ao abandono da luta, Bolívar o procura e mantém uma conversa que pareceria destinada a convencê-lo de que seu projeto era inútil. Cabe ao narrador acentuar o que a escrita da história não poderia assegurar: "Falou-lhe largamente, mostrando-lhe em cada palavra o que parecia ser seu coração por dentro, embora nem Carreño nem ninguém nunca houvesse de saber se em realidade o era"[121]. E isso apesar de a fala completa de Bolívar parecer todo o contrário do ambíguo: "Não delires mais, Carreño", lhe disse. "Isso foi levado pelo caralho"[122].

A ambiguidade, estratégica ou constitutiva, a capacidade de sedução pessoal o acompanham até ao último momento. Não embarca na nau que o espera. E a atividade a que se entrega, escrevendo cartas às unidades militares, fazendo pedidos que se parecem a verdadeiras ordens e tomando decisões militares, parecem outra vez desmentir que fosse efetiva a decisão de se exilar. A contradição o acompanha enquanto tem um sopro de vida. Porém mais forte que as contradições que abriga é o desgaste infalível de seu corpo. Bolívar morre na terra que, Libertador, não libertara. Essa é a imagem que não podem aceitar os que o congelam em lenda e mito. A lenda e o mito são desfeitos pelo romance de García Márquez. Que sua obra, além do mais, tenha a popularidade que conhece nos leva a constatar que o mercado não favorece apenas o entulho; que o fetiche não doura apenas corpos vazios. Fosse assim, a popularidade que a ficção de García Márquez conhece o impugnaria para a análise que aqui se encerra.

120 *El General en su Labirinto*, p. 90.
121 Idem, p. 172.
122 Idem, ibidem.

Bibliografia Geral

ADAMS, Percy G. *Travel Literature and the Evolution of the Novel*. Lexington: The University Press of Kentucky, 1983

AHMAD, Aijaz. Jameson's Rhetoric of Otherness and the "National Allegory". *Social Text*, [s.l.], n. 17, outono 1987.

ANÔNIMO. *La Vida de Lazarillo de Tormes y de sus Fortunas y Adversidades (1554)*. Madrid: Espasa-Calpe, 1955. (Organização e notas de J. Cejador y Frauca.)

ARRIGUCCI, Davi. O Baile das Trevas e das Águas. Republicado como posfácio a CALLADO, Antonio [1977]. *Reflexos do Baile*. Rio de Janeiro: Nova Fronteira, 2002.

JEAN-AUBRY, Georges. *Joseph Conrad. Life and Letters*. London: Heinemann, 1927, 2 v.

AUERBACH, Erich. *Gesammelte Aufsätze zur romanischen Philologie*. Bern/München: Francke, 1967.

BAHTI, Timothy. *Allegories of History. Literary Historiography After Hegel*. Baltimore/London: The Johns Hopkins University Press, 1992.

BARROS, João de [1552]. *Ásia. Dos Feitos que os Portugueses Fizeram no Descobrimento e Conquista dos Mares e Terras do Oriente, Primeira Década*. Lisboa: Imprensa Nacional – Casa da Moeda, 1988. (Edição fac-similar, revista e prefaciada por António Baião.)

_____ [1553]. *Asia. Segunda Década*. Lisboa: Imprensa Nacional – Casa da Moeda, 1998. (Edição fac-similar, edição iniciada por António Baião e continuada por Luís F. Lindley Cintra.)

_____ [1563]. *Ásia, Terceira Década*. Lisboa: Imprensa Nacional – Casa da Moeda, 1992. (Edição fac-similar.)

_____ [1615]. *Ásia. Quarta Década*. Lisboa: Imprensa Nacional – Casa da Moeda, 2001. (Completada por João Baptista Lavanha, introdução de Maria Augusta Lima Cruz.)

BARTHES, Roland. *Michelet par lui-même*. Paris: Seuil, 1954.

_____. L'Effet de réel. *Communications*. Paris: Seuil, n. 11, 1968.

BEER, Jeanette A. *Narrative Conventions of Truth in the Middle Ages*. Genève: Librairie Droz, 1981.

BELLOW, Saul [1956]. *Seize the Day*. New York/London: Penguin, 1996.

BLOOM, Harold (org.). *Joseph Conrad's Heart of Darkness (Modern Critical Interpretations)*. New York/Philadelphia: Chelsea House, 1987.

BORGES, Jorge Luis [1960]. Sobre *The Purple Land. Nuevas Inquisiciones*. Buenos Aires: Emecé, 1970.

BOXER, Charles Ralph [1969]. *The Portuguese Seaborne Empire 1415-1825*.New York: A. A. Knopf, 1969. Trad. Brasileira de Anna Olga Barros Barreto. *O Império Marítimo Português 1415-1825*. São Paulo: Companhia das Letras, 2002.

BRIÇONNET, Guillaume. *Correspondance Briçonnet – Marguerite d'Angoulême (1521 - 1524)*. Genève: Librairie Droz, 1975, 2 v.

BURROWS, Guy. *The Land of the Pigmies*. Parte transcrita em KIMBROUGH, Robert (org.). *Heart of Darkness: An authorative text. Background and sources, criticism*. New York: Norton, 1971.

CALLADO, Antonio [1977]. *Reflexos do Baile*. 6. edição. Rio de Janeiro: Nova Fronteira, 2002.

CAMÕES, Luís Vaz de [1572]. *Os Lusíadas. Obras Completas*. Lisboa: Sá da Costa, 1947, v. IV e V. (Prefácio e notas de Hernani Cidade).

CAMPBELL, Mary B. *The Witness and the Other World. Exotic European Travel Writing 400-1600*. Ithaca: Cornell University Press, 1988.

CAMPOS, Augusto; CAMPOS, Haroldo de [1964]. *Re visão de Sousândrade*. 3. ed. revista e ampliada. São Paulo: Perspectiva, 2002.

CANDIDO, Antonio [1957]. O Sertão e o Mundo: Estudo sobre Guimarães Rosa (1957), posteriormente intitulado O Homem dos Avessos. In: _____. *Tese e Antítese*. São Paulo: Companhia Editora Nacional, 1964.

_____. Catástrofe e Sobrevivência In: _____. *Tese e Antítese*. São Paulo: Companhia Editora Nacional, 1964.

CARPENTIER, Alejo: De lo Real Maravilloso Americano. *Ensayos*. Havana: Letras Cubanas, 1984.

_____ [1953]. *Los Pasos Perdidos*. Barcelona: Barral, 1972.

CARVALHO, Alberto. Mas este é o Mundo da *Peregrinação*, segundo Fernão Mendes Pinto (Caminhos do Oriente). In: SEIXO, Maria Alzira; ZURBACH, Christine (orgs.). *O Discurso Literário da "Peregrinação"*. Lisboa: Cosmos, 1999.

CARVALHO, Célia. Acerca da Autobiografia na *Peregrinação*. In: SEIXO, Maria Alzira; ZURBACH, Christine (orgs.). *O Discurso Literário da"Peregrinação"*. Lisboa: Cosmos, 1999..

CASTRO, Anibal Pinto de. Introdução à *Peregrinação*. In: PINTO, Fernão Mendes. *Peregrinação*. Porto: Lello & Irmão, 1984.

CASTANHEDA, Fernão Lopes de [1551-1929]. *História do Descobrimento e Conquista da Índia pelos Portugueses*. Porto: Lello & Irmão, 1979, 2 v. (Introd. e revisão de M. Lopes de Almeida.)

CASTORIADIS, Cornelius. *L'Institution imaginaire de la société*. Paris: Seuil, 1975.

CATZ, Rebecca. *The Travels of Mendes Pinto*. Chicago/London: The University of Chicago Press, 1989.

_____. *Cartas de Fernão Mendes Pinto e Outros Documentos*. Lisboa: Presença, 1983.

CAVE, Terence. Imagining Scepticism in the Sixteenth Century. *Journal of the Institute of Romance Studies*. London, v. 1, 1992.

COELHO, Fr. Manoel [1614]. Primeira licença para a impressão da *Peregrinação*. In: PINTO, Fernão Mendes. *Peregrinação*. Porto: Lello & Irmão, 1984.

COLLIS, Maurice. *The Grand Peregrination*. London: Faber and Faber, 1949.
CONRAD, Joseph. *The Collected Letters of Joseph Conrad* (1861 – 1897). Organização Frederick R. Karl; Lawrence Davies. New York: Cambridge University Press, Cambridge, 1983, v. 1.
_____. *The Collected Letters of Joseph Conrad* (1898-1902), 1986, v. 2.
_____. *The Collected Letters of Joseph Conrad* (1903-1907), 1988, v. 3.
_____. *The Collected Letters of Joseph Conrad* (1908- 1911), 1990, v. 4.
_____. *The Collected Letters of Joseph Conrad* (1912-1916), 1996, v. 5.
_____ [1890]. The Congo Diary. In: NAJDER, Zdzisław (org.). *Congo Diary and Other Uncollected Pieces*. New York: Doubleday, Garden City, 1978
_____. Author´s note a *Almayer's Folly* (1895). In: *Complete Works*. New York: Doubleday, Garden City, 1925, v. XI.
_____ [1895]. *Almayer's Folly*. In: *Complete Works*, v. XI. Tradução brasileira de Julieta Cupertino. *A Loucura de Almayer*. Rio de Janeiro: Revan, 1999.
_____ [1896]. *An Outcast of the Islands*. In: *Complete Works*, v. XIV.
_____ [1897]. *The Nigger of the "Narcissus". A Tale of the Forecastle*. In: *Complete Works*, v. XXIII.
_____ [1898]. Author's Note a *Tales of Unrest*. In: *Complete Works*, v. VIII.
_____ [1898]. An Outpost of Progress, incluído em *Tales of Unrest*. In: *Complete Works*, v. VIII.
_____ [1898]. The Return, incluído em *Tales of Unrest*. In: *Complete Works*, v. VIII.
_____ [1900]. *Lord Jim*. In: *Complete Works*, v. XXI. Tradução brasileira de Mário Quintana. *Lorde Jim*. São Paulo: Abril Cultural, 1971.
_____ [1902]. *Heart of Darkness*, em *Youth and Two Other Stories*. In: *Complete Works*, v. XVI. Tradução brasileira de Celso M. Paciornik. *O Coração das Trevas*. São Paulo: Iluminuras, 2002.
_____ [1904]. *Nostromo. A Tale of the Seabord*. In: *Complete Works*, v. IX. Tradução brasileira de José Paulo Paes. *Nostromo*. São Paulo: Companhia das Letras, 1991.
_____ [1906]. *The Mirror of the Sea*. In: *Complete Works*, v. IV.
_____ [1912]. *A Personal Record*. In: *Complete Works*, v. VI. Tradução brasileira de Celso M. Paciornik, *O Espelho do Mar Seguido de Um Registro Pessoal*. São Paulo: Iluminuras, 1999.
_____ [1913]. *Chance. A Tale in Two Parts*. In: *Complete Works*, v. II.
_____ [1915]. *Victory*. In: *Complete Works*, v. XV. Tradução brasileira de Marcos Santarrita. *Vitória*. Rio de Janeiro: Francisco Alves, 1982.
_____ [1917]. Author's Note a *Lord Jim*. In: *Complete Works*, v. XXI.
_____ [1917]. Author's Note a *Nostromo*. In: *Complete Works*, v. IX.
_____ [1919]. Author's Note para a reedição de *An Outcast of the Islands*. In: *Complete Works*, v. XIV.
_____ [1919]. Author's Note para a reedição de *A Personal Record*. In: *Complete Works*, v. VI.
COSTA LIMA, Luiz. *O Controle do Imaginário e a Afirmação do Romance*. São Paulo: Companhia das Letras, 2009.
_____. Zwischen Realismus und Figuration. Auerbachs dezentrierter Realismus. In: BARCK, Karlheinz; TREML, Martin (orgs.). *Erich Auerbach. Geschichte*

und Aktualität eines europuaischen Philologen. Berlin: Kulturverlag Kadmos, 2007.

_____. *História. Ficção. Literatura.* São Paulo: Companhia das Letras, 2006.

_____ (1993). *Limites da Voz (Montaigne, Schlegel, Kafka).* 2. ed. Rio de Janeiro: Topbooks, 2005.

_____. *Mímesis: Desafio ao Pensamento.* Rio de Janeiro: Civilização Brasileira, 2000.

_____. *Pensando nos Trópicos.* Rio de Janeiro: Rocco, 1991.

COTELO, Ruben. Prólogo a *La Tierra Purpúrea.* Trad. de Idea Vilariño, *La Tierra Purpúrea.* Montevideo: Ediciones de la Banda Oriental, 2001.

COUTO, Diogo do [1602]. *Década Quarta da Ásia.* Lisboa: Fundação Oriente/ Imprensa Nacional/ Casa da Moeda, 1999, v. 1. (Edição crítica e anotada, coordenada por Maria Augusta Lima Cruz.)

_____ [1790]. *O Soldado Prático.* Lisboa: Livraria Sá da Costa Editora, 1980. (Texto reconstruído, prefaciado e introduzido por Rodrigues Lapa.)

COX, C. B. [1974]. *Heart of Darkness*: a Choice of Nightmares? Republicado em BLOOM, Harold (org..). *Joseph Conrad's Heart of Darkness (Modern Critical Interpretations).* New York/Philadelphia: Chelsea House Publishers, 1987.

CRUZ, Maria Augusta de Lima. Notas Históricas e Filológicas à edição crítica de Diogo do Couto [1602], *Década Quarta da Ásia.* Lisboa: Fundação Oriente/ Imprensa Nacional/ Casa da Moeda, 1999, v. 2.

CUNHA, Euclides da. Carta a José Veríssimo, de 3 de dezembro de 1902. In: GALVÃO, Walnice Nogueira; GALOTTI, Oswaldo (orgs.). *Correspondência de Euclides da Cunha.* São Paulo: Edusp, 1997. DE CERTEAU, Michel. *L'Écriture de l'Histoire.* Paris: Gallimard, 1975.

DEFAUX, Gérard. Montaigne chez les sceptiques: essai de mise au point. *French forum*, v. 23, n. 2, mai. 1998.

DEFOE, Daniel [1719]. *The Life and Strange Surprising Adventures of Robinson Crusoe.* London: Dent, 1964.

DORFMAN, Ariel [1970]. La Muerte como Acto Imaginativo en *Cien Años de Soledad* (1970). Republicado em GIACOMAN, Helmy F. (org.). *Homenaje a Gabriel García Márquez.* Madrid: Anaya, 1972.

DOSTOIÉVSKI, Fiodor [1864]. *Memórias do Subsolo.* Tradução de Boris Schnaiderman. São Paulo: Editora 34, 2000.

DRYDEN, Linda. *Joseph Conrad and the Imperial Romance.* New York: Palgrave, 2000.

DUBOIS, Claude-Gilbert. Regards sur la conception de l'histoire en France au XVe siècle. In: JONES-DAVIES, Marie Thérèse (org.). *L'Histoire au temps de la Renaissance.* Paris: Klincksieck, 1995.

ECHEVARRÍA, Roberto González [1990]. *Myth and Archive. A Theory of Latin American Narrative.* Darham/London: Duke University Press, 1998.

ESTRADA, Ezequiel Martínez: *Sarmiento.* Buenos Aires: Argos, 1946.

FERNANDES, Jorge: *O Tejo é um Rio Controverso.* Rio de Janeiro: 7 Letras, 2008.

FIELDING, Henry. *The History of Tom Jones, a Foundling* (1749). Oxford/London: Oxford University Press, 1996. (organizado por John Bender e Simon Stern, introdrodução de John Bender.)

bibliografia geral 451

FORSTER, Edward Morgan. Joseph Conrad: A Note. Republicado em _____. *Abinger Harvest*. London: Edward Arnold, 1936.

GIDE, Andre [1927]. *Voyage au Congo*. Republicado em *Voyage au Congo. Le Retour du Tchad. Retour de l'U.R.S.S. Retouches à mon retour de l'U.R.S.S. Carnets d'Égypte*. Paris: Gallimard, 1993. (Prefácio de Gilles Leroy.)

GIL, Fernando. O Efeito-Lusíadas. In: MACEDO, Helder; GIL, Fernando. *Viagens do Olhar. Retrospecção, Visão e Profecia no Renascimento Português*. Porto: Campo das Letras, 1998.

_____. Viagens do Olhar: Os Mares d'*Os Lusíadas*. In: MACEDO, Helder; GIL, Fernando. *Viagens do Olhar. Retrospecção, Visão e Profecia no Renascimento Português*. Porto: Campo das Letras Editores, 1998.

GODINHO, Vitorino Magalhães (1963-71). *Os Descobrimentos e a Economia Mundial*..Lisboa: Editorial Presença, 2. ed. corrigida, 1991, v. 1; Lisboa: Arcádia, 1965, v. 2.

GOETHE, Johann Wolfgang. Diderots Versuch über die Malerei. *Kunsttheoretische Schriften und Übersetzungen*. Berlin: Aufbau-Verlag, 1977. (organização de Siegfried Seidel.)

GUERARD, Albert J.: *Conrad. The Novelist*. Cambridge: Harvard University Press, 1958.

GUETTI, James [1965]. *Heart of Darkness*: The Failure of Imagination. Republicado em BLOOM, Harold (org..). *Joseph Conrad's Heart of Darkness (Modern Critical Interpretations)*. New York/Philadelphia: Chelsea House Publishers, 1987.

HANSEN, João Adolfo: A Máquina do Mundo. In: NOVAIS, Adauto (org.) *Poetas que Pensaram o Mundo*. São Paulo: Companhia das Letras, 2005.

HARPHAM, Geoffrey Galt. *One of Us. The Mastery of Joseph Conrad*. Chicago/London: The University of Chicago Press, 1996.

HEIDEGGER, Martin [1927]. *Sein und Zeit*. Türbingen: Max Niemeyer Verlag, 1986. Tradução brasileira de Márcia de Sá Cavalcanti. *Ser e Tempo*. Petrópolis: Vozes, 1988, 2 v.

HESPANHA, António Manuel. Depois do Leviathan. *Almanack Brasiliense*, São Paulo, n. 5, 2007.

_____. *As Vésperas do Leviathan, Instituições e Poder Politico, Portugal – século XVI*. Coimbra: Livraria Almedina, 1994.

HESPANHA, António Manuel; SANTOS, M. C. Os Poderes num Império Oceânico. In: MATTOSO, José (org.). *História de Portugal: O Antigo Regime*, v. 4. Lisboa: Editorial Estampa, s/d.

HENNESSY, Maurice Noel [1961]. *Congo*, In: KIMBROUGH, Robert (org.). *Heart of Darkness: An Authorative Text. Background and Sources, Criticism*. Norton/New York: A Norton Critical Edition, 1971.

HOZVEN, Roberto. *El Otoño... La Horda y sus Patriarcas. Cuadernos Americanos*, México, n. 1, v. XLIV, janeiro-fevereiro de 1985.

HUDSON, William Henry [1885]. *The Purple Land. Being the Narrative of one Richard Lamb's Adventures in the Bande Oriental, in South America, as Told by Himself*. Madison: The University of Wisconsin Press, 2002.

HUYSSEN, Andreas. *After the Great Divide. Modernism, Mass Culture, Postmodernism*. Bloomington/Indianapolis: Indiana University Press, 1986

INWOOD, Michael. *A Heidegger Dictionary*. Oxford-Malden: Blackwell, 1999. Tradução brasileira de Luísa Buarque de Holanda, *Dicionário Heidegger*. Rio de Janeiro: Jorge Zahar, 2002. (Revisão técnica de Márcia Sá Cavalcanti Schuback.)

ISER, Wolfgang.: *Das Fiktive und das Imaginäre. Perspektiven literarischer Anthropologie*. Frankfurt a. M: Suhrkamp, 1991. Tradução brasileira de Johannes Kretschmer. *O Fictício e o Imaginário. Perspectivas de Uma Antropologia Literária*. Rio de Janeiro: Eduerj, 1996.

JAMES, Henry. The New Novel. Primeiro publicado com o título The Younger Generation (1914). Republicado em Henry James. *Literary Criticism. Essays on Literature. American Writers. English Writers*. New York: The Library of America, 1984. (Notas e seleção de Leon Edel.)

JAMESON, Fredric. Third-World Literature in the Age of Multinational Capitalism. *Social Text*, n. 15, outono 1986.

_____ [1981]. *The Political Unconscious. Narrative as a Socially Symbolic Act*. Ithaca/New York: Cornell University Press, 1982.

JANES, Regina. Colombian Politics in the Fictions of Gabriel García Márquez (1984). Republicado em BLOOM, Harold (org.) *Gabriel García Márquez, Modern Critical Views*. New York/Philadelphia: Chelsea House Publishers, 1989.

JORGE, Carlos J. F. A Dimensão da Pirataria na *Peregrinação*. Poder e Contrapoder: Uma Ideologia da Paródia. In: SEIXO, Maria Alzira; ZURBACH, Christine (org.). *O Discurso Literário da "Peregrinação"*. Lisboa: Edições Cosmos, 1999.

KAFKA, Franz: Anotação de 1917, em *Hochvorbereitungen auf dem Lande* (1953). In: SCHILLEMEIT, Jost (org.). *Nachgelassene Schriften und Fragmente*. Frankfurt a. M.: S. Fischer, 1992, v. 2.

KAMMERER, Albert. La Problématique voyage en Abyssinie de Fernand Mendez Pinto (1537).In: _____. *La Mer rouge. L'Abyssinie et l'Arabie aux XVIe e XVIIIe siècles*. Le Caire: Société Royale de Géographie d'Egypte, 1947, v. III, Primeira parte.

KARL, Frederick R. *Victory*: Its Origin and Development. In: RUDE, Donals W. *Conradiana. A Journal of Joseph Conrad Studies*. Texas: Texas Tech University, 1983, v. XV, n. 1.

KIMBROUGH, Robert. *Heart of Darkness: An Authorative Text. Background and Sources, Criticism*. Norton/New York: A Norton Critical Edition, 1971.

KLINE, Carmenza. El General en su Labirinto. In: _____. *Los Orígenes del Relato. Los Lazos entre Ficción y Realidad en la Obra de Gabriel García Márquez*. Colômbia: Ceiba Editores, 1992.

LIMA, Francisco Ferreira de. *O Outro Livro das Maravilhas. A Peregrinação de Fernão Mendes Pinto*. Rio de Janeiro: Relume Dumará, 1998.

LUDMER, Josefina: *Cien Años de Soledad: Una Interpretación*. Buenos Aires: Tiempo Contemporáneo, 1972.

MACEDO, Helder. A Poética da Verdade d'*Os Lusíadas*. In: MACEDO, Helder; GIL, Fernando. *Viagens do Olhar. Retrospecção, Visão e Profecia no Renascimento Português*. Porto: Campos das Letras, 1998.

bibliografia geral

_____. *Camões e a Viagem Iniciática*. Lisboa: Moares Editores, 1980.

MAN, Paul de. *Resistance to Theory*. Minneapolis: University of Minnesota Press, 1986. (Prefácio de Wlad Godzich.)

MÁRQUEZ, Gabriel García. *Vivir para Contarla*. New York: Alfred A. Knopf, 2002.

_____ [1955]. *La Hojarasca*. México: Editorial Diana, 2001.

_____ [1958]. *El Coronel no Tiene Quien le Escriba*. Buenos Aires: Editorial Sudamericana, 1997. Tradução brasileira de Danúbio Rodrigues. Rio de Janeiro/São Paulo: Record, 1999.

_____ [1975]. *El Otoño del Patriarca*. Barcelona: Plaza y Janes Editores, 1997. Tradução brasileira de Remy Gorga Filho. Rio de Janeiro: Record, s/d.

_____. *El General en su labirinto*. Buenos Aires:Editorial Sudamericana, 1997.

_____ [1967]. *Cien Años de Soledad*. Caracas: Biblioteca Ayacucho, 1989. (Prólogo de A. Cueva, bibliografia e cronologia por Patricia Rubio.) Tradução de Eliane Zagury. *Cem Anos de Solidão*. Rio de Janeiro/São Paulo: Record, 1999.

_____ [1983]. La Soledad de América Latina. Republicado em anexo a *El Coronel no Tiene Quien le Escriba* e *Cien Años de Soledad*. Prólogo de Agustín Cueva. Caracas: Ayacucho, 1989.

MARX, Karl [1867]. *Das Kapital. Kritik der politischen Ökonomie* In: MARX, Karl; ENGELS, Friedrich. *Werke*. Berlin: Dietz Verlag, 1977, v. 23.

MAUSS, Marcel. Essai sur le don. Forme et raison de l'échance dans les socieetés archaïques (1923-4). Republicado em *Sociologie et anthropologie*. Paris: PUF, 1966. (Prefácio de C. Lévi-Strauss.)

MELLO E SOUZA, Laura de. *O Sol e a Sombra*. São Paulo: Companhia das Letras, 2006.

MENDES PINTO, Fernão. *The Travels of Mendes Pinto* (1614). Tradução de Rebecca Catz. Chicago/London: The University of Chicago Press, 1989.

_____. *Peregrinação*. Porto: Lello & Irmãos Editores, 1984. (Introdução de Aníbal de Castro Pinto.)

MENDELSOHN, Isaac. (org.). *Religions of the Ancient Near East. Summero-Akkadian Religious Texts and Ugaritic Epics*. New York: The Liberal Arts Press, 1955.

MERRELL, Floyd [1974]. José Arcadio Buendía's Scientific Paradigms: Man in Search of Himself. Republicado em BLOOM, Harold (org.). *Gabriel García Márquez, Modern Critical Views*. New York/ Philadelphia: Chelsea House Publishers, 1989.

MIGNOLO, Walter. *The Darker Side of the Renaissance. Literacy, Territoriality & Colonization*. Ann Arbor: The University of Michigan Press, 1995.

MONEGAL, Emir Rodríguez. Novedad y Anacronismo de *Cien Años de Soledad* (1968). Republicado em GIACOMAN, Helmy F. (org.). *Homenaje a Gabriel García Márquez*. Madrid: Anaya, 1972.

MONTAIGNE, Michel de [1580]. *Les Essais*. Organização de P. Villey. Paris: PUF, 1988, 3 v.

MORETTI, Franco. Il Secolo serio. In: _____. (org.). *Il Romanzo; La Cultura del romanzo* (v. 1). Torino: Einaudi, 2001.

NAJDER, Zdzisław [1983]. *Joseph Conrad. A Chronicle*. Tradução do polonês por Halina Carroll-Najder. New Bruswick/New Jersey: Rutgers University Press, 1984.

NOGENT, Guibert de. *Self and society in medieval France. The Memoirs of Abbot Guibert de Nogent.* New York: Harper Torchbooks, 1970. (organizador, comentador e tradutor J. F. Benton.)

OLIVA, Renato. L'Ambigua redenzione di Kurtz. In: _____. *Conrad: l'imperialismo imperfetto.* Trim: Einaudi, 1973.

OSORIO, Conrado Zuluaga [1989]. El Bolívar de García Márquez Republicado em _____. *Puerta Abierta a Gabriel García Márquez.* Barcelona: Editorial Casiapea, 2001.

PANNIKAR, Kavalam Madhava [1953]. *Asia and Western Dominance. A Survey of the Vasco da Gama Epoch of Asian History 1498-1945).* London: George Allen and Unwin, 1970.

PINELLO, Antonio Leon de [1650]. *El Paraiso en el Nuevo Mundo.* Lima: Comité del IV Centenario del Descubrimiento del Amazonas, 1943. (Editado por Raul Porras Barrenechea, em dois tomos.)

POMPEU, Renato. *Quatro-Olhos.* São Paulo: Alfa-Omega, 1976.

ROBINSON JR., Edward W.: *Swift and the Satirist's Art.* Chicago/London: The University of Chicago Press, 1983.

ROTH, Philip. *The Human Stain.* New York: Vintage Books, 2000. Trad brasileira de Paulo Henriques Britto, *A Marca Humana.* São Paulo: Companhia das Letras, 2002.

ROUANET, Maria Helena: *Eternamente em Berço Esplêndido. A Fundação de uma Literatura Nacional.* Rio de Janeiro: Siciliano, 1991.

RUSSELL-WOOD, A. J. R. [1992]. *The Portuguese Empire, 1415 – 1808.* Baltimore/London: The Johns Hopkins University Press,1998.

SAID, Edward Wadie. [1999]. <u>*Out of Place. A Memoir.*</u> New York: Vintage, 2000.

_____ [1975]. *Beginnings.* New York: Columbia University Press, 1985.

_____. Conrad: the Presentation of the Narrative. In: _____. *The World, the Text and the Critic.* Cambridge/Massachusetts: Harvard University Press, 1983.

_____. *Orientalism.* New York: Vintage Books, 1979.

SARAIVA, António José. *História da Cultura em Portugal.* Lisboa: Jornal do Foro, 1962, v. III.

_____. *Os Lusíadas*, o *Quixote* e o Problema da Ideologia Oca. In_____. *Para a História da Cultura em Portugal.* Lisboa: Publicações Europa-América, 1961, v. II.

_____. *História da Cultura em Portugal.* Lisboa: Jornal do Fôro, 1955, v. II (Em colaboração com Oscar Lopes e Luís Albuquerque.)

SCHMITT, Carl [1922]. *Politische Theologie.* Berlin: Dunker und Humblot, 2004.

SCHWARZ, Daniel R. "Joseph Conrad". In: RICHETTI, John (org.). *The Columbia History of the British Novel.* New York: J. Bender, D. David, M. Seidel (eds. associados), Columbia University Press, 1994.

SEGUÍ, Agustín Francisco. *La Verdadera Historia de Macondo.* Madrid/Frankfurt am Main: Iberoamericana/Vervuert, 1994.

SÉRGIO, António [1929]. *Breve Interpretação da História de Portugal.* Lisboa: Livraria Sá da Costa Editores, 1994. (Edição crítica por Castelo Branco Chaves et al.)

bibliografia geral

SHERRY, Norman (org.): *Conrad. The Critical Heritage*. London/Boston: Routledge/ Kegan Paul, 1973.

STAVANS, Illan. Introduction. In: HUDSON, William Henry [1885]. *The Purple Land. Being the Narrative of one Richard Lamb's Adventures in the Bande Oriental, in South America, as Told by Himself*. Madison: The University of Wisconsin Press, 2002.

STROUD, Barry: Kant and Skepticism. In: Burnyeat, Myles (org.). *The Skeptical Tradition*. Berkeley/Los Angeles/London: University of California Press, 1983

SÜSSEKIND, Carlos e Carlos. *Armadilha para Lamartine*. Rio de Janeiro: Labor, 1975.

SÜSSEKIND, Flora. *O Brasil Não é Longe Daqui. O Narrador, a Viagem*. São Paulo: Companhia das Letras, 1990.

TAUSSIG, Michael. *Shamanism, Colonialism, and the Wild Man. A Study in Terror and Healing*. Chicago/London: The University of Chicago Press, 1987. Trad. Brasileira de C. E. Marcondes de Moura. *Xamanismo, Colonialismo e o Homem Selvagem. Um Estudo sobre o Terror e a Cura*. São Paulo: Paz e Terra, 1993.

THOMAZ, Luís Filipe F. R. *De Ceuta a Timor*. Lisboa: Difel, 1994.

TUCHOLSKY, Kurt. (Sob o pseudônimo de Peter Panter), (Sobre *Der Prozeß*). *Die Weltbühne*, Berlin, 9 de mar. de 1926.

VICO, Giambattista [1744]. *La Scienza nuova*. In: _____. *Tutte le opere di Giambattista Vico*. Milano: Mondadori, 1957, v. 1.

WATT, Ian. *Joseph Conrad. Nostromo*. Cambridge/New York: Cambridge University Press, 1988. (Col. Landmarks of world literature.)

_____. *Conrad in the Nineteenth Century*. Berkeley/Los Angeles: University of California Press, 1979.

_____ [1978]. *Heart of Darkness* and Nineteenth-Century Thought. Republicado em BLOOM, Harold (org..). *Joseph Conrad's Heart of Darkness (Modern Critical Interpretations)*. New York/Philadelphia: Chelsea House Publishers, 1987._____. Conrad, James and *Chance*. In: MACK, Maynard; GREGOR, Ian (orgs.). *Imagined Worlds. Essays on Some English Novels and Novelists in Honour of John Butt*. London: Methuen, 1968.

WEBER. Max [1919]. Wissenschaft als Beruf. In: WINCKELMANN, Johannes (org.). *Gesammelte Aufsätze zur Wissenschaftslehre*. Tübingen: J. C. B. Mohr, 1988.

WHITE, Hayden Auerbach's Literary History. Figural Causation and Modernist Historicism. In: _____. *Figural Realism. Studies in the Mimesis Effect*. Baltimore/ London: The Johns Hopkins University Press, 1999.

WOOLF, Virginia [1924]. "Joseph Conrad". Republicado em _____. *The Common Reader*, primeira série (1925). New York: Harcourt Brace, 1953.

Índice Onomástico

AARU, reino de 153
ACHEM, chefe de 126; moradores de 152
ADAMS, Percy G. 130, 368n, 401n
AFONSO V 93
AGOSTINHO, santo 386
AHMAD, Aijaz 23, 24
ALBUQUERQUE, Afonso de 66, 71, 88, 90, 108, 111-113, 115, 138, 175
ALBUQUERQUE, Francisco de 88
ALCIDES, Sérgio 59
ALMEIDA, Francisco de 91, 92, 108, 111, 112
ANDRADE, Oswald de 374
ARCINIEGAS, Germán 441
ARRIGUCCI, Davi 375
ASSIS, Machado de 369
AUERBACH, Erich 437-439
AZ, Molique 94

BACON, Francis 367
BAHTI, Timothy 438, 439n
BAIÃO, António 447
BAKHTIN, Mikhail 318
BALZAC, Honoré de 427
BARCK, K. 439n
BARRETO, Francisco 129
BARRETO, Melchior Nunes 125n
BARROS, João de 61, 72, 76n, 77, 78-95, 97-106, 107-112, 116, 126, 130, 145, 148, 153, 167
BARTHES, Roland 308
BAUDELAIRE, Charles 438
BECKETT, Samuel 439
BEER, Jeanette A. 131
BELLOW, Saul 22
BENDZ, Ernst 330, 331
BENIN, rei de 78, 81
BLACKWOOD, William 241, 269
BLOOM, Harold 237-241, 253n, 264n, 266n, 422n
BOERS, guerra dos 198, 199
BOLÍVAR, Simon 337, 344, 350, 378, 437, 440-445
BORGES, Jorge Luis 362, 368, 369, 385, 403, 416-418, 430

BOXER, Charles Ralph 63, 72, 78n, 112n, 124n
BRIÇONNET, Guillaume 165, 166
BROD, Max 405
BUNGO, rei de 127
BURROWS, Guy 230n

CABRAL, Pedro Álvares 83, 86-88, 110, 111, 116
CALLADO, Antonio 374, 375
CAMÕES, Luís Vaz de 77, 114, 130, 169-183
CAMPOS, Augusto de 376
CAMPOS, Haroldo de 376
CAMPBELL, Mary B. 130
CANANOR, rei de 75, 88, 89, 103, 111
CANDIDO, Antonio 328, 374
CARPENTIER, Alejo 359, 361, 373, 374, 377, 379, 380n, 381, 384, 385, 386n, 398, 403, 418, 430
CARVALHO, Alberto 146
CARVALHO, Bernardo de 376n
CARVALHO, Célia 135n, 146
CASTANHEDA, Fernão Lopes de 60, 61, 72-75, 107, 108n, 109-111, 115, 130
CASTILLO, Bernal Díaz de 379
CASTRO, Aníbal Pinto de 135
CATARINA, Dona 128
CATZ, Rebecca 125n, 126n, 128n, 129, 133n, 136-138, 140, 149, 150, 151n, 152n, 159
CAVE, Terence 164-166
CELAN, Paul 439
CERTEAU, Michel de 369
CERVANTES, Miguel de 172-174
COCHIM, rei de 88, 89, 115
COELHO, fr. Manoel 448
COLLIS, Maurice 129, 130, 134, 135, 137, 140, 141, 142n, 149, 158, 163, 164
CONGO, rei do 78, 79, 81
CONRAD, Joseph 141, 185-357, 365, 381, 393n, 403, 439
COPPOLA, Francis Ford 253
COSTA LIMA, Luiz 147n, 173n, 240n, 401n, 439n
COTELO, Ruben 362n, 363n
COURTNEY, W. L. 272, 273

COUTO, Diogo do 60, 61, 63, 71n, 96-107, 109, 114-121, 153, 167, 170, 175
COX, C. B. 266
CRAESBEECK, Pedro 130
CRUZ, Maria Augusta Lima 71n, 96, 105n, 107n
CUNHA, Euclides da 372, 373n
CUNHA, Nuno da 104, 105

DAMPIER, William 432, 435
D'ANGOULÊME, Marguerite 165
DAVID, Deirdre 362
DAVRAY, H. -D. 193, 321, 324
DEBRET, Jean-Baptiste 370
DEÇA, Dom Enrique 100
DEFAUX, Gérard 165, 166
DEFOE, Daniel 368, 401
DE LA MARE, Walter 292-295, 298, 302
DELEUZE, Gilles 33
DENIS, Ferdinand 370-372
DICKENS, Charles 427
DIDEROT, Denis 318
DORFMAN, Ariel 416-418
DOSTOIÉVSKI, Fiodor 317, 333
DRUMMOND DE ANDRADE, Carlos 374
DUBOIS, Claude-Gilbert 142
DRYDEN, Linda 195n, 204

EÇA, Vasco de 97
ECHEVARRÍA, Roberto González 371-373, 374n, 377, 384, 385n, 389, 408, 416n, 417, 418
ELIOT, George 427
ELIOT, T. S. 253, 275, 280, 382
EMPIRICUS, Sextus 164
ERASMO, G. G. 384
ESTRADA, Ezequiel Martínez 372n
EWBANK, T. 370

FARIA, António de 68, 143, 147, 148, 150, 151, 154-159, 164
FARIA, Pero de 125, 126, 150-152, 154, 157
FAULKNER, William 275, 391, 403
FÉIN, Sinn 201
FELIPE II 69, 96, 107, 128, 129
FERNANDES, Jorge 175
FERNANDO, Dom 56, 178
FIELDING, Henry 400, 401
FINAZZI-AGRÒ, Ettore 15, 18
FITZGERALD, Scott 275
FLAUBERT, Gustave 246, 321, 427, 438, 439
FORD, Ford Maddox 307, 322
FORSTER, Edward Morgan 236-238, 240, 241, 265
FREUD, Sigmund 418n, 431

GAITÁN, Jorge Eliécer 421
GALSWORTHY, John 270, 321-323
GAMA, Estêvão da 152

GAMA, Vasco da 69, 72-74, 82, 85-88, 97, 109-111, 152, 179-181
GARIBALDI, Giuseppe 320
GARNETT, Edward 189, 236-238, 240, 243, 256, 270-275, 286, 290, 294, 309, 312, 322-324
GIDE, André 258n-259n, 325
GIL, Fernando 180-182
GISSING, George 235, 236
GODINHO, Vitorino Magalhães 66-68, 76, 116, 172
GOETHE, Johann Wolfgang 318, 440
GONTCHÁROV, Ivan Alexándrovitch 22
GOYA, Francisco de 379
GRAHAM, Cunninghame 198, 200, 203, 243, 270, 271, 320, 322
GRAHAM, Maria 370
GUERARD, Albert J. 295, 310, 311
GUETTI, James 264-266

HAGGARD, Henry Rider 206
HANSEN, João Adolfo 101, 132n, 145, 148n, 176, 177, 181, 320n, 356
HESPANHA, António Manuel 57-62, 69
HARPHAM, Geoffrey Galt 254n, 256, 310
HASSIM, Khoja 151, 154, 155, 159
HATOUM, Milton 376n
HAYO, fr. João de 101
HEIDEGGER, Martin 402
HENNESSY, Maurice Noel 229n
HENRIQUE, dom 55-57, 69, 76, 93, 128
HERTZ, Neil 17
HITLER, Adolf 20
HOMERO 109n, 180, 386
HOZVEN, Roberto 431
HUDSON, William Henry 361-364, 366-369, 396, 421
HUEFFER, Else 322
HUMBOLDT, Alexander von 370, 372
HUSSERL, Edmund 150
HUYSSEN, Andreas 295

INFANTE, Gillermo Cabrera 25
INOCÊNCIO VIII 80
INWOOD, Michael 402n
ISER, Wolfgang 149, 240n, 379n

JAMES, Henry 206, 273, 274, 307-309, 311, 312
JAMESON, Fredric 23, 24, 31
JANES, Regina 422n, 423n
JAURÈS, Jean 198
JEAN-AUBRY, Georges 232, 330n, 346, 348n
JOÃO, Preste 56, 70, 71, 79, 93, 13, 126
JOÃO II, dom 57, 69, 70, 79, 93, 110
JOÃO III, dom 128, 129, 150
JORGE, Carlos J. F. 127n, 136, 137, 140, 143n, 147
JOYCE, James 24, 25

KAFKA, Franz 266, 312, 403, 405, 406, 439

índice onomástico

KAMMERER, Albert 134
KANT, Immanuel 146, 166, 167
KARL, Frederick R. 197, 200, 201n, 202n, 232n, 291, 296, 304, 326n
KIDDER, Daniel Parish 370
KLINE, Carmenza 378n, 400n, 441, 443n
KIPLING, Rudyard 196, 200, 204, 206, 243
KORZENIOWSKI, A. 197, 232
KORZENIOWSKI, J. T. K.; cf. Conrad, J.

LAVANHA, João Baptista 78, 107
LE CORBUSIER, Charles-Édouard Jeanneret 383
LEOPOLDO II 229, 230, 235
LÉVI-STRAUSS, Claude 439
LIEBKNECHT, Karl 198
LIMA, José Lezama 25
LINGARD, James 192
LINGARD, William 192, 194
LOCKE, John 240
LOSADA, Diego de 386
LUDMER, Josefina 404, 408, 418n
LYND, Robert 292, 296

MAFFEI 130
MALAIO, arquipélago 193, 194, 204, 219, 232, 332
MAN, Paul de 318, 319, 378, 392
MANDO, el-rei do 95
MANN, Thomas 278, 343, 440
MANUEL I, dom 57, 69, 71, 73, 74, 82, 85, 86, 93, 110, 170
MÁRQUEZ, Gabriel García 27, 31, 36, 41-43, 47, 51, 369, 378, 389, 391-400, 402, 403, 406, 408n, 409n, 416, 418, 419n, 421, 422n, 423n, 425, 426, 427n, 430, 431, 432n, 440-445
MARRYAT, Frederick 206
MARTIUS, Carl Friedrich Philipp von 370, 372
MARX, Karl 354, 355
MAUSS, Marcel 60, 64, 65
MASCARENHAS, Pero 61, 97-104, 106, 153
MELDRUM, David 321
MELVILLE, Herman 298
MENDELSOHN, Isaac 166n
MENDES PINTO, Fernão 77, 114, 123-168, 266, 439, 440
MENDOZA, Pedro de 386
MENEZES, dom Enrique 97, 99, 101
MERRELL, Floyd 413, 415, 416, 418
MEXIA, Afonso 98-101, 103
MIGNOLO, Walter 20
MIRANDA, António de 103
MONEGAL, Emir Rodríguez 391n, 396, 400n, 403, 408, 409n, 416-418, 424, 425
MONTAGUE, Charles Edward 308
MONTAIGNE, Michel de 142, 143n, 147, 162, 165
MORRELL, Ottoline 307
MORETTI, Franco 267, 343n

MUSIL, Robert 439

NAJDER, Zdzisław 187, 190n, 192, 193, 196, 197n, 198n, 201n, 203n, 229n, 230, 231n, 232, 244n, 245n, 269n, 272n, 306n, 307n, 310n
NAPOLEÃO 197
NEUWIED 370
NICOLAU II 198
NIETZSCHE, Friedrich 21, 45
NOGENT, Guibert de 159n

OLIVA, Renato 235, 236, 241, 261
OLMEIER, Charles William 192-195, 205
OSORIO, Conrado Zuluaga 441
OVIEDO, José Miguel 378

PACHECO, Duarte 88, 115
PAGDEN, Anthony 130
PANIKKAR, Kavalam Madhava 113
PAULO III, papa 128
PENA, Cornélio 376
PHELPS, William Lyon 294, 295
PINELO, Antonio de Leon 367n
PINKER, James Brand 323, 326
PIRES, Diogo 88
PIRES, Tomé 82n
PIZARRO, Francisco 386
PLATÃO 37, 45-48, 52n
POITIERS, Guillaume de 131
POMPEU, Renato 375
PORADOWSKA, Marguerite 187, 188, 193, 195, 230, 231
POUND, Ezra 280
PROUST, Marcel 24

QUINN, John 201n, 202

RABELAIS, François 403
RAFAEL, Pero 88
RANKE, L. 131
RIBEIRO, Aquilino 143
RICHETTI, John 278n, 349n, 362
ROBINSON JR., Edward 137
ROSA, João Guimarães 373, 374
ROTH, Philip 275
ROTHENSTEIN, William 324
ROUANET, Maria Helena 371n, 372n, 373
RUBIO, Patricia 426n
RUGENDAS, Johann Moritz 370, 371
RULFO, Juan 369, 373, 398, 418
RUSSELL-WOOD, A. J. R. 71, 106, 112, 128n, 134

SÁ, Francisco de 98, 99
SAID, Edward Wadie 214, 234, 327-329, 346, 439n
SAINT-HILAIRE, Auguste de 370

SAMPAIO, Lopo Vaz de 61, 71n, 97-101, 103, 105, 153
SANTANDER, gal. Francisco de Paula 443
SARAIVA, António José 63, 126, 143, 149, 156, 169-173
SARMIENTO, Domingo Faustino 372
SCHILLEMEIT, Jost 405n
SCHWARZ, Daniel R. 278-280, 292n, 349n, 351
SEBASTIÃO, dom 64, 128
SEGUÍ, Augustín Francisco 407n
SEIXAS, Maria Alzira 15, 17
SÉRGIO, António 62, 109n
SEVILHA, Isidoro de 131
SHELLEY, Percy Bysshe 380
SHERRY, Norman 217n, 235n, 271n, 272n, 273n, 274n, 292n, 294n, 296n, 302n, 308n, 309n
SOUSA, Cristóvão de 98
SOUSA, Rui de 80
SOUSÂNDRADE, Joaquim de 375, 376n
SPIX, Johann Baptist Ritter von 370, 372
STAVANS, Illan 362n
STENDHAL, Henri-Marie Beyle 427
STROUD, Barry 166
SUCRE, A. J. de Gal. 444
SÜSSEKIND, Carlos 375
SÜSSEKIND, Flora 370, 371, 373
SWIFT, Jonathan 136

TAUSSIG, Michael 201n, 202n
THOMAZ, Luís Filipe F. R. 56, 69n, 70, 113n, 128n
TREML, Martin 439n
TRIANA, Santiago Pérez 326, 327
TUCHOLSKY, Kurt 405, 406

UNWIN, T. Fisher 241

VALÉRY, Paul 299
VAZ, Tristão 102
VEER, Carel de 192
VERÍSSIMO, José 373
VICO, Giambattista 261
VIRGÍLIO 438

WATT, Ian 194, 195, 210, 242, 314, 319n, 326n
WEBER, Max 67, 127, 439
WELLES, Orson 253
WELLS, Herbert George 324
WHITE, Hayden 346n, 439
WOOLF, Virginia 195, 273, 290, 309, 310, 03, 439n

XAVIER, Francisco 130, 139, 141, 145, 162, 164, 168n

ZAGÓRSKA, Aniela 199
ZAGÓRSKA, Karola 203, 231

LITERATURA NA PERSPECTIVA

A Poética de Maiakóvski
Boris Schnaiderman (D039)

Etc... Etc... (Um Livro 100% Brasileiro)
Blaise Cendrars (D110)

A Poética do Silêncio
Modesto Carone (D151)

Uma Literatura nos Trópicos
Silviano Santiago (D155)

Poesia e Música
Antônio Manuel e outros (D195)

A Voragem do Olhar
Regina Lúcia Pontieri (D214)

Guimarães Rosa: As Paragens Mágicas
Irene Gilberto Simões (D216)

Borges & Guimarães
Vera Mascarenhas de Campos (D218)

A Linguagem Liberada
Kathrin H. Rosenfield (D221)

Tutaméia: Engenho e Arte
Vera Novis (D223)

O Poético: Magia e Iluminação
Álvaro Cardoso Gomes (D228)

História da Literatura e do Teatro Alemães
Anatol Rosenfeld (D255)

Letras Germânicas
Anatol Rosenfeld (D257)

Letras e Leituras
Anatol Rosenfeld (D260)

O Grau Zero do Escreviver
José Lino Grünewald (D285)

Literatura e Música
Solange Ribeiro de Oliveira (D286)

Maneirismo na Literatura
Gustav R. Hocke (D315)

Tradução, Ato Desmedido
Boris Schnaiderman (D321)

América Latina em sua Literatura
Unesco (E052)

Vanguarda e Cosmopolitismo
Jorge Schwartz (E082)

Poética em Ação
Roman Jakobson (E092)

Que é Literatura Comparada
Brunel, Pichois, Rousseau (E115)

Imigrantes Judeus / Escritores Brasileiros
Regina Igel (E156)

Barroco e Modernidade
Irlemar Chiampi (E158)

Escritos Psicanalíticos sobre Literatura e Arte
George Groddeck (E166)

Entre Passos e Rastros
Berta Waldman (E191)

*Franz Kafka: Um Judaísmo na Ponte
do Impossível*
  Enrique Mandelbaum (E193)

A Sombra de Ulisses
  Piero Boitani (E203)

Samuel Beckett: Escritor Plural
  Célia Berrettini (E204)

A Literatura da República Democrática Alemã
  Ruth Röhl e Bernhard J. Scharwz (E236)

Dialéticas da Transgressão
  Wladimir Krysinski (E242)

Proust: A Violência Sutil do Riso
  Leda Tenório da Motta (E245)

Poder, Sexo e Letras na República Velha
  Sérgio Miceli (ELO4)

*Relações Literárias e Culturais entre Rússia
e Brasil*
  Leonid Shur (EL32)

*O Romance Experimental e o Naturalismo
no Teatro*
  Émile Zola (EL35)

Leão Tolstói
  Máximo Górki (EL39)

Panaroma do Finnegans Wake
  Augusto e Haroldo de Campos (SO1)

Ka
  Velimir Khlébnikov (SO5)

Dostoiévski: Prosa Poesia
  Boris Schnaiderman (SO8)

Deus e o Diabo no Fausto de Goethe
  Haroldo de Campos (SO9)

Olho-de-Corvo
  Yi Sáng (Yun Jung Im – Org.) (S26)

Re Visão de Sousandrade
  Augusto e Haroldo de Campos (S34)

Textos Críticos
  Augusto Meyer e João Alexandre Barbosa
  (org.) (TOO4)

Ensaios
  Thomas Mann (TOO7)

Caminhos do Decadentismo Francês
  Fulvia M. L. Morett (org.) (TOO9)

Büchner: Na Pena e na Cena
  J. Guinsburg e Ingrid Dormien Koudela
  (orgs.) (TO17)

Aventuras de uma Língua Errante
  J. Guinsburg (PERS)

Termos de Comparação
  Zulmira Ribeiro Tavares (LSC)

Este livro foi impresso em setembro de 2011
nas oficinas da Prol Gráfica e Editora Ltda., em São Paulo,
para a Editora Perspectiva s.a.